Harry Thürk

Der maskierte Buddha

Hongkong-Krimis

Das Neue Berlin

Inhalt

Der maskierte Buddha 7

Die toten Masseusen von Kowloon 118

Tod auf Tahiti 235

Die tätowierte Unschuld 341

Tuan Subutu läßt schießen 446

Der maskierte Buddha

Ich kann es auf den Tod nicht leiden, wenn einer mich zu nachtschlafender Zeit aufschreckt. Und genau das geschah an jenem Morgen, als über der Wasserfläche vor Aberdeen noch der Frühdunst um die tausend Masten waberte. Als ich aus dem Bullauge meiner Dschunke blickte, die hier ankerte und die mir als Wohnung diente, erkannte ich gerade mal die nächsten Boote. Von Himmel war nichts zu sehen.

»Mister Lim Tok!« Das war wieder die helle Stimme, die einem Kind hätte gehören können, und danach schlug erneut ein Paddel gegen den hölzernen Rumpf meiner Wasserbehausung. Die Liegeplätze in Aberdeen, an der Südseite der Insel Hongkong, sind am frühen Morgen ohnehin nicht gerade still, hier wachen um diese Zeit an die zwanzigtausend Leute auf, die auf dreitausend Sampans, Dschunken oder Fischerbooten leben; sie beginnen den Tag mit Geplärr, Gezänk, Radiomusik und allen nur denkbaren anderen Geräuschen, die die Menschheit sich verpflichtet fühlt zu verursachen, nachdem sie ausgeschlafen hat. Wenn dazu noch einer mit dem Holzpaddel an die Bordwand hämmert, ist das Maß voll.

Ich rollte mich von meiner Schlafstätte herunter und kletterte an Deck, nur mit einer Turnhose bekleidet, schlechtgelaunt und mürrisch, wie meist am Morgen.

Wenn Sie Hongkong kennen, dann wissen Sie, wie einem nach einer Nacht zumute ist, in der man mit ein paar Freunden auf einem der großen bunten Restaurantboote neun Gänge kantonesische Köstlichkeiten gegessen hat. Dazu kamen noch einige Liter Bier und ein Dutzend kleiner Schälchen Mao Tai, das ist ein Schnaps, der zwar wie ein Gully riecht, der aber schmeckt wie Pfirsichblütentau, mit dem leichten Nachteil, daß eigentlich ein Schälchen genügt, um einen Mann wie mich betrunken zu machen. Wenn Sie das alles *nicht* kennen, verrate ich Ihnen, daß Sie jedes einzelne Haar am Kopf zu spüren glauben, am nächsten Morgen, und daß

Sie dann für die Schönheit unseres Inselfleckchens noch nicht den rechten Sinn haben. Geschweige denn für Besuch.

Die Schönheit – das sind ingesamt über zweihundert Inseln und Inselchen, dazu das Festland von Kowloon und den New Territories, alles zusammen eine bemerkenswerte Mischung aus Allerweltselementen, vom irrsinnigen Wald der Wolkenkratzer bis zu den stillen Gassen, in denen es nach abgestandenem Nachturin riecht und nach Chiliöl. Das sind auch die traumhaften Strände mit ihrem Sand und den Palmen, von denen die europäischen Touristen so entzückt sind, das sind die Hollywoodfassaden der Kneipen und Bordelle, dann wieder grüne Landschaften, in denen irgendwo ein altes Kloster steht, ausfahrende Dampfer, deren Sirenen mich immer wehmütig machen, und heulend nach Kai Tak einkurvende Düsenmaschinen, von denen man stets glaubt, sie nehmen entweder die Wäsche von den Leinen mit oder donnern gegen einen der Kowlooner Felsen.

Glauben Sie mir – als Einheimischer sehen Sie das alles ziemlich nüchtern, was Sie als erstmals anreisender Tourist flatternden Herzens bestaunen. Ein Gefühl, das sich unmerklich schon etwas zu legen beginnt, wenn Sie aus der Maschine steigen und die feuchte Hitze eines Sommertages Sie trifft wie der Schlag mit einem aus heißem Waschwasser gezogenen Handtuch. Und wenn Sie dann erst den Preis für die Taxifahrt zum Hotel erfahren ...

»Mister Lim Tok!« Da war der Schreihals wieder.

Ich blickte über die Reling hinab, und da war das Boot. Nicht mal eines der Walla-Walla-Taxis, sondern ein an der Anlegestelle geliehenes Ruderboot mit einer dreistelligen Nummer. Und darin dieser junge Bursche. Vielleicht zwanzig. Jeans und herabhängendes Hemd, selbstverständlich mit dem Aufdruck *Columbia University.* Und ein ziemlich verstörtes Gesicht. Ich warf ihm die Strickleiter hinunter, die ich nachts stets einzog, er machte das Boot daran fest und kletterte flink wie ein Affe aus dem Tiger Balm Garten zu mir herauf.

Ich kannte den Burschen. Hieß Wu. War aus Kowloon, drüben auf dem Festland. Ein nicht festangestellter Helfer eines mir befreundeten Geschäftsmannes, Kong Wei, der in der Kimberley Road mit Antiquitäten handelte, einer von Hunderten in der Kolonie, schon nicht mehr ganz jung und einigermaßen redlich. Übrigens schuldete ich ihm noch einige hundert Dollar. Hatte sie vor längerer Zeit geliehen, wollte sie ihm auch schon einige Male zurückgeben, aber er hatte das immer höflich abgewehrt mit der

Begründung, es eile nicht und er hoffe, ich könne ihm statt Rückzahlung einmal einen Gefallen tun. Chinesen sind manchmal so. Schätzen einen Freund und dessen Dankbarkeit höher als einige hundert Hongkong-Dollars, die etwas mehr als die Hälfte des US-Dollars wert sind. Schickte er jetzt etwa seinen Helfer, um zu kassieren?

Der Bursche Wu jobbte ein bißchen für Kong Wei, das hatte ich einmal mitbekommen, mehr wußte ich nicht von ihm; er kam mir ziemlich aufgeregt vor, als er so vor mir stand und mich bat, mit ihm zu fahren. Ich hätte ihn an liebsten gefragt, ob er sich für seinen Besuch nicht eine menschenfreundlichere Zeit hätte aussuchen können. Aber was er dann hervorsprudelte, ließ mich den Einfall vergessen.

»Sie müssen kommen, Mister Lim Tok, ganz schnell. Mister Kong Wei ist etwas passiert. Ich fürchte, er ist tot. Und er hat mir vor langer Zeit aufgetragen, wenn es einmal eine solche Situation geben sollte, dann müßte ich sofort Sie holen ...«

Er schluckte. Schnappte nach Luft. Meine Strickleiter hat siebenundzwanzig Sprossen, und die Bordwand der Dschunke, auf der ich wohne, ist hoch.

»Tot?« fragte ich irritiert. »Sie wollen mir mitteilen, Kong Wei sei tot?«

Der Bursche nickte. Seine Augen zeigten Traurigkeit. »Ich komme, wie immer am Morgen, mit frischem Sesamkuchen und einer Grapefruit. Ladentür noch zu. Natürlich. Ich gehe zum Hintereingang. Kleines Loch in der Drahtglasscheibe. Tür offen. Ich gehe hinein. Der Laden ist verwüstet. Alles liegt durcheinander. Auch im Hinterzimmer, wo Mister Kong Wei schläft. Schlief. Mister Kong Wei liegt in den Trümmern von Porzellan und Holz. Sieht furchtbar aus. Tot ...«

Das mußte ich erst verdauen. Es ist nicht jedermanns Sache, sich noch vor dem Frühstück die Leiche eines Bekannten vorzustellen. Meine Sache auch nicht, obwohl ich einiges gewöhnt bin. Ich musterte den Burschen. Er zitterte.

»Sind Sie sicher, er ist tot?«

»Sicher.«

»Und Sie haben nicht die Polizei gerufen?«

Er schüttelte den Kopf. Man konnte sehen, daß er Angst hatte. Ich entschloß mich schnell. Schickte ihn in sein Boot und ließ ihn warten. Ging zur Luke und kletterte wieder in meine Behausung hinunter. Goß mir einen Kübel kaltes Wasser über Kopf und Oberkörper, trocknete mich ab, zog meine ausgefransten Jeans an, streifte ein Hemd über, steckte meinen Revolver in den Hosenbund unter das Hemd, meine Papiere in die Hemdtasche, dazu etwas Geld, dann fuhr ich noch mit einem Kamm durch mein nasses Haar, und ein paar Minuten später saß ich im Boot, das der Bursche Wu eilig zur Anlegestelle ruderte.

Unweit des Holzsteges, an einer Fischbratküche, hatte ich meinen sieben Jahre alten Toyota geparkt. Er sprang ausnahmsweise gleich an, und bald rollten wir nordwärts, an Happy Valley vorbei, im dichterwerdenden Verkehr bis Wanchai, auf die Landspitze von Kellett Island zu, durch den Hafentunnel hinüber nach Kowloon. Über ein paar weniger befahrene Nebenstraßen kamen wir zügig vorwärts. Als ich den Toyota vor Kong Weis Laden parkte, gab es keine Anzeichen dafür, daß die Polizei inzwischen schon dagewesen war. Also gingen wir durch eine schmale Gasse, die mehr eine Abwasserrinne war, zum Hintereingang. Auch hier kein Zeichen von Polizei. Es herrschte der übliche Morgenbetrieb, bevor die Läden öffneten: Kinder in Bambuswagen vor den Türen, Frauen an Holzkohleöfen. Männer, die sich am Rinnstein die Zähne putzten. Wie überall in Hongkong ist auch hier die Rückseite der modernen Geschäftsfassaden sehr chinesisch, und kein Chinese kann in seinen Lebensgewohnheiten die bäuerliche Tradition des Volkes verbergen. Ich finde das sympathisch, bei so viel städtischem Gehabe. Ich stolperte über ein paar leere Gemüsestiegen, die jemand vor einem Hintereingang abgestellt hatte, dann hatte Wu die Tür mit seinem Schlüssel endlich aufbekommen, und ich besah mir das Chaos.

Wer immer hier gewesen war, er hatte gründliche Arbeit geleistet. Kong Wei hatte einen jener anheimelnden altmodischen Curio-Läden geführt, die heutzutage immer mehr den durchgestylten Chromkäfigen weichen müssen, in denen modisches Kunstgewerbe oder gerade noch erträgliche Fälschungen asiatischer Kunst an eine reisewütige und souvenirbesessene Menschheit verhökert werden. Vermarktet, wie man korrekt sagt.

Hier hatte sich Kong Wei herausgehalten. Ob Porzellan oder Bronzen, Blumenrollbilder oder Luxusfächer aus Straußenfedern, Kong Wei hatte Original und Nachbildung streng voneinander getrennt. Kein Kunde war etwa mit einem als echt gekauften Tang-Pferd nach Hause gegangen, das in Wirklichkeit über ein paar Monate auf einem Hinterhof der Ladder Street künstlich gealtert worden war: mit Dreck beschmiert, gesäubert, in Beize gelegt, gewässert, in der Sonne rissig getrocknet und schließlich in einer Kammer um den Man Mo Tempel herum durch intensive Beräucherung mit Moschusstäbchen zu jener ehrwürdigen Bejahrtheit getrimmt, die selbst erfahrene Sammler noch täuschen konnte.

Nein, dieser etwas schrullige, anhanglose Kong Wei, von dem ich mir Geld geliehen hatte, als ich aus dem Polizeidienst ausschied und begann, mir die bescheidene Existenz eines Privatdetektivs aufzubauen, war das gewesen, was die Leute gemeinhin als einen ehrlichen Händler bezeichnen. Dabei hatte sein Geschäft floriert. Vielleicht gerade deswegen. Sammlern verkaufte er Echtes und der Laufkundschaft aus Italien oder Luxemburg eben den auf echt getünchten Souvenirkitsch, den sie billig haben wollten und von dem sie wohl insgeheim genau wußten, daß er nichts wert war: Hofdamenjacken aus Brokat, Porzellangeschirr mit Drachen, falsche Ming-Vasen und Lacktabletts, geschnitzte Palastlöwen und Cloisonné-Aschenbecher. Mich mochte Kong Wei, seit ich als Kind gelegentlich solche Dienste für ihn geleistet hatte, wie das zuletzt Wu tat.

Da lag er. Zweifellos tot, und das vermutlich schon seit Stunden. Er trug ein Unterhemd und eine kurze weiße Unterhose. Bettkleidung. In der Herzgegend befand sich das Einschußloch, blutverkrustet, das Hemd hatte das Blut anfangs aufgesaugt, später war es auf den Fußboden gelaufen. Von vorn erschossen, mit einer, wie es mir schien, nicht sehr großkalibrigen Waffe. Vielleicht sogar mit Schalldämpfer, denn einen Schuß hätten die Nachbarn hören müssen, und chinesische Nachbarn sind neugierig, sie sehen nach, wer da vor dem Aufstehen schießt.

Kong Wei war, wie ich rekonstruierte, durch den Einbrecher, der in seinem Laden herumkramte, wahrscheinlich geweckt worden und aus seiner Schlafkammer herausgekommen. Da mußte der Einbrecher geschossen haben. Und nach dem Tod Kong Weis hatte er offensichtlich weitergesucht, denn auch auf dem Körper des toten Antiquitätenhändlers lagen Porzellanscherben und Rollbildfetzen. Ein abgebrühter Einbrecher, der einen Mann erschießt und danach seelenruhig weitersucht – war das überhaupt ein Einbrecher der herkömmlichen Art? Ich hatte da meine Zweifel. Einbrecher hüten sich, mit Schießeisen herumzufuhrwerken, und wenn sie von jemandem überrascht werden, fliehen sie, so schnell sie können. Es lag nahe, daß der Mann etwas gesucht hatte. Geld? Suchte man das zwischen Antiquitäten?

»Wie sieht die Kasse aus?« fragte ich Wu, der betreten an der

Tür stehengeblieben war. Er sah nach, zuckte die Schultern, als er die Taste drückte, die das Schubfach öffnete, und sagte: »Da ist nichts durcheinander. Etwas Geld. Schuldscheine, ein paar Expertisen ...«

»Das heißt, der Täter war nicht einmal an der Kasse?« Ich ging hinüber zu dem Tisch aus dunklem Eichenholz, auf dem der Kasten stand, und überzeugte mich. In der Tat, Geld konnte der Einbrecher kaum gesucht haben, sonst hätte er das hier mitgenommen. Was aber dann? Wertvolle Ware gab es, jetzt war sie demoliert. Widersinnig das Ganze. Oder doch nicht? Hatte der Täter etwas Bestimmtes gesucht ... und gefunden?

Mir fiel ein, daß Kong Wei hinter einem Rollbild mit Kalligraphie einen kleinen Safe hatte einbauen lassen. Ich blickte zur Wand hinüber, das Rollbild hing dort wie immer. Aber ich war neugierig geworden. Und ich wußte auch, daß Kong Wei den Schlüssel zu dem Safe, wohl der Unauffälligkeit halber, zusammen mit dem Ladenschlüssel und einigen anderen für die Hintertür und für Schränke an einem Ring aufbewahrte. Ich fand das Bund an der Ladentür, wo es von innen im Schloß gesteckt hatte und offensichtlich herausgestoßen worden war. Also war es dem Täter gar nicht aufgefallen, denn Wu hatte ja bei seinem ersten Erscheinen die Tür aufgestoßen vorgefunden, sie bei seinem Weggang mit seinem eigenen Schlüssel abgeschlossen und jetzt auch wieder damit geöffnet. Demnach hatte der Täter das Loch in die Scheibe der Tür geschlagen, mit dem von innen steckenden Schlüssel aufgeschlossen und das Bund dann achtlos auf den Boden geworfen. Seltsam. Von dem Safe konnte er nichts gewußt haben, sonst hätte er doch mindestens alle vorhandenen Schlüssel ausprobiert, ob sie paßten. Aber nicht einmal das Rollbild war verschoben. Also öffnete ich den Safe. Wu blickte mir neugierig über die Schulter, und er las mit, was auf dem Zettel stand, der ganz oben auf einem Stapel persönlicher Dokumente und anderer Papiere gelegen hatte.

»Wer immer das nach meinem eventuellen Tode findet, soll wissen, daß ich einen Mann fürchte, der bisher zweimal bei mir war und mich aufforderte, einen *schwarzen Buddha* herauszugeben, er gehöre mir nicht. Ich habe ihm alle Buddhas im Laden gezeigt, aber er sucht einen anderen. Ich soll ihn herausgeben. Er kam zweimal. Drohte. Ich erklärte, ich weiß nicht, was er von mir will, aber er drohte mir einen dritten Besuch an, und dann würde er nicht ohne den Buddha gehen. Er hat das sehr ernst angekündigt. So sieht er aus: Europäer, etwa dreißig Jahre, spricht chinesisch, scheint hier also aufgewachsen zu sein, dunkler Typ, einen Meter siebzig groß, schwarzes, gewelltes Haar, dunkle Augen. Er hat auch eine Pistole.«

Ich faltete das Papier zusammen und schob es in meine Tasche. Als ich Wu fragte, ob er jemals einen Kerl hier gesehen habe, auf den die Beschreibung passe, schüttelte er hilflos den Kopf. Ich schärfte ihm ein: »Du hast das nicht gelesen, klar? Ich werde den Mann finden. Und du weißt von nichts.«

Die Nummer der Polizeistation von Tsim Sha Tsui im Kowloon Park hatte ich im Kopf. Ich bin gut in Telefonnummern. Als ich endlich die Abteilung für Gewaltverbrechen an der Strippe hatte, meldete sich mein alter Freund Hsiang, mit dem ich Streife gegangen war, als ich noch selbst der Polizei angehörte. Ich sagte ihm, er solle die Techniker mitbringen und einen Container für die Leiche.

»Hat dich deine Nase hergeführt?« erkundigte er sich, als er mit seinem Team erschien. »Bobby« Hsiang, wie wir ihn nannten, war ein langer Bursche, hager, mit gelben Zähnen, er rauchte nahezu unablässig eine unsägliche Zigarettensorte, die *Bastos* hieß und wie ein angesengter Bambusvorhang roch. Ich klärte ihn auf, wie ich von der Sache erfahren hatte, und ich riet ihm gleichzeitig davon ab, Wu zu verdächtigen, der Junge sei sauber. Hsiang sah mich aus seinen Kuhaugen, die schon manchen Ganoven getäuscht hatten, etwas schräg an und fragte dann: »Du hast nicht zufällig etwas entdeckt, was du eigentlich der Polizei mitteilen müßtest?«

Ich tat ihm nicht den Gefallen, den Zettel zu erwähnen. Kong Wei war mein Freund gewesen, und wenn jemand den von ihm beschriebenen Kerl fand, würde ich es sein.

Die Techniker hatten ihre Aufnahmen gemacht, ein paar Fingerabdrücke genommen, Hsiang hatte Wu angehört, der Arzt hatte Hsiang zugeflüstert, der Mann sei mindestens sechs Stunden tot, aber nicht länger als zehn. Es erstaunte mich nicht. Kong Wei war im Schlaf überrascht worden, das sah man. Während sie ihn in den Container legten, machte ich Hsiang aufmerksam, daß ich die Sache verfolgen würde.

»Wir auch. Wir sind das Gesetz, Lim. Wenn du uns nicht behinderst und bei Befragen eigene Ermittlungsergebnisse nicht zurückhältst, haben wir nichts dagegen.« Die Sprüche waren immer dieselben.

»Bei Befragung«, erwiderte ich ihm, »werde ich mich daran erinnern, daß du in deiner Jugend mein Freund warst. Das Gesetz kannst du dir hinstecken – du weißt, wohin!«

Er grinste nur. Spuckte seinen Zigarettenstummel auf einen Haufen Porzellanscherben und ging nach draußen.

Guter Mann, dieser Hsiang. Überhaupt war die Hongkonger Polizei eine der besten der Welt, aber ich konnte mir ausrechnen, daß sie Hsiang nach ein paar Routinenachforschungen wohl anweisen würden, die Sache zu den Akten zu legen. Kong Wei war ein unbedeutender Mann, und die Kolonie war ein Hexenkessel, sie wimmelte von Menschen aller Sorten, einen Mord gab es hier etwa jede Stunde. Was konnte man da von ein paar schlechtbezahlten, überstreßten Polizisten erwarten? Im Grunde waren sie froh, wenn ihnen ein Privatschnüffler wie ich die Arbeit abnahm.

Nicht zufällig gab es in Hongkong Hunderte, die meiner Zunft angehörten. Wenn sie auch nicht alle aus dem Polizeidienst entlassen worden waren wie ich, der aus purem Zufall den stellvertretenden Gouverneur splitternackt in einem Bordell in Wanchai festgenommen hatte, weil aus seinem Abteil eine leichte Fahne driftete, die den Geruch von indischem Hanf hatte. Und das Rauchen solcher Drogen war nun einmal in der Kolonie verboten.

Immerhin hatte mir der höfliche Hinauswurf, der auf höhere Weisung dann folgte, die Lizenz für meine Tätigkeit eingebracht, als Trostpflaster sozusagen, denn auch mein Chef, der das veranlaßte, liebte den Herrn stellvertretenden Gouverneur nicht so sehr. Nun lauerte ich schon eine ganze Weile darauf, daß ich wieder einmal ein hohes Tier bei etwas ertappte, das sich mit dem Gesetz nicht vereinbaren ließ. Weil es sich auszahlen könnte. Aber zunächst hatte ich den Mord an Kong Wei aufzuklären. Freundespflicht. Es galt herauszufinden, was es mit diesem *schwarzen Buddha* auf sich hatte, damit konnte man wohl weiterkommen.

Ich hörte, daß Hsiang draußen mit Wu verhandelte, ob man die zerschlagene Scheibe schnell einsetzen lassen könnte, worauf der Laden dann vorläufig versiegelt werden sollte, da fiel mein Blick auf ein billiges chinesisches Druckbild, das mit der Vorderseite nach unten auf dem Boden lag, unter einer Handvoll Scherben. Eine weiße Rückseite, auf der sich, unter zahlreichen Splittern, so etwas abzeichnete wie ein Schuhabdruck. Ich hob den Bogen auf, es war tatsächlich ein Schuhabdruck darauf. Konnte er von den Polizeibeamten stammen? Dagegen sprach, daß Porzellanscherben darauf gelegen hatten. Stammte er von Kong Wei? Mir fiel ein, daß der Tote barfuß dagelegen hatte. Ich faltete das Druckbild, das chinesische Vögel und Blumen zeigte und als Billigsouvenir etwa drei Dollar kostete, und steckte es unter mein Hemd, zu der Nachricht, die Kong Wei in seinem Safe hinterlassen hatte.

Draußen besah ich mir Wus Schuhe. Er trug diese chinesischen Tuchlatschen mit Stoffsohle. Schleicher. Der Abdruck stammte aber, soviel ich auf den ersten Blick erkannt hatte, von einer schmutzigen Profilsohle aus Gummi. Ich verabschiedete mich besonders freundlich von Hsiang und seinen Leuten, nachdem ich mir ihre Schuhe besehen hatte, und Hsiang legte mir noch einmal ans Herz, ihn von jeder Entwicklung in der Sache zu informieren. Das versprach ich. Wu flitzte zu einem Glaser. In dem Blechcontainer wartete der gute alte Kong Wei auf das grauschwarze Auto, das ihn abholen sollte. Als es vorn in der Gasse hupte, machte ich mich davon.

»Kann ich Ihnen helfen, Sir?« erkundigte sich die Verkäuferin in dem Schuhladen, den ich am Nachmittag besuchte, in der Queens Road, im Zentraldistrikt Hongkongs, einem quirligen Geschäftsviertel. Es war der achte, seitdem ich Kong Weis Laden am Morgen verlassen hatte. In Kowloon, auf der Landseite drüben, hatte ich es auch schon versucht, erfolglos. Die Dame war gerade in dem Alter, in dem man mit einem Mann sprechen kann, ohne dabei Schwingungen in der Stimme zu bekommen, sie sah gut aus – bis auf die Riesenohrringe, die ihr etwas vom Aussehen einer der letzten Kannibalengattinnen im Norden von Neu-Guinea gaben. Irian Jaya, wie die Indonesier es nennen.

»Turnschuhe«, sagte ich, »es könnten Turnschuhe sein ...«

Sie sah mich verständnisvoll an. Ein Mann mit leichter Konfusion. Dann zeigte ich ihr den Abdruck auf dem Vogel-und-Blumen-Bild. Da lachte sie vergnügt. »Turnschuhe ist ein wenig leichtfertig, Sir. Sehen Sie die runde Markierung mit dem Eindruck *Tino* in der Mitte?«

Natürlich hatte ich die vier Buchstaben gelesen. Seitdem suchte ich ja unter den Turnschuhmodellen dieser Welt nach genau diesem Zeichen. Die Dame gab mir das Blatt zurück und bat mich zu warten, nachdem sie meine Füße betrachtet hatte. Drei Minuten später war sie mit einem Stapel Schuhkartons zurück und komplimentierte mich auf einen Anprobierhocker. Als sie den ersten Karton öffnete, erblickte ich etwas, das wie ein von Salvadore Dali entworfener Turnschuh, exklusiv angefertigt für Marlon Brando, aussah. Der Super-Luxus-In-Schuh für den wohlhabenden Herrn, der sonst alles hat. Es war an der Zeit, der freundlichen Dame mein Anliegen zu erläutern, bevor sie mit dem Anprobieren begann. Sie war etwas enttäuscht, als sie meinen Ausweis erblickte und einsehen mußte, ich würde keine Schuhe kaufen. Aber sie klärte mich doch bereitwillig auf. Wobei sie mich allerdings nicht mehr mit »Sir« ansprach.

»Mister, bei der Marke *Tino* handelt es sich um eine Exklusivserie der Mailänder Firma Bulotti. Ein ausgesprochener Modeschuh. Ist jedoch nicht sonderlich erfolgreich gewesen. Kam vor einem halben Jahr zu uns, als Neuheit, und ist heute schon etwas billiger zu haben ...«

Ich war am Preis nicht interessiert. Aber ich horchte auf, als sie mir andeutete, von dem Modell seien bisher nur wenige Paare verkauft worden. Eine Art Fehleinschätzung hätte zum Mißerfolg geführt. Die Dinger seien gedacht gewesen für elegant-sein-wollende, zugleich reiche Leute, die ihre modische Orientierung ein wenig hervorkehren wollten. Aber eben – wohlhabende Herren trugen nun mal keine Turnschuhe, wenigstens nicht in Hongkong, wie teuer auch immer sie waren. Höchstens mal auf ihrem Boot bei einer Ausfahrt. Bordschuhe. Wenig wahrscheinlich sowieso, daß ein reicher Mann hei Kong Wei einbrach. Was war das also für ein Kerl, der sich die teuersten Schlappilatschen leistete und anschließend von Kong Wei einen *schwarzen Buddha* verlangte, den er nicht besaß, worauf der Antiquitätenhändler erschossen wurde? Das mußte man erst einmal unter einen Hut bringen.

Die Verkäuferin, die sich an einzelne Käufer nicht erinnern konnte und auch nach Befragung ihrer Kolleginnen kopfschüttelnd zurückkam, konnte mir nicht weiterhelfen. Sie gab mir noch die Adressen von zwei weiteren Geschäften, die *Tino* handelten, und damit war meine Mission hier beendet.

Ich überlegte noch, ob es sich auszahlen würde, die Dame für den Abend einzuladen, aber dann entschied ich mich anders. Es waren nicht nur die kannibalischen Ohrringe, die mich abhielten, ich hatte Arbeit. Zuerst klapperte ich noch die beiden Schuhläden ab, ohne Erfolg. Dann war ich so müde und ausgehungert, daß ich mich an meine Mutter erinnerte, die in Wanchai das *Hibiskus* betrieb, ein Lokal mit ein paar bescheidenen Hinterzimmern, in denen in Ausnahmefällen auch gewürfelt oder Mahjong gespielt wurde. Habe ich erwähnt, daß mein Vater ein amerikanischer Marinepilot war, der zwischen der Gründung Rotchinas und dem Koreakrieg Zeit fand, in Hongkong Aufenthalt zu nehmen, und meine Mutter heiratete? Er ist später in Korea gefallen. Und das *Hibiskus* ist mit der Witwenpension gekauft worden. Dort habe ich übrigens auch meinen ersten Beruf erlernt, in der Küche. Wenn Ihnen jemand verraten kann, wie lange man eine bestimmte Fleischsorte im Wok braten muß oder wie lange Glasnudeln auf dem Feuer bleiben dürfen, dann bin ich es. Aber das *Hibiskus* hielt mich nicht. Als nächstes engagierte mich ein Hotel in Macao, und wer Hotels in Macao kennt, der weiß, daß das nicht gerade Aufstieg bedeutet. Zuerst war ich Koch, dann setzte man mich als Chef des Spielsalons ein. Und das machte mir schon weit mehr Spaß. Abgesehen davon, daß man hinter die Tricks des Fan-Tan-Geschäfts kam und selbst mitmischen konnte, erhaschte man auch einiges von dem, was ein geschickter Mann mit Spielkarten anfangen kann.

Zur Polizei kam ich, weil mir meine Mutter immer heftiger zuredete, Beamter zu werden, da erhielte man außer einem ansehnlichen Gehalt später mal eine hohe Pension. Und angesichts der Tatsache, daß Rotchina kurz vor Ende des Jahrhunderts Hongkong übernehmen soll, durfte man auch den Anspruch eines Beamten auf einen britischen First-Class-Paß nicht außer acht lassen; er berechtigte, samt Familie, zur Niederlassung in Großbritannien. Nun, ich war inzwischen herausgeflogen, wegen des haschenden Gouverneursstellvertreters im Bordell – meine Mutter hatte es mit Fassung ertragen.

»Du solltest überhaupt regelmäßig essen«, ermahnte sie mich jetzt wieder, eines ihrer Lieblingsthemen. »Hast du denn auf deiner Dschunke endlich eine anständige Küche eingebaut?«

Ich beruhigte sie, es gäbe gleich gegenüber an Land nicht nur die Fischbratküche, sondern auch eines der besten Restaurants von ganz Aberdeen, und da sei ich Stammgast. In Wirklichkeit lebte ich – falls ich nicht gerade im Zentraldistrikt unterwegs war und da irgendwo im Vorbeigehen etwas aß – vorwiegend von jenen praktischen Nudelfertiggerichten, die die Supermärkte verkauften: Eiernudeln samt Gemüse, Gewürzen und Trockenfleisch, in einer Eßschale aus Plast verpackt, nur mit heißem Wasser zu übergießen und sofort zu essen. Instant Food. Instant Kaffee. Instant Tee. Gab es eigentlich auch schon Instant Sex? Meine Mutter, eine sehr kleine und schmächtige Frau, die sich gute Sitten bewahrt hatte, wäre bei der bloßen Erwähnung einer solchen Frage vor Scham bleich geworden, deshalb vermied ich es, ihr damit zu kommen. Sie spendierte mir ein süßsaures Schweinefleischgericht mit Pilzen und einer Menge anderer Zutaten, alles Dinge, von denen sie wußte, ich aß sie gern, ließ mir auch noch ein Bier dazustellen, und dann nahm sie mir das Versprechen ab, nach der Mahlzeit mit ihr eine Weile auf dem Balkon im zweiten Stock, wo sie wohnte, zu plaudern. Ich sagte zu. Wenn man mit Ermittlungen in einer Sackgasse angekommen ist, soll man eine Pause einlegen. Mit neuen Gedanken kommt man danach schneller voran.

Während ich mir das Essen schmecken ließ, wurde eine Ladung Bus-Touristen hereingeführt. Fenwick Street, in der Mamas Restaurant lag, ist etwa das Zentrum der sündigsten Gegend in der ganzen Kolonie, und es gehörte zur touristischen Pflichtübung, wenigstens einmal hier gewesen zu sein, selbst wenn es unter Tag war und die meisten Freudenmädchen sowieso schliefen. Der Name Wanchai steht für unzählige Kneipen und Bars, für Nachtclubs und Massagesalons, für die Tanzsäle mit den hinter Glas aufgereiht sitzenden, numerierten Auswahlpartnerinnen, für jede Dienstleistung, vom Küssen des Hinterns auf offener Bühne bis zur Beseitigung eines Gegners durch einen Messerstich. Manche Leute nennen dieses Gebiet, das sich östlich an den Zentraldistrikt Victoria anschließt, *Klein-Shanghai,* vermutlich aus nostalgischer Erinnerung an Alt-China. Eigentlich bekannt gemacht wurde Wanchai durch Suzie Wong, jenes gefällige Geschöpf aus dem Lok Kok Hotel, das vor einigen Jahrzehnten ein englischer Autor erfunden hat. Aber damit ist nichts gegen die Mundpropaganda gesagt, die beispielsweise auf Schiffen aller Länder Wanchai als das Paradies des Seemanns preist, als die Stätte, an der er selbst sich gehen und sein Geld fahren lassen kann, allerdings für beachtliche Gegenleistungen. Die setzen mit Einbruch der Dunkelheit ein. Tagsüber hingegen ist Wanchai nicht viel mehr als eine buntbeflaggte Ansammlung träge laufender Kneipen und muffig riechender Eingänge zum zeitweilig ruhenden Laster.

Trotzdem lungerten auch jetzt die Touristen mit ihren Fotoapparaten hier herum, außer ihnen eine Horde Matrosen, die es nicht erwarten konnte, denn bis Victoria Hafen waren es nur ein paar hundert Meter. Bis zum Hauptquartier der Polizei in der Harcourt Road allerdings auch. Aber die Polizei hielt sich von Wanchai fern, falls sie hier nicht gerade eine ganz große Sache verfolgte – Polypen sind ein Anblick, der landgängige Seeleute meist zu ruppigen Prügelhelden macht, und keiner weiß so recht, warum. Damals, als ich selbst noch in diesem Hauptquartier an der Grenze von Victoria zu Wanchai gearbeitet hatte, waren wir jedenfalls stets bemüht gewesen, nur im äußersten Falle in den Gassen des Vergnügungsviertels in Erscheinung zu treten.

Die Touristen, die jetzt in Mutters Lokal strömten, waren Japaner. Die reiselustigste Nation Asiens. Man sagt, sie ähneln darin den Deutschen in Europa, aber das kann ich nicht beurteilen. Jedenfalls hatten sie sich bereits an ihrer vorher gedeckten Tafel niedergelassen, wie üblich lustig durcheinanderschnatternd, als ein Schub australischer Matrosen hereinplatzte. Offenbar hatten sie schon einige Büchsen Star-Bier eingefahren, oder St. Miguel, jedenfalls machten sie sich einen Spaß daraus, an der Theke jeweils zwei Gläser Whisky zu holen und mit einer der japanischen Ladies anzustoßen. Da gab es eine Menge Gekicher und Gejohle, bis die einen den Schnaps intus hatten und die anderen ihn höflich und standhaft auf den Tisch stellten, statt ihn zurückzuweisen, was beleidigend gewesen wäre. Keine Situation, die mich etwa beim Essen beunruhigt hätte, im Gegenteil, als mir einer dieser rotgesichtigen Jungens auch einen Bourbon hinhielt, kippte ich ihn zu seiner Verblüffung so schnell hinter, daß seine Augen größer und größer wurden. Er hieb mir zum Zeichen der Anerkennung seine Pranke auf die Schulter, daß ich Angst hatte, mein Revolver könnte mir aus dem Hosenbund rutschen. Und dann bot er mir an, auf seinem Kahn kostenlos bis Port Darwin mitzufahren, einen Kerl wie mich würde er jederzeit an Bord so unterbringen, daß der Skipper ihn nicht entdeckte.

Es fiel mir auf, daß Charly Soong nicht da war, einer der Kellner, die etwa zur gleichen Zeit wie ich bei Mutter zu arbeiten begonnen hatten. Als ich sie später auf dem Balkon, wo sie zwischen Bonsai-Schalen mit winzigen Kiefern und Töpfen mit wucherndem Oleander saß, fragte, was mit dem Burschen sei, eröffnete sie mir: »Du weißt es noch nicht, Sohn, er hat sich selbständig gemacht.« Es überraschte mich nicht, er war immer ein unternehmungslustiger Typ gewesen.

»Kneipe?«

»Sag nicht immer Kneipe«, rügte mich Mutter, »das klingt unanständig. Es heißt Restaurant. Nein, er hat einen Hamburger-Stand aufgemacht.«

Ich hätte mich ausschütten können vor Lachen. Für Charly waren Hamburger schon immer gleich nach der dehydrierten Frontverpflegung gekommen, die die Amerikaner ihren Soldaten nach Vietnam schickten. Ein Teil davon war bei uns auf den Basaren gelandet: Pulvermilch, Trockengemüse, Fruchtmark, Pulverkaffee und

Wischpapier. Alles in einem Karton. Charly Soong hatte seinerzeit ausgiebig mit dem Zeug gehandelt. Er war überhaupt der geborene Geschäftsmann, das hatte ich damals schon erkannt, und er wußte so ziemlich alles über eine Unmenge kleiner und großer Gauner in der Kolonie. Ohne selbst einer zu sein. Er hatte nur seine Verbindungen.

»Brät er die Dinger hier in Wanchai?«

Meine Mutter schüttelte den Kopf. Während sie sorgenvoll meine Füße betrachtete, die nackt in Riemensandalen steckten (was nur auf dem Balkon erlaubt war, in der Wohnung waren Schuhe verboten), klärte sie mich auf: »Nicht hier, in Poor Man's Night Club.«

Und dann hielt sie mir einen längeren belehrenden Vortrag, daß es sich für einen Mann wie mich nicht ziemte, ohne Socken herumzulaufen. Ich gehöre zu jenen, die durch sorgfältige Kleidung nach außen hin erkennbar machen müßten, daß sie zu der besseren Schicht der Einwohner zählten, die sich anständige Fußbekleidung leisten kann und nicht mit leichten Mädchen verkehrt, was etwa auf dasselbe herauskam.

Poor Man's Night Club, der Nachtclub der armen Leute, das war eigentlich ein riesiger Parkplatz, auf dem tagsüber Auto neben Auto stand. Er lag unmittelbar an der Anlegestelle der Fähren, die zwischen Macao, der etwa siebzig Kilometer westwärts gelegenen portugiesischen Besitzung, und Hongkong verkehrten. Abends, nach Einbruch der Dunkelheit, begann hier ein verwirrend vielfältiges Treiben. Im Nu wurden wackelige Buden errichtet, Verkaufstische mit Planen aufgespannt, Herde begannen zu qualmen, Wahrsager und Geschichtenerzähler ließen sich auf dem Asphalt nieder, und es entstand bis Mitternacht jene köstlich bunte Atmosphäre, die zu einer chinesischen Großstadt gehört wie der Rührlöffel zur Bratpfanne.

Von frischem Obst bis zu leicht riechendem Fisch wurde nahezu alles angeboten, was der Mensch essen kann, sogar schillerndgrüne Käfer, die geröstet einen Genuß darstellten, der vermutlich aber nur von Kantonesen geschätzt wird. Daneben gab es Stände mit Büchern und Jadefiguren, gefälschten Schweizer Uhren und japanischen Fotoapparaten, einheimischen Computern und farbenprächtigen Hemden, Tabak und Mottenkugeln, angeblich italienischen Schuhen und traditionellen Musikinstrumenten. Schauspieler sangen und sprangen zum Text chinesischer Opern, und anderswo dröhnten die Rhythmen einer Rockband. Das Ganze war erleuchtet vom grellen Schein zischender Karbidlampen, hier und da flackerten bunte Lichterketten, und es gehörte schon eine gewisse Routine dazu, wenn man verstehen wollte, was dieser oder jener Ausrufer anpries, das Stimmengewirr glich einem abschwellenden Taifun.

Ich liebte diese Atmosphäre, und obwohl man hier vor Taschendieben gar nicht so sicher war, hielt ich mich immer wieder gern einmal in einem solchen Trubel auf. Es gab mehrere solcher Plätze in Hongkong, aber *Poor Man's Night Club* war der mit Abstand bekannteste. Nachdem ich meiner Mutter für gewisse Zeit schließlich doch wieder das Gefühl gegeben hatte, ihr Sohn sei noch zu den anständigen Leuten zu rechnen, fuhr ich in Richtung Macao-Anlegestelle, denn, ohne es zu ahnen, hatte mich meine Mutter auf eine Idee gebracht: Charly Soong war ein Mann, der viele ausgezeichnete Kontakte besaß ...

Ich hatte keine Mühe, ihn zu finden. Charly schien hier eine Art Marktlücke entdeckt zu haben. Sein Stand war mit Varianten des amerikanischen Sternenbanners so auffällig dekoriert, daß man ihn selbst inmitten dieses Gewimmels nicht verfehlen konnte, zumal er einen überraschenden Zulauf hatte. Man soll sich eben nicht von Vorurteilen leiten lassen: was wird gerade unter Chinesen nicht alles gegen diesen Patentimbiß gesagt, der aus einem Maisbrötchen besteht, in dem eine Hackfleischbulette mit viel Zwiebeln, Tomatenscheiben und Grünzeug klemmt! Jüngere Hongkonger haben sich längst daran gewöhnt. Natürlich hätten sie auch gern irgendwo ein chinesisches Nudelgericht gegessen oder eine Schale Huntun-Suppe, aber der Hamburger war eben nicht mehr verpönt, er hatte den Hauch von Exotik längst verloren und war zum Lebensmittel geworden wie vieles andere auch. Zwei junge Mädchen brieten pausenlos die Fleischfladen auf einer Blechplatte, während Charly sie in die Brötchen packte und ausgab und dann kassierte.

Ich sah eine Weile zu, und dabei konnte ich einen Blick in den Pappkarton unter dem Verkaufstisch werfen, der mich darüber aufklärte, daß hier solides Geld verdient wurde. Die Scheine stapelten sich. Und Charly verstand es, seine Ware an den Mann zu bringen, er arbeitete schnell und unermüdlich, hatte aber trotzdem für jeden Kunden einen freundlichen Blick, ein Scherzwort. Als er mich sah, reichte er mir sogleich eines dieser geschätzten Dinger herüber und ermunterte mich: »Iß was, alter Junge, das ist Hackfleisch von gesunden Kühen aus Chinas südlichster Provinz, und die Zutaten sind first class!«

Der Markt war gerade eröffnet worden, und es dauerte eine Weile, bevor eine Pause an Charlys Stand eintrat, in der die beiden Mädchen den Betrieb allein bewältigen konnten und wir die Chance hatten, uns zu einem Plausch hinter das Bratblech zurückzuziehen. Den Pappkarton mit dem Geld behielt Charly dabei geschickt im Blickfeld. Er war ein kräftiger, an harte Arbeit gewöhnter Bursche, und er vertraute mir an: »Läuft gut. Die eine der beiden bezahle ich, mit der anderen teile ich die Matte.«

Welche von beiden das war, sagte er nicht. Ich betrachtete die Mädchen eine Weile, aber die eine stand der anderen wenig nach, und beide wischten sich in regelmäßigen Abständen den Schweiß aus dem Gesicht. Hongkong am Abend, in der Nähe eines Bratblechs, das ist harte Arbeit.

Wir hatten uns eine Weile nicht gesehen, und es gab einiges zu erörtern, bei einer Büchse Bier und Zigaretten, bis ich schließlich mit meinem Anliegen herausrückte.

Charly hörte sich meine Geschichte an, dachte nach, dann sagte er: »Ganove mit teuren Schuhen ... Mord ... Dazu fällt mir erst einmal nichts ein. Du verstehst, mich interessieren die Schuhe meiner Kunden überhaupt nicht. Aber das könnte, so wie du es beschreibst, eine Geschichte sein, in der eine Triade ihre Finger drin hat ...«

Natürlich hatte ich auch schon an die Möglichkeit gedacht, daß hinter dem Mord eines der Hongkonger Gangstersyndikate steckte, die sich Triaden nannten, weil sie meist in Dreiergruppen arbeiteten, und die den Leuten geschickt weismachten, sie setzten die Tradition freiheitlicher Bauern vom Festland fort. Doch Kong Wei wäre klug genug gewesen, solch einen Zusammenhang zu erkennen, er hätte ihn zumindest in seiner Botschaft angedeutet.

Charly zog eine weitere Büchse Bier für mich auf, dann ging er zu seinem Tisch, um den Mädchen eine Weile zu helfen, und als er zurückkam, bot er mir an: »Ich könnte mit Lao Dang sprechen. Das ist der Triadenboß, an den ich Schutzgeld zahle. Vielleicht hat er einen Tip. Er ist nicht ungefällig ...«

»Du zahlst Schutzgeld?« Ich war etwas verblüfft.

Aber Charly winkte ab. »Hier zahlt jeder Schutzgeld. Sonst kippen dir ein paar Kerle den Tisch um. Oder das Gewerbeamt entdeckt plötzlich auf wundersame Weise, daß es mit der Hygiene bei dir nicht ganz stimmt, und du bist raus aus dem Geschäft. Soll ich ihn angehen?«

»Hast du wirklich einen Draht zu Lao Dang?«

Charly nickte. »Ich kann ihn erreichen.« Lao Dang und seine Gruppe, die sich den Namen *Weißer Mohn* gegeben hatte, war eine der größten Organisationen. Ziemlich verzweigt. Allerdings nur auf der Insel. In Kowloon und weiter nördlich, in den New Territories, gaben wieder andere den Ton an.

»Wenn es niemand ist, den er persönlich decken muß, würde er mir einen Hinweis geben. Lao Dang wäre einer der wenigen, die Einblick in eine schmutzige Geschichte haben, ohne selbst beteiligt zu sein.«

Ich hielt Lao Dang für einen Hai, der zuerst den Hals durchbeißt, damit das Knabbern am Rest des Körpers nicht mehr weh tut. Aber es war wohl nicht angebracht, mit Charly solche Meinungen zu erörtern. Lao Dang war eine Chance. Also versprach ich Charly ein paar Scheine, wenn etwas dabei herauskommen sollte. Er wollte mir noch einen weiteren Hamburger andrehen, aber ich konnte das verhindern. Es war ein Tag voller gutem Essen gewesen. Ich versprach Charly, in ein paar Tagen wiederzukommen, und entfernte mich. Ein Wahrsager kündigte mir eine große Familie an, mit gesunden Kindern, und bei einem Vogelhändler betrachtete ich eine Weile die etwas müde in ihren Käfigen hokkenden Nachtigallen. Dann sah ich mir an einer Bude mit Radios die neuen Ghetto-Blaster von Hitachi an, die einem das Trommelfell zerreißen konnten, wenn man sie zu stark aufdrehte. Bei den Uhren blieb ich nur kurz stehen. Es waren Wempe und Solidor darunter, auch Citizen, aber sie sahen zu echt und zu neu aus, um wirklich Originalprodukte zu sein. Zum Schluß brummte mir ein bißchen der Schädel von dem Trubel, und ich rollte davon, Richtung Aberdeen.

Hier herrschte eine geradezu wohltuende Ruhe, und als ich an Bord meiner Dschunke war, gönnte ich mir eine ausgiebige Dusche mit tagsüber von der Sonne angewärmtem Wasser aus dem Tank, der am Mast hing. Dann rubbelte ich meine Haut rot, rollte mich auf der Matratze in ein frisches Leinentuch und war sofort eingeschlafen.

Ich verbrachte drei Tage damit, mich ziemlich ziellos in der Stadt herumzutreiben, im Zentraldistrikt auf der Insel ebenso wie drüben in Kowloon, und den Leuten auf die Füße zu gucken. Eine idiotische Beschäftigung, aber so ist das Leben eines Detektivs manchmal; spannende Autojagden und verführerische Damen gibt es meist im Fernsehen, und da denken nun die Leute, das wäre die Hauptsache unseres Berufes! Dabei läuft man, wie ich, tagelang mit gesenktem Blick herum und sucht das Grauweiß von *Tino,* aber man begegnet allen möglichen Grauweiß-Sorten, nur nicht *Tino,* denn diese Schuhe, das hatte ich inzwischen bei weiteren Erkundigungen in Schuhgeschäften herausgefunden, hatten eine imitierte Verschnürung, in Wirklichkeit wurden sie nicht zugeschnürt, sondern von einem Klettverschluß zusammengehalten. Wieder eine Besonderheit, aber das zu wissen brachte mir nichts weiter ein.

Ich schlenderte durch die Tiger Balm Gärten und durch ganz Wanchai, ich suchte in Happy Valley beim Pferderennen und im Zentraldistrikt, um die Cat Street herum, wo bereits der Abbruch läuft, dem wohl auch die Ladder Street zum Opfer fallen wird. Modernisierung.

Ich trieb mich im Hafen und am Flugplatz herum. Kowloon, das sah ich ein, würde ich nicht schaffen, es sei denn, ich würde Wochen dafür verwenden, um Tag für Tag Schuhe an fremden Füßen zu betrachten, und dabei stand gar nicht fest, daß ich auch alle Füße sah, die es gab. Irgendwann begriff ich, daß dies der falsche Weg war, um hinter die Identität des *Tino*-Mannes zu kommen. Eine ziellose Suche. Damit vergeudete man nur Zeit. Also rief ich Bobby Hsiang in seinem Polizeirevier in Kowloon an und erkundigte mich, ob es eine Spur gäbe, einen Hinweis. Es gab weder das eine noch das andere. Außer daß die Waffe, aus der der Schuß stammte, eine 38er gewesen war. Aber wer hatte nicht alles eine 38er! Bei jedem anderen Polizisten außer Bobby Hsiang hätte ich nicht einmal das erfahren, aber er tat es aus alter Freundschaft. Ähnlich wie ich, der ebenfalls aus alter Freundschaft versuchte, den Mord an Kong Wei aufzuklären, statt sich einen lohnenden Auftrag zu suchen.

Ich ließ mir von ihm die Genehmigung für einen weiteren Besuch in Kong Weis Laden geben. Er war zwar noch geschlossen, aber die Polizei hatte ihn freigegeben. Also kletterte ich durch das Gemisch von heilen und zerstörten Antiquitäten, hob da etwas auf und beobachtete dort etwas, ich las das, was von Kong Weis Schriftverkehr übrig war, auch das Hauptbuch mit den Kasseneintragungen, aber außer daß mein Freund ein ziemlich reicher Toter war, fand ich nichts heraus. Wenigstens beruhigte diese Entdekkung ein wenig das ungute Gefühl, ihm noch einige hundert Dollar zu schulden.

Nur ein kurzes Wegstück von Kong Weis Laden entfernt, an der Ecke der Granville Road, kam ich an einem anderen Antiquitätengeschäft vorbei, aus dessen Fenster mich ein knallbunter Porzellanbuddha fröhlich angrinste. Nun gibt es von dieser Art Geschäften wohl tausend und mehr in ganz Hongkong. Es gebört einfach zum Stil der Kolonie, mit Altem und Überkommenem zu handeln, abgesehen davon, daß Antiquitäten einträglich sind, wenn nur die Touristenzufuhr gut läuft. Es wird schwer zu sagen sein, ob in Hongkong auf Flohmärkten mehr gebrauchte Primuskocher angeboten werden als im Antikhandel Buddhafiguren. Jedenfalls brachte mich das grinsende Gesicht des Allgütigen auf eine neue Idee. Ich betrat den Laden und erkundigte mich bei dem ziemlich alten, zurückhaltend-höflichen Besitzer, ob ihm schon einmal der Begriff *schwarzer Buddha* untergekommen sei.

Da er nicht sofort den weißbehaarten Kopf schüttelte, konnte ich annehmen, daß er nachdachte. Und schließlich, wohl weil er in den nächsten Minuten keine Kundschaft erwartete, gab er mir eine ziemlich erschöpfende Auskunft: »Es existieren unzählige Arten von Buddhadarstellungen, seit Jahrhunderten, auch eine Unzahl von Materialien. So gibt es sitzende und liegende, ja sogar stehende Buddhas, sie sind aus Jade und aus Messing, aus Holz und Porzellan, neuerdings auch aus Kunststoff, und in der Pekinger Gegend, so weiß ich, knetet man sogar welche aus einer Art ungesäuertem Brotteig. Wenn Sie wollen, können Sie ein Produkt haben, das aus Taiwan kommt. Sitzender Buddha, der die Nationalhymne spielt, wenn man ihn hochhebt. Die Figur in meinem Fenster kommt aus Thailand. Dort gibt es eine Kunstrichtung, mit möglichst grellen Farben zu arbeiten, etwa wie auf Neujahrsbildern. Aber schwarz ... natürlich gibt es schwarze oder geschwärzte Buddhas. Holz. Auch Bronze wird, wenn sie altert, ziemlich schwarz. Eisenholzbuddhas sind schon im Neuzustand schwarz. Ihre Frage bezieht sich doch auf das Material, oder?«

Wenn ich das nur so genau gewußt hätte! Ebensogut konnte sich die Bezeichnung auch auf die Darstellung selbst beziehen. Irgendwo hatte ich gelesen, in Afrika gäbe es sogar Darstellungen von Jesus Christus und der Mutter Maria als Schwarze. Möglich schien alles.

»Als Neger? Buddha?« Als er diese Vermutung hörte, schüttelte der Alte energisch den Kopf. »Nein, nein. Jedenfalls wäre mir das völlig neu. Da muß es sich um einen Irrtum handeln. Oder um eine Geschmacklosigkeit. Aber Sie dürfen sich gern einmal mein Regal mit den verschiedenen Darstellungen des Allweisen ansehen, Mister.«

Er zog einen Vorhang beiseite, und ich sah sie in einem Regal, die Abbildungen des Gütigen, sitzend, stehend, liegend, Holz, Metall, eine sogar aus buntem japanischem Leucht-Acryl, auf die der Ladeninhaber etwas abfällig deutete, während er sagte: »Ein besonders abartiges Stück. Für sehr primitive Souvenirsammler geeignet.«

Natürlich, die kauften auch Postkarten, deren Oberfläche lichtgrün war, mit nichts weiter drauf, und auf deren Rückseite gedruckt stand: »Gruß aus der Weite des Pazifik«.

Der Antiquar besaß auch eine ziemlich große Figur eines Buddhas im Lotossitz. Sie stand hoch oben im Regal, und sie war so gut wie schwarz. Als ich mich danach erkundigte, lächelte der Alte nur mitleidig und klärte mich auf: »Ich habe sie aus Gefälligkeit einem armen Teufel abgenommen, sie ist so gut wie nichts wert. Schwerer Gußkörper, wahrscheinlich geschmolzener Schrott, in einer Form gegossen. Die Oberfläche wurde, wohl um sie zu glätten, dann noch mit einer Plasteschicht überzogen. Genauso indiskutabel wie die aus Acryl.«

Er konnte mir nicht helfen, das sah ich ein, und so verabschiedete ich mich mit Dankesworten, die er höflich zurückwies: es sei eine Freude für ihn gewesen, mir Auskunft zu geben. Erst später fiel mir ein, daß ich mich nicht einmal vorgestellt hatte. Und ich erinnerte mich, daß ich um Mittag mit einem Klienten einen Treff im *Mandarin* vereinbart hatte, einem der großen Luxushotels im Zentraldistrikt. Also nahm ich den Tunnel zur Insel hinüber und fuhr in dem Spätvormittagsgewühl des ungezügelten Stadtverkehrs, bis ich am *Mandarin* anlangte und wie durch ein Wunder entdeckte, daß die Anzeige der Tiefgarageneinfahrt auf Grün stand.

Ich hatte für den Klienten ein paar Beobachtungen erledigt, die mit den ausgedehnten Ausflügen seiner Gattin zusammenhingen, von deren Harmlosigkeit er nicht überzeugt war. Ein Geschäftsmann aus der zwar nicht mehr hochprofitablen, aber immerhin noch einnahmeträchtigen Textilbranche, der schon im Dachrestaurant des Hotels auf mich wartete. Den Ort hatte er selbst gewählt, wohl um jegliche Nachricht, die ich brachte, gut oder schlecht, wenigstens durch eine wohlschmeckende Mahlzeit erträglich zu machen oder zu feiern, je nachdem. Es war mehr je als nachdem. Eine dieser Routineschnüffeleien, die man in meinem Beruf einfach machen mußte, um zu verdienen. An den spektakulären Fällen verdiente man nämlich meist nicht viel. Im Gegenteil, man setzte meist mehr ein. Ein Ehemann nun, den die Eifersucht anknabberte, der zahlte gut und in bar. Ich hatte eine Woche gebraucht, um herauszufinden, daß er ein treues Weib hatte. Mit nur einer Schwäche: sie lief fast täglich, während ihr Mann das Oberhemdengeschäft betrieb, durch Dutzende von Läden und schien an einem Leiden zu kranken, das in dem Drang bestand, buchstäblich alles zu sehen, zu begutachten und vorgeführt zu bekommen, was unter der Sonne Hongkongs in einigen tausend Geschäften angeboten wurde. Vom Diamantenkollier bis zum Goldfadenbrokat aus Rotchina, von den feinsten Kosmetika bis zum Porsche-Kabrio pflegte sie alles in Augenschein zu nehmen, wobei sie nur selten etwas kaufte. Eine gelangweilte reiche Frau, die sich Träume leistet, von denen sie ahnt, daß ihr etwas geiziger Gatte sie so schnell wohl nicht erfüllen wird: das war mein abschließendes Urteil. Ich sagte es dem distinguierten Hemdenfabrikanten natürlich nicht ganz so drastisch, aber ich nahm ihm den berühmten Stein vom Herzen. Wofür er sich sogleich dankbar zeigte, indem er mir das Honorar, dezent in einem Kuvert versteckt, über den Tisch schob und mich zu einem europäischen Essen einlud, als wäre ich ein geschätzter Hemdenabnehmer aus Lyon, mit dem er den Abschluß seines Lebens tätigte. So glücklich kann man einen Mann machen, wenn man ihm weiter nichts mitteilt, als daß seine Frau sich wohlverhält, ganz so, wie sie es bei der Eheschließung gelobte.

Von hier oben hatte man einen überwältigenden Blick auf den Victoria Hafen mit seinen Dampfern und Barkassen, den hin- und herflitzenden Motorbooten und Zollkuttern, man konnte die Uhr im Glockenturm erkennen, drüben am Star Ferry Terminal, wo die Fähren ganze Völkerschaften zwischen Hongkong und Kowloon zu befördern hatten, immer noch, trotz des Tunnels.

In der Ferne war in der flimmernden Luft gerade noch die Südspitze Kowloons zu erkennen. Während mein Gastgeber sich über die erwiesene Treue seiner Frau freute, genoß ich den Ausblick. Und da das Essen uns eine intensive Unterhaltung ohnehin nicht erlaubte, überlegte ich weiter, wie ich denn endlich an den Träger der *Tino*-Schuhe mit der verräterischen Sohle herankommen könnte.

Als ich den Textilmann zwischen Pampelmusenkompott und Schokoladendessert fragte, ob er persönlich *Tino*-Schuhe tragen würde, runzelte er die Stirn. Ich entschuldigte mich für die unangemessene Frage, aber er schien sie gar nicht als Belästigung zu empfinden, vielmehr klärte er mich mit dem Wissen des Bekleidungsfachmanns auf: »Mister Lim, diese Firma ist zwar teuer, aber sie gehört nicht etwa zu den Spitzenhäusern der italienischen Branche. Das ist eine jener Nobelmarken, sogenannten, müßte man eigentlich sagen, die ein wirklich feiner Mann nicht trägt, nur der Angeber. *Tino* ist eine Marke, die von Leuten bevorzugt wird, die Eleganz nicht wirklich pflegen oder im Blut haben, sondern nur vortäuschen. Ich würde sagen, man kann sie an Taugenichtse verkaufen, an Zuhälter vielleicht, ich entschuldige mich für meine Deutlichkeit. Nein, für mich käme so etwas nicht in Frage ...«

Er bestellte Tee. Und ich überlegte. Zuhälter. Das engte nicht nur das Milieu ein, sondern auch ein wenig die Altersgruppe. Ob ich mit dieser neuen Erkenntnis weiterkam? Nach dem Kweiblütentee, der zwar nicht zu einer europäischen Steakmahlzeit paßte, aber von erlesenem Geschmack war, schieden wir als gute Freunde. Und ich war wieder allein mit meinen Überlegungen über einen Mord und mit meinem siebenjährigen Toyota, der sich tapfer durch das Gewühl in Richtung Aberdeen kämpfte. Ich hatte beschlossen, den Tag einen Tag sein zu lassen. In der Tasche ein Bündel Geldscheine, von dem ich der Steuer nur die Hälfte melden würde, kletterte ich schließlich an Bord meines schwimmenden Refugiums, stellte das Radio an und fläzte mich in einen Deckstuhl. Wie kam ich weiter?

Einer Antwort enthob mich zunächst Li, besser bekannt unter ihrem Kosenamen Pipi, eine kleine, aparte Chinesin, die eine Schwäche für mich hatte. Sie war in Wanchai aufgewachsen, wie ich auch, hatte aber später, nachdem sie eine Zeitlang Kellnerin in einer der Kneipen in der Lockhardt Road gearbeitet hatte, den Absprung in eines der feineren Hotels am Rande der Causeway Bucht gefunden, das *Excelsior,* wo sie hinter dem Tresen der Rezeption stand.

Den Aufstieg hatte sie ausnahmsweise nicht einer Schlafgefälligkeit gegenüber dem Manager zu verdanken, nein, sie war nicht nur ein fleißiges Mädchen, sie war klug, umsichtig, verstand sich zu pflegen und zu kleiden und mied anrüchige Männerbekanntschaften. Alles Eigenschaften, die man in der Chefetage eines Luxushotels wohl zu schätzen wußte. Außerdem besaß Pipi einen untrüglichen Blick für Menschen. Und das prädestinierte sie geradezu für eine Rezeptionistin. Sie konnte auf Anhieb unterscheiden, ob ein Gast tatsächlich wohlhabend war oder ob er sich nur so gab; ob er bereit war, im Hotel Geld auszugeben, oder ob er sich verstecken wollte. Sie unterschied durch aufmerksames Hinsehen Ehefrauen von Geliebten und hörte selbst am Telefon noch eine Menge über Gäste heraus, die Bestellungen aufgaben. Und sie brachte es fertig, den aufgebrachtesten Unzufriedenen durch ihren unerschütterlichen Charme zu beruhigen, wenn er an der Anmeldung laute Beschwerden vorbrachte – kurzum eine Perle. So etwa das, was immer auf den Werbeanzeigen abgebildet ist: *Dies ist Asien! Es empfängt Sie im Hotel Excelsior in Hongkong mit dem unwiderstehlichen Zauber östlicher Lebensfreude!* Nun ja.

Pipi kam mit einem Walla Walla. Das sind Mietsampans, die zuweilen, wenn der Besitzer es sich leisten kann, einen billigen Außenbordmotor haben. Ein solches Ding hörte ich schon von ferne rattern, aber ich achtete erst darauf, als das Geräusch unmittelbar an meiner Dschunke plötzlich erstarb. Solche Sachen machen mich stets vorsichtig, und so warf ich einen Blick über die aus Hartholz kunstvoll geschnitzte Reling meiner Dschunke. Da war sie. Pipi. Winkend. Zu ihren Füßen stand die bunte Tragetasche, woraus ich entnehmen konnte, daß sie über Nacht bleiben würde. Ich ließ die Strickleiter herab, außerdem eine Leine mit einem Haken, um ihre Tasche heraufzuziehen. Pipi brauchte beide Hände beim Klettern. Der Walla-Walla-Fahrer hatte es nicht eilig wegzukommen, obwohl er längst bezahlt war: Pipi trug eines dieser Minis, über die manche Leute sich die Lunge aus dem Leib schimpfen, und ihre Unterpartie, vom Wasser aus gesehen, war schon eine Minute Zeit wert!

Als sie an Bord gehüpft war, umhalste sie mich zuerst ausgiebig, dann roch sie Spuren von Alkohol in meinem Atem, schimpfte über die schlechten Zigaretten, die ich rauchte und die angeblich den Atem eines Mannes zur Zumutung werden lassen, plapperte etwas von einer neuen Zahncreme, die sie mitgebracht hatte und die helfen würde, angeblich, doch zuletzt war sie wieder die gute alte Pipi, die so froh war, mich zu sehen, daß sie Mühe hatte, keine Freudentränen zu vergießen.

»Du bist brutal«, zog ich sie auf, »der Walla-Walla-Mann wird jetzt seinen Tagesverdienst in einem Freudenhaus drangeben, nur um sich von der Erinnerung an deinen Hintern zu befreien – kannst du zur Abwechslung nicht mal Jeans tragen, wenn du beabsichtigst, Strickleitern heraufzuklettern?«

Sie lachte ihr unnachahmliches, verschmitztes Lachen. »In Jeans habe ich auch einen Hintern!«

»Kriegst du im Hotel nicht dauernd Schwierigkeiten, weil du die Leute zum Amoklaufen reizt?«

»Im Gegenteil, Einladungen kriege ich!« konterte sie. »Und im übrigen haben wir Zimmermädchen, die tragen kürzere Minis als ich. Bücken sich damit noch über Betten, wenn sie die Zimmer aufräumen. Manchmal sehen die Gäste zu. Aber mich können sie ja nur vom Kopf bis zum Nabel sehen, der Rest ist Theke! Ich bin der anständigste Anblick des ganzen Hotels, du Spießer!«

Ich gab es auf. Pipi fühlte sich warm und weich an wie immer, ihr Gesicht strahlte, sie duftete nach etwas, das ich für französisch hielt, und sie war gewiß nicht gekommen, um mit mir über die Länge der Miniröcke des Hotelpersonals zu streiten. Streit war überhaupt nicht Pipis Sache, sie war von Natur aus ein fröhlicher Mensch. Einmal waren wir zusammen im Tiger Balm Garten und besahen uns die nachgebauten Tempel mit ihren Figuren. Dabei schiß mir einer der großen Vögel, die dort herumschwirren, kräftig auf das Revers meines neuen Rohseidenanzugs. Ich war wütend. Pipi aber klatschte in die Hände und freute sich: »Mach nichts daran, Lim, Darling, die Leute werden es für eine neue Art von Schmuckplakette halten, du weißt schon, für eines dieser ausgefallenen Accessoires!«

Könnten Sie einem solchen Mädchen böse sein, wenn es plötzlich erscheint, mit Flatterhemd und Zahncreme, und Ihnen einfach zu erkennen gibt, es möchte über Nacht bleiben und dabei möglichst nicht nur schlafen? Ich kann das nicht, und deshalb verbrachten wir trotz aller Probleme, die mir der Mord an Kong Wei bereitete, einen vergnügten Abend. Pipi brutzelte etwas aus Eiern und Pilzen zusammen, wir tranken Bier dazu, von dem ein ausreichender Vorrat an Bord war, und wir tanzten sogar, als aus dem Radio der leise Sound von Tim Barker kam. Da drehte Pipi lauter, und wir wiegten uns zu dem Klang, eng aneinandergeschmiegt, eigentlich waren wir Liebesleute, nur nahm das keiner von uns so besonders schwer, wir trafen uns eben, wenn der eine oder der andere Lust dazu hatte, und wir stellten keine Bedingungen auf. Meine Mutter – wenn sie von meinem Verhältnis zu Pipi mehr gewußt hätte – wäre für den Rest ihres Lebens schamrot geworden und hätte mich darüber aufgeklärt, daß selbst amerikanische Marinepiloten vergleichsweise mehr Moral haben als solche Mädchen.

Ich hingegen fühlte mich, wenn ich mit Pipi zusammen war, immer recht wohl, so auch jetzt. Und deshalb war es mir auch ganz recht, als sie während des Tanzens mit einemmal ihren Mund an mein Ohr drückte und mir zuflüsterte: »Lim, Darling, ich würde dich jetzt viel lieber in mir haben als an mir, was hältst du davon?«

»Viel!« gab ich zurück. Es war lange her, daß wir beisammen gewesen waren. Also warf sie ihre Bluse, den Minirock, und was sie darunter trug, ab, verbrauchte einen Schwall Wasser aus dem Duschtank am Mast, und dann begaben wir uns nach unten, auf die Matratze, wo wir bald in Schweiß gerieten, weil Pipi eben alles andere als ein temperamentloses Mädchen war. Und wir waren beide mehrmals zufrieden mit dem Gefühl des Stratosphärenfluges, das wir uns gegenseitig bereiteten. Das Nachthemd zog sie bis zum Morgen erst gar nicht an. Es hätte sich nicht gelohnt.

Schläfrig, wie ich war, bekam ich am nächsten Mittag gerade noch mit, daß sie sich von mir verabschiedete und mir verriet, sie habe von drei bis Mitternacht Dienst. Kurz darauf hatte sie ein vorüberdriftendes Walla Walla herbeizitiert, kletterte die Strickleiter hinab, und ich hörte, wie das kleine Fahrzeug davontuckerte. Ach ja, daß ich sie gelegentlich anrufen sollte, hatte sie auch noch verlangt. Und mir fiel erst gegen Abend ein, daß ich auch sie nach einem Dandy hätte fragen sollen, der möglicherweise diese *Tino*-Schuhe trug. Doch beim Charakter des Hotels, in dem sie arbeitete, war kaum zu erwarten, daß solch ein Typ dort verkehrte.

Am Abend entschloß ich mich, wieder einmal bei Hamburger-Charly vorbeizuschauen, schließlich waren wir verabredet. Am Heck hatte ich für alle Fälle ein kleines flaches Plastboot angeleint, das benutzte ich, um an Land zu kommen. Der Abendverkehr meinte es gnädig mit mir, und ich kam gut vorwärts, zumal die meisten Büros im Zentraldistrikt längst geschlossen waren und die Beamten bereits abgefahren. Also schlenderte ich über *Poor Man's Night Club,* der das übliche Bild bot, mit einer Ausnahme: heute schien der Tag der Japaner zu sein, denn die kleinen Gestalten von den Inseln hopsten überall zwischen den Buden herum und ließen ihre Blitzlichter aufflammen, um bärtige Inder mit zahmen Kobras oder flinke Zauberer mit ihren Kameras zu porträtieren. Ich wühlte mich bis zu Charlys Bratstand durch, und als ich ihn über eine Reihe von Touristen mit diesen japanischen Karnevalshüten hinweg anrief, winkte er sogleich, ich solle mich hinten in die Nähe des Bratblechs setzen und warten. Von einem der Mädchen bekam ich eine Büchse Bier zum Zeitvertreib, und ich entdeckte wieder, daß Charly wohl doch der bessere Geschäftsmann von uns beiden war – er hatte eine batteriebetriebene Eisbox angeschafft, die dem Bier genau die rechte Temperatur verlieh bei der abendlichen Hongkonger Schwüle.

»Wo bist du nur die ganze Zeit gewesen?« stellte er mich zur Rede, als sei ich einer seiner Angestellten, der ein paar Tage ohne Grund nicht zur Arbeit gekommen war. Wir einigten uns schließlich darauf, daß mein Beruf mir einiges abverlangte, und er knurrte: »Gut, also ich habe schon seit gestern einen Tip für dich. Du hast mir diese verrückten Turnschuhe beschrieben, und ich habe beim *Weißen Mohn* meine Fühler ausgestreckt. Von den Jungens dort trägt sie keiner. Aber Lao Dang hat mir den Gefallen getan, sich umzuhören. Es gibt einen Mann, der solche Latschen täglich an den Füßen hat. Dazu eine in Grenzen helle Hose und ein Hawaii-Hemd mit der Stadtkarte von Honolulu drauf, in Farbe. Wenn das nicht gerade gewaschen wird. Er ist so alt wie du, auch etwa so groß, hat schwarzes, gekräuseltes Haar und hört auf den Namen Rico Aranquez ...«

»Klingt portugiesisch, oder irre ich mich?«

»Er soll aus Macao sein. Portugiese, sicher. Muß gut verdienen. In den Triaden hat er als Ausländer nichts zu suchen. Man vermutet, daß er für einen Gweiloh arbeitet, aber das weiß man nicht genau, weil diese Ausländer sich sehr gut absichern. Er soll jede Art Arbeit übernehmen, vorausgesetzt, sie wird gut bezahlt. Viel mehr weiß man nicht über ihn. Aber – er ist mindestens einmal die Woche in einem Fitness Center in West Point anzutreffen, das heißt *Tiger Hall.* Reicht das?«

»Und ob mir das reicht, Charly! Du bist unschlagbar!«

»Lao Dang ist es.«

Ich zog einen Hundertdollarschein aus der Tasche, faltete ihn zusammen und steckte ihn Charly zu. Er quittierte es mit einem Blinzeln und später mit einem Hamburger. Gratis.

Ich machte mich am nächsten Vormittag auf den Weg. West Point war eines der ältesten chinesischen Wohngebiete auf der Insel, es schloß sich westlich an den mondänen Zentraldistrikt an und bestand aus einem Gewirr von Gassen und schmalen Straßen. Von einer Seite zur anderen zogen sich meist Wäscheleinen, auf denen Hemden und Hosen hingen wie Fahnen im Wind.

Die Gassen beherbergten neben den Bewohnern eine Unmenge von kleinen Läden, Werkstätten, Restaurants, Stundenhotels, Karate-Studios und überhaupt jede der tausend Einrichtungen, die zum chinesischen Leben gehören, von der Druckerei für Begräbnisgeld bis zum Hinterhof, auf dem Räucherstäbchen getrocknet werden. Eine Gegend, die Wanchai ähnelt, nur daß sie nicht so protzig ist und so bekannt. Und sie zieht deswegen auch nicht so viele ausländische Touristen an. Die kommen meist nur bis zur Ladder Street und zum Man Mo Tempel, und wenn sie die Greifbagger sehen, die in der Gegend neue Tatsachen schaffen, flüchten sie in angenehmere Stadtteile.

Ich ließ meinen Toyota irgendwo am Rande des Gassenviertels stehen, weil die Durchfahrten hier so eng waren, daß gerade noch eine Fahrradrikscha passieren konnte. Zu Fuß ging ich weiter. Es war das vertraute Bild, es waren die vertrauten Farben und Gerüche, die Geräusche. Kindergeplärr und Weibergezänk, Wäsche, die irgendwo geschlagen wurde, das Hämmern von Kesselschmieden und das Geklingel der Wasserverkäufer und Topfflicker, es waren die verschlungenen Schriftzeichen auf den Namensschildern der Geschäfte, das Schnarchen eines am Gassenrand Schlafenden, der Geruch nach Weihrauch und Mottenkugeln, nach Gullys und Urin, aber auch nach frisch vor der Haustür gebratenem Fisch oder dem Karbid des Schweißers, der einen Schaufensterrahmen zusammenführte, mitten auf der Gasse, so daß ich der zischenden Flamme ausweichen mußte. Er quittierte es mit einem Grinsen hinter seinem Blendschutz.

Tiger Hall war nicht weit entfernt vom Man Mo Tempel, der ältesten buddhistischen Gebetsstätte der Insel, zwischen einer Karate-Schule, aus der in Abständen tierisches Gebrüll kam, und einer Korbflechterei, die vorwiegend Sessel und Kinderwagen herstellte. Auf der Straße wurde gearbeitet, vor einer garagenähnlichen Halle, in der das Material lagerte und die Enkelkinder auf Matten schliefen. Was tun? Am besten, ich ging hinein, in das Trainingszentrum. Wenn sich dieser Rico zeigte, würde ich es merken.

Der Manager ähnelte einem Schauspieler aus einem Film der Shaw Brothers, er lief halbnackt herum, sah muskulös aus, hatte eine Glatze, flinke Augen und Hände, denen man ansah, daß sie bereits in der Karate-Schule nebenan gehärtet worden waren. Ich selbst hatte Karate nur so weit studiert, um mich gegen einen Angriff verteidigen zu können, als Sport war es mir zu anstrengend, und die Lektionen waren auch ziemlich teuer. Außerdem hatte es einen Haken: Wenn man von einem Karate-Mann ernsthaft angegriffen wurde, starb man entweder selbst, oder man mußte ihn töten. Keine der beiden Lösungen war mir sonderlich sympathisch.

Als der Manager mich jetzt freundlich fragte, was er tun könne, um mich glücklich zu machen, beklagte ich meinen nicht ganz befriedigenden körperlichen Zustand, und er begriff sogleich, daß er in mir einen Kunden vor sich hatte, der ein paar Übungen absolvieren wollte, einmal die Woche vielleicht.

Der Mann war trotz seines martialischen Aussehens freundlich und hatte offenbar ein umgängliches Wesen. Er nannte mir einen annehmbaren Preis, zu dem ich seine Geräte in der Halle hinter dem Umkleideraum benutzen könnte, und ich besah mir das alles erst einmal, wie um mich damit vertraut zu machen: Leitern, Seile, Stangen, Rudereinrichtungen, Streckzüge, Gewichtstangen – alles, was solch moderne Folterkammer eben ausmacht.

»Sie können gleich anfangen«, bot der Manager mir an, nachdem ich vier Stunden im voraus bezahlt hatte. Meinen Revolver hatte ich zum Glück im Auto gelassen, aber natürlich hatte ich keine Sportkleidung mitgebracht. Dem sei leicht abzuhelfen, freute sich der Mandschu-Krieger und legte mir aus seinem Vorrat Turnhose und Hemd hin. Der Preis war moderat. Ich murmelte auf gut Glück etwas davon, daß Ricci mir gesagt hätte, hier sei mehr Betrieb. Und ich traf ins Schwarze.

»Sie meinen Rico, Mister, nicht wahr?«

Ich stellte mich einfältig und schüttelte den Kopf. »Rico? Nein, Ricci, das ist ein Junge aus meiner Nachbarschaft. Er hat wohl mal hier hereingeschaut. Ist aber schnell wieder abgesprungen. War ihm zu anstrengend. Warum Rico?«

Der Manager war alles andere als mißtrauisch. Er winkte grinsend ab. »Ich verstehe, das sind zwei verschiedene Leute. Nicht jeder stellt sich bei mir vor. Manche bleiben nach der ersten Stunde schon weg. Zu faul. Trifft wahrscheinlich auf Ihren jungen Burschen auch zu.«

Wieder stellte ich mich dumm. »Der hieß aber Ricci. Wegen dem spanischen Vater. Nicht Rico. Hat er sich so vorgestellt?«

Inzwischen hatte ich die Trainingskleidung angelegt, und der Manager konnte sich nicht verkneifen, anerkennend die Lippen zu schürzen, in der Tat, ich hatte kein Gramm überflüssiges Fett am Körper. Lachend sagte er: »Nein, nein. Rico ist schon Rico. Der kommt immer am Donnerstag, regelmäßig. War eine Verwechslung. Diese spanischen Namen sind ja auch den portugiesischen ganz ähnlich ...«

Er winkte ab, als wisse er alles über Spanier und Portugiesen. Dann meinte er noch, wenn ich Lust hätte, könnte ich für die gleiche Gebühr gern länger als die vereinbarte Stunde bleiben, der Hauptbetrieb ginge erst in den Nachmittagsstunden los, später. Worauf ich ihm dankte und versprach, das nächste Mal auch am

Nachmittag zu kommen, mit mehreren Leidensgenossen zusammen mache Training eben mehr Spaß. Er lächelte wissend, als ich mich auf die Pritsche unter der Gewichtsstange niederließ. Donnerstag. Vermutlich nachmittag. Heute war, das zeigte meine Uhr, Dienstag. Also übermorgen. Ich griff nach der Stange und zog. Der Kunde vor mir mußte Schlepper im Hafen gewesen sein!

Besagter Rico war nicht ganz so groß wie ich. Ein gedrungen wirkender Körper, Arme und Beine mit viel Muskeln und ein Kopf, der am besten mit dem Begriff *markant zu* kennzeichnen war: breitflächiges Gesicht, schwarze, hart blickende Augen, etwas aufgeworfene Lippen und krauses schwarzes Haar. Nase und Ohren machten auf mich den Eindruck, als habe der Mann in früheren Zeiten einmal geboxt, aber da konnte man sich täuschen, wie ich wußte. Jedenfalls schien es ihm an Kraft nicht zu mangeln, denn er stemmte so ziemlich alles, was aufzustecken ging, und als er die Sandbirne bearbeitete, merkte ich, daß er einen gesunden Schlag in der Rechten hatte. Kein Mann, mit dem man sich mutwillig anlegte. Ich machte mir meine Gedanken über ihn. Auf den ersten Blick ist schwer zu sagen, ob jemand gewalttätig ist oder nicht. Da kann man sich irren, wie bei den Boxern. Ich hatte schon zu viele graue Mäuse gesehen, die erstaunliche Untaten vollbrachten. Und Karate-Gestalten, die es nicht fertig bekamen, auch nur ein Huhn zu schlachten. So beschloß ich, vorsichtig vorzugehen und auf alles gefaßt zu sein. Zunächst galt es, mit dem Mann ins Gespräch zu kommen.

Als ich nach einer Stunde kräftezehrenden Trainings bewundernd in der Nähe seines Federzugapparates stehenblieb und mir mit dem Handtuch prustend den Schweiß von Gesicht und Nacken wischte, streifte er mich nur mit einem kurzen Blick und machte weiter. Aber der Blick war nicht unfreundlich. Ich vermutete, daß er einen Anteil chinesischen Blutes hatte, seine Augen sahen mir danach aus. Und bei mir würde er es ohne Mühe erkennen können, ich vermochte meine Herkunft ohnehin nicht zu leugnen.

»Jesus Christ«, sagte ich ebenso anerkennend wie leutselig, als er eine Pause einlegte. »Das werde ich wohl in zwei Jahren noch nicht schaffen, immer voll bis zum Anschlag und volles Gewicht!«

Er lächelte nur und machte weiter. Sagte kein Wort. Also machte ich erst eine Weile am Radtrainer weiter, sozusagen ein leichtes Auslauftraining nach der härteren Gangart. Aber ich behielt ihn im Auge. Und ich kam ihm zuvor, als ich merkte, daß er sich anschickte, Schluß zu machen. Vor ihm war ich im Duschraum, und auch im Umkleideraum erwartete ich ihn schon, als er mit vom heißen Wasser geröteten Gesicht eintrat und zu seinem Spind ging.

Tiger Hall war kein supermondänes Fitness-Center, wie es sie in den Luxushotels in Victoria gibt, es war sogar ein wenig primitiv, wie so manches in den chinesischen Wohnbezirken. Es gab hier nur die Duschen, während die Luxuseinrichtungen Whirlpools hatten und Höhensonnen oder sogar eine komplette Sauna. Man zog sich vor seinem Spind um wie ein Sportler im Stadion. Für den Spind hatte man einen Schlüssel, den man beim Weggehen dem Manager abzugeben hatte. Der Umkleideraum war nicht sehr groß, und so fiel es mir auch nicht sonderlich schwer, Rico zu beobachten, wie er sich ankleidete. Der Mode folgend, trug er Boxershorts als Unterwäsche, darüber kam, wie Charly Soong es genannt hatte, eine in Grenzen helle Hose sowie ein Sweatshirt, auf dem zu lesen war, daß die Hudson-Universität, wo immer die lag, die berühmteste Einrichtung Amerikas sei. Und dann zog Rico seine Schuhe aus dem Spind! Ich erkannte sie sofort. Kein Irrtum möglich: das war die Marke *Tino,* grau-weiß mit dem Klettverschluß. Trotzdem: bevor ich nicht einen Abdruck der Sohle zum Vergleich hatte, war ich so klug wie zuvor. Da mußte ich mir wohl etwas einfallen lassen. Und es würde Zeit brauchen, um den Beweis herbeizuschaffen, daß der Mann genau jenen Schuh trug, dessen Abdruck ich bei Kong Wei gefunden hatte. Immernin aber hatte ich meinen Mann, wie ich glaubte, und der Rest würde von meiner Findigkeit abhängen. Vorausgesetzt, ich suchte überhaupt in der richtigen Richtung. Nun, jetzt hieß es erst einmal, Rico nicht aus den Augen zu verlieren.

Als ich sah, daß er die Gasse in der Richtung ging, die zu meinem abgestellten Auto führte, beschloß ich, ihm mit dem Toyota zu folgen, falls er selbst ein Auto fuhr. Wer einen alten Mann erschoß, so dachte ich mir, der hatte in aller Regel irgendwo ein Fluchtfahrzeug stehen, um schnell vom Tatort wegzukommen. Ich täuschte mich nicht. Ganz in der Nähe meines Toyota parkte ein grüner Wrangler-Jeep mit blitzenden Chromstoßstangen, die einen Ochsen beiseite schieben konnten. Der Herr war durch und durch sportlich! Und gekostet hatte das schöne Stück auch einiges.

Es gelang mir, hinter ihm zu bleiben, obwohl er nicht etwa sofort in die Gegend mit den breiteren Straßen fuhr, sondern sich etwas weiter südwärts bewegte, in das Viertel hinter dem Man Mo

Tempel, bis er dann zwischen Baumaschinen und Arbeitskolonnen in die Hollywood Road einbog, wo er vor dem *Snake Saloon* parkte, einem Restaurant, dessen Spezialität Schlangenfleisch ist. Er schloß den Wrangler ab, scheinbar wollte er sich nach dem anstrengenden Training in aller Ruhe eine Mahlzeit einverleiben. Ich fand auch noch einen Abstellplatz in einiger Entfernung, und da saß ich nun und überlegte. Hineinzugehen und ihn zu einem Bier einzuladen war nicht ratsam. Es würde wohl auch wenig Sinn haben, ihn geradeheraus zu fragen, ob er Kong Wei umgeschossen hatte. Ich brannte mir eine Zigarette an und forderte meine grauen Zellen. Ohne Erfolg vorerst.

Als ich den Zigarettenstummel aus dem Fenster warf, fiel mein Blick auf eine Gestalt, die auf dem Bürgersteig der anderen Straßenseite kniete und mit Fettkreide ein Gemälde schuf, direkt auf dem Beton. Hoang, der Künstler, so nannten die Leute ihn, ein in dieser Gegend bekannter Mann, auch in Wanchai, ein etwas verwachsener Chinese von schwer bestimmbarem Alter, der fraglos Maltalent besaß. Er hatte sich allerdings erst seit ein paar Monaten wieder darauf besonnen. Vorher war er als Taschendieb aufgetreten, in diversen Wing-On-Kaufhäusern. Ich kannte ihn. Hatte ihn einmal beobachtet, wie er an einem Verkaufsstand eine relativ billige Mondphasenuhr verschwinden ließ. Da ich mit Wing On nicht im Geschäft bin und auch nicht mehr bei der Polizei angestellt war, hatte ich ihm draußen vor dem Laden nur auf den Buckel geklopft und gefragt, wieviel die Uhr denn kosten solle. Selbstverständlich kaufte ich sie nicht, aber ich machte ihn aufmerksam, daß Wing On kürzlich neue Hausdetektive eingestellt hatte und die Sache beim nächsten Mal gefährlich für ihn ausgehen könnte. Die Burschen besaßen nämlich Knüppel, und wenn sie Hoang damit auf den Buckel schlugen, würde das weh tun. Abgesehen von dem, was danach auf ihn zukam. Wir waren als Freunde geschieden. Er wußte nicht einmal, daß ich Detektiv war. Und da hockte er nun und malte ...

Ich sprang aus dem Wagen, und er erkannte mich sofort wieder. Freute sich sogar, denn diesmal hatte er keine gestohlene Uhr bei sich. Es müsse schnell gehen, wenn er mir einen großen Gefallen tun wolle, sagte ich ihm. Ob er wolle? Er wollte. Dabei rieb er Daumen und Zeigefinger, und ich gewöhnte ihm diese nervöse Bewegung erst einmal mit ein paar Dollarscheinen ab, worauf er sich erhob und feierlich erklärte: »Stehe zu Ihrer Verfügung, Sir!«

Hoang, der Künstler, war nicht begriffsstutzig. Fünf Minuten später hatte er mit dem Chef des *Snake Saloon* ausgehandelt, daß er direkt vor dem Eingang ein originelles Straßenbild malen würde. Dem Wirt waren die Baukolonnen, die überall Altchina einrissen, um Platz für Wolkenkratzer zu schaffen, ohnehin ein Graus, so hatte er freudig zugestimmt. Worauf sich Hoang vor den Eingang hockte und mit hellblauer Fettkreide ein Rechteck ausmalte, in das er mit knalligem Rot die chinesischen Zeichen setzte *Zertretet die Baulöwen!*

Ich selbst flitzte zu einem Laden in der Nähe, der Begräbnisutensilien verkaufte, unter anderem auch breite Rollen mit weißem Papier, die man bei einer chinesischen Bestattung zu allerlei Dekorationen verwendet. Ich erstand ein paar Meter, schaffte sie zu Hoang, dessen Bild gut gedieh, und der Künstler legte sie nach meiner Anweisung so um das Bild herum, daß einem Gast, der aus dem Restaurant kam, gar nichts weiter übrig blieb, als zuerst auf das Bild und dann auf das Papier zu treten. Wer hingegen hineinging, vollzog diese Prozedur umgekehrt.

Dann saß ich wieder in meinem Toyota, rauchte und wartete und bangte, daß mein Trick gelang. Den Eingang konnte ich sehen. Ich erkannte auch, daß der Bürgersteigmaler unvermutet den Nerv der Leute getroffen haben mußte, denn nahezu jeder, der das Restaurant betrat oder verließ, las lachend die Parole, und bis auf eine Ausnahme erntete Hoang dafür Trinkgeld und Zustimmung. Ich kam mir beinahe wie ein Sponsor vor, der einem armen Künstler zu Einkommen verhilft: und ein bißchen bedauerte ich, daß ich jetzt nicht neben Hoang stehen und die Flüche auf die Baugesellschaften hören konnte, während der Maler die Fettkreide immer dicker verrieb und gelegentlich ein Stück betrampeltes Papier auswechselte.

Rico stutzte, als er mit flottem Schwung heraustrat und das Kunstwerk sah. Dann lachte er laut, griff in die Tasche der in Grenzen hellen Hose und warf dem Maler ein Geldstück zu, das der geschickt auffing. Worauf Rico demonstrativ mit beiden Füßen auf das Bild aus Fettkreide sprang, ein paarmal darauf herumtrampelte und dann über das weiße Papier davonging, den Magen gefüllt und die Sinne heiter, wegen des lustigen Einfalls, den dieser buckelige Kerl da gehabt hatte.

Der Wrangler rollte an. Ich schaffte es gerade noch, bei Hoang kurz zu bremsen. Er schmiß mir einen Fetzen Papier ins Auto, blinzelte mir verschwörerisch zu, und dann mußte ich Gas geben, denn der Wrangler bog bereits um die nächste Ecke.

Eine Viertelstunde später parkte ich in der Macdonnel Street, unweit des Vereins christlicher junger Mädchen, und sah zu, wie Rico seinen Luxusjeep in die Tiefgarage eines der neuen Apartmenthäuser fuhr, die hier in den letzten Jahren entstanden waren. Keine unerschwingliche Wohngegend, aber immerhin eine, die ein regelmäßiges gutes Einkommen nötig machte.

Ich wartete, ob Rico vielleicht herauskommen würde, aber er erschien eine Stunde lang nicht. Also kroch ich aus dem Toyota und betrat das vielstöckige Gebäude, das sogar einen Beschließer hatte, bei dem ich erfuhr, daß Rico in der siebenten Etage wohnte. Ob er mich anmelden solle? Ich dankte, Rico würde mich erwarten. Das beruhigte den freundlichen Mann, und er rief mir sogar noch die Nummer des Apartments hinterher, als ich zum Lift ging. Siebenhundertzweiunddreißig.

Ich fuhr bis in den vierten Stock, stieg aus und suchte die Tür, die zum Garagenaufzug führte. Als ich das Gebäude durch die Autoeinfahrt verließ, wurde es dunkel. Mit meinem Fetzen Papier auf dem Beifahrersitz fuhr ich zurück nach Aberdeen. Und hier, auf der Dschunke angekommen, goß ich mir feierlich, wie das erfolgreiche Detektive im Fernsehen zu tun pflegen, einen Schuß Suntory Whisky ein, schluckte ihn, damit eine Todsünde in den Augen meiner abstinenten Mutter begehend, und legte dann den Abdruck aus Kong Weis Laden und den Fetzen aus dem Auto nebeneinander: es war unverkennbar derselbe Schuh. Das T war oben leicht abgewetzt, und im O fehlte ein winziges Stück. Ein Beweis, wie ihn jeder Kriminalist vor Freude geküßt hätte! Ich sparte mir das. Rico war in dem Laden gewesen, soviel stand fest. Aber mehr auch nicht. Den Beweis, daß er Kong Wei getötet hatte, mußte ich erst noch erbringen. Und den Grund für den Mord herausfinden. Vermutlich gab es noch eine Menge mehr, was ich zu ermitteln hatte, bevor Licht in die Sache kam.

Ein in den Auspuffgasen des Hongkonger Zentraldistrikts ehrenvoll ergrauter, leicht asthmatischer Kriminalist hat mir einmal eingeschärft, daß man eine einmal aufgenommene Spur unter keinen Umständen aus den Augen lassen darf, bis sie sich entweder als richtig erwiesen hat oder als Irrtum. Dieser Devise folgte ich in den nächsten Tagen und forschte erst einmal über ein paar alte Bekannte im Hauptquartier der Polizei in der Arsenal Street die Person Ricos aus.

Dabei erfuhr ich, daß er mit vollem Namen Enrico Aranquez

hieß und einer Mischehe aus Macao entstammte, als einziger Sprößling. Sein Vater war den Angaben zufolge Exportkaufmann gewesen, ein in Macao nicht gerade seltener Beruf, den selbst professionelle Spieler noch angeben, wenn sie denn gefragt werden. Seine Mutter stammte wiederum aus einer Mischehe zwischen einem Portugiesen und einer Chinesin. Daher wohl war mir der »chinesische Anteil« in seinem äußeren Erscheinungsbild von Anfang an so gering erschienen. Die Eltern lebten nicht mehr. Und Rico selbst hatte von jung auf in einem Wettbüro in Macao gearbeitet. Wetten auf Windhunde, die im Canidrome von Macao ihre Läufe austrugen, sind eine Art Volkssport; obwohl dabei ziemlich geschummelt wird, hält das die Leute nicht davon ab, immer wieder ein paar Petacas zu setzen. Lange Zeit war nichts Nachteiliges über Rico bekannt geworden. Aber dann, etwa um die Zeit, als in Vietnam der Krieg zu Ende ging, war er in eine Schmuggelaffäre verwickelt worden, ohne daß er überführt werden konnte. Es hieß, er sei am Vertrieb von Wertgegenständen beteiligt gewesen, die aus Einbrüchen in Saigon stammten und über Macao nach Hongkong verhökert wurden.

Angeblich, so belehrte mich ein Blick in die damalige Ermittlungsakte, den ich mir für ein gutes Trinkgeld an den Archivar verschafft hatte, war ein ausländischer Diplomat als Hauptfigur des Geschäfts in Verdacht gekommen. Weil man aber nur den Verdacht hatte und keinen Beweis, fand sich nicht einmal der Name des Diplomaten in der Akte.

Rico, der sich damals schon in der Kolonie aufhielt und als Beruf den des Kaufmanns angab, war befragt worden – ergebnislos. Allerdings ging aus dem Bericht eines Informanten hervor, daß er in Kreisen der Hongkonger Halbwelt als ein Mann galt, der für einen entsprechenden Betrag so gut wie jede Dienstleistung versah. Er sei mitunter jähzornig, und er sei von einer Verschlagenheit, die Format hätte. So etwas nannte sich in Hongkong im allgemeinen Kaufmann.

Bei einer eisgekühlten Limonade, auf die ich plötzlich Appetit bekommen hatte, saß ich eine Weile an einem Tisch vor der aufgeklappten Vorderfront eines Cafés in Victoria und dachte nach. Es war eines dieser modernen Cafés, in denen Stadtangestellte und junge Leute sich treffen, und das ständige halblaute Geschnatter um mich herum, ebenso die Musik im Hintergrund, zusammen mit dem vertrauten Straßenlärm ließen mich unberührt – es war genau die Atmosphäre, in der ich trotz aller Nachbarn und Lärmerzeuger absolut mit mir allein war. Wie geschaffen, um Überlegungen anzustellen.

Rico war mein Mann, davon war ich inzwischen überzeugt. Aber das bedeutete nicht viel. In diesem Teil der Welt muß eine Beschuldigung bewiesen werden, sonst lacht der Verdächtige das Gericht aus und bleibt frei. Kein Gericht würde Rico auf einen Schuhsohlenabdruck hin verurteilen, den ein Privatdetektiv vorlegte. Außerdem war kein Motiv zu erkennen. Was war mit jenem ominösen Buddha, von dem Kong Wei in seiner Nachricht geschrieben hatte? Rico war kein Antiquitätensammler. Also mußte er möglicherweise einen Auftraggeber haben, der sich im Hintergrund hielt.

Ich entschloß mich bei der kalten Limonade, die in meinem Magen explosionsartige Wirkungen entfaltete, Rico zunächst einmal rund um die Uhr zu beobachten. Um dafür gerüstet zu sein, schlief ich mich gründlich aus, stopfte am nächsten Morgen ein paar Pakete Keks und Zigaretten, Bierbüchsen und Zeitungen in meinen Toyota, dann fuhr ich los.

Der Toyota hat einen unschätzbaren Vorteil, er besitzt getönte Scheiben, die nicht nur das grelle Sonnenlicht angenehm brechen, sondern auch durch ihre Spiegelwirkung den Blick ins Innere recht wirksam unterbinden. Zur Vorsicht steckte ich noch meinen 4er Magnum in den Hosenbund, und so ausgerüstet, postierte ich mich in einer frühmorgens noch freien Parklücke gegenüber dem Apartmenthaus, in dem Rico wohnte. Von hier aus hatte ich Überblick, und es bot sich die Chance, jederzeit in beliebiger Richtung abzufahren. Um acht Uhr hob sich das Garagentor. Jemand in einem alten Ford fuhr davon. Dann konnte ich die verschiedensten Leute sehen, die das Haus verließen. Ein Lieferwagen brachte einen Teppich, ein anderer trug die Aufschrift einer Televisionsgesellschaft, dann wieder wechselten Frauen mit Einkaufstüten und Männer, die schon ziemlich bei Jahren waren und offenkundig zum Spaziergang aufbrachen. Nur Rico erschien nicht.

Ich rauchte eine Zigarette nach der anderen, trank eine Büchse Bier, schlug irgendwann in einer Gruppe von Büschen, die sich dafür anboten, mein Wasser ab, wobei ein vorübergehender Herr mißbilligend den Kopf schüttelte, und endlich, kurz vor Mittag, tauchte aus der Garage der chrombestückte Wrangler-Jeep mit Rico auf.

Er fuhr ohne Verdeck, und ich wünschte ihm insgeheim einen jener plötzlichen Regengüsse, für die Hongkong berühmt ist. Aber die kamen meist erst am Nachmittag, und so folgte ich dem Jeep, der ein gemächliches Tempo fuhr, in Richtung Osten. Halt machte er erst am Deep Water Bay Strand, einer jener Gegenden, in denen man sich zwischen Hunderten von anderen Badegästen auf einem Handtuch oder einer geliehenen Pritsche von der Sonne bescheinen lassen kann. Feiner heller Sandstrand zeichnet die Gegend aus. Radiomusik flattert durch die sanfte, von der See angenehm gewürzte Luft. Jungen mit Kästen voller Eiscream laufen hin und her, andere verkaufen Cola oder Zigaretten, Nüsse oder geröstete Krabben, ja selbst einen gegrillten Maiskolben kann man haben, Popcorn oder Kartoffelchips.

Einen Beutel Chips kaufte Rico gleich da, wo er auch eine Pritsche auslieh, zusammen mit einer Büchse Cola. Damit zog er in Richtung Wasser, und er ließ sich an einem Platz nieder, der etwas Spielraum rundherum hatte. Allzu engen Kontakt mit seinen Mitmenschen liebte Rico wohl nicht. Es war zu merken, daß er die Tüte Chips sozusagen als Mittagessen betrachtete, denn nachdem er den Inhalt aufgegessen hatte, rückte er seine Sonnenbrille über der Nase zurecht, verschränkte die Hände unter dem Kopf und hielt eine Schlafpause, Hemd und Hose hatte er ausgezogen und ordentlich zusammengelegt unter der Pritsche.

Ich fand, es sei an der Zeit, seinem Jeep einen Besuch abzustatten. Dagegen konnte niemand etwas haben, zumal der riesige Parkplatz von Deep Water Bay nicht bewacht war. Eigenartigerweise ist Autodiebstahl in Hongkong keine sehr häufige Erscheinung, so daß die Leute kaum besonderen Wert auf bezahlte Wächter legen.

Der Wrangler hatte auf dem Tacho zwanzigtausend Kilometer stehen. So sah er auch aus. Diese Kästen nutzen sich nicht so leicht ab, selbst die Lederbezüge der Sitze weisen oft noch den Erstglanz auf, wenn das Fahrzeug schon unter die Presse rollt. Ich hopste hinein und wühlte das Handschuhfach durch, fand aber nicht einmal eine vergessene Patrone. Auf dem Ablagebrett türmte sich der übliche Zivilisationsmüll, vom Zellstofftaschentuch über die verbrauchte Taschenlampenbatterie bis zu Wischlappen und einem Schraubenzieher. Nichts von Belang. Nach einer Weile kletterte ich wieder heraus, und dann öffnete ich die Motorhaube. Vorsichtig entfernte ich eines der Zündkabel aus der Kerzenhalterung, und zwar dort, wo der Blick nicht sogleich hinfiel. Außerdem machte ich es so, daß man es nicht für eine gezielte Beschädigung halten würde, sondern für einen normalen Defekt, der bei den besten Automarken auftreten konnte und nicht tragisch war.

Danach spurtete ich noch einmal zurück zum Strand, bis ich den ruhenden Rico sah, von dem ich annahm, daß er im Laufe des Nachmittags sicherlich noch baden würde. So schnell ich konnte, eilte ich zu meinem Toyola und peitschte ihn den Weg zurück in Richtung Macdonnel Street.

Diese großen Apartmenthäuser haben ihre Vorteile. Man kennt einander kaum. Der Besorger im Foyer kümmert sich zwar um Rowdies, die gelegentlich versuchen einzudringen, aber um anderes kaum. Und außerdem kann man, wenn man in die Tiefgarage einfährt, was ich jetzt tat, von dort aus in jedes beliebige Stockwerk gelangen.

Ich drückte auf den Knopf mit der Sieben. Während der Lift anruckte, holte ich aus einer kleinen Tasche in meiner Hose ein nützliches Werkzeug, das ich stets mitführte. Es sah aus wie ein speziell für den Playboy-Leser entworfener Pfeifenreiniger. Diesem lustigen kleinen Ding, an dem stilecht auch noch das berühmte Häschen baumelte, hatte bislang noch kein Türschloß in Hongkong widerstehen können. Spuren pflegte es nicht zu hinterlassen.

Auch die Tür des Apartments 732 ging nach ein paar Sekunden auf. Zuvor hatte ich der Ordnung halber den Glockenknopf gedrückt, aber nachdem *Westminster Cathedral* verklungen war und niemand sich zeigte, war ich sicher, daß Rico tatsächlich allein wohnte. Ich zog trotzdem den Revolver aus dem Hosenbund, und dann kontrollierte ich zunächst die drei Räume, bevor ich die Tür wieder schloß und von innen verriegelte. Das war mir zur Gewohnheit geworden, seitdem ich einmal, als ich es noch nicht zu tun pflegte, plötzlich dem Bewohner, der leise eingetreten war, gegenübergestanden hatte.

Hier gab es niemanden. Ich nahm mir vor, in einer Stunde wieder draußen zu sein. Die Wohnung bestand aus einem kombinierten Wohn- und Schlafraum, mäßig modern möbliert und vermutlich einmal die Woche von Frauenhand gereinigt, anders als meine Dschunke, dann war da noch eine winzige Tee- und Mikrowellenküche und ein leidlich einladendes Bad. Das durchforschte ich zuerst. Dabei erfuhr ich nicht viel mehr, als daß Rico früh zu baden pflegte – die Handtücher waren feucht – und daß er außer einem thailändischen Billighaarwasser nur amerikanische Produkte benutzte, von der Seife über das Rasierzeug bis zur Zahncreme.

In der Küche fanden sich Tee und Kaffee, der Kühlschrank war mit Mikrowellenmahlzeiten und Bierbüchsen gut gefüllt. Das Geschirr war zum Wegwerfen schön, so etwas pflegt Wing On bei Billigaktionen an minderbemittelte chinesische Flüchtlinge zu verkaufen. Im geruchsversiegelten Abfallbehälter nichts als leere Plastpackungen, Bierbüchsen und der Inhalt mehrerer Dutzend Aschenbecher. Rico schien ein leidlich ordnungsliebender Mann zu sein.

Die weißlackierte Schrankwand im Wohnraum enthielt einen bescheidenen Vorrat an Wäsche, zwei leichte Anzüge, Regenschirm, Socken, Handtücher – genau die Ausstattung, die meine liebe Mutter auch auf meiner Dschunke vermutete. Zu Unrecht. Mir wurde klar, daß Rico im Gegensatz zu mir als gutsituierter Mann gelten konnte, zumindest hatte er wohl keine finanziellen Sorgen; allerdings schien er nicht so viel zu verdienen, daß er damit protzen konnte, wenn man einmal von dem Wrangler absah.

Die Hausbar, ein Wägelchen, das zwischen Sesselgarnitur, Schlafcouch und Fernseher stand, enthielt nur zwei Flaschen Whisky, der Rest waren ein paar Knabberstangen und gesalzene Mandeln. Und dann war da eine Art Schreibsekretär, den nahm ich mir zuletzt vor. Es fand sich eine Kassette, der ich ansah, daß man sie nicht ohne Gewalt würde öffnen können. Neben dem Telefon lag ein kleines Adreßbuch, in Plast gebunden, dem beschloß ich ein bißchen mehr Zeit zu widmen. Es enthielt etwa zehn Nummern, vor denen jeweils ein weiblicher Vorname stand. Außerdem waren drei Anschlüsse verzeichnet, vor denen gar nichts stand. Die notierte ich mir. Als ich das Büchlein zuklappte, fühlte ich in einem Einschub einen harten Gegenstand. Ich förderte einen flachen Sicherheitsschlüssel zutage, der mir zunächst Rätsel aufgab. Ins Schloß der Kassette paßte er nicht. Aber mir fiel ein, daß es in verschiedenen großen Kaufhäusern Mietsafes gab, die mit solchen Flachschlüsseln zu öffnen waren. Wenn Rico etwas zu verbergen hatte, war anzunehmen, daß er es in solch einem Safe deponierte. Eine Schußwaffe? Gut möglich. Die Polizisten hatten in Kong Weis Laden keine ausgeworfene Patronenhülse gefunden, und ich war sicher, daß der Mörder einen Revolver benutzt hatte, bei dem die leere Hülse nach dem Schuß in der Trommel blieb. Bewahrte Rico ihn vielleicht vorsichtshalber in einem Mietsafe auf?

Ich notierte mir das Fabrikat des Flachschlüssels und die Seriennummer. Und dann überzeugte ich mich davon, daß in der Wohnung nichts darauf hinwies, daß sie von mir durchsucht worden war. Zeit zu gehen.

Ich entriegelte die Tür. Der lange Korridor war leer. Schnell führte ich mein Playboy-Instrument von außen in das Schlüsselloch und verschloß die Tür wieder. Nicht einmal ein Fachmann würde mit Sicherheit sagen können, daß jemand das Schloß unbefugt geöffnet hatte; selbst wenn er es völlig zerlegte, würde er keinen Kratzer finden.

Der Lift brachte mich in die Tiefgarage, und Minuten später befand ich mich auf dem Weg nach Aberdeen. Ich hatte mich entschlossen. nicht noch einmal in Deep Water Bay nach Rico zu sehen. Mochte er seine Zündanlage im Jeep reparieren, die ich, um Zeit herauszuholen, vorsichtshalber mit einem Defekt versehen hatte. Es war alles schneller gegangen, als ich dachte.

Unweit der Fischküche, an der ich gewohnheitsmäßig meinen Toyota parkte, gab es eine Telefonzelle, die ich oft benutzte. Ich rief Bobby Hsiang an, in Kowloon, hatte auch das Glück, ihn anzutreffen. Nein, es gab keine neuen Erkenntnisse über die Sache mit Kong Wei. Das Geschoß, das ihn getötet hatte, sei als Kaliber 38 identifiziert worden, verschossen mit hoher Wahrscheinlichkeit aus einem Smith & Wesson-Revolver des Typs *Bodyguard.* Neun Millimeter, Kupfermantel. Ich kannte die Waffe. Ein kleines, bösartig aussehendes Ding mit extrem kurzem Lauf. Man mußte geübt sein, um damit einen sicheren Treffer anzubringen, aber das war der Mörder von Kong Wei offenbar gewesen. Und – gerade der *Bodyguard* wurde von Leuten bevorzugt, die ihr Handwerk verstehen und eine leicht zu versteckende Waffe brauchen.

Ob ich Erkenntnisse hätte, fragte Bobby Hsiang. Ich vertröstete ihn, ich arbeite zwar an verschiedenen losen Enden, aber noch gäbe es keinen Anhaltspunkt. Ob er es mir glaubte, weiß ich nicht, aber ich versprach ihm, mich sofort zu melden, wenn es Neues gäbe.

Ein *Bodyguard,* der vielleicht im Mietsafe eines Kaufhauses lag. Unfair von mir, Bobby Hsiang nicht zu erzählen, was ich wußte und was ich ahnte, aber ich war entschlossen, allein weiterzumachen. Wenn die Polizei sich einmischte, zertrampelte sie erfahrungsgemäß mehr Spuren, als sie entdeckte. Gedankenvoll verließ ich den Schwitzkasten von Telefonzelle und wunderte mich, daß noch kein gnädiger Halunke wenigstens ein paar Scheiben eingeschlagen hatte, um das Ding einmal zu lüften.

Draußen zog mir der unwiderstehliche Duft von gebratenem Fisch in die Nase. Ich bin nicht gerade ein Fan von Fischmahlzeiten, aber jetzt roch ich süßsauer gebratenen Thun, und für den hätte ich schon meine Unschuld gegeben, als ich sie noch besaß. Also kaufte ich dem grinsenden Fischkoch eine Portion ab, dazu eine Tüte Fritten, und als ich das hinter mir hatte, fühlte ich mich für neue Unternehmungen hinreichend gestärkt.

Wanchai am Abend. Ich parkte mein Auto irgendwo am Rande eines Kneipenstreifens, und dann schlenderte ich zwischen neugierigen Amerikanern, angetrunkenen Matrosen, angetörnten Haschtypen, langbeinigen Huren und vor sich hin brabbelnden Bettlern bis zu Ky's Stehbierhalle. Dort zweigte die Gasse ab, in der ich mein nächstes Ziel wußte. Es schienen alle Sprachen dieser Welt zu sein, die hier durcheinanderschwirrten, alle Laster, aber auch alle Freuden eines leidlich kühlen Abends schienen sich hier versammelt zu haben.

Lam, der Mann, den ich suchte, besaß hier Werkstatt und Wohnung. Ein kleiner Ganove, der sich Mühe gab, nicht zum dritten Mal aufzulaufen. Zweimal hatten sie ihn bei Einbrüchen erwischt. Ich kannte ihn aus meiner Polizistenzeit. Wenn man bei einem Einbruch einen perfekt angefertigten Nachschlüssel vermutete, gab es drei Adressen in Hongkong, die man anlaufen konnte, um den Handwerker zu finden und über ihn vielleicht den Kunden. Eine davon war Lam.

Er hatte eine Werkstatt, in der er Metallgegenstände reparierte, vom Türschloß bis zum Hackmesser, das aus dem Heft fiel. Ob er noch immer Nachschlüssel herstellte, wußte ich nicht. Es würde sich zeigen. Ich hatte ein gutes Verhältnis zu Lam. Solchen kleinen Ganoven, die eigentlich weiter nichts machen, als auf ungewöhnliche Weise ihre klägliche Existenz zu verteidigen, muß man das Gefühl vermitteln, als vollwertiger Mensch behandelt zu werden. Das vergessen sie einem nie. Und sie sind überraschend hilfsbereit.

Er schob mir sofort einen Hocker hin, als ich das düstere, von zwei matten Glühlampen in Dämmerlicht getauchte Kabuff betrat, in dem er wohnte und schlief. Auf seinem Arbeitstisch lagen die Einzelteile der Aufrollvorrichtung für einen Autogurt.

»Wie du siehst, ein Idiot!« Er lachte in sich hinein. Ein dürrer, nicht mehr junger Mann, der nur Unterhose und Hemd trug, beides tiefgrau, und auf dessen ebenfalls leicht grauer Haut Schweiß perlte. Das konnte von dem heißen Wasser kommen, das er während der Arbeit ununterbrochen aus einer riesigen Thermosflasche auf alte Teeblätter in seinem Henkeltopf goß und dann zu trinken pflegte. Zur Durchspülung seiner angegriffenen Nieren, wie er sagte. Als er mir davon anbot, lehnte ich dankend ab.

»Schraubt dieser Sohn einer Maus den Federkasten der Rolle auf, und sie springt ihm ins Gesicht, so daß er tagelang mit Heftpflaster herumlaufen muß. Wenn einer was nicht versteht, sollte er die Finger davon lassen. Hast du Sorgen?«

Ich klärte ihn auf, es seien zwar Sorgen, aber eben berufliche, und daher normale. Dazu grunzte er und nahm einen Schluck. Ich zeigte ihm den Zettel mit der Seriennummer und dem Fabrikat. Er warf nur einen kurzen Blick darauf, dann sagte er sachkundig: »Wellington. Safe. Wenn mich nicht alles täuscht, haben sie im Star House die achtstelligen Nummern, drüben in Kowloon, gegenüber dem Flughafen. Hast du den Beruf gewechselt? Gehst du jetzt auf Kaufhausfächer?« Er grinste. Werkelte weiter an seinem Rollgurtmechanismus herum.

Im Star House gab es ganze Etagen, vollgestopft mit etwas feineren chinesischen Souvenirs. Elfenbein, Porzellane, Jade. Und jede Art von Gebrauchsgegenständen, vom vergoldeten Pfeifenkopf bis zur japanischen Rechenmaschine mit Lautsprecher. Ich erkundigte mich, wo die Safes lagen. Er sagte mir, sie seien im Erdgeschoß, ganz unten. Als ich ihn um ein Exemplar des Schlüssels bat, wackelte er mit dem Kopf. Grinste wieder.

»Das ist Kinderkram. Diese Wellington-Schlösser gehen auf, wenn du in der Nähe nur mal niest. Die Engländer haben sie vermutlich für einen zurückgebliebenen Negerstamm in Afrika produziert. Was willst du dort holen? Deponierte Einkäufe? Bist du so weit runter?«

Ich sagte ihm, es gehe um einen guten Freund, dem ich einen Dienst erweisen müsse. Und er erkundigte sich zurückhaltend, was mir denn der Dienst wert sei. Ich mußte ihm ein paar Dollarnoten zeigen, bis er sich schließlich erhob, die Hände an einem schmutzigen Handtuch abwischte und in einigen Kisten mit Kleineisenteilen zu wühlen begann. Nach einem weiteren Schluck aus der Henkeltasse hielt er mir ein Instrument hin, das entfernt einem Schlüssel ähnelte, dessen Bart aber eigenartig glatt war. Keine Zacken.

Er sah meinen zweifelnden Blick und ermunterte mich: »Nimm schon. Das paßt in alle zweihundert Fächer dort. Die haben dreistellige Zahlen an der Stirnseite. Die letzten drei auf deinem Zettel sind die Nummer des Fachs.«

»Ich bringe ihn dir zurück«, versprach ich.

Er wehrte erschrocken ab: »Was denkst du von mir? Er ist bezahlt!«

Der Schlüssel paßte tatsächlich, als ich ihn am anderen Morgen ausprobierte. Es war gar nicht kompliziert: man ging im Erdgeschoß bis in den Tresorraum, und da waren sie, die Fächer, eins neben dem anderen. Sie erinnerten an Boxen, in denen man auf Flugplätzen oder Bahnhöfen sein Gepäck einschließen konnte. Ein paar Leute waren da, aber keiner achtete auf den anderen. Die Klappe sprang auf, und da war zweierlei: die in ein Tuch gewikkelte *Bodyguard*, brüniert, gefährlich aussehend mit ihrem bulligen Lauf, und eine große Schachtel Patronen, aus der einige entnommen worden waren. Sie paßten zu der *Bodyguard*. Kupfermantel.

Das Bild begann sich zu klären. Ein Blick in die Runde sagte mir, daß mich niemand beobachtete. Es waren nur wenige Leute nach mir gekommen, und die hatten sichtlich mit dem Inhalt ihrer eigenen Fächer zu tun. Von Rico keine Spur. Ich wickelte die *Bodyguard* wieder ein und drückte die Klappe zu.

Am Ausgang hockte ein beinloser Bettler, der mir den Segen aller Götter versprach, als ich eine Münze in seinen Emailletopf fallen ließ. Es war eines jener Gefäße, die Chinas Kommunisten während ihrer Kulturrevolte massenhaft in Hongkong verteilt hatten, es trug die flammende Aufschrift *Lang lebe unsere rote Sonne Mao Tse-tung!* Mir war es ziemlich egal, wie lange die rote Sonne leben sollte, sie war ohnehin schon gestorben, aber den Segen der Götter würde ich wohl brauchen können bei dem, was ich jetzt tun mußte. Eigentlich, so überlegte ich, wäre es an der Zeit, Bobby Hsiang hineinzuziehen. Nicht nur, weil ich mich wegen Zurückhaltung von Informationen in einem Mordfall strafbar machte, sondern auch im Interesse der eigenen Haut. Denn nun, so rechnete ich mir aus, würde ich Rico provozieren, ihn aus der Reserve locken müssen, damit er die entscheidende Dummheit beging. Sehr gut möglich, daß er dabei eine weitere Kugel aus seinem *Bodyguard* verwendete und ich auf der Strecke blieb!

Als ich wieder in meinem Toyota saß und sicher war, daß mir niemand gefolgt war, überlegte ich in Ruhe. Es kam darauf an, eine Falle für Rico zu bauen. Man mußte ihn so verunsichern, daß er bei seinem Auftraggeber Rat suchte, denn er selbst war wohl bloß Ausführender gewesen. Natürlich der Schütze, aber – wer agierte im Hintergrund? Was hatte es mit diesem eigenartigen Buddha auf sich?

Ich konnte Rico anrufen und ihm sagen, daß er gesehen worden sei. Konnte mich mit ihm treffen, um ihm den Eindruck zu vermitteln, ich wollte ihn erpressen. Das würde ich vermutlich glaubhaft vorführen können. Aber das alles würde ihn mir möglicherweise allein auf den Hals hetzen, mit der *Bodyguard*. Und sein

Auftraggeber würde im Dunkel bleiben. Wenn ich tatsächlich Erfolg haben und nicht nur mich selbst gefährden wollte, mußte alles gut eingefädelt sein.

Als ich mittags im Zentrum eine Schale Nudeln an einer Straßenküche aß, fiel mir ein Mann auf, der eine gewisse Ähnlichkeit mit dem Hobo hatte. Er aß ebenfalls gemächlich seine Nudeln und schmatzte dabei. Offenbar ein kleiner Angestellter aus irgendeinem Büro in der Gegend, denn er war einigermaßen anständig angezogen. Ganz anders als der Hobo, den man – wenn überhaupt – in der Latzhose eines Monteurs zu sehen gewohnt war.

Nun wissen Sie nicht, wer der Hobo ist! Also: als ich noch bei der Polizei diente, fiel er das erste Mal bei mir an. Hatte einen Telefonautomaten ausgeräumt. Eine Streife brachte ihn zu mir. Routinesache. Ohne Quittung. Eigentlich hätte ich ihn vorführen müssen, aber irgend etwas an dem kleinen, intelligent aussehenden Chinesen, der Flüchtling war, nahm mich für ihn ein, wahrscheinlich die Überlegung, daß man den armen Kerl abschieben und er in Rotchina eine saftige Strafe fürs Abhauen bekommen würde. Ich unterhielt mich eine Weile mit ihm. Er war daheim Mechaniker und dann Fernmeldetechniker gewesen. Warum er gegangen war? Politisch, sagte er, mehr nicht. So etwas oder ähnliches sagten sie alle. Und hier bei uns hatte er keinen Boden unter die Füße bekommen. Wie so viele von den Leuten aus dem großen Land. So war er von Gelegenheitsjob zu Gelegenheitsjob gedriftet, bis er schließlich als Stadtstreicher endete. Hobo – so bezeichnete er sich selbst, er hatte das Wort aus dem Amerikanischen in einem der öffentlichen Nachtquartiere aufgelesen, von einem, der Englisch sprach. Es gab eine Menge Gebildeter unter den Stadtstreichern. Auch Amerikaner.

Warum eigentlich nicht Hobo? Ich hatte ihn damals gefragt, ob er nicht lieber in seinem Beruf arbeiten würde, statt Telefonboxon auszuräumen. Aber ja, hatte er geantwortet, aber wo? Und weil ich ein bißchen Mitleid mit ihm hatte, war ich Pipi angegangen, ob sie in ihrem Hotel nicht einen Mann mit seinen Fähigkeiten brauchen könnten. Sie konnten. Stellten ihn zwar nicht an, weil er noch Flüchtlingsstatus hatte, bezahlten ihm aber ein anständiges Geld dafür, daß er die gesamte Anlage des *Excelsior* in Ordnung hielt: Telefone, Telegrafen, alles, was es da an Leitungen und Schaltschränken gab. Ich hatte ihn lange nicht gesehen. Auch nicht mehr an ihn gedacht. Bis mir jetzt plötzlich einer gegenübersaß, der mich an ihn erinnerte.

Ich goß schnell noch ein Glas Limonade den Nudeln nach, dann machte ich mich auf in Richtung Causeway Bay zum *Excelsior.* Der Zerberus am Eingang musterte mich etwas mißtrauisch, denn ich war ziemlich salopp gekleidet und hatte kein Gepäck dabei. Aber mit solchen Leuten hatte ich meine Erfahrung. Ich sagte etwas herablassend zu ihm: »Mein Wagen steht im Parkverbot. Da drüben, der große Pontiac. Sollte sich jemand an ihm zu schaffen machen, rufen Sie bitte Miß Li an der Rezeption an, ich habe bei ihr zu tun ...«

Für zwei Dollar, die ich diesem Auftrag folgen ließ, legte er sogar die Hand an seinen lächerlichen Mützenschirm. Schließlich glaubte er, der riesige Pontiac gehöre mir. Ich hoffte nur, der richtige Besitzer stieg nicht inzwischen ein, dann würde der Zerberus wohl einen Skandal verursachen.

Pipi machte große Augen, als sie mich sah. Es war nicht viel los um diese Zeit, und wir konnten ein paar Worte reden. Der Hobo? Ich müsse wohl Wan Li-tse meinen, wenn es sich um den Telefonmonteur handelt. Ja, genau den, der Name war wieder da und ebenso schnell wieder weg. Ob sie am Abend auf die Dschunke kommen könnte? Ich gab ihr feierlich die Erlaubnis. Warum soll man Pipi einen Besuch abschlagen?

»Falls ich noch nicht da bin, klettere hinauf und laß dich nieder, du weißt ja, wie man das mit der Strickleiter macht!«

Sie war beglückt. Natürlich kannte sie als eine der wenigen Personen den Trick, wie man meine Strickleiter vom Wasser aus herunterziehen konnte. Ein Page, der ebenso schmuckvoll gekleidet war wie der Zerberus am Eingang, brachte mich eine Etage tiefer, in das Innere des Hotelbauches, wo es neben der Wäscherei, der Plätterei, den Geschirrkammern und den unzähligen anderen technischen Einrichtungen des riesigen Wohnkastens auch den Raum mit den Schaltanlagen für die Telefone und Fernschreiber gab.

Der Hobo sprang sofort auf und kam mir bis an die Tür entgegen. Er war gewaschen, ordentlich gekleidet und sah gut genährt aus. Wie es schien, hatte die Arbeit einen respektablen Bürger aus ihm gemacht. Sogar Papiere hatte er endlich bekommen, wie er mir freudig mitteilte.

Er ahnte natürlich, daß dies kein purer Höflichkeitsbesuch war. Und er hörte sich mein Anliegen erst einmal mit gerunzelter Stirn an, bevor er sich äußerte. Dazu setzte er eine Drahtgestellbrille auf, als könne er mich damit besser sehen. Offenbar hatte er die Augen bei seiner Arbeit ein wenig überanstrengt. Als er mich so durch die etwas trüben Gläser anblickte, merkte ich, daß er meine Bitte zumindest skeptisch aufnahm.

»Sie meinen allen Ernstes, ich soll mit Ihnen in ein Haus gehen und das Telefon anzapfen, Mister Lim Tok?«

»Das genau meine ich, Hobo.«

»Und Sie sind sich darüber klar, daß das verboten ist?«

»Völlig.«

Dann erklärte ich ihm nach und nach, was es mit meinem Anliegen auf sich hatte. Daß es um einen Freund ging, der ermordet worden war. Und vor allem, daß für ihn, den Hobo, keine Gefahr bestünde, ich würde dafür bürgen.

»Aber ... wenn es schiefgeht?« Er war nicht grundsätzlich abgeneigt, mir zu helfen, er fühlte sich mir verpflichtet. Doch er hatte Angst. »Sie weisen mich sofort aus, Mister Lim Tok, wenn sie mich bei so was erwischen. Und drüben im großen Land, da bin ich dann lebenslang geliefert, als Geflüchteter. Was meinen Sie, was die mit mir machen!«

»Gar nichts«, beruhigte ich ihn. »Die werden dich überhaupt nicht kriegen.« Ich ließ mich auf der Kante seines Arbeitstisches nieder, auf dem nur ein auseinandergenommenes Relais lag, und steckte mir eine Zigarette an. Als ich ihm die Packung hinhielt, lehnte er höflich ab. Ich erinnerte mich unwillkürlich, daß er schon damals, als ich ihn vernahm, nicht rauchen wollte.

»Du bist bei der Sache absolut sicher. Es ist ein Apartmenthaus. Wir kommen vermutlich aus der Tiefgarage an den Raum mit den Schaltanlagen heran. Was da folgt, dauert höchstens eine halbe Stunde. Dann sind wir wieder weg. Das Haus ist modern und hat sicherlich automatische Anlagen. Es gibt nur einen Beschließer, aber der sitzt am Eingang. Sieht uns überhaupt nicht. Und wenn wirklich irgendein Affe aus Versehen da hineinkommt, werde ich das schon regeln. Bitte, Hobo, hab keine Angst, ich sorge für Sicherheit!«

»Mit der Pistole?« Er war immer noch skeptisch.

Nun hätte ich ihn aufklären können, daß ich keine Pistole trug, sondern einen Revolver. Aus gutem Grund, denn Pistolen haben im Durchschnitt mehr Versager als Revolver, und außerdem kann man nach dem Schuß bei einer Pistole jederzeit die Hülse aufklauben und identifizieren. Das alles aber war für den Hobo uninteressant. Er verstand nichts von Waffen, seine Spezialstrecke waren Telefone. Also kitzelte ich ein bißchen seinen Ehrgeiz: er sei der einzige weit und breit, der so etwas könne, und ohne ihn wäre ich am Ende meines Lateins, da würde der Mord an meinem Freund ungesühnt bleiben. Schließlich hatte ich ihn so weit, daß er sich erkundigte, wo das Appartementhaus stand.

»Macdonnel Street«, überlegte er, nachdem ich ihm die Adresse genannt hatte, »das ist im südlichen Zentraldistrikt. Ich kenne die Häuser dort vom Sehen. Die haben Rotax-Relaisschränke. Billigware. Ich glaube, sie sind erst ein Jahr alt.«

»Hat das was zu bedeuten?«

Er bewegte die mageren Schultern. »Die älteren Rotax waren für die Teilnehmer schlechter, anzapfen ließen sie sich besser.«

»Aber es ist mit den neuen auch möglich, oder?«

»Möglich ist alles, Mister Lim Tok«, sagte er. Das klang, als erwarte er ein Angebot. Ich hätte es beinahe vergessen. Schnell hielt ich ihm einen Schein hin und versprach ihm für das Gelingen der Aktion noch einen. Er nahm den Schein. Wie es aussah, würde ich von dem Honorar, das mir die Beobachtung der Textilkaufmannsgattin gebracht hatte, kaum etwas zum Versteuern übrigbehalten.

»Können wir mit Sicherheit herausfinden, wohin der betreffende Mann telefoniert?«

»Die Nummer. Den Inhaber müssen Sie selbst ermitteln. Das ist nicht mehr meine Sache.«

»Und den Mann selbst aus der Relaisbude anrufen, das geht auch?«

»Ich denke, das ist der Grund, weshalb wir hingehen?«

Da merkte ich, daß er bereit war. Hobo, der wie kaum ein anderer die Technik der Telefone und Telegrafen beherrschte. Er hatte mir damals, als ich ihn vernahm, erzählt, daß er eigentlich Schlosser im Traktorenpark einer chinesischen Kommune gewesen war, auch Mechaniker für delikatere Sachen. Die Kommune war dann aufgelöst worden. Aus purer Langeweile hatte er sich mit Schwachstromtechnik befaßt, hatte gebastelt, mit den dürftigen Materialien, die ihm zur Verfügung standen. Zuerst primitive Telefone, durch die man sich von der Verwaltung aus mit einzelnen Arbeitsteams verständigen konnte, dann welche, die in den nächsten Ort führten, in die Stadt. Schließlich hatte er es mit drahtlosem Sprechfunk versucht. Da waren Uniformierte gekommen, um ihn zu fragen, wer ihn für die Spionagetätigkeit ausgebildet hatte. Der Hobo nutzte den Mittagsschlaf seiner Wächter, um sich zu empfehlen. Hier, in Hongkong, hatte er sich schnell mit der international üblichen Technik vertraut gemacht, so leicht kapitulierte er nicht vor irgendeiner hartnäckigen Störung, die sich einschlich.

»O. K.«, sagte ich, »dann hole ich dich heute abend ab.«

»Ist mir recht, da habe ich frei.«

»Es kann aber sein, daß der Mann, den ich meine, heute abend ausgeht, und dann müssen wir warten. Oder die Sache wiederholen ...«

Er zuckte die Schultern. Dann erkundigte er sich höflich: »Mister Lim Tok, darf ich einen Wunsch aussprechen?«

Ich dachte, er werde sagen, ich soll mich nach der Sache möglichst zum Teufel scheren, aber er trug mir statt dessen auf: »Tun Sie mir den Gefallen und ziehen Sie sich etwas in Blau an. Daran erkennt jeder den Mann vom Fach. Wir wollen doch wenigstens oberflächlich wie bestellte Monteure aussehen, oder?«

An der Rezeption wurde ich noch einmal aufgehalten: Pipi eröffnete mir, sie können die ganze Nacht auf der Dschunke bleiben. Wie das mein Herz wärmte! Der Gedanke daran, daß ich mit dem Hobo die heiße Phase der Mordaufklärung einfädelte und unmittelbar danach, ob es gelang oder nicht, zu Pipi auf die Matratze hüpfen würde, machte mir einen seltsamen Spaß.

Blaue Kombi. Ich hatte eine an Bord, zog sie manchmal an, wenn ich Rost von den Eisenteilen schrubbte und neuen Lack auftrug. Als es auf den Abend zuging, rollte ich das nicht mehr neue und vermutlich einigermaßen überzeugend wirkende Kleidungsstück zuammen, dann kletterte ich, ausgerüstet mit meinem Revolver, in das Plastboot und ruderte an Land. Bis zum *Excelsior* brauchte ich ziemlich lange, so daß es bereits dunkel war, als ich da parkte. Ich kroch in die Kombi und war gerade mit dem Reißverschluß klargekommen, als der Hobo erschien, in seiner Latzhose, die abgewetzte Arbeitstasche am Riemen über der Schulter. Er musterte mich, schüttelte den Kopf und bemerkte mißbilligend: »Wer Sie für einen Mechaniker hält, kann wahrscheinlich seinen eigenen Arsch nicht vom Ellenbogen unterscheiden!«

Ich widersprach ihm nicht. Solange er nur seinen Job machte, würde ich keinen Streit mit ihm anfangen, er war ein Genie, und Genies hatten das Recht, manches zu tun oder zu sagen, was man anderen nie verzieh.

Als wir die Macdonnel Street erreichten, war es hier schon dunkel. Nur einige wenige Straßenlampen spiegelten sich in dem vom letzten Regen noch nassen Asphalt. Das Apartmenthaus war, wie andere auch, teilweise beleuchtet; so schien beispielweise über der Garageneinfahrt eine Lampe, worüber sich der Hobo gar nicht freute. Ich selbst hütete mich, ihm meine größte Befürchtung zu offenbaren, weil ich damit rechnen mußte, daß er dann ausstieg: Ich hatte beobachtet, wie das Tor am frühen Morgen geöffnet wurde. Also war es nachts vermutlich aus Sicherheitsgründen geschlossen. Wer ließ uns nach der Aktion hinaus, falls mein Playboy-Pfeifenreiniger versagte, zum ersten Mal? Möglich war alles, denn diese Garagenschlösser konnten eine Neukonstruktion sein, wie der ganze Bau.

Auch mit dem Flachschlüssel von Lam, den ich noch bei mir trug, würde sich so etwas wohl nicht öffnen lassen. Lieber nicht daran denken. Schließlich gab es immer noch die Möglichkeit, daß jemand sehr spät heimkam. Sonst würde der Hobo eben mit mir zusammen im Toyota bis zum Morgengrauen warten müssen ...

In der Garage begegneten wir niemandem. Der Hobo besah sich ein paar Kabel, dann ging er zielstrebig aus der Tiefgarage in einen schmalen Gang, an dessen Ende eine Eisentür war. Erst jetzt bermerkte ich, daß ich den Hobo trotz allen Respektes vor seinen Fertigkeiten unterschätzt hatte. Er klinkte. Nichts. Dann warf er mir einen Blick zu, der nur eines bedeuten konnte: das wenigstens hättest du voraussehen können! Aber er griff, bevor ich noch an mein eigenes Werkstück herankam, in seine Umhängetasche, holte ein Instrument heraus, und Sekunden später standen wir in der Relaiszentrale des Apartmenthauses.

Der Hobo schaltete das Neonlicht ein, obwohl ich ihm davon abriet. Er meinte, Telefonentstörer, die wir seien, pflegten nicht bei Dunkelheit zu arbeiten; wenn wider Erwarten doch jemand hereinplatzen sollte, hätte ich den Besucher sofort aufmerksam zu machen, daß der Eintritt in die Telefonvermittlung streng untersagt sei, was auch auf der Tür zu lesen stand.

Damit ließ er sich seelenruhig vor dem zentralen Relaisschrank nieder, öffnete die Blechtüren und erkundigte sich beiläufig: »Wie war die Nummer?«

Ich las sie von dem Zettel ab, auf den ich sie geschrieben hatte, während ich Ricos Zimmer durchsuchte. Der Hobo fummelte zwischen einem guten Hundert Anschlußstellen herum, probierte hier einmal, dann wieder dort, und schließlich zog er aus seiner Arbeitstasche dieses nützliche Instrument, das Telefonmonteure meist dabei haben: einen Hörer mit aufgesetzter Wählscheibe. Das Kabel endete in zwei Krokodilklemmen, die der Hobo jetzt sachkundig mit den Kontakten von Ricos Anschluß verband. Er fragte: »Jetzt?«

Als ich gottergeben nickte, drehte er die Wählscheibe, und dann drückte er mir den Hörer in die Hand.

Wir hatten Glück. Rico war zu Hause. Nach dem dritten Signal knurrte er etwas in seinen Hörer, das wie »Hallo« klang.

»Mister Aranquez?«

»Hm ...«

»Also, Mister Aranquez«, legte ich los, mit der schneidendsten Stimme, die ich zuwege brachte, »ich habe Sie vor einigen Tagen beobachtet, als Sie in den Laden des Antiquitätenhändlers Kong Wei eindrangen, in Kowloon drüben, erinnern Sie sich?«

Kein Wort kam zurück. Ich hatte wohl den Nerv getroffen.

»Nun, Mister Aranquez, ich war am Abend bei Kong Wei gewesen, da lebte er noch. Als ich Sie dann weggehen sah, habe ich die Wohnung betreten. Sie hatten sie freundlicherweise nicht verschlossen. Sagte ich, daß ich während Ihres Aufenthaltes dort drinnen ein Geräusch hörte, das einem Schuß verdammt ähnelte? Und als ich später eintrat, war Mister Kong Wei tot. Haben Sie mich gut verstanden?«

Eine Weile war es still. Dann, endlich, kam es zurück: »Wer sind Sie?«

Ich merkte, er hatte mit Festigkeit sprechen wollen, aber es war ihm nicht ganz gelungen. Natürlich tat ich ihm nicht den Gefallen, mich vorzustellen, vielmehr fuhr ich gelassen fort: »Mister Aranquez, ich weiß viel. Aber ich will Sie nicht unbedingt vernichten. Nur wenn Sie uneinsichtig sind, würde ich das veranlassen, über die Polizei. Sind Sie einsichtig, können wir uns einigen.«

»Was wollen Sie, zum Teufel?« Die Unsicherheit in seiner Stimme war noch spürbarer geworden.

Ich ließ ihn ein paar Sekunden zappeln, dann sagte ich: »Geld.«

»Sie sind verrückt!«

»Fünfzigtausend.«

Er lachte etwas gequält. »Und dann jeden Monat weitere fünfzigtausend, wie?«

Er hatte seinen entscheidenden Fehler gemacht. Nun bestand kein Zweifel mehr, daß er der richtige Mann war. Ich sagte: »Wir werden uns treffen. Wenn wir uns getroffen haben, werden Sie sicher sein, daß ich Sie nicht weiter behellige.«

»Wer sind Sie?« fragte er nochmals drängend.

Ich ließ mich auf nichts mehr ein. Mein Vorschlag kam schnell und präzise: »In Wanchai gibt es die Lee Garden Road. An den Grünanlagen das Restaurant *Bistro.* Seien Sie morgen um zwanzig Uhr dort. Ich werde mich zu Ihnen setzen und Sie mit Ihrem Namen ansprechen. Bringen Sie das Geld mit.«

Und dann gab ich Hobo ein Zeichen, die Verbindung zu unterbrechen. Er tat es.

»Schnell!« feuerte ich ihn an. »Entscheidend ist, wen er jetzt anruft!« Ich rechnete fest damit, daß Aranquez, der mit Sicherheit im Auftrag gehandelt hatte, jetzt Verbindung mit seinem Auftraggeber aufnehmen würde. Überraschungen wie diese führen in einem Geschäft, wie er steckte, so gut wie immer zu Absprachen. Das war nicht nur in Hongkong so.

Der Hobo veränderte etwas an seinem Hörer und lauschte. Er wartete darauf, daß Rico wählte. Sein Gehör war so geübt, daß er aus dem Geräusch der ablaufenden Wählscheibe die Zahlen heraushören konnte, die gewählt wurden, eine Fertigkeit, die Technik ersparte. Genies wie der Hobo besaßen diese Fertigkeit.

Er hatte inzwischen einen Stift aus der Brusttasche seiner Latzhose gezogen. Ich schob ihm ein Stück Papier hin. Plötzlich hob er die Augenbrauen. Dann malte er eine Zahl nach der anderen, im ganzen sechs. Schließlich drückte er mir den Hörer wieder wortlos in die Hand. Ricos Atem war zu hören. Er schien sich eine Zigarette angebrannt zu haben, denn es gab ein Geräusch, das gewöhnlich beim Ausstoßen von Rauch entsteht. Mehrere Male kam das Rufzeichen, dann eine männliche Stimme: »Ja!«

Die Stimme war nicht mehr jung, aber am Telefon klingt manche Stimme anders als in natura, man konnte sich da irren. Ich lauschte.

»Hier Rico«, meldete sich Aranquez, »es gibt Ärger. Mit diesem Alten. Jemand muß mich beobachtet haben. Will fünfzigtausend. Angeblich einmalig. Was soll ich machen? Zahlen? Dann müssen Sie mir die Summe geben. Er will sich mit mir treffen ...«

Es blieb still. Dann sagte der Angerufene langsam, in einem Englisch, das einen deutlichen Akzent hatte: »Nicht zahlen. Keinesfalls. Geh hin. Ich schicke zwei Mann, die bringen ein Auto mit, den Rest übernehmen sie. Wo?«

Rico nannte ihm das Bistro und die Uhrzeit. Der Angerufene legte einfach auf.

Der Hobo klemmte das Kabel ab. Packte den Hörer in seine Tasche. Fünf Minuten später waren wir draußen.

Vor uns verließ ein Sportwagen die Garage, mit einer Dame am Lenker, die einen recht annehmbaren Eindruck machte. Sonst niemand.

Im Wagen machte der Hobo mich aufmerksam: »Er hat keine Vorwahlnummer gewählt. Das heißt, es ist ein Anschluß hier im Zentraldistrikt. Den Rest müssen Sie selbst herausfinden.«

Das hatte ich auch vor. Ich gab ihm seinen zweiten Schein und setzte ihn am *Excelsior* ab. Die Direktorin ließ ihn dort im Kellergeschoß wohnen, um ihn schnell greifbar zu haben, wenn es eine Störung gab.

Der Einfachheit halber setzte ich mich in die Lobby des Hotels, bis Pipi ihre Arbeit beendet hatte, und nahm sie mit.

Sie amüsierte sich: »Du denkst, wenn ich in meinem Mini die Strickleiter hochklettere und niemand außer mir an Bord ist, würde der Walla-Walla-Mann mir hinterhersteigen, wie?«

Ich sagte ihr, daß ich den Wassertaxifahrern eine Menge Unternehmungsgeist zutraute, aber so weit würde wohl keiner gehen. Man kann zwar nicht leugnen, daß Hongkong eine besondere Art von Sündenpfuhl ist, aber das heißt nicht, daß die Walla Wallas jedem Minirock nachlaufen. Zumal es in der Kolonie weitaus mehr Miniröcke gab als Walla Wallas.

Pipi grinste nur. Wollte wissen, was ich mit dem Hobo im Sinn gehabt hätte. Ich murmelte etwas von einer Reparatur. War glücklich, die Nummer zu haben, die Rico angerufen hatte; und ein wenig besorgt, weil dieser Akzentmann zwei Kerle schicken würde. Unschwer zu erraten, daß sie mich im Wagen zu einem Felsen bugsieren und von da ins Meer werfen wollten. Für immer ausgeschaltet. Ich hatte es mit Gegnern zu tun, plötzlich. Und wie es aussah, waren das nicht gerade britische Fairneßfanatiker.

Pipi wollte wieder tanzen. Also stellte ich den Ghetto-Blaster an und ließ Sweet ablaufen, dazu drehte und wand sie sich am liebsten. Übermütig geworden durch den Erfolg, machte ich eine Flasche kalifornischen Wein auf, den mir jemand vor kurzem angedreht hatte. Und ganz unvermittelt waren wir beide von diesem Teufelszeug so betrunken, daß wir gerade noch den Ghetto-Blaster abstellen konnten, bevor wir auf der Matte landeten. Angezogen. Und sofort einschliefen. Es ist zwar ein erhebendes Gefühl, am Morgen dicht an ein Mädchen geschmiegt aufzuwachen, aber es ist schon etwas beeinträchtigt, wenn man sich erinnert, was man alles durch den Satan Alkohol in den paar dunklen Stunden versäumt hat.

Pipi lachte nur, als sie sich zu ihrem Hotel aufmachte. Aber zum Trost ließ sie durchblicken, es habe ihr trotzdem Spaß gemacht. Liebe!

Es gibt ein kleines Büro in der Stadt, an das sich ein Mann wenden kann, der entweder die Telefonnummer eines nichtregistrierten

Teilnehmers haben will oder den Namen zu wissen wünscht, der hinter einer bestimmten Nummer steckt. Zwei äußerst freundliche Chinesen betreiben es im Zentraldistrikt, und man kann auf die gewünschte Auskunft warten.

Das tat ich auch, wobei ich mir am späten Vormittag immer noch Mühe geben mußte, nicht einzuschlafen. Dabei war ich gar nicht gefordert worden in der vergangenen Nacht, wenn man von dem verdammten Wein absah. Doch an dem lag es wohl gerade. Mein Kopf war leicht zur Seite abgekippt, als der eine der beiden Chinesen mir drei Streifen Papier reichte und sachlich bemerkte, er bekäme drei Dollar.

»Danke«, sagte ich, aufschreckend und aus dem Korbsessel hochfahrend, und gab ihm fünf. Er verbeugte sich tief.

Der erste Streifen wies die Adresse eines Geldverleihers in Kowloon auf, der zweite den Namen einer Firma, die Armaturen reparierte, während der dritte mit einer Privatadresse am Peak beschriftet war. Mister Luigi Ercoli. Ohne Berufsangabe. Vielleicht ein reicher Pensionär. Schien aus dem Lande zu kommen, aus dem auch Ricos Turnschuhe kamen. Ich verließ das Büro, steckte die drei Notizstreifen, die von einem Computer stammten, in die Tasche und fuhr zuerst nach Kowloon.

Der Geldverleiher war einer von vielen, die es in der Kolonie gab. Ein älterer, etwas fetter Chinese, offenbar Inhaber und einziger Angestellter zugleich, erläuterte mir die Bedingungen. Zehn Prozent. Das war, am Standard der übrigen Geldverleiher gemessen, günstig. Und der alte Herr bemerkte dazu, eine Spezialität, die er zu bieten habe, bestehe darin, daß er Bargeld in jeder gewünschten Währung auszahle, was die wenigsten anderen Geldverleiher taten.

Ich versuchte es mit einem alten Trick und murmelte, für ihn gut hörbar, vor mich hin: »Ah ja, das hatte mir Rico auch schon angedeutet ...«

Doch der Alte ging nicht darauf ein, er lächelte nur, nannte mir Rückzahlungsmodalitäten und Limitbeträge. Am Schluß war ich froh, ihm zu entkommen, bevor er mir noch eine Million andrehte. Ich war mir nicht schlüssig, aber ich bezweifelte, daß der Alte mehr mit Rico zu tun haben könnte, als ihm gelegentlich Geld zu leihen, wenn die Geschäfte mal nicht so blendend liefen. Außerdem sprach er nicht mit jenem Akzent, den ich am Telefon gehört hatte; sein Chinesisch war rollendes Mandarin, wie man es bei Leuten antrifft, die aus der Pekinger Gegend kommen.

In der Armaturenfirma war gerade große Aufregung, es hatte einen Brand gegeben, weil ein Hilfsarbeiter beim Schweißen unvorsichtig gewesen war. Ich verkniff es mir, darauf zu verweisen, daß man fürs Schweißen in der Kolonie ein Patent brauchte; es ging mich nichts an. Aber ich verlor meine gute Laune, als ich mit meinen Sandalen im Wasser herumpatschte, das die Feuerwehr gratis hinterlassen hatte. Wo doch in Hongkong Wasser so wertvoll war wie Goldstaub, weil man es aus dem großen Land beziehen mußte!

Der Inhaber der Firma rannte wütend hin und her, und man hatte den Eindruck, er würde sich jeden Augenblick selbst ohrfeigen. Schließlich blieb er jammernd vor mir stehen, rang die Hände und flehte mich an, in der Versicherung dafür zu werben, daß man ein Einsehen hatte, dieser verdammte Kerl habe ihn beschwindelt. Betrogen sogar, denn bei der Einstellung habe er ein Dokument vorgewiesen, daß einem Schweißerpatent zumindest sehr ähnlich sah.

Ich hätte ihm sagen können, wo man derlei Dokumente für ein paar Dollar ausgefertigt bekam, aber es ging mich nichts an. Ich klärte ihn auf, daß ich von keiner Versicherung käme, und als er endlich begriffen hatte, erkundigte ich mich freundlich, ob denn Rico wieder mal dagewesen sei, er sei verzogen und ich suche ihn. Der Chef wußte nicht, wen ich meinte. Sah mich hilflos an, zuckte die Schultern und verwies mich an seine Kundenkartei. Im Büro stehe das Wasser auch nicht so hoch wie hier draußen.

Ohne rechte Begeisterung folgte ich seinem Rat, und eine mürrische Bürodame fuhrwerkte so lange im Hauptbuch herum, bis sie gefunden hatte, was sie suchte. Ja, Mister Aranquez sei dagewesen. Man habe in seinem Bad an den Armaturen eine Veränderung vorgenommen, die der Eigner des Apartmenthauses dann später nicht bezahlte. Inzwischen sei die Summe aber von Mister Aranquez selbst beglichen worden. Ob ich vom Eigner käme? Ich bejahte, und dann bedauerte ich das Mißverständnis, wir würden Mister Aranquez den Betrag selbstredend zurückerstatten, die Reparatur falle, wie wir nachträglich erst gemerkt hatten, eben doch in unsere Kompetenz. Wieviel es gewesen sei. Sie schrieb es mir auf einen Zettel. Einhundertzwanzig Dollar. Noch ein Zettel. Und eine Niete mehr, die ich gezogen hatte.

Grollend fuhr ich in Richtung Peak. Wenn Sie annehmen, das sei einfach nur diese knapp fünflhundert Meter hohe Sehenswürdigkeit aus feinstem Grün, eleganten Villen, Wohnhochhäusern, der uralten Peak-Bahn, die bis zum Tower fährt, vom *Hilton* Hotel ab, dann irren Sie. Gewiß, es ist schon ein Abenteuer, aus der kleinen Seilbahn die idyllische Landschaft zu genießen, oben im Tower zu essen oder einen Kaffee zu trinken, der achtmal teurer ist als unten – die ganze Wahrheit ist das aber nicht: Der Peak ist nicht bloß eine Wohngegend, er ist eine Lebenshaltung. Er ist das Reservat derer, die in der Kolonie offen oder verdeckt die Entscheidungen treffen. Hier wohnen nicht nur der Gouverneur, der Polizeichef und der Direktor der Hongkong-Bank, hier haben sich seit Jahrzehnten all jene angesiedelt, die in der hohen Finanzwelt, in der Politik, im Filmgeschäft oder in der Computerbranche etwas zu melden haben, was zählt. Es sind nicht so sehr die Neureichen, die hier wohnen, es ist der alte Geldadel der Kolonie; von Beginn an wohnten hier nicht nur Engländer, sondern auch jene Chinesen, deren Handelshäuser mit den Engländern die einträglichsten Geschäfte betrieben. In den letzten Jahren allerdings, das muß man zugeben, ist diese täglich wie frisch gebürstet erscheinende Gegend hoch über der Qualmwolke Victorias ein wenig gemischter geworden. Ich habe mich nie so recht für die Gründe interessiert, aber die Eingeweihten sagen, es hänge damit zusammen, daß nach und nach mehr von den eleganten Villen frei würden, weil ihre Besitzer sie verkauften. Und das taten die, weil sie den Pekingern nicht so recht trauen, die kurz vor Ende des Jahrhunderts das Gebiet der Kolonie übernehmen werden. Sie schließen ihre Geschäfte ab, transferieren ihr Kapital auf die Bahamas und machen lieber dort weiter. Das hat dazu geführt, daß die Gesellschaft auf dem Peak gemischter geworden ist, ja sogar Apartmenthäuser voller mittlerer Angestellter gibt es jetzt schon hier. Wie sagte doch der Dichter? *Die Herrlichkeit des Herbstes vergeht wie ein Hauch von Gold auf stürmischer See!*

Ich hatte Zeit, die dritte Adresse gemächlich zu erkunden. Deshalb ließ ich den Toyota am *Hilton* stehen und stieg in die Peak Tram. Während sie nach oben kletterte, gönnte ich mir einen Blick über diese grüne Insel im Betonmeer, und ich erinnerte mich mit einer gewissen Demut an Erzählungen meiner Mutter. Demnach hatten sich in früheren Zeiten reiche Anwohner in kostbar geschmückten Sänften bergan tragen lassen, bis zu ihren erlesenen, mit den Schätzen des fernen Ostens dekorierten Wohnstätten. Vorbei, wohl für immer! Heute gab es längst nicht nur die Tram. Die alten Sänftenwege waren zu asphaltierten Serpentinen geworden, auf denen die Luxusmobile der Reichen rollten. Wir leben nun mal in einer Zeit, die keinen Sinn für beschauliche Idyllen mehr hat, es sei denn, man konserviert einige wenige zum Vorzeigen für Touristen. Eine Stadt mit siebzig Zeitungen und einem Dutzend lärmender Radiostationen verliert wohl nicht nur ihren alten, ehrwürdigen Geist, sie verkommt auch in ihren Landschaften. Weil es neben den Zeitungen und Radiosendern den Hafen gibt, die Containerumschlagplätze, die stinkenden Lagerhallen der mehr als tausend größeren Firmen, die hier entweder produzieren oder Handel treiben. Will man Natur sehen, dann ist auch der gute alte Peak bald nichts mehr wert; man muß auf die Außeninseln fahren, nach Lamma oder Lantau, besser noch auf kleinere Eilande, die vorläufig vergessen scheinen von der Zivilisation. Wie lange wohl noch?

Ich hatte den allgemeinen Verfall der Welt aufrichtig bedauert, während die Tram sich emporschraubte. Oben schlenderte ich über die von Touristen wimmelnde Terrasse, auf der die Fernrohre standen, und dort, wo der Ausblick bezahlt wurde, ging ich einen cleveren jungen Kassierer an: Ob Mister Ercoli sich vielleicht doch geirrt hätte, als er mir sagte, man könne sein Anwesen von hier aus sehen?

Der Bursche war sehr entgegenkommend, als ich ihm ein Ticket abkaufte, und er erkundigte sich geschäftsmäßig: »Ercoli? Welche Nummer?«

Ich gab ihm die volle Adresse. Und er ging mit mir sogar bis zum nächsten Rohr, richtete es ein, trat beiseite und forderte mich dann, zum Zeichen, daß er Fremdsprachen beherrschte, in Französisch auf, ins Okular zu blicken: »Voilà, Sir!«

Ich trat an das Gerät, und alles, was ich entdecken konnte, war eine schneeweiße Fassade mit Balkonen und Hängepflanzen sowie ein silbergrauer Bentley vor dem Anwesen. Die Mischung, die das vornehme Hongkong signalisiert.

Ich merkte mir die Richtung. Abwärts zu Fuß machte es mehr Spaß als aufwärts mit der Tram. Trotzdem dauerte es beinahe eine Stunde, bis ich das Anwesen von Mr. Ercoli vor mir liegen sah. Eine noch ruhige Gegend. Das Grün der Landschaft ging sanft in die bläulichen und rosa Töne über, in denen der Park des Mister Ercoli leuchtete. Kiefern, rundgestutzte Büsche und leuchtende Blüten. Frangipani, Hibiskus, Jasmin. Ich hatte überlegt, wie ich zu Informationen gelangen konnte, aber mir war bislang noch keine brauchbare Taktik eingefallen. Dies hier war kein Geldverleiher, auch keine Metallbude. Der Bentley stand noch vor dem Haus. Aber er fuhr an, als ich ihn gerade voll im Blickfeld hatte.

Ich trat zur Seite, schob mich hinter ein paar Büsche, die den Straßenrand säumten. Und dann sah ich den Wächter. Er hatte neben dem Tor, das er jetzt von innen öffnete, einen kleinen Steinbau als Aufhenthaltsraum. Der Mann war groß und kräftig, kein Chinese. Typ Muskelmann. Er blieb neben dem einen Torflügel stehen, wartete, bis der Bentley heran war, und legte die Hand zum Gruß an seine Schirmmütze. Sie erinnerte an Kopfbedeckungen, wie ich sie aus amerikanischen Filmen von Autobahnpolizisten kannte, seltsam eckig genähte Deckel. Aber meine Aufmerksamkeit galt gar nicht der Mütze, als der Mann den Arm hob. Er zog dabei nämlich ein wenig die kurze Jacke hoch, und dabei sah ich die Pistole im Gurt stecken. Ein ziemlich großes, schwarz brüniertes Ding.

Wächter mit Pistole. Als ich einmal in Manila gewesen war, hatte ich entdeckt, daß dort fast jeder Bewohner eines Einzelgrundstücks bewaffnete Wächter hatte. Meist sogar mit Maschinenpistolen ausgestattet. Für die Philippinen mit ihren Umstürzen und der hohen Gewaltkriminalität war das üblich, nicht für Hongkong. Hier trug die Polizei Waffen, und es gab Waffenscheine für eine sorgsam ausgewählte Schicht von Bürgern. Die Engländer liebten es nicht, daß ein jeder mit einer Waffe herumlief wie in Amerika, sie prüften bei der Erteilung von Genehmigungen die Notwendigkeit sehr genau. Was machte Mr. Ercolis Wächter zu einer solcherart bevorzugten Person? War Ercoli ein Mann der Politik? Ein Ausländer in britischen Diensten? Oder bewaffnete er seinen Wächter auf eigene Faust, unter Umgehung der britischen Gesetze? Das wäre gewagt. Zudem war der Peak nicht gerade die Wohngegend, wo man sich gegen Einbrecher und Diebe mit Schußwaffen schützen mußte – ein Anruf bei der Polizei genügte, und sie war in Minutenschnelle da. Anders als in den chinesischen Wohngebieten, wo dieser Service erheblich länger dauerte.

Ich wartete, bis der Wächter das Tor geschlossen hatte. Dann schrieb ich die Nummer des Bentley auf, die ich mir gemerkt hatte. Nachdem der Bewaffnete wieder in seinem Steinbau seitlich des Tores verschwunden war, trat ich aus dem Gebüsch und spazierte weiter abwärts. Ich traf ein paar Touristen, die sich ebenfalls für einen Fußmarsch entschieden hatten, dann kam das Lieferfahrzeug einer Lebensmittelkette und zuletzt noch ein Schwarm schnatternder chinesischer Mädchen. Als ich unten am *Hilton* in meinen Toyota stieg, war ich sehr nachdenklich. Hatte ich meinen Mann gefunden? Der Geldverleiher und der Metallwerker schieden wohl aus. Blieb der Besitzer dieses Bentley. Ich hatte ihn nicht erkennen können, der Sichtwinkel war ungünstig gewesen, und außerdem hatte der Passagier des Wagens sich weit in die bequemen Polster des hinteren Sitzes zurückgelehnt. Welche Rolle spielte dieser Mr. Ercoli in dem Stück, das hier lief? Wenn ich Bobby Hsiang nach der Profession dieses offenbar reichen Herrn fragte, würde er wittern, daß ich etwas herausgefunden hatte, aber hatte ich es denn wirklich?

Gegen Abend, als die Sonne hinter die Hochhäuser von Victoria tauchte, saß ich am Tisch eines Straßencafés und war entschlossen, nicht in die Falle zu laufen, die Ricos unbekannter Telefonpartner mir zu stellen gedachte. Ich ging in das Café, an die Theke, zum Telefon, und rief Bobby Hsiang an. Er war in einer Sitzung, und es dauerte eine Weile, bis sein Assistent ihn geholt hatte.

Unwirsch erkundigte er sich: »Was ist los?«

Es gelang mir, seine Aufmerksamkeit sofort zu wecken, als ich ihm erzählte: »Ich habe herumgehorcht, Bobby. Und ich treffe mich um zwanzig Uhr mit jemandem, der mir eine Falle stellen will, weil ich herumschnüffle. Was rätst du? Wenn ich es darauf ankommen lasse, kann es leicht zu einem Unfall führen ...«

Er schniefte. Ein Laut, den er immer dann verursachte, wenn er nach alter chinesischer Sitte eigentlich ausspucken wollte und sich im letzten Augenblick daran erinnerte, daß die Hygienebehörden das als Unsitte bezeichneten und ein guter Polizist sich das zu Herzen nehmen sollte.

Aber Schniefen war auch ein Zeichen, daß Bobby Hsiang angesprungen war, innerlich. Er fragte: »Und was soll ich dabei? Soll ich dich raushauen?«

»Wollen wir die Sache gemeinsam angehen? Schließlich war es Mord. Amtsangelegenheit. Und ich habe dir versprochen, im Falle von Erkenntnissen ...«

»Ja, ja«, brummte er. Dann eine Weile nichts. Und zuletzt die Frage: »Wo bist du jetzt?«

Ich sagte es ihm. Er versprach, in einer halben Stunde dazusein. Ich bestellte mir noch einen Kaffee. Zuweilen konnte ich Kaffee trinken, bis es mir im Magen quirlte. Mögen die Götter Bobby Hsiang gnädig sein und ihn jetzt nicht in einen Stau geraten lassen, dachte ich. Denn wenn er solche halbamtlichen Sachen machte, hütete er sich, die Sirene zu benutzen.

Die Götter waren ihm gewogen, er traf tatsächlich eine halbe Stunde später ein. Zivil gekleidet, in einem zivilen Auto. Nun hatte ich die schwierige Aufgabe, ihm bei einer dritten Tasse Kaffee genau so viel zu erzählen, wie er unbedingt wissen mußte. Kein Wort mehr. Ich machte es kurz und ließ Mister Ercoli erst einmal aus.

»Du weißt, ich habe verschiedene Kontakte ...«

»Deine Kontakte sind nicht viel besser als dieser Kaffee. Ich hätte Tee bestellen sollen.«

»Ich erfuhr, daß es einen Mann gibt, der zumindest eine Kleinigkeit über die Sache mit Kong Wei weiß. Ich habe ihm angeboten, eine Information gut zu bezahlen. Er hat eingewilligt, sich mit mir zu treffen. Aber mein Kontakt hat mich gewarnt. Der Mann ist nicht ungefährlich. Hat außerdem stets zwei Schatten bei sich. Du weißt, ich mache nicht gern einen Skandal in der Öffentlichkeit ...«

»Du machst ihn lieber in Anwesenheit der Polizei, wie?« entgegnete er.

Das war Bobby Hsiang in der Originalausführung. Immer ein wenig mürrisch. Aber ein Mann, auf den man sich verlassen konnte, wenn es darauf ankam. Mit einem Haifischgebiß. wenn es darum ging, einen Gauner zu packen. Und dabei sah er recht harmlos aus. Ich verriet ihm noch, daß mein Kontakt mir den Mann beschrieben habe. Und dann gab ich ihm alle Einzelheiten von Rico, vom Gesicht über das Haar bis zu der in Grenzen hellen Hose, dem Hawaiihemd und den grauweißen Turnschuhen. Er hörte zu, eine seiner *Bastos* zwischen den Lippen. Solange ich ihn kannte, habe ich versucht herauszufinden, wie er es anstellte, daß ihm der Rauch nie Tränen in die Augen trieb. Es war mir nicht gelungen. Er bezeichnete es als Naturtalent – man hat es oder man hat es nicht. Schließlich trank er doch noch einen Tee. Und dabei besprachen wir die Sache ernsthaft. Wir würden getrennt vorgehen. Niemand durfte auf den Gedanken kommen, daß wir zusammen operierten. Bis der Gegner seine Karten aufdeckte.

»Was gibt's in diesem Restaurant *Bistro zu* trinken?« wollte er zuletzt wissen.

Ich sagte ihm, das Getränk der Franzosen sei Kaffee. Oder Wein. Und dann fügte ich versöhnlich hinzu, sie würden dort wohl auch einen Eistee servieren.

Eine Viertelstunde vor der vereinbarten Zeit betrat Bobby Hsiang das Lokal. Ich parkte ein Stück entfernt und besah mir die Gegend. Niemand war zu sehen, der mir besonders gefährlich vorkam. Auch von Rico keine Spur. Vielleicht war er schon im *Bistro?*

Ich wartete noch zehn Minuten, dann stieg ich aus, schloß mein Auto ab und schlenderte an den riesigen Schmuckblumentöpfen vorbei in das Lokal. Da waren einige Tische besetzt, mit Pärchen, Familien, auch mit Einzelpersonen wie Bobby Hsiang, der ganz im Stil eines erschlafften Bürohengstes ein Rätsel im *Star zu* lösen versuchte, wobei er nicht im entferntesten an einen Polizisten erinnerte. Seinen Eistee hatte er bekommen. Kein Rico. Nirgendwo zwei Burschen, die mich etwa abschätzend musterten.

Mit Bobby Hsiang hatte ich vereinbart, daß wir – falls niemand im Lokal erschien – nacheinander abfahren würden, ohne uns nochmals zu verständigen. Immerhin konnte es stille Beobachter geben. Es tat sich weiterhin nichts, außer daß die Kellnerin mir eine meiner geliebten giftgelben Limonaden brachte.

Dann knabberte ich am Plasthalm und wartete. Ein Pärchen an einem der Tische rückte näher zusammen, und der Bursche legte seinen Arm um das Mädchen. An einem anderen Tisch brannte sich ein älterer Chinese genußvoll eine Zigarre an, ein Anblick, der gewiß selten ist. An einem dritten klang Gelächter auf.

Bobby Hsiang kritzelte unverdrossen in seinem Rätsel herum. Es duftete nach Kuchen und Früchten. Eine angenehme Atmosphäre, zumal in einer Stadt, die sonst auch in den Restaurants ihre Hektik kaum verbergen konnte – das *Bistro* war schon eine Art Ruhepunkt. Nur mich machte es langsam nervös.

Eine halbe Stunde nach der vereinbarten Zeit winkte ich der kleinen weißbeschürzten Kellnerin und bezahlte meine Limonade. Im Vorbeigehen streifte ich Bobby Hsiang mit einem kurzen Blick, er sah ebenfalls auf, war aber mit dem Anbrennen einer *Bastos* so beschäftigt, daß er nicht einmal blinzelte. Ich wünschte ihm nicht, daß er wegen des Stinktabaks aus dem Lokal gewiesen wurde, aber Befürchtungen hatte ich schon.

Niemand folgte mir. Niemand lauerte mir draußen auf. Die breite Asphaltstraße, die an den Lee Garden Anlagen vorbeiführt, war jetzt ziemlich ruhig geworden. Um diese Zeit begann der Verkehr in Hongkong ohnehin im gewissen Sinne seine Richtung umzukehren: statt heimzufahren, schwärmte man nun wieder von zu Hause weg, den verschiedenen Abendunterhaltungen zu. Ich stieg in meinen Toyota, ohne daß ich auch nur ein winziges Zeichen von Rico oder seinen angekündigten Beschützern ausgemacht hätte. Bobby Hsiang würde ebenfalls Schluß machen. Was war geschehen? Hatte Rico aus Angst gekniffen? Sah ihm nicht sehr ähnlich. War er geflohen? Immerhin möglich. Ich würde es morgen herausfinden. Oder versuchte er einfach, die Sache in die Länge zu ziehen? Hatte sein Mentor, der Herr mit dem Akzent, ihn im letzten Augenblick anders beraten? Vielleicht hätte ich doch mit Bobby Hsiang darüber sprechen sollen, daß mir dieser Mr. Ercoli nicht ganz astrein vorkam. Manchmal wußte die Polizei mehr als alle Informanten, besonders dann, wenn jemand so weit oben schwamm, daß man besser die Finger von ihm ließ ...

Die beiden Kerle erwarteten mich an Bord meiner Dschunke. Ich war gerade dabei, die Strickleiter einzuziehen, als ich den Hieb über den Schädel bekam. Ich versuchte, mich umzudrehen, halb gelang mir das sogar, und dabei bemerkte ich sie beide. Hatte für den Bruchteil einer Sekunde ihre Gesichter vor mir, aber mein Blick war nicht sehr sicher. Es half nichts, die Welt machte Schluß für mich, sie verschwand in tiefem Schwarz.

Als ich wieder zu mir kam, saß ich in der Wohnkabine auf dem Fußboden, mit dem Rücken lehnte ich an der Bordwand. Langsam erkannte ich die Umgebung wieder. Sogar meinen Revolver machte ich aus. Jemand mußte ihn mir aus dem Hosenbund gezogen und auf die Matratze geworfen haben. Dieser Jemand war Rico. Ich fühlte, wie mein Rücken sich mit kaltem Schweiß bedeckte. Wie hatte er mich ausfindig gemacht?

Bewegen konnte ich mich nicht. Hand- und Fußgelenke waren straff mit dünnem, sehr haltbarem Kupferdraht umwickelt. Das Material, das Elektriker benutzen, wenn sie Klingelleitungen legen. Hoffnungslos, das zerreißen zu wollen. Aber auch ein Hinweis darauf, daß hier Profis am Werk gewesen waren.

Rico merkte, daß ich die Augen geöffnet hatte, obwohl nur meine Dämmerlampe brannte, die nicht viel mehr als ein Orientierungslicht war, etwa wenn Pipi mich besuchte.

»Sind Sie ansprechbar, Mister Lim Tok?«

Er schien sich genau erkundigt zu haben. Ich nickte. Dabei wurde mir schwindelig. Der Knüppel war aus Hartholz gewesen. Man braucht eine Weile, um sich von einem solchen Hieb zu erholen.

»Wie sind Sie auf mich gekommen?« fragte ich. Die Stimme war krächzend, ich hätte eine Limonade vertragen können. Wie es aussah, war die Lage ziemlich hoffnungslos, er hatte mich, und ich sah keine Chance, etwas zu unternehmen.

»Die Fragen stelle ich, Sportsfreund!« Er spielte auf meine Gastrolle im *Tiger Hall* Fitness-Studio an. »Wer ist Ihr Auftraggeber?«

»Niemand«, sagte ich wahrheitsgemäß. Und weil er nicht sehr

überzeugt dreinblickte, so in meinem Sessel sitzend, die Beine in der in Grenzen hellen Hose übereinandergeschlagen, die Füße wippend, in die verräterischen Turnschuhe gekleidet, fügte ich hinzu: »Kong Wei war ein guter Freund von mir. Ich hatte Schulden bei ihm. Wollte in der Nacht damals noch zu ihm, bezahlen. Ich sah Sie und machte Sie ausfindig ...« Der Schuhabdruck ging ihn einen Dreck an.

Rico überlegte eine ganze Weile. Er hatte so eine Art, wenig zu reden und gleichzeitig den Eindruck von Gefährlichkeit auszustrahlen. Vielleicht konnte ich ihn irreführen, ablenken, unsicher machen – eine andere Chance gab es wohl nicht.

Die Pause ausnutzend, fragte ich nochmals: »Wie sind Sie auf mich gekommen, Mister Rico, waren Sie vorhin doch vielleicht dort, an den Lee Gardens?«

Er erhob sich, kam herüber und knallte mir seine Pranke ins Gesicht. Der Raum drehte sich um mich. Was sollte ich bloß tun, um hier lebend herauszukommen? Schreien? Mein Liegeplatz war weit von anderen Booten entfernt. Wie um seine Leistung abzurunden, schlug Rico noch einmal zu, bevor er sich hinsetzte. Dabei erkannte ich, daß er seinen *Bodyguard* in einem leichten Holster unter dem Jackett trug.

»Hören Sie zu«, knurrte er, die Beine wieder übereinanderlegend, »Sie sind ein lausiger Detektiv. Sonst hätten Sie gewußt, daß sie im *Star House* in Kowloon Videokameras im Schließfachsaal haben. Sie heben die Aufzeichnungen einen Monat auf. Weil mein Revolver nicht so in das Tuch eingewickelt war, wie ich das mache, habe ich gemerkt, daß einer dran war. Man kann sich die Videos vorführen lassen. Noch Fragen?«

Ich hatte keine mehr. Der klassische Fall von blamabler Fehlleistung. Beschämend für einen Mann wie mich. Natürlich hatten sie in solchen Kaufhäusern und Passagen automatische Kameras! Wie hatte ich das vergessen können? Und außerdem den Revolver schlampig einwickeln? Das kommt davon, daß man sich allzu sicher fühlt. Während Rico wohl überlegte, ob er noch Fragen ersinnen könnte oder ob er mir einfach erneut ins Gesicht schlagen sollte, quälte mich der Gedanke, daß ich wehrlos war. Gab es eine Möglichkeit, hier noch einmal lebend herauszukommen? Rico mußte mich nach der Logik dessen, was er getan hatte, ausschalten, sonst war er jederzeit sowohl erpreßbar als auch durch eine einfache Anzeige bei der Polizei gefährdet. Und mit ihm sein Telefonpartner, der vermutlich sein Auftraggeber war. Hatte er mit dem nochmals gesprochen? Wo waren überhaupt die beiden Burschen, die ich gesehen hatte, bevor ich abkippte? Hatten sie ihn mit mir allein gelassen, damit er mir den Rest gab?

»Hören Sie genau zu«, forderte er mich auf. »Sie können mich nicht anlügen. Wer weiß außer Ihnen noch von der Sache? Ich werde Sie fertigmachen. Für immer. Aber vorher erfahre ich noch, wer etwas weiß. Also?«

Da war so etwas wie eine Hoffnung! Vielleicht konnte ich mit ihm handeln. Er schien sich nicht ganz so sicher zu fühlen, wie er es mir weismachen wollte.

Warum ihn nicht testen?

»Selbstverständlich bin ich nicht der einzige, der Bescheid weiß«, sagte ich. Aus meiner Nase lief Blut, ich spürte es auf den Lippen. Ich mußte mir Mühe geben, meine Wut zu verbergen. »Aber ich werde Ihnen keinen Namen verraten. Es sei denn, wir einigen uns. Sie verschwinden, nachdem Sie mir die Drähte abgenommen haben, und ich habe Sie nie gesehen. Kenne Sie überhaupt nicht ...«

Er lachte laut. »Was für ein cleverer Kerl Sie doch sein können! Nein, für diese Sorte Handel ist es zu spät. Sie sind schon tot, Lim Tok. Und falls es einen Mitwisser gibt, werde ich ihn genauso fertigmachen wie Sie!«

»Wenn er aber vorher zur Polizei geht?«

Das brachte ihn nicht durcheinander. Er schüttelte den Kopf. »Lassen Sie das meine Sorge sein. Ich werde den Tank Ihres Dschunkenmotors öffnen und einen brennenden Lappen hineinwerfen. Es wird kein angenehmer Tod sein, aber Sie hätten Ihre Nase nicht in meine Geschäfte stecken sollen!«

Mein Gehör signalisierte mir, daß jemand auf der Strickleiter an der Bordwand hochkletterte. Dabei entsteht nämlich ein leises Knarren der Seile. Ich hoffte, Rico würde es überhören. Man muß tatsächlich geübt sein, um solch ein Geräusch wahrzunehmen, weil eine Dschunke, die aus Holz gebaut ist, ohnehin immerzu in den Spanten knarrt und knackt. Ja, ich war sicher, da stieg jemand herauf, und zwar gab er sich dabei Mühe, leise zu sein. Wenn es einer der beiden Schläger war, was hätte er für einen Grund, Geräusche zu vermeiden? Ich hoffte, es war ein zufälliger Besucher. Und – er sollte möglichst eine Kanone bei sich haben.

Schnell begann ich zu reden, um Rico möglicherweise abzulenken. Aber ich hatte mich in ihm getäuscht, und zwar sehr gründlich. Dies war kein stumpfer Lohnkiller, kein unvorsichtiger Mann, sondern ein Profi, der alle Tricks kannte und dem sogar das leise Knarren der Strickleiter nicht entgangen war. Er lauschte. Dann riß er den *Bodyguard* aus dem Holster, und in Sekunden war er lautlos die Stiegen zum Deck hinaufgeklettert, verhielt einen Augenblick und sprang dann mit einem mächtigen Satz aufs Deck hinaus.

Unmittelbar danach hörte ich ein Klatschen, trappelnde Schritte, und etwas schlug auf dem Wasser auf. Stille. Nur die üblichen Geräusche der Dschunke. Ich erstarrte. Hatte Rico den unbekannten Besucher erledigt und ins Wasser geworfen? Dann kam jetzt ich an die Reihe. Ich zerrte an den Kupferdrähten. Nutzlos. Aber ich sah, daß mein Revolver noch immer auf der Matratze lag, wohl von Rico dort hingeworfen. Ob er ihn entladen hatte? Ich überlegte nicht lange. Dies war meine letzte Chance. Ich rollte mich zu der Matratze hin, und da meine Handflächen frei waren, konnte ich den Revolver zwischen sie klemmen und den rechten Zeigefinger in den Abzug schieben. Ich würde auf Rico anlegen, sobald er erschien, aber es sollte schnell gehen, denn die Drähte schnitten immer tiefer in meine Handgelenke.

Da erschien der erste Fuß auf der obersten Stufe! Kein Turnschuh, wie ich erkannte. Ich gab mir alle Mühe, meine Erregung zu beherrschen, aber ich fürchtete, daß meine Hände doch ziemlich unsicher waren, fraglich, ob ich einen guten Schuß würde anbringen können.

In diesem Augenblick hörte ich Bobby Hsiang sagen: »Was ist los? Warum meldest du dich nicht?«

Er stieg herab, seine Dienstpistole in der Hand. Als er mich sah, schüttelte er bekümmert den Kopf, steckte die Waffe ein, und dann fragte er mich, ob ich eine Beißzange hätte. Ich sagte ihm, wo sie lag, und als er meine Gelenke befreit hatte, waren es zwei Fragen, die mir auf der Seele brannten.

»Wo ist Rico?«

»Wer ist Rico?« fragte er gelassen zurück.

»Mister Aranquez. Der Name des Mannes, der mich hier überfallen hat ...«

»Wenn du den meinst, der heraufIkam ... der ist ins Wasser gesprungen. Vorher habe ich ihm auf den Kopf geschlagen, mit dem Kolben. Er ist weggetaucht. Adresse?«

Er hatte sein Notizbuch in der Hand und schrieb, während ich diktierte. Dann bemerkte er beiläufig: »Das kommt davon, daß man der Polizei nicht gleich die volle Wahrheit sagt. Kannst du laufen?«

»Wohin?«

Er sah mich geduldig an. Holte eine *Bastos* aus der Tasche. »An Land. Ich würde an deiner Stelle den Rest der Nacht in freiwilliger Emigration verbringen. Da waren noch zwei Kerle, die könnten zurückkommen. Nachsehen, wo der dritte geblieben ist.«

»Du hast sie beobachtet?«

»Natürlich habe ich!« Er lachte. Hustete Zigarettenrauch aus. »Wenn ein Treff platzt, ist es immer wahrscheinlich, daß kurz danach eine Schweinerei passiert. Müßtest du noch aus deiner Zeit bei uns wissen. Deshalb bin ich hinter dir hergefahren. Ich habe geahnt, daß der Kerl, von dem du mir erzählt hast, dich reinlegen wollte.«

»Du hast zugesehen, wie sie mich umschlugen?«

»Von weitem.«

»Und hast nichts getan?«

»Beobachtet habe ich!«

»Gefesselt! Mit Draht! Der Kerl wollte die Dschunke anbrennen. Und ich mittendrin, gefesselt!«

»So etwas habe ich mir gedacht«, meinte Bobby.

»Aber ... die hätten mir den Schädel wegblasen können!«

Er zuckte die Schultern. »Danach hätte ich sie gehabt!«

Bobby Hsiang, der Retter! Er war beleidigt, weil ich ihm nicht von vornherein die ganze Wahrheit gesagt hatte. Sollte er. Ich war froh, daß er im letzten Augenblick doch noch eingegriffen hatte. Und ich folgte seinem Rat. Mietete mich für die Nacht drüben in Aberdeen in einem der billigeren Etagenhotels ein, dessen Portier ganz verwundert war, weil ich kein Mädchen mitbrachte. Ich war wohl der einzige hier, der nichts wollte als schlafen. Ich hatte andere Sorgen. Zwei Stunden badete ich meine Gelenke in kaltem Wasser, bis mir schien, daß die Schmerzen geringer wurden und auch die Schwellung zurückging. Zwischendurch rief ich Pipi an, die Spätdienst hatte. Riet ihr, eine Weile nicht auf meine Dschunke zu kommen, und nannte ihr den Grund. Dann kam ich zu meinem eigentlichen Anliegen. Pipi war ein gefälliges Mädchen – das meine ich beruflich –, und manchmal erwies sie einem ausländischen Konsul einen Dienst, wenn dieser für einen Gast plötzlich ein Zimmer brauchte und das *Excelsior* eigentlich ausgebucht war. Auf diese Weise hatte sie einigermaßen gute Beziehungen zu solchen Leuten, und sie revanchierten sich gern, wenn sie das konnten. Ich bat sie, ihre italienischen Beziehungen spielen zu lassen und diskret herauszufinden, was es mit einem gewissen Mr. Luigi Ercoli am Peak auf sich habe. Als sie mich aufforderte, in einer halben Stunde noch einmal anzurufen, stutzte ich. Schließlich sollte sie den Herrn Konsul nicht gerade aus dem Bett klingeln. Aber sie lachte nur.

»Er ist noch gar nicht drin! Er ist in einem unserer Salons und gibt ein Bankett. Bis dann!«

Ich murmelte noch, sie solle darauf achten, daß er sich nicht an einem Cocktail verschluckte, aber das hörte sie schon nicht mehr. Also begann ich wieder mit kalten Bädern. Ab und zu guckte ich auf die Uhr. Die eine Hälfte der Arbeit eines Detektivs besteht darin, auf Informationen zu warten. Vorausgesetzt, er weiß, woher er sie bekommt!

Pipi war eine ziemlich verläßliche Quelle. Als ich sie nach einer halben Stunde wieder am Draht hatte, berichtete sie völlig sachlich: »Signor Luigi Ercoli, wohnhaft am Peak, ist Botschaftsrat im Ruhestand. Geschieden. Wahrscheinlich keine Kinder. Sein letzter Posten war in Saigon. Von dort kam er bei Ende des Krieges nach Hongkong. Ließ sich hier nieder, weil Asien ihm fehlen würde, wie er verschiedentlich verlauten ließ. Ist ein wohlhabender Mann. Allerdings lebt er ein wenig zurückgezogen. Soll entfernt mit einem alten italienischen Adelsgeschlecht verwandt sein. Reicht das?«

»Und ob!« Ich war höchst zufrieden. Noch konnte ich nicht sagen, was mich an der Mitteilung eigentlich so faszinierte, aber es würde mir einfallen. Also warnte ich Pipi nochmals vor der Dschunke und versprach ihr, sofort Bescheid zu sagen, wenn die Küste wieder klar war. Sie versprach, mir bis dahin treu zu bleiben, und dabei kicherte sie nicht einmal.

Wieder hielt ich meine Handgelenke in kaltes Wasser, um die Fußknöchel wickelte ich nasse Handtücher. Und dann plötzlich funktionierte das Gedächtnis in meinem Kopf wieder, der an diesem Abend so unsanft behandelt worden war: Hatte nicht Hamburger-Charly mir vor Tagen ausgerichtet, Lao Dang von der Weißer-Mohn-Triade sei der Meinung, Rico arbeite für einen Gweiloh, einen Ausländer? Natürlich tat er das, er hatte ihn ja nach meinem Anruf sofort um Rat gefragt, den;Mann mit dem Akzent! Und hatten die Akten im Hauptquartier der Polizei in der Arsenal Street nicht den Vermerk enthalten, Rico sei vor Jahren in eine Affäre verwickelt gewesen, in der es um den Schmuggel von gestohlenen Wertgegenständen aus Saigon nach Hongkong ging? Auch daß dabei ein ausländischer Diplomat im Spiel gewesen sei, dessen Name wegen mangelnder Beweise nicht genannt wurde?

Hatte ich endlich den Faden in der Hand, über den ich das Knäuel aufrollen konnte?

Ich schlief schlecht in dieser Nacht, und das lag nicht nur daran, daß mir das sanfte Schaukeln der Dschunke fehlte. Obwohl die Schmerzen in den Gelenken spürbar nachließen, fand ich nicht die rechte Ruhe.

Am Morgen ging ich hinunter in den Frühstücksraum, kaufte mir eine Schale Reis mit Fisch und Gemüse, und als ein Boy die Zeitungen angeschleppt brachte, nahm ich ihm eine *Hongkong Post* ab. Eine dieser nur aus zwei Blättern bestehenden Boulevardzeitungen, die stets am saftigsten über Mord und Totschlag berichten, über Betrug in hohen Kreisen und Bordellskandale. Die Meldung war nicht zu übersehen: *Schock in der Morgenstunde!* Beim Nachhausegehen vom schwimmenden Restaurant Golden Lotos in der Bucht von Aberdeen hatten feuchtfröhliche Gäste entdeckt, daß unter der Gangway ein Toter im Wasser schwamm. Die Polizei habe ihn inzwischen als Enrico Aranquez identifiziert, Kaufmann von Beruf. Er sei in den Kopf geschossen worden.

Kaufmann Rico mit Kopfschuß! Ich rief sofort Bobby Hsiang an. Der war noch müde und wie immer schlechtgelaunt. Ja, er sei hinzugezogen worden, wie bei jedem Toten in der Kolonie ... jedem kriminell Getöteten, zum Teufel!

Und ja, es war der Mann. Zuletzt verriet er mir gönnerhaft: »Ich habe dein Abenteuer mit ihm unerwähnt gelassen. Du kannst sicher sein, du wärest schon hier in einer Zelle, wenn ich dich nicht selbst zu deiner Absteige gebracht hätte und sie mir bestätigen konnten, du seiest die ganze Nacht nicht mehr ausgegangen.« Zuletzt stöhnte er einigermaßen sachlich: »Sieht so aus, als mußte der Mann aushauchen, weil wir über ihn an das Fleisch im Nudelteig gelangen könnten.«

Eine Weile stocherte ich noch in meinem inzwischen kalt gewordenen Reis herum, aber es gibt nichts Widerlicheres für mich als kalten Fisch mit Reis, also legte ich die Stäbchen beiseite und zahlte. Gleichzeitig kündigte ich mein Zimmer.

Hei Ling Chau ist eine kleine Insel. Sie hat die Form eines Dreiecks und liegt vor der Silver Mine Bay, in die man einfährt, wenn man aus Hongkong kommt, etwa auf der Höhe von Aberdeen, zehn Kilometer westlich davon.

Früher, viel früher eben, war das einmal eine stille Insel gewesen, die den Vorzug hatte, ein paar Kilometer Straße zu besitzen, mäßig besiedelt zu sein und ein angenehmes Seeklima zu haben, nicht ganz die feuchte Schwüle, wie sie etwa im Zentraldistrikt Victoria herrscht oder in den Straßenschluchten von Kowloon.

Fischer gab es hier und ein paar Handwerker. Kaum Touristen. Das ist heute erheblich anders geworden. Der Grund sind die Boat People. Vietnamesen, meist aus der südlichen Metropole Saigon oder anderen großen Städten des Südens, die vor den über sie gekommenen neuen Verhältnissen flüchten, bei Nacht und Nebel, meist auf klapprigen Booten, für wahre Schätze gekauft. Sie fliehen aus politischen Gründen, aber manchen lockt auch das moderne Leben im Ausland, der eine oder andere hat sogar Verwandte, die auf ihn warten, Kinder.

Es war kein irrwitziger Einfall, nach Hei Ling Chau zu fahren. Hier hat die Hongkonger Verwaltung, die den Vietnamesen nur sehr zögernd die Einreise gestattet, ein Lager für all jene errichtet, die buchstäblich aus dem Meer gefischt werden, halbverhungert, krank, Männer, Frauen, Kinder.

Ich war einmal vor einiger Zeit hier gewesen, als es allerlei Horrorgeschichten um dieses Lager gab, das größte im Bereich Hongkongs. Die Geschichten waren erlogen gewesen; ein Reporter, dem nichts anderes einfiel, hatte sie in die Welt gesetzt. Bei dem Besuch hatte ich einen Eindruck von dem bekommen, was hier lief.

Damals lebten, flüchtig gezählt, etwa zweitausend Menschen in einer Art riesigem Käfig aus Draht, in dem Holzbuden standen, Wellblechbuden, Container, Kartonburgen, die der nächste Regen zusammenfallen ließ. Inzwischen kümmerten sich das Rote Kreuz und einige andere menschenfreundliche Organisationen um die Leute. Man schaffte aus Spendenaktionen Essen und Kleidung heran. Nur mit dem sehnlichsten Wunsch der Leute, sich bald irgendwo frei ansiedeln zu können, ist es nach wie vor nicht so gut bestellt. Die meisten Länder haben die Einwanderung von Vietnamesen arg gedrosselt. So gibt es hier in Hei Ling Chau nicht allein materielles Elend, es gibt auch die Trübsal der Chancenlosigkeit, des verbauten Ausgangs ins Leben, in das man ja eigentlich aufgebrochen war.

Das Motorboot, das ich mir geliehen hatte, war nicht gerade ein Rennfahrzeug; trotzdem hatte ich gerade erst die dritte Zigarette angebrannt, als die Insel in Sicht kam. Mir war eingefallen, daß ich bei meinem ersten Besuch erfahren hatte, hier gäbe es so manchen, der mit Amerikanern und anderen Ausländern in Saigon zusammengearbeitet hatte und dem die neuen Behörden deshalb jetzt das

Leben schwermachten. Der alte Jammer, persönliche Freunde oder Gönner gehabt zu haben, die der neue Staat plötzlich als jedermanns Feind bezeichnete. Ich wollte einfach auf Verdacht im Lager suchen, und zwar nach Leuten, die etwas über italienische Botschaftsangestellte wußten. Mit den Jungens vom Bewachungspersonal hatte ich mich schon damals einigermaßen gut verstanden. Sie saßen hier sozusagen auf einer Isolierstation, da war ihnen jeder Fremde ein willkommener Gast. Noch dazu, wenn er einen Karton Bierbüchsen mitbrachte, wie ich jetzt, weil ich wußte, daß man die Jungens nicht gerade mit so etwas verwöhnte.

Ich legte am Steg an und wurde von einem halben Dutzend junger Kerle wie ein Gott empfangen, als ich die Plane anhob, unter der die Bierbüchsen lagerten. Sie brachten mich mit einem ihrer Motorräder zum Lager, und auch der Kommandant, ein Mann meines Alters, zeigte sich äußerst erfreut. So brauchte ich nicht lange um die Sache herumzureden, ich konnte ihm sagen, weshalb ich gekommen war.

Möglich, daß es da Leute gibt, die etwas wissen, vermutete der Kommandant. Wir tranken unser Bier und rauchten, knackten Erdnüsse, und derweil waren ein paar junge Polizisten im Lager unterwegs, die sich einschlägig erkundigten. Die Leute lebten zwar kärglich, aber sie wurden nicht schikaniert, verstanden sich sogar mit den Posten leidlich. Also wäre es schon möglich, daß sich etwas Brauchbares fände, meinte der Kommandant.

Es war noch früher Vormittag, also verbanden wir das Biertrinken vorsichtshalber mit dem Verzehr von etwas Reis und Gemüse, was die alkoholische Wirkung in Grenzen hält. Trotzdem war der Kommandant schon recht fröhlich, als einer seiner Burschen ungefähr eine Stunde später einen Mann mittleren Alters anbrachte, der mich mit einem Blick ansah, in dem ebensoviel Mißtrauen wie Hoffnung zu lesen war.

»Nguyen Duc Thanh. Ich war Kraftfahrer bei der italienischen Botschaft, Sir. Ich bin Witwer. Habe aber eine Tochter, Ly, die ist vor Kriegsende schon nach Amerika gegangen. Sie hat geheiratet. Lebt in Kalifornien. Guter Mann, den sie da hat. War Zivilangestellter in Saigon. Nicht wahr, Signor Ercoli hat nun gewiß mit seinem Bemühen Erfolg gehabt, mich hier herauszuholen ...?«

Ich muß ihn ziemlich verblüfft angesehen haben, denn diese Überraschung, die einem Zufall zu verdanken war, mußte ich erst verarbeiten, und dabei mußte ich mir Mühe geben, daß der Vietnamese nichts davon merkte.

Als ich mich an den Posten wandte, der ihn gebracht hatte, zuckte der die Schultern und meinte: »Wartet auf diesen Italiener, seit er da ist. Ich hatte ›italienische Botschaft‹ noch nicht richtig ausgesprochen, da stand er schon vor mir.«

Er ging mit der Bemerkung, ich solle rufen, wenn ich ihn brauche. Der Kommandant griff sich eine weitere Bierbüchse und überließ mir dann großzügig seinen Amtsraum in der Baracke, damit ich in Ruhe mein Gespräch führen konnte.

Ich schenkte dem Vietnamesen zunächst einmal Bier ein – weil nichts anderes da war, in eine Polizeitasse, die so dick war, daß man einen Büffel damit hätte erschlagen können. Er trank es in sehr kleinen Schlucken, genußvoll, wie eine lange entbehrte Köstlichkeit, während ich mich bemühte, mit der Überraschung fertig zu werden und zu entscheiden, wie ich weiter vorgehen sollte.

Schließlich begann ich vorsichtig: »Sie verstehen, Herr Thanh, die Sache ist nicht ganz unkompliziert. Die Behörden geben sich ziemlich unbeweglich. Aber Signor Ercoli weiß natürlich, daß er Ihnen Hilfe schuldig ist ...«

Es gelang mir, ihn zu der Bemerkung zu verleiten: »Das kann ich auch erwarten. Wie oft habe ich mich schon schriftlich an Signor Ercoli gewandt! Können Sie mir sagen, ob er meine Nachrichten bekommen hat?«

»Ich weiß, daß alles gewissenhaft befördert wird, was hier im Lager die Leute schreiben. Sie wenden sich ja auch an Verwandte in Amerika ...«, entgegnete ich ausweichend.

Wie bekam ich den Vietnamesen dazu, daß er mir mehr über den Mann erzählte, dessen Fahrer er in Saigon gewesen war? Ich mußte ihn aus der Reserve locken. Würde das gelingen, indem ich Zweifel an der Loyalität Signor Ercolis in ihm wachrief? Der Versuch lohnte jedenfalls.

»Sehen Sie«, holte ich aus, »die ganze Sache ist so verzwickt, daß ich mich als Mann des Rechts entschlossen habe, einmal ohne Wissen Signor Ercolis mit Ihnen unter vier Augen zu sprechen. Sie kennen den Signor und wissen auch, daß er viel um die Ohren hat mit seinen Geschäften und daß er oft Dinge zu erledigen vergißt, die schon lange zur Erledigung anstehen ...«

»Ich habe nie etwas vergessen!« beklagte sich der Vietnamese prompt. »Immer habe ich Signor Ercoli treu gedient, bei allem, was er mir auftrug!«

Ich machte eine zustimmende Handbewegung. »Ich weiß, ich weiß. Eben deshalb ist es mir schon ein wenig peinlich, daß Signor

Ercoli die Sache so lange anstehen ließ. Zumal sie für ihn kaum eine Belastung darstellen würde. Er brauchte mir nur den eindeutigen Auftrag zu geben, und die Angelegenheit ließe sich durch ein kleines Handgeld bei einem Behördenvertreter in die Wege leiten. In ein paar Wochen könnten Sie in den Staaten sein ... Gesund sind Sie doch, oder?«

»Ich bin gesund!« erklärte Thanh. Er schien mich als irgendeinen Assistenten Ercolis einzuordnen. Gut so. Nahm eine Zigarette von mir, und nachdem er den ersten Zug gemacht hatte, überraschte er mich mit der Bemerkung: »Am Geld kann es doch nun wirklich nicht liegen. Signor Ercoli verwaltet ja meinen Anteil an dem Geschäft mit, das wir damals betrieben ...«

Ich tat bekümmert. Schüttelte wie ratlos den Kopf und murmelte, auf ihn gezielt: »Das ist es ja, ich möchte die Geschichte anpakken, aber ich weiß zu wenig über alles, und das erschwert mein Vorgehen. Sie könnten längst bei Ihrer Tochter sein. Zumal Sie immer genau das getan haben, was Signor Ercoli anwies, es also keinen Dissens gibt. Aber er kommt bei seinen unzähligen Verpflichtungen einfach nicht dazu, mich in der notwendigen Weise ins Bild zu setzen ...«

»Und ob ich genau das getan habe, was Signor Ercoli wollte! Solange der Krieg ging, war das selbstverständlich. Aber ich habe die Geschäfte auch nach dem Einzug der Roten weitergeführt, genau nach Anweisung. Bis es immer weniger wurde. Sie machten zuerst die Gießerei zu, in der wir die Figuren herstellen ließen, dann nahmen sie ein paar Beteiligte fest, und die quetschten sie aus. Auf diese Weise kamen sie hinter den Ring, der die Sache heranschaffte, und das war für mich das Ende. Ich fragte zwar noch bei Signor Ercoli an, was er rate, aber keine Antwort. Also nahm ich das nächstbeste Boot ...«

»Ach«, tat ich verwundert, immer noch ziemlich im dunkeln tappend, »ich wußte gar nicht, daß es mit dem Auffliegen der Gießerei begann!« Der Teufel mochte wissen, was das für eine Gießerei gewesen war – und was man da goß!

Thanh bewegte leicht die Schultern. Was er dann erzählte, ließ langsam das Gefühl bei mir schwinden, daß ich in einem stockfinsteren Tunnel nach einem Neger in schwarzer Kleidung suchte.

»Sie ist nicht eigentlich aufgeflogen, Mister. Es begann damit, daß die neue Verwaltung alle Betriebe, auch die kleinsten, registrierte. So stießen sie auf die Gießerei. Und wenig später entschieden sie, es sei Verschwendung, dort Buddhas gießen zu lassen, die ihnen ja völlig wertlos erscheinen mußten, denn zum einen haben sie keinen Respekt vor Buddha, zum anderen bestanden die Figuren aus minderwertigem Material. Angeblich jedenfalls. Die Verwaltung ordnete an, daß dort Teile für Lampenpfosten gegossen werden mußten, für die Straßenbeleuchtung, und nun wirklich aus minderwertigem Schrott. Dabei hatten wir in den Schuppen noch mehr als einen Zentner Gold liegen, eingeschmolzen schon ...«

Ich begann, den Wert der Quelle zu begreifen, die ich hier überraschend angezapft hatte. Mit dem, was ich hörte, fügte sich Teil um Teil einer komplizierten Geschichte zusammen, so schien es mir. Es galt jetzt, systematisch vorzugehen, deshalb stoppte ich den Redefluß des Vietnamesen erst einmal und sagte: »Wissen Sie, Herr Thanh, dies alles kenne ich zwar in Andeutungen und auch zum Teil aus Aufträgen, die ich für Signor Ercoli ausführte. Aber ich sehe, ich muß die Sache jetzt anders anpacken, wenn ich Ihnen helfen will. Dazu muß ich den Hergang von Anfang an kennen. Dann kann ich Signor Ercoli ein wenig moralisch unter Druck setzen ... Sie verstehen, was ich meine. Nur damit er endlich handelt. Er hat wirklich derart viel zu tun, daß er mitunter moralische Verpflichtungen übersieht. Und dabei haben Sie sich doch für ihn sogar in erhebliche Gefahr begeben ...«

Der Vietnamese nickte bedächtig. Es schien mir, als sei dies genau der Augenblick, in dem er jemandem sein Herz ausschütten wollte. Und ich täuschte mich nicht. Der Mann kam sich hier, im Lager, vergessen vor, als habe er etwas falsch gemacht. Deshalb erfuhr ich in den folgenden Minuten ganz genau, was es mit der Zusammenarbeit zwischen Thanh und Signor Ercoli tatsächlich auf sich gehabt hatte. Stück für Stück fügte sich das Puzzle zusammen. Ich war buchstäblich auf Gold gestoßen ...

In Saigon hatte es damit begonnen, daß ein Ring von kleinen Gaunern in den vom Krieg heimgesuchten Gebieten Tempel und Pagoden ausschlachtete, vor allem Kultgegenstände aus Edelmetallen wurden gestohlen. In kurzer Zeit schon kamen erhebliche Mengen von Bruchgold und Silber zusammen. Da der einheimische Markt wenig Absatzchancen bot, nahm der Ring Beziehungen zu Interessenten aus dem Ausland auf. Allerdings konnte man nicht riskieren, Edelmetall offen ins Ausland zu verschicken, ein Zollsystem von erheblicher Leistungsfähigkeit – so korrupt es auch war – machte das unmöglich. So erkundete der Ring bei Ausländern mit Sonderstatus vorsichtig die Bereitschaft, sich am Geschäft zu beteiligen, denn solche Ausländer, Diplomaten, Regierungsreisende, bestimmte Firmenbosse, unterlagen weder bei Flug- noch bei Schiffsreisen einer Gepäckkontrolle. Nach einiger Zeit geriet der Ring an Nguyen Duc Thanh, der in der italienischen Botschaft arbeitete, und dieser gewann den damaligen Handelsattaché Ercoli zur Mitarbeit.

Ercoli stellte die Bedingung, daß die Edelmetalle eingeschmolzen und in landesübliche Kultfiguren gegossen wurden, denn niemand würde es ihm verargen, wenn er als Kunstliebhaber solche Figuren bei Reisen mitführte oder als Fracht aufgab.

Der Ring machte eine kleine Gießerei ausfindig, die diese Prozedur gegen Beteiligung übernahm. Bald wanderten über Signor Ercoli auf diese Weise erhebliche Mengen Edelmetall, ausschließlich in Form von Buddhafiguren und Darstellungen von Apsaras etwa, in Richtung Macao oder Hongkong ab. Hier gründete Ercoli zeitweilig eine Scheinfirma, die den Weitervertrieb übernahm. Um Überraschungen vorzubeugen, wurden die Figuren einer raffinierten Bearbeitung unterzogen, und zwar schon in der Gießerei. Ihre Oberfläche wurde mit matt wirkender Plasthaut überzogen, die das Aussehen von Gußeisen oder Bronze hatte. Das Geschäft lief über Jahre und machte nicht nur die Angehörigen des Rings, sondern auch Signor Ercoli sehr reich. Noch vor Ende des Vietnam-Krieges gründete er in Hongkong eine neue Existenz, kaufte ein Haus, ließ es einrichten, und als die Amerikaner Saigon aufgaben und die Botschaften geschlossen wurden, zog Ercoli sich aus dem diplomatischen Dienst dorthin zurück, wo ich ihn, besser gesagt: seinen Bentley gesehen hatte.

Das Geschäft aber ging noch eine ganze Weile weiter. Zum Transport wurden jetzt Boote benutzt, die heimlich ausliefen und außerhalb der Hoheitsgewässer ihre Fracht auf Fahrzeuge des Mr. Ercoli umluden. Das Edelmetall stammte nun meist von Ausreisewilligen, die mit Wertgegenständen ihre Passage bezahlten. Und Ercoli bezahlte in Dollars, die jetzt in Saigon eine erstklassige Schwarzwährung darstellten. Für den reibungslosen Fortgang der Geschäfte sorgte Nguyen Duc Thanh, der die Expedition abwikkelte. Er galt inzwischen als Arbeitsloser und hatte viel Zeit – bis dann die neuen Behörden die Gießerei in den Griff nahmen. Dabei, so wähnte Nguyen Duc Thanh, stießen sie wohl auf einige Dinge, die sie stutzig machten, denn sie begannen nachzuforschen. Als die ersten Festnahmen erfolgten, ergriff Nguyen Duc Thanh die Flucht übers Meer. In Hongkong, so hoffte er, würde er bei Signor

Ercoli seinen Anteil an dem Geschäft kassieren und dann zu seiner Tochter in die Vereinigten Staaten reisen können ...

»Aber ich sah mich getäuscht, Mister«, sagte er traurig. »Bis heute weiß ich nicht, was ich davon halten soll, Signor Ercoli hat sich überhaupt nicht gemeldet, er hat nicht auf meine Mitteilungen reagiert, ich weiß nicht, ob er sie überhaupt bekommen hat. Und außerdem sagen die Posten hier im Lager, daß Hongkong uns nicht haben will, daß Verhandlungen mit Hanoi geführt werden, um uns alle nach und nach wieder zurückzuschicken. Es wäre das Ende für mich, Mister, ich habe Angst!«

Ich war eine ganze Weile sprachlos. Der Gedanke, daß der Mord an Kong Wei, einem harmlosen Antiquitätenhändler, in einem solchen Zusammenhang stehen könnte, war mir nicht gekommen.

Wie es sich ergeben hatte, ausgerechnet Kong Wei zu verdächtigen und zu töten, blieb vorerst ein Rätsel. Der Vietnamese konnte ihn nicht kennen, und ich war überzeugt, daß Kong Wei an dieser Schmuggelei nicht beteiligt gewesen war. Ich hatte ihn zu gut gekannt, und ich war sicher, er hätte sich dafür nicht hergegeben. Er war nicht nur ein redlicher Geschäftsmann, sondern pflegte auch einem zu großen Risiko lieber auszuweichen, das war immer so gewesen.

Zunächst beruhigte ich Nguyen Duc Thanh. Ich erklärte ihm, es sei möglich, daß Signor Ercoli lange Zeit gar nichts von seinem Hiersein gewußt habe. Beim Charakter des Geschäfts habe er zudem befürchten müssen, daß ihm der Zoll den Namen des Vietnamesen gewissermaßen als Köder zuschob, um ihn zu überführen. Aber das glaubte Nguyen Duc Thanh, der inzwischen die dritte Tasse Bier leerte, nicht. Einer der Posten, dessen Namen er keinesfalls nennen wolle, sei auf sein Bitten und gegen ein paar alte Goldmünzen, die Thanh noch besaß, bei Ercoli gewesen. Er wohne am Peak. Und er habe gesagt, einen Nguyen Duc Thanh kenne er nicht, er könne sich jedenfalls nicht erinnern. Habe auch in seiner Tätigkeit mit vietnamesischen Zivilisten außerhalb der Regierung überhaupt keinen Kontakt gehabt.

»Er hat mich als Schwindler hingestellt, Mister, können Sie das verstehen?«

Ich konnte. Aber das sagte ich ihm nicht. Ich wich aus. Es könne eine Schutzbehauptung gewesen sein. Schließlich war ihm der Posten unbekannt. Aber wenn ich es so recht bedachte, saß ich hier dem wichtigsten Zeugen gegenüber, den man brauchen würde, wenn man Signor Ercoli jemals anklagen wollte. Und dafür würde ich sorgen, das schuldete ich Kong Wei, obwohl sein eigentlicher Mörder ja schon tot war. Den hatte man beseitigt, um Spuren zu tilgen. Aber Ercoli war nach allem, was ich jetzt wußte, der Auftraggeber für den Mord gewesen, dessen wahrer Grund noch im Dunkel lag. Und doch – ab sofort, wenn Ercoli den Braten roch, wenn er befürchten mußte, daß Nguyen Duc Thanh sprach, dann war wohl auch der Vietnamese seines Lebens nicht mehr sicher. Leute wie den Turnschuh-Rico, die im Auftrag töteten, gab es in Hongkong eine Menge!

Nach einer Weile machte ich dem Vietnamesen einen Vorschlag. Ich versprach ihm, daß er in diesem Lager nicht mehr lange zubringen müsse. Ich würde mit Ercoli sprechen, ihn zuerst um Verständnis bitten und um die Einlösung seines alten Versprechens. Wenn er sich dann immer noch unwillig zeigte ...

»Wären Sie unter diesen Umständen bereit, den Sachverhalt, den Sie mir schilderten, auch den Behörden darzulegen?«

Er versank in Schweigen. Ich ließ ihn einige Zeit nachdenken, bevor ich ihm mitteilte, daß es so etwas wie einen Kronzeugen bei der Aufklärung von kriminellen Taten gab; er würde seine Aussage selbstverständlich nur gegen die behördliche Zusicherung der Straffreiheit machen, außerdem bekäme er Papiere, die ihm eine Ausreise nach Amerika ermöglichten. Dabei hatte ich ein ungutes Gefühl, denn ich kannte die Einwanderungspraxis der Amerikaner. Sie gaben sich gegenüber ihren ehemaligen Alliierten aus Südvietnam heute recht zugeknöpft. Vielleicht ließen sich die Kanadier da noch etwas eher erweichen, mit denen hatten die Hongkonger Amtsstellen in solchen Dingen weitaus bessere Erfahrungen gemacht. Der Vietnamese tat mir leid, ihm war jetzt aufgegangen, daß kriminelle Kumpane allzuschnell ihr Wort brechen.

»Ich werde an der Sache arbeiten«, versprach ich ihm. »Und ich werde wiederkommen. Aber ich muß Sie aufmerksam machen: nur wenn Sie bereit sind, alles, was Sie mir erzählt haben, vor den Behörden zu wiederholen, wird man Ihnen eine Chance für die Auswanderung geben ...«

Damit hatte ich ihm beinahe schon zuviel versprochen. Noch wußte ich nicht, auf welche Weise ich ihm aus dem Lager in Richtung Amerika würde helfen können. Aber eigenartigerweise war ich sicher, ich würde es schaffen. Schließlich war die Hongkonger Polizei, bei allen Einschränkungen, die man da zu machen hatte, in Mordfällen unerbittlich. Und das britische Recht ließ keinen Kronzeugen, wenn er bei der Aufklärung eines Vergehens derart aussagte, wie Nguyen Duc Thanh es tat, in einem Lager verrotten. Man würde auch nicht zulassen, daß er nach Hanoi zurückgeschickt würde, dort wegen seiner Flucht Ärger bekam. Deshalb war ich einigermaßen zuversichtlich, als ich mich von ihm verabschiedete.

Ich unterhielt mich noch eine Weile mit dem Kommandanten, während der Posten Thanh zurückbrachte. Ich wollte wissen, ob das Lager sicher sei oder ob es die Möglichkeit gab, daß da jemand verschwand.

Der Kommandant zerstreute meine Sorgen nicht ganz, aber immerhin erklärte er, das Gelände um das Lager herum werde überwacht. Wer die Insel beträte, lande bei ihm. Ich legte ihm ans Herz, Nguyen Duc Thanh zu schützen, falls er bedroht würde, und ich verriet ihm, daß er sich bereit erklärt hatte, als Kronzeuge auszusagen. Das veranlaßte ihn, mir amtlich zu versichern, der Mann werde fortan unter seinem besonderen Schutz stehen. Nun mag man über unsere wuchernde, vergnügungssüchtige, teilweise verkommene und verdorbene Kolonie sagen, was immer man will – auf ihre Polizei ist Verlaß. Vorausgesetzt, es wird nicht jemand bestochen. Und die Gefahr bestand.

Auf mein geliehenes Motorboot war auch Verlaß. Obwohl es seit langem nicht mehr zu den modernsten Fahrzeugen gehörte, brachte es mich in Rekordzeit wieder nach Aberdeen, und ich überlegte mir, wie ich nun vorgehen sollte. Nachdem ich eine Weile über Ricos Tod nachgedacht hatte, entschied ich mich, mit Bobby Hsiang zu sprechen. Vorerst, am Telefon, verriet ich ihm nur, ich hätte in der Mordsache Kong Wei einige entscheidende Zusammenhänge herausgefunden.

Er wollte sich mit mir treffen. Und weil ich mich auf meiner Dschunke immer noch nicht so recht sicher fühlte, verabredeten wir uns im *Hibiskus,* wo ich, zur Freude meiner Mutter, ein paar Tage bleiben wollte. Die Fenwick Street war zwar eine windige Gegend, aber meine Mutter beschäftigte, wie andere Lokalinhaber auch, eine Truppe von Kostgängern, die damit bezahlten, daß sie ungehobelte, betrunkene Randalierer ebenso fernzuhalten wußten wie ungebetene Schnüffler, die auf Schleichwegen ins Obergeschoß zu gelangen versuchten.

Unten im Restaurant lärmte eine Rockband aus den Lautsprechern. Dazwischen gab es vom Mädchengekicher bis zu Männergebrüll alle Geräusche, die im Abendgeschäft einfach dazugehören. Man aß, trank, machte Mädchen an, die man irgendwo in einer Handtuchbude aufs Kreuz legte, man stritt sich, sang, und man fühlte sich wohl in dem Lärm, den es auch draußen gab, auf der Straße, überall, weil er eben zur Gegend paßte.

Es war die Zeit, in der die Mädchen gute Geschäfte mit einem Quickie zwischen zwei Gläsern Orangensaft machten und die Zuhälter auf einen Drink einkehrten; die wenigen Matrosen, die noch nicht auf einer Matte lagen und sich ihre edelsten Organe massieren ließen, suchten Souvenirs oder wählten gerade unter den Schönheiten der Tanzsalons. Händler verhökerten lauthals jeglichen Krimskrams, von Mickymaus-Präservativen über Comics bis zu gravierten Füllfederhaltern. Hier und da gab es selbst in der Fenwick Street, wo ein Lokal sich an das nächste reihte, Straßenküchen. Sie gehörten zum Gesamtbild, und sie machten keine schlechten Geschäfte, weil mancher, der sein Geld vor allem für handfestere Vergnügungen ausgeben wollte, hier besonders billig essen konnte. Andere, die es eilig hatten, bekamen hier rasch eine Haifischflossensuppe und brauchten nicht eine Stunde für ein chinesisches Dinner im Lokal zu schwitzen. Zwischen den Flanierenden erschien ab und zu ein Bettler, der klagend bekanntmachte, er werde unverzüglich verhungern, an Ort und Stelle, wenn ihm nicht jemand eine Schale Nudeln spendiere. An einer Ecke führte ein Khmer eine zahme Kobra vor, sie war so müde, daß sie sich an ihren Giftzahn vermutlich gar nicht mehr erinnerte, wenn sie ihn überhaupt noch hatte. Ein Apotheker pries eine Essenz an, nach deren Einnahme der Käufer vier Stunden ununterbrochen eine Dame befriedigen könnte. Und zwischen zwei Stundenhotels saß ein Maler, der Schnellporträts anfertigte. Kopf vor Hongkongs Wolkenkratzern, Palme an der Seite. Immer, wenn er wenige Zuschauer hatte, sprang ein Mädchen herbei, das sich unter lautem Gekicher splitternackt auszog und auf einer Aktdarstellung bestand. So füllte sich der Kreis der Neugierigen wieder, und der Maler bekam neue Aufträge. Ein Marktplatz der Skurrilitäten, dieses Wanchai am Abend. Nur daß es dabei fast ausschließlich um Geschäfte ging und nur bedingt um Vergnügen. Es war eben keine rundum fröhliche Flanierstraße, wenngleich es für den Uneingeweihten so aussah, es war vielmehr ein großer Markt, auf dem alles seinen Preis hatte. Aber das ist wohl inzwischen auf der ganzen Welt so!

Bobby Hsiang kam während des abendlichen Hochbetriebs. Ich saß auf dem Balkon, eingerahmt von Wäschestücken, die meine

Mutter zum Trocknen aufgehängt hatte, wie man es hier überall tat. Das erste, was Bobby Hsiang mir mitteilte, war, daß er keine Zeit habe.

Es habe einen Lustmord an einem Badestrand gegeben, und der werde ihn für den Rest der Nacht beschäftigen.

Immerhin hörte er geduldig zu, als ich ihm von Nguyen Duc Thanh erzählte und von dessen Behauptung, an einem ziemlich kessen Schmuggelgeschäft mit einem pensionierten Diplomaten beteiligt gewesen zu sein. Ich hatte mich entschieden, Bobby Hsiang einzuweihen, weil die Geschichte für mich langsam zu explosiv wurde. Die Regulationen für unser Gewerbe sind streng: Ein Privatdetektiv darf alles mögliche ermitteln. Kommt er aber an ein Verbrechen, das gerichtlich verfolgt wird, hat er die Pflicht, etwaige Erkenntnisse der Polizei mitzuteilen. Die behindert ihn zwar nicht bei der Weiterarbeit, aber sie kann ihm zuvorkommen, weil sie die besseren Mittel hat. Eine Sache der Geschwindigkeit.

Wie es schien, hatte Bobby Hsiang allerdings wenig Lust, sich zu engagieren. Nachdem er alles angehört hatte, teilte er mir mit, Schmuggel sei nicht sein Gebiet, erst recht nicht dann, wenn die Sache so weit zurückläge. Und als ich ihn auf die Zusammenhänge mit dem Mord an Kong Wei hinwies, wiegte er den Kopf, kratzte sein kurzgeschnittenes, ergrauendes Haar und gab mir zu bedenken: »Das fußt auf Vermutungen, Freund. Du hast keinen Beweis, daß Aranquez für diesen Diplomaten gearbeitet hat. Die Kugel, mit der er getötet wurde, stammt aus seiner eigenen Waffe. Wir haben sie an Land gefunden, auch die Stelle, an der er erschossen wurde. Kaum Spuren, weil es steiniger Boden ist. Mit Bestimmtheit können wir nur sagen, daß Kong Wei mit derselben Waffe wie Aranquez erschossen wurde. Ob aber Aranquez der Mörder war, steht auch nicht fest. Das ist lediglich deine Theorie. Selbst wenn er es dir gegenüber so gut wie zugegeben hat. Nur – das ist *deine* Aussage, nicht *seine* vor der Polizei! Wer soll sie bestätigen?«

Die Mühlen der Polizei! Vielleicht sollte ich mich doch lieber auf mich selbst verlassen. Dann durfte ich allerdings den Fehler nicht wiederholen, der mir den Kupferdraht um die Gelenke eingebracht hatte! Bevor er ging, orakelte Bobby Hsiang noch ein wenig herum, weshalb man Aranquez getötet haben mochte. Er war skeptisch, als ich ihm sagte, Aranquez sei zu einem Risiko für seinen Auftraggeber geworden, weil er mich nicht zur Strecke gebracht hatte. Einen guten Killer konnte der immer wieder finden, wenn er ihn brauchte.

»Und wer, meinst du, hat abgedrückt? Der Auftraggeber selbst? Hast du diesen Diplomaten im Sinn?«

Das hatte ich, aber nicht als den, der abgedrückt hatte. Ich konnte Bobby nur nicht so recht überzeugen, als ich ihm sagte, das sei vermutlich ein weiterer Mann gewesen, über den Ercoli verfügte. Einer von den beiden, die ich für Sekundenbruchteile gesehen hatte, bevor mich bei dem Überfall auf der Dschunke die Nacht umfing. Bobby wollte wissen, ob ich sie wiedererkennen würde. Natürlich würde ich das!

»Aber sie dich auch«, gab er zu bedenken. Und dann ging er.

Ich hatte wieder einmal Gelegenheit, darüber nachzugrübeln, weshalb sich der Eifer der Polizei bei solchen Fällen in Grenzen hielt. Über eine Stunde tüftelte ich, wie man die festgefahrene Geschichte erneut in Schwung bringen konnte; mir fiel manches ein, aber nichts, das mich völlig außer Gefahr ließ. Diese Erkenntnis stimmte mich unzufrieden, und am Ende entschloß ich mich doch, wieder ein Risiko einzugehen. Wie damals bei Rico. Ich mußte meine Gegenspieler, die sich sicher fühlten, nachdem Aranquez nichts mehr ausplaudern konnte aus ihrer Reserve locken.

Während unten im Lokal und auf der Straße das abendliche Wanchai quirlte, legte ich mich in dem kleinen Zimmer, das Mutter für mich stets bereithielt, auf ein Sofa, und bevor ich einschlief, wußte ich, wie ich es anpacken würde.

Wieder nach Kowloon. Der Tunnel kam mir doppelt so lang vor, weil alle Fahrbahnen von Langsamfahrern blockiert waren, so daß ich bereits ziemlich schwitzte, als ich drüben auf dem Festland anlangte. Bis zur Granville Road ließ ich mir absichtlich Zeit, und als ich mein Ziel erreichte, hatte die Innenraumbelüftung des Toyota, die man im Tunnel wegen der Abgase ausschaltete, ihr Wunderwerk vollbracht: ich hatte wieder trockene Sachen an!

Diesmal merkte ich mir den Namen des Inhabers, der auf dem Firmenschild stand, neben dem knallbunten, grinsenden Thailand-Buddha aus Porzellan im Schaufenster: Mister Ah Lon. Und ich begrüßte ihn mit seinem Namen, als er aus dem Hinterzimmer erschien. Sein glattes Gesicht unter dem weißen Haar verzog sich ein wenig, als er lächelte. Er hatte drei lange Barthaare, die aus einer Warze unterhalb des Kinns sprossen. Wieder machte er auf mich eher den Eindruck eines Gelehrten als den eines Händlers. Ich hatte mich an meinen ersten Besuch hier erinnert, am Abend zuvor, und mir war aufgefallen, daß ich dabei etwas versäumt haben könnte. Um das zu überprüfen, war ich ein zweites Mal hergekommen: Bei der ganzen Geschichte ging es um eine Buddhafigur, die Kong Wei hätte haben sollen, die er aber nicht gehabt hatte. Er mußte sterben, weil man glaubte, er wolle die Figur nur nicht herausrücken. Wie ich auf der Insel Hei Ling Chau von dem Vietnamesen erfahren hatte, war die Goldschmuggelaktion so erfolgreich gewesen, weil das Material in jener Gießerei zu Figuren geformt und diese nachträglich mit einem Überzug versehen wurden. So rief man den Eindruck hervor, es handle sich um kein besonders wertvolles Metall. Irgendwie quälte mich der Gedanke, daß es hier, nur ein paar hundert Meter von Kong Weis Laden entfernt, einen anderen Antiquitätenshop gab, dessen Besitzer ebenfalls verschiedenartige Buddhafiguren aus den unterschiedlichsten Materialien anbot und der sich bester Gesundheit erfreute.

Der Alte erkannte mich wieder. Er schien wenige Kunden zu haben, denn er freute sich, mich wiederzusehen, obwohl er kaum damit rechnen durfte, daß ich etwas kaufte. Aber das kannte ich von Kong Wei. Antiquitätenhändler sahen sich oft in der Rolle von Museumswärtern, wenn die Geschäfte nicht gut gingen; so fanden sie sich leichter damit ab, wenn sie wenig umsetzten. Nach ein paar Höflichkeitsfloskeln fragte ich Ah Lon einfach, ob sich in letzter Zeit bei ihm jemand eingehend nach Buddhafiguren erkundigt hatte, ob er sie einzeln betrachtete, überhaupt an Buddhafiguren Interesse besonderer Art bekundete.

»Außer Ihnen?«

»Außer mir, ja.«

»Nein.« Er schüttelte den Kopf. »Sie waren der einzige Besucher, der sich interessiert zeigte in der letzten Zeit. Wenn man von ein paar Touristen absieht, die kleine Souvenirfiguren kauften und keinen besonderen Wert auf Herkunft oder Material legten. Worum geht es denn?«

Er machte nicht den Eindruck eines Kriminellen oder eines Mannes, der mit Kriminellen zusammenarbeiten würde. Was er sagte, entsprach wohl den Tatsachen. Trotzdem forschte ich weiter.

»Sie müssen meine Neugier verzeihen, Mister Ah Lon, ich bin Detektiv und untersuche eine Sache, in der Buddhafiguren eine Rolle spielen. Sind Ihnen jemals in Abständen solche Figuren angeboten worden, die stets aus demselben Material bestanden?«

Er schüttelte wieder den Kopf. In der Stube hinter dem Laden pfiff ein Wasserkessel. Der Alte entschuldigte sich für eine Minute. »Auch einen Tee?« fragte er.

Ich sagte ja, und er goß dahinten heißes Wasser in Deckeltassen, auf deren Boden er grüne Teeblätter gestreut hatte. Während wir mit den Tassen in den Händen im Laden standen, das Getränk immer wieder durch Pusten abzukühlen trachteten, eröffnete er mir beinahe spöttisch, seine Buddhas stünden schon seit Monaten in dem Regal mit dem Vorhang.

»Lediglich einer ist erst vor ein paar Wochen hereingekommen. Ich habe ihn eigentlich nur aus Mitleid gekauft. Der Mann, der ihn mir anbot, war ein Flüchtling aus Saigon, und er brauchte ein paar Dollar zum Leben. Obwohl ich die Figur eigentlich nicht brauchte, habe ich sie ihm abgenommen.«

»Ein Vietnamese?«

»Ein Vietnamese, ja.« Er ging an das Regal und zog den Vorhang beiseite. »Da oben. Sie hatten ja gestern schon einmal einen Blick darauf geworfen. Minderwertiges Material, vermutlich Schrott, eingeschmolzener.«

»Der Preis?«

Ah Lon lächelte geschmeichelt. Dann sagte er, zwanzig Dollar wären angemessen. Ich bot ihm fünfundzwanzig und bat ihn, die Figur in Ruhe besichtigen zu dürfen. Mir war ein Verdacht gekommen, der mich nicht mehr losließ. Konnte irgendein Vietnamese, wie Nguyen Duc Thanh in diesem Schmuggelgeschäft beschäftigt, die Figur von Saigon nach Hongkong transportiert haben, ohne ihren Wert zu kennen? Und konnte er hier ein kleines privates Geschäft gemacht haben? Hatte man ihn ausfindig gemacht, und hatte er, der sich vielleicht nicht so gut in der Gegend auskannte, den Laden falsch beschrieben? Eine abenteuerliche Kombination, aber die Praxis hatte mich gelehrt, daß das reale Leben immer abenteuerlicher war als alle Theorien.

Ich hielt die Stehleiter, als der Alte hinaufstieg und die unansehnliche schwarze Figur des Allweisen aus dem Regal nahm. Er stellte sie auf den Ladentisch, fuhr mit einem Staubwedel darüber und widmete sich dann wieder seinem Tee. Ich schob ihm die fünfundzwanzig Dollar hin, und dann klappte ich mein Taschenmesser auf, nahm mir den Boden der Figur vor und schabte mit der Klinge die Oberfläche ab.

Schon nach den ersten Kratzern war ich sicher, daß es sich hier nicht um Patina handelte, sondern um eine vergleichsweise zähe, aber elastische Masse. Plast. Ich schabte weiter. Es schien den Alten gar nicht zu interessieren, er murmelte etwas von eingeschmolzenen Patronenbülsen aus dem Krieg, gemischt mit anderem Metallschrott. Er irrte sich. Als ich auf die erste Metallschicht unter dem Plast stieß, wurde das Material heller. Und weicher als Messing. Ich war auf Gold gestoßen, im wahrsten Sinne des Wortes, auf einen vagen Verdacht hin. Wenn die ganze Figur aus demselben Metall gegossen war, das ich freigelegt hatte und von dem Nguyen Duc Thanh gesprochen hatte, dann war sie ein Vermögen wert.

Ah Lon hatte wohl die Wahrheit gesagt. Vom eigentlichen Wert der Figur ahnte er nicht einmal etwas. So trank ich, ein wenig nervös geworden, meinen Teetopf leer, während der Antiquitätenhändler den Buddha in starkes Packpapier einwickelte und ihn so geschickt verschnürte, daß ich ihn an einer Schlaufe tragen konnte. Wir schieden mit einem Schwall von Freundlichkeiten, wobei Ah Lon mich immer wieder einlud, bei ihm einzukehren, wann ich nur wollte.

Als ich endlich in meinem Toyota saß, war ich um einen Klumpen Gold reicher. Aber da war auch der quälende Gedanke, daß mein Freund Kong Wei höchstwahrscheinlich noch am Leben sein könnte, hätte es bei der Angabe des Ladens durch den erwischten Dieb nicht die kleine Ungenauigkeit von einigen hundert Metern gegeben. Ercoli hatte den Dieb suchen lassen, er war wahrscheinlich beseitigt worden. Tote Vietnamesen wurden heute in Hongkong des öfteren gefunden; die Polizei untersuchte nur ungern, wie sie ums Leben gekommen waren, man machte es sich oft einfach und konstatierte Selbstmord. Bei der Adresse, die der unglückliche Dieb angegeben hatte, bei Kong Wei, fand sich der Schatz nicht, so vermutete ich. Dem Killer, den Ercoli dann ansetzte, war nichts Besseres eingefallen, als Kong Wei nach zweimaliger Befragung einfach zu erschießen. Wie schnell und unverdient man doch in Hongkong ums Leben kommen konnte!

Wie brachte ich nun, da sich wenigstens für mich das Geheimnis etwas lichtete, Signor Ercoli dazu, Farbe zu bekennen? Ich hatte nicht die Absicht, ihn davonkommen zu lassen, nachdem Rico, sein Killer, tot war. Nein, wenn das, was der Vietnamese auf der Insel mir erzählt hatte, stimmte, dann war Ercoli der Auftraggeber und trug die Hauptschuld. Daß ich jetzt einfach die Buddhafigur zu Geld machen und dann für den Rest des Lebens mein Zelt in Bora Bora aufschlagen konnte, oder auch an der französischen Riviera, das kam mir zwar in den Sinn, aber ich dachte überhaupt nicht ernsthaft an Ruhestand und Playboydasein. Außerdem würde ich, ohne das Gold herauszurücken, Ercoli wohl kaum überführen können.

Ich rief ihn an, nachdem ich den schlecht belüfteten Tunnel hinter mir hatte und wieder auf der Insel war. Nach Verlassen des Tunnels war ich links eingebogen und am *Excelsior* gelandet, wo mich Pipi an der Rezeption nach ängstlichen Seitenblicken warnte, sie nicht zu küssen. Der Chefmanager habe eine Stinklaune heute und treibe sich dauernd in der Halle herum, um seine Wut an irgend jemandem auszulassen.

»Vielleicht ist ihm seine Frau durchgebrannt«, äußerte ich eine naheliegende Vermutung. Pipi ging nicht darauf ein, machte ein ernstes Gesicht, beriet zwischendurch einen begriffsstutzigen Australier und wollte dann unbedingt wissen, weshalb sie nicht auf die Dschunke kommen sollte. Sie nahm die Geschichte von meiner Gefangennahme ein bißchen skeptisch auf, aber schließlich gelang es mir, sie zu überzeugen, indem ich ihr meine Handgelenke hinhielt, die immer noch blau unterlaufen waren. Da schluckte sie und meinte: »Wenn die so was mit mir anstellten, würde ich zur Polizei gehen!«

Ich telefonierte aus einer Zelle, deren Leitung nicht über das Hotel geschaltet war. Zuerst rührte sich gar nichts, aber nach dem sechsten Signal meldete sich endlich ein Mann in chinesisch gefärbtem Englisch. Signor Ercoli? Der sei nicht zu sprechen. Ob ich eine Verabredung mit ihm hätte?

Ich war nicht mehr bereit, Höflichkeiten auszutauschen. Diesen Signor Ercoli mußte man vermutlich mit einem japanischen Langschwert angehen, damit er zugänglicher wurde. Also schnarrte ich ins Telefon: »Wer immer Sie sind, Mister, ich möchte keine Absagen. Hier ist ein Mann, der darüber entscheidet, ob Signor Ercoli in den nächsten Tagen in eine Einzelzelle einzieht oder nicht. Also wecken Sie ihn gefälligst aus seinem Mittagsschlaf und prügeln Sie ihn ans Telefon, sonst bin ich in einer halben Stunde mit der Polizei bei Ihnen, und er geht in Handschellen ab, klar?«

Der Schock machte den Mann gefügig. Er bat mich zu warten. Es würde nicht lange dauern. Ohne auf das Schild *No Smoking* zu achten, brannte ich mir eine Zigarette an; ich wunderte mich, weshalb es trotz des Schildes einen Aschenbecher in der Kabine gab.

Dann war da plötzlich die Stimme mit dem Akzent, die ich damals gehört hatte, als ich mit dem Hobo Ricos Telefon anzapfte. »Ich höre, Sie haben ein Anliegen?«

Dieser Pinsel mußte begreifen, daß er noch die Wände hochkriechen würde, bis ich ihn griff. Und dabei würde jede Höflichkeit unterbleiben.

Deshalb fing ich gleich damit an, ihn wie jemand zu behandeln, der Bohnenquark gestohlen hat.

»Damit wir uns recht verstehen: Nicht ich habe ein Anliegen, sondern Sie, Signor Ercoli. Und zwar wollen Sie überleben. Haben Sie das begriffen?«

»Wer sind Sie?« wollte der Mann wissen. Genau wie ich es erwartet hatte. Mit dem Blick auf die Hotelhalle, in der die Leute durcheinanderquirlten, sagte ich ihm meinen vollen Namen.

»Ja. Sie haben richtig gehört. Ich bin der Mann, der Aranquez ausfindig machte. Muß Ihnen mächtig Angst eingeflößt haben, sonst hätten Sie ihn nicht angestiftet, außer Kong Wei auch noch mich zu töten. Das haben vor Ihnen schon andere versucht und auch nicht geschafft, Mister Ercoli. Aus Ärger haben Sie dann Aranquez selbst töten lassen. Nur damit er nicht redet! War unnötig, er hatte bereits alles gesagt. Als er noch dachte, er könnte mir in der nächsten Minute das Licht ausblasen.«

Ich konnte ihn atmen hören. Ein unruhiger Atem. Vielleicht war er etwas zu fett und hatte Asthma – was weiß ich, ich hatte ihn nie gesehen. Zwischen zwei Atemzügen stellte er die naive Frage: »Was wollen Sie?«

»Das erfahren Sie gleich. Ich komme gerade aus Saigon. Da erinnern sich ein paar Leute an Sie. Zum Beispiel in einer Gießerei. Keine Illusionen, Signor, die Behörden dort unten kennen inzwischen Ihren Namen und den Umfang des Geschäfts, das Sie da eingefädelt hatten. Sie können von Glück reden, daß man in Hongkong mit diesen Leuten nichts zu tun haben will. Keine Zusammenarbeit. Obwohl die letzten von Ihnen arrangierten Goldtransporte in ihrer originellen religiösen Art noch gar nicht so lange her sind. Hörte ich Sie eben aufjaulen, Signor? Warten Sie, es kommt noch schmerzhafter!«

Er unterbrach mich nervös: »Sagen Sie mir, was Sie eigentlich wollen! Ich verstehe kein Wort von dem, was Sie da erzählen!«

Es war herauszuhören, daß ich ihn unsicher gemacht hatte. Er hätte einfach auflegen können, aber er tat es nicht; er war zu einem Handel bereit, ohne das bis jetzt direkt gesagt zu haben.

»Sie verstehen sehr gut! Was ich von Ihnen will? Ein Geschäft. Interessiert es Sie, zu hören, daß ich den mit schwarzer Plasthaut überzogenen Buddha habe, dessentwegen der Händler Kong Wei und Ihr Aranquez starben?«

»Sie haben ...«

Ich hatte ihn am Haken. »Ja, ich habe ihn. Ich könnte mir von dem Ding einen guten Tag machen, Signor. Aber das genügt mir nicht. Ich weiß, daß Sie mehr als diese eine Figur aus Saigon herausgeholt haben. Viel mehr. Und zwei Tote plus ein Mordversuch an mir sind mehr wert als eine solche Figur, meinen Sie nicht auch? Falls Sie nein sagen, könnte ich Ihnen einen sehr aufschlußreichen Vortrag über die Lebensbedingungen in Hongkongs Gefängnissen halten. Das würde Sie überzeugen. Also – wieviel bieten Sie mir dafür, daß ich die ganze Story vergesse?«

Er legte noch immer nicht auf. Im Gegenteil, nach ein paar Sekunden fragte er: »Können Sie zu mir kommen?«

»Nein.«

»Können wir uns treffen?«

»Darüber läßt sich reden. Ich habe schon eine Menge Leute getroffen. Meist zwischen die Augen.«

Da gab er auf. Er sagte zahm: »Ich meine, wir sollten das in Ruhe besprechen. Es könnte ein Arrangement gefunden werden ...«

Seine Stimme klang überhaupt nicht mehr sicher, aber ich spürte sehr wohl die kalte Wut dahinter. Und ich hatte mir gut überlegt, wie ich ihn kriegen wollte. Deshalb antwortete ich jetzt: »Es wird ein Arrangement geben müssen, Signor. Kein Ausweg. Ich verrate Ihnen die Bedingungen. Wir treffen uns. Wann und wo, das teile ich Ihnen später mit. Zu diesem Treffen bringen Sie in US-Dollars zweimal die Summe mit, die eine solche Figur wert ist, wie ich sie schon habe. Danach können Sie gehen, wohin Sie wollen. Ich kenne Sie nicht mehr. Weiß von nichts. Übrigens: das Geld können Sie in Macao bekommen, jeder aus Ihrer Branche sagt Ihnen, wo. Haben wir uns verstanden?«

»Ja, ich ...«, kam es zögernd zurück.

Ich unterbrach ihn: »Haben wir uns verstanden?«

»Ja!«

»Ein Rat noch, Signor. Versuchen Sie nicht, auszureißen. Ich habe Sie unter Kontrolle, besser als Sie ahnen. Wählen Sie den etwas teureren, aber dafür sicheren Weg. Sie hören von mir!«

Ich legte auf. Ich schwitzte, und das lag nicht nur an der stickigen Luft in der Zelle. Ein wenig pokerte ich, aber ich war immer ganz gut im Pokern gewesen. Manchmal zum Ärger meiner Mutter, die nichts von Glücksspielen hielt. Nun galt es, die Nerven zu behalten. Und wachsam zu sein wie der Hund des Wurstverkäufers. Die Sache würde sich bald zuspitzen, denn ich glaubte nicht, daß Ercoli sich so schnell geschlagen geben würde.

Zunächst nahm ich die gewichtige, in schabiges Papier verpackte

Figur auf und ging zu Pipi zurück, die sich inzwischen ein wenig beruhigt zu haben schien. Das Hotel besaß einen Tresorraum, in dem Gäste ihre Wertsachen deponieren konnten. Pipi trug mich in das Register ein, rief einen der Hoteldiener herbei, und der führte mich treppab in den Vorraum des Tresors. Er ließ mich wie unabsichtlich sehen, daß er mit einer Automatik bewaffnet war, die er unter der linken Achsel trug. Der Mann brachte mir einen Behälter, in den ich die Figur legte, verschwand damit, und als er zurückkam, übergab er mir feierlich den Schließfachschlüssel. Es war kein so primitives Schloß wie das im Star House, das erkannte ich an der Machart: eines dieser neuen Modelle, die auf der Basis von Magnetfeldern unterschiedlicher Stärke basieren. Oben angekommen, übergab ich ihn Pipi.

»Steck ihn weg. Kennst du Bobby Hsiang?«

Sie nickte. »Das ist dieser Polizist, mit dem du ...?«

»Ja, mit dem ich! Er wird sich bei dir melden, wenn etwas mit mir schiefgeht. Dann gibst du ihm den Schlüssel.«

»Können wir wieder auf die Dschunke?«

»Leider noch lebensgefährlich«, warnte ich sie.

Sie schmollte, aber sie gab sich zufrieden. Murmelte nur: »Mir wäre lieber, du wärest Bankangestellter!«

Ich lachte. »Warum nicht Bankpräsident?«

Von jetzt ab mußte ich stündlich damit rechnen, daß Ercoli mir einen seiner Killer auf den Hals schickte. Also hatte ich auf der Hut zu sein. Außerdem: der Fall hatte eine Dimension angenommen, die mich zwang, zumindest Nachricht an die Polizei zu geben. Das war wie eine Art Versicherung, die sich auszahlen würde, sobald ich gezwungen war, mich eines bewaffneten Überfalls zu erwehren. Bei dem es leicht einen Toten geben konnte. In Hongkong waren die Behörden pingelig, wenn Schußwaffen ins Spiel kamen, selbst wenn der Träger eine Lizenz besaß. Deshalb beschloß ich, vorläufig nicht auf die Dschunke zu gehen, sondern zurück nach Wanchai, ins *Hibiskus.*

Dort angekommen, rief ich Bobby Hsiang an. Als er sich, mürrisch wie immer, meldete, sagte ich ihm, daß er am Abend bei mir im *Hibiskus* sein sollte. Ich würde ihm nicht nur alles, was mit dem Mord an Kong Wei zusammenhing, auf einem silbernen Tablett servieren, sondern dazu noch eine der grandiosesten Schmuggelaffären der letzten Jahre.

Er war mißtrauisch. »Du hast dich verkrochen?«

»Habe ich, ja.«

»Sind sie hinter dir her?«

»Mit Sicherheit.«

»Dann paß auf dich auf! Ich melde mich unten an der Theke.«

Ich riet ihm, eines dieser kleinen Aufzeichnungsgeräte mitzubringen, weil ich wußte, daß er es nicht besonders schätzte, viel schreiben zu müssen. Was ich ihm mitzuteilen hatte, konnte eine Sekretärin vom Tonband abschreiben. Er knurrte etwas von technischem Aufwand, aber das war der übliche Protest. Soviel wert wie ein Schild bei einer Demonstration *Nieder mit den hohen Mieten!*

Ich beließ es nicht dabei, an der Theke Bescheid zu sagen; ich kaufte den beiden Jungens, die im Lokal Mahjong spielten und dabei den Aufgang zur Wohnung im Auge behielten, ein Bier. Sie würden niemanden auf die Treppe lassen, da war ich sicher. Aber ich kontrollierte trotzdem noch einmal meinen Revolver, bevor ich mich mit einem Packen Zeitschriften in mein Zimmer zurückzog.

Jeder, der Hongkong kennt, weiß, daß man sich hier verstecken kann, wenn man will. Die Zahl der Winkel, der Gassen in den unübersichtlichen chinesischen Wohngegenden reicht aus, um mindestens ein Jahr lang täglich das Quartier zu wechseln. Wenn man genug Geld bei sich hat, um sich unauffällig zu ernähren, kann man das beliebig lange fortsetzen. Niemand weiß, wie viele chinesische Flüchtlinge bei uns so leben. Manche bringen Geld mit, andere erhalten es hier von Verwandten. So treiben sie sich herum, bis es ihnen gelingt, entweder legale Papiere zu erwischen oder geschickt gefälschte. Die Polizei ist zwar emsig nach illegalen Einwanderern unterwegs, aber sie überanstrengt sich nicht. Höchstens an der Grenze zu China, da tritt sie demonstrativ auf, doch das tut sie mit einem Auge auf den großen Nachbarn, damit der nicht behaupten kann, Hongkongs Administration fördere die Abwanderung aus China. Sonst verhält sich die Abteilung der Polizei, die sich mit illegalen Einwanderern beschäftigt, ziemlich nachlässig. Wenn sie sich nicht gerade mit Vietnamesen befaßt!

Aber ich wollte nicht auf die chinesischen Einwanderer hinaus, die hier in düsteren Quartieren um ihre Auswanderungspapiere bangen, sondern auf die allgemeinen Möglichkeiten, in Hongkong unterzutauchen. Bobby Hsiang glaubte, ich wolle untertauchen, nachdem ich ihm die Story um Signor Ercoli in seinen Recorder diktiert hatte, und er machte mir Vorwürfe, daß ich mir nichts anderes einfallen ließ, als ausgerechnet bei meiner Mutter unterzukriechen. Die würde dadurch nur unnötig gefährdet werden.

Aber er irrte sich. Ich sagte ihm, es sei genau meine Absicht, meinen Gegenspieler wissen zu lassen, wo ich Quartier genommen hätte. Es sollte nur nach außen so aussehen, als verstecke ich mich. In Wirklichkeit kam es mir darauf an, ihn geradezu anzulocken.

»Dann bist du lebensmüde«, philosophierte Bobby. »Sie legen dich um, und du siehst sie nicht einmal!«

Wir saßen auf dem Balkon. Der hatte den Vorteil, daß er ziemlich hoch über der Straße lag und von unten nicht gut einzusehen war. Die Wäsche, die hier ewig hing und die Blicke abhielt, tat ein übriges. Ein gezielter Schuß hier herauf wäre kaum anzubringen gewesen. Das sah Bobby ein, aber meine Absicht mochte er deswegen noch lange nicht. Obwohl ihm – nachdem er nun die Geschichte kannte – klar war, daß es keine Beweise gegen Ercoli geben würde, wenn wir ihn nicht aus der Reserve lockten und zu einer Unbesonnenheit verleiteten.

»Du weißt, daß das ins Auge gehen kann«, machte er mich aufmerksam. »Abgesehen davon, daß es gegen unsere Vorschriften ist. Gegen meine jedenfalls.«

Er teilte mir nichts Überraschendes mit. Alles konnte ins Auge gehen, wenn man nicht die Übersicht behielt. Und so vieles war nicht in den Vorschriften vorgesehen. Doch selbst wenn Bobby sich zurückhielt, hatte ich immerhin ab jetzt den Vorteil, daß ich nicht mehr allein als Privatdetektiv an dieser Sache herumknobelte: Die Polizei war engagiert, sie mußte, da ich Bobby berichtet hatte, tätig werden, egal, wie. Wenigstens würde sie mir keine Schwierigkeiten machen.

»Trinkst du noch ein Bier?« erkundigte ich mich.

Bobby nahm eine Büchse. Dann, nach dem ersten Schluck, fragte er mich nachdenklich: »Was machst du, wenn sie dir auflauern und dich umlegen?«

»Wenn es ihnen gelingt, nichts mehr«, gab ich zurück.

»Aber ich werde mein Bestes tun, daß es ihnen nicht gelingt.«

Es klang überzeugt. Aber ich hatte schon meine Sorgen, und Bobby wußte das. Deshalb sprachen wir nicht mehr weiter darüber. Wir tranken unser Bier, später gingen wir nach unten und aßen ausgiebig. Dann verabschiedete sich Bobby Hsiang und legte mir ein letztes Mal ans Herz, ihn sofort zu benachrichtigen, wenn sich etwas ereignete, das mit dem Fall zusammenhing. Der Blick, den er mir zuwarf, als er ging, hatte etwas Bedauerndes. Es war unschwer zu erkennen, daß Bobby sich Sorgen um mich machte.

Ich sah mich im Lokal um. Der übliche Betrieb. Die Mädchen waren inzwischen ausgeschwärmt, jene Wanchai-Göttinnen mit den jungenhaften Körpern, den hochgeschlitzten Röcken oder Hotpants, Minis, Slips und Bikinis. Sie tummelten sich zwischen den Besuchern, tanzten für Geld mit ihnen, ließen sich zu einer Cola einladen oder zogen schnell für eine halbe Stunde mit jemandem ab in ein Zimmer. Meist kamen sie danach wieder zurück und blieben. Warteten, was der Abend sonst noch brachte.

Ich entdeckte niemanden, der mir verdächtig vorkam. Aber mein Instinkt sagte mir, daß Ercoli längst über mich informiert war, auch über meinen Aufenthaltsort. Schließlich zog ich mich zurück. Mutter hatte zu tun, also duschte ich ausgiebig und sehr warm, so daß ich danach im Zimmerklima das Empfinden von Kühle hatte, lange genug, um ohne Schwierigkeiten einzuschlafen.

Es war noch nicht Mitternacht, als ich aufwachte. Das Gefühl, in Gefahr zu sein, hatte mich wach werden lassen. Seit Jahren konnte ich mich darauf verlassen, daß ich selbst aus tiefstem Erschöpfungsschlaf erwachte, wenn etwa jemand vorsichtig meine Dschunke zu entern versuchte. Und jetzt, als ich mit offenen Augen dalag und lauschte, hörte ich auf dem Flur ein Geräusch. Mutter konnte es noch nicht sein, denn das Lokal war noch geöffnet, und sie kam nie herauf, ehe der letzte Gast gegangen war. Also ein Fremder?

Ich hatte mich nicht ausschließlich auf die beiden Jungen unten an der Treppe verlassen. Dafür waren mir Signor Ercoli und seine Killer denn doch zu gefährlich. Seit einiger Zeit hatte ich eine Anzahl sinnvoll ausgedachter technischer Produkte aus Japan auf ihre Funktion hin erprobt, und darunter war auch eine elektronische Alarmvorrichtung gewesen, die ihre Energie aus einer Taschenlampenbatterie bezog. An einer Zimmertür angebracht, erzeugte sie, sofern die Tür unbefugt geöffnet wurde, einen derart schrillen Hupton, daß selbst hartgesottene Einbrecher für Sekunden ratlos waren und dann meist das Weite suchten.

Diesen kleinen Apparat hatte ich über der Tür angebracht. Bevor ich mich schlafen legte, hatte ich ihn aktiviert, und nun wartete ich nicht erst darauf, daß der Warnton kam, sondern stieg leise von meiner Schlafstätte, stellte mich unmittelbar neben die noch geschlossene Tür und griff nach meinem alten Baseballschläger, den ich dorthin gestellt hatte.

Endlich wieder ein Geräusch. Diesmal im Schloß. Jemand kratzte mit einem Nachschlüssel darin herum. Laß ihn machen, sagte ich mir, laß ihn sicher sein, daß niemand ihn hört. Mal sehen, wie er reagiert, wenn die Hupe losgeht.

Ich hörte, daß der Riegel zurückschnappte. Der ungebetene Besucher hatte es geschafft. Gleich darauf drehte sich der Türknopf. Im Zimmer war es zwar dunkel, aber von draußen fiel noch genügend Neonlichtschein herein, um sich nach einer Weile orientieren zu können.

Ich merkte, wie der Spalt sich um Millimeter verbreiterte. Der Mann mußte Spezialist seines Fachs sein, er arbeitete absolut risikolos und ohne Fehler. Dachte er jedenfalls. Denn meine japanische Alarmhupe hatte er nicht einkalkuliert. Gerade war durch den Spalt in der Tür das Flurlicht zu sehen, da heulte das Signal auf, schrill und mißtönend. Es erwies sich, daß ich den Mann vor der Tür beinahe doch unterschätzt hatte: er fuhr nämlich nicht zurück, um das Weite zu suchen, sondern sprang, die Tür aufstoßend, mit einem Riesensatz ins Zimmer. Wobei er allerdings nicht mit meiner Heimtücke gerechnet hatte. Ich hatte nämlich für alle Fälle genau in seinen Weg einen Hocker gestellt, ein Hindernis für die Flucht nach vorn. Und das brachte den Eindringling jetzt kopfüber zu Fall. Mit dem Basoballschläger hieb ich ihm seitlich gegen den Kopf, gerade so heftig, daß der Schädel heil blieb, aber immerhin stark genug, um ihn sofort ins Reich der Träume zu schicken. Dann machte ich Licht.

Ich erkannte den Mann sogleich wieder. Es war einer der beiden, die mich auf der Dschunke überfallen hatten. Zuerst glaubte ich, er habe sich mit dem Stilett, das er bei sich trug, selbst verletzt, es war nämlich blutig. Aber ich fand an seinem Körper keine Wunde, als ich ihn auf den Balkon schleppte und dort mit zwei Handschellen, wie man sie am günstigsten in Kuriositätenläden kauft, am Eisengeländer festmachte.

In diesem Augenblick gab es im Flur, am Fuße der Treppe, einen hysterischen Schrei. Ich konnte gerade noch die lärmende Elektronikhupe abstellen, dann war einer der beiden jungen Burschen da, die den Aufgang im Auge behalten sollten. Er war in der Toilette gewesen. Diese Chance hatte der Eindringling genutzt, um den zweiten Jungen mit dem Stilett zu töten und mich zu überfallen. Jetzt schrien da unten sämtliche Kellnerinnen gleichzeitig. Ich ging hinunter. Es war kein schöner Anblick, der sich mir bot. Das Blut rann immer noch aus der Wunde in der Brust des Burschen, aber er war längst tot.

Meiner Mutter gelang es einigermaßen, die Ruhe wiederherzustellen. Sie war eine praktisch veranlagte Frau, und sie rief die Polizei an, noch bevor das letzte Mädchen aufgehört hatte zu kreischen. Es dauerte nicht lange, bis die Streife eintraf, Ärger in Wanchai war Routine. Die Männer beschäftigten sich mit der Leiche, während ich Bobby Hsiang anrief. Wenig später traf er ein, obwohl ich ihn aus dem Bett geklingelt hatte. Er veranlaßte, daß der Tote weggebracht wurde, dann entließ er die Revierpolizisten, denn dies sei ein Fall, sagte er, den er allein weiterzuführen habe.

Mich knurrte er an: »Wenn wir nicht bald mit dieser Sache fertig werden, kommen wir beide nicht mehr zum Schlafen! Also ...«

Er winkte mich auf den Balkon hinaus. Ich hatte Bobby Hsiang müde und lustlos erlebt, angeödet von idiotischen Aufträgen und verärgert über Mißerfolge – jetzt erlebte ich ihn wütend. Das war eine seltene Erscheinung bei ihm, und ich konnte mir ausrechnen, was nun kam.

»Name!« Er trat dem an das Geländer geketteten Burschen gegen das Schienbein, daß der aufjaulte. Er war wieder bei Bewußtsein. Seine Augen blickten ängstlich. Bobby Hsiang war in Zivil. Und er benahm sich jetzt nicht wie ein Polizist, sondern wie jeder beliebige Ganove. Das war Absicht, und es wirkte. Der junge Chinese setzte denn auch nicht die leicht überhebliche Miene auf, die seinesgleichen Polizisten gegenüber zu tragen pflegen, sondern er wurde sehr zahm.

»Lu Ping.«

Wieder ein Schienbeintritt. »Ausweis?«

Der Bursche schüttelte den Kopf. Bobby musterte ihn kurz, dann sagte er barsch: »Mutterland, wie? Schwarz durch den Zaun?«

Der Bursche schwieg. Bobby Hsiang ließ ein paar Sekunden verstreichen, dann fauchte er: »Der Mann da unten ist tot. Das ist Mord. Wir liefern dich der Polizei aus. Wenn du vorher redest, sagen wir der Polizei nur, du bist illegal hier und verdächtig. Wie du aus der Sache rauskommst, ist deine Sorge. Savvy? Willst du reden?«

Der Chinese schüttelte den Kopf. Bobby Hsiang mußte das erwartet haben, er hatte die *Bastos* schon zwischen den Lippen. Beiläufig murmelte er: »Gut. Vorschlag zurückgenommen. Wir machen es anders.«

Er trat ein drittes Mal gegen das Schienbein des Mannes. An derselben Stelle. Dem Chinesen schoß Wasser in die Augen. Bobby konnte, ohne wirklich brutal zu sein, jemandem viel Angst einjagen. Jetzt nahm er ein Streichholz, brannte damit zuerst seine Zigarette an, dann ließ er es, noch brennend, in den Haarschopf des jungen Mannes fallen. Achtlos. Gut gespielt. Der junge Mann schrie. Bobby blickte gleichgültig weg. Sagte in die Abendluft: »Auftraggeber?«

Als keine Antwort kam, drehte er sich um, ging ins Zimmer und kam mit einer Flasche hochprozentigem chinesischem Schnaps zurück. Sechzig Prozent. Er entkorkte sie, roch daran, dann goß er sie langsam über Lu Ping aus. Haar, Gesicht, Hals, Brust. Er brannte ein neues Streichholz an, hielt es kurz über den Burschen und ließ es fallen. Dabei knurrte er: »Killer flambiert. Mal sehen, wie lange er braucht, bis er gar ist!«

Das genügte. Lu Ping quiekte, sich verzweifelt schüttelnd, er werde alles sagen, nur löschen sollte Bobby. Der griff gemächlich nach einem Unterhemd, das auf der Leine hing, und schlug damit die Flammen aus. Es roch nach verbranntem Haar. Der Chinese wimmerte leise. Er hatte keine schweren Brandverletzungen, aber angesengt war seine Haut schon.

»Ob ich ihm Wasser ins Gesicht gieße?« erkundigte ich mich betont lässig bei Bobby.

Der legte sein eingeübtes Gaunergrinsen auf und riet mir, damit zu warten, bis der Mann Lügen erzählte. Wasser würde ihn dann wieder zur Wahrheit führen. Ich hatte des öfteren erlebt, wie Bobby den Brutalo spielte, um Ergebnisse zu erreichen, die er im Rahmen der Dienstvorschriften vermutlich erst zwei Wochen später oder gar nicht erreicht hätte. Heute war er eine Klasse für sich. Er sog an seiner *Bastos* und sah Lu Ping kalt an. Der redete.

Zehn Minuten später wußten wir, daß er und ein weiterer Flüchtling bei Signor Ercoli angestellt waren. Für Dienstleistungen verschiedener Art, wie er es nannte. Außerdem gab es noch einen Fahrer, der aus Hongkong stammte und den Bentley fuhr und pflegte, ansonsten keine weiteren Pflichten. Vermutlich auch keine Ahnung. Das Hauspersonal bestand aus einem Hongkonger Ehepaar. Auch nicht ins Geschäft verwickelt. Und dann gab es den Wächter am Tor. Lu Ping beteuerte, er sei von einer Wachgesellschaft angemietet.

Ich ließ Bobby eine Weile allein mit dem Eindringling und ging ans Telefon. Ich hatte mich für Schocktherapie bei Ercoli entschieden, also war ein Anruf fällig.

Er meldete sich sofort. Glaubte wohl, sein Killer würde ihm von Auftragserfüllung berichten. Ich ging sparsam mit Worten um.

Sagte nur gelassen: »Ihr Mann ist ausgeschaltet, Signor. Und jetzt beträgt der Preis dreimal den Wert der Figur.« Dann legte ich auf. Mochte er darüber brüten, was schiefgegangen war.

Bobby Hsiang erwartete mich in meinem Zimmer. Er balancierte den Baseballschläger in der Hand und sah mich besorgt an. »Du hast diesen Ercoli zum letzten Einsatz provoziert, wie?«

Ich nickte. Bobby wies mit dem Kopf zum Balkon. »Den da nehme ich mit. Aber Ercoli wird sich etwas Neues ausdenken ...«

»Vielleicht versucht er abzuhauen.« In der Tat bestand die Möglichkeit.

Bobby sagte: »Wenn er es über Kai Tak versucht, haben wir ihn. Seine Personalien sind in zehn Minuten dort im Computer.«

»Vielleicht hat er ja einen zweiten Paß?«

Er bewegte die Schultern. Grinste. Griff in die Tasche und zeigte mir ein Foto. Aus einem Paß kopiert. Ich sah zum ersten Mal das Gesicht des Italieners. Länglich, ein wenig an einen seitlich gequetschten Vollmond erinnernd. Mit einem sparsamen Kinnbart.

»Das Bild kommt auch in den Computer.«

»Ich habe immer gewußt, daß die Hongkonger Polizei fast so gut ist wie ihr Ruf«, sagte ich. Bobby nahm es stirnrunzelnd auf. Höflichkeiten glaubte er mir nie.

»Gehst du auf die Dschunke zurück?« wollte er wissen.

Ich sagte ihm, ich würde morgen zurückgehen. Wenn ich meine Mutter wegen des Vorfalles in ihrem Lokal einigermaßen wieder versöhnt hätte. Noch war sie damit beschäftigt, Gäste und Personal zur Ruhe zu bringen. Und zum Weitertrinken.

»Ich werde einen Mann an der Anlegestelle postieren«, versprach Bobby. »Und – wir werden nicht warten, bis der Signor den nächsten Killer schickt. Ich spreche mit dem Kronanwalt wegen eines Haftbefehls. Ich glaube, das Material reicht. Wie kommen wir an diesen Vietnamesen heran?«

»Vorführungsanordnung von euch. Damit können wir ihn jederzeit von der Insel holen.«

Er grunzte Zustimmung. Wandte sich um und ging auf den Balkon, wo er Lu Ping die Fußfessel abnahm. Dann stellte er ihn auf die Beine, löste die Handfessel vom Geländer, klappte sie wieder zu und dirigierte den Chinesen, der vor Angst schwitzte, treppab. Zuvor hatte er das Stilett in einen Plastbeutel gesteckt und in seiner Tasche verstaut.

»Sie ... sind von der Polizei!« brabbelte Lu Ping plötzlich. Das Licht ging ihm spät auf. Bobby schubste ihn zur Treppe. Ich hörte, daß unten das Stimmengewirr erstarb. Nach einer Minute setzte es wieder ein.

Und dann hatte ich längere Zeit damit zu tun, meine aufgeregte Mutter zu beruhigen. Sie machte mir abwechselnd Vorwürfe und beschwor ihre Angst um mich. Als sie endlich ging, hatte ich sie einigermaßen überzeugt, daß ich noch eine Weile leben würde.

An der Fischküche in Aberdeen, unweit des Bootssteges, lungerte ein kräftiger, ganz in Jeansblau gekleideter Mann herum, dem man auf hundert Meter den Polizisten ansah. Ich ging demonstrativ nahe an ihm vorbei, aber er war, wie es schien, gut ausgebildet, denn er nahm mich überhaupt nicht zur Kenntnis.

Ich winkte einem Walla Walla, und es brachte mich bis zu meinem Zuhause. An Bord zog ich meinen Revolver aus dem Hosenbund, spannte den Hahn, und dann suchte ich das ganze Schiff nach ungebetenen Besuchern oder deren Spuren ab. Nichts. Trotzdem war ich nicht so naiv, zu glauben, daß Signor Ercoli sich jetzt schon geschlagen gab. Also ging ich daran, auf meiner Dschunke einige ähnliche Spielereien einzubauen, wie ich sie benutzt hatte, um meine Zimmertür im *Hibiskus zu* sichern.

Außer mehreren Hupen, die als Auslöser haarfeine Drähte in Fußhöhe auf dem Deck hatten, brachte ich noch ein halbes Dutzend Leuchtraketen an, die genau dann funkenstiebend in den Himmel zischen würden, wenn jemand die Kabine betrat. Lärm dieser Art, das wußte ich, vertrieb Besucher sehr schnell.

Ich hatte lange überlegt, wie ich weiter vorgehen sollte. Nun war ich entschlossen, das Anwesen Ercolis bei Tage möglichst genau zu erkunden. Vielleicht konnte ich ihn dann am Abend überraschen, wenn er sich sicher wähnte. Also überprüfte ich nochmals alle Sicherungen, steckte ein paar Utensilien ein, die sich beim Einsteigen in fremde Häuser schon bewährt hatten, und dann ruderte ich im Plastboot zur Anlegestelle. Der Bewacher aß gerade eine Portion Chips mit Ketchup. Frühes Mittagessen.

Wieder ließ ich meinen Toyota am *Hilton* stehen. Aber diesmal nahm ich nicht die Tram bergaufwärts, sondern ging zu Fuß. Ein Spaziergang, der mich nicht ermüden würde, denn ich war gut in Form, und Spaziergänge dieser Art waren für mich ohnehin ein Geschenk, das ich mir nicht allzu oft leisten konnte.

Als ich an der Einfahrt zu der Villa Ercolis anlangte, sah ich, daß der Bentley nicht vor dem Haus stand. Also war der Signor wahrscheinlich unterwegs. Ich trat wieder hinter die Büsche, in denen ich mich schon bei meinem ersten Hiersein verborgen hatte, und dann beobachtete ich längere Zeit das steinerne Häuschen, in dem ich den bewaffneten Wächter wußte.

Geduld ist eine der wichtigsten Tugenden eines Ermittlers. Also faßte ich mich in Ruhe und wartete, bis nach mehr als einer Stunde der Wächter herauskam, um nicht weit von seiner Behausung sein Wasser abzuschlagen. Darauf machte er einen kleinen Rundgang, und schließlich prüfte er noch das Schloß des Eisentores, ehe er sich wieder in seinen Bau zurückzog. Das war ein Mann, der offenbar an diesen Platz gebunden war. Wer aber befand sich möglicherweise im Haus – außer dem Ehepaar, das den Haushalt versah?

Ich arbeitete mich vorsichtig aus den Büschen heraus und ging so weit abwärts, bis ich den Zaun sehen konnte, der das Grundstück umgab. Mit Flacheisen gerahmte Starkdrahtfelder, die an Betonsäulen festgemacht waren. Auch das Nachbargrundstück besaß einen ausgedehnten Park, aber ich konnte niemand darin entdecken. Also wagte ich einen Sprung über den nur halbhohen Zierzaun an der Straße, der aus Rundeisenstaketen bestand, und schlug mich weiter ins gepflegte Durcheinander von blühenden Büschen und Nadelgehölzen.

Je weiter ich an Ercolis Einfriedung herankam, desto sicherer war ich, daß der Nachbar nicht anwesend war und auch keine Hunde frei herumlaufen ließ, sie hätten mich längst gewittert. So arbeitete ich mich langsam vorwärts. Es ging leicht bergan, und es wurde Mittag, bis ich durch die dichten Büsche das Haus Ercolis erneut im Blick hatte. Da, wo der Bentley gestanden hatte, war jetzt ein älterer Chinese dabei, mit einem Flachbesen die Auffahrt zu fegen. Er ließ sich Zeit. Bis dann im Eingang eine Frau, eine kleine, unscheinbare Person, erschien und ihm etwas zurief. Er ließ den Besen stehen und ging hinein.

Ich arbeitete mich auf dem Nachbargrundstück weiter vorwärts, bis ich Ercolis Villa durch einige hohe Bäume wieder sehen konnte, diesmal die Hinterfront. Große Fenster im Erdgeschoß, eine imposante Glasfläche im oberen Stock, und darüber eine Anzahl kleinerer Fenster. Alle geschlossen. Mit Vorhängen versehen. Nur in Bodennähe, wo ich die Kellerräume vermutete, waren einige offene Fenster, gerade groß genug, um einem ausgewachsenen Mann den Einstieg zu ermöglichen.

Ich wartete geduldig bis zur Dämmerung. Es ereignete sich nichts, wenn mann davon absah, daß im Erdgeschoß einige Lichter aufflammten. Später verließ das chinesische Ehepaar das Haus.

Und nun entschloß ich mich, es zu wagen: vielleicht konnte ich in den Wohnraum von Signor Ercoli gelangen und ihn bei seiner Ankunft mit der Mündung meines Revolvers überraschen. Man glaubt nicht, wie ausgiebig Leute plaudern können, wenn man sie derart angeht! Nach einiger Zeit würde ich dann Bobby Hsiang zu einem offiziellen Besuch herbeitelefonieren.

An dem Starkdrahtfeld, das ich wählte, kletterte es sich überraschend gut. Oben verhielt ich einen Augenblick, dann ließ ich mich fallen. Ich landete auf weichem, von gefallenen Blättern bedecktem Boden. Nichts rührte sich. Nicht einmal die Vögel, die sich bereits zum Schlaf niedergelassen hatten, flogen auf. Signor Ercoli lebte in himmlischer Ruhe!

Tief geduckt laufend, überwand ich das Gelände bis zur Hinterfront des Hauses. Da war auch schon das Fenster, das ich mir für den Einstieg ausgesucht hatte. Ich hielt mich am Rahmen fest, schwang die Beine hindurch, landete auf Betonboden – und erkannte im selben Augenblick, daß ich mich wieder einmal geirrt hatte. Ich hatte meine Gegenspieler erneut unterschätzt, denn kaum stand ich auf dem Betonfußboden, da ging plötzlich helles Licht an, und vor mir stand der zweite junge Mann, den ich bei dem Überfall auf meiner Dschunke gerade noch erkannt hatte.

Er hielt eine Automatik von beeindruckendem Kaliber in der Hand. Die Mündung zeigte genau auf meinen Bauch. Aus. Wie im *Star House* war ich in eine Falle gelaufen! Ich hatte übersehen, daß es automatische Kameras gab, die mich schon erfaßt haben mußten, als dieser Wächter noch in einem anderen Raum vor dem Bildschirm saß. Zweimal derselbe Fehler, das war für einen Mann wie mich zuviel.

»Umdrehen!« kommandierte der Bursche. Ein Chinese, der nicht den Eindruck eines guten Menschen machte. Flüchtling aus dem Mutterland, wie der andere auch. Was immer er zu Hause gemacht hatte – seiner Aufgabe als Wächter war er gewachsen! Er ließ mich die Hände heben, setzte mir die unangenehm kalte Mündung seiner Automatik ins Genick und zog meinen Revolver aus dem Hosenbund. Sachkundig tastete er mich ab, nahm auch meine Papiere und meinen Tascheninhalt an sich, dann trat er beiseite und kommandierte wieder: »Umdrehen!«

Es gab keine Chance, ihn anzugreifen. Er ließ mich aus dem leeren Kellerraum in einen schmalen Flur gehen, öffnete eine blechbeschlagene Tür mit einem außen angebrachten Kastenschloß, schob mich unsanft in den dahinterliegenden Raum, und dann fiel die Tür hinter mir ins Schloß. Der Schlüssel drehte sich, und ich erkannte im Licht einer trüben Glühlampe an der Decke, daß ich nicht allein in dem Keller war: vor mir auf dem Boden saß Nguyen Duc Thanh, der Vietnamese aus dem Lager auf Hei Ling Chau!

Es klang wie ein schlechter Scherz, als er höflich *Guten Tag* sagte. Ich starrte ihn an. Immer noch saß mir der Schreck in den Gliedern, aber schließlich brachte ich es fertig, ihn zu fragen: »Wie kommen Sie hierher?«

Er bewegte leicht die Schultern. »Eigentlich habe ich gedacht, es wäre alles in Ordnung. Ein junger Mann erschien mit einer Anweisung, angeblich von der Einwanderungsbehörde, um mich ins amerikanische Konsulat zu bringen. Ich landete hier.«

»Haben Sie mit Signor Ercoli bereits gesprochen?«

Er zögerte. »Gesprochen ist zuviel gesagt. Er war da, als man mich brachte.«

»Und was hat er gesagt?«

»Daß ich einen schweren Fehler gemacht habe, mit Ihnen zu sprechen. Und daß er in Eile sei.«

»Ist er im Haus?«

Der Vietnamese wußte es nicht. Er hatte den Eindruck gewonnen, Signor Ercoli wolle Hongkong verlassen. Aber das sei nur eine Vermutung, betonte er.

Ich hatte einen ganz ähnlichen Verdacht. Mit Nguyen Duc Thanh und mir in einem verschlossenen Keller brauchte er um seine Sicherheit zwar keine unmittelbare Sorge zu haben, aber es würde zu ihm passen, wenn er, um Risiken zu vermeiden, Hongkong einfach verließ.

Mit dem Vermögen, das ihm der Goldschmuggel eingebracht hatte, konnte er überallhin verschwinden. Eine Insel im Südpazifik konnte er sich kaufen! Die Frage, die mich am meisten bewegte: Was sollte aus mir werden? Und aus dem Vietnamesen? Es kam mir nicht sehr wahrscheinlich vor, daß Signor Ercoli uns beide einfach wieder laufenlassen würde. Ein Unglücksfall vielleicht ...

Zuerst besah ich mir den Keller etwas genauer. Da gab es keine Fensteröffnung, und die Tür war ohne Werkzeug nicht zu knakken. Was ich an Instrumenten in meinen Taschen gehabt hatte, um dieses oder jenes Schloß zu öffnen, war mir abgenommen worden. Auch der Vietnamese hatte nichts in den Taschen.

Ich überlegte angestrengt. Nein, Ercoli würde mit uns nicht anders umgehen als mit Rico Aranquez. Leute, die zuviel wußten, verschwanden besser. Nur – wenn er uns verschwinden lassen wollte, mußte er uns hier herausholen. Und das würde die einzige Chance sein zu entkommen, sagte ich mir. Ich stellte mir vor, wie der Bursche, der mich gebracht hatte, in der Tür erschien und uns herauswinkte. Der Trumpf, den wir besaßen, bestand in der Tatsache, daß wir zwei Gefangene waren. Der Mann mußte seine Aufmerksamkeit zwischen uns teilen. Da konnte man ihn vielleicht aufs Kreuz legen, wenn man es einigermaßen geschickt anfing.

Ich fragte den Vietnamesen, ob er sich zutraue, einen Mann anzugehen. Er verzog das Gesicht zu einer schmerzlichen Grimasse und meinte: »Ich bin kein Faustkämpfer, Mister. Das ist nie meine Sache gewesen ...«

»Soll es auch jetzt nicht sein.« Ich hatte eine andere Idee. Wenn wir nur eine Kleinigkeit Glück hatten, mußte sie funktionieren. Geduldig begann ich dem Vietnamesen zu erklären, was er tun mußte, wenn der Wächter uns holte. Dann spielte ich es ihm vor, damit er es auch wirklich verstand. Ich kam mir vor wie ein Lehrer im Grundkurs für arglistige Täuschung. Und der Vietnamese war bereit mitzumachen, zumal ich ihm eindringlich klar machte, daß dies die einzige Chance für uns sei, am Leben zu bleiben.

»Andernfalls fischt man uns morgen früh aus dem Wasser«, sagte ich. »Drei Leute sind bereits auf Weisung von Signor Ercoli gestorben. Ich habe die Leichen gesehen. Und ich habe keine Lust, ihr Schicksal zu teilen. Man ist verdammt einsam, wenn man tot ist!«

Der Vietnamese nickte. »Ich möchte auch nicht tot sein, Mister. Ich will nur eins: Zu meiner Tochter nach Kalifornien reisen ...«

Wir übten das, was wir machen wollten, ein ums andere Mal, und ich stellte fest, daß Nguyen Duc Thanh ein gelehriger Schüler war. Nicht mutig, aber immerhin bereit mitzumachen. Zwischendurch warf ich mir vor, daß ich Bobby Hsiang nicht wenigstens angedeutet hatte, was ich unternehmen wollte. Es war vielleicht doch nicht die beste Idee gewesen, ganz allein loszuziehen. Die Legende, daß ein mutiger Mann es allein mit einer ganzen Gang aufnehmen kann, war zwar so alt wie das Kino, aber wahr wurde sie davon allein eben nicht.

Es mochten zwei oder drei Stunden vergangen sein, als wir draußen Schritte hörten. Ein einzelner Mann, wie ich glaubte. Schnell ermutigte ich den Vietnamesen noch einmal. Er gab sich Mühe, entschlossen zu erscheinen. Lächelte sogar. Aber das war ein Lächeln, das eher Verlegenheit ausdrückte. Egal, es kam darauf an, das Leben zu behalten!

Der Schlüssel drehte sich. Die Tür ging nach innen auf. Draußen stand der Bursche, der mich abgefangen hatte. Unbewegtes Gesicht, die Automatik in der Hand wie zuvor. Er bedeutete uns mit einer flotten Handbewegung, an ihm vorbei in den Kellergang hinauszutreten.

Ich habe wohl schon erwähnt, daß ich einmal ein wenig Karate trainiert habe. Nicht ausgiebig genug, um ein Meister zu sein. Im Grunde kam ich lieber ohne Auseinandersetzungen dieser handgreiflichen Art aus. Jetzt kam es darauf an.

Der Wächter stand an der rechten Seite der Türöffnung. Und Nguyen Duc Thanh tat genau das, was ich mit ihm geübt hatte. Er verließ langsam den Keller, und als er halbwegs an dem Wächter vorbei war, machte er zwei schnelle Schritte in den Gang hinaus, womit er bei dem Wächter den Eindruck erweckte, fliehen zu wollen. Der Mann reagierte sofort. Er wandte sich zur Seite, um zu sehen, was der Vietnamese vorhatte, und dabei kehrte er mir eine Sekunde lang den Rücken zu. Eine Sekunde nur, aber auf mehr hatte ich ohnehin nicht zu hoffen gewagt. Er tat es ohne Besorgnis, weil ich noch ziemlich weit im Kellerraum stand und er meinte, ich könne ihm nicht gefährlich werden. Aber er irrte sich. Ich war leicht in die Knie gegangen, und jetzt schnellte ich wie eine losgelassene Feder vorwärts, mit beiden Füßen voran.

Noch bevor der Wächter begriff, daß der Vietnamese gar nicht fliehen wollte und die eigentliche Gefahr von mir drohte, landete ich mit beiden Füßen voll in seinen Kniekehlen.

Der Schwung ließ ihn mit gebeugten Knien nach vorn stürzen. Da war kein Halt. Mein Schwung schmetterte ihn mit dem Gesicht voran auf den Betonfußboden. Sekundenlang war er betäubt. Seine Automatik schopperte über den Boden auf den Vietnamesen zu, der ein Wunder an Geistesgegenwart vollbrachte und sie an sich riß, um sie dann sogleich mir zu übergeben.

Ich drückte die Mündung dem Wächter ins Genick, bis er zu sich kam. Er lag still, wußte, daß das Gefecht entschieden war. Aber ich ging kein Risiko mehr ein, ein Schlag mit der Mündung gegen die Schläfe ließ ihn erneut bewußtlos werden. Wenige Minuten später hatte ich seinen Ledergürtel aus den Schlaufen gezogen, fesselte damit seine Handgelenke auf dem Rücken, dann riß ich den Ärmel seiner Jeansjacke ab, mit dem ich seine Füße an den gefesselten Händen festband. Dies war die sicherste Methode, einen Mann bewegungsunfähig zu machen. Ich rollte ihn in eine Ecke des Kellers, die Tür schloß ich ab, den großen Schlüssel steckte ich ein. Dann schlich ich nach oben, der Vietnamese folgte mir beklommen.

Als ich an die erste Zwischentür kam, die aus den Kellerräumen ins Erdgeschoß führte, zögerte ich. Welche neue Teufelei war zu befürchten? Doch mir war klar, ich durfte jetzt nicht mehr viel Zeit verlieren, und schließlich hatte ich die Automatik des Wächters in der Hand, also drehte ich vorsichtig den Türknauf, und wir traten in eine Art Vorraum, von dem aus es auf der einen Seite zu den Wohnräumen ging, auf der anderen zu einem Wintergarten voller sattgrüner Pflanzen, die in der wohltemperierten feuchten Luft so üppig wucherten, daß sie fast die Scheiben verdeckten. Niemand war zu sehen.

Ich winkte dem Vietnamesen, er solle immer einen Schritt hinter mir bleiben, und dann öffnete ich ganz behutsam die Tür, die zu den Wohnräumen führte: Ein breiter Trakt tat sich auf. Parkett. Kein Teppich zu sehen. Nirgendwo auch nur eine Blumenvase. Ich ging befremdet weiter. Das Innere dieses eleganten Hauses enttäuschte mich, denn ich hatte es mir völlig anders vorgestellt. Ich öffnete eine Tür, die in einen Salon führte. Hier wurde die Überraschung perfekt, es gab ein paar stehengelassene Möbel, sonst nichts mehr. Der Vogel Ercoli war ausgeflogen.

In den anderen Räumen das gleiche Bild. Hier und da war ein Teppich liegengeblieben, standen in einer Bodenvase noch welkende Blumen, aber das alles war wohl zufällig vergessen worden. Was einer Wohnung Leben verlieh, war nicht mehr vorhanden. Wir durchsuchten das Haus systematisch, die Elektrizität war noch intakt; das Zimmer mit dem Monitor, über den mich der Wächter beobachtet hatte, fanden wir. Der Monitor war noch angeschaltet. Auf einem kleinen Tisch lag mein Revolver, desgleichen der Inhalt meiner Taschen. Ich steckte alles wieder ein.

In der Küche gab es Spuren von hastig gekochten Schnellgerichten, Siebe voller Teeblätter und Filtertüten mit Kaffeeresten im Abfalleimer. Es mußte schon einige Zeit verstrichen sein, seitdem hier ordentlich gekocht worden war. Wie es schien, hatte das Personal nur noch provisorisch den Betrieb aufrechterhalten. Bis zum Kehren der Auffahrt durch den Chinesen war das alles wohl einstudiert gewesen. Nach und nach waren die Leute dann verschwunden. Bis auf den letzten Wächter, der mich erwischte. Offenbar hatte Ercoli, bevor er selbst das Weite suchte, für eine Weile nach außen hin den Eindruck erwecken wollen, es habe sich nichts geändert.

Nachdem wir alles überprüft und nichts entdeckt hatten, was uns über Ercolis Verbleib hätte Aufschluß geben können, erinnerte ich mich daran, daß der Posten in seinem Steinbau am Tor gewesen war, als ich hier ankam. Vom Fenster des Salons aus konnte man das Tor sehen. Der Posten saß in seinem Bau, er las beim Licht einer Tischlampe.

»Der Signor ... ist einfach verschwunden!« konstatierte Nguyen Duc Thanh naiv. Es war nicht zu leugnen, daß er recht hatte. Aber vielleicht war Signor Ercoli doch noch irgendwo erreichbar.

Ich probierte das Telefon aus, rief die Polizeistation an. Es funktionierte. Als ich Bobby Hsiang verlangte, erfuhr ich, daß er schon einige Male versucht hatte, mich zu erreichen. Er kam an den Apparat.

»Wo bist du?« fragte er barsch. Als wäre ich sein Untergebener!

Ich sagte es ihm trotzdem, und er erklärte mich für endgültig übergeschnappt.

»Weißt du, daß der Mann dich belangen lassen kann?«

»Ich werde ihm seine Rechte vorlesen, sobald er eintrifft«, konnte ich mir nicht verkneifen zu antworten. »Nur glaube ich, er ist weg.«

»Wie weg?«

»Ganz weg. Samt Hauseinrichtung und Inhalt der Kleiderschränke. Im Nachttisch lag noch eine angebrochene Packung Aspros. Deutet auf Kopfschmerzen. Im Bad etwas Seife. Deutet auf Reinlichkeit ...«

»Erzähl mir keine Opern! Du meinst, er ist getürmt?«

Ich bestätigte es ihm. Er wollte wissen, ob das vor meinem Einstieg geschehen war oder nachdem man mich erwischt hatte. Ich sagte ihm, es sei sehr zweifelhaft, daß man ein solches Haus in zwei Stunden ausräumen kann.

»Nichts mehr da?«

»Doch«, entgegnete ich, »ein paar Krümel. Und am Tor in einem Steinbau ein bewaffneter Posten. Du paßt besser auf, wenn du kommst. Im Keller liegt noch einer. Aber der ist sicher aufgehoben.«

»Rühr nichts an, ich komme!« Er hatte aufgelegt, ehe ich ihm noch mitteilen konnte, daß Nguyen Duc Thanh, sozusagen Signor Ercolis Privatgefangener, ebenfalls anwesend war.

Bobby erschien eine halbe Stunde später am Tor, in Zivil, wie immer, und als der Posten ihn abweisen wollte mit der Auskunft, es sei niemand zu Hause, hatte Bobby plötzlich seine Dienstwaffe in der Hand und sagte mit jener unaufdringlichen, zur Vorsicht mahnenden Stimme: »Los, das Tor aufmachen, oder Ihre Kniescheiben sind kaputt. Erst die rechte, dann die linke. Oder wollen Sie es umgekehrt?«

Der verdatterte Posten wollte es am liebsten gar nicht, nachdem er erfahren hatte, Bobby sei das Gesetz. Er machte Bobby sogar darauf aufmerksam, daß er eine riesige Automatik unter der Jacke trug. Bobby roch an der Mündung und steckte die Waffe ein. Dann zog er nach guter englischer Sitte eine Trillerpfeife aus der Tasche, ließ sie aufschrillen, und wenig später rollte das Fahrzeug mit den Spurenspezialisten heran, das hinter der nächsten Biegung gewartet hatte. Sie legten dem Posten Handschellen an und ließen ihn unter Bewachung des Fahrers zurück.

Im Haus schlichen sie mit ihren Köfferchen durch alle Räume, pinselten Markierstaub auf Fingerabdrücke, klaubten Haare auf, schnüffelten in der Toilette herum. Bobby ließ sich von mir erklären, was es mit Nguyen Duc Thanh auf sich hatte. Dann gingen wir in den Keller und besuchten den Wächter, dessen Gesicht inzwischen rot angelaufen war.

Wir hatten in Zeiten, da wir noch gemeinsam Polizeidienst versahen, eine stillschweigende Abmachung getroffen, für den Fall, daß wir einen Verdächtigen gegriffen hatten, der nicht gleich auspacken wollte. Während das Dienstreglement jede Gewaltanwendung streng untersagte, pflegten wir es so zu halten, daß sich einer von uns beiden für eine Weile entfernte, während der andere sich den Verdächtigen auf seine Weise vornahm. Ähnlich wie Bobby das auf dem Balkon des *Hibiskus* mit dem Stiletto-Killer gemacht hatte. Da gab es keine Zeugen, und selbst wenn der Gegriffene später darüber klagte, daß er unter Druck gesetzt worden sei, so konnte er doch nie etwas beweisen. Und unsere Vorgesetzten neigten dazu, ihren Mitarbeitern zu glauben, nicht einem Ganoven. Diese Art, die Dinge zu erledigen, entsprach weder dem Gesetz, noch war sie besonders human. Aber in vielen Fällen, wenn es auf Schnelligkeit ankam, brachte sie die besten Erfolge und ersparte der Behörde Kosten. Nur reden durfte man darüber nicht. So verfuhren wir auch jetzt.

»Bleib draußen«, wies Bobby mich an. Sein Gesicht ließ vermuten, daß er nicht vorhatte, mit dem Wächter eine freundliche Unterredung zu führen. Da er die Tür nicht ganz schloß, konnte ich hören, wie er mit dem jungen Mann verfuhr. »Wo ist Signor Ercoli?«

Keine Antwort. Lange Pause.

Dann wieder Bobby: »Paß auf, ich habe hier einen Revolver. Und du hast zwei Beine. Wenn du die nächste Frage nicht beantwortest, kriegst du die erste Kugel in den linken Oberschenkel. Oberhalb des Knies, du verstehst? Selbst bei einer guten Prothese haben die Leute da einen mühsamen Gang. Nach der übernächsten Frage kriegst du eine Kugel in die gleiche Stelle am rechten Knochen. Die Leute, die auf solchen kleinen Rollbrettchen sitzen, vor den Kaufhäusern, die kennst du doch, oder? Also – wo ist Signor Ercoli?«

»Das können Sie nicht machen!« jaulte der Bursche.

Bobby belehrte ihn: »Ich kann alles. Du hast mir bewaffnet Widerstand geleistet. Also?«

Gleichzeitig spannte er den Hahn. Ich muß gestehen, daß Bobby in seiner gesamten Dienstzeit solche Drohungen zwar nie wahrgemacht hatte, aber sie klangen stets umwerfend echt. Auch diesmal. Der Bursche brach innerlich zusammen, jammernd bat er: »Nicht schießen, Mister, bitte! Signor Ercoli ... ist auf seinem Schiff!«

»Wo?«

»Royal Hongkong Yacht Club. Liegeplatz neun ...« Er sprudelte das hastig heraus, offenbar zeigte die Mündung von Bobbys Waffe immer noch auf sein Bein.

»Was solltet ihr mit dem Vietnamesen machen?«

»Signor Ercoli wollte einen Wagen schicken. Für ihn und den Detektiv. Sie sollten auf das Schiff. Wir auch.«

»Name des Schiffes?«

»Golden Rose, eine Yacht, ganz weiß.«

Sinnig, dachte ich. Der Mann, der ein Vermögen mit gestohlenem und geschmuggeltem Gold gemacht hat, fuhr eine *Golden Rose.*

Im Keller knurrte Bobby Hsiang den jungen Chinesen an: »Wie war das mit Rico Aranquez? Warum hat er in Kowloon den Antiquitätenhändler getötet?«

Zu meiner Überraschung beantwortete der Chinese die Frage ohne Zögern, wenngleich weinerlich: »Signor Ercoli erwartete noch drei Buddhafiguren. Der sie überbrachte, war ein Ausländer. Amerikaner. Mit eigenem Boot. Er übernahm die Figuren auf See von einem vietnamesischen Boot. Legte in Kowloon an, irgendwo in der Nähe vom Ocean Center. Hatte sein Auto dort stehen. Fuhr in Richtung Tunnel, hatte auf der Haiphong Road einen Unfall.

Tot. Als Signor Ercoli es erfuhr, untersuchte ich den Wagen in seinem Auftrag. Zwei Buddhafiguren waren noch da, die dritte war gestohlen.

Ich trieb einen Mann auf, der den Unfall gesehen hatte. Einer, der Erste Hilfe leisten wollte, hatte die dritte Figur mitgenommen. Fuhr ein Motorrad. Junger Mann. Wollte Hilfe holen. Nahm die Figur einfach mit. Das Motorrad war auch gestohlen. Wurde später in der Kimberley Street gefunden. Signor Ercoli ließ alle Läden in dieser Gegend von uns absuchen. Nichts. Dann schaltete er Mister Aranquez ein, der sagte, er habe einen Verdacht ...«

Auf Kong Wei, dachte ich. Wie das Leben doch zuweilen einfache Dinge hoffnungslos durcheinanderbringt! Wegen einer gestohlenen Buddhafigur, die er nie gesehen hatte, war Kong Wei getötet worden. Nur weil Rico Aranquez aus einem wohl kaum noch aufklärbaren Grund einen Verdacht hatte ...

Bobby erschien mit dem Gefangenen. Er hatte ihm die Beine befreit. Schob ihn vor sich her. Bedeutete mir und dem Vietnamesen mitzukommen. Oben übergab er den Mann seinen Spezialisten. Versprach ihnen, einen anderen Wagen zu schicken. Den vor der Tür brauche er, und zwar dringend. Dann trieb er mich und den Vietnamesen an: »Los, wir haben noch eine Chance, Ercoli zu erwischen!«

»Er kann noch dasein, er kann aber auch schon weg sein«, knurrte Bobby, als wir mit eingeschalteter Sirene die Peak-Serpentinen abwärts flitzten. Daß er überhaupt etwas sagte, war ein Zeichen seiner Erregung. Der Abschluß eines zunächst unübersichtlichen, schwer zu entwirrenden Falles lag nahe, zumal der eingeschüchterte Wächter die Zusammenhänge weitgehend aufgehellt hatte. Als sich Bobby seine nächste *Bastos* anbrannte, kurbelte der Fahrer kommentarlos das Fenster auf. Es war wirklich ein mörderischer Tabak!

Der Royal Hongkong Yacht Club ist eine der teuersten und feinsten Einrichtungen der Kolonie. Die Creme der Gesellschaft, die Hongkonger Geldelite hat hier ihre seegängigen Fahrzeuge liegen, Yachten aller Art, Luxusdschunken und schnittige Katamarane, Motorboote, Segler, ja selbst ein paar kleine Tauchboote gab es da. Ihre Eigner waren entweder Millionäre oder millionenschwere Firmen.

Die Liegeplätze erstreckten sich über eine weite Fläche bei East Point, am Taifun-Schutzhafen der Causeway Bay, nicht weit von der Einfahrt in den Unterseetunnel nach Kowloon entfernt. In den Spätsommermonaten und im Herbst, wenn die Wetterexperten einen Taifun meldeten, suchten Hunderte von Booten und größeren Schiffen hier Zuflucht, denn im Laufe der Zeit hatte sich herausgestellt, daß der Damm, der der Chauseway Bay vorgelagert ist, die von Taifunen aufgewühlten Wellen zu erträglicher Größe bricht.

Natürlich hatte ein Mann wie Ercoli, sofern er ein eigenes Wasserfahrzeug besaß, dieses hier liegen. Erfahrungsgemäß wurden die Zollvorschriften bei Mitgliedern des Clubs ziemlich lasch gehandhabt: Reiche Leute pflegen keine Zigaretten zu rotchinesischen Schmuggeldschunken zu schaffen, auch keine Ladungen von Armbanduhren oder Transistorradios. Das lief heute über die sogenannten offenen Küstenzonen an der Chinaküste. Ich war lange nicht in dieser Gegend gewesen und fragte mich, wie wir im Gewirr der unzähligen Wasserfahrzeuge die *Golden Rose* finden wollten.

Als ich Bobby darauf aufmerksam machte, sah er kurz auf die Uhr. Wir nahmen nicht den Weg durch Victoria, was uns im abendlichen Verkehrsgewühl viel Zeit gekostet hätte, sondern fuhren südlich um das Zentrum herum, durch den grünen Gürtel mit seinen zwar schmalen, aber nicht so stark überlasteten Straßen.

Ich sah, wie Bobby nach dem Autotelefon langte, und dann hörte ich ihn das Revier im Yacht Club rufen, eine Außenstelle, die meist Aufgaben der Küstenpolizei versah und über schnelle Wasserflitzer verfügte, Motorboote und Luftkissenfahrzeuge.

»Hallo, Mister Bird!« rief Bobby mehrmals. Der Chef der Station war ein Offizier, und wie die meisten Offiziere bei uns war er Engländer. Als er sich meldete, sagte ihm Bobby, es handele sich um drei Morde und eine Ladung Gold, die gut und gerne eine Tonne betragen könne.

Das genügte dem Mann. Er sagte Bobby, wo in genau zehn Minuten ein schnelles Boot samt Besatzung für uns bereitliegen würde. Den Liegeplatz der *Golden Rose* würde er sofort feststellen lassen.

Auf der Höhe von Happy Valley erwischte uns der Regen. Wie so oft im Sommer kam er plötzlich und gewalttätig. Von einer Minute zur anderen platzten Sturzbäche herab aus tiefhängenden Wolken, ergossen sich ungehemmt auf Hochhäuser , Grünanlagen, Straßen, Sandstrände. Sie zausten die Wedel der Palmen und die Markisen der Geschäfte, spülten an den riesigen Scheiben der

Läden abwärts und gurgelten über die Asphaltstraßen. Der Fahrer unseres Polizeiwagens fluchte, weil das in den Motorraum spritzende Wasser immer wieder Fehlzündungen verursachte. Zudem mußte er sein Gesicht fast an die Scheiben drücken, um die Straße überhaupt noch erkennen zu können, denn die Scheibenwischer schafften die Arbeit längst nicht mehr, und die Scheinwerfer gaben nur wenig Licht her.

»Habt Ihr die *Golden Rose?*« schrieb Bobby Hsiang ins Telefon. Was als Antwort zurückkam, war nicht zu verstehen. Irgendwo gab es vermutlich Blitz und Donner. Ich stellte mir vor, wie meine Mutter jetzt ängstlich durch die Blenden der Fensterläden blickte und dabei hoffte, daß das Wasser nicht wieder den Keller des Lokals überschwemmte.

»Ihr habt sie?« brüllte Bobby ins Telefon. Der Fahrer bog scharf vor einem entgegenkommenden Lastwagen ab, der mitten auf der Straße rollte. Wir landeten auf dem Fußweg. Bobby schmiß das Telefon in die Halterung und pfiff den Fahrer an, er solle nicht solche Zicken machen. Der Mann verteidigte sich, laut Dienstanweisung habe er bei solchem Wetter überhaupt nur zu fahren, wenn Dringlichkeitsstufe vorläge. Daraufhin nante ihn Bobby einen Schwachkopf, weil er noch nicht gemerkt habe, daß die Fahrt mehr als dringlich sei. Der fahrer gab wieder Gas.

Nguyen Duc Thanh fing an zu beten, er schien katholisch zu sein. Und ich wollte Bobby gerade raten, uns nicht alle umzubringen, da tutete das Telefon, und als Bobby nach kurzem Hinhören auflegte, knurrte er: »Sie haben eben den Liegeplatz verlassen.«

Endlich waren wir auf der Tunnelzufahrt, und als habe eine göttliche Hand den Schalter bewegt, brach der Regen plötzlich ab. Die Scheinwerfer langten wieder weit voraus, und die Scheibenwischer liefen trocken. Nur die Reifen verursachten noch ein zischendes Geräusch auf der Straße. Langsam schoben sich die Konturen der Stadt wieder aus der dampfenden Nässe. Alle Laternen brannten, und es gab Augenblicke, in denen man schwärmerisch werden konnte: wenn sich etwa ganz hinten die gezackte Front der Wolkenkratzer aus dem Dunst schob, vor den Lichterketten der Straßenlampen und Autos, ein Bild, in das plötzlich der zerzauste Kopf einer Palme hineinragte oder eine Bananenstaude, die, noch schwer vom Regen, ihre langen Blätter hängenließ. In solchen Augenblikken war Hongkong schön, und ich bedauerte, daß ich jetzt nicht an der Reling meiner Dschunke in Aberdeen stehen und zuschauen konnte, wie eine Zauberfee den grauen Vorhang beiseite zog und die Masten der Boote freilegte, dann ihre Rümpfe, den bunten Flitter und die Lichter der Restaurantschiffe. Wie die ersten Sterne sich auf dem nicht mehr aufgewühlten Wasser zu spiegeln begannen ...

»Wir sind da!« rief der Fahrer und bremste scharf.

»Raus!« kommandierte Bobby.

Wir sprangen vor dem niedrigen Bau der Polizeistation aus dem Wagen. Und da war auch schon Bird, der Chef des Reviers, ein schlaksiger, hellblonder Offizier, der einen Schnurrbart trug, wie jeder Engländer, der etwas auf sich hielt, und der an seiner Schirmmütze ganz unvorschriftsmäßig eine Jasminblüte stecken hatte. Die Polizisten begrüßten sich. Bobby schickte Nguyen Duc Thanh in die Station, er sollte dort auf uns warten.

Bird, das sah man ihm an, war einer jener Polizeioffiziere, die noch nicht die Schläfrigkeit von zwanzig Jahren Kolonialdienst in sich aufgesogen haben. Er machte eher den Eindruck eines Soldaten, der auf den ersten Einsatz brennt. Jetzt hielt er uns eine Karte hin, leuchtete sie mit seiner Taschenlampe an und erklärte: »Die Yacht *Golden Rose* ist vor genau achtzehn Minuten ausgelaufen. Fährt jetzt dicht unter Land mit normaler Geschwindigkeit durch die Hung Hom Bay. Höhe Causeway Taifun-Hafeneinfahrt. Noch haben wir sie unter Kontrolle.«

»Hat der Kapitän ein Ziel deklariert?« wollte Bobby wissen.

Der Brite schüttelte den Kopf. »Spazierfahrt. Bereich der äußeren Inseln.«

»Dann ist Eile geboten«, machte Bobby ihn aufmerksam. »Wenn sie erst an Lei Yue Mun vorbei sind, werden wir sie verlieren. Haben wir ein Fahrzeug?«

»Mein bestes!« Der Brite deutete zur Anlegestelle, wo das schnittige Tragflächenboot auf und ab tanzte wie ein kaum noch zu bändigendes Rennpferd. »Sie sagten etwas von Mord?«

»Gehen wir«, schlug Bobby vor. »Drei Morde, ja. Und Schmuggel. Gold. Ich vermute, daß es sich auf der Yacht befindet.«

Wir stiegen ein, und das Boot legte mit aufbrüllendem Motor ab. Ich entdeckte, daß außer dem Schiffsführer und uns noch drei uniformierte Polizisten an Bord waren. Am Bug war ein großkalibriges Maschinengewehr montiert. Die Polizisten trugen außer ihren Maschinenpistolen, die an Haken der Uniform festgemacht waren, Handgranaten und Tränengasbomben. Vorn, an der Ruderanlage, deutete der Steuermann auf den Radarschirm auf den Punkt, an dem sich die *Golden Rose* befand.

»Wir haben ihre Frequenz, Sir«, wandte er sich an Bird. »Sollen wir sie per Funk zum Stoppen auffordern?«

Bird sah Bobby Hsiang an. Der zog die Augenbrauen hoch und fragte: »Da werden die sofort beschleunigen. Wie schnell sind Sie?«

Das Polizeiboot war zwar schneller als die *Golden Rose,* aber Bobby riet trotzdem von Funkkontakt ab. Er war dafür, die Yacht zu stellen, überraschend. Ercoli war ein trickreicher Mann. Niemand konnte wissen, was er uns entgegensetzen würde.

»Festhalten!« kommandierte der Steuermann. Dann schob er Gas nach. Das Boot hob sich, und wenige Sekunden später ritt es auf seinen Tragflächenstummeln über das Wasser. Die rasante Beschleunigung preßte uns in die Ledersitze, in denen wir uns niedergelassen hatten. Bobby fummelte an einer Zigarette herum, bekam aber kein Streichholz an. Bird beobachtete es grinsend.

»Dreitausend Meter!« rief plötzlich der Steuermann.

Bird konsultierte die Karte und sagte: »Lei Yue Mun haben wir hinter uns. Keine Frage, er will an Junk Island vorbei durch den Tathong Kanal ins offene Meer.«

»Vermutlich peilt er Taiwan an«, ließ Bobby verlauten. »Einen der kleinen südlichen Häfen. Fangliao oder Takao. Da ist kaum was los. Fauler Zoll. Da kann er mit seinem Zeug ohne Schwierigkeiten landen.«

Die bewaffneten Polizisten gingen an Deck. Ich bewunderte ihre Geschicklichkeit. Jeder Hongkonger hat ein Verhältnis zum Wasser, auch ich. Und ich lebe sogar auf einer Dschunke, die sich unablässig im Wasser wiegt. Aber bei dieser Geschwindigkeit – das Tragflächenboot machte Sprünge wie ein ungebärdiges Känguruh – über die Eisenleiter an Deck zu klettern und dort aufrecht zu stehen, das nötigte mir Respekt ab.

Plötzlich ging der sägende Ton des Motors in ein sanftes Brummen über. Gleichzeitig sank die Geschwindigkeit, und wir merkten, wie das Boot wieder voll ins Wasser tauchte. An Deck war Lärm aufgekommen, der Steuermann rief nach einem Blick auf seine Radarscheibe: »Dreihundert Meter. In Fahrt auf uns.«

Der Suchscheinwerfer strich gleißend über das Wasser. Bird stürmte uns voran an Deck. Wir hatten es noch nicht erreicht, da rief oben eine Megaphonstimme die *Golden Rose* an: »Stoppen Sie! Drehen Sie bei! Die Küstenpolizei wünscht den Eigentümer zu sprechen!«

In die letzten Worte hinein knatterten Schüsse. Hinter mir splitterte Glas, klatschte etwas gegen die Holzverkleidung, und wir hörten einen gurgelnden Laut. Der Steuermann lag am Boden. Ich sprang hinzu, um zu helfen, aber hier gab es keine Hilfe mehr: Der Schuß war an der Stirn eingedrungen und am Hinterkopf wieder ausgetreten. Signor Ercoli hatte seinen entscheidenden Fehler gemacht: Wer auf Polizei schoß, dem blieb keine Chance. Einer der Leute aus dem Motorraum kam an Deck und übernahm das Steuerrad. In Höhe des Rades hatte die Kugel die Scheibe durchschlagen. Ich sah durch die bizarren Linien des gesprungenen Glases die vom Scheinwerfer angestrahlte *Golden Rose.* Sie drehte nicht bei, schien auch nicht zu stoppen, mit ziemlicher Geschwindigkeit fuhr sie querab auf uns zu. Ein elegantes, schnittiges Schiff, das Ercoli besaß! Während an Deck das Megaphon wieder losbrüllte und etwas von letzter Aufforderung gesagt wurde, machte unser Boot das erste Ausweichmanöver.

Ich wurde gegen die Wand geschleudert, gerade als im Bug das großkalibrige Maschinengewehr zu schießen begann. Kurze Feuerstöße. Hämmernde Schläge, die bis in die letzte Holzplanke zu spüren waren. Als ich mich endlich aufgerichtet hatte, schwenkte der Schütze die Waffe und schoß nun nicht mehr wie anfangs vor den Bug der *Golden Rose,* sondern auf ihren Rumpf, dicht unterhalb der Wasserlinie.

Von der Yacht kam Antwort. Es waren drei Männer, die an der Reling knieten und aus Maschinenpistolen herüberschossen. Wahnwitz war das, Signor Ercoli mußte wissen, daß dies sein Schicksal besiegelte, selbst wenn er kein Gramm Gold an Bord hatte und wenn er von den Morden nichts wußte. Aber: er wußte sehr wohl davon, und er besaß auch das Gold, und gerade deshalb verteidigte er die *Golden Rose* mit letzter Verzweiflung.

In den Aufbauten des Polizeibootes zeigten sich die ersten Löcher. Die *Golden Rose* war noch immer vom Suchscheinwerfer in helles Licht getaucht. Der Mann am Maschinengewehr im Bug unseres Bootes schoß zielsicher in den Rumpf der Yacht, und die nahm Wasser; man sah, daß sie sich nach Backbord zu neigen begann. An der Reling standen Bird, Bobby Hsiang und zwei uniformierte Polizisten und feuerten aus Maschinenpistolen. Ein hitziges Gefecht. Was hatte ich da mit meinen Untersuchungen über den Mord an Kong Wei angerichtet!

Eine heftige Bewegung unseres Bootes drückte mich gegen die Reling, über mir war plötzlich die Bordwand der *Golden Rose.* Weiter vorn kletterten die beiden Polizisten auf die Yacht hinüber, die keine Fahrt mehr machte. Da waren noch ein, zwei Feuerstöße aus den Maschinenpistolen, dann erschollen ein paar scharfe Kommandoworte, und als schließlich Ruhe eintrat, stellte ich zu meiner Überraschung fest, daß die *Golden Rose* unser Polizeiboot nicht mehr überragte, sondern mit ihm auf gleicher Höhe lag. Und dann, das war zu erkennen, begann sie zu sinken!

Als ich hinübersprang, sah ich Signor Ercoli mit erhobenen Händen dastehen. Eine untersetzte Gestalt, intelligentes Gesicht, graumeliertes, gewelltes Haar und ein Kinnbärtchen. Gekleidet war er in makelloses Weiß. Ein Gentleman. Die Hände hielt er mit einer schwer nachzuahmenden Würde erhoben. Ob er seine distinguierte Haltung verlor, wenn Bobby ihn sich vornahm? Wieder mal ein Gauner, der so ganz anders aussah, als man sich Gauner gemeinhin vorstellt.

Neben Ercoli lagen zwei Tote. Junge Burschen, die er wohl zu seinem Schutz angeworben hatte. Und dann stand da noch ein mir unbekannter Mann in marineblauer Kleidung, ein Europäer, den Ercoli, wie ich vermutete, als Kapitän der Yacht beschäftigte.

»Mister Ercoli«, sagte gerade Bobby Hsiang, »wir nehmen Sie fest wegen des Verdachts der Anstiftung zu drei Morden, wegen des Verdachts, illegal Edelmetall nach Hongkong gebracht zu haben, und, als Eigner der Yacht *Golden Rose,* wegen Widerstands gegen die Ordnungsmacht.«

Er spulte das ziemlich vorschriftsmäßig ab. Ich besah mir den Italiener von der Seite. Konnte so einer aussehen, der Morde ausführen ließ? Aber diese Frage sollte ich mir nicht stellen, ich hatte schon zu viele elegante, intelligente Leute gesehen, die Leben ausgelöscht hatten. Solche Leute sahen zum Leidwesen der Fahnder meist gar nicht wie Bösewichter aus. Das taten sie nur im Kino. Und auch da nicht immer.

Einer der beiden Polizisten legte Ercoli und dem Kapitän Handschellen an. Der andere kam aus dem Bauch der *Golden Rose* an Deck und verkündete: »Dutzende von Buddhafiguren. Aber das Boot muß aufgegeben werden, das Wasser steigt zu schnell, da ist nichts mehr zu machen!«

Sie führten Ercoli zur Reling und ließen ihn übersteigen, bevor die Yacht noch mehr Wasser nahm. Als er an mir vorbeigeführt wurde, fragte ich ihn: »Signor, war es das wert? Die vielen Toten? Und Sie sind erledigt. Wären Sie nicht ohne den letzten Buddha ebenso glücklich gewesen?«

Er gab mir keine Antwort. Sah mich nur an. Wie man ein lästiges Insekt ansieht, bevor man es zertritt. Erst jetzt wurde mir richtig klar, daß dieser Mann jene Eiseskälte besaß, die ihn durchaus befähigt hätte, die Morde auch selbst auszuführen.

Bird lotste Ercoli an dem toten Steuermann vorbei. Er sagte: »Noch ein Toter auf Ihrem Konto, Mister Ercoli.«

Und im Hintergrund fügte einer der beiden uniformierten Polizisten sarkastisch hinzu: »Tote Polizisten werden teuer!«

Der Himmel über dem Meer war von Wolken leergefegt. Ich stellte mich neben Bobby Hsiang, der an der Reling lehnte. Er sah gelassen zu, wie die *Golden Rose* absank. Es gab keine Chance, sie zu halten.

»Wie tief ist das Wasser hier?« erkundigte ich mich.

Er zuckte die Schultern. »Warum?«

»Sollte man die Yacht nicht heben? Schon wegen der Beweise für den Goldschmuggel ...«

»Man wird sie heben«, sagte Bobby. »Übrigens wollte Ercoli tatsächlich nach Taiwan. Einer der Polizisten hat die Karte mit dem eingezeichneten Kurs gefunden.« Er rauchte wieder eine *Bastos,* aber hier draußen stank sie nicht so infernalisch.

»Schade«, sagte ich, »da habe ich mir nun die Füße krummgelatscht, um hinter die Zusammenhänge zu kommen, und nun erntet die Polizei den ganzen Ruhm. Ungerecht, wie?«

»So ist das Leben«, gab Bobby philosophisch zurück. »Bezahlt wirst du auch nicht. Das Schicksal von Privatdetektiven, die immer größere Helden sein wollen als wir!«

Er meinte es nicht ganz so zynisch, wie es sich anhörte. Bobby war schließlich mein Freund, nicht nur irgendein Polizist. Aber Schadenfreude klang schon durch bei seinen Worten.

Und da fiel mir plötzlich ein, daß es ja im Safe des *Excelsior* diese eine Buddhafigur gab, die ich dem freundlichen Händler an der Ecke der Granville Road abgekauft hatte. Wie hieß er doch gleich? Ah Lon, ja! Fünfundzwanzig Dollar. Sie gehörte mir. Rechtmäßig. Einen Augenblick erwog ich, ob ich sie an die Behörden geben sollte. Aber dann lachte ich laut auf.

Nein! Ich, Lim Tok, war kein vornehmer Mann, kein englischer Lord, ich war ein kleiner, wieder einmal am Tode vorbeigerutschter Privatdetektiv aus Hongkong mit mäßigem Einkommen. Nicht einmal ein Gericht würde mir nachweisen können, was unter der Plasthaut dieses Buddhas steckte – ein Gericht würde die Figur überhaupt nicht zu sehen bekommen!

Mochten sie tauchen, und mochten sie die paar Zentner Buddhas aus dem zerlöcherten Rumpf der *Golden Rose* holen, das reichte für den Fiskus. Schlucker wie ich hatten erfahrungsgemäß nichts davon, wenn sie mit ihrer Ehrlichkeit ungebeten hausieren gingen wie ein Eisverkäufer abends im *Poor Man's Night Club!*

»Entschädigung für Schläge auf den Kopf und andere gefährliche Sachen!« Ich sagte es laut.

Bobby drehte den Kopf. »Was?«

»Ach, nichts.« Jetzt grinste ich, und Bobby quittierte es mit einem Kopfschütteln. Es war wie immer, wenn man als Privatermittler aus Gesetzesgründen am Schluß eines Falles der Polizei den Vortritt überlassen muß. Und den Ruhm. Hol's der Teufel!

Unser Boot fuhr einen Kreis. Über dem Wassergrab der *Golden Rose* schaukelte eine rot-weiße Boje. Hinter uns stand eine sehr dünne Mondsichel. Sie ließ im Kielwasser des Polizeibootes Sterne tanzen.

»Schöner Abend«, sagte Bobby Hsiang versöhnlich.

»Ja, schöner Abend«, gab ich zurück. Sonst nichts. Ich stand nur da und dachte an Pipi. Aber gelegentlich auch an Buddha. Und ich versuchte mich zu erinnern, wann und wo ich das letzte Mal gelesen hatte, wie hoch die Goldpreise standen ...

Die toten Masseusen von Kowloon

Der Kleine saß wie immer in den vergangenen Tagen mit seinem Schild vor dem Gebäude. Ein magerer chinesischer Bengel. Acht Jahre alt. Er hörte auf den Namen Lum. Hieß aber wahrscheinlich gar nicht so. Pfiffig. Um keine Ausrede verlegen. Gelegentlich schon mal eine Zigarette paffend, wenn er eine geschenkt bekam. Flinke Augen, wacher Verstand – und Sinn für Marktlücken.

Auf dem Schild, das er hochhielt, stand: *Meine Schwester ist Nymphomanin. Adresse und Treffzeit 2 Dollar (HK).*

Ich ließ eine Zigarette in seine noch leere Blechbüchse fallen, dann nahm ich ihn, wie stets, am Ohr und beugte mich herab. »Ich höre!« Er hatte Ohren wie Dschunkensegel, sie reizten zum Anfassen. Aber mir nahm er es nicht mehr übel. Mich hatte er sich zum Freund ausgesucht, seit ich hier einen Büroraum gemietet hatte.

Cameron Street, Aberdeen. Keine schlechte Adresse in Hongkong, zumal für einen einzeln operierenden Privatdetektiv. Bis vor kurzem hatte ich das Geschäft von meiner Dschunke aus betrieben, auf der ich wohnte und die unten im Hafen verankert lag, inmitten von zweitausend anderen Wasserfahrzeugen buntester Mischung. Es erwies sich nach und nach als günstig, an Land einen Anlaufpunkt zu haben, ein Büro – oder wenigstens etwas, das danach aussah, und feste Sprechzeiten, an die sich Klienten halten konnten. Da ich unlängst das Glück gehabt hatte, eine Buddhafigur aus Massivgold für den Spottpreis von fünfundzwanzig Dollar zu erstehen, ein absolut ehrliches Geschäft übrigens, konnte ich mir Ausgaben leisten. Ich teilte mir ein Zweizimmerbüro in dem siebenstöckigen Haus mit einem vielbeschäftigten Bewährungshelfer, der den ganzen Tag unterwegs war, um seine Schützlinge von neuen Straftaten abzuhalten. Zu zweit konnte man die Miete aufbringen, obwohl sie immer noch viel zu hoch war, wenn man bedenkt, daß man sich für den Betrag ein ganzes Haus samt Swimmingpool und Freundin hätte mieten können. Anderswo allerdings, in weniger günstiger Lage.

Bisher hatte ich nur einmal wöchentlich, am Montagvormittag, für zwei Stunden hier Sprechzeit. Aber ich hatte mir ein Telefon mit Anrufbeantworter einbauen lassen, und das sorgte dafür, daß ich gute Aufträge nicht verpaßte und weniger gute ignorieren konnte. Letzte Woche hatte es nur eine einzige Aufzeichnung auf dem Band gegeben. Meine Dauerfreundin Pipi, aus dem Hotel *Excelsior,* hatte daran erinnert, daß sie voraussichtlich am Wochenende frei war.

»Es sind zwei«, sagte der kleine Lum.

Ich war etwas irritiert. »Männer?«

»Kerle«, gab er zurück. Er spuckte es förmlich aus. Die Besucher, die auf mich warteten, oder auch lauerten, je nachdem, hatten nicht gerade seinen Beifall gefunden.

»Auto?«

Er deutete mit dem Kopf auf einen harmlos aussehenden Subaru, der etwas weiter abwärts am Bordstein parkte. Unbesetzt.

Ich besah mir die Nummer. Dann ging ich in Lung Koohs Teehaus, das neben dem Bürogebäude lag und wo ich gern gesehen war, weil ich hier zuweilen etwas trank, das teurer war als ein Dekkeltopf voll Tee.

Lung Kooh nickte, als ich auf das Telefon deutete. Die Augenbrauen hochziehend bemerkte er: »Klappt wohl wieder mal nicht, die automatische Elektronik?«

Ich schob ihm ein Geldstück hin, und er füllte ein Glas mit gelber Limonade, während ich mit dem Dezernat für Verkehr telefonierte. Ein Detektiv muß in zehn Minuten den Inhaber eines Fahrzeugs ausfindig machen können, sonst sollte er den Beruf wechseln. Ich hatte da gute alte Beziehungen, noch aus der Zeit, da ich Streife gelaufen war, als Polizist, also schäkerte ich ein bißchen mit der Dame, während sie die Nummer in den Computer eingab. Ich hörte eine Weile nichts, und als die Dame sich wieder meldete, sagte sie herablassend: »Ich muß mich sehr über Ihre Freunde wundern, Mister Lim Tok!«

»So schlimm?«

»Wie man es nimmt. Der Wagen gehört Hung Bai-tsien. Jordan Road 24, Kowloon. Hinter der Eintragung blinkt auf meinem Schirm allerdings ein Kreuz, wissen Sie, was das bedeutet?«

Ich erinnerte mich. Trotz allen Geredes über den gesetzlichen

Schutz der Intimsphäre wiesen die Eintragungen im Fahrzeugregister der Kolonie dieses Zeichen auf, wenn es sich um jemanden handelte, der wegen krimineller Aktivitäten mindestens einmal mit der Polizei in Konflikt geraten war. Stillschweigendes Abkommen zwischen dem Verkehrsdezernat und der Polizei – der Teufel hole den Datenschutz!

»Gefährlich?« erkundigte ich mich.

Die freundliche Dame aus dem Dezernat, die übrigens mit einem Wettbüroinhaber verheiratet war, wie ich mich erinnerte, und hinter dessen Eintragung todsicher auch ein solches Kreuz stand, informierte mich, indem sie von ihrem Bildschirm ablas: »Massagesalon. Ganzkörperbehandlung. Einzelkabinen. Videofilme auf Wunsch. Getränke im Massagepreis nicht inbegriffen. Delikt: gewerbsmäßige Prostitution, später reduziert auf Erregung öffentlichen Ärgernisses.«

Was Getränke in diesem Zusammenhang bedeuten, wußte ich. Die Getränke waren aus Gummi und hauchdünn. Rosa, auch grün, auf Wunsch mit Warzen. Das kostete dann erheblich mehr. Offenbar hatte die Polizei sich mit dem Mann, was das öffentliche Ärgernis betraf, gütlich geeinigt, um ihn nicht zu ruinieren. Denn – Prostitution, das war ein Schreckwort. Verboten. Aber wenn man es etwas sanfter ausdrücken konnte, dann ließ es sich mit dem geltenden Recht schon vereinbaren. Also kein schweres Delikt. In der Jordan Road gab es nicht nur diesen einen Salon mit Puppen, die alle Griffe beherrschten. Die Gegend dort wimmelte nur so von solchen Etablissements. Hung Bai-tsien? Nie gehört.

»Danke, Darling«, sagte ich. Die Dame sagte noch etwas, das sich freundlich anhörte, und legte auf. Ich trank meine geliebte Limonade aus, dann ging ich bis zu meinem geparkten Toyota und entnahm dem Handschuhfach den Revolver. Nirgendwo kann man einen Revolver unauffälliger tragen als in Hongkong, wo die Temperaturen selbst in den Wintermonaten noch um die zwanzig Grad betragen. Wir hatten Mai, und bis Mittag würden es dreißig Grad sein. Da trug ein Mann wie ich sein buntes Hemd lose über den Hosenbund herabhängend. Und im Hosenbund steckte die Waffe.

»Schon Kunden gehabt, heute?« fragte ich im Vorbeigehen den kleinen Lum. Er zog einen Flunsch. Der Vormittag war eine müde Zeit für nymphomane Mädchen.

Die beiden Kerle erwarteten mich vor der Tür zu meinem Büro, auf der mein Name prangte, zusammen mit dem Hinweis, ich übernähme diskrete Ermittlungen. Wider Erwarten sahen die beiden ziemlich harmlos aus. Jedenfalls hatten sie offenbar nichts Böses im Sinn, wie mir schien. Beides Chinesen. Nicht älter als fünfundzwanzig. Muskelmänner. Mit Schießkenntnissen, wie ich vermutete. Aber jetzt verbeugten sie sich nur artig, und dann erkundigte sich der eine, der wohl in der Schule sprechen gelernt hatte: »Mister Lim Tok?«

»Sie wollen zu mir?«

Der Bursche wackelte mit dem Kopf und druckste ein wenig herum, bevor er herausbrachte: »Mister Lim Tok, wir sind von Mister Hung Bai-tsien beauftragt, Sie einzuladen. Er möchte Sie sprechen. Geschäftlich, Mister Lim Tok. Wir bringen Sie hin und wieder zurück, hierher ...«

Ich stellte mich interessiert, schloß aber erst einmal meine Tür auf, forderte die beiden auf, einzutreten, und ließ dann das Band meines Anrufbeantworters ablaufen, ehe ich mich äußerte.

Sie warteten geduldig. Als ich wissen wollte, was Mister Hung Bai-tsien für Sorgen habe, bekam ich nur heraus, er sei Geschäftsmann, und die Sorgen beträfen Geschäft wie Privatleben. Allerdings würde mir Mister Hung Bai-tsien das lieber selbst erklären, sie sollten mich ja deshalb abholen.

Ich ließ sie auf den beiden Stühlen warten und pflanzte mich hinter den alten Schreibtisch, den ich mir angeschafft hatte. Post gab es keine. Nicht einmal Reklamesendungen, denn ich hatte das Büro erst kurze Zeit, und bis die Adresse bei den Versendern gespeichert war, verging Zeit. Zu arbeiten gab es für mich im Augenblick nur Kleinigkeiten. Da war eine Tochter abgängig, und ich hatte herausgefunden, bei welchem Liebhaber sie sich aufhielt. Und da gab es einen Fall von Diebstahl unter Verwandten, in dem ich ebenfalls bereits die Beweise beschafft hatte, nur daß das Honorar des Auftraggebers noch ausstand. Der Gedanke daran bewog mich zu der freundlichen Frage an die zwei: »Sind Sie sicher, Mister Hung Bai-tsien kann sich einen Mann wie mich leisten? Ich habe meine Tarife ...«

Der Wortführer winkte ab. »Wir sind nur gekommen, um Sie sicher nach Kowloon und zurück zu bringen, Mister. Über Geld müssen Sie mit dem Chef selbst reden, bitte.«

»Hat er Telefon?«

Er sagte mir die Nummer. Ich wählte sie und sagte zu der weiblichen Stimme, die sich meldete: »Den Chef!«

Er saß wohl direkt neben dem Telefon, denn schon ein paar Sekunden später hüstelte er mir ins Ohr und keuchte heiser: »Mister

Lim Tok? Bitte tausendfach um Entschuldigung, es ist unhöflich, Sie so zu überfallen! Aber ich brauche Sie. Um jeden Preis. Kommen Sie, bitte, sofort ... Es eilt!«

Für solche Fälle hatte ich ein Schild, das von außen an meiner Tür befestigt werden konnte. Darauf stand: *Störung des Geschäftsablaufs. Bitte rufen Sie an und sprechen Sie auf Band.* Nachdem ich es aufgehängt und den Anrufbeantworter eingeschaltet hatte, begleitete ich die beiden Typen zu ihrem Subaru und setzte mich in den Fond, ohne daß sie etwas einzuwenden gehabt hätten. Dem kleinen Lum konnte ich im Vorbeigehen noch ein Zeichen geben, daß alles in Ordnung war. Denn für einen echten Fall von Kidnapping hatte der Junge eine Telefonnummer, die er dann anrufen würde.

Es ist so eine Sache mit diesen Muskelmännern. Manche benehmen sich wie betrunkene Piraten. Zumal wenn sie aufgetragen bekommen, jemanden heranzuschaffen. Sie schubsen gern Leute herum. Das scheint dieser Spezies so im Blut zu liegen. Bei den beiden, die mich abholten, hatte ich den Verdacht, sie waren angewiesen worden, mich wie einen VIP zu behandeln, denn während wir auf Victoria zurollten, bat mich der Beifahrer sogar um die Erlaubnis, rauchen zu dürfen. Und er bot mir eine Zigarette aus seiner Schachtel an. *Torch.* Marke aus dem Mutterland. Man bekam sie billig in den rotchinesischen Läden, aber auch schon in den teuren Arkaden der großen Hotels. Rotchina war in.

Während ich an dem Produkt zog, blickte ich gelangweilt aus dem Fenster. Der Subaru quälte sich langsam nordwärts, und es verging eine Menge Zeit, bis wir die Fähre erreichten, die von der Insel zu dem nördlich gelegenen Festland von Kowloon fuhr. Wie andere chinesische Fahrer mied auch dieser hier den Tunnel. Klaustrophobie, sagten die Psychologen, an denen wir in der Kolonie keinen Mangel hatten. Chinesen wären besonders empfindlich dafür, meinten sie. Ich konnte das schlecht beurteilen, ich war nur der mütterlichen Hälfte nach Chinese. Und auch bei meiner Mutter gab es Großeltern, die in Penang gelebt hatten, der paradiesischen Insel vor Malaya. Einer meiner Urväter soll Malaie gewesen sein. Meine Mutter hatte ihn gar nicht gekannt, aber das hatte sie nicht gehindert, mir seinen Namen zu verleihen.

Es hat Nachteile, wenn man für die eigenen Landsleute eine Art Exot ist. Aber es hat auch Vorteile. Zum Beispiel den, daß ich mich im Tunnel von Hongkong nach Kowloon, unter dem Meer, nicht beengt fühlte. Ich genoß es aber auch, nach langer Zeit wieder eimal mit der Fähre zum Festland hinüberzufahren. Jahrzehntelang hatte es keinen Tunnel gegeben, und die Leute waren glücklich gewesen, hatten die Seeluft genossen, bevor sie sich wieder in das Gewimmel an Land stürzten, in das Gemisch der tausend Wohlgerüche und ekelhaften Dünste. Jemand hatte einmal gesagt, die neun Drachen Kowloons blasen seit dem Bau des götterlästernden Tunnels ununterbrochen ihren giftigen Atem in die Unterseeröhre, um den Menschen zu beweisen, daß sie immer noch die grünen Hügel in der Ferne bewachen, auf Norden zu, wo das Mutterland beginnt. Nun ja, wenn Sie einmal hier sind, können Sie das selbst ausprobieren. Die Drachen werden Ihnen nichts tun. Bei uns sind Drachen gutartig, wenngleich ihr Atem stinkt! Aber seien Sie in den bunten Amüsiervierteln Kowloons auf der Hut: Hongkong hat eine Legion erfahrener Taschendiebe, und es heißt nicht umsonst, die von Kowloon sind die trickreichsten!

An der Jordan Road gab es um diese Zeit schon keinen Parkplatz mehr, und ich war neugierig, wie der Fahrer des Subaru das Problem wohl lösen wollte. Doch ich hatte die Bedeutung des Etablissements, das Mister Hung gehörte, unterschätzt – es besaß eine breite Einfahrt, die in eine geräumige Tiefgarage führte, und da hinein verschwanden wir.

Eigentlich ist die Jordan Road eine Ost-West-Achse, die später als Gascoigne Road bis zu den Sportplätzen und von dort über Hung Hom bis zum Flughafen Kai Tak führt. Viel befahren. Deshalb hält sich das Straßentreiben auf ihr in Grenzen. Es beginnt erst unmittelbar an jeder Einmündung in eine Seitenstraße, und von dort ufert es dann auf echt chinesische Art aus. Mister Hung Bai-tsiens Etablissement lag genau an einer solchen Einmündung. Canton Road.

Ein Blick hatte mir genügt, um festzustellen, daß es hier genau so zuging, wie sich der fremde Besucher das quirlige Hongkong vorstellt. Selbst jetzt, am späten Vormittag, wimmelte es auf den Bürgersteigen von flanierenden Leuten. Und sie kamen auf ihre Kosten, denn in der Straße lag ein Laden neben dem anderen. Keine Türen. Das, was die Größe eines Schaufensters hatte und bis zur Erde reichte, war einfach offen. Üblich in Asien. Schaufenster ist der ganze Laden. Man geht durch die Riesenöffnung hinein und sieht sich um. Und am Abend wird die Riesenöffnung dann einfach durch eine Jalousie verschlossen.

In der Canton Road wurden Schmuck und Ramsch nebeneinander gehandelt. Jade und Silber, Elfenbeinfiguren und Digitalwekker mit Mickymäusen auf dem Zifferblatt, chinesische Medizin und Räucherwerk, Knickmesser und Jeans, japanisches Blechspielzeug und chinesischer Brokat. Eisverkäufer liefen hin und her, von den Straßenküchen stiegen blaue Rauchwolken auf, Bettler und Gaukler hockten am Boden, Vögel wurden angeboten und Schlangen, wie lackiert anmutende Räucherenten, alle Sorten Fisch und selbst Schüsseln voller schimmernder Käfer fanden sich. Dazwischen die Spaziergänger, und – die Mädchen in den kurzen Röcken, bei denen man sich stets unwillkürlich fragte, ob sie darunter noch einen Slip trugen, oder ob sie vielleicht gar nicht wußten, was ein Slip war.

Ein ratternder Aufzug brachte uns von der Garage ins Erdgeschoß hinauf. Noch war das Etablissement geschlossen. Das Massagegeschäft begann erst in der Mittagsstunde.

Mister Hung Bai-tsien kam mir aufgeregt entgegen. Ein kleiner, kugelrunder Kahlkopf mit kurzen Beinen.

Dazwischen ein rundlicher Körper. Und asthmatisch war der Mann. Er brauchte sich nicht zu entschuldigen, mit diesen Atembeschwerden wäre ich auch nicht bis Aberdeen gefahren. »Verzeihen Sie, bitte!« Er krähte es. Seine Stimme war belegt. Flinke Augen musterten mich. Schienen wohl mit mir zufrieden zu sein.

Wir befanden uns in einem geräumigen Salon, in dem es auch eine Bar gab. Polstersessel standen um niedrige Tische herum, es roch nach kaltem Tabakrauch und Moschus. Aus dem Salon führte eine gewundene Treppe ins Obergeschoß, wo sich eine Art Empore befand. Türen waren sichtbar, sie führten wohl zu den Kabinetten, in denen die Massagen verabreicht wurden, oder wie man diesen Vorgang sonst nennen wollte: ein splitternacktes Mädchen knetete da ein wenig über einem ebenfalls splitternackten Mann herum, bis dieser zugriff und sie auf sich zog. Kopulation nannte es höflicherweise niemand, das wäre ein ungesetzlicher Vorgang gewesen in den Augen der Administration. Hongkongs Heuchelei – oder auch seine Liebenswürdigkeit, je nachdem, wie man es betrachtete – bestand darin, daß Bordelle nicht erlaubt waren, gegen Varianten dieses Gewerbes aber nicht der geringste Einwand erhoben wurde, wenn nur die Fassade anständig erschien. Höchstens Steuern wurden erhoben, aber die kann man wohl nicht als Einwand bezeichnen. Man konnte auf jeden Fall damit leben. Und der Fiskus lebte nicht nur damit, sondern hochgradig davon. Eines der unzähligen Beispiele dafür, wie man nach außen hin Moral demonstrierte, hinter diesem großartigen Schauspiel, das man mit ernstester Miene abzog, aber darauf achtete, daß die ältesten Gewerbe der Welt nicht etwa verlorengingen, und mit ihnen die Steuern, die sie einbrachten. »Sie haben einen Auftrag für mich?« Ich gab mich etwas spröde, das war immer gut, wenn es sich um einen neuen Klienten handelte, er mußte schon zu Beginn des Geschäfts begreifen, daß er es mit jemandem zu tun hatte, der keine Minute seiner kostbaren Zeit unter Preis anzulegen beabsichtigte. Mister Hung winkte seinen beiden Muskelmännern, zu verschwinden. Dann bedeutete er mir, ihm zu folgen. Er kroch keuchend die Treppe aufwärts, fingerte ein Schlüsselbund aus der Tasche seines karierten Jacketts, und bevor er eine Tür mit dem Schild *Büro* aufschloß, teilte er mir zwischen verschiedenen Atempausen mit: »Dies ist mein Geschäftsraum. Ich wohne ein Stockwerk höher. Allein. Ich bin Witwer. Es passierte wahrscheinlich zwischen Mitternacht und neun Uhr früh. Als ich um neun Uhr, wie immer, herunterkam und aufschloß, war er da ...«

»Was war da, bitte?«

Er stieß die Tür auf. Das Büro war ein bißchen altmodisch eingerichtet. Schreibtisch, Sessel, Teetisch, Vitrine, Rollbilder an den Wänden. Vor dem Schreibtisch ein prunkvoller Sarg. Es war eines jener prächtigen Stücke, wie sie von geschickten Handwerkern in hingebungsvoller Arbeit angefertigt werden, um den Heimgehenden allergrößten Komfort zu bieten. Die Beschläge waren aus Bronzeguß. Schwer und verschnörkelt. Drachen, Löwenköpfe, Blumen. »Sehen Sie!« forderte Hung mich auf.

Ich sah. Nickte. Ein Sarg. Gut. In meinem Leben hatte ich schon einige Male Särge gesehen, auch sehr prunkvolle. Chinesen lassen sich den Abschied von lieben Angehörigen meist eine Menge kosten. Was bedeutete das hier? War jemand gestorben? Ich blickte Hung fragend an. Er schloß die Tür, dirigierte mich in einen Sessel, ließ sich selbst in einen anderen fallen und teilte mir kläglich mit: »Um neun Uhr war er da. Ganz einfach so!«

»Sie meinen, Sie haben in der Nacht das Büro verschlossen, sind zu Bett gegangen, und gegen neun am Morgen, als Sie öffneten, stand da dieser Sarg?«

»Um neun Uhr, genau.«

»Und Sie haben nichts gehört, in der Nacht?«

»Nichts, Mister Lim Tok.«

»Haben Sie Wächter im Haus?«

»Die beiden Männer, die Sie holten. Sie halten sich in einem Raum neben dem Eingang auf, unten. Sie haben aber auch nichts gehört.«

»Sagen sie ...«

Er schüttelte den Kopf. »Bisher gab es keinen Anlaß zu besonderen Maßnahmen, die beiden dürfen deshalb schlafen, nur alle zwei Stunden haben sie eine Runde zu gehen.« Nach einer Weile fügte er an: »Es sind zuverlässige Männer, Mister Lim Tok. Kein Grund, ihnen zu mißtrauen.«

Ich brauchte einige Zeit zum Überlegen. Die Methode, jemandem einen Sarg ins Haus zu schicken, hatte in dieser Gegend der Welt eine lange Tradition, besonders in der Halbwelt. Der Absender drückte damit aus, er wolle dafür sorgen, daß der Empfänger bald einen Sarg brauchen würde. Für sich selbst. Hongkongs Triaden, die miteinander verschachtelten, teils auch sich befehdenden Gangstersyndikate, pflegten heute noch diese Art makabrer Späße zu machen, bevor sie einen Konkurrenten ausschalteten. Oder einen, der kein Schutzgeld zahlte. Wie es aussah, handelte es sich hier um diese Art Ankündigung. Es machte sich erforderlich, einige Fragen zu stellen. Aber Mister Hung kam mir zuvor.

»Mister Lim Tok, Sie sind mir von jemandem empfohlen worden als tüchtiger Mann. Ich möchte Sie herzlich bitten, aufzuklären, was hinter der Drohung steckt.«

Ich nannte ihm zunächst meinen Preis. Er winkte ab. »Jede Summe, die Sie fordern. Ich bin ein wohlhabender Mann. Und ich habe ... Angst!«

Das konnte man ihm ansehen. Seine Hände zitterten, obgleich sie auf den Sessellehnen lagen.

»Zahlen Sie Schutzgebühren?«

Er zögerte. Die Frage berührte einen wunden Punkt. Keine Gang, die Schutzgelder kassierte, liebte es, wenn der Zahlende sie anderen gegenüber benannte. Schließlich gab Hung zu: »An die *Dreihundertvierzehn,* ja.«

»Keine Unregelmäßigkeiten?«

»Bestes Einvernehmen, Mister.«

»Irgendwelche anderen Drohungen in letzter Zeit?«

Er runzelte die Stirn. Es klang nicht sehr überzeugend, als er sagte: »Nichts weiter. Bis auf einen Zuhälter, der nicht einverstanden war, daß sein Mädchen hier arbeitet. Aber wir haben uns dann freundschaftlich geeinigt.«

»Wie viele Mädchen beschäftigen Sie?«

»Vierzehn. Nur Spitzenkräfte.« Er mußte wohl glauben, ich würde sie gratis ausprobieren wollen. Reklame belebt das Geschäft. Als ich schwieg, fügte er noch hinzu: »Sie wohnen übrigens nicht im Haus. Kommen um vierzehn Uhr, eine Stunde vor Öffnung.«

Ein Sarg im Büro eines Massagesalons. Die Polizei kümmerte sich um derlei nicht, also war das ein Fall, den ich getrost übernehmen konnte, ohne Gefahr zu laufen, von der Polizei dafür getadelt zu werden. In Hongkong hatte man darauf zu achten, daß man als Privatdetektiv nicht mit dem Gesetz aneinandergeriet. Wer wußte das besser als ich, der ich lange genug selbst als Polizist gearbeitet hatte, bevor man mich aus der Truppe herauslobte, um einen stellvertretenden Gouverneur zu beschwichtigen, den ich in einem ähnlichen Etablissement wie diesem hier aufgescheucht hatte. Nicht gerade üppig bekleidet.

»Haben Sie irgendwelche fragwürdigen Kunden«, wandte ich mich an den Besitzer, »ich meine schräge Vögel, oder aber auch besonders prominente?«

»Wie meinen Sie das?« Er war unsicher. Wollte wohl auch nicht alle Karten für mich aufdecken.

»Ich meine, ob unter Ihren Kunden Leute sind, die in der Kolonie einen besonders dreckigen Job haben, oder einen besonders hohen. Etwa in der Politik.«

Er wiegte den Kopf. »Kaum, Mister Lim Tok. Wir sehen hier meist chinesische Geschäftsleute. Von den Ausländern verkehren eine Anzahl mittlerer Angestellter bei uns. Auch Touristen. Gelegenheitsbesucher ...«

Mich irritierte der Gedanke, daß er nichts von einer Botschaft gesagt hatte, die mit dem Sarg gekommen war. Als ich mich danach erkundigte, erfuhr ich auch, daß es nicht einmal einen Anruf gegeben hatte, der sich auf den Sarg bezog.

Ich sah mir das Prunkstück noch einmal von allen Seiten an. Rotholz. Keine Attrappe etwa, sondern ein echter, für ein schönes Begräbnis geeigneter Sarg. Nur die Beigaben fehlten.

Bei uns ist ein Begräbnis eine Art Fest, wenngleich ein trauriges. Viele Besucher. Einige heulende Angehörige (wenn es keine gibt, kann man Profis für den Zweck mieten), die sich am Grab aufführten, als wollten sie hinter dem Sarg in die Grube springen, sofern man sie nicht mit Gewalt davon abhielt. Je mehr Tamtam, desto würdiger das Begräbnis. Für den Toten wurden allerlei Grabbeigaben gesammelt. Wie früher für die chinesischen Kaiser, nur bescheidener. Saftige Mandarinen und Nudelpackungen, Zigaretten und Wein. Geldscheine, speziell für den Zweck gedruckt, wurden haufenweise verbrannt – so ein Begräbnis wuchs sich stets zu einer unvergeßlichen Angelegenheit aus, voller Tränen, Lärm und Räucherwerk.

Der Sarg hatte zwei Schlösser. Steckbolzen – in der Art der altchinesischen Technik. Man konnte sie herausziehen. Eigentlich wollte ich nur überprüfen, ob der Sarg innen ebenfalls voll ausgestattet war, mit Polstern und Seidenkissen, Spitzen und bunten Bändern. Deshalb löste ich die Bolzen und stemmte den Deckel hoch.

Brautkleid, sorgfältig geschminktes Gesicht, ordentlich gelegtes Haar, die Hände über der Brust gefaltet. Ein junges Mädchen. Hübsch anzusehen, aber sehr tot eben. Erbärmlich tot.

Ich klappte den Deckel ganz zurück und wandte mich an Hung Bai-tsien: »Haben Sie das gewußt?«

Er blickte auf. Schien nicht zu verstehen. Erhob sich, um in den Sarg zu sehen. Seine Hände fuhren zur Kehle. Seine kurzen Beine begannen zu schlottern. Als er mit einem stöhnenden »O nein!« nach hinten kippte, fing ich ihn gerade noch auf.

Ich pflanzte ihn in einen Sessel. An der Wand war ein Wasserkühler installiert, eines jener amerikanischen Geräte mit dem bulligen Glasbehälter, in dem immer, wenn man unten abzapft, eine Luftblase mit einem unanständig rülpsenden Geräusch in die Höhe steigt. Ich zapfte ein Glas voll und goß es Hung ins Gesicht. Er erwachte mit einem Schrei. Sein Blick ging wieder zu dem Sarg, angstvoll, und seine Unterlippe begann zu wackeln, als wolle er jeden Augenblick zu weinen beginnen. Deshalb klopfte ich ihm erst einmal beruhigend auf die Schulter.

»Nicht aufregen! Sie wußten das also nicht?«

»Ich ... habe das nicht angerührt!« Er stammelte. Schauderte, wie jemand, bei dem sich die Malaria meldet.

»Kennen Sie das Mädchen?«

Er nickte heftig. Sah mich verzweifelt an. Wie ein in die Enge getriebenes Tier. Niemand konnte eine solche schauspielerische Leistung bieten, nein, der Mann hatte wohl wirklich keine Ahnung gehabt, daß da eine Leiche in dem Sarg lag.

Jetzt stammelte er leise: »Es ist ... Magnolie! Die Mädchen haben bei mir alle Blumennamen. Ist gut fürs Geschäft. Romantisch.«

»Und der richtige Name?«

»Ah Foong. Wohnt in einem Apartmenthaus in der Shek Lung Street, oben in Yau Ma Tai. Wohnte ...«

Ich notierte mir die Adresse. Auf die Frage, ob sie aus Hongkong stamme, schüttelte Hung den Kopf. »Kam aus Kanton. Noch nicht lange her. Eingewandert. Bewarb sich. Hatte Papiere.«

Aus dem roten Mutterland also. Nun ja, von da drüben kam nicht nur das Wasser, das wir in der Kolonie tranken. Neben Schweinefleisch, Enten und allerlei Gemüsen und Ladenkram kamen auch Leute. Illegal. Oder legal, wie diese Ah Foong. Mich interessierte, wie Hung sie aufgelesen hatte. Er offenbarte mir, daß Magnolie nicht die einzige Kantonesin war, die er beschäftigte. Da gab es noch andere »Blumen« – Päonie und Yasmin. Waren zu dritt auf eine Anzeige hin zu ihm gekommen, hatten ihm ihre Künste vorgeführt, vor einem Monat etwa. Er war zufrieden gewesen und hatte sie angestellt. Auf Provisionsbasis, wie das üblich war. Ich notierte mir die Namen der anderen Mädchen. Sie wohnten ebenfalls in der Shek Lung Street.

»Anständige Mädchen«, brabbelte Hung. »Sauber und ordentlich. Nicht aufsässig. Haben sich schnell gewöhnt. Oh, oh ...«

Ich ließ ihn jammern. Ich hatte die Erfahrung gemacht, daß Leute aus einem Schock am schnellsten herauskamen, wenn man sie laut lamentieren ließ. Allerdings gab es jetzt, nach der Entdeckung der Leiche, ein neues Problem. Als Privatermittler wurde ich straffällig, wenn ich bei einem Mordfall nicht sofort die Polizei hinzuzog. Und da diese Bestimmung in Hongkong streng beachtet werden mußte, wollte man nicht seine Lizenz verlieren, hatte ich unverzüglich zu handeln.

»Mister Hung«, wandte ich mich an meinen kleinlauten Klienten, »bitte hören Sie mir genau zu, und überlegen Sie dann, ob Sie mich trotzdem weiter mit Ermittlungen beauftragen wollen. Und dafür bezahlen ...«

Er war einverstanden, daß ich die Abteilung Gewaltkriminalität anrief, und er bedeutete mir, daß er mich nun, da er mich bemüht hatte, nicht einfach wieder weggehen lassen würde. Also sicherte ich ihm meine Hilfe zu, gegen das übliche Honorar, wobei mir einfiel, daß es ihm scheinbar gar nicht so sehr um die tote Magnolie ging, eher darum, daß ihm selbst nichts geschah. War er wirklich außer mit diesem Sarg noch nicht bedroht worden?

Von unserer Polizei schien er eine vernünftige Meinung zu haben, er hielt sie für fähig, einen Mord aufzuklären. Aber ein Privatermittler, so meinte er, gleichzeitig an der Sache arbeitend, würde die Klärung sicher beschleunigen. Womit er den Nagel auf den Kopf traf. Die Polizei liebte zwar Leute wie mich nicht gerade, aber sie hielt sich meist an die Spielregeln und baute keine Barrieren gegen Detektive auf, wenn diese sich ebenfalls an Abmachungen hielten und gravierende Erkenntnisse nicht unterschlugen. Ich hatte Erfahrungen mit Hongkongs Polizei, und ich wußte, daß Mord ein Delikt war, bei dem ein Privatermittler allein ohnehin bald am Ende seines Lateins anlangte. Stimmte er sich hingegen mit der Polizei ab, konnte er tatsächlich dafür sorgen, daß ein solcher Fall zügiger geklärt wurde, und zwar ohne daß er an Honorar einbüßte, vorausgesetzt er stellte es richtig an.

Also rief ich, der ich genügend Erfahrungen hatte, um den Behörden gegenüber vorsichtig zu sein, in der Polizeistation an und verlangte meinen alten Freund Bobby Hsiang, den ich auch nach einigen Fehlschaltungen am Draht hatte, und der mir, mürrisch wie immer, den Rat gab, nichts zu verändern, bis er kam. Warum wurde ich das Gefübl nicht los, der gute Mister Hung, der wie ein Häufchen Unglück in seinem Sessel hockte, habe mir zumindest nicht alles gesagt, was er eigentlich hätte sagen müssen? Während wir auf die Polizisten warteten, überlegte ich weiter. Hung hatte erbärmliche Angst. Nur weil jemand ihm einen Sarg mit einer Leiche darin ins Haus geschickt hatte? Das tat keine Triade, ohne zuvor etwas von ihm verlangt zu haben. Der Sarg war dann die Antwort auf einen abschlägigen Bescheid. Und hätte Hung etwas abschlägig beschieden, ohne sich die Folgen ganz nüchtern auszumalen? Ich kam also zu der Einsicht, es müßte etwas mit seinem Geschäft zu tun haben, sicher auch mit dem toten Mädchen. Und er wollte es nicht auspacken. Damit war er nicht der erste Klient, der mir bei der Erteilung eines Auftrags nur die halbe Wahrheit sagte. Meist hatten sie alle etwas zu verbergen. Und meist kam ich schnell dahinter, was es war.

An der Tür klopfte es. Eine etwas streng aussehende bebrillte Chinesin brachte ein Tablett mit Teetassen. Ihr mußte wohl die weibliche Stimme gehören, die ich vom Telefon her kannte. Beim Eintreten verkündete sie freundlich: »Ich habe eine Erfrischung für die Herren!«

Da erblickte sie die Leiche im Sarg, und im nächsten Augenblick schepperte das Tablett samt Tassen auf den Boden. Ehe ich noch zugreifen konnte, lag die Dame inmitten der Scherben und Teepfützen. Es war wie im Kino, nur daß sie nicht schrie, was die Schauspielerinnen meistens tun. Und ihre Brille saß weiterhin stramm auf der Nase, als ich sie aufrichtete und an einen Sessel lehnte.

Hung rief erschrocken: »Miß Wang!«

Aber das half nicht, sie war in einer anderen Welt. Ich griff zu demselben Mittel wie bei Hung, holte einen Becher Wasser aus dem Kühler, nur daß ich ihn der Dame nicht ins Gesicht schüttete

– ich bespritzte sie vorsichtig damit, wie sich das beim schwachen Geschlecht gehört. In Grenzen nahm ich sogar Rücksicht auf ihren Lidschatten.

Von der Sekunde, in der sie die Augen aufschlug, bis zu ihrer endgültigen Rückkehr in die Wirklichkeit verging eine Weile, und in dieser Zeit trat Bobby Hsiang ein, hinter sich seine Spurensucher, bewaffnet mit Köfferchen und Fotoapparaten, Maßbändern und Lampen.

Ich war mit meinen Überlegungen keineswegs am Ende, Miß Wang hatte sie mit ihrem Auftritt nur unterbrochen. Und jetzt mußten Überlegungen erst einmal warten. Bobby Hsiang, mein alter Freund, Gefährte so mancher Tour auf dem glatten Pflaster von Hongkongs Gassen, der Mann, der immer ein Gesicht machte, als ekele ihn die ganze Welt, der aber in Wirklichkeit ein Mensch von trockenem Humor und absoluter Zuverlässigkeit war, übernahm die Regie des Stückes. Zunächst mit einem Angriff auf mich.

»Hast du sie niedergeschlagen?« fragte er, auf Miß Wang deutend, scheinheilig.

Ich zahlte mit ähnlicher Münze zurück: »Sekretärinnen schlage ich am liebsten. Dahinter rangieren dann Polizistinnen und Ehefrauen von Gouverneuren.«

Er deutete auf die Scherben. »Und das?«

Ich zuckte die Schultern. »Sie ist erst umgefallen, als sie nach dem Anblick der Leiche hörte, daß auch du noch kommst!« Jetzt war er zugänglich. Ich teilte ihm einigermaßen gerafft mit, was geschehen war. Er hörte sich das alles gelassen an, notierte sich das Quartier des Mädchens, dann runzelte er leicht die Stirn, als Hung ihm erklärte, warum er mich bemüht hatte, anstatt gleich die Polizei zu rufen. Zuletzt ging er an den Sarg und grabschte nach der weißen Seide, in die das Mädchen eingewickelt war. Sie wies zwar auf der Brust einen Blutfleck auf, aber kein Einschußloch. Das hieß, daß man ihr das Brautkleid erst angezogen hatte, nachdem sie in die Brust geschossen worden war.

Zu Bobbys Team gehörte ein jüngerer Arzt. Er trug Bürstenhaarschnitt und hatte das äußerliche Erscheinungsbild eines Playboys aus dem Umfeld der Shaw-Brüder, wenn sie am Wochenende ihren Yachtausflug mit Filmsternchen machten. Offenbar mußte er aber von seinem Fach etwas verstehen, denn Bobby behandelte ihn ohne Spott.

Er rief ihn, und dann zog dieser Playboy-Doktor dem toten Mädchen mit ein paar geübten Griffen das Kleid ab. Auch die Unterwäsche zeigte kein Schußloch. Das fand sich schließlich in der Haut, unmittelbar unter der linken Brust. Eine schöne Brust, überlegte ich, viel zu schade, durchschossen zu werden, zu erkalten, schließlich begraben zu werden, mit heulenden Grabderwischen ringsum, für zwanzig Dollar gemietet, denn sonst würde es wohl kaum jemanden geben, der sich für den Tod einer Masseuse interessierte. Außer Mister Hung vielleicht. Aber dann fiel mir ein – der hatte ja noch dreizehn andere!

Bobby Hsiang mußte meine wenig pietätvollen Gedanken erraten haben, denn er blickte mich mißbilligend an und sagte: »Ist im ausgezogenen Zustand erschossen worden. Möglicherweise im Schlaf. Dann hat man sie angezogen und in diesen Kasten gepackt.«

»Das ist kein Kasten. Das ist ein Rosenholzsarg erster Klasse. Dreihundert Dollar. Mindestens.«

Bobby sah Hung an und bemerkte: »Einen klugen Kerl haben Sie sich da engagiert, Mister. Und nun erzählen Sie mir die Geschichte mal der Reihe nach ...«

Der Doktor fummelte an der Leiche herum und fiel Bobby ins Wort. Er wollte wissen, wann die junge Dame zum letzten Mal von Hung gesehen worden war. Daran, daß Bobby bei der Unterbrechung nicht aus der Haut fuhr, erkannte ich, daß er den Playboy-Arzt tatsächlich schätzte.

»Gestern«, stammelte Hung. »Nein, eigentlich war es schon heute. Nachts. Wir schließen eine Stunde nach Mitternacht.«

Der Arzt kommentierte das nicht. Bemerkte lediglich zu Bobby: »Sieht so aus, als wäre es am frühen Morgen passiert. Aber Genaues kann ich erst später sagen ...«

Er winkte dem Troß, und seine Helfer hoben das Mädchen aus ihrem Luxussarg, legten sie in die schäbige Zinkwanne und zogen mit ihr ab. Der Arzt ging hinterher, ohne sich zu verabschieden. Zurück blieb der Sarg. Mister Hung blickte an ihm vorbei, während er Bobby noch einmal die Geschichte erzählte, die ich schon kannte.

Das Team durchstöberte inzwischen das Haus. Miß Wang hatte sich aufgerafft, die Scherben zusammengekehrt, aufgewischt, und nun zeigte sie Bobbys Männern alle Türen und Fenster. Nach einer Weile kam einer mit einem ausgebauten Türschloß zurück und hielt es Bobby hin.

»Hintertür an der Canton Road. Kein Nachschlüssel. Ziemlich ungenau gearbeiteter Haken. Primitiv.«

Bobby nickte in Gedanken, er bat Hung, sich an eventuelle Feinde zu erinnern, an Drohungen, Konkurrenten. Die alte Tour, die jeder Polizist satt hat, die er aber immer wieder reiten muß. Erfahren konnte er nicht mehr als ich. Und ich hatte den Eindruck, daß auch Bobby von der Mitteilsamkeit Hungs nicht übermäßig entzückt war.

Nach einer Weile verließ ich den Raum und schlich mich von der Empore abwärts, wo es unweit des Eingangs zur Jordan Road hin das Büro der Miß Wang gab. Sie wickelte den Schriftverkehr mit den Lieferanten ab, kümmerte sich um die Funktionsfähigkeit der technischen Anlagen und sorgte dafür, daß das Personal stets das Gefühl hatte, beaufsichtigt zu werden. Das verriet sie mir. Und daß sie jetzt fünf Jahre in Hungs Diensten stand. Nein, sie wohne nicht im Haus, sondern in einer kleinen Wohnung, ein paar Seitenstraßen weiter. Und, nein, sie sei nicht verheiratet.

Ich verkniff mir die Bemerkung, daß ich mir das beinahe hätte denken können. Aber wiederum konnte man sich bei solchen Urteilen leicht täuschen, wie ich wußte. Gerade diese äußerlich unscheinbaren Mädchen besitzen oft erstaunliche Talente, und ihre Sehnsüchte sind eine Sache für sich.

Ob sie sich noch fürchte, fragte ich. Es war immer einen Versuch wert, eine Figur, die im Zentrum des Geschehens saß, auf die eigene Seite zu bekommen.

Sie sagte, sie habe sich etwas erholt. Griff zu meinem Erstaunen nach einer Zigarette. Ich weiß nicht, weshalb mir das bei ihr ähnlich verworfen vorkam, wie wenn jemand anderes sich einen Heroin-Schuß gesetzt hätte. Als wir uns dann beide mit dampfenden Zigaretten gegenübersaßen, machte ich einen weiteren Vorstoß.

»Miß Wang, Sie wissen, ich will Ihrem Chef helfen. Schätzen Sie Ihren Chef?«

Sie blickte mich verständnislos durch ihre Brillengläser an.

»Schätzen? Er ist einer der besten Menschen auf der Welt!«

»Wie schön für Sie. Und jetzt hat er Angst.«

Sie nickte. Ich wartete ein paar Sekunden, dann fragte ich geradeheraus: »Warum sagt er mir nicht alles, was ihn drückt? Warum weiht er mich nicht in die Zusammenhänge ein, die ich wissen müßte, um für ihn erfolgreich zu ermitteln?«

Sie öffnete den Mund, um aufzufahren und zu protestieren. Aber dann sagte sie doch gar nichts. Machte den Mund wieder zu. Blickte an mir vorbei. Ich hatte den Nerv getroffen.

»Ich möchte«, sagte ich langsam, »daß er wieder aufatmen kann, Ihr Mister Hung. Aber ich kann die Leute, die ihn bedrohen, nur erwischen, wenn ich sie kenne.«

»Er kennt sie ja selbst nicht!« Es kam wie ein Schuß.

»Nun, dann würde es helfen, zu wissen, weshalb man ihn bedroht. Man kann Schlüsse ziehen, die zum Ziel führen ...«

Ich hatte sie unterschätzt. Sie war nicht die verdrehte graue Maus, die Schreckschraube, für die ich sie gehalten hatte, denn jetzt sah sie mich plötzlich herausfordernd an und fragte: »Wissen Sie, daß ich es war, die Mister Hung riet, sich an Sie zu wenden?«

»Er hat es wohl unerwähnt gelassen.«

»Nun, ich las in der Zeitung über Sie. Ein Reporter berichtete über die Schießerei, damals, südlich von Junk Island. Die Sache mit dem Schiff voller Goldfiguren. Man erwähnte Sie als zuverlässigen Mann, der den Vorteil hat, auch von der Polizei akzeptiert zu werden, bei aller Diskretion seinen Klienten gegenüber. Ich hielt Sie für den geeigneten Mann, Mister Hung zu helfen. Die Sache wächst ihm über den Kopf ...«

»Hat er bei den Schutzgeldern etwas falsch gemacht?« Ich bohrte auf Verdacht, vielleicht lohnte es sich.

Sie schüttelte energisch den Kopf. »Nein, das hat er nicht. Nur – die *Dreihundertvierzehn* läßt sich mit den Leuten nicht ein, die ihn bedrängen. Entweder haben die ein Stillhalteabkommen, oder es ist ihnen zu gefährlich.«

Sie wußte also mehr, als sie hatte zugeben wollen, mehr auch, als ihr Chef herausrückte. Ich fragte: »Und weil es so schön gefährlich ist, dachten Sie an mich?«

»Ja.«

»Danke, Miß«, gab ich beherrscht zurück. Sie war eine Quelle geworden, die man mit Bedacht weiter anzapfen mußte. »Wer war es denn nun?«

Sie wurde für eine ganze Weile still. Ratlos, wie mir schien. Bis sie schließlich, den Rest der Zigarette ausdrückend, sagte: »Ich weiß es auch nicht. Die Leute zeigen sich nicht. Eigentlich war es nur ein Anruf. Mister Hung pflegt manche seiner Geschäftsangelegenheiten mit mir zu besprechen, das tat er auch damals. Deshalb weiß ich davon. Und wenn er es jemals erfährt, daß ich mit Ihnen darüber gesprochen habe, wird er mir sein Vertrauen entziehen ...«

Ich warf ein: »Sie wissen, es besteht die Gefahr, daß er dazu gar nicht mehr kommt. Was der Sarg bedeutet, muß ich Ihnen nicht erklären. Wenn diese Leute ihn umlegen, kann er Sie ohnehin nicht mehr wegen Vertrauensbruch tadeln.«

Sie war klug genug, um zu wissen, daß ich recht hatte. Und sie verlangte nur von mir, daß ich ihrem Chef gegenüber nicht verlauten ließ, wer mich aufgeklärt hatte. Seine Angst vor den Leuten sei groß, und sie hätten absolutes Schweigen vereinbart.

»Es handelt sich um Magnolie, Päonie und Yasmin«, begann sie schließlich. »Mister Hung wurde aufgefordert, die drei Mädchen sofort zurückzuschicken.«

»Wohin?«

»Weiß ich nicht.«

»Und Hung schickte sie nicht weg?«

»Die drei kamen erst vor kurzem zu uns. Es sind hervorragende Kräfte. Unsere besten. Mister Hung weigerte sich, sie wegzuschikken. Versuchte, Schutz bei der *Dreihundertvierzehn zu* bekommen. Die lehnten ab. Darauflhin kam der Sarg.«

»Mister Hung Bai-tsien sagte mir, die Mädchen stammten alle aus Kanton! Stimmt das?«

»Flachtlinge aus dem Mutterland, ja.«

»Hat Mister Hung die drei selbst befragt, was der Grund für die Drohung sein könnte?«

»Er hat nicht mit ihnen darüber gesprochen. Wollte sie nicht beunruhigen.«

Schöner Zug von ihm, dachte ich. Die Sache wurde langsam etwas durchsichtiger. Das eine Mädchen, das jetzt wohl schon in der Pathologie lag, hatte von Hungs Zurückhaltung nichts mehr. Also – die Triade *Dreihundertvierzehn.* Eugene Hsu war da ein großer Chef, und ich kannte ihn. Traute mir zu, ganz zivil mit ihm zu sprechen. Gene – so ließ er sich gern nennen. Dabei war er gar kein Halbamerikaner wie ich, er hatte sich den Namen einfach zugelegt. Eugene. Wenn ein Amerikaner das aussprach, konnte es klingen wie Yue-chin. Und genau so hieß er nämlich. Hsu Yue-chin. Mächtiger Mann. Herr über Spielsalons und Massagebuden, Taxiflotten in Süd-Kowloon und einige schwimmende Restaurants. Polizeibekannt, aber nicht auf der Liste der Gewaltverbrecher. Einer von denen, die ihr Geschäft so betrieben, daß die Behörden sich heraushalten konnten. Was ihnen lieb war, denn es brachte nichts ein, mit den einflußreichsten Triadenbossen im Krieg zu liegen. Ihre Kanäle reichten zu weit. So kassierte Eugene Hsu ab. Im Rahmen der Gesetze. Die Rechtsfanatiker nennen das verächtlich Stillhalteabkommen, aber jeder Polizist, der jemals in den

Hornissenschwarm einer Triade hineingestoßen war, nannte es kluge Zurückhaltung.

Ich hörte draußen Bobby Hsiang mit den beiden Muskelmännern reden, die mich geholt hatten. Deshalb sagte ich schnell zu Miß Wang: »Also gut, ich werde alles vergessen, was Sie mir mitgeteilt haben. Wir haben nie darüber gesprochen. Nur – für den Fall, daß Sie mehr erfahren, rufen Sie mich an, und sprechen Sie notfalls auf mein Band ...« Ich schob ihr die frischgedruckte Karte mit meiner Büroanschrift zu, die sie schnell einsteckte.

Bobby Hsiang grinste nur, als ich, aus dem Büro tretend, vor mich hin knurrte, diese Dame gehöre in die Heilsarmee, nicht in eine Einrichtung zur Befriedigung männlicher Bedürfnisse. Dann nahm er mich beiseite und fragte: »Wohin laufen deine Vermutungen?«

Er blies mir den Qualm seiner *Bastos* ins Gesicht, daß ich husten mußte. Als ich mich erholt hatte, gestand ich ihm, daß mir lediglich die Vermutung blieb, dies sei die Rache eines ausgetricksten Zuhälters gewesen. Er habe auch daran gedacht, meinte Bobby Hsiang. Aber die Sache mit dem Sarg gäbe immerhin Anlaß zu der Vermutung, daß eine Triade verwickelt sei. Triaden hätten nun einmal diese Art der Drohung in ihrem Repertoire. Ich hielt natürlich mit meinen Kenntnissen über die Verbindung zwischen Hung und der *Dreihundertvierzehn* zurück, und so konnten Bobby und ich uns auf keine bestimmte Richtung der Nachforschungen einigen, abgesehen davon, daß ich ohnehin auf mich selbst angewiesen war.

Wie immer in solchen Fällen, in denen Mord vorlag, nahm Bobby mir das Versprechen ab, meine Erkenntnisse sofort bei ihm zu melden. Und er sicherte mir zu, mich in ebenso angemessener Weise an Erkenntnissen seinerseits zu beteiligen. Wir trafen eine Verabredung dieser Art nicht zum ersten Mal. Man konnte nicht gerade sagen, daß wir zusammenarbeiteten, aber aus alter Freundschaft pflegte der eine den anderen schon zu unterstützen, soweit das möglich war. Und das ergab sich bei mir als Privatmann öfter als bei Bobby, der die kleinlichen Vorschriften der Polizei zu beachten hatte. Auch wenn er sie zugegeben freizügig auslegte. Er verzichtete diesmal darauf, seine Zusage als besonderes Entgegenkommen hervorzuheben, was er sonst gelegentlich tat, um mich aufzuziehen.

Nach ein bißchen Small talk über Zustände in der Stadt, Flüchtlinge und Skandale verschwand er mit seinem Team. Sie nahmen auch den leeren Sarg mit – als Beweismittel. Ich versprach mir zwar nicht viel davon, mit dem Tischler zu reden, der den Sarg gefertigt hatte, aber ich ließ mir routinemäßig eine unterbelichtete Polaroid-Fotografie des Kastens geben, die der Mitarbeiter Bobbys gerade hatte wegwerfen wollen. Für mich allerdings würde bei Nachforschungen über den Sarg wenig herauskommen, zumal ich mir ausrechnen konnte, daß Bobby zuerst diese Spur verfolgen würde. Es war leichter, ihn später anzuzapfen.

Mister Hung Bai-tsien konnte mir nicht mehr viel sagen. Er schob mir einen Scheck hin und bat mich mit seiner krächzenden Stimme nochmals, ihm zu helfen, auf die Polizei sei wohl wenig Verlaß. Als ich ihm anbot, für eine Zeit hierher zu ziehen und darauf zu achten, daß ihm niemand zu nahe kam, wies er das ab. Er habe ja seine zwei Beschützer. Schöne Beschützer, die nichts hören, wenn jemand in der Nacht einen ausgewachsenen Sarg mit einem Mädchen darin durch das Haus trug. Aber das ging mich nichts an. Ich nahm den Scheck und versprach, mich bei Ergebnissen meiner Nachforschungen sogleich zu melden.

Hung saß wie ein geschlagener Mann in seinem Sessel, als ich ihn verließ. Er atmete schwer. Ob gegen beginnendes Asthma nicht eine Massage hilfreich gewesen wäre?

Ich brachte es nicht übers Herz, ihm den Vorschlag zu machen.

Ich nahm einen Bus bis zum Star Ferry Terminal, dem Anlegeplatz der Fähren, die von der Insel kamen. Inzwischen war es sehr warm geworden, und der Bus war schlecht belüftet, also schwitzte ich mächtig und sehnte mich nach etwas Trinkbarem. Trost fand ich bei einer Frau, die neben mir saß und die einen zahmen Mungo auf dem Schoß hatte. Vermutlich eine Bäuerin aus den New Territories im Norden, dort hielt man diese Tiere oft als Schlangenjäger, so wie man anderswo Katzen gegen Mäuse hält. Das Tier litt ebenso wie ich, seine Zunge hing ihm aus dem Fang, und ich fragte mich, ob es wohl meine Leiden ermessen konnte, denn es sah mich mit seinen dunklen Kulleraugen bedauernd an, wie mir schien. Als dann endlich die lange Pier in Sicht kam, flitzte ich zum Ausstieg, um nur ja keine Sekunde länger als nötig in dem Brutkasten bleiben zu müssen.

Ich hatte mir vorgenommen, Eugene Hsu zu besuchen, von dem ich wußte, daß er hier residierte, am Ocean Terminal, dem weit in den Hafen hinausgebauten Langgebäude, an dem an beiden Seiten Schiffe festmachten.

Eugene Hsu war wahrscheinlich in seinem Reisebüro anzutreffen, einer der unzähligen Einrichtungen, die es im Ocean Center neben dem Terminal außer Läden, Kinos, Frisören, Bankschaltern und Imbißstuben gab. Nach allem, was ich noch von früher wußte, war Eugene Hsu ein *Sin Fung.* Wenn Sie nie mit Triaden zu tun hatten, wozu ich Sie beglückwünschen kann, sollten Sie erfahren, daß es sich dabei um Syndikate von Gangstern handelt, allerdings von solchen, die meist mit Erfolg seriösen Geschäften ebenso nachgehen wie zwielichtigen, was es sehr schwer macht, sie zu bekämpfen, und was mit der Zeit dazu geführt hat, daß es zwischen ihnen und dem Gesetz eine Art Waffenstillstand gibt, solange eine Triade sich nicht gerade direkt und demonstrativ gegen das Gesetz betätigt. Der Spielraum, den diese Syndikate dadurch bekommen, ist erheblich, und er läßt sie rasch reich werden. Die meisten Mitglieder der Triaden, bis auf jene, die den schmutzigen Teil der Arbeit verrichten, gelten deshalb als Ehrenmänner und verkehren in durchaus angesehenen Kreisen.

Geschichtsschreiber erwähnen oft, daß die Triaden eine höchst ehrenhafte Tradition haben. Daran ist einiges wahr. Aber eben nur einiges, wie bei allem, was die Geschichtsschreiber den Leuten einreden wollen. Im siebzehnten Jahrhundert hatte die Bevölkerung des Mutterlandes, das damals von den Mandschus regiert wurde, die Vorgänger der heutigen Triaden begründet, kleine Geheimgesellschaften, die jeweils nicht mehr als drei Mitglieder hatten, sicherheitshalber, die aber eng und sehr konspirativ untereinander verbunden waren. Ihre Aktivitäten richteten sich, wie angeblich überliefert wurde, damals hauptsächlich gegen die Ausbeutung der Chinesen durch die Mandschus. Triadenmitglieder verständigten sich durch gewisse Handzeichen und buntfarbige Halstücher. Sie machten den Mandschus arg zu schaffen, und sie standen beim gemeinen Volke in hohem Ansehen, in das sich wohl auch ein bißchen Furcht mischte.

Bis hierher stimmt die Legende. Zu Beginn des zwanzigsten Jahrhunderts, als die Mandschu-Dynastie ihr Ende nahm, begannen die Geheimgesellschaften nach und nach zu mehr oder weniger kriminellen Gruppen zu degenerieren, und mit dem Sieg der Kommunisten verschwanden sie weitgehend aus dem Mutterland, wenngleich einige noch dort operierten, wie es hieß. In Hongkong aber hatten sie sich erhalten. Waren durch Zuzug aus dem Mutterland gestärkt worden. Man schätzte ihre Mitgliederzahl auf mehr als hunderttausend. Sie waren keine primitiven Banditen, die Überfälle oder Anschläge ausführten, nein, sie hatten sich den modernen Lebensformen sehr geschickt angepaßt und zogen ihren Vorteil aus einer Unmenge von halblegalen Geschäften, die durch Ehrenmänner oder korrupte Beamte gedeckt wurden. Es war stets schwer, das Geflecht einer solchen Triade zu durchdringen. Ihr Vereinszeichen, das gleichschenklige Dreieck, sollte Himmel, Erde und Menschen versinnbildlichen, aber es wies auch darauf hin, daß es sich jeweils um Dreiergruppen handelte, bis hinauf in die Führungsetagen der Großunternehmen, wo man keineswegs Revolver oder Messer benutzte, sondern im Rolls-Royce zum Golfplatz fuhr oder nach Happy Valley zum Pferderennen, um ein Millionending zu planen. Jede dieser Gruppen hatte einen Anführer, den *Shan Chu.* neben ihm gab es den *Heung Chu,* den geistigen Chef, das Meistergehirn sozusagen, eine Art Vordenker und Planer. Und zuletzt eben den *Sin Fung.* Das hieß *Kämpfer.* Er war für die Ausführung von handgreiflichen Operationen verantwortlich, die, wenn möglich, unblutig erledigt wurden, nicht selten aber doch in Gemetzel endeten.

Solch ein *Sin Fung* bei der Triade *Dreihundertvierzehn* war Eugene Hsu schon gewesen, als ich noch bei der Polizei diente. Die Gruppe hatte sich vor langer Zeit von der berüchtigten 14 abgespalten, die nach der Gründung der Volksrepublik von Shanghai nach Hongkong übergesiedelt und hier zur beherrschenden Erscheinung in der Unterwelt geworden war. Alle übrigen, die *Ah Sai Chan,* etwa, oder die *Lin Tak Ho,* die *Kang Lo* oder die *Kim Long Soo* hatten dagegen nur durchschnittliche Bedeutung.

Ich erinnerte mich, daß auf Eugene Hsu damals mitten in der Stadt geschossen worden war, und es hatte sich herausgestellt, daß er selbst auch eine Schußwaffe bei sich führte. Aber er war nicht bestraft worden, im Gegenteil, die Behörden hatten anerkannt, daß er ein gefährdeter Mann war und ihm rückwirkend einen Waffenschein zugebilligt. Für mich hieß das, er hatte Freunde in höheren Regionen der Administration.

Als ich jetzt aus dem Bus sprang und erleichtert den Salzgeruch des nahen Wassers schnupperte, vermischt mit Fischgestank und Schlammdunst, fühlte ich mich doch trotz der Hitze außerordentlich wohl. Ich nahm mir vor, am Abend unten in Aberdeen, auf meiner Dschunke, mit einem Whisky an Deck zu sitzen, bis die Lichter auf den Booten der Tankas angingen, der Bootsbewohner, und bis die Restaurantboote ihre bunten Perlenschnüre von Glühbirnen anknipsten, bis die tangige, salzige, faulig duftende Luft auch noch den fernen Klang der Kapellen von den Restaurantbooten zu mir herüberwehte, den sanften Gitarrenton der Filippinos oder den schrägen Trompetenschrei eines Schwarzen. Manchmal, müssen Sie wissen, bin ich sentimental, und ich liebe Hongkong, dieses malerische, verkommene, himmelstürmende und doch liebenswerte Stück Asien, von dem niemand sagen kann, ob es in zehn Jahren glücklicher sein wird als jetzt, nur weil es dann keine Kolonie mehr ist. Im Ocean Center lärmten die Stereoanlagen der unzähligen Geschäfte. Menschen schoben sich an den Auslagen vorbei, schnupperten die Düfte, die aus den verschiedenen Restaurants quollen. Ich war lange nicht hier gewesen, auch nicht im Star House, dem Gebäude daneben, wo man außer unzähligen Waren aus aller Welt vor allem rotchinesische Produkte kaufen konnte, vom Wecker, der die Nationalhymne klimperte, über Mao in Kamelknochen geschnitzt bis zu feinstem roten Yünnan-Tee oder mandschurischen Teppichen. Ein ganzer chinesischer Basar traditioneller Prägung war hier aufgebaut, man konnte an einem Tag bei weitem nicht alles sehen, was es hier zu sehen gab.

Ich gönnte mir nur einen flüchtigen Blick auf die bunte Pracht, dann ließ ich mir den Weg zum Reisebüro *Blue Moon* zeigen.

In einem riesigen Raum voller Theken, Ruhebänke, Grünpflanzen und Regale mit Prospekten breitete eine dunkle Schönheit aus Plast ihre Arme weit aus zum Empfang von Reisenden. Aus ihrem nicht untalentiert geschminkten Mund stieg die Sprechblase mit der Einladung: *Besuchen Sie Bora Bora! Tagesausflug von Tahiti aus. Südseeromantik an türkisfarbenen Lagunen, wo Wahinen in Grasröcken für Sie in der Abenddämmerung tanzen beim Duft von Hibiskusblüten! Ein Erlebnis, das Sie der Wirklichkeit entrückt. Nur 10 Dollar (US) zusätzlich bei einer Tahiti-Buchung!*

»Wenn ich wieder einmal einen Millionär ausraube, mache ich über Ihr Büro einen Ausflug nach Papeete!« begrüßte ich Eugene Hsu, als ich nach einigen Kämpfen mit zwei aalglatten Sekretärinnen endlich bis zu ihm vorgedrungen war.

Er firmierte als Chef des Reisebüros, aber ich war überzeugt, sein elegantes Büro hinter dem großen Publikumsraum mit den schreienden Reklamen hatte nicht mehr das geringste mit Reisen zu tun. Leute wie Eugene Hsu brauchten eine legale Fassade. Jeder wußte das, warum sollte ich mich dumm stellen! Und selbst die Polizei ließ das so laufen, weil es bequemer war, als sich mit Leuten wie Hsu anzulegen. Und Hsu seinerseits richtete seine Aktivitäten mit viel Geschick so ein, daß das Gesetz nicht gezwungen war, gegen ihn anzutreten. Friede für alle in Hongkong. Manchmal gelang das vortrefflich.

Eugene Hsu war ein gutaussehender Mann mittleren Alters, elegant gekleidet, von den unauffällig teuren Schuhen bis zum kurzen Haarschnitt stimmte alles an ihm mit den letzten Modejournalen überein. Und er war beileibe kein Muskelmann, auch wenn ihm als *Sin Fung* diejenigen Mitglieder der Triade unterstanden, die für gewöhnlich mit Messern oder Totschlägern arbeiteten. Eugene Hsu hatte eine Missionsschule, das Gymnasium und die Universität besucht. Man sah es ihm nicht sofort an, aber er war ausgebildeter Jurist.

»Papeete!« lachte er jetzt, während er hinter seinem Schreibtisch hervorkam und mir die Hand schüttelte. »Wenn Sie wollen, engagiere ich Sie vom Fleck weg, Mister Lim Tok. In eben diesem Papeete ist nämlich gerade die Leiterin meiner dortigen Niederlassung spurlos verschwunden.«

»Und es gibt keine Polizei in Papeete?«

»Die gibt es. Aber – haben Sie mal einen Tropenfranzosen bei der Arbeit beobachtet? Dagegen wirkt ein Straßenpolizist in Hongkong ausgesprochen emsig. Wie ist es? Interessiert?«

Wollte er mich ablenken? War das schon ein Versuch, mich von Nachforschungen über die Drohung gegen Hung abzubringen? Das würde voraussetzen, daß er davon wußte, daß mich Hung engagiert hatte. Ich vertröstete ihn: »Mister Hsu, ich habe gerade eine Arbeit übernommen. Ich verspreche Ihnen, wenn sie erledigt ist, reden wir über Papeete. Falls die Dame bis dahin immer noch fehlt. Wollen Sie mir ein paar Fragen beantworten?«

»Über Tahiti?«

»Nein. Über einen Sarg, den Mister Hung Bai-tsien erhielt, der Betreiber eines Massagesalons in der Jordan Road. Sie kennen ihn?«

Er bot mir einen der schweren Clubsessel an, ließ sich in den anderen fallen und drückte auf einen Knopf an der Tischkante. »Whisky oder Brandy?« fragte er.

»Limonade«, bat ich und machte ein so ernstes Gesicht dabei, daß er es glaubte. Die Sekretärin, die auf den Knopfdruck hereingeeilt war, lächelte milde.

»Ich erinnere mich an Sie«, sagte Hsu. »Der Polizeidienst war zu anstrengend, oder?«

Ich fand, daß er mir eigentlich recht viel Zeit widmete, aber wenn ein Triadenboß bereit war, mit mir über die verschiedensten nichtigen Dinge zu reden, war es vielleicht klug, das mitzumachen. Ein Privatermittler ist auf tausend persönliche Kontakte angewiesen, wenn er auf die Dauer erfolgreich sein will, und Hsu war ein Mann, der viel zu bieten hatte. Trotzdem machte ich den Versuch, das Gespräch wieder auf mein eigentliches Anliegen zurückzuführen, nachdem die Sekretärin ihm seinen Whisky und mir mit einer königlichen Geste die Limonade hingestellt hatte.

Ich erinnerte ihn an den Sarg. Er kenne die Sache nicht, sagte er, und er ließ sich von mir ausführlich berichten, was sich abgespielt hatte. Als ich ihn geradeheraus fragte, ob es stimme, daß Hung an die *Dreihundertvierzehn* Schutzgeld bezahlte, blinzelte er mir spöttisch zu.

»Hat er Ihnen das gesagt?«

»Nicht er. Ich weiß es aus einer anderen Quelle. Wollte mich nur vergewissern, ob es stimmt.«

Er überlegte eine Weile, dann sagte er: »Mister Lim Tok, Sie wissen, daß ich ein Reisebüro führe. Als Privatmann, der die Gepflogenheiten in Hongkong kennt, bin ich der Meinung, daß die Schutzgelder des Mister Hung mit der Drohung, die ihm da ins Haus kam, nichts zu tun haben. Und was erzählen Sie mir da von einer Leiche? Das möchte ich genau wissen ...«

Ich klärte ihn vollends auf. Dabei hatte ich den Eindruck, daß ihm die Sache tatsächlich neu war. Er fragte, ob die Polizei bereits im Spiel sei.

»Das ist selbstverständlich. Ich mußte sie benachrichtigen. Ich würde meine Lizenz los, wenn ich es nicht getan hätte.«

Er nickte verständnisvoll. Die Spielregeln kannte er. Ob im Gespräch mit der Polizei die Rede auf Schutzgelder gekommen wäre. Das konnte ich guten Gewissens verneinen, was ihn zu beruhigen schien. Dann kam er auf das tote Mädchen zurück. Die Tatsache, daß Magnolie aus Kanton kam, machte ihn sichtlich nachdenklich.

Eugene Hsu war für mein Empfinden ein Managertyp, mit dem man reden konnte. Nicht der aus den Überlieferungen bekannte Triadenboß, der das Gesetz nur vom Hörensagen kennt, nein, er schien gewöhnt zu sein, bei allen Unternehmungen, die er ins Rollen brachte, das Gesetz einzukalkulieren, und zwar nicht mit dem Ziel, es gewaltsam zu brechen, sondern eher, um die Lücke ausfindig zu machen, hinter der das Feld für ihn lag.

»Kanton, Kanton«, murmelte er nach einem weiteren Schluck Whisky bedächtig. »Wissen Sie, Mister Lim Tok, diese Einwanderer machen uns zunehmend Ärger. Auf vielen Gebieten. So auch in den Salons. Und deshalb verrate ich Ihnen etwas, worüber selbst unsere Polizei bis jetzt wohl nur lückenhafte Erkenntnisse haben dürfte. Ich habe Informationen darüber, daß in letzter Zeit verstärkt Mädchen aus dem Mutterland zu uns einsickern, die dann sehr geschickt in Bars und Massagesalons geschleust werden. Zu Billigpreisen. Es ist eine Art Lohndrückerei, die da veranstaltet wird. Die Mädchen kommen illegal. Aber einmal hier, besitzen sie plötzlich ausgezeichnete Papiere. Echte. Von irgendeinem Beamten im Meldeamt ausgestellt. Sie arbeiten dann, nun, sagen wir, für fünfzig Prozent oder etwas weniger als der übliche Verdienst wäre. Aus dem Differenzbetrag zahlt der Arbeitgeber einen bestimmten Anteil an die Organisation, die hinter der Einwanderung steht ...«

»Organisation?« Es erschien mir unwahrscheinlich, daß sich in der Kolonie eine solche Organisation ohne Wissen der Polizei und gegen die Konkurrenz der Triaden behaupten konnte, die das Feld beherrschten. Hsu lächelte, als ich ihm das vorhielt.

»Oh, doch! Unterschätzen Sie die Leute nicht. Sie haben Mittel.«

»Welche?«

»Druck«, gab er zurück. »In Kanton beispielsweise existieren heute Sippschaften, die sich nicht mehr fürchten, es mit uns in der Kolonie aufzunehmen. Der Sarg an Mister Hungs Adresse scheint mir auf eine solche hinzudeuten.«

»Aber – wo sind die Zusammenhänge? Ich meine, was müßte Hung falsch gemacht haben, um in die Schußlinie dieser Leute zu geraten? Und was hat das Mädchen falsch gemacht?«

Er wiegte den Kopf. »Das könnte ich nur vermuten. Aber da gibt es viele Möglichkeiten. Im Grunde genommen spielt sich bei uns gegenwärtig ein Kampf zwischen Kantoner und Hongkonger Interessengruppen ab. Es geht um den Hongkonger Markt. Auch den der Zukunft schon. Noch läuft das alles gewissermaßen unter der Hand. Unauffällig. Aber solche Ereignisse wie der Sarg mit dem toten Mädchen deuten darauf hin, daß es bald blutige Auseinandersetzungen geben könnte.«

»Gegner – auch für Sie?«

Er war ein Meister im Ausweichen. Wie Muhammed Ali in seinen besten Tagen, wenn sein Gegner versuchte, durch die Deckung zu kommen. Er stand auf, ging zu seinem Schreibtisch, griff sich einen Brief, kam zurück und erzählte mir dann, daß es jetzt rotchinesische Reisobüros gäbe, die sich in Hongkong ansiedelten und versuchten, sich mit Mehrheiten in hiesige Büros einzukaufen.

»Ich kenne einen Fall in der Chatham Road. Sie sagten nein zu einem solchen Vorschlag, wie ich ihn hier auch bekommen habe. Das Büro brannte ab. Defekte Lichtleitung.«

Er zeigte mir den Briefkopf. Reisebüro *Yellow Star;* Victoria, Statue Square, Westseite, Princess Building.

»Und Sie vermuten, diese Leute könnten etwas mit Mister Hungs Mädchen zu tun haben?«

Eugene Hsu ging langsam zu seinem Schreiblisch zurück und legte das Papier wieder in eine Mappe. Er tat es ohne Eile. Ein selbstsicherer Mann. Er blieb am Schreibtisch stehen und sagte: »Ich vermute gar nichts, Mister Lim Tok, damit wir uns recht verstehen. Ich gebe auch keine Tips. Aber ich verrate Ihnen gern, daß *Yellow Star* in den letzten Monaten ein Geschäft damit macht, Tagesreisen von Kantonesen nach Hongkong zu organisieren. Unter den Passagieren der Busse sind oft junge Mädchen. Und ich habe mir sagen lassen, nicht alle von ihnen pflegen mit ihren Bussen auch wieder nach Hause zu reisen.«

Viel mehr konnte ich wohl nicht erfahren. Ein Glück, daß Hsu aus meiner Polizistenzeit keine üblen Gefühle gegen mich hegte. Er hatte mich, wie man bei uns sagt, durch die Zweige der Trauerweide auf den bunten Vogel blicken lassen. Und jetzt stand er neben seinem Schreibtisch und wartete darauf, daß ich mich erhob.

Ich tat es. Dankte ihm für seine Freundlichkeit, mich minderwertiges Geschöpf auch nur eines Wortes gewürdigt zu haben. In der blumigsten Ausdrucksweise der Ahnen meiner Mutter tat ich das. Er amüsierte sich köstlich, denn wir waren schließlich beide modern erzogene Männer und wußten, was solche Höflichkeiten wert waren: ein Tropfen Honig in einem Salzmeer!

Als ich mich auch noch für die Limonade bedankte, fletschte Eugene Hsu die Zähne, und ich sah das Gold in seinem Unterkiefer. Vermutlich ein Andenken an die Zeit, als er seinen Job noch mit den Fäusten ausgeübt hatte. Und unversehens an jemanden geraten war, der einen linken Haken zum Kinn zu schlagen verstand.

»Beehren Sie mein unwürdiges Haus wieder, Mister Lim Tok«, bot er mir an, meine Förmlichkeit karikierend. »Und – die Sache mit Papeete war ernst gemeint. Sobald Sie abkömmlich sind, dürfen Sie mit meinem Auftrag rechnen. Ich vertraue Ihnen. Vor allem Ihrer Diskretion.«

Ich versprach, wiederzukommen, obwohl er mir kein Honorarangebot gemacht hatte. Egal, ein Klient war ein Klient, und dessen

Wünsche waren heilig. Warum sollte ich nicht für Hsu arbeiten? Meine Mutter, wohlbestallte Witwe eines pensionsberechtigten amerikanischen Piloten und Inhaberin eines Restaurants in Wanchai, pflegte immer zu sagen: Wer sein Geld bei mir läßt, dem bin ich gewogen. Sollte er seine Nudeln in einem Spucknapf serviert haben wollen, unbedingt, so bekommt er sie in einem solchen!

Gegen Mittag rief ich Bobby Hsiang an und erfuhr, daß das Mädchen Ah Foong, die sich Magnolie genannt hatte, an einem aufgesetzten Herzschuß gestorben war. Aber das hatte ja der Arzt schon beim ersten Ansehen vermutet. Immerhin sprach der aufgesetzte Herzschuß dafür, daß man vor ihrem Tode ein Gespräch geführt hatte, sie bedroht hatte, zu irgend etwas hatte zwingen wollen. Wer nämlich jemanden einfach während eines Streits tötet, der setzt die Waffe kaum auf, er schießt aus Distanz. Ich hätte eine Menge dafür gegeben, zu wissen, worum es bei dieser letzten Unterhaltung gegangen war. Das Kaliber der Waffe war 7,6z, aber auf einen bestimmten Typ hatten die Experten sich nicht einigen können. Sonst gab es keine Erkenntnisse, und als Bobby Hsiang von mir wissen wollte, wie weit ich gekommen war, redete ich mich damitheraus, daß ich noch andere Dinge zu erledigen gehabt hätte. Die Polizei, auch wenn es sich um Bobby Hsiang handelte, mit dem ich eine altbewährte Freundschaft unterhielt, sollte nicht glauben, daß ein Privatermittler für sie die Kleinarbeit verrichtete! Ich versprach ihm, mich wieder zu melden, sobald ich klüger war als er jetzt.

Nach dem Telefongespräch schlenderte ich zum Busbahnhof und fuhr das kurze Stück nordwärts nach Yau Ma Tai. Wenn es stimmte, was Mister Hung mir gesagt hatte, mußte ich dort die anderen beiden Mädchen finden, die mit Magnolie zusammen zu ihm gekommen waren. Auch aus Kanton, das den Perlfluß aufwärts lag, in Rotchina. Es würde nützlich sein, zu hören, was sie zu erzählen hatten.

Yau Ma Tai, wo ich vor Monaten das letzte Mal gewesen war, hatte sich Eigenarten bewahrt, die Ausländer gern als typisch chinesisch bezeichnen. Mag sein, daß ich als Hongkonger nicht den rechten Sinn dafür hatte – mir kam es immer ziemlich zurückgeblieben vor, und ich gehöre nicht zu den Leuten, die Zurückgebliebenheit für ein chinesisches Spezifikum halten, vielleicht gar noch für ein bewahrenswertes.

Wie dem auch sei, dies war der älteste Stadtteil von Kowloon. Große Bauten aus Edelstahl und Glas, wie sie drüben auf der Insel und auch an Kowloons Südkante die Küste rahmten, suchte man hier vergebens. Keine Wolkenkratzer, keine Luxusautos. Dafür waren die unzähligen Gassen zwischen der Jordan Road und der Public Square Street zu eng. Einmal, als ich in Djakarta gewesen war, hatte ich mir Glondok angesehen, das Viertel, das die Einheimischen Chinatown nennen. So etwa sah Yau Ma Tai aus. Ein quirliges Idyll von Läden und Werkstätten, bevölkert von Chinesen, zu Fuß, auf Fahrrädern oder in Rikschas, die hier noch ungestört durch ungeduldige Autofahrer ihre Touren machten, ein Dollar die Minute war der Standardpreis.

Eine Weile bummelte ich durch das Gewimmel und fühlte mich seltsam wohl dabei, viel wohler als in meinem Toyota, wenn ich ihn an den Betonpalästen Victorias vorbeilenkte und keinen Himmel mehr sah. Das hämmerte und quietschte, zischte und pfiff auf den Bürgersteigen, da wurden Töpfe gelötet und Bretter gesägt, Vogelkäfige angefertigt und bemalte Figuren an der Sonne getrocknet. Da hingen Babys an Mutterbrüsten, dösten alte Männer vor sich hin, in der Hand Walnüsse umeinander drehend, sie spiegelglatt schleifend, vielleicht schon über Jahre hinweg, da saßen andere um Mahjong-Bretter herum und setzten klickend die Steine, irgendwo kreischte ein Radio, jemand wusch sich am Rinnstein die Füße, ein anderer reparierte einen Kinderwagen aus Bambus. Von Jade über Elfenbein bis zu Goldschmuck oder nachgemachten Citizen-Uhren wurden tausenderlei Dinge in tausend Läden angeboten, man handelte, tratschte, aß, schimpfte auf hohe Preise, trank, schlief, und man scherte sich den Teufel darum, ob jemand zusah oder nicht. Es sei denn, man zeugte Kinder. Das tat man in abgedunkelten Hinterzimmern, und man vermied laute Geräusche dabei, wenn es auch das Vergnügen etwas beeinträchtigte.

Ich blieb eine Weile bei einem Lampionmacher stehen und sah zu, wie er das bunte Seidenpapier auf die Rahmen klebte. Dann machte ich halt an einem Tisch, auf dem etwa zweihundert verschiedene Sorten von Räucherwerk angeboten wurden. Zur Probe brannte der Verkäufer für mich eine Spirale an, und sogleich verbreitete sich der himmlische Duft von Zimtblüten und Ambra. Aber ich brauchte etwas anderes, das nicht so gut roch, etwas, das die Motten vertrieb, die sich in meinem Kleiderspind auf der Dschunke eingenistet hatten. Der Verkäufer hatte auch so etwas, und ich verschaffte ihm das vermutlich erste Erfolgserlebnis des Tages, als ich eine Packung davon kaufte und einsteckte.

Nicht weit von dem Räucherwerk waren aus Seide gefertigte

Kunstblumen zur Schau gestellt. Die prachtvollen Blüten erinnerten mich wieder an die Mädchen, die Blumennamen trugen. Magnolie war tot. Päonie und Yasmin lebten noch. Ihretwegen war ich hier, also leb wohl, Basar!

Ich fand das Apartmenthaus in der Shek Lung Street. Hier existierte zwar auch noch das traditionelle China ringsum, aber an einigen Stellen waren bereits Gebäude abgerissen worden, offenbar hatte es erst in letzter Zeit ein Feuer gegeben, das weitere Häuser zerstört hatte, und auf den freien Flächen waren nun Bautrupps am Werke. Sie konservierten nicht Altchina, sondern sie stellten Betonplatten aufeinander, zu Wohntürmen, wie man sie bisher hier nicht gehabt hatte, mit einem Unterschied: Jemand schien verfügt zu haben, daß sie nicht höher als vier Etagen waren. Das mußte ein mit Macht ausgestatteter Nostalgiker gewesen sein. Ein wenig erinnerte das nämlich an alte kaiserliche Edikte in Changan, der frühen chinesischen Hauptstadt, oder an solche im später Bedeutung erlangenden Peking – höher als der Palast des Kaisers darf kein Gebäude der Stadt sein! Hier gab es keinen Kaiser. Aber die Stadtverwaltungen haben zuweilen lichte Augenblicke, wenn es darum geht, Bauhaie zu zügeln. Vorausgesetzt – die Bauhaie bezahlen nicht gerade den Mann in der Verwaltung, der das Projekt zu genehmigen hat. Dann siegt der Hai. Zumal Chinesen aus mir nicht bekannten Gründen wenig zur Bildung von korruptionshemmenden sogenannten Bürgerinitiativen neigen. Sie schimpfen lieber später über skandalöse Endergebnisse der Bestechlichkeit bei Beamten.

»Hallo, Sir«, sprach ich den Mann an, der vor dem Fahrstuhl mit einem Broom den Fliesenbelag säuberte. Er sah mich überrascht an und grinste, wahrscheinlich hatte ihn in den letzten zwanzig Jahren keiner mehr mit Sir angeredet. Auf die Frage nach den Mädchen gab er mir bereitwillig Auskunft. Vierte Etage, der Fahrstuhl sei in Betrieb. Zu der Nummer der Wohnung fügte er an: »Sie sind drei. Haben zusammen die zwei Zimmer gemietet.« Davon, daß es jetzt nur noch zwei waren, wußte er offenbar nichts.

Man hätte sie miteinander verwechseln können, Päonie und Yasmin, so ähnlich waren sie hergerichtet. Man glaubt kaum, was Frisuren und kosmetische Behandlung leisten können, wenn die betreffenden Personen in Größe und Wuchs ohnehin Ähnlichkeiten aufweisen. Ich hatte den Eindruck, Zwillinge vor mir zu haben, als die eine auf mein Klingelzeichen die Tür öffnete und die andere hinter ihr sichtbar wurde.

Sie ließen mich eintreten, nachdem ich ihnen meine Lizenz vorgewiesen hatte. Vermutlich hielten sie mich sogar für eine Amtsperson. In Kanton kannte man keine privaten Detektive, und überhaupt war man daran gewöhnt, forsch auftretende Leute nicht zu reizen, es könnten *Offizielle* sein. Beiläufig erfuhr ich, daß ich nicht der erste Besucher war. Natürlich, Bobby Hsiang hatte seine Routinebefragung gemacht. Ich deutete an, daß ich das Ergebnis der ersten Befragung lediglich vervollständigen wollte. Es schien mir, daß die beiden Mädchen recht unbedarft waren. Und vermutlich war Magnolie ihrem Mörder ebenso unbefangen entgegengetreten wie jetzt die beiden anderen Mädchen mir.

Die Zimmer waren spärlich, aber zweckmäßig möbliert. Alles war sauber, auch die winzige Kombüse, in die man blicken konnte, machte einen aufgeräumten Eindruck. Kein schmutziges Geschirr, wie es bei mir auf der Dschunke oft herumstand, bis sich Pipi wieder einmal erbarmte. Keine über die Stuhllehnen hängenden Büstenhalter, keine Unordnung überhaupt, wenn man davon absah, daß die wenigen Polstermöbel wohl hauptsächlich als Plätze für Stoffpandas, Koalabären aus Plüsch und ähnliche Jungmädchendekorationen dienten. Aus dem Raum, in dem wir uns niederließen, führte eine Glastür auf einen Balkon, der ausnahmsweise nicht mit trocknender Unterwäsche vollgehängt war, wie das in ganz Hongkong üblich ist.

Ordentliche Mädchen, dachte ich mir, mit einem Beruf, der zwar kaum den Beifall des römischen Papstes finden würde, nichtsdestotrotz aber einem Bedarf nachkam und seinen Mann ernährte-Verzeihung, seine Frau!

»Schön haben Sie es hier«, sagte ich. Die beiden freuten sich zurückhaltend über das Lob, und sie führten mich auf den Balkon, um mir einen Blick über den Taifunhafen an der Westküste zu gönnen, einen der größten Kowloons. Seine dicken Betondämme schirmten ihn gegen hohe Flutwellen und starken Seegang ab.

Da unten wimmelte es von Dschunken und Wohnsampans, auf denen mindestens hunderttausend Tankas lebten – Leute, die nur gelegentlich an Land gingen. Sie schliefen auf ihren Wasserfahrzeugen, kochten ihr Essen hier, wuschen sich auf den Planken, zeugten da ihre Kinder und zogen sie auch auf dem Wasser auf. Versahen sie mit Korkgürteln, damit sie nicht gleich ertranken, wenn sie einmal über Bord fielen. Zwischen den Booten kurvten andere mit Gemüse und Fleisch, mit Fisch oder Obst; Planken waren an manchen Stellen von Boot zu Boot verlegt, um den Bewohnern zu ermöglichen, trockenen Fußes Hunderte von Metern zurückzulegen – eine jener Wassersiedlungen, wie sie im Süden Chinas oft anzutreffen sind. Man wußte, daß es sich bei den Bewohnern, die keine Steuern zu zahlen brauchen, um den ärmsten Teil der Bevölkerung handelte, aber wenn man daraus schloß, daß es sich auch um den unglücklichsten handelte, irrte man sich leicht. Abgesehen davon, daß es in einer solchen Siedlung fast unmöglich war, illegale Residenten ausfindig zu machen, war das Wohnen auf dem Wasser für viele Leute nicht mehr so sehr ein soziales Problem als vielmehr eine Anpassung ihrer Lebenshaltung an die herrschenden Verhältnisse. Liebgewordene Gewohnheit auch, von der ich ein Lied singen konnte – ich selbst fühlte mich auf meiner dümpelnden Wohndschunke in Aberdeen so wohl, daß ich sie so schnell nicht gegen einen Käfig an Land eingetauscht hätte.

Ganz hinten im Nordteil lagen, ähnlich wie in Aberdeen, die Restaurantschiffe, bunt dekorierte, ausrangierte Flußdampfer, die früher den Perlfluß befahren hatten und die nun Abend für Abend unzählige Besucher anlockten, zum Essen, Trinken, Tanzen. Ich kam zur Sache. Ließ mich mit den beiden im Zimmer nieder und ließ mir sagen, welche von ihnen Päonie und welche Yasmin war. Sie lachten nicht über meine Schwierigkeiten, lachten überhaupt nicht, waren eher kleinlaut, ein wenig verängstigt, deshalb ging ich behutsam vor, nachdem ich mich vergewissert hatte, daß sie vom Tod ihrer Freundin bereits durch Bobby Hsiang Bescheid wußten.

»Er hat uns gebeten, vorläufig nur bei Tag auszugehen. Nie allein. Und Fremde sollen wir nicht einlassen ...« Das teilte mir Yasmin mit. Ich entdeckte, daß sie am Kinn einen winzigen Leberfleck hatte, der sie von Päonie unterschied, wenn man genau hinsah. Und als ich Päonie etwas genauer musterte, entdeckte ich, daß sie ein bläulich unterlaufenes Auge hatte, das geschickt mit Puder überschminkt war. Auf meine Frage fing sie an zu weinen, was ihre Schminkversuche sogleich völlig zunichte machte. Und sie vertraute mir an: »Vor zwei Tagen war da dieser Kerl, als ich aus dem Krämerladen kam, am Abend, er zerrte mich in einen Durchgang und schlug mich ...«

»Was wollte er? Geld?«

Sie zuckte die Schultern.

»Kannten Sie ihn?«

Sie schüttelte den Kopf mit der Lockenfrisur. Blickte Yasmin an, als erwarte sie von der die Genehmigung, weiterzusprechen.

Und es war Yasmin, die schließlich sagte: »Wir haben es dem Polizisten, der bei uns war, bereits mitgeteilt. Wir sind aus Kanton gekommen. Ein Vertrag, den wir dort abgeschlossen haben, sah vor, daß wir in einem Haus in der Temple Street arbeiten sollten. Zwei Drittel unserer Einkünfte hatten wir zur Bezahlung unserer Einbürgerungsdokumente abzugeben. Dafür bekamen wir vom Chef die Pässe. Aber der Chef bezahlte uns schlecht. Als wir hörten, daß Mister Hung Mädchen suchte und daß er besser zahlte, gingen wir zu ihm. Wir wollten niemanden betrügen. Uns nicht aus dem Vertrag stehlen. Nur schneller verdienen. Aber der Chef in der Temple Street ließ uns sagen, er werde dafür sorgen ...«

Ich konnte mir denken, wofür er sorgen wollte, und deshalb machte ich um das Thema einen Bogen. Erkundigte mich, ob er selbst denn das alles mit den Pässen erledigt hätte. Hatte er nicht, machten sie mir klar. Er bekam sie von jemand anderem, übergab sie nur und bezahlte dafür. Das wollte er zurückvergütet haben. Durch Arbeit bei ihm. Er habe angeblich auch eine Art Vertrag gehabt, wohl mit dem, der die Einbürgerung organisierte, und der ihre Unterbringung in verschiedene Etablissements besorgt hatte, denn sie seien mehr als drei gewesen, die von Kanton kamen.

Keine besonders komplizierte Sachlage, sagte ich mir. Eigentlich ein Dutzendfall: Wechsel des Arbeitsplatzes ohne die Einwilligung der Leute, die Geld in die Einbürgerung investiert hatten. Das kam immer wieder vor. Ein für Hongkong typisches Delikt. Meist ging das mit dem sprichwörtlichen blauen Auge ab, wie bei Päonie. Aber hier war ein Mord geschehen. Rituell aufgemacht, mit Sarg. Und Rotchinesen waren im Spiel. Das machte die Sache ungewöhnlich.

»Wann haben Sie Magnolie zum letzten Mal gesehen?« wollte ich wissen.

»Gestern abend«, antwortete Päonie.

»Und sie ging aus?«

»Sie wollte ein paar Magazine kaufen. Wir haben jede Woche einen freien Abend. Das war gestern. Und wir wollten uns Kleider schneidern, nach Mustern, die man in Magazinen findet. Magnolie ist gelernte Näherin. Gewesen ...« Sie weinte wieder.

Ich war versucht, ihr ein Kleenex zu geben, aber ich hatte keins bei mir, und außerdem fiel mir ein, daß das ziemlich rüde ausgesehen hätte.

»Sie kam einfach nicht wieder?« vergewisserte ich mich. Beide nickten.

Ich wandte mich wieder an Päonie: »Und was hat der Kerl verlangt, der Sie schlug?«

»Wir sollten sofort wieder zur Temple Street kommen. Sonst würde es uns schlecht ergehen. Ich habe gedacht, wir würden unsere Schulden schneller abzahlen können, durch die höheren Einkünfte bei Mister Hung. Sagte es dem Mann auch. Aber er wollte davon nichts wissen. Jetzt haben wir Angst.« Sie heulte los.

Ich überlegte. Wie es aussah, waren die beiden gefährdet. Am besten verschwanden sie für eine Weile. Yasmin sagte mir, daß auch Bobby Hsiang diesen Gedanken geäußert hatte. Aber sie waren noch unentschlossen. Ich machte ihnen klar, daß diese Unentschlossenheit böse Folgen für sie haben könnte. Gleichzeitig dachte ich daran, sie möglicherweise vorerst auf meiner Dschunke unterzubringen. Dann würde ich mir jenes Reiseunternehmen *Yellow Star* vorknöpfen, von dem Eugene Hsu gesprochen hatte. Victoria Street. Statue Square. Westseite. Princess Building. Ich war gespannt, was ich dort herausfinden würde. Allein – um diese Leute aus der Reserve zu locken, mußte ich mich ihnen präsentieren. Leute aus Rotchina, die ihr Geschäft in der Kolonie machen wollten. Und es war zu erwarten, daß sie alles andere als ungefährlich waren.

Doch vorerst ließ mir der Gedanke an das tote Mädchen Magnolie keine Ruhe. Wie lange würde es dauern, bis der Clan der Mädchenbeschaffer sein nächstes Opfer tötete, allein wohl schon um weiteren Abwanderungen vorzubeugen, indem er Warnsignale setzte? Offenbar handelte es sich um einen Ring, der mit Mädchen aus Rotchina sein Devisengeschäft machte und es nicht zuließ, daß die lebende Ware, einmal in Hongkong angekommen, eigene Wege ging. Wir hatten hier in der Kolonie einige Erfahrungen mit Kriminellen, die aus dem Mutterland kamen, sie waren erstaunlich hartgesotten und verschafften sich selbst bei den ansässigen Triaden genügend Respekt, um ungehindert Beute zu machen. Ein Menschenleben zählte bei ihnen nicht viel.

»Habt Ihr genug Geld, um irgendwo in einer verschwiegenen Pension unterzutauchen?« fragte ich die Mädchen. Der Gedanke, sie auf meiner Dschunke unterzubringen, war wohl doch abwegig. Sie schüttelten die Köpfe. Kein Geld. Schließlich hatten sie gerade erst angefangen anzuschaffen.

»Freunde?«

Sie nannten Mister Hung. Zögernd. Aber den klammerte ich aus. Er war selbst bedroht, und sein Etablissement war weder unauffällig noch sicher. Dann erinnerte sich Päonie daran, daß es drüben im Taifunhafen eine Familie gab, die vor ein paar Jahren aus Kanton nach Hongkong geflüchtet war und auf einem Boot lebte. Sie waren mit den Eltern Päonies befreundet gewesen, kamen aus demselben Stadtteil.

»Gute Freunde?«

Das bejahte Päonie. Sie glaubte auch, daß ihr die Leute helfen würden. Also riet ich den beiden: »Dann packt sofort die nötigsten Sachen zusammen und zieht auf dieses Boot. Solange bis die Polizei den Mord geklärt und die Täter vereinnahmt hat. Daran hängt euer Leben. Also – schnell!«

Ich wartete, bis sie ihre bewegliche Habe in ein paar Plastbeutel verstaut hatten, und dann brachen wir auf.

Das Apartmenthaus hatte einen Hintereingang, der auf einen Spielplatz führte. Ich schlich mich als erster hinaus und besah mir die Gegend. In der beginnenden Mittagshitze gab es hier nur wenige Leute. Und auf der anderen Seite des Platzes, der so trist dalag wie jeder andere Spielplatz ohne Kinder, dösten ein paar Fahrer von Rikschas in ihren Gefährten. Zwei davon nahmen wir, bezahlten die üblichen fünf Dollar, und dann ließen wir uns eine Weile durch enge Gassen fahren, um festzustellen, ob uns jemand folgte. Als ich sicher war, daß die beiden Mädchen wohl noch nicht unter Dauerbeobachtung gestanden hatten, ließ ich die Rikschas den Weg zu den Piers nehmen. Dort angekommen, mieteten wir ein Walla Walla, und Päonie beschrieb dem Rudermann, wo ungefähr das Boot lag, das wir aufsuchen wollten. Ich selbst hielt die Piers im Auge, aber es zeigte sich dort niemand, der so aussah, als ob er uns folgen wollte.

Es war eine lange Fahrt, denn das Boot der Familie Tung lag weit draußen, am Ende eines Lattenstegs, im äußersten Norden des Beckens. Die Familie Tung war vollzählig zu Hause, Vater, Mutter, zwei Jungen, die eigentlich schon in die Schule gehört hätten. Doch das nahmen diese Leute, die manche bei uns *Wasserzigeuner* nannten, nicht so wichtig. Sie betrieben auf dem Boot eine kleine Produktion von Pandabären aus Plüsch für eine Manufaktur an Land. Da lagen auf einem Haufen die vorgefertigten Schaumgummikörper, auf einem anderen die schwarz-weißen Plüschbezüge, ebenfalls bereits maßgerecht zugeschnitten, und die Blechklammern, mit denen die Tierchen angeklemmt werden konnten. Vater und Mutter arbeiteten daran, während die beiden Jungen dabei waren, einen Primuskocher in Gang zu bringen.

Die Leute freuten sich über den unverhofften Besuch und begannen sogleich mit den Mädchen über die Heimat zu plaudern. Ihre Idee, eine Weile bei ihnen auf dem Boot zu verbringen, begrüßten sie mit genau jener Freude, die jeder Chinese empfindet, wenn Gäste kommen. Sie fragten, ob ich auch zu bleiben beabsichtigte? Ich verneinte so höflich ich konnte.

Über das Heck des Sampans war die übliche Plane gespannt, und darunter war Platz für alle, davon überzeugte ich mich noch, ehe ich wieder in das Walla Walla kletterte, von lauten Grußworten verabschiedet.

Ich merkte mir die Liegestelle und ließ mich zu den Piers zurückfahren, stieg an Land und stellte mich erst einmal eine Viertelstunde in den Schatten, mit einer Limonade und einer Zigarette. Einige böse Erfahrungen in der Vergangenheit hatten mich vorsichtig gemacht, was Verfolger betraf. Träge an meiner Limonade nippend und die Zigarette rauchend, suchte ich mit meinem Blick die Stellen ab, an denen ich mich selbst, bei verteilten Rollen, aufgestellt hätte, um zu beobachten. Doch da gab es niemanden, der mir besonders auffiel. Als ich die Büchse leergetrunken hatte und die Zigarette geraucht war, erinnerte ich mich an meine Pflichten, besser gesagt an das, wofür mich Mister Hung bezahlte. Ich nahm den nächsten Bus zur Star-Fähre, und erst, als wir auf dem Wasser waren, den kurzen Weg zwischen Kowloon und Hongkong zurücklegend, gelang es mir, ein wenig aufzuatmen. Weniger wegen der Beklemmung, doch innerhalb Kowloons verfolgt zu werden, sondern eher, weil die Seeluft dazu reizte.

Wenn ein schräger Vogel wie Eugene Hsu einem einen Tip gibt, dann hat die Sache meist einen Haken. Ich erinnerte mich wieder daran, daß mir das bereits in seinem Büro eingefallen war. Nicht bloß, daß der Tip faul sein konnte, nein, eher verfolgte ein Mann wie Hsu schon einen bestimmten Zweck damit, daß er mich auf dieses rotchinesische Nest hetzte, nämlich den, daß ich ihm Dreckarbeit abnahm. Nun, ich würde schon aufpassen, daß ich nicht unversehens anderer Leute Geschäft besorgte.

Solche und ähnliche Gedanken gingen mir durch den Kopf, als ich am Statue Square aus einem Taxi kletterte und in den Nachmittagsbetrieb tauchte. Wer hier seine Ellbogen nicht gebrauchen konnte, der landete an den Hauswänden. Ich war nicht der erste, der das herausfand, vor mir hatten das schon Leute über ganz Hongkong gesagt. Und es stimmte natürlich. In der Kolonie überlebte nur, wer die Fähigkeit besaß, andere Leute zu durchschauen, ihre Absichten zu erraten. Und eine gesunde Portion Egoismus gehörte dazu. Selbsterhaltungstrieb von der rauhen Sorte. Um diesen Zusammenhang ging es wohl auch bei dem Tip, den mir Eugene Hsu gegeben hatte. Er wollte auf dem Umweg über mich einen Hieb austeilen, den er nicht gern auf sich selbst zurückgeführt haben wollte. Meinetwegen. Solange es mir selbst weiterhalf, würde ich Hsu seinen Egoismus nicht übelnehmen, nein, ich würde ihn durch meinen eigenen kompensieren. Das Princess Building war nicht zu verfehlen. Westseite. Und das dezent in Messing und Schwarz gehaltene Schild *Yellow Star* entdeckte ich, ohne viel suchen zu müssen. Als Reisevermittlung firmierte das Unternehmen. Eines der vielen, die vom Mutterland aus betrieben wurden, in letzter Zeit. Wobei man nie genau wußte, ob sie staatlich gelenkt waren, wie etwa die protzige *Bank of China* mit ihrem Rekord-Wolkenkratzer und den Marmorbidets noch auf den Personaltoiletten, oder ob es sich um private Kleinfirmen handelte, die zu unterschiedlichen Graden unseriös waren.

Da gab es die schnellen Geschäftemacher, die einen Laden mieteten, ihn achtundzwanzig Tage nutzten, um etwa Küchenzutaten aus Kanton zu verhökern, und dann spurlos wieder dorthin entschwanden, mit einem Päckchen unversteuerter Dollars. Sie rechneten ganz richtig damit, daß die Gewerbepolizei mindestens vier Wochen brauchte, um einen solchen neuen Laden zu überprüfen. Bis dahin waren sie weg. Oder es gab die Konkursaale. Die hielten sich an das Gesetz, das es ihnen erlaubte, in der Kolonie ein Geschäft zu eröffnen, das dann für eine gewisse Zeit Steuervorteile genoß. Nach Ablauf genau dieser Zeit, meldeten sie Konkurs an, sicherten den eingebrachten Verdienst und ließen kurz danach eines ihrer meist zahlreichen Familienmitglieder oder einen Strohmann ein neues Unternehmen gründen – zu den bekannt günstigen Startbedingungen, das wiederum nur bis zu deren Ablauf operierte. So setzte sich das unter Umständen über viele Jahre fort.

Leute mit mehr Grundkapital gingen andere Wege. Sie operierten im größeren Maßstab. Da waren mittlere Warenhäuser in Mode. Sie vertrieben Billigimporte aus dem Mutterland. Schneider begründeten Modeläden und angelten sich die zu Einkäufen geneigten Touristen. Kunsthandwerk bildete ebenfalls eine gute Einnahmequelle, zumal der Nachschub aus dem Mutterland nahezu unerschöpflich war und jeder Tourist unbedingt einen hölzernen Buddha oder irgendeine andere Figur als Souvenir mitnehmen wollte. Die ganz Reichen gründeten Geldverleihinstitute, oder sie erwarben Grundbesitz und bauten mietträchtige Hochhäuser darauf. Letzteres war seit einigen Jahren nicht mehr so in Mode, das hing mit der Aussicht zusammen, daß Peking die Kolonie bei Auslauf des Jahrhunderts übernehmen würde. Aber da waren dann noch die Reisebüros ...

Yellow Star ließ von seiner Aufmachung her nicht erkennen, daß es sich um ein rotchinesisches Unternehmen handelte. Zwei große Fenster mit Flugzeugmodellen und Dampfern, mit Plakaten, auf denen braungebrannte Schönheiten an Bilderbuchplätzen abgebildet waren, Stapel von Prospekten, dazu ein geschickt ausgewähltes Sortiment von Geschenkartikeln, die beim Abschluß von Reisen als Prämie draufgegeben wurden, vom billigen Transistor über das ebenso billige Fernglas bis zum Wegwerf-Fotoapparat.

Die Dame hinter dem Ladentresen sah aus wie die Tochter eines gutsituierten Nudelfabrikanten, die sich nach jedem Regen eine neue Kaltwelle leisten kann. Auf ihre Fingernägel hatte sie perlmuttfarbene Verlängerungen geklebt, und ihr Lippenstift stammte garantiert nicht aus dem *Wing On,* sondern eher aus einer Dior-Boutique. Sie lächelte mich an, als sei ich der Millionär, den sie seit dem frühen Morgen erwartete, und als ich ihr sagte, ich würde es schätzen, mit dem Chef zu sprechen, machte ihr Lächeln der Miene einer gewissenhaften Sekretärin Platz.

»Sie möchten eine Reise buchen?«

»Ich möchte den Chef sprechen«, wiederholte ich, und dabei lächelte ich nun so gekonnt süß, als bewegte mich die Frage, ob ich ihr nicht sofort einen Heiratsantrag machen sollte. Schließlich drückte sie dann doch auf einen Knopf der Sprechanlage.

»Hier ist ein Mister ...«

»Lim Tok.«

»Ein Mister Lim Tok. Er möchte Sie sprechen.«

In welcher Angelegenheit? Ich flötete, es sei privat, und sie wiederholte es in die Muschel im Ton eines Schulmädchens, das ihre erste Verabredung aushandelt. Als sie den Knopf losließ, war ich sicher, daß sie mir eine Einladung zum Abendessen nicht abgeschlagen hätte, vorausgesetzt, ich hätte dazugesagt, der Tisch sei im *Mandarin* reserviert.

Sie erhob sich und begleitete mich zu einer Tür, die in die hinteren Räume führte, öffnete sie, meldete mich förmlich an, und dann sah ich auch schon Mister Tsu hinter seinem Stahl-und-Glas-Schreibtisch sitzen.

Er erhob sich und deutete eine Verbeugung an, die er keinesfalls bei Maos Roten Garden gelernt haben konnte, dann winkte er mich in einen Sessel. Pflanzte sich selbst in einen zweiten und sah mich erwartungsvoll an.

Ich stellte mich ohne Umschweife vor, als Privatdetektiv, überreichte ihm meine Karte und zeigte meine Lizenz, auf die er einen höflich-uninteressierten Blick warf. Dann kam ich zur Sache. Ich hatte mir vorgenommen, ihn mit einer Täuschung hereinzulegen, also sagte ich möglichst geschäftsmäßig: »Ich nehme an, Sie tragen die volle Verantwortung für die Angelegenheiten von *Yellow Star?«*

»Das ist so, Mister.« Er sagte es nicht unfreundlich, eher fröhlich-herausfordernd.

Er hieß Tsu Yao-wen, war aber wohl schon soweit modern orientiert, daß er auf seinem Schreibtisch nur eine Namensplatte mit der Transkription seines Familiennamens stehen hatte. Ein geschmeidig erscheinender, stets abschätzend blickender, beherrschter junger Mann von nicht mehr als dreißig. Nach der Hongkonger Managermode gekleidet, Nadelstreifenanzug in Dunkelblau, weißblau gestreiftes Hemd, weinrote Krawatte, deren Knoten leicht aufgezogen war. Kein Typ, in dem man auf Anhieb den Ganoven vermutete, eher schon den Börsenangestellten. Oder den Bankfachmann. Immobilienhändler. Nicht aufgetragen jovial, wie vorhin Eugene Hsu, sondern kühl, distanziert, abwartend. Ich vermutete, daß er es gewohnt war, abzuwarten, solange bis er sicher war, den Schlag anbringen zu können, der tötete.

»Dann wissen Sie über die Reisen Bescheid, die Kantoner Bürger über Ihre Firma buchen? Nach Hongkong?«

Er nickte. Schwieg.

»Nach meinen Informationen sind über Ihr Unternehmen drei junge Damen aus Kanton hierher gereist und nicht wieder heimgekehrt. Eine davon ist inzwischen tot. Ist Ihnen der Name Ah Foong bekannt?«

»Nein.« Sein Gesicht war unbeteiligt.

»Auch nicht ihr Arbeitsname Magnolie?«

»Tut mir leid, Mister ...« Er warf einen Blick auf meine Karte. Der perfekte, unterkühlt erscheinende Boß eines bedeutenden Unternehmens. Auch diese Haltung konnte er wohl kaum bei Maos Revolutionären erlernt haben. Man entdeckte immer wieder neue Züge an den Leuten aus dem Mutterland.

»Sie kennen also die ganze Geschichte nicht, Mister Tsu?«

Diesmal musterte er mich etwas ungehalten. »Ich kenne keine

Geschichte, in der eine Miß Ah Foong eine Rolle spielt. Wenn das alles ist, was Sie mit mir besprechen wollten ...«

»O nein! Ich wollte mehr. So habe ich Ihnen mitzuteilen, daß mir beglaubigte Aussagen zweier weiterer Mädchen vorliegen darüber, wie und weshalb sie nach Hongkong kamen. Über ihre Beschäftigung in der Temple Street. Und über ihren eigenmächtigen Wechsel in ein anderes Etablissement.«

»Mister, ich vertrete ein Reiseunternehmen, kein Mädchenpensionat!« Er blieb höflich, als er das sagte. Lächelte sogar leicht.

»Dann wissen Sie also nichts von den Drohungen an die drei Mädchen mit den Blumennamen, sofort in die Temple Street zurückzukehren?«

Kopfschütteln.

»Auch nichts über den Sarg, den Mister Hung Bai-tsien erhielt, mit der Leiche von Magnolie darin?«

»Es tut mir außerordentlich leid, Mister Lim Tok, aber ich kann Ihnen nicht folgen.«

»Auch nicht in einem Fall in der Chatham Road, wo es um die Übernahme eines hiesigen Reisebüros ging und wo nach der Ablehnung ein Defekt in der Lichtanlage einen Brand auslöste?«

Jetzt lächelte er nicht mehr. Er sagte spitz: »Ich bin untröstlich, Mister Lim Tok, weil ich Ihnen offenbar nicht helfen kann. Es handelt sich vielleicht um eine Verwechslung. Das kommt vor.«

Er erhob sich. Ich hievte mich ebenfalls aus dem Sessel hoch und überraschte ihn mit der Frage: »Aber – was die Gewerbepolizei mir mitteilte, stimmt doch? Ich meine, *Yellow Star* ist ein Unternehmen, das mit dem Kapital aus dem Mutterland gegründet wurde, oder?«

Ich hatte ihn am Kinn erwischt. Nicht entscheidend, aber schmerzhaft. Ich merkte es daran, daß er eine Weile schwieg, ins Leere blickte, dann fand er zu seiner alten eiskalten Freundlichkeit zurück und klärte mich auf. »Mister Lim Tok, ich bin selbstverständlich nicht bereit, Interna meines Unternehmens mit Ihnen zu erörtern. Das werden Sie gewiß verstehen ...«

Ich machte eine Bewegung in Richtung Tür, um einem Herauswurf zuvorzukommen. Aber ich beschloß, ihn so deutlich zu provozieren, daß er reagieren mußte. Also machte ich ihn aufmerksam: »Da Sie sicher auch den jungen Herrn nicht kennen, der eine Dame namens Päonie verprügelte, um sie zur Einhaltung eines in Kanton vereinbarten Vertrags zu nötigen, will ich Sie nicht weiter aufhalten. Ich habe nämlich von der Dame den Auftrag, diesen

Mann zu suchen und bei der Polizei vorzuführen, wo Anzeige wegen Körperverletzung gegen ihn erstattet wurde ... « Ich grinste ihn dabei freundlich an wie ein Frisör seinen Kunden nach einem Fünf-Dollar-Trinkgeld.

Er ließ nicht erkennen, was er dachte. Aber sein Lächeln, das er wieder zeigte, als er mir die Hand gab, an der Tür, war eisig geworden.

Erst später, als ich wieder auf dem Platz draußen stand, im Gewimmel des Verkehrs, wurde mir bewußt, daß ich ab sofort das Ziel irgendeiner Aktion von seiten dieses sogenannten Reiseunternehmers sein würde. Kein Zweifel, daß er mit der Belieferung der Salons mit frischen Masseusen aus dem Mutterland befaßt war. Sonst hätte er mich ausgelacht wegen meiner abenteuerlichen Vermutungen. Nein, er war ein Profi, aber ein aufgescheuchter. Erkannte immerhin einen anderen Profi und nahm Abwartehaltung ein. Gleichmütig hatte er mich verabschiedet: »Ich wünsche Ihnen Erfolg bei Ihrer Arbeit.« Dann hatte er sich seinem Schreibtisch zugewandt. Ich war entlassen.

Wenn ich auch kein Wort aus ihm herausbekommen hatte, so war es mir doch wohl gelungen, ihn aus seiner Sicherheit aufzuscheuchen. Es ist ein wohlbekanntes Prinzip von Privatermittlern, daß sie Leute, die schwer zu überführen sind, zu einer Handlung verleiten, die ihre Karten sichtbar werden läßt. Was der Polizei nicht zu tun erlaubt ist. Die Gefahr dabei ist nur, daß man damit rechnen muß, das Licht ausgeblasen zu bekommen. Aber das beunruhigte mich jetzt nur in Grenzen. Ohne Risiko kann man nicht einmal Rippchen essen. Ich hatte eben einzukalkulieren, daß Tsu etwas gegen mich unternahm. Hoffentlich tut er es bald, dachte ich.

Weil ich lange nicht bei meiner Mutter gewesen war, fuhr ich nach Wanchai, wo sie ihr Restaurant *Hibiskus* hatte, in der um die Mittagszeit noch angenehm ruhigen Fenwick Street. Hier gab es jetzt vor allem Touristen, und die waren in der Regel nüchtern, also blieben sie zahm. Abends, wenn die Matrosen kamen und alle Arten von Chancenjägern, ging man hier lieber mit einem Schlagring an der Hand spazieren. Ich sah die fotografierenden Japaner und ein paar Busladungen Amerikaner, die auf mich immer den Eindruck einer Kirchengemeinde während eines Ausflugs in Heidenland machen, wenn sie durch Wanchai streifen – bei jeder harmlosen Hure, die mit ihrer Handvoll Brust wackelt oder den Hintern herausdrückt, stoßen die faltengesichtigen Weiber in den

Hosenröcken wütende Zischlaute aus, empören sich, bis sie rot anlaufen, was bei der Hitze, in der wir hier leben, keinesfalls ungefährlich ist. Wahrscheinlich gönnen sie ihren altgejobbten Ehemännern nicht, strammeres Fleisch als das eigene zu bewundern. Aber warum kamen sie dann ausgerechnet nach Wanchai? Egal, meine Mutter machte ihr Geschäft mit ihnen, und ich war als Sohn der Verpflichtung enthoben, für sie sorgen zu müssen, eine Selbstverständlichkeit sonst für jeden Chinesen, auch wenn er einen amerikanischen Piloten zum Vater hat!

»Du siehst müde aus, Sohn!« empfing sie mich. Das tat sie meist auf diese Weise. Ihrer Meinung nach sollte ich am liebsten zwei Zentner wiegen, ein Doppelkinn haben und Hängebacken, als äußeres Zeichen von Wohlstand.

Sie stand ausnahmsweise hinter der Theke und goß Softdrinks ein, weil der Barkeeper wohl krank war. So begrüßte ich sie nur schnell, nahm ihren üblichen Vorwurf zur Kenntnis, ich sollte mal wieder das Hemd wechseln, und dann ließ ich mir an einem Tisch in einer Nische ein spätes Mittagessen servieren, das aus würzigem Schweinefleisch mit Pilzen und Wasserkastanien bestand, einschließlich einer meiner geliebten grellgelben Limonaden. Es war interessant, den Japanern zuzusehen, wie sie stolz die reichgedeckten Tische fotografierten, bevor sie zu den Stäbchen griffen. Wollten sie zu Hause beweisen, daß sie nicht hatten hungern müssen auf ihrem Trip nach Hongkong?

Als ich satt war, überlegte ich eine Weile, ob ich Pipi, meine Freundin, anrufen sollte. Ich entschied mich dafür, denn die Abende eines Junggesellen können lang werden, und Pipi war immerhin recht einfallsreich, wenn es darum ging, die Zeit zu vertreiben. An meiner Dschunke, so hatte sie erst unlängst geäußert, schätzte sie ganz besonders die angeblich erotisierende Wirkung der Dümpelbewegungen des vor Anker liegenden Fahrzeugs. Ich hatte nicht versucht, ihr das auszureden. Leider erfuhr ich nun von ihr, daß es lange dauern würde, bis sie an diesem Abend das Hotel verlassen könnte.

»Wie du vielleicht weißt, haben wir eine Grippe-Epidemie in der Stadt, und die Hälfte unseres Personals ist ausgefallen. Warte nicht auf mich, ich melde mich später ...«

Also legte ich mich in Mutters Wohnung im Oberstock erst einmal zu einem ausgiebigen Mittagsschlaf nieder. Es kann nie schaden, wenn man am Abend ausgeruht ist, auch wenn man sich nicht dem weiblichen Geschlecht zu widmen beabsichtigt. Gedanken an Pipi gingen mir trotzdem durch den Kopf, als ich auf der Matte ruhte, aber sie wurden zunehmend undeutlicher, weil ich von den summenden, plärrenden, klingelnden und klopfenden Geräuschen, die von unten durch die offene Balkontür hereinwehten, gleichsam eingehüllt wurde und ziemlich bald einschlief.

Da war nicht einmal der Schatten eines Traums gewesen, stellte ich fest, als ich nach Stunden aufwachte. Nichts von einem Sarg und einer Leiche darin, nichts von Reisebürogaunern oder Bobby Hsiang, nicht einmal, was ich besonders schade fand, ein Tahiti-Mädchen, wie auf dem Plakat im Ocean Center.

Ich vertrödelte noch Zeit im Restaurant, wo ich mit ein paar Stammgästen meiner Mutter die schlechter gewordene Qualität der Garnelen bestätigen mußte, obwohl ich wochenlang keine mehr gegessen hatte, und wo ich kräftig mit auf die immer lästiger werdenden Auswirkungen der Zivilisation schimpfte, die den Menschen zum Sklaven seiner eingebildeten Bedürfnisse verkommen läßt. Dann verschwand ich in einem günstigen Augenblick. Mir war eingefallen, daß es vielleicht ganz aufschlußreich sein könnte, sich das Büro des *Yellow Star* einmal ungestört anzusehen. Und ich besaß einige Utensilien, die sich bei nächtlichen Einstiegen bereits mehrfach bewährt hatten. Aber zuvor mußte ich in mein Büro. Es konnte ja sein, daß inzwischen Aufträge eingegangen waren ...

Ich sah die Autos schon, bevor der kleine Lum warnend den Zeigefinger hob und mir, als ich an ihm vorbeischlenderte, zurief: »Vorsicht, Bullen!«

Es waren zwei Zivilautos, also handelte es sich um Kriminalisten. Wäre nur eine Prügelei zu schlichten gewesen, hätte einer von den Streifenheulern genügt. Während ich noch überlegte, ob es ratsam war, einfach hineinzugehen, raste eine Ambulanz heran, und gleichzeitig mit ihrem Eintreffen brachten zwei Männer eine Trage aus dem Haus, auf der mein Mietpartner lag, der Bewährungshelfer.

»Hallo!« sagte ich zum ersten der beiden Träger. »Was ist da geschehen? Ich habe ein Büro mit dem Herrn gemeinsam ...«

Der vordere Träger verhielt. »Sie kennen sich?«

»Dumme Frage, wir sitzen nebeneinander!«

Ein Kriminalbeamter tauchte im Eingang auf, zog mich beiseite und ließ sich erklären, wer ich sei. Dann erlaubte er mir, mit dem Bewährungshelfer zu sprechen.

»Mister Wu! Was um Himmels willen ist Ihnen zugestoßen? Kann ich helfen?«

Er blickte mich unsicher an. So als mache es ihm Schwierigkeiten, mein Gesicht zu erkennen. Leute, denen Schmerzmittel gespritzt worden waren, blickten so. Es gelang ihm immerhin, den Mund zu öffnen. Ich sah, daß ihm ein Schneidezahn fehlte.

»Sie haben mir die Rippen zerschlagen. Und den Kopf. Fahrradschläuche – mit Sand gefüllt.«

»Aber – warum?«

»Weiß nicht. Waren zwei. Einer mit Schnurrbart. Verlangten, ich soll die Hände von irgendwelchen Mädchen lassen ...«

»Klientinnen?«

»Ich habe gar keine weiblichen Klientinnen, Mister Lim Tok.«

Jetzt war mir klar, was da geschehen war. An der Bürotür stand nur mein Name. Mister Wu brauchte keinen Namen an der Tür, er empfing niemanden im Büro, sein Prinzip war es, zu den auf Bewährung Entlassenen nach Hause zu gehen und so gleich ihre Umgebung zu inspizieren.

»Hat man Sie nach Ihrem Namen gefragt?« erkundigte ich mich.

Er verzog schmerzlich das Gesicht, als er zurückgab: »Das war es ja, die Leute ließen mich überhaupt nicht zu Wort kommen. Kann nur ein Irrtum gewesen sein, ich habe nicht mal eine Freundin, augenblicklich ...«

»Schluß jetzt!« befahl der Kriminalbeamte und gab den Trägern ein Zeichen, ihn wegzuschaffen. Zu mir bemerkte er: »Kann ein Schädelbruch sein. Nicht zu spaßen mit so was. Haben Sie eine Ahnung, wer da im Spiel sein könnte?«

Ich log mit dem harmlosesten Gesicht der Welt: »Keinen Schimmer. Er ist ein verträglicher Mensch. Keine Affären. Geht absolut in seinem Beruf auf.«

Er nahm es mir ab. Teilte mir noch mit, er habe keine Versiegelung vorgenommen, weil es sich um ein Doppelbüro handle. Zuletzt warf er einen schrägen Blick auf das Schild Lums, der unbeteiligt am Straßenrand hockte. Er fand es wohl nicht sehr sinnreich, den Jungen nach Beobachtungen zu fragen. Manche Polizisten, besonders britische, halten chinesische Kinder, zumal verdorbene wie Lum, nicht für sehr intelligent und noch weniger für zuverlässig. Meist irren sie dabei.

Als die Autos abgefahren waren, winkte mir Lum. »Es waren zwei. Kamen auf einer Harley Davidson.« Er zauberte einen Zettel aus der Hemdtasche. »Kennzeichen. Und – der eine trug auf dem

Rücken die herausgestreckte Zunge von dem Rolling-Stones-Chef. Aufgedruckt. Oder aufgenäht. Rot. Der andere war kleiner. Hatte einen Besen unter der Nase, wie Chaplin, aber dünner.«

»Chinesen?«

»Beide, ja. Sie ließen die Motorradhelme am Lenker hängen, deshalb wurde ich aufmerksam. Ich habe schon gerechnet, als sie ins Haus gingen, immerhin kriegt man für so einen Helm über hundert Dollar ...«

»Gut, gut«, stoppte ich seine Beichte. Er bekam die übliche Zigarette, und dann kletterte ich treppauf, um mir den Schaden zu besehen.

In der Tat, das klassische Mißverständnis. Die beiden hatten mich gesucht und Wu gefunden. Kannten mich also vermutlich nicht. Lohnauftrag mit Adressenangabe. In meinem Büro lag alles an seinem Platz. Nicht einmal der kleine Wandsafe, in dem ich manchmal meinen Revolver aufbewahrte, war angerührt. Er hätte nämlich sonst einen Signalton mit der Stärke einer Feuerwehrsirene von sich gegeben, auch eines von meinen elektronischen Spielzeugen, die sich mitunter als recht nützlich erwiesen. Im Nebenzimmer, wo Mister Wu hauste, lag hingegen alles zuhauf. Selbst seine überdimensionale Thermosflasche mit der kitschbunten Chinalandschaft darauf hatten die Kerle an die Wand gefeuert.

Eine Viertelstunde später erfuhr ich von meiner Vertrauten im Verkehrsamt, daß die Harley Davidson auf einen gewissen Wang Hsue-teh zugelassen war. Und eine gute Freundin im Polizei-Hauptquartier verriet mir, daß er im alten Westbezirk der Insel wohnte. Was man so wohnen nennt, meinte sie, es sei ein noch nicht abgebrochenes, uraltes Gebäude am nördlichen Rand der inzwischen arg gefledderten ehemaligen Ladder Street, über dessen Schicksal noch nicht endgültig befunden war, weil es finanzschwache Rowdies besetzt hielten. Die Grundstückshaie zögerten wohl noch. Übrigens sei Wang Hsue-teh aktenkundig. Offiziell versah er zusammen mit seinem Bruder Wang Bo-yan Botenfahrten für eine Firma in der Wing Sing Street, die mit *hundertjährigen Eiern* handelte, jener Spezialität der chinesischen Küche, die aus gewöhnlichen Eiern besteht, die man mit Salmiak und anderen Chemikalien behandelt, bis Dotter und Eiweiß sich vereinigen, erstarren und sich verfärben. In eine Pampe aus Kalk und Reisstreu gehüllt, dürfen sie als Vorspeise bei keiner chinesischen Mahlzeit fehlen. Die Sache mit den beiden Brüdern konnte warten. Ich entnahm meinem Wandsafe ein paar Werkzeuge, vor denen Türschlösser und Alarmanlagen kapitulierten, und dann legte ich schwarze Kaliko-Kleidung an, wie sie einfache Chinesen tragen, zusammen mit einem alten Dschungelhut. Zu der Aufmachung gehörte noch eine Umhängetasche mit dem Aufkleber *Kommunale Elektrizitätswerke,* die ich mir über die Schulter schwang, worauf ich treppab ging, in meinen Toyota stieg und durch den Abendverkehr in Richtung Statue Square fuhr.

Yellow Star hatte bereits geschlossen. Trotzdem ging ich in eine der Telefonzellen an der Westseite des Platzes und rief an. Ich ließ es volle zwei Minuten klingeln, dann legte ich auf. Feinere Unternehmen wie dieses Büro dienten – im Gegensatz zu gewöhnlichen Trödlerbuden – nicht gleichzeitig als Wohnquartier für ihre Besitzer. Also besah ich mir kurz das Schloß an der Außentür, stellte fest, daß es eines der üblichen, in der Kolonie gefertigten Yales war, und öffnete es, ohne mich um Vorübergehende zu kümmern, mit dem passenden Instrument, das mir mein alter Freund Lam, ein begnadeter Mechaniker mit anfechtbarer Vergangenheit, einmal vermacht hatte. Ich hatte eine halbe Minute zu tun, dann war die Tür auf.

Drinnen sah ich mich zuerst genau um. Alles war noch so wie am Mittag, nur die Dame mit den verlängerten Perlmuttfingernägeln fehlte. Sie hatte lediglich eine Dose Deospray hinterlassen. In Hongkong pflegten eben auch elegante Damen zu schwitzen.

Von draußen schien niemand an mir Interesse bekommen zu haben. Chinesische Handwerker mit Arbeitstaschen gehören zum Straßenbild wie plärrende Kinder.

Das Schloß zu Mister Tsus Allerheiligstem war etwas komplizierter, aber ich war gut ausgerüstet. Vorsichtshalber betätigte ich mein elektronisches Zauberkästchen, das Alarmanlagen aufspürt, suchte Tür und Umgebung ab und wiederholte das, nachdem ich das Schloß geöffnet hatte.

Dieses Zauberkästchen war eigentlich ein in den Vereinigten Staaten entwickelter Radar-Detektor, der Kraftfahrer durch einen Piepston warnte, wenn sie mit ihrem Auto in eine Radarfalle fuhren. Er reagierte jetzt auf unsichtbare Lichtschranken und alle Arten von Strahlen, nachdem ein Bastler ihn für einige Zeit in der Mache gehabt hatte. Hongkongs Elektronikbastler hatten nicht umsonst Weltruf!

Wie es aussah, verzichtete Mister Tsu darauf, einschlägige Sicherungsanlagen einzubauen, er schien sich auf seine Schlösser zu verlassen. Und auf den guten Namen des Reisebüros.

Weil ich nur mit der Taschenlampe arbeiten konnte, dauerte es eine Weile, bis ich Schreibtisch und Aktenschränke abgesucht hatte. Ohne Erfolg. Da war nur von Touristengruppen, Bussen, Strandsiedlungen und Kreuzfahrten die Rede. Aber der Stahlschrank, der neben der Nische mit dem Waschbecken des Herrn Tsu stand, blieb noch übrig. Ich vergewisserte mich, daß von ihm keine Sicherungskabel zu elektrischen Leitungen führten, dann ging ich ihn mit einem Instrument an, das der Hersteller, ebenfalls mein Freund Lam, den *Vario-Key* nannte. Ein auf Magnetprinzip arbeitendes Werkzeug, das sich, einmal in den Schlitz eines Sicherheitsschlosses eingeführt, den gezackten Aussparungen Millimeter für Millimeter selbst aupaßte. Ich bezweifelte, daß selbst die Polizei etwas von der Möglichkeit der Existenz eines solchen Instruments ahnte. Und ich konnte innerhalb einer Minute die Stahltür öffnen, immer auf dem Sprung, falls es sich doch herausstellen sollte, daß Mister Tsu hier irgendeine Teufelei installiert hatte.

Er hatte nicht. Und er war ein ordnungsliebender Mann – da war ein Kästchen mit etwa hundert Karteikarten. Auf jeder das Foto eines Mädchens, Geburtsdatum, Herkunftsort, Beschäftigungsvermerk, Daten über den Beginn der »Arbeit« und eine Aufrechnung der abgeführten Summen.

Nachdem ich ein halbes Dutzend der Karten durchgesehen hatte, wurde mir klar, daß dies die vollständige Liste der von *Yellow Star* aus Kanton eingeschleusten Mädchen war. Ich hatte eine Goldader entdeckt.

Draußen flitzte ein Polizeiwagen heran, mit jaulender Sirene. Ich kauerte mich vor den Stahlschrank. Hatte ich eine Alarmanlage übersehen? Nach einer quälenden halben Minute verebbte das Sirenengeheul in einer Nebenstraße. Ich atmete auf.

Was konnte ich mit den Karteikarten tun? Nahm ich sie mit, würde Tsu Verdacht schöpfen und Gegenmaßnahmen treffen. Abschreiben? Das würde Stunden dauern. Da fiel mir plötzlich ein, daß ich draußen in dem großen Geschäftsraum einen Kopierer gesehen hatte. Einen dieser praktischen japanischen Kästen, die so gut wie selbsttätig arbeiteten, nachdem man sie einmal eingeschaltet und mit Vorlagen und Papier gefüttert hatte. Minuten später lief das Ding.

Ich stand daneben, verdeckte mit meinem Körper den Lichtblitz, der jeweils aus der Fuge zwischen Papier und Deckel kam, bis alle Karten durchgelaufen waren.

Mit größter Umsicht brachte ich die Kartei samt Kasten wieder im Stahlschrank unter, und dann ging ich ans Verschließen. Es erwies sich, daß mein alter Freund Lam mir mit dem *Vario-Key* tatsächlich ein Wunderwerk seiner Erfindergabe geschenkt hatte: er verschloß genau so problemlos wie er aufgeschlossen hatte, eine Fähigkeit, die bei weitem nicht jeder beliebige Nachschlüssel hatte. Dann sah ich mich nochmals genau in Tsus Büro um, ebenso im Vorraum, nach etwaigen Spuren, die ich hinterlassen haben könnte. Ich wischte den Kopierer ab, damit er nicht etwa Fingerabdrücke lieferte, und zuletzt schlüpfte ich durch die Glastür wieder nach draußen. Jede Hast vermeidend, verschloß ich auch sie wieder, und dann ging ich, meine Tasche am Riemen über der Schulter, mit dem gemächlichen Schritt des Handwerkers nach getaner Arbeit davon. Nur wer mich aus sehr geringer Entfernung aufmerksam ansah, hätte merken können, daß mir der Schweiß in großen Perlen auf der Stirn stand, und daran war nicht allein die feuchtwarme Hongkonger Nachtluft schuld!

Etwas abgekühlt kam ich in Aberdeen an, wo die salzige Brise von See her wehte. Hier, wo unzählige Boote, Sampans, Dschunken und Yachten ankerten, wo es die großen Restaurantschiffe gab, auf denen Filippinos lärmende Musik produzierten, stellte ich meinen Toyota unweit der Fischbude ab, wie immer, dann genehmigte ich mir dort noch eine Limonade, und während ich die betont langsam trank, hatte ich Gelegenheit, etwaige Verfolger auszumachen, denn in dieser Gegend war ich so gut zu Hause, daß mir jeder, der nicht hierhergehörte, sofort aufgefallen wäre.

Da ich keinen entdecken konnte, der nicht nach Aberdeen paßte, hielt ich mich nicht mehr länger auf. Am Anlegesteg war mein Plastboot festgemacht. Damit ruderte ich einige hundert Meter hinaus, zwischen die Sampans, auf denen die Bootsbewohner über flackernden Primuskocherflammen ihren abendlichen Fisch brieten. Ich pausierte zehn Minuten. Niemand ruderte mir nach. Die Pier lag verlassen. Also ruderte ich weiter. An meiner Dschunke angekommen, die weit draußen lag, vergewisserte ich mich, daß die Strickleiter in meiner Abwesenheit nicht herabgelassen worden war, dann schaltete ich mit dem versteckt angebrachten Hebel die Alarmvorrichtung aus, die beim unvorsichtigen Betreten des Decks ein halbes Dutzend Leuchtkugeln in die Luft geschossen hätte, und erst als ich das alte, aber blendend restaurierte Schiff noch einmal nach ungebetenen Gästen abgesucht hatte, ließ ich mich in der Kajüte zu einem Brandy nieder. War ich ängstlich geworden? Es hatte Gründe gegeben, die mich vorsichtig gemacht hatten. Einmal war ich auf der Dschunke überrascht worden, seitdem sicherte ich sie ab. Wenn das Angst war, dann hol's der Teufel!

Ich beschloß, mich einige Tage still zu verhalten, zumal das Wochenende kam, und meine Freundin Pipi, das kleine Mädchen mit dem kugelrunden Hintern unter dem kurzen Rock, dann wohl doch frei haben würde. So war es auch. Also verbrachten wir die Nacht zum Sonntag auf der Matte an Bord, wo wir unsere Körper in Schweiß brachten – kein Angstschweiß, nein, es war vielmehr das, was unsere Vorfahren mit ihrem Hang zur blumigen Wortmalerei den *Süßen Tau der Verzückung* nannten, sofern sie Gedichte schrieben.

Pipi war ein Geschöpf, das kein Ende fand, wenn sie einmal dabei war, alle jene teils recht akrobatischen Figuren durchzuprobieren, die unsere Ahnen gleicherweise mit blumigen Bezeichnungen bedacht hatten, wie etwa den *Zusammengerollten Drachen,* den *Sprung des weißen Tigers* oder die *Bambusse am Hausaltar.* Und nachdem mein Bambus dann schon etwas welk über dem Hausaltar hing, waren wir schließlich eingeschlafen.

Erst am späten Vormittag kamen wir plötzlich auf die Idee, nach Lantau zu fahren. Das ist die größte Insel der Kolonie, fast doppelt so groß wie Hongkong, und dabei noch erfreulich wenig von der modernen Zivilisation geschändet. (Wenn die Modernisierer mit ihrem Plan durchkämen, dort den größten Flughafen Asiens zu bauen, dürfte sich das allerdings ändern!) Jetzt jedenfalls streifte der Blick noch ungehindert über weite Ebenen und dichtbewachsene Hügelketten. Die Einwohnerzahl hielt sich in Grenzen. Das schönste an der Insel waren ihre wenig überlaufenen Sandstrände, wo man herrlich faulenzen konnte. Lantau war schon lange vor Hongkong besiedelt, von Fischern. Und an den Küsten gab es damals Kanonen, die man gegen die Piraten einsetzte, wenn sie sich zu nahe heranwagten.

Wir nahmen eine Fähre bis zur Küste von Silver Mine Bay, und von hier brachte uns ein Taxi südostwärts bis in die Nähe des Wasserreservoirs Shek Pik. Ich war ziemlich stolz darauf, daß ich Pipi belehren konnte, hier irgendwo sei der letzte Kaiser der chinesischen Sung-Dynastie begraben, der vor dem Einfall der Mongolen auf das ferne Eiland geflohen war. Aber sie hielt nicht viel von Exkursionen in die Geschichte, murmelte nur, sie wäre froh, wenn wir uns nicht gerade auf dem Grab niederließen. Das taten wir auch nicht, weil der Weg bis in die Hügel, wo es lag, zu weit war.

Nachdem wir uns im flachen Wasser müde getobt hatten, erstanden wir bei einem vorbeiradelnden Händler panierte Krabben, die gerade noch lauwarm waren, ebenso wie die Limonade, die er anbot. Wir speisten, während wir die Segel der Boote draußen auf dem Wasser beobachteten, die weißen der Yachten und die rotbraunen Fledermausflügel der Dschunken.

Wer von Ihnen jemals in Hongkong genug Zeit hatte, nach dem Einkaufen von Kram in Victoria und den Busfahrten durch Kowloons »Altchina«-Bezirke, nach dem Gewimmel von Stanley Beach auch nur eine ruhige Stunde an einem solchen Inselstrand wie dem von Lantau zu verbringen, der erst weiß wirklich, weshalb man Hongkong lieben kann. Kein Wunder, daß gerade in Lantau das einzige Trappistenkloster der Kolonie liegt, jenes Ordens, dessen Mitglieder zum absoluten Schweigen verpflichtet sind. Angesichts dessen, was das Auge an den Küsten dieser Insel wahrnimmt, sollte man eigentlich auch schweigen, ohne einem solchen Orden anzugehören.

Am Montag führte mich der erste Weg an Land zur Bank, wo ich den Scheck des asthmatischen Herrn Hung Bai-tsien gutschreiben ließ. Dann suchte ich ein Schreibwarengeschäft in Victoria auf, wo ich die Kopien der Karteikarten des *Yellow Star*-Managers vorsichtshalber nochmals ablichtete. Einhundertzwölf Karten, von denen jede einzelne ein nicht eben beneidenswertes Schicksal repräsentierte. Ich bekam Rabatt vom Geschäftsführer. So ein Mann zeigt sich erkenntlich, wenn ein Kunde überraschend so viele Dollars ausgibt. Er zog sogar den Perlenvorhang vor der Ladentür für mich beiseite, als ich ging.

Im Gepäckfach eines Warenhauses deponierte ich einen Satz der Kopien und klebte den Flachschlüssel mit einem Stück Scotch Tape unter dem Armaturenbrett meines Toyota fest, bevor ich in Kowloon Eugene Hsu anrief in seinem Reisebüro im Ocean Center. Die Anfertigung der Kopien war eine Idee gewesen, die darauf zurückging, daß solch ein Schatz immer einmal verlorengehen kann, durch Umstände, die nicht vorherzusehen waren. Und ich hatte ja vor, die ersten, noch in Tsus Büro heimlich angefertigten Ablichtungen als Hebel zu verwenden, um einen Konflikt zwischen der Triade *Dreihundertvierzehn* und den Kantonern herbeizuführen, der mir mindestens die Hälfte aller Arbeit ersparen würde. Gut, wenn man dann für alle Fälle noch einen Satz der kopierten Dokumente in der Hinterhand hatte.

Eugene Hsu sagte überraschend schnell zu, als ich ihm vorschlug, sich mit mir zu treffen. Ob er etwas ahnte? Kaum möglich. Er nannte das *Mandarin,* und mir war das recht, denn man hat nicht jeden Tag die Chance, sich mit einem Triadenboß im Top-Hotel der Kolonie zu treffen. Vorsichtshalber erhob ich zuerst einige Einwände, etwa daß die Preise dort die Einkommensgrenze meiner Berufsgruppe übersteigen würden. Und er fiel doch tatsächlich auf diesen simplen Trick herein! Versicherte mir, die Rechnung ginge selbstverständlich auf ihn. Mein Instinkt sagte mir, daß der Mann sich etwas von mir versprach. Nun gut, er sollte auf seine Kosten kommen. Ich fuhr bis zum Star Ferry Pier, weil man dort leichter einen Parkplatz bekommt als am Hotel, und ging die paar Schritte zu Fuß. In der Halle beeindruckten mich wieder die Eiszapfenleuchten, die wohl Trost für Hitzegeplagte spenden sollten: quadratisch angeordnete Lampenstäbe, die aus meterlangem, glitzerndem Material bestanden. Unter einem dieser Dinger stand Eugene Hsu und ließ gerade seinen Blick über das Areal schweifen, das gut eine Flughafenhalle hätte sein können, wenn man nach der Größe ging. Eugene Hsu winkte mir jovial zu. Ein Manager in den besten Jahren. Sorgfältig gekleidet, dezent, aber nicht billig. Es ist schon etwas Wahres daran, wenn Leute sagen, die echten Gangster Hongkongs sehen wie Gentlemen aus.

»Hallo, Mister Lim Tok! Appetit auf Fisch? Argentinisches Steak? Austern im *French Bistro?«* Er zählte noch ein paar der Möglichkeiten auf, hier seinen Hunger zu stillen, und wir einigten uns schließlich, in einem italienischen Restaurant auf halber Höhe des Bauwerks zu speisen, von wo aus man einen bezaubernden Blick auf den Hafen hatte.

Ich fühlte mich betrogen, als Eugene Hsu sich neben diversen Garnelensorten, Tintenfisch, Gemüsesalaten und anderen Vorspeisen einfach eine Pizza bestellte. Zugestanden, eine Luxus-Pizza, nicht einen dieser Fladen mit etwas Salami darauf, wie man sie an manchen Straßenecken im Schnellimbiß kaufen konnte. Trotzdem – ich hätte gar zu gern gesehen, wie er sich etwa mit Spaghetti den schräggestreiften Schlips bekleckerte. Nun gut, man kann nicht jeden Spaß haben. Ich bestellte ebenfalls Pizza.

»Sie erwähnten ein Angebot, das Sie mir machen wollten«, erkundigte sich mein Gastgeber, während er Tintenfischstückchen in scharfer Soße aß. Er kam gleich zur Sache, ohne den langwierigen Small talk, für den chinesische Geschäftsleute sonst bekannt sind. War mir recht.

»Wir sprachen über diese leidige Angelegenheit mit den Mädchen aus dem Mutterland ...«, erinnerte ich ihn. Er nickte. Kauend. Die Tintenfische schienen zäh zu sein.

»Ich nehme an, eine Liste mit allen von einer bestimmten Agentur eingeschleusten Kantoner Mädchen wäre Ihnen etwas wert?«

»Wie viele Mädchen?«

»Hundertzwölf. Namen und Arbeitsstellen.«

Er fischte sich ein Stück Gurke aus dem Salatteller, ehe er mir anbot: »Fünf Dollar pro Nase.«

»Zwanzig!«

Als er die Gurke gekaut hatte, sagte er: »Gut. Einigen wir uns auf zehn. Aber da brauche ich den Namen des Informanten dazu. Einverstanden?«

Mir ging es nicht so sehr um den Preis. Aber das würde ich ihm nicht verraten. Und einen Informanten gab es nicht. Dafür schilderte ich ihm, wie ich an das Material gekommen war. Einfach nachts eingestiegen und es mitgenommen.

Er hörte aufmerksam zu, ohne seine Mahlzeit zu unterbrechen. Aufgetragene Gleichgültigkeit natürlich, denn Eugene Hsu war ein Mann, der wußte, was es bedeutete, den Stahlschrank eines Konkurrenten zu öffnen, auszuplündern und dann wieder zu verschließen. Wahrscheinlich vermutete er, daß ich ihn ein bißchen anlog. Aber er hatte angebissen, nur er verzog keine Miene.

Durch die Glaswand des Restaurants betrachtete ich das Gewimmel der Boote und Fähren unten im Hafen, besah mir die Skyline von Kowloon mit den düsteren Bergkämmen dahinter, dort, wo die New Territories endeten und China begann.

Als Eugene Hsu sich die Finger an der Serviette trockenwischte, gab ich ihm die Kopien der Kartei aus dem *Yellow Star*-Safe. Er blätterte sie durch, ohne das Gesicht zu verziehen, faltete sie zusammen, steckte sie ein, zog aus dem Jackett eine große Banknote und zwei kleine und schob sie mir über den Tisch.

»Warum machen Sie das?« Es klang nicht inquisitiv, aber auch nicht sonderlich freundlich. Eugene Hsu war ein mißtrauischer Mann. Ich konnte ihm ausnahmsweise die Wahrheit sagen, wenn auch nicht die ganze.

»Ich arbeite, wie Sie wissen, an diesem Fall mit der Leiche im Sarg. Und ich glaube, der Handel mit Mädchen aus Kanton, auf den ich da stieß, könnte Ihr Geschäft schädigen. Das brachte mich auf die Idee, Ihnen einen Tip zu geben. Eine Gefälligkeit ist der anderen wert. Sie hatten mir einen Job in Aussicht gestellt ...«

Er sagte gelassen: »Der Tip ist bezahlt. Der Job wird auch bezahlt werden. Und wir pflegen Leute nicht zu vergessen, die uns gefällig sind.«

»Genau das ist es, was ich meine.«

Nachdem er noch ein wenig in den Garnelen herumgestochert hatte, erkundigte er sich: »Weiß Mister Tsu vom *Yellow Star,* daß jemand im Besitz dieser Kartei ist?«

»Ich pflege keine Spuren zu hinterlassen.«

Er blickte mich schweigend an. So gleichgültig, daß ich mich fragte, ob er mich überhaupt verstanden hatte.

Aber er hatte, denn nach einer Weile nickte er. Wieder ohne das Gesicht zu verziehen. Ein Glück, daß ich nicht Poker mit ihm spielen mußte.

Der Kellner brachte die Pizzas. Rindswurstbelag. Käse. Paprika. Sardellen. Eugene Hsu gestand mir: »Es scheint, ich habe Sie unterschätzt, Mister Lim Tok. Kommt wohl daher, weil Sie früher bei der Polizei waren. Der Gedanke daran beeinträchtigt das Vorstellungsvermögen. Übrigens – wieviel geben Sie dafür aus, daß *Yellow Star* nie erfährt, wer mir die Kartei zugespielt hat?«

Sehr geschickt, wie er den finanziellen Spieß umdrehen wollte. Aber ich gab zurück: »Nichts. Mir wäre nur eine Benachrichtigung etwas wert, damit ich weiß, ab wann ich mich vorzusehen habe.«

»Nun gut.« Er schmunzelte. »Ich werde es nicht ausplaudern. Vorausgesetzt, Sie teilen *Yellow Star* nicht mit, daß ich die Kartei kenne.«

»Die Vermutung, daß ich das tun könnte, ist abwegig. Ich liebe ein glattes Geschäft. Falls Sie das noch nicht wußten, wissen Sie es jetzt.«

Er widmete sich seiner Pizza. Unten auf dem Wasser näherte sich ein etwas angerosteter Dampfer schwerfällig der Anlegestelle. Die Pizza war überraschend gut. Nach einer Weile fiel Eugene Hsu ein, daß man Rotwein dazu trinken könnte. Als er in den Gläsern war, prostete er mir zu.

»Und jetzt interessiert mich, was Sie sich wirklich davon versprechen, daß ich über diese Huren Bescheid weiß ...«

Ich zögerte nicht. Eugene Hsu war kein Trottel, und dies war ein offenes Geschäft. Also sagte ich: »Daß Sie der Gang aus Kanton das Handwerk legen. Schließlich sind Sie geschädigt, nicht ich.«

»Was bringt es Ihnen, wenn wir der Gang das Handwerk legen?« Er war hartnäckig.

»Ich komme, wenn die Kerle aufgescheucht werden, leichter

hinter den, der das Mädchen in den Sarg praktiziert hat. Und das ist mein Auftrag. Und der wird bezahlt. Und ich verdiene gern Geld.«

»Gut. Das ist ein Wort«, meinte er. Grinste mich plötzlich an. Kein Pokergesicht mehr. Trotz Nadelstreifenanzug und Schlips war er plötzlich gar nicht mehr der feine Manager, sondern eher der gerissene Partner. Aber nur für Sekunden. Eine Zeitlang überlegte ich, ob es vielleicht besser wäre, ihm mitzuteilen, daß ich *Yellow Star* angestachelt und Tsu mir seine beiden Schläger auf den Hals geschickt hatte. Aber ich unterließ es dann. Mit den beiden konnte ich selbst fertig werden.

»Was werden Sie tun?« Ich stellte ihm, als wir unser Essen hinter uns gebracht hatten und den letzten Wein tranken, bewußt die Frage, obwohl ich nicht damit rechnete, daß er sie beantwortete. Er tat es auch nicht. Wich mir höflich aus, indem er die Gegenfrage stellte, wann ich denn Zeit für seinen Job in Papeete hätte.

Das könnte bald sein, sagte ich, eben nach Erledigung meines gegenwärtigen Auftrags. Dann unterhielten wir uns noch eine Weile über schräge Geschäfte, die Leute aus dem Mutterland im wachsenden Maße in der Kolonie machten, und ob es nicht doch ratsam wäre, sich inzwischen auf den Auszug vorzubereiten. Das große Geld begann sowieso schon, sich auf den Bahamas anzusiedeln, und auf Mauritius, wie man neuerdings hörte.

Als ich ihn aufmerksam machte, daß man dafür aber besser einen britischen Paß haben sollte, lächelte er nur hintergründig und meinte: »Ich kenne Leute im Legislative Council, die sich jetzt ihre Altersversorgung mit dem Verkauf solcher Pässe verdienen. Im übrigen – ist Ihnen denn nicht die kardinale Wahrheit über die Machtverhältnisse in unserer Heimat bekannt?«

Und weil ich nicht gleich wußte, welche er damit meinte, klärte er mich auf: »Jedes Kind weiß, daß die Regierung von Hongkong aus dem *Jockey Club* besteht, dazu kommt das Renommee von *Jardine Matheson,* der Einfluß der Triaden und das Geld der *Hongkong & Shanghai Bank.* Es ist immer gut, sich in der Nähe einer dieser Säulen unserer Existenz aufzuhalten, denn – selbst wenn das Gebälk einstürzt, die Säulen bleiben stehen. Wußten Sie übrigens, daß Mister Tsu bereits einen britischen Paß hat, wenn auch einen illegal ausgestellten?«

Ich war darüber nicht verblüfft, wohl aber über seine Kenntnisse davon. Er winkte amüsiert dem Kellner, um eine Rechnung zu bezahlen, die dreistellig ausfiel.

Wir schieden in der Halle fast als gute Freunde, und er ermahnte mich nochmals, nicht Papeete zu vergessen. »Ein bequemer Job unter Palmen. Zwischen lauter Mädchen in Grasröcken. Dazu eine Polizei, die lieber Mittagsschlaf hält als Verbrecher zu jagen ...«

Als ich wieder in meinem Toyota saß, kam ich mir vor wie ein Geschäftsmann nach einem gewinnträchtigen Abschluß. Wer das Mädchen ermordet und in den Sarg gelegt hatte, wußte ich noch nicht, aber ich ahnte es, und der Rest würde sich finden. Bis dahin war es angenehm, Geldscheine in der Tasche knistern zu hören, weil sie noch so neu waren.

»Komm her, du Schlafmütze!«

Es war Bobby Hsiang, der mich in meinem Büro anrief, als ich am nächsten Morgen dort gerade den Anrufbeantworter abgehört hatte. Dabei hatte ich erfahren, daß der Auftraggeber in der Diebstahlsache mir mein Honorar angewiesen hatte, eine erfreuliche Nachricht. In solchen Fällen pflegte ich einem alten Brauch zu folgen und mich den Tag über, der mit Geldsegen begann, nicht weiter anzustrengen. Aber Bobby Hsiang ließ nicht mit sich handeln.

»Das Apartmenthaus in der Shek Lung Street. Wo die drei Mädchen ihr Quartier haben. Ich werde eine halbe Stunde warten, dann schicke ich den Flitzer mit Handschellen.«

Mir mußte da etwas entgangen sein. »Du bist in der Wohnung der Mädchen?«

»Red keine Opern, schwing dich in dein Auto!«

»Aber – die wohnen doch gar nicht mehr dort!«

Er hatte aufgelegt. Also trabte ich treppab und fuhr los. Nahm den Tunnel nach Kowloon hinüber. Vor dem Apartmenthaus standen eine Ambulanz und Bobby Hsiangs Combi. War er samt seinem Team angerückt?

Ich traf ihn vor der Wohnungstür, wo er die Sanitäter anbrüllte, sie sollten sich nicht so idiotisch aufführen und das Mädchen gefälligst mitnehmen. Aber der Obersanitäter meinte, sie sei tot, und Tote dürften nicht in der Ambulanz befördert werden.

Bobby lief rot an, aber dann gab er es auf, brannte sich eine *Bastos* an und brüllte in die Wohnung hinein: »Kümmert euch um einen Wagen mit Blechwanne!« Danach war ich an der Reihe.

»Weißt du, wo die andere ist?« Es klang wenig freundlich.

»Welche andere?«

»Die zweite. Ich habe keine Ahnung, wer die da drin ist, aber es ist nur eine, und es waren zwei am Leben geblieben, neulich, oder?«

Ich versuchte, möglichst ahnungslos auszusehen, als ich zugab, daß ich die Mädchen ausgefragt hatte und dabei erfuhr, daß sie zu Bekannten auf einen Sampan ziehen wollten.

»Natürlich weißt du auch auf welchen, oder?«

»Eher zufällig«, gab ich zurück. »Er liegt ganz im Norden des Taifunbeckens. Die Leute heißen Tung, wenn ich mich recht erinnere.«

»Du tust verdammt gut daran, dich recht zu erinnern«, donnerte er, »weil ich dich sonst festsetzen lasse! Du hast der Polizei etwas Wichtiges verschwiegen ...«

Ich tippte mit dem Zeigefinger an die Stirn. Langsam wurde mir die Sache zu dumm. Deshalb bellte ich zurück: »Und was kann ich dafür, daß einer ein Mädchen hier drin umbringt, das eigentlich gar nicht hier hätte sein sollen? Bin ich ein Babysitter?«

Er verzichtete auf weitere Schelte. Das tat er meist dann, wenn man ihn anbrüllte. Sachlich erkundigte er sich, ob ich die beiden Mädchen, die einander so ähnlich gesehen hatten, wenigstens auseinanderhalten konnte.

»Einer muß es ja können, wenn's die Polizei nicht kann!« grollte ich, und dann stand ich vor der Couch mit den Plüschtieren. Lauter Pandabären und Koalas, und dazwischen Päonie.

Ich erkannte sie daran, daß sie am Kinn keinen Leberfleck hatte, wie Yasmin. Und ich gab Bobby ihren Namen. Sie war sehr akkurat aus kurzer Entfernung von vorn in die Brust geschossen worden. Die Kugel war durch die Rückenlehne der Couch bis an die Wand geflogen, wo sie plattgedrückt liegengeblieben war. Bobbys Spezialist zeigte sie mir.

Der Playboy-Doktor war auch da, und er fing an, Bobby zu erklären: »Ich kann es mir nur so vorstellen, daß sie noch eine Weile gelebt hat. Der Schuß ging nicht ins Herz, sondern dicht daran vorbei. Hat aber große Gefäße zerrissen. Das kann ein paar Minuten gedauert haben. Deshalb ...«

»Deshalb – was?«

Der Doktor ignorierte mich. An seiner Stelle antwortete mir Bobby: »Die Frau aus dem Apartment nebenan rief uns. War heimgekommen und hatte durch die Tür ein leises Stöhnen gehört. Auf Klingeln antwortete niemand, also nahm sie an, es sei was passiert. Richtige Annahme, wie du siehst.«

»Ich habe ein Alibi«, eröffnete ich ihm. Er nahm es nicht ernst, weil er wohl merkte, daß es nicht ernst gemeint war. Als der Doktor seine Tasche zuklappte und sich verabschiedete, beorderte Bobby den Spurensucher, auf die Leute mit dem Container zu warten und den Rest zu erledigen. »Abschließen und versiegeln.«

Mich nahm er am Arm, und wir landeten bei meinem Toyota. Bobby wollte den Sampan sehen, auf den ich die Mädchen bugsiert hatte.

Also fuhren wir los zum Taifunhafen, nahmen ein Walla Walla, und als wir endlich am Sampan der Familie Tung ankamen, trafen wir eine überraschte Yasmin an, die aufgeregt stotterte, als sie nach Päonie gefragt wurde und schließlich laut zu heulen begann, als Bobby ihr eröffnete, was geschehen war. Es dauerte eine Weile, bis sie sich soweit beruhigt hatte, daß sie herausbrachte: »Sie ist gestern abend weg ...«

»Wohin?«

»An Land. Die Leute hier haben nicht viel Geld. Päonie wollte eine Nacht lang anschaffen, damit wir was zum Haushalt beisteuern könnten.«

»Sie hatte also kein Geld bei sich?«

»Als sie ging – nicht.«

Ich machte Yasmin aufmerksam: »Ich hatte euch doch ausdrücklich gewarnt, an Land zu gehen!«

Als sie betreten schwieg, sagte Bobby auf englisch zu mir: »Eine Nutte wird noch im Knast pinseln, du Idiot! Wenn's sein muß, durch das Gitter mit dem Wärter. In deinem Alter solltest du das wissen.«

Dann wandte er sich an Yasmin: »Ist Ihnen ein junger Mann bekannt, mittelgroß, dunkles Haar, Schnurrbart?«

»Schnurrbart?« fragte ich mißtrauisch. Was Lum gesagt hatte, fiel mir ein. Bobby knurrte etwas von einer Beobachtung, die ein Nachbar gemacht hatte. Dann warf er mir einen schiefen Blick zu.

»Ist er dir etwa bekannt?«

Er würde ohnehin eines Tages von dem Überfall auf meinen Büronachbarn erfahren, deshalb sagte ich vorsichtshalber: »Ja.« Und ich schilderte ihm, was dem Bewährungshelfer passiert war.

»Ein Junge auf der Straße hat ihn gesehen?«

»So ist es.«

Bobby dachte nach. Vergaß ganz, mich auszuschimpfen. Ich hätte ihm viel Grübelei ersparen können, wenn ich ihm jetzt von der Harley Davidson erzählt hätte und der Adresse am Ende der Ladder Street, aber ich behielt das lieber für mich. Er würde mich nur anbellen, wegen Zurückhaltung wichtiger Informationen.

»Von Schnurrbart«, murmelte Yasmin, »sagte Päonie damals etwas. Als der Kerl sie auf dem Weg zum Einkaufen aufgelauert hat und ihr das Auge blauschlug ...«

Bobby Hsiang nahm es zur Kenntnis. Ich verhielt mich still. Dieser junge Mann mit Schnurrbart, der Wang Hsue-teh hieß, wie ich ja inzwischen wußte, schien der Muskelmann des Mädchenhändlerrings zu sein, und meine Rechnung mit ihm würde ich lieber selbst begleichen. Aber was würde inzwischen aus Yasmin, wenn Tsus Späher auch sie ausfindig machten? Ich stellte sie mir nicht gern als Leiche vor.

Bobby Hsiang zuckte die Schultern, als ich ihn darauf ansprach. Die Polizei habe nicht die Mittel, sie zu bewachen. Das sei eine kostspielige Sache, die den Etat überfordere. Beim Direktor der *Chartered Bank* würde man da vermutlich eine Ausnahme machen, dachte ich, aber das sagte ich Bobby nicht, er wußte das so gut wie ich. Und er war dafür nicht verantwortlich. Immerhin schärfte er dem Mädchen ein, auf keinen Fall den Fehler ihrer Freundin zu wiederholen und aus irgendeinem Grunde an Land zu gehen, es würde ihr Tod sein.

An einer Nudelküche hinter der Pier fanden wir Zeit, uns bei einer Schale Huntun-Suppe privat zu unterhalten. Er sagte mir auf den Kopf zu, daß ich ihm nicht alles mitgeteilt hatte, was ich wußte, aber er versuchte nicht, mich unter Druck zu setzen.

»Was steckt deiner Meinung nach dahinter?« fragte er lauernd. »Der Salonbesitzer hat seine Warnung weg, ein Mädchen ist tot im Sarg angekommen, warum ein zweiter Mord?«

»Einschüchterung«, vermutete ich. »Sie wollen allen klarmachen, wie es endet, wenn sie aussteigen.«

Bobby war skeptisch. »Einschüchterung durch zwei Morde?«

Ich riet ihm: »Du solltest vielleicht umdenken, Bobby. Wenn du dich an dem orientierst, was ein Hongkonger Ring gemacht hätte, kommst du der Sache nicht näher. Wir haben es hier mit Leuten aus Kanton zu tun!«

»Und du meinst, Kantonesen morden lieber als Hongkonger?«

Ich überhörte die Ironie. »Diese Leute denken anders als wir, Bobby. Sie sind Produkte einer Lebensweise, die wir nicht kennen. Über uns hat man ihnen Jahrzehnte beigebracht, wir wären alle Kriminelle oder Kapitalisten, was auf dasselbe hinausläuft, in ihrer Betrachtung. Sie kommen hierher, um Geld zu machen. Du bist Chinese wie ich, und du weißt, eine Hure ist Dreck in der traditionellen chinesischen Vorstellungswelt. Wenn also ein solches

Stück Dreck ihnen beim Geldmachen querläuft, haben sie keine Skrupel, Warnzeichen dieser Art zu setzen. Zumal man ihnen zu Hause lange genug eingebleut hat, daß der Mensch letztlich nur mit Gewalt dahin zu dirigieren ist, wohin man ihn haben will.«

Bobby ließ sich Zeit, bis er sagte: »Eine schöne Rede. Bist ein kleiner Philosoph geworden, wie? Laß deine Suppe nicht kalt werden!«

»Sie schmeckt etwas ranzig«, kommentierte ich.

Und er quittierte es: »Wahrscheinlich ein Schwein aus dem Mutterland, das sie da verarbeitet haben. Mit schlechter Gesinnung.« Dann gab er mir recht mit dem, was ich über die Kantonesen dachte. Allerdings nahm er mir meine Ahnungslosigkeit nicht ab, das merkte ich, als er mich fragte: »Was hältst du von diesem Kerl?«

Ich stutzte. Wieviel wußte er? Oder wußte er gar nichts und wollte mich nur provozieren? Er mußte mir meine Verwirrung angesehen haben, denn er sagte gelassen: »Du brauchst dich nicht dümmer zu stellen, als du bist. Oder willst du mir ernsthaft weismachen, du wüßtest nicht, wer diesen Kantoner Ring leitet?«

Ich entschloß mich zur Flucht nach vorn. »Wenn du den Manager von *Yellow Star* meinst, so wäre mir lieber, er säße bei euch in einer Zelle. Wegen Mädchenhandel.«

Er schüttelte den Kopf. »Wir haben nichts gegen ihn in der Hand. Daß er in Kanton einmal ein Regiment Roter Garden angeführt hat, ist für uns kein Delikt.«

Das mit den Roten Garden war interessant. Ich kommentierte es nicht und fragte: »Die Mädchen haben dir also auch nicht mehr sagen können als mir?«

Er tat so, als habe er nicht recht verstandeh, und brummte, es gäbe ja nur noch ein Mädchen. Und die habe Angst, wie ja eben zu merken war. Aber dann bequemte er sich: »Ich hatte ihnen beiden, damals, als die andere noch lebte, angeboten, auszusagen und als Gegenleistung Schutz von uns zu erhalten. Negativ.«

»Könnt ihr nicht wenigstens herausfinden, wer den Mädchen die Dokumente ausgestellt hat?« Er lachte lautlos. Hongkongs Verwaltung war ein Filz, in dem redliche Polizisten Schwierigkeiten hatten, die ein Außenstehender schwer beurteilen konnte. Die meisten schätzten es, bei Beförderungen nicht übergangen zu werden, also stellten sie sich ahnungslos. »Unsere Chance wäre, ein Mädchen zu finden, das den Mund auftut und Namen nennt. Aber welche Hure handelt sich schon Ärger deswegen ein, weil sie mit der Polizei paktiert? Der nächste korrupte Polizist verpfeift sie, und es geht ihr wie unseren beiden Damen ...«

Mir fiel die Kartei ein. Aber ich erwähnte sie nicht. Deutete lediglich an, daß das Geschäft der Kantonesen die Kreise der *Dreihundertvierzehn* stören könnte. Und fragte, ob *Yellow Star* wenigstens beobachtet würde.

Bobby verneinte das. Er brannte sich nach der Suppe eine *Bastos* an, blies eine Fahne Qualm in meine Richtung und wollte wissen: »Beobachtest du ihn?«

Ich hatte keinen Grund, das zu leugnen. Deshalb sagte ich: »Man bezahlt mich dafür, daß ich herausfinde, wer Mister Hung Bai-tsien den Sarg mit der Leiche ins Haus geschickt hat. Wenn mir dabei der Manager von *Yellow Star* in die Quere kommt, werde ich so mit ihm umgehen, wie ich es für richtig halte.«

Bobby sah etwas gelangweilt aus. Brummte, daß er meine Leiche inspizieren würde, bevor sie im Blechcontainer landete. Ich fand das nicht sehr tröstlich von ihm, aber so war er eben. Und er würde trotz seiner mürrischen Sprüche dasein, wenn der in die Enge getriebene Privatermittler Lim Tok ihn brauchte, wenn er herausgehauen werden mußte. Das konnte sehr bald der Fall sein, denn ich fand, ebenso wie Bobby Hsiang, daß der Schlüssel der Sache bei den Kantoner Mädchen lag, die über Tsus Vermittlung in die Kolonie gekommen waren. Und ich war entschlossen, eine dieser Schönen nach der anderen aufzusuchen, bis ich eine fand, die bereit war, auszupacken. Daß ich mich dabei jedesmal einer Massage würde unterziehen müssen, bereitete mir einige Kopfschmerzen. Wie viele Ganzkörpermassagen kann ein Mann pro Tag ertragen? Keine Ahnung. Dafür wußte ich genau, daß man diese Ganzkörpermassage nur nahm, um sich anschließend, wohlig enthemmt, eingeölt und aller Muskelverspannungen ledig, von der Masseuse besteigen zu lassen. Selbst wenn ich das dreimal am Tag überstand, würde ich bis zur letzten Dame fünf Wochen brauchen. Falls ich das überlebte, stand mir dann eine Reise nach Papeete bevor, für Eugene Hsu. Und die Mädchen dort waren dafür bekannt, daß sie Kerle, die ihnen gefielen, sofort abschleppten. Alte Volkstradition, die man respektieren mußte.

»Glaubst du«, fragte ich Bobby Hsiang, »daß ich einem Mädchen in Tahiti gefallen könnte? Oder sogar mehreren?«

Er tippte sich an die Stirn. Schmiß seinen Zigarettenstummel weg und meinte, ich sollte nicht soviel im *Hustler* lesen. Erst als wir uns verabschiedet hatten, fiel mir das Schlimmste ein: Wie sollte ich vor Pipi verbergen, daß ich dreimal täglich massiert worden war, mit anschließendem Klimmzug der jeweiligen Drachenprinzessin an meinem Bambus? Qualitätsprüfer im Teehandel war entschieden ein weniger anstrengender Beruf als Privatermittler in Hongkong!

Warum müssen diese Massagesalons alle so phantastische Namen haben, wo sie doch ein und dasselbe bieten? Zugegeben, in Varianten, aber – immerhin: Den *Brünstigen Drachen,* die *Singende Weide,* die *Brücke zur Wonne,* den *Tanzenden Fisch* und den *Pflaumenblütenzauber* hatte ich am übernächsten Tag hinter mich gebracht, und ich verspürte das Bedürfnis nach etwas Ruhe.

Ich hatte in Kowloon begonnen und wollte mich dann langsam bis ins alte Hongkong »vorarbeiten«. Eine Überprüfung der bei Tsu kopierten Kartei hatte ergeben, daß die Mädchen auf genau zwanzig Salons aufgeteilt waren, zehn in Kowloon und weitere zehn auf der Insel. Sie waren gleichmäßig verteilt, außer den sechs Kantoner Mädchen gab es stets noch mindestens sechs Einheimische.

Und dann hatte ich die Entdeckung gemacht, daß keiner der Salons älter als ein Vierteljahr war. Das veranlaßte mich, meinen alten Freund Charly Soong am Abend in *Poor Man's Night Club* aufzusuchen, einem lichtersprühenden Rummelplatz in Victoria, nahe der Anlegestelle der Macao-Fähre.

Charly briet hier unter dem Namen »Hamburger« etwas, das angeblich die amerikanische Nation groß und stark gemacht hatte, wenn man seiner Reklame glauben wollte. Ich mußte zwei dieser Dinger verzehren, ein paar Büchsen Star-Bier dazu trinken und mit Charly über die guten alten Zeiten plaudern, da wir noch als Halbwüchsige in Wanchai Zuckerrohrstücke an den Grünkrambuden klauten.

Charly hatte eine Menge Verbindungen, und er fand für mich heraus, daß alle zwanzig Salons entweder von eingewanderten Kantonesen oder Strohmännern finanziert worden waren. Eine unauffällige Investition des Mutterlandes, die fraglos der Beschaffung von Devisen diente. Oder eher der Coup einer Privatgang?

Ähnliche Manipulationen gab es in vielen Branchen. Aber es bestätigte meinen ursprünglichen Verdacht, daß es sich hier um eine Unternehmung handelte, die klammheimlich den einheimischen Gangs das Wasser abgrub, wer immer sie auch für wen betreiben mochte. Und deshalb teilte ich meine Entdeckung

Eugene Hsu mit, der sie gelassen entgegennahm und sich nicht weiter dazu äußerte. Brauchte er auch nicht, ich war gewiß, daß ich damit den letzten Anstoß zu einem Krieg der verschiedenen Interessengruppen gegeben hatte. Und ich wollte den aus altchinesischen Sprüchen bekannten Tiger spielen, der, auf einem Berg sitzend, beobachtet, wie sich zwei seiner Feinde im Tal gegenseitig zerfleischten. An einem Nachmittag lag ich im *Göttlichen Kranich,* einem Etablissement in Kowloons Hankow Road, auf dem Bauch in einer dieser kleinen, miefigen Zellen und ließ mir die Nackenmuskeln massieren. Man wurde angenehm schläfrig dabei, obwohl meine Muskeln vom vielen Massieren schon arg weich waren. Trotzdem merkte ich, wie die Hände des Mädchens sich langsam abwärts bewegten, meinen Hintern kneteten, und wie sie sich dann zwischen meine leicht gespreizten Oberschenkel stahlen. Die Dame wollte zur Sache selbst kommen.

Unvermeidlich regte sich meine Natur, wie der gebildete Mann sagt, und das Mädchen tat das, was die anderen vor ihr ähnlich getan hatten, sie flüsterte: »Oh, da muß man ja schnell Abhilfe schaffen!« Damit drehte sie mich auf den Rücken, streifte ihr winziges Tangahöschen ab, das die Amerikaner aus einem mir unbekannten Grund *G-String* nennen, und bestieg mich.

Sie war geübt in ihrer Profession, und überhaupt sah sie gar nicht so übel aus, so daß ich mich eben wieder einmal ohne nennenswerte Widerstände in mein Schicksal fügte. Mit der Absicht, wie ein halbes dutzendmal zuvor schon bei anderen Mädchen nach dem Vergnügen Fragen zu stellen. Etwa – ob sie bei angemessener Vergütung bereit sei, über Art und Weise ihrer Rekrutierung auszusagen. Und über die Leute, die das Engagement organisiert hatten. Die kassierten. Aber dazu kam ich nicht mehr.

Mit einem Krach flog die Tür auf. Und dort stand ein Kerl mit einem Motorradhelm, die Sichtblende herabgezogen. Auf dem Helm klebte eine Marlboro-Reklame. In der Hand hatte der Typ eine Pistole mit aufgesetztem Schalldämpfer, ein ziemlich massives, nach Professionalität aussehendes Stück. Ich sah, wie er den Finger am Abzug krümmte, dann machte es »Plop«, und der großflächige Spiegel hinter dem Massagelager barst. Schade, nun konnte ich den bemerkenswerten Hintern der Dame nicht mehr sehen.

»Aufstehen!« brüllte der Vermummte. Trotz des Helms klang es laut. Das Mädchen sprang erschrocken von mir herunter und hielt sich wimmernd die Hand vor den Rest ihrer sehenswerten Körperteile. Die Handflächen reichten nicht ganz aus dafür.

»Du nicht«, sagte der Mann zu ihr. Sein Pistolenlauf deutete auf mich. Das Mädchen forderte er barsch auf: »Los, leg deinen Tittenspanner an und mach die Fliege!«

Sie tat es. Verschwand nach draußen. Der Vermummte stand vor mir. Er war etwas kleiner als ich, aber das glich die Pistole aus.

»Anziehen!«

Ich griff nach meinen Sachen. Der Revolver lag natürlich, wie immer, wenn ich ihn gebraucht hätte, im Handschuhfach des Toyota. Wer hatte einmal gesagt: Diese Dinger hat man meist nicht dabei, wenn man sie benutzen möchte, aber wenn man sie dabei hat und benutzt, gehen sie entweder nicht los, oder es passiert ein Unfall?

Ich gab mir, während ich in die Hose fuhr, Mühe, das Gesicht des Mannes zu erkennen, aber es gelang mir nicht. Ich fragte ihn: »Was soll das? Geld?« Dabei ahnte ich selbstverständlich, worum es ging.

Er schwieg. Ich hätte gewettet, daß seine Augen nicht gerade freundlich blickten. Trotzdem erkundigte ich mich: »Darf man nicht mal mehr eine Masseuse in Ruhe pinseln?«

Er knurrte böse: »Mitkommen!«

Mir blieb nichts weiter übrig, als ihm zu folgen. Im Gehen zog ich den Reißverschluß der Hose zu. Daß das kein gewöhnlicher Überfall auf einen zahlungskräftigen Kunden war, bestätigte sich, als ich sehen konnte, daß im Aufenthaltsraum, in den die Treppe aus den Kabinen führte, das Leben weiterging, als wäre gar nichts geschehen. Der Kerl würde niemandem hier gefährlich werden, außer mir. Ein kleines Glöckchen in meinem Kopf schlug an und signalisierte mir, daß die Gefahr größer war, als bei einem Streit mit einem ausgeflippten Zuhälter, der einen schnellen Dollar machen will.

Er ging zwei Stufen hinter mir. Als ich mich umdrehte, deutete er mit der Waffe zum Ausgang. Die Dame, die den Salon führte, stand an der Theke und trank gelangweilt etwas, das nach einem Cocktail aussah, jedenfalls war es so bunt. Nur einige der Mädchen musterten mich überhaupt, teils kichernd, teils ängstlich.

Und dann sah ich, daß auf dem Endpfosten des Geländers eine dickbauchige Cloisonnevase mit schlankem Hals stand. Papierblumen darin. Es half nichts, ich mußte aufs Ganze gehen. Wenn mich mein Instinkt nicht täuschte, sollte der Kerl mich irgendwohin bringen. Es war also zu erwarten, daß er nicht so schnell schoß. Und das gab mir eine Chance.

Als die Vase in Griffweite war, faßte ich sie blitzschnell am Hals, streckte den Arm aus und drehte mich gleichzeitig. Schlug die schwere Vase mit aller Kraft gegen die Hand mit der Pistole, die zu Boden flog. Der Vermummte stieß einen Schmerzenslaut aus. Seine Hand war wohl gebrochen, er faßte mit der anderen danach. Und in dieser Sekunde trat ich ihn in den Unterleib. Das tat ein Gentleman zwar nicht, aber ein vom Massagetisch aufgescheuchter Gentleman bleibt eben kein solcher, und das erfuhr der Typ jetzt. Er sackte mit einem Grunzen auf der untersten Treppenstufe zusammen, krümmte sich. Ich griff mir zuerst die Pistole. Eine durch den aufgesetzten Schalldämpfer ziemlich lange und schwere Waffe. Vorsichtshalber drosch ich den Schalldämpfer erst einmal quer über die Sichtblende des Motorradhelms, und dann trat ich einen Schritt zurück, die Mündung der Waffe zeigte auf den Bauch des Mannes.

»Du sitzt ganz still«, riet ich ihm. Dann winkte ich zwei der Mädchen herbei und befahl ihnen: »Zieht ihn aus, los!«

Sie zierten sich ein bißchen, quiekten belustigt, aber dann taten sie es. Zuletzt nahmen sie ihm den Helm ab. Bartloses Gesicht. Ein knapp zwanzig Jahre alter Chinese, der mich verkniffen ansah. Kurzes, in Bürstenmanier gestutztes Haar. Nie gesehen.

Ich wandte mich an die Inhaberin: »Tür abschließen!«

Als sie nicht sofort reagierte, die unnahbare Lady spielen wollte, richtete ich die Pistole auf sie und brüllte mit meiner einst bei der Polizei geschulten Stimme: »Los!«

Da flitzte sie zur Tür und schloß ab. Die Mädchen hatten aufgehört zu kichern. Saßen wie Eichhörnchen da und regten sich nicht. Ich war wütend, daß ich mich ausgerechnet in einem solchen Haus hatte überraschen lassen, und jetzt gab es keine Höflichkeiten mehr. Den nackten Kerl ließ ich aufstehen und sich vor die Bartheke auf den Bauch legen. Er tat es widerspruchslos. Schien einzusehen, daß er verloren hatte, selbst wenn da draußen, wie ich vermutete, noch ein Kumpan auf ihn wartete, mit einem Fahrzeug.

»Das Telefon!«

Die Inhaberin schob es mir hin. Ich wählte die Nummer von Bobby Hsiang und bekam ihn auch nach einer Weile an den Apparat. Als er hörte, wo ich war und was mir passiert war, lachte er trocken.

»Jetzt läßt du dich schon im Katzenhaus erwischen – was soll *ich* dort?«

Ich erklärte ihm, so daß alle Mädchen, die Inhaberin, auch der Nackte mithören konnten: »Ich suche eins von den eingeschleusten kantonesischen Mädchen, das mir gegen Bargeld verrät, wer ihr den Paß ausgehändigt hat. Muß sich herumgesprochen haben, sonst hätten sie mir nicht diesen Anfänger auf den Hals geschickt.«

Bobby lachte, dann hörte er zu, wie ich ihm mitteilte: »Ich vermute, vor der Tür des Etablissements steht ein Fahrzeug mit einem zweiten Mann. Sieh dich um, wenn du kommst ...«

Es dauerte zwanzig Minuten, bis er da war. Ich trank eine Limonade, rauchte eine Zigarette und betrachtete mir eine kleine Muschel, die der Nackte auf den rechten Unterarm tätowiert hatte. Die Hand war bereits dick angeschwollen. Es würde eine Zeit dauern, bis er das nächste Mal Leute bei der angenehmsten aller Beschäftigungen stören konnte.

Das erste, was Bobby Hsiang sagte, nachdem er von der Inhaberin eingelassen worden war, bestand aus einer Kombination von Flüchen und einem Glückwunsch an mich. Sein Assistent blieb an der Tür stehen.

»Niemand draußen«, knurrte Bobby dann, nachdem er sich umgesehen hatte. »Hat vermutlich was gerochen.«

Er nahm mir die Pistole ab und sicherte sie. Zerrte den Nackten hoch und fragte ihn nach dem Namen. Keine Antwort. Wer ihn beauftragt habe, mich zu überfallen. Wieder kein Wort. Nun hätten wir das Spielchen treiben können, das wir als Polizisten zur Perfektion entwickelt hatten. Es bestand darin, daß einer von uns für ein paar Minuten den Raum verließ, um als Zeuge auszuscheiden. Bei Rückkehr bemerkte er dann, er habe keinen Schrei gehört, und das blaue Auge des Festgenommenen wäre vorher schon dagewesen, ebenso wie die aufgesprungenen Lippen. Hier ging das nicht, es gab Zuschauer. Deshalb winkte Bobby kurz entschlossen seinem Assistenten und befahl ihm, dafür zu sorgen, daß der Mann in fünf Minuten mit Handschellen versehen im Polizeiwagen saß.

An die Inhaberin wandte er sich: »Sie haben diesen Mann natürlich nie zuvor gesehen, oder irre ich da?«

»Nie gesehen.«

»Und deshalb haben Sie ihn auch nicht aufgehalten, als er nach oben ging, wie?«

Sie schürzte die Lippen. »Wir haben noch nie versucht, einen Mann aufzuhalten, der zu unseren Mädchen wollte.«

»Ich möchte Ihren Paß sehen. Und die Pässe aller Mädchen. Schnell.«

Die Dokumente der Inhaberin und einige der Mädchen machten einen sehr neuen Eindruck. Aber sie waren von einer Amtsstelle ausgefertigt, wie Bobby sarkastisch feststellte. Er machte sich Notizen. Zuletzt erkundigte er sich ohne nennenswerten Nachdruck: »Ist eine von Ihnen bereit, der Polizei mitzuteilen, wer ihr den Paß ausgehändigt hat? Oder über ihre Verbringung von Kanton hierher Aussagen zu machen?«

Als sich niemand meldete, nahm er einen herumliegenden Lippenstift auf und schrieb damit seine Telefonnummer an eine Glastür. »Für den Fall, daß sich jemand später entschließt.« Er sagte auch seinen Namen dazu und versprach Diskretion und Straffreiheit.

Als wir nach der Amtshandlung auf der Straße standen, hielt Bobby mir vor: »Du klapperst die einschlägigen Etablissements tatsächlich ab? Eins nach dem anderen?«

»Was dagegen?«

»Der den nackten Kerl auf dich gehetzt hat, muß was dagegen haben.«

»Vielleicht kriegst du ja den Auftraggeber aus ihm heraus!«

Bobby verzog skeptisch das Gesicht. Er brannte eine *Bastos* an und sagte zwischen zwei Zügen: »Nicht im Revier. Du kennst die Vorschriften. Aber ich werde ihn wegen der Waffe festsetzen.«

Er machte keine Anstalten, zu seinem Auto zu gehen, wo der Assistent mit dem Festgenommen wartete, also sagte ich: »Zuerst war ich ziemlich sicher, das ist ein schneller Auftrag, aber jetzt komme ich nicht weiter. Festgefahren. Obwohl ich meine Vermutungen habe.«

»Die habe ich auch. Dieselben wie du.«

»Also werde ich auch noch andere Salons abklappern!«

Seine Reaktion auf diese Absicht war zunächst ein Grinsen. Dann aber sagte er, bevor er doch zu seinem Wagen ging: »Nimm dich in acht, sie sind auf deine Haut aus. Im übrigen glaube ich, die Mädchen werden nicht reden. Die träumen davon, daß sie eines Tages mit vollen Taschen nach Kanton zurückgehen. Und da soll sie keiner erwarten, der böse auf sie ist. Aber – du kannst es ja versuchen, schließlich ist es Haut von deinem Arsch, nicht von meinem ...«

Eine lange Abschiedsrede für einen Muffel wie Bobby Hsiang. Ich warf noch einen letzten Blick auf die Fassade des *Göttlichen Kranichs,* dann zog ich ab.

Habe ich Ihnen schon einmal erzählt, daß mir die besten Einfälle oft in meinem Auto gekommen sind, während ich mich durch den Hongkonger Stop-and-go-Verkehr quälte? Nein? Dann wissen Sie es jetzt. Es fällt mir ein, weil ich am selben Abend noch einen solchen Gedankenblitz hatte, als ich von *Poor Man's Night Club* heimfuhr. Doch der Reihe nach!

Ich hatte Charly noch einmal besucht, Sie wissen schon, den mit den Hamburgern. Es war spät, und der Betrieb flaute bereits langsam ab, als ich mir eins seiner letzten Hackfleischwunder zwischen die Hälften eines Maisbrötchens klatschen ließ, Zwiebel, Olive, Ketchup, alles inklusive. Charly schäkerte noch mit einer neugierigen amerikanischen Touristin, der er gerade erklärte, das Fleisch stamme von einem echten rotchinesischen Wasserbüffel, der zwar Mao Tse-tung nicht mehr gekannt hatte, dessen Fleisch aber deshalb so zart war, weil diese Tiere täglich eine Stunde lang geprügelt wurden – wegen vermeintlich antikommunistischer Gesinnung. Es ging ziemlich lustig zu, denn die Dame hatte Humor und erzählte ihrerseits ausführlich die alte Geschichte von dem Schmied im Wilden Westen, der wütend den Amboß nach einem faulen Gesellen schmiß, aus Versehen aber seine eigene Frau damit traf und schließlich gottergeben murmelte: »Auch gut!«

So hatte ich Zeit, an Charlys Kassentisch in aller Ruhe zu essen und eine Büchse *Star zu* schlucken. Als Charly die Amerikanerin endlich verabschiedet hatte, ließ er sich mit zwei Büchsen *Snowflake* bei mir nieder, wies darauf und flachste: »Die Katastrophe naht, jetzt schicken sie uns schon Büchsenbier aus dem Mutterland!« Das Bier ließ sich trotzdem trinken.

Charly hatte Neuigkeiten für mich. Bei der Triade *Dreihundertvierzehn* war man auf dem Kriegspfad wegen der eingeschleusten Mädchen. Noch hatte man allerdings keine Lösung parat, aber man hatte herausbekommen, daß Mister Tsu vom *Yellow Star* kein Devisenbeschaffer für die Kantoner Verwaltung war – er arbeitete auf eigene Rechnung. Das war noch nicht alles.

»Tja«, machte Charly nach einem tiefen Zug aus der Büchse, »außerdem hat dieser Mister Tsu eine interessante Vergangenheit. War Kommandant bei Maos Garden, damals, als der Alte die Halbstarken gegen seine Widersacher losließ, mit schulfrei und Lehrer verprügeln und so. Als damit Schluß war, verlegte Tsu sich zusammen mit einer Handvoll alter Kumpane auf Einbrüche. Hat eine Akte bei der Polizei drüben. Die Beute schaffte er hierher, deshalb war ihm nicht so recht beizukommen. Aber sie konnten nach einer Weile einen von ihm bestochenen Grenzposten überführen.«

»Also suchen sie ihn drüben, oder?« Ich war hellwach geworden.

Charly nickte. »So ist es. Unter dem Namen Wong Tatsien.«

»Falscher Paß?« Ich schrieb mir den Namen auf.

»Gekaufter Paß«, antwortete Charly. »Aber das ist nicht alles. Das Mädchengeschäft wickelt er über eine Freundin in Kanton ab. Tritt dort in einem Laden namens *Herbstmond* auf. Sängerin. Sammelt die Bewerberinnen. Besorgt die Busfahrten und was sonst noch nötig ist.«

Ich notierte auch diesen Namen. Mir schmeckte das Bier plötzlich noch viel besser als zuvor, obwohl es nicht an meine geliebte Limonade heranreichte. Hier öffnete sich ein Weg.

»Ist sie am Geschäft beteiligt, diese Sängerin?«

Charly feixte. »Glaubst du, die macht das umsonst? Oder für ein paar Stöße am Abend?«

Das konnte selbst ein viel argloserer Mann als ich nicht glauben. Noch einmal erkundigte ich mich, ob die *Dreihundertvierzehn* dabei sei, etwas zu unternehmen und was das sein könnte. Aber Charly wiegte den Kopf und meinte: »Ich habe nicht den Eindruck gewonnen, daß die schon einen Plan haben. Du weißt doch selbst, die Triaden überlegen lange, bereiten alles gründlich vor, und dann erledigen sie eine Sache in zehn Minuten.«

»Oder einen Mann.«

»Oder einen Mann«, bestätigte Charly ungerührt.

Für mich ergab sich nun die Möglichkeit, mir die beiden Kerle am Ende der alten Ladder Street zu kaufen, die mit der Harley Davidson – um weiter Staub aufzuwirbeln. Vielleicht kam ich auf diese Weise der Lösung näher: Wer hatte den Sarg mit der Leiche geschickt? Denn dafür wurde ich bezahlt. Hol der Teufel den Mädchenhandel! Oder? Als ich von *Poor Man's Night Club* heimfuhr, kam mir eine Idee, die ich für besser hielt. Für viel besser ...

Am nächsten Morgen führte ich ein kurzes Telefongespräch mit Bobby Hsiang. Er teilte mir mit, daß der im *Göttlichen Kranich* festgenommene Schläger ein illegaler Einwanderer aus Kanton war, namens Bo Yuan. Wenigstens war auf diesen Namen der Paß ausgestellt, den er in der Kolonie gekauft hatte. Bei einem nicht sehr kundigen Fälscher. Projektile aus seiner Waffe waren der Polizei noch nicht untergekommen. Ich hatte Bobby angerufen, um von ihm ein bißchen Hilfe zu erbitten. Jetzt eröffnete ich ihm, ich würde nach Kanton reisen, und das fand er gar nicht so abwegig. Er gab mir die Adresse eines Kantoner Kriminalbeamten, mit dem er persönlich bereits zu tun gehabt hatte und der, wie Bobby versprach, mir helfen würde, sofern ich Hilfe brauchte und mich auf ihn berufen würde.

In der rotchinesischen Vertretung ließ ich mir ein Besuchsvisum in meinen Paß stempeln, was jetzt sehr einfach war, da man im Mutterland Reisende mit Dollars in den Taschen recht gern sah. Mit dem Toyota fuhr ich nach einem ausgiebigen Mittagsmahl nordwärts durch Kowloon, bis Lo Wu, wo ich den Wagen parkte und nach dem Hüpfer über die Brücke in den nächsten Zug nach Kanton stieg. In ein ganz gewöhnliches Abteil, zu leidlich sauber gewaschenen Bauern und leicht nach Gewürzen riechenden Händlern, Geschäftemachern und Omas mit Enkeln.

Die Prozedur an der Grenzbrücke war immer noch ziemlich vorsintflutlich, aber dann war ich doch am Nachmittag, nach einer Fahrt durch endlos scheinende Reisfelder, plötzlich in der südlichen Metropole, und als der Zug hielt, rief der Schaffner sogar in Englisch aus: »Guangzhou Railway Station!« Eine Serviceleistung, die mich tief bewegte.

Ich folgt Bobby Hsiangs Rat und quartierte mich im *Guangzhou Hotel* ein, unweit des Ausstellungszentrums der Kantoner Messe. Und ich hielt mich nicht lange damit auf, mir das »mutterländische« Leben anzusehen, sondern ich rief von meinem Zimmer aus sogleich die Nummer an, die Bobby mir gegeben hatte.

Nachdem ich die Ausreden einiger Sekretärinnen ignoriert hatte, die mir weismachen wollten, ihr Chef habe absolut keine Zeit, bekam ich ihn dann doch an die Leitung, und als er hörte, Bobby Hsiang aus Hongkong habe mich an ihn verwiesen, wollte er nur noch wissen, worum es sich handelte.

Das wollte ich ihm am Telefon lieber nicht mitteilen, redete ich mich vorsichtig heraus, es sei jedenfalls eine Gewalttat, genauer gesagt, bereits zwei. Da erkundigte er sich kurz entschlossen nach meiner Zimmernummer, und eine halbe Stunde später war er da.

Ein kleiner, drahtiger Südchina-Typ in meinem Alter, mit lokkerem Auftreten und von erstaunlicher Aufgeschlossenheit. Auf meine leise Frage, ob wir wegen etwaiger Wanzen nicht lieber außer Haus sprechen sollten, lachte er nur und beruhigte mich: »Hier gibt's jetzt keine. Zur Messe vielleicht, augenblicklich nicht. Viel zu teuer, die Dinger auf so lange Zeit zu schalten.«

Herr Yüh, wie er hieß, pflanzte sich in einen der beiden Rattansessel und hörte sich an, was ich ihm mitzuteilen hatte. Dabei rauchte er etwa ein halbes Dutzend Zigaretten der Marke *Fliegendes Pferd,* die im Vergleich zu den Stinkern Bobby Hsiangs wie

Weihrauch dufteten, und schließlich bestätigte er mir, was ich von Bobby über Mister Tsu erfahren hatte, teils auch von Hamburger-Charly.

Mister Tsu hieß tatsächlich Wong Ta-tsien. Gesucht wurde er in Kanton nicht. Offiziell habe niemand Klage erhoben, deshalb könnte er theoretisch ungehindert nach Kanton zurückkehren. Allerdings müsse er da einen gültigen chinesischen Paß mit Visum vorweisen, und es sei fraglich, ob er den habe. Nach diesen Erklärungen wurde der kleine Detektiv plötzlich still. Sah mich an und sagte dann leise, zwischen zwei Zügen an seiner Zigarette: »Allerdings – ich würde es ihm nicht raten, zurückzukommen. Persönlich. Jetzt, wo ich weiß, daß er in Hongkong ist, werde ich veranlassen, über seine Rückkehr informiert zu werden. Weil – bei mir hat er eine Rechnung offen, und ich finde einen Grund, ihn lebenslang einzusperren. Notfalls wegen Falschparken.«

Als er merkte, daß ich überrascht war, knöpfte er sein Hemd auf und drehte sich um. Über seinen Rücken zogen sich dunkelrote Striemen. Verheilte Narben.

»He!« sagte ich. »Das sieht ja böse aus. Hat das was mit Mister Tsu zu tun? Oder richtiger gesagt, Wong Ta-tsien?«

»Nennen Sie ihn ruhig weiter Mister Tsu«, gab der Detektiv zurück, während er sein Hemd wieder zuknöpfte, »wir wissen ja beide, um wen es sich handelt ...«

Und dann erzählte er mir, daß sein Vater Dozent in der Universität gewesen war, die jenseits des Perlflusses lag. Er hatte Bücher besessen, war ein Büchernarr gewesen, die Wohnung der Familie war förmlich vollgestopft gewesen mit neuen oder antiquarisch erworbenen Bänden. Das war ihm zum Verhängnis geworden, als Maos Rote Garden ihn zuerst von der Universität jagten und dann seine Wohnung durchwühlten. Sie fanden auch Bücher amerikanischer Autoren, und sie entschieden, der Dozent habe für jedes dieser Bücher einen Hieb mit einer Bambusrute über den Rücken verdient.

»Er starb beim vierundsechzigsten Schlag«, beendete der Detektiv Yüh seine Erzählung. »Die noch ausstehenden Schläge bezog ich an seiner Stelle. Und der Kommandeur des Trupps war Wong Ta-tsien. Mister Tsu.«

Es fiel mir schwer, darauf etwas zu sagen. Unsere Lebenserfahrungen waren, wie sich zeigte, doch arg unterschiedlich. Aber ich begriff, daß ich, sofern es um Tsu ging, in diesem Detektiv einen Verbündeten hatte. Rache, so sagte ein alter, weiser Chinese, ist pervertierte Gerechtigkeit. Daß Rache auch Verbündete schafft, hatte er nicht gesagt, mir aber fiel es ein.

Ich fragte ihn nach der Bar mit dem Namen *Herbstmond.* Er kannte sie.

»Liegt nicht weit von einer der beiden Brücken, die nach Shamien hinüberführen. Die Insel im Perlfluß. Da gibt es einen Kulturpark, und in der Gegend laufen eine Menge junger Damen, weil dort Ausländer einkaufen. Einer dieser Valutaläden liegt ganz in der Nähe, es ist ein stadtbekannter Abschleppplatz.«

»Hurenstrich?«

»So kann man es auch nennen.«

Ich sagte ihm den Namen der Sängerin, den mir Bobby beiläufig genannt hatte. Er kannte ihn. Wußte aber nichts weiter über sie, auch nichts von einer etwaigen Verbindung zu Tsu.

»Fräulein Chan gehörte allerdings ebenfalls zu einer Gruppe dieser Marodeure von damals. Aber sie wurde, noch während Maos Lebzeiten, zum Schweinehüten in eine sehr unwirtliche Gegend im Nordwesten verschickt. Das machte man, als man einsah, daß man die Leute anders einfach nicht mehr zu bändigen imstande war. Verbannung. Nach ihrer Rückkehr waren die Verhältnisse schon einigermaßen normalisiert, und man sah von einer weiteren Bestrafung ab.«

»Und jetzt singt sie!«

»Nun, der *Herbstmond* ist nicht gerade eine Philharmonie.«

»Irgendwelche Probleme mit ihr, seit ihrer Rückkehr?«

Yüh schüttelte den Kopf. Dann, nach einer Weile bot er mir an: »Mister Lim Tok, Sie sind ein Freund von Bobby Hsiang, mit dem arbeite ich ohne amtliche Regelung sehr gut zusammen. Ich möchte natürlich einem Freund von Bobby gern ebenfalls helfen – sagen Sie mir, wie ich das kann.«

Ich wußte es noch nicht genau, und das gestand ich ihm ein. Was ich versuchen wollte, war, die Gegenspieler aus der Reserve zu locken, sie dabei kennenzulernen, um sie gezielt bekämpfen zu können. Yüh hörte sich meine Überlegungen an und nickte verständnisvoll. Als ich ihm mitteilte, ich werde am Abend in den *Herbstmond* gehen und mit der Sängerin sprechen, war er trotz gewisser Vorbehalte einverstanden. Ich deutete ihm an, daß ich den begründeten Verdacht habe, diese Frau operiere als Sammlerin für Tsu und seine Hongkonger Organisation. Yüh hörte sich das alles nachdenklich an. Alles, was er sagte, war, die Polizei in Kanton sei nicht sehr modern.

Man habe alles mögliche unternommen, um gewisse Schwerpunkte anzugehen, aber die seien meist politischer Art, und darunter leide die Arbeit gegen die gewöhnliche Kriminalität. So habe es sich beispielsweise herausgestellt, daß das Bandenunwesen, das organisierte Gangstertum, das bisher niemand so recht ernstgenommen hatte, sich wie ein Flächenbrand ausbreite. Und man habe so gut wie keine geeigneten Mittel dagegen. Ich war erstaunt über seine Offenheit, aber dann sagte ich mir, daß dieser Yüh sich eigentlich gar nicht so sehr von einem Hongkonger Profi unterschied – er liebte keine tönenden Worte und verstand etwas von seinem Job.

»Ich habe einen bestimmten Verdacht«, vertraute ich ihm schließlich an, »den ich vermutlich nie werde erhärten können. Nämlich, daß dieser Ring zu einigen Leuten in der Verwaltung der Kolonie beste Beziehungen hat. Aber das ist letztlich nicht mein Geschäft, ich habe einen Privatauftrag. Und der macht es wünschenswert, daß ich von der Sängerin einiges über ihre Vorgehensweise erfahre. Mache ich mich da einer Einmischung in die Angelegenheiten der Kantoner Polizei schuldig?«

Er verneinte das. Machte mich nur noch aufmerksam: »Windige Gegend ist das dort, um den *Herbstmond* herum. Ich werde vorsichtshalber in der Nähe sein. Sind Sie bewaffnet?«

»Es ist nicht gestattet, aus Hongkong kommend, Waffen mitzuführen.«

Er nickte, und dann ging er. Sagte in der Tür: »Nach zehn Uhr. Vorher ist da nichts los.«

Sie hatte eine dunkle, rauchige Stimme. Das überraschte mich, weil chinesische Sängerinnen des Showgeschäfts meist wie Paradiesvögel zu piepsen pflegen. Einigermaßen erträglich wird das durch gute japanische Mikrofone und Verstärker. Bei Miß Chan hörte es sich an, als ob da eine breitschultrige, rundbrüstige Negermammi sang, die außer mehreren Schachteln Zigaretten mindestens eine Flasche Bourbon pro Tag konsumierte. Dabei war sie weder breitschultrig noch rundbrüstig, vielmehr war sie von zierlicher Figur, sie wirkte zerbrechlich. Nach und nach korrigierte ich diesen ersten Eindruck allerdings. Sie unterstrich das, was sie sang, zwar nur mit sparsamen Bewegungen ihrer Hände, aber wenn man eine Weile ihr Gesicht betrachtete, las man darin eine Härte, die zu ihren Liedtexten nicht paßte. Vielleicht war es gerade dieser Kontrast, der den Erfolg ausmachte, denn die Besucher des Nachtlokals lauschten hingerissen. Sie schienen selbst das gelegentliche Klirren von Gläsern als störend zu empfinden. Und dabei handelte es sich bei dem hier versammelten Publikum keineswegs um Hinterwäldler. Viele waren Ausländer. Aber selbst die Chinesen unter den Besuchern konnten in Kanton täglich moderne Musik von mehr als einem halben Dutzend Hongkonger Sendern empfangen. Der *Herbstmond* war modern eingerichtet, wie viele der neueren Etablissements im Mutterland. Stahlrohrmöbel, Tische mit dicken Glasplatten, indirektes Licht, eine winzige Bühne. Kein Kabarett, eher ein intimes Lokal mit erstklassiger Bedienung und schockierenden Preisen, woran sich auch dadurch nichts änderte, daß die Kellnerinnen unter ihren kurzen Röcken eine Menge nackten Hintern zeigten.

Diese etwas aufgetragen wirkende Modernität hatte damit zu tun, daß Kanton in den letzten Jahren seine Verbindung zu Hongkong stark ausgebaut hatte und daß es die wichtigste südliche Handelsmetropole Chinas war, mit unzähligen ausländischen Niederlassungen, die von einer Exportmesse zur anderen zunahmen, und mit einem überwältigenden Touristenverkehr, mit Huren, die um die Valutaläden herumschwärmten – überhaupt mit allem, was im übrigen China immer noch ziemlich streng verboten war und was hier nur geduldet wurde, um Fremde anzulocken und Dollars.

Ich suchte mir einen Platz nahe der Showbühne. Eines der miniberockten Mädchen mit den Kinderhintern nahm meinen Wunsch nach einem Whisky entgegen, und ein Mädchen in einem rosa Korsett brachte ihn. Das spitzenverzierte Bekleidungsstück ließ beachtliche Hautpartien unbedeckt. Reizender Anblick, als sie davontänzelte.

Ich hatte ihr meine Visitenkarte gegeben, zusammen mit drei Dollars. Die Karte sollte sie Miß Chan, der Sängerin, in ihrer Garderobe übergeben. Auf der Rückseite hatte ich vermerkt, daß ich Miß Chan in einer geschäftlichen Angelegenheit zu sprechen wünschte.

Als sie mir den zweiten Whisky brachte, erkundigte ich mich, was Miß Chan gesagt hatte. Das Mädchen zog bedauernd die Augenbrauen hoch. »Leider keine Antwort, Mister.«

»Das heißt, sie will nicht mit mir sprechen?«

»Vielleicht nicht, Mister!«

»Sie weiß nicht, was sie versäumt!«

Darauf kicherte sie nur und entschwand. Ich warf einen Blick zur Bühne. Nach einer kleinen Pause war Miß Chan wieder da.

Begleitet von fünf Musikern, die einen Höllenlärm veranstalteten. Dazu ließ einer im Hintergrund weißen Qualm los, der sich über die Bühne wälzte und den Eindruck erweckte, Miß Chan gäbe es nur von den Knien aufwärts.

Sie sang etwas von Inseln in der Dämmerung. Langsam. Mit einer geradezu schneidenden Note in der Stimme, die den sentimentalen Text auf angenehme Weise verfremdete. Faszinierend, diese Dame mußte beim Schweinehüten im Nordwesten tüchtig geübt haben. Es war die Stimme eines Kindes, das eine *Thompson* auf einen richtet und artig sagt: »Gib mir den halben Dollar für Eiscreme, weil ich sonst schieße!«

Man mußte ihr lassen, sie verstand ihr Handwerk. Oder besser: Mundwerk? Ich hörte mir die dämmerigen Inseln an, dann noch etwas über Wolken über Tempeln, was gelegentlich durch Glokkentöne unterbrochen wurde, und zum Schluß die Liebeserklärung an einen fernen Stern. Als sie ihre nächste Pause einlegte und durch eine kleine Tür neben der Bühne verschwand, erhob ich mich und folgte ihr. Durch dieselbe Tür.

Ich hatte richtig getippt, dahinter begann ein Gang, zu dessen Seiten die Garderoben lagen. Miß Chans Name war nicht zu übersehen. Ich klopfte und öffnete die Tür, ohne eine Reaktion abzuwarten.

»Wer sind Sie?« fragte sie abweisend.

»Lim Tok«, stellte ich mich vor. Verwies auf die Karte, die ich ihr hatte überbringen lassen. Sie ging nicht darauf ein.

»Was wollen Sie?« Ihre Stimme war jetzt nicht mehr hart und schneidend, eher sanft, aber selbstsicher.

»Sie sind Detektiv?«

Ich trug ihr mein Anliegen so vor, daß sie es wie einen Hieb ins Gesicht aufnehmen mußte, eine von mir beabsichtigte Wirkung, um das Verfahren abzukürzen. Schließlich kostete allein das Zimmer in meinem Hotel mehr als vierhundert Dollar!

»Miß Chan, ich ermittle in zwei Mordfällen. Verdächtig, sie angestiftet zu haben, ist Ihr in Hongkong lebender Freund, Mister Tsu, hier noch bekannt als Wong Ta-tsien. Er hat zwei junge Damen umbringen lassen, die von Ihnen für eine Tätigkeit in Hongkong angeworben wurden. Ich möchte von Ihnen hören, was Sie über diese Angelegenheit zu sagen haben.«

Sie ließ mich ausreden. Ihr Gesicht blieb unbewegt. Außer Sängerin war sie offenbar auch eine gute Schauspielerin. Sah mich an wie einen Fliegenschiß an der Wand und erkundigte sich dann seelenruhig: »Wie kommen Sie auf die Idee, daß ich eine Rolle in Ihrem Märchen spielen könnte?«

Die Garderobe war, wie alle diese Nachtbarschminkbuden, spärlich ausgestattet. Ein Spiegeltisch mit Cremes, Puderdosen und Farbstiften, ein Garderobenständer mit ein paar Flitterkostümen, Teeservice, ein Köfferchen. Unter dem Spiegel eine Flasche Sekt in einem Kübel mit Eis. Geöffnet. Miß Chan goß sich ein Glas ein, trank davon, sah mich an. Ich fühlte mich angeregt, in den nächsten Gang zu schalten.

»Sie lügen gut, Miß Chan. Nur – es gibt in Hongkong gesicherte Beweise, daß Sie Mister Tsu zuarbeiten. Warum leugnen Sie das? Wir wissen, daß Sie unter den Flittchen, die hier um die sogenannten Freundschaftsläden herum anschaffen, Masseusen für Hongkong werben und sie in die Kolonie schleusen. Meinetwegen können Sie das Geschäft weiter betreiben, es geht mich nichts an. Ich bin lediglich hier, weil zwei solche Damen in Hongkong ermordet wurden. Weshalb, das weiß ich auch schon. Fehlt nur noch die Bestätigung Ihrerseits, daß Mister Tsu sie über Sie importierte, Miß. Wieviel gibt er Ihnen von den Einkünften ab, die er mit den Mädchen bei uns drüben macht? Vorausgesetzt, er muß sie nicht aus Disziplingründen in Leichen verwandeln ...«

Sie stellte das Sektglas ab. Als sie jetzt sprach, war ihre Stimme eiskalt. »Scheren Sie sich zum Teufel, Mister! Oder möchten Sie, daß ich Sie hinauswerfen lasse?«

»Soll ich Ihnen sagen, was ich mit Leuten zu machen pflege, die mich grob behandeln wollen?«

»Demonstrieren Sie es!« forderte sie mich auf.

Ich hatte darauf geachtet, ob sie etwa einen Klingelknopf betätigte, und ich hatte nichts bemerkt. Und doch waren da plötzlich die beiden jungen Männer, als ich mich umdrehte. Zwanzig vielleicht, oder jünger. Langhaarig. Jeans, mit vielen Nieten, bunte Hemden. Der eine hatte einen Baseballschläger, der andere streckte seine Knöchel, daß sie leise knackten. Ich war nicht allzu überrascht. Hatte es herausgefordert.

Der mit dem Baseballschläger kam sofort zur Sache. Holte aus. Wegen des niedrig angebrachten Deckenventilators setzte er den Schlag horizontal an. Ein solcher Schlag mit dem Baseballholz kann einen Wasserbüffel töten, ich mußte schnell sein.

Nun gibt es die alte Karateregel, daß man einem Mann mit einem solchen Schlaginstrument besser nicht ausweicht, im Gegenteil. Ich hatte mein Karate-Training zwar nach einigen Lektionen beendet, aber jetzt tat ich genau das, was der Lehrer damals riet, ich sprang auf den Burschen zu, unterlief seinen Schlag, und als der Schläger mich verfehlte und einen Halbkreis vollendete, ohne aufgehalten zu werden, traf er den zweiten Burschen mitten ins Gesicht.

Ich hörte den Aufprall, als ich meinerseits dem Schlagenden die Handfläche ins Gesicht trieb, von unten gegen seine Nase gerichtet. Vor solch einem Schlag hatte der Lehrer uns gewarnt, man konnte, wenn man kräftig genug hinlangte, den Nasenknochen des Gegners bis in sein Hirn treiben. Sofern er eins hatte. Ich beließ es bei halber Kraft. Sie genügte. Der Bursche stöhnte auf, ließ den Holzschläger fallen, griff sich mit beiden Händen ins Gesicht und blieb so stehen. Schock. Ich machte einen Schritt hinter ihn und trat ihn mit voller Kraft ins Kreuz. Er schoß auf Miß Chan zu, riß sie von ihrem Schemel und landete mit einem Krach im Schminkspiegel, der in tausend Stücke zerbarst. Dann glitt er zu Boden, wo schon Miß Chan lag, die sich nun schreiend unter ihm hervorarbeitete, mit blitzenden Glassplittern garniert. Ich beobachtete es gelassen.

»Das werden Sie büßen!« fauchte die zierliche Sängerin. Ich ließ mich nicht aus der Ruhe bringen. Fragte sie sachlich: »Sehe ich etwa wie so ein kleiner Büßer aus?«

Sie schrie in der gleichen Lautstärke, in der sie vorhin in ihrem letzten Lied den fremden Stern ihrer Liebe versichert hatte: »Haltet ihn! Er ist ein Mörder! Hilfe!«

Sie schrie es in Richtung Tür, und ich war eigentlich gar nicht überrascht, daß da plötzlich der Detektiv Yüh stand. Beiläufig erkundigte er sich: »Eine Prügelei, ja?«

Und als die Sängerin lautstark weiter zeterte, zeigte er ihr seinen Dienstausweis und beruhigte sie: »Fassen Sie sich, Miß Chan, Sie sind nicht mehr in Gefahr!«

Mich blitzte er an: »Hände heben! Gesicht zur Wand!«

Auf die beiden Burschen warf er nur einen kurzen Blick. Was sind Chinesen doch für hervorragende Schauspieler! Er klopfte mich nach Waffen ab und kommandierte barsch: »Gehen Sie voraus, los!«

Die Sängerin blieb lamentierend zurück, als wir in den Gang traten. Einem Angestellten, der uns aufgeregt entgegenkam, befahl Yüh knapp: »Gehen Sie helfen, schnell!«

Dann waren wir durch eine Tür plötzlich im Freien, auf der mäßig belebten Straße, und Yüh riet mir: »Gehen Sie weiter vor mir her, Mister Lim Tok, aber etwas schneller, bitte, es gibt noch mehr von diesen Kerlen hier ...«

Nicht weit entfernt stand das Auto, in dem Yüh gekommen war, ein alter japanischer Typ, wie er gern von Vertriebsmanagern unserer Behörden ins Mutterland verscherbelt wurde.

»Was nun?« erkundigte ich mich, als wir nebeneinandersaßen und Yüh anfuhr. Er grinste, das stellte ich mit einem Seitenblick fest.

»Offiziell habe ich Sie festgenommen, wegen Rowdytums. Und inoffiziell werden Sie von mir wegen dieses Deliktes in die Kolonie ausgewiesen. Für den Fall, daß jemand nachfragt, werde ich ein Protokoll anfertigen. Ich muß gedeckt sein. Und ich halte dieses Vorgehen für die eleganteste Art, den Vorfall undurchschaubar zu machen.«

»Danke«, sagte ich. Wer Kantoner Detektive unterschätzt, begeht sicher einen Fehler, dachte ich bei mir.

»War mir ein Vergnügen. Wie es aussieht, haben Sie da einiges aufgescheucht. Ob es Ihnen nützt?«

Ich sagte, daß sich das erst noch herausstellen müßte. Hoffentlich bald. Er riet mir, nicht mehr zum Hotel zurückzukehren. Der Form halber wollte er das Zimmer durchsuchen und die Rechnung begleichen.

»Sie ist im voraus bezahlt«, bemerkte ich. »Meinen Rasierapparat und die Zahnbürste können Sie in den Wohltätigkeitsfond der Kantoner Polizei einbringen.«

Er grinste wieder. Wir fuhren nordwärts, und als wir am Bahnhof Guangzhou Station anlangten, war Mitternacht vorbei. Bei einem der letzten Straßenköche aßen wir eine Portion Nudeln, und ich. konnte die hiesige Limonade probieren, die nicht viel anders schmeckte als bei uns in der Kolonie.

Der erste Zug fuhr in den frühen Morgenstunden. Vollgepfropft mit Händlern, die allerlei Zeug zu den Kowlooner Märkten brachten.

»Geben Sie auf sich acht«, mahnte Yüh, als wir uns verabschiedeten, »man kann von uns nach Hongkong telefonieren ...«

Ich versicherte ihm, daß ich mich an seinen Rat halten würde, und dann bot ich ihm noch an: »Wenn Sie jemals mit Ihren Vorgesetzten Ärger bekommen und über den Zaun zu uns türmen, können Sie jederzeit bei mir einsteigen, wir gäben ein gutes Team ab!«

Er winkte mir zu, als der Zug anfuhr.

Ich döste ein, neben einer Bäuerin sitzend, die einen Korb voller Eier auf dem Schoß hielt. Sie roch nach Zimt und Schweiß, eine Mischung, die man wohl nur in Kanton vorfindet. Als ich aufwachte, hatte ich immer noch den Geruch in der Nase, obwohl sie bereits ausgestiegen war und keuchend zum Zoll lief. Aber der Zollbeamte schien Dienst nach Vorschrift zu machen, er winkte nur ab. Unter seiner Würde, Eier einzeln aus einem Korb zu klauben.

Vor dem Bahnhof Lo Wu stand im Schatten einer Kasuarine der gute alte Bobby Hsiang, und das Rätsel seiner Anwesenheit just im Augenblick meiner Rückkehr löste er sogleich auf: »Yüh hat mich benachrichtigt. Dich kann man auch in keine Kneipe lassen, ohne Ärger zu riskieren ...«

»Und jetzt willst du mich zur Ordnung rufen?«

Er wollte das nicht, er sagte: »Abholen. Weil es möglich ist, daß auf dem Weg nach Hongkong einer lauert, der dich ausschaltet. Du bist unangenehmen Leuten auf die Zehen getreten.«

»Und das alles weißt du von Yüh?«

»Auch. Wo steht dein Auto?«

Ich zeigte es ihm, und er untersuchte es ziemlich genau, bevor er mir erlaubte, den Motor anzulassen. Bobby war anzusehen, daß er in Sorge war. Während wir südwärts rollten, verriet er mir, daß es in der Triade *Dreihundertvierzehn* Bewegung gab. Es wurden Leute gesammelt, das ließ auf eine geplante Aktion größeren Ausmaßes schließen. Und Bobby meinte, das würde der Polizei mehr Ärger bereiten, als die Polizei von der *Dreihundertvierzehn* hinzunehmen bereit war. Als ich ihn daran erinnerte, daß er die eigentliche Ursache nicht aus dem Auge verlieren durfte, nämlich daß ein korrupter Einwanderungsbeamter in der Verwaltung der Kolonie es diesem kantonesischen Mädchenhändlerring überhaupt erst ermöglicht hatte, bei uns tätig zu werden, stimmte er mir zwar zu, aber er hatte nicht viel Hoffnung, daß seine Vorgesetzten diese Sicht teilen würden. Ich war gerade dabei, ihm zu versichern, daß ich meine Verbindungen nutzen wollte, um Näheres über die Pläne der *Dreihundertvierzehn zu* erfahren, als neben Bobby Hsiang eine Seitenscheibe zersplitterte.

Es gab einen metallischen Schlag, als ein Projektil hinter meinem Sitz in den Blechboden der Karosserie fuhr. Ich bremste, und der Toyota kam am Straßenrand zum Stehen.

Wie der Blitz waren wir beide draußen und lagen hinter dem Wagen. Wir hatten gerade, auf der westlichen Route nach Kowloon fahrend, den Golfplatz bei Fang Ling in den New Territories hinter uns gelassen, und jetzt lagen rechts, in einiger Entfernung von der Straße, die Ausläufer des Kai Keung Leng, eines nicht sehr hohen Berges, an dessen Fuß sich unübersichtliches Buschgelände hinzog. Von dort war der Schuß gekommen.

Bobby Hsiang nahm ein kleines Sprechfunkgerät aus der Jakkentasche, schaltete es ein und rief die am weitesten im Norden gelegene Polizeistation in Lok Ma Chau. Sein Gegensprechpartner versprach, sofort Streifenwagen in das von Hsiang bezeichnete Gebiet zu beordern.

Der Schuß mußte aus einem weittragenden Gewehr mit Präzisionszieleinrichtung gekommen sein. Mir fiel das Duo auf der Harley Davidson wieder ein, das meinen Büropartner in Aberdeen überfallen hatte, aber ich konnte Bobby Hsiang schlecht auf die beiden aufmerksam machen, ohne vorher zuzugeben, daß ich ihm wichtige Erkenntnisse verschwiegen hatte. Deshalb unterließ ich es. Die beiden Muskelmänner standen ohnehin auf der Liste der Leute, die ich mir selbst vornehmen würde, und zwar bald.

Nach einer Weile, als nichts mehr geschah, erhob sich Bobby und ging um das Auto herum. Ein weiterer Schuß fiel nicht. Dafür meldete sich ein Streifenwagen aus Pat Heung, der auf Feldwegen am Fuße des Berges entlangfahren und dann zu uns stoßen wollte.

Es dauerte eine halbe Stunde, bis er bei uns eintraf. Die beiden Beamten hatten nichts von Belang entdecken können. Als ich sie nach Motorradfahrern fragte, sagten sie, die habe es gegeben. Auch eine Harley Davidson sei wohl dabeigewesen, ja. Aber man habe keine Straßensperre aufbauen können, mit den geringen Kräften, deshalb konnte man auch Fahrzeuge nicht kontrollieren.

Bobby musterte mich mißtrauisch, aber er sagte nichts. Und ich wußte Bescheid.

Die Streife beobachtete durch Ferngläser das Buschgelände, als wir abfuhren.

Bobby verhielt sich still. Die Enttäuschung über die dilettantische Aktion der Polizei war ihm anzumerken. Einen Killerschützen spürt man nicht auf, indem man mit ein paar Streifenwagen durch die Gegend rollt und darauf verzichtet, sich die Leute, denen man begegnet, näher anzusehen.

Erst als wir in Kowloon ausstiegen, erkundigte Bobby sich, was ich jetzt unternehmen wolle. Und als ich ihm sagte, ich würde ein paar Kontakte zur organisierten Unterwelt nutzen, um Erkenntnisse zu gewinnen, machte er ein Gesicht, als habe ich ihm weiter nichts mitgeteilt als die genaue Zeit. Das eben war unser kompliziertes

Verhältnis – wir waren Freunde und halfen einander, wo immer es ging, trotzdem mußte ich darauf verzichten, der Polizei Dinge mitzuteilen, die nur mich allein angingen, wenn ich mein Honorar verdienen wollte, ebenso wie Bobby die Bestimmungen der Polizei einzuhalten hatte, einem Außenstehenden keine amtlichen Erkenntnisse zukommen zu lassen. Es half nichts, wir mußten damit leben und versuchen, das Beste daraus zu machen, indem wir uns gelegentlich das an Untersuchungsergebnissen zuspielten, was dem anderen weiterhalf. Oder ihm das Leben erhielt. Eine halbe Stunde später saß ich Eugene Hsu in seinem Büro im Ocean Center gegenüber und präsentierte ihm die Adresse des Besitzers der Harley Davidson. Vielleicht war es doch am besten, wenn ich diese Kerle den Profis von der *Dreihundertvierzehn* überließ.

Eugene Hsu ließ sich genau berichten, wie das damals mit dem Überfall auf mein Büro gewesen war, als die beiden den falschen Mann erwischten, und dann dachte er eine Weile nach. Er ließ Tee kommen, bot Glückskuchen an und amüsierte sich köstlich, als ich in meinem einen Zettel mit dem Aufdruck *Einem Auge schenkt man mehr Glauben als zwei Ohren* fand.

»Vielleicht sollten wir unsere Augen benutzen«, meinte er.

»Heißt das, wir arbeiten in dieser Sache zusammen?«

Er zog seinen eleganten Schlips zurecht, goß Tee nach und fragte zurück: »Haben wir damit nicht schon vor einiger Zeit begonnen?«

Das war nicht zu leugnen, schließlich war er durch mich an die Liste der von Tsu eingeschleusten Mädchen gelangt. Es dauerte noch eine Tasse Tee, bis er sich erkundigte, ob ich am Abend frei sei.

»Wenn es sich um die besagte Sache handelt, ja.«

»Gut. Können Sie eine Stunde vor Einbruch der Dunkelheit in der Nähe der Adresse der Harley-Davidson-Leute sein?«

Er verriet mir nicht, was er plante, aber er ließ durchblicken, daß sich in der kommenden Nacht Entscheidendes zutragen würde. Also erklärte ich mich einverstanden, dabeizusein, und machte einen Treffpunkt in der Nähe der alten Ladder Street mit ihm aus, wo die beiden Wang-Brüder wohnten und wo in abbruchreifen Gebäuden eine Menge lichtscheues Volk lebte.

Erst als er mich zur Tür brachte, bemerkte Hsu beiläufig: »Richten Sie sich darauf ein, daß Sie es sein könnten, der die beiden jungen Herrn befragt, wenn wir sie haben. Ich möchte im Hintergrund bleiben. Einverstanden?«

Es war mir recht. Ich setzte auf die Insel über, ließ mir in einer Toyota-Werkstatt eine neue Seitenscheibe ins Auto einsetzen und überprüfen, ob die Kugel in der Karosserie weiteren Schaden angerichtet hatte. Es war nur ein Loch im Blech, über das der Monteur den Teppichboden zog. Gemächlich gondelte ich bis nach Aberdeen und setzte zu meiner Dschunke über. Alle Sicherheitsanlagen waren intakt. Kein unerwünschter Besuch an Bord. Die Kerle mußten gewußt haben, daß ich nicht auf meiner schwimmenden Behausung, sondern auf dem Weg von Kanton nach Kowloon zu finden war!

Ich duschte, briet mir ein paar Spiegeleier, trank eine Literflasche Limonade leer und schlief mich ein paar Stunden aus. Als es Zeit wurde, brach ich auf. Ich fuhr die Queens Road Central entlang, bis vor mir ein Lieferwagen eine Parklücke freigab. Am Treffpunkt erwartete mich Eugene Hsu mit betretenem Gesichtsausdruck.

»Was nicht in Ordnung?« fragte ich.

»Nichts ist in Ordnung. Ausgeflogen sind die Vögel.«

»Unbekannt – wohin?«

»Bekannt, inzwischen«, antwortete er. Deutete auf das Radio in seinem Ford. Es war eines dieser Modelle, die Sprechfunk haben – außer der Polizeifrequenz, den Fluglotsenanweisungen in Kai Tak und anderen offiziellen Durchsagen, auch die Signale eigener privater Sprechgeräte.

»Sind kurz vor dem Anrücken unserer Leute hier mit der Maschine abgefahren. Kowloon. Maschine parkt seit zehn Minuten an der Ferry Street.«

»Das ist die Pier vom Taifun-Hafen Yau Ma Tai?«

Plötzlich fiel mir Yasmin ein, das letzte der drei ausgekniffenen Mädchen aus Kanton, und das Boot der Familie Tung, auf dem sie sich auflhielt. Und außerdem wurde mir klar, daß Päonie sehr wahrscheinlich, um ihr Leben zu retten, das Versteck verraten hatte, als man sie griff. Umonst, man hatte sie trotzdem getötet. Jetzt aber waren sie hinter Yasmin her ...

»Fahren Sie los!« Ich quetschte mich neben ihn. Er blickte mich verblüfft an, aber ich drängte ihn: »So fahren Sie schon! Zur Röhre, nach Kowloon, und zur Pier von Yau Ma Tai!«

Erst als er den Wagen in Bewegung setzte, erklärte ich ihm den Rest. Er begriff schnell und trat das Gas durch, als wir einigermaßen freie Bahn hatten. Bis zum Unterwassertunnel hatte ich ihm klargemacht, daß wir es vielleicht mit knapper Not schaffen könnten, einen dritten Mord zu verhindern, der wie die beiden anderen zuvor den Kantoner Mädchen als Warnung dienen sollte.

Eugene Hsu begriff das, aber er nahm das mit dem Mord für mein Empfinden recht gelassen hin. Während er den Ford geschickt durch verkehrsarme Nebenstraßen kutschierte, bemerkte er, es wäre vielleicht ganz gut, wenn wir die Kerle auf frischer Tat erwischten. Mit blutigen Händen sozusagen. Als ich ihm offenbarte, daß ich Yasmins Blut gar nicht so gern an ihren Händen sehen würde, verzog er nur mitleidig das Gesicht. Diese Triadenleute waren auf eine bestimmte Weise unvollkommen. Ihnen fehlte etwas, das andere Menschen als Mitgefühl bezeichnen. Aber ich hatte sie mir nun einmal zu Verbündeten gewählt, also mußte durchgestanden werden, was ich begonnen hatte.

Die Harley Davidson stand an der Pier. Aus dem Dunkel trat ein junger Mann, der eine knallgelbe Golfkappe trug, auf Eugene Hsu zu und bewegte leicht den Kopf in meine Richtung. Hsu bedeutete ihm, er könne vor mir reden.

»Sie haben ein Walla Walla mit Hilfsmotor genommen. Den Fahrer haben sie an der ersten Bootsreihe hinausgeworfen ...«

Hsu sagte zu mir: »Sie kennen den Liegeplatz?«

Als ich das bejahte, winkte er ein Walla Walla heran und forderte mich zum Einsteigen auf, nachdem er dem Burschen mit der gelben Golfkappe aufgetragen hatte, die Zündung der Harley Davidson zu unterbrechen und die beiden Fahrer auf jeden Fall festzubalten, wenn sie hier erschienen.

Ich dirigierte den Fahrer durch die ersten Reihen der Boote. Überall flackerten die Kochöfchen auf den Sampans, es war die Zeit, in der die Leute ihre Abendmahlzeit kochten. Reis, Fisch, Gemüse. Gelegentlich Taropudding. Ein paar Kinder tummelten sich noch auf den Laufstegen, sie trugen alle Korkringe um die Brust. Wenn es Abend wird, werden die Kinder hierzulande erst so recht munter, denn dann kommt ein bißchen Kühle auf, meist mit der von See her kommenden Brise, die die Lebensgeister beflügelt. Alte Männer hockten auf den Booten, pafften lange Bambusrohrpfeifen mit Metallköpfen. Das Wasser stank jetzt mehr als tagsüber.

Der Fahrer spürte, daß wir es eilig hatten. Und als Eugene Hsu ihn ermahnte, schneller zu fahren, schaltete er den kleinen Hilfsmotor zu, der zwar folgsam schnurrte, aber die Geschwindigkeit doch nur wenig erhöhte. Trotzdem kamen wir leidlich vorwärts, wenn man bedenkt, wie vielen fremden Fahrzeugen, die um diese Zeit unterwegs waren, wir auszuweichen hatten.

Der Fahrer reagierte auf jedes meiner Handzeichen, als habe er sein Leben lang nichts anderes gemacht als Eilfahrten mit nervösen Passagieren. Wenn er sich Gedanken machte, was zwei gutgekleidete Herren in dieser Gegend um die Abendzeit zu suchen hatten, so behielt er es für sich. Stoff zum Nachdenken war das schon, denn zu sehen gab es zwischen den Wohnbooten eigentlich das meiste am Tage, wenn die Fischer kreuzten, die Gemüseboote von Land kamen, wenn überhaupt das Leben pulsierte, im Gegensatz zu jetzt, wo jeder sich auf die Nachtruhe vorzubereiten begann, obwohl man die Stunden bis dahin durchaus noch zu genießen beabsichtigte. Plötzlich wies der Walla-Walla-Fahrer mit dem ausgestreckten Arm nach vorn, wo am Liegeplatz des Bootes der Tungs die Hölle los zu sein schien.

Einer schwenkte eine grell leuchtende Benzinlampe und schrie einem anderen, der im Wasser zwischen den Booten herumplanschte, Kommandos zu, dirigierte ihn. Der Bursche im Wasser tauchte unter, kam wieder hoch, suchte offenbar etwas, fand es aber wohl nicht, denn er strampelte weiter.

Näherkommend konnte ich ausmachen, daß der mit der Laterne einen Bart trug. Was der kleine Lum beobachtet hatte, fiel mir wieder ein: Bruder Wong! Wir waren an der richtigen Stelle. Doch weder Eugene Hsu noch ich waren bewaffnet, also würde es eine schwierige Aufgabe sein, die beiden zu überwältigen, die da bei den Tungs herumtobten.

Überraschenderweise bekamen wir erst gar keine Chance, auch nur ein Handgemenge zu bestreiten, denn der mit dem Bart, verglichen mit dem im Wasser Strampelnden wohl der Ältere der Brüder, sah uns kommen. Er schrie plötzlich seinem Bruder etwas zu, worauf dieser unter dem Boot der Tungs wegtauchte und in das Walla Walla kletterte, das an der anderen Seite festgezurrt war. Und der mit dem Bart schwang plötzlich eine Benzinlampe über dem Kopf. Sie landete genau in unserem Fahrzeug.

Diese Coleman-Lampen sind tückisch. Sie arbeiten mit einem Vergaser. Das Ding schlug hart auf, der Benzinbehälter platzte, und in Sekundenschnelle breiteten sich die Flammen aus. Ich registrierte gerade noch, wie Eugene Hsu sich mit einem Hechtsprung ins Wasser rettete, wie der Fahrer ihm mit einem lästerlichen Fluch folgte, und dann war es höchste Zeit, mich ebenfalls vor den Flammen zu retten, ich folgte den beiden.

Im Wasser fanden wir uns wieder, mußten zusehen, wie unser Walla Walla ausbrannte und die beiden Burschen mit ihrem gestohlenen Fahrzeug ablegten. In Sekundenschnelle waren sie in der Dunkelheit verschwunden.

»Verdammt!« keuchte Eugene Hsu prustend. Dann griffen wir nach den Stangen, die uns die umliegenden Bootsbewohner hilfreich hinhielten, zogen uns auf einen Steg und erreichten schließlich triefend naß, nach Hafenwasser stinkend, das Boot der Tungs, die uns Handtücher zur Begrüßung hinhielten.

Es war das, was man einen kompletten Reinfall hätte nennen können, einen Schlag ins Wasser auch. Aber meine Laune besserte sich wenige Augenblicke später. Da erschien nämlich ein Mädchengesicht, von langem schwarzem Haar eingerahmt, über der Bordwand: Yasmin!

»Ja, ja, Sie bekommen den Verlust von mir persönlich ersetzt!« beruhigte Eugene Hsu den Walla-Walla-Mann, der sterbensunglücklich seinem verlorenen Boot nachtrauerte.

»Wie hast du das angestellt?« war meine erste Frage an Yasmin, nachdem ich ihr an Bord geholfen hatte.

»Danke, Sir!« sagte der Walla-Walla-Mann zu Eugene Hsu, der sich abmühte, seine Krawatte zu lockern.

»Ich kann gut schwimmen«, eröffnete mir Yasmin strahlend. Eines der Tung-Kinder schleppte aus dem überdachten Teil des Bootes weitere Handtücher und Wolldecken herbei. Wir zogen unsere Anzüge aus und wrangen sie, bis sie nicht mehr trieften. Tung packte alles in einen Ballen zusammen. Von Nachbarbooten holte er für uns schwarze Kattunhosen und ebensolche Jacken, wie.sie die Bootsleute trugen.

Eugene Hsu fischte aus seiner durchnäßten Brieftasche Dollarscheine heraus und gab sie Tung, als Aufmerksamkeit gewissermaßen für seine Bemühungen, uns zu trocknen und warmzuhalten. Auch dem Walla-Walla-Fahrer bezahlte er sein Boot. Einfach so, aus der tropfenden Brieftasche. Schlangenleder. Große Scheine. Obwohl die Polizei stets davor warnte, höhere Mengen in Cash bei sich zu tragen, wegen der in Hongkong weit verbreiteten Zunft der Taschendiebe, war Eugene Hsu ausgestattet, wie sich das wohl für einen Mann von Welt gehörte, der nicht viel davon hielt, seine Ausgaben über die Kreditkartenabrechnung nachprüfbar zu machen.

»Ich habe in Kanton viel Schwimmsport betrieben ...«, erzählte Yasmin, die sich in eine Decke gewickelt hatte und ihr langes Haar auswrang. »Wir hatten da auf der Insel im Perlfluß die Möglichkeit.« Als ob es jetzt nichts Wichtigeres zu erörtern gab! Ich machte sie aufmerksam: »Ist dir inzwischen wenigstens klar, daß die Kerle eine Leiche aus dir machen wollten, wie aus Päonie und Magnolie?«

Es war ihr klar. Sie verstummte. Tung erkundigte sich, ob wir Tee wollten. Und ob wir wollten! Der Walla-Walla-Mann besah sich immer wieder die großen Dollar-Noten, blies auf sie, damit sie trockneten. Mir kam die Idee, er würde sie lieber eingerahmt in seine Unterkunft hängen, als sie für den Kauf eines neuen Bootes verwenden.

»Du kommst mit«, sagte ich zu Yasmin. »Hier bist du nicht mehr sicher.« Ich wollte sie auf meiner Dschunke einquartieren.

Sie machte nicht einmal den Versuch, mir das auszureden. Offenbar die verzögerte Reaktion auf den Schock des Überfalls.

»Sie waren auf einmal da«, sagte sie, »mit ihrem Boot. Sie sprangen herüber, und einer von ihnen hatte einen Revolver. Eigentlich war es Herr Tung, der mich aus Versehen über Bord stieß, als er sich bewegte, in der Aufregung. Als sie mir nachsprangen, tauchte ich. Ich bin gut im Tauchen. Bis zu sieben Objekte habe ich in der Minute vom Boden des Schwimmbeckens holen können ...«

Eugene Hsu stoppte ihr Mundwerk, indem er an sie herantrat und fragte: »Können wir mal zur Sache kommen? Kannten Sie die beiden Männer?«

»Nein. Nie gesehen.«

»Sie sind in Kanton engagiert worden?«

»Ja.«

»Von wem?«

Als sie nicht gleich antwortete, warf ich ein: »Von Miß Chan. Sängerin im Etablissement *Herbstmond.* Du brauchst es nicht mehr zu verschweigen, es ist bekannt, daß die Dame dieses Geschäft betreibt.«

Sie nickte zögernd.

Eugene Hsu wollte von ihr wissen: »Haben Sie in Hongkong von jemandem Anweisungen bekommen, wie Sie sich zu verhalten haben?«

»Ja.«

»Von wem?«

Das Mädchen blickte hilflos drein, als sie sagte: »Wir sollten an der Bushaltestelle warten. Wir waren damals sechs oder sieben. Dann kam ein großes Auto. Wir drei wurden in den Salon in der Temple Street gebracht. Wir bekamen Pässe, nachdem ein Mann uns fotografiert hatte. Die Pässe brachte eine Dame. Wir mußten nur unterschreiben, daß wir unseren Arbeitsplatz nicht wechseln und zwei Drittel unserer Einkünfte abgeben für die Einbürgerung. Bis sie bezahlt wäre ...«

»Wie sah diese Dame denn aus?« unterbrach ich sie. Es ging um den Schmuggel mit Personalpapieren, das war ein in der Kolonie nicht gerade leichtes Delikt.

Yasmin gab mir zur Antwort, es sei eine Chinesin gewesen, keine Engländerin. Sehr elegant gekleidet. Sehr gepflegt. Als sie erwähnte, sie habe lange, künstliche Fingernägel in Perlmuttfarbe gehabt, schlug bei mir das kleine Glöckchen im Hinterkopf an – diese aufgeklebten Fingernägel waren mir an einer bemerkenswert hübschen, gepflegten, modisch gekleideten Vorzimmerdame aufgefallen, und zwar in Mister Tsus Büro des Reiseunternehmens *Yellow Star* am Statue Square. Als ich dort in den Nachtstunden einstieg, hatte ich sogar an sie gedacht, die Partie hätte an Reiz gewonnen, wäre sie noch dagewesen.

»So, so«, machte ich. Eugene Hsu erkundigte sich mißtrauisch, ob ich die Dame kenne, aber ich ließ ihn warten.

»Und als ihr Mädchen gemerkt habt, daß von eurem Verdienst für euch selbst nicht mehr viel übrigblieb, seid ihr abgehauen, zu Mister Hung Bai-tsien, der mehr bot?«

Sie nickte. »Er bestand nicht auf den zwei Dritteln.«

Klar, er hatte die Pässe nicht zu bezahlen gehabt. Hatte seinen Nutzen daraus gezogen, daß andere das gewissermaßen auf Vorschuß erledigt hatten.

»Also«, sagte Eugene Hsu zu mir, »nehmen Sie sie mit?«

»Sobald ein Walla Walla vorbeikommt.«

Er zog mich beiseite. Flüsterte: »Und wer war die Zicke mit den Pässen? Heraus damit!«

Ich klärte ihn auf. Hatte den Eindruck, daß er nicht sonderlich überrascht war. Mister Tsu, dessen Sekretärin, eine Nachtbarsängerin in Kanton, und zwei Schläger, deren Harley Davidson wir noch an der Pier vorfanden, als uns etwas später ein Walla Walla übergesetzt hatte. Das war der Ring, soweit es bis jetzt zu übersehen war.

Der Bewacher mit der gelben Golfkappe kam wieder aus dem Dunkel auf uns zu und berichtete, daß die beiden jungen Männer, durchnäßt wie sie waren, erfolglos versucht hatten, die Maschine zu starten. Nach einer Weile seien sie dann an der Uferstraße in ein Taxi gestiegen. Das taten auch wir, Yasmin und ich, nachdem Eugene Hsu in seinen Ford gestiegen und abgefahren war. Zu einer wichtigen Beratung, wie er durchblicken ließ. Er bat mich dringend, am folgenden Tag bei ihm im Ocean Center zu erscheinen, es seien jetzt jede Stunde entscheidende Maßnahmen zu erwarten, von seiten der *Dreihundertvierzehn,* und es könnte sein, daß ich dabei gebraucht würde.

Ich sagte zu und dachte wieder daran, daß es nicht gerade eine Ehre war, mit der *Dreihundertvierzehn* zuammenzuarbeiten. Aber immerhin – es geschah zu meinem Nutzen, ich würde den Auftrag, für den mich Mister Hung Bai-tsien bezahlte, erledigen können. Der Mensch braucht für vieles, was er tut, eine Entschuldigung vor sich selbst. Vor allem, wenn er sich mit Leuten zusammentun muß, die etwas unangenehm riechen. Ein Taxi brachte uns an die Stelle in der Queens Road Central, wo immer noch mein Toyota parkte. Eine Stunde später waren wir auf meiner Dschunke in Aberdeen.

Für diese Zufluchtsstätte schienen sich meine Gegenspieler bisher nicht interessiert zu haben. Trotzdem ließ ich die Sicherungsanlage eingeschaltet. Yasmin sah sich einmal kurz auf der Dschunke um, dann erklärte sie mir freudestrahlend, es würde ihr hier ausgezeichnet gefallen.

Als erstes duschten wir, ich legte ihr ein paar alte Kleidungsstücke zurecht, die sie tragen konnte, und dann zog ich mich selbst um. Der Anzug, den ich in Yau Ma Tai getragen hatte, war dahin, selbst ein guter chinesischer Kleiderpfleger würde aus diesem Bündel nassen Stoffs keine brauchbare Hülle mehr für mich zaubern können. Also warf ich ihn in den Behälter für den Abfall, den ich in regelmäßigen Abständen an Land ablud.

Dann war es Zeit für eine Schale Lockennudeln mit Fleischbrocken und Chili-Soße, das einfachste Schnellgericht, das man als Junggeselle kochen kann, wenn man unverhofft einen Gast bekommt. Yasmin sah mir zu, wie ich sie anrichtete in der winzigen Kombüse, und sie schnupperte den Duft des angebratenen Fleisches, während ich es in der Pfanne wälzte. Einen Augenblick lang dachte ich mit Sorge darüber nach, was Pipi, meine Dauerfreundin, wohl dazu sagen würde, daß diese Kantoner Schönheit hier so ganz allein mit mir auf der Dschunke nächtigen würde. Aber dann sagte ich mir, daß Yasmin, falls sie mir tatsächlich ein Angebot machte und ich darauf einging, sie nicht gerade ein Plakat darüber an Bord auflhängen würde. Indessen – sie machte mir kein solches Angebot! Sie aß eine Menge Nudeln, trank noch einen Whisky hinterher, und dann lehnte sie sich auf dem Sofa in meiner Wohnkabine zurück. Das nächste, was sie von sich gab, war ein leises Schnarchen.

Ich hob ihre Füße auf das Sofa, warf ihr ein Flanelltuch über, gegen die Nachtkälte, und dann verschwand ich in meiner eigenen Schlafkabine. Nicht ganz ohne einige bohrende Gedanken darüber, wie es kam, daß ein Mädchen es fertigbrachte, in meiner Gegenwart einfach uninteressiert einzuschlafen.

Bobby Hsiang schickte einen seiner jungen Assistenten, um mich abzuholen. Ich war gerade damit beschäftigt, Tee aufzubrühen, als vom Wasser her mein Name gerufen wurde. Es war früher Morgen, die Zeit, zu der meine Laune meist am schlechtesten ist. Der Sinn stand mir nach einem opulenten Frühstück, weil ich mich danach meist wohler fühlte. Ich wollte es für mich und die noch schlafende Yasmin vorbereiten, doch da war dieser junge Mann, der mir zurief, Bobby erwarte mich ganz dringend, und zwar in Kowloon.

»Sie brauchen sich um gar nichts zu kümmern«, rief es vom Wasser her, »ich bringe Sie mit dem Boot rüber an Land, da habe ich den Wagen, damit fahre ich Sie dorthin, wo Hsiang ist!«

Vom Frühstück sagte der junge Mann nichts. Also weckte ich Yasmin, trug ihr auf, nichts anbrennen zu lassen, zeigte ihr, wo die Alarmanlage wieder einzuschalten war, wenn ich von Bord war, und dann kletterte ich über die Strickleiter in das Boot. Yasmin zog folgsam die Strickleiter wieder hoch und winkte mir nach wie einem Ehemann, der sich zur Arbeit begibt.

Die Jordan Road kannte ich, auch die Garageneinfahrt zu Mister Hung Bai-tsiens Etablissement war mir vertraut. Früher oder später hätte ich ohnehin wieder hierher kommen müssen, um meinem Auftraggeber Bericht zu erstatten. Als der Assistent Bobby Hsiangs jetzt in der Einfahrt hielt und ich die übrigen Polizeifahrzeuge sah, die hier herumstanden, hatte ich plötzlich das Gefübl, daß mein Blut, das durch die Adern pulste, eiskalt war.

Die Polizisten im unteren Raum musterten mich nur kurz, als der Assistent mich hereinbegleitete. Einer wies nach oben. Dieselbe etwas altmodische Treppe ins Obergeschoß. Dieselbe Tür mit dem Schild *Büro.* Dieselbe, altjüngferlich-streng anmutende Miß Wang mit der billigen Brille, hinter der verweinte Augen in meine Richtung blickten. Der Gestank von Bobbys *Bastos*-Zigarette, deren Qualm um sein Gesicht waberte. Ein mürrisches Gesicht, wie immer. Jemand kroch mit einem Bandmaß über den Fußboden. Und da lag Mister Hung Bai-tsien. Tot. Das blasse Gesicht des alten Herrn, der über die Masseusen geherrscht hatte, war aschgrau. Über der Nasenwurzel der Einschuß.

»Willst du den Hinterkopf sehen?« erkundigte sich Bobby freundlich. Ich wollte nicht. Fragte nach der Tatzeit. Bobby schätzte, es könnte gegen Mitternacht passiert sein.

»Und die beiden Wächter?«

»Überrascht. Schlagverletzungen. An ein Wasserleitungsrohr gefesselt. Unbrauchbare Kerle. Wo warst du um die Zeit?«

Ich erzählte ihm, ich hätte routinemäßig kontrolliert, ob sich in der Nähe von Yasmins Versteck verdächtige Typen herumtrieben. Dabei seien mir zwei Kerle mit einer Harley Davidson aufgefallen, die dumme Fragen stellten. Es hätte dann eine kleine Auseinandersetzung gegeben, in deren Verlauf sei ein Walla Walla unglücklicherweise in Brand geraten, aber die Sache sei ohne weitere Schwierigkeiten zu Ende gegangen. Übrigens hätte ich Miß Yasmin zu mir auf die Dschunke gebracht. Vorläufig.

»Viel Vergnügen«, wünschte mir Bobby Hsiang. Und dann heulte Miß Wang los: »Der ... der Mann hat gegen Abend angerufen. Wollte wissen, wo das dritte Mädchen ist und wann sie zu ihrer vertraglichen Arbeitsstelle zurückkommt. Ich habe es mitgehört. Stand daneben. Wir haben da nämlich ein kleines Steuerproblem, darüber arbeiteten wir noch. Um zehn ging ich. War ein ruhiger Abend, eigentlich ...« Sie trompetete weiter, und die Tränen liefen.

»Was meint der Doktor?« fragte ich, nur um etwas zu sagen, was das Geheul unterbrach.

»Schuß aus naher Entfernung. Vermutlich Schalldämpfer. Profi, fraglos. Übrigens – halt deinen Revolver bereit. Wir werden gelegentlich Kaliber und Munition vergleichen müssen. Routinesache.«

»Und der Mann ...«, kam wieder die weinerliche Stimme von Miß Wang, »... er drohte! Entweder das Mädchen kehrt zurück, oder es wird einen dritten Toten geben. Genau das sagte er. Drei Mädchen, drei Tote. Eiskalt. Wir werden dafür sorgen, sagte er, daß in dieser Ziegenherde Disziplin herrscht, so drückte er sich aus ... Mister Hung wollte sich heute früh an die Polizei wenden. Und an Sie, Mister Lim Tok ...«

»Disziplin«, sagte ich und sah Bobby dabei an. »Wie in einem Regiment Roter Garden.«

Er äußerte sich nicht dazu. Meinte: »Es müssen zwei gewesen sein. Auch die beiden Wächter sagen das.«

»Und einer, der sie bezahlt. Aber der war nicht dabei. «

»So ist es, du Schlauberger.«

»Und einer im Personalamt, der die Pässe ausstellt.«

Dazu sagte er nichts mehr. Es war für ihn die peinlichste Seite der Angelegenheit.

Die Leute mit dem Zinkblechcontainer kamen. Auf einen Wink Bobbys legten sie den Toten in die Wanne und stülpten den Deckel darüber. Miß Wang flennte laut zum Abschied. Ich habe nie einen sibirischen Wolf gehört, aber so ähnlich stelle ich mir sein Geheul vor.

Also hatten die Kantoner schließlich auch Mister Hung Bai-tsien bestraft. Eine skrupellose Horde, die da versuchte, auf die brutale Tour in der Kolonie Fuß zu fassen. Wenn das ein Signal für das war, was Hongkong im nächsten Jahrhundert bevorstand, dann war keiner zu beneiden, der mit organisiertem Verbrechen zu tun hatte.

Bobby ließ die Träger mit dem Container gehen, dann sagte er laut und deutlich: »Es reicht mir. Ich habe die Schnauze voll!«

Ich spürte, daß er Ärger gehabt haben mußte, und als ich vorsichtig fragte, bestätigte er es. »Ich habe offiziell gemeldet, daß mindestens die zwei Pässe der toten Mädchen von einem Beamten der Verwaltung unberechtigt ausgestellt worden sind. Liegt auf der Hand. Aber – nein, das alles hat seine Richtigkeit. Keine Korruption. Sauber wie die Kronjuwelen im Tower!«

»Dann sitzt der Beamte, der kassiert, ziemlich weit oben ...«

»Er wird heute schon von drüben bezahlt«, schimpfte Bobby. »Vom Mutterland. Wird seinen Job behalten, wenn sie Hongkong kassieren, oder zum Polizeichef aufsteigen.«

Es klang hilflos. An Spuren war nicht viel zu sichern gewesen, teilte Bobby mir noch mit. Und dann informierte er mich beiläufig darüber, daß er eine interessante Befragung vorgenommen hatte. Es war der Sargtischler gewesen, den er ausfindig gemacht hatte. Derjenige, von dem das Prachtstück war, in dem sich dann die tote Magnolie befand. Eine kleine Bude in der Archer Street, nicht weit von Mister Hungs Etablissement entfernt.

»Ein aalglatter Bursche«, erzählte Bobby. »Drei Vorstrafen wegen Betrug. Du siehst ihm an, daß er lügt, aber du kannst ihm nichts beweisen. Lacht sich eins und erzählt dir, das Stück hat im Laden gestanden, und da sei der Prinz aus dem Märchenland gekommen, habe es bezahlt, aus der Tasche, und sogleich aufgeladen. Pritschenwagen. Typ unbekannt. Grinst dich an. Weiß genau, daß du ihm nicht an die Weste kannst ...«

»Du!« warf ich ein. »Ich könnte schon. Ich bin ein Privatmann. Warum haben wir nicht das gemacht, womit wir schon früher so oft die Wahrheit herausbekamen? Zusammen?«

»Weil ich offiziell nicht mit Leuten wie dir zusammenarbeiten darf, deshalb. Und weil bei dem Kerl ohnehin nichts weiter zu erfahren ist. Ich vermute, er ahnte, daß die Geschichte faul war, aber daß er den Käufer kannte bezweifle ich.«

Ich ärgerte mich, daß ich nicht selbst auf die Idee gekommen war, die Herkunft des Sarges zu erforschen. Aber war da nicht vielleicht noch etwas zu machen?

»Archer Street, sagst du?«

Er nickte. »Eternity Service.«

»Und der Kerl sah so aus, als ob er mehr weiß?«

»Hab ich nicht gesagt. Er grinste nur. Erfolglose Bullen grinst man immer an.«

Bis zur Archer Street war es nicht weit, und ich überlegte, ob ich nicht hingehen und den Mann selbst in die Mangel nehmen sollte, bis er sang. Aber dann kam mir eine bessere Idee, und ich verabschiedete mich von Bobby: »Meinen Revolver bringe ich dieser Tage vorbei. Kann aber sein, daß ich dich schon vorher anrufe. Ich habe jetzt nämlich auch die Schnauze voll. Wer meine Auftraggeber abschießt, der hat mich auf dem Hals. Sehe dich später!« Eine halbe Stunde danach saß ich in Eugene Hsus elegantem Büro im Ocean Center. Als ich ihm vom Tod des Mister Hung berichtet hatte, blickte er längere Zeit schweigend auf die kleine Buddhafigur aus Bronze, die auf seinem Schreibtisch stand. Er schien den Mißerfolg von vergangener Nacht noch nicht verwunden zu haben, denn er war kurz angebunden, mürrisch. Doch das änderte sich sofort, als ich sagte: »Ich habe da eine neue Spur. Zusammen könnten wir eine hübsche kleine Falle für Tsu daraus bauen ...«

Eine Weile schwieg Eugene Hsu noch. Erst dann, nach längerem Überlegen, sagte er, als dritter an diesem Tage übrigens, wie ich belustigt feststellte: »Ich habe jetzt die Schnauze voll!«

Er drückte auf den Rufknopf an seinem Schreibtisch und beauftragte die hereineilende Sekretärin, Whisky für ihn und Limonade für mich zu bringen.

Sein Erinnerungsvermögen war frappierend, meines hingegen ließ mich im Stich, als ich die Beine der Sekretärin beäugte – sie steckten in rauchgrauen Gardinenstrümpfen, trotz der Sommerhitze, und ich rätselte, ob sie die beim letzten Mal auch getragen hatte. Ich kam nicht darauf. Auch nicht, als sie mir mit Grandezza meine geliebte gelbe Limonade servierte und hüftenschwingend verschwand.

»Sie ist vergeben«, brummte Hsu beiläufig. Seine Beobachtungsgabe stand seinem Erinnerungsvermögen nicht nach: »Was soll das für eine Falle sein? Ich höre ...«

Er nuckelte an seinem Whisky, während er mir zuhörte. Ließ nicht erkennen, was er dachte, bis er alles gehört hatte. Doch dann sah er mich an und nickte zustimmend.

»Vernünftig.«

»Und Sie treiben ein paar Leute für uns auf, die die Dreckarbeit machen?«

»Werden drei genügen?«

»Sie sollten ein paar von diesen praktischen Handschellen mitbringen, die man jetzt in den Curio-Shops kaufen kann.«

»Sie werden echte bei sich haben«, entgegnete er, »und auch sonst alles, was wir brauchen. Ihre Idee ist gut. Ich erneuere mein Angebot an Sie, diese Sache in Papeete aufzuklären, wenn wir mit der Bande hier fertig sind.«

Eine Bande nennt die andere Bande eine Bande, dachte ich, sagte aber, daß ich es in Erwägung ziehen würde.

Wir einigten uns darauf, daß er mich um fünf Uhr in Aberdeen abholen würde. Bis dahin wollte er alles Notwendige regeln. Zeit für mich, eine Pause einzulegen und nach Yasmin zu sehen, auf meiner Dschunke. Wie ich sie einschätzte, würde sie vor dem Transistor hocken und zuhören, wie Emily, der neue Star des Radiohimmels von Hongkong, hellstimmig die Liebe unter dem Herbstmond besang.

An der Pier hielten sich um diese Zeit die Hakka-Frauen auf, die Körbe voller Garnelen zu den Restaurantschiffen hinausbringen wollten, um sie günstig zu verkaufen, bevor die Großlieferanten anrückten. Kleine, dunkel gekleidete Gestalten mit konischen Hüten, von deren Rand Fransen herabhingen, die es schwer machten, das Gesicht zu erkennen.

Ich holte aus meinem Toyota den Revolver, für alle Fälle, und dann besah ich mir die frischen Garnelen. Aber ich hatte keine Lust, mich jetzt in die zeitraubende Zubereitung einer Mahlzeit zu stürzen, also ließ ich mir an der Fischbude zwei Portionen Fisch mit Fritten einpacken, warm genug, um die Walla-Walla-Fahrt bis zur Dschunke zu überstehen.

Alles war in Ordnung. Als ich rief, erschien Yasmin an der Reling. Sie schaltete die Alarmanlage ab, und ich kletterte an Bord.

Yasmin trug Shorts, die so kurz waren, daß die Hälfte ihrer Po-Backen herausguckte, ein nicht im geringsten abstoßender Anblick, nein, im Gegenteil, es waren unvergeßliche Po-Backen!

Wir aßen die Fritten und den Fisch gleich an Deck, aus den Papptellern, und Yasmin schien es auch noch zu schmecken, als ich ihr inzwischen eröffnet hatte, Mister Hung sei zu seinen Ahnen geschickt worden. Ein zartfühlendes Geschöpf!

»Schade«, bemerkte sie kauend, »war ein angenehmer Chef. Die Fritten sind köstlich!« Liebenswert, wie sie mich dabei anblickte. Der Verlust ihrer beiden Mitmasseusen hatte sie schon wenig angefochten, der Tod Hungs entlockte ihr nicht einmal mehr ein Erschrecken. Wenn man es sich überlegte, hatte die singende Dame aus dem Salon *Herbstmond* in Kanton gar keine so schlechte Wahl getroffen. Mädchen dieser Art, die keinesfalls böse sind, deren Verstand allerdings nur eine begrenzte Entwicklung mitgemacht hatte, waren oft in ihrem Gefühlsleben recht anpassungsfähig, wenn man es höflich ausdrücken wollte. Drastischer gesagt pflegten sie sich keine allzu umfangreichen Gedanken über Mord und Totschlag zu machen, sie waren stets bereit, ihre tatsächlichen oder auch nur eingebildeten Bedürfnisse über alle möglichen Bedenken zu stellen, über alle tieferen Gedanken. Meist allerdings hatten sie weder das eine noch das andere. Schmetterlinge, buntgescheckte, die in den Tag flatterten, auf und nieder, glücklich über die Sonne, trunken selbst von der kleinsten Portion genaschter Süße.

»Gehst du gleich wieder weg?« erkundigte sie sich.

Sie sah bildhübsch und verlockend aus, wie sie so mit den sorgsam manikürten Fingern in den Fritten herumstocherte, wie sie Stückchen von dem Fisch zwischen die vollen, rotbemalten Lippen schob, wie sie ihre tadellosen Zähne blitzen ließ. Und ihr Höschen war so kurz, saß so stramm, daß ich schon zu rechnen begann, wann ich aufbrechen mußte. Da waren noch viele Stunden Zeit. Und die Götter sollten verhindern, daß Pipi jemals von der Versuchung erfuhr, die mich hier ansprang wie der Tiger die Antilope!

»Ich hätte Zeit für eine Massage«, ließ ich vorsichtig durchblikken.

Ihr Gesicht begann förmlich zu leuchten. Wer hatte bloß das Gerücht in die Welt gesetzt, daß in den Massagesalons hierzulande arme, bedauernswerte Geschöpfe ihren Körper verkaufen müssen, innerlich zerrissen, von Skrupeln geplagt, von Scham gepeinigt? Nein, sie taten es gern! Freuten sich darauf, ebenso wie auf den Verdienst, den es brachte. Das hatte mit ihrem Kopf zu tun, viel mehr als mit dem Unterleib, oder sogar mit der sozialen Lage. Denn in Kanton konnte man auf jeden Fall irgendeine Arbeit bekommen und seinen täglichen Reis verdienen, selbst wenn es keine Arbeit erster Klasse war! Vermutlich würde die erstbeste Dame vom Frauenverein mir buchstäblich ins Gesicht spucken, wenn sie mich das so sagen hörte, aber ich glaube, es ist die Wahrheit. Der schnelle Dollar auf der Matte lockt mehr als der langsame Yüan auf dem Reisfeld! Deshalb, so schien es mir, war hier auch nicht wegen Nötigung zur Prostitution zu ermitteln, sondern einzig und allein wegen Mord, Morddrohung und Behinderung bei der freien Wahl des Arbeitsplatzes. Also grinste ich die gute Yasmin an und brachte die Sache so langsam ins Rollen.

»Trägst du eigentlich unter den Shorts noch was?«

»Das sind Hot Pants.«

»Gut. Und darunter?«

»Meine Haut.«

Die Sache war klar. Wir aßen zu Ende, schrubbten uns den Fischgeruch von den Händen, dann sicherten wir die Dschunke wieder und zogen uns in meine Schlafkabine zurück.

Es gab nicht viel zu reden, ich zog mich aus, legte mich auf den Bauch, und Yasmin quirlte meine Nackenmuskeln durch, bis ich genug davon hatte und mich auf den Rücken drehte. Was soll ich sagen – mein Körper war dem Ruf der Natur, wie der feine Mann es nennt, vollauf gefolgt.

Yasmin trug unter dem knappen Höschen tatsächlich nichts mehr als Haut. Nicht einmal Haar fand sich da, nur rosig warme, feuchte Nacktheit. Die zwei faustgroßen Brüste baumelten mir ins Gesicht, und ich schnappte nach den Warzen, bis ich dann das Gefühl bekam, auf die sanfteste Art vergewaltigt zu werden, was ich mir liebend gern gefallen ließ. Und während wir dieses Spiel so trieben, ein wenig schwitzend zwar, aber voller Genuß, erinnerte ich mich ganz kurz an ein Reklameplakat in einem der Salons, die ich »ermittlungshalber« beehrt hatte. Da stand *Massage ist in.* Dicke Lettern neben dem Gesicht eines Mädchens, und die Aufnahme war genau aus derselben Perspektive gemacht, aus der ich jetzt Yasmin sah.

Der Plan, den ich ausgedacht und den Eugene Hsu akzeptiert hatte, lief an, als die Sonne unterging.

In unserer Gegend gibt es keine ausgedehnte Dämmerung, weder früh noch abends. Sobald die Sonne weg ist, verflacht das Licht des Tages sehr schnell und weicht der Dunkelheit. In der kurzen Spanne, in der dann die Straßenbeleuchtungen aufflammen und die unzähligen grellbunten Neonschlangen ihre Farben in die Nacht speien, traf ich Eugene Hsu an der vereinbarten Stelle in der Queens Road Central.

Er saß in seinem Ford und lauschte in den Lautsprecher des Bordradios. Knapp teilte er mir mit, er habe vier Leute ins Quartier der Wang-Brüder am Ende der alten Ladder Street geschickt, um die beiden abzuholen. Zuerst hatten sie ihm über Sprechfunk mitgeteilt, die Harley Davidson stehe vor dem Quartier. Jetzt wären sie bereits in dem betreffenden Haus.

Wir warteten. Rauchten und sahen zu, wie die Autos an uns vorbeirollten, wie sich die Fußgängerwege so mit Menschen füllten, daß sie ihre Schritte verkürzen mußten, um sich nicht gegenseitig anzurempeln. Für einen Hongkonger wird die Stadt, besonders ihr Zentrum, auf eine überraschende Art fröhlich, wenn es auf den Abend zugeht. Die wenigsten fremden Besucher nehmen das wahr, weil ihr Blick oft nur an den Bauten klebt, an den Auslagen in den Schaufenstern, am Chromglanz der in Kolonnen vorbeifahrenden Autos. Es sind aber die Menschen, die jene Fröhlichkeit ausstrahlen. Und das hat verschiedene Ursachen. Auch das Klima. Die Luft wird am Abend um einiges kühler. Man atmet leichter, trotz des Qualms aus Tausenden von Auspuffrohren, überraschenderweise. Und das liegt nicht nur an der Luft, nein, ein gut Teil dieses Gefühls entspringt dem Wissen der unzähligen Passanten, daß ihre Tagesarbeit vorbei ist, daß der Abend die Freizeit bringt, mit ihren ungezählten Vergnügungsmöglichkeiten, mit der Chance, sich ungehemmt auszuleben.

Ich kannte das von Kind auf, denn auch Kinder schätzen in Hongkong bereits den Abend und die frühe Nacht. Sie werden nicht, wie man das aus anderen Gegenden der Welt hört, ins Bett gesteckt, nein, sie laufen herum, werden von den bummelnden Eltern herumgeschleppt, ob ins Kino oder an die nächste Straßenküche. Manche in Hongkong, besonders in Wanchai, dem großen Paradies der Flaneure, behaupten, das Leben beginne eigentlich erst, wenn die Neonschlangen aufzucken, es ende, wenn das Morgenlicht sie löscht. Ich bin der gleichen Ansicht, auch wenn mein Beruf es mit sich bringt, gelegentlich mal eine Nacht durchzuschlafen.

Im Lautsprecher des auf das Sprechgerät geschalteten Radios knisterte es. Dann kam die Stimme eines Mannes: »Wir haben sie in der Kiste. Abfahren?«

Schnell griff Eugene Hsu sich das kleine Mikrofon, das am Armaturenbrett hing. »Verletzungen?«

»Kratzer. Wir haben auch die Papiere. Namen stimmen.«

»Der Bart?«

Ein Hüsteln kam zurück und eine Entschuldigung. »Bart ist übertrieben. Bißchen steifer Flaum ums Kinn.«

»Abfahren!« ordnete Eugene Hsu an. Er sah wieder aus wie ein Tai Pan von der modernsten Sorte. Jüngere Generation. Nachtblauer Zweireiher über schneeweißem Hemd, garniert mit weinrotem Schlips. Und eine Frisur, wie ich sie etwa alle Vierteljahre einmal habe, für zehn Minuten, auf dem Weg vom Frisör zu meinem Toyota. Alles an Hsu war teuer und gediegen, dabei aber keineswegs protzig. Die Golduhr war flach, die dunklen Lederschuhe, die er trug, hatten Schnürbänder, wie das jetzt bei Managern wieder in Mode war, zu geschlossenen Anzügen, auch wenn Mokassins bequemer waren.

Eugene Hsu fuhr an und schob sich mit dem Ford in eine Lücke zwischen einem Mercedes und einem langsamen Linienbus. Als wir rollten, bemerkte er trocken: »Jetzt werden wir den Finger an den Drücker legen!«

Ich erkundigte mich, ob er auch die Vorbereitungen für den Rest des Plans getroffen hatte. Er wich einem Obstkarren aus und antwortete: »Alles ist veranlaßt, Mister Lim Tok. Genau um Mitternacht werden unsere Leute alle diese Mädchen einsammeln, deren Adressen wir dank Ihrer unschätzbaren Fähigkeiten haben.«

»Man wird einen Bus brauchen ...«, rechnete ich.

»Drei. Es sind über hundert, wenn Sie sich recht erinnern. Alle bereits unter Kontrolle.«

»Und in Lo Wu?« Die Grenzstation spielte eine wichtige Rolle in dem Plan, den ich ausgeheckt und den Hsu akzeptiert hatte.

Ich sah ihn grinsen. »Sie werden auf ein Sammelvisum reisen. Gesellschaftsfahrt. Auch wir haben ein paar Beziehungen zu den Behörden!« Wem sagte er das!

Wir nahmen den Weg durch den Tunnel nach Kowloon, ohne uns sonderlich zu beeilen. Auf halbem Wege, gerade auf der Kowlooner Seite, fuhr Eugene Hsu an den Straßenrand und hielt, ohne für mich erkennbaren Grund. Doch kaum standen wir, da erschien aus der Dunkelheit am Straßenrand ein Mann mit einem kleinen Koffer. Wie selbstverständlich öffnete er die hintere Tür und stieg ein. Den Koffer behielt er auf den Knien. Ich sah, daß er mit Drahtgaze versperrte Öffnungen hatte. Mir lag die Frage auf der Zunge, ob er vielleicht ein Kaninchen transportiere, aber ich schwieg lieber.

Wenn jemand zuerst das Wort an den Zusteiger zu richten hatte, dann war es Eugene Hsu, und der tat es nicht. Fuhr weiter. Die Hong Chong entlang, bis an die nächste Kreuzung, da bog er rechts ab, in Richtung auf die ausgedehnten Anlagen, die zu der Endstelle der Eisenbahn gehörten. Zwischen Laderampen und Prellböcken Drehscheiben, Lokomotivschuppen und Schlangen von Waggons gab es hier eine Menge flacher Lagerschuppen, die nur zum Teil der Bahn selbst gehörten, die meisten waren an Firmen vermietet, die hier ihre Waren umschlugen, denn hier begann die wichtigste Verkehrsader nordwärts, in Richtung Rotchina.

An einem der niedrigen, schäbig wirkenden Gebäude hielt Eugene Hsu an. Wir stiegen aus und betraten den Schuppen. Da kam zuerst der übliche, mit Containern und riesigen Kisten vollgestellte Raum. An einer Seite dann führte eine Tür in ein Nebengelaß, dessen Einrichtung mich überraschte. Sie bestand aus zwei nebeneinanderstehenden Pritschen und einer Anzahl von Stühlen, sie schien nicht zu der allgemein tristen Lageratmosphäre der Halle zu passen, sondern eher eine Art Konferenzraum zu sein. Vielleicht das umgeräumte Büro eines Lagerhalters. Auch Gewerkschafter konnten hier tagen.

Es brannten einige helle elektrische Lampen, und die Pritschen waren mit Packpapier überzogen, von dem eine ganze Rolle in einer Ecke stand. Daneben ein Beistelltisch. Auf den legte jetzt der Zusteiger seinen Koffer.

Ich besah mir den Mann zum ersten Mal genauer. Er war älter als ich, hatte ein verschlossenes, narbiges Gesicht und grobe Hände. Er trug dunkles Kattun und eine Mao-Mütze. Ohne Stern.

Eugene Hsu wandte sich an ihn: »Alles vorbereitet?«

Der Mann nickte nur. Hockte sich auf einen Stuhl und blickte vor sich hin. Hsu bot Zigaretten an. Wir rauchten schweigend. Bis es dann draußen im Lagerraum Schritte gab. Hsu öffnete die Tür, und zwei in Leder gekleidete junge Burschen erschienen, die von jeweils zwei ziemlich kräftigen Männern hereingeführt wurden. Der eine der Leder-Burschen hatte tatsächlich einen Kinnbart, der gar nicht sehr eindrucksvoll wirkte, weil der Haarwuchs bei uns Chinesen eben im Gesicht recht spärlich ist. Die beiden sahen nicht gerade ungefährlich aus, aber wie es schien, hatten ihre Bewacher sie bereits einigermaßen gezähmt, sie wehrten sich nicht gegen die Handfesseln, die sie trugen, und im Gesicht hatten sie beide einige blutunterlaufene Abschürfungen. Sie blickten etwas unsicher drein.

Einer der vier Bewacher übergab Eugene Hsu zwei Hongkonger Pässe, die noch ziemlich neu aussahen. Hsu warf nur einen kurzen Blick hinein, hielt das Namensblatt gegen das Licht, dann sagte er: »Echt. Aber nicht über die Behörde erworben, sondern privat. Wer hat sie euch gegeben?«

Die beiden Motorradjungs hatten sich offenbar entschlossen, nichts zu sagen, was immer sie auch gefragt wurden. Sie schwiegen. Blickten an Hsu vorbei, der die Pässe ungeduldig gegen seine Fingerknöchel klopfte. Die Bewacher sahen ihn erwartungsvoll an. Als er nickte, zogen sie aus den Jackentaschen zopfähnliche Instrumente, aus Plastbändern geflochten, geschmeidig. Sie hieben damit in die Gesichter der beiden Gefangenen. Die stießen dumpfe Schmerzenslaute aus, versuchten sich zu ducken und wurden von den beiden anderen Wächtern in den Rücken getreten. Als Eugene Hsu abwinkte, hörten die Schläge auf. Über die Gesichter der beiden Geschlagenen zogen sich rote Striemen.

»Von wem sind die Pässe?« fragte Eugene Hsu noch mal, leise. Als er wieder keine Antwort erhielt, hoben die Wächter bereits ihre Plastzöpfe, aber diesmal entschied Hsu knapp: »Wir kürzen das Verfahren ab. Ausziehen. Auf die Pritschen!«

Der Mann mit dem kleinen Koffer hob erwartungsvoll den Kopf, lupfte seine Mao-Mütze, kratzte sich das kurzgestutzte Stoppelhaar, sagte aber kein Wort, beteiligte sich nicht, als den beiden Motorradfahrern die Kleidung vom Leib gerissen wurde und die Wächter sie splitternackt auf die Pritschen banden, so daß sie sich nicht mehr bewegen konnten. Dann, endlich, erhob er sich, nachdem er einen Blick mit Hsu gewechselt hatte, ging zu dem Tisch und öffnete dort seinen Koffer. Nacheinander stellte er eine Lötlampe, eine hochwandige, runde Bratpfanne und einen kleinen Käfig auf den Tisch. In dem Käfig kauerte eine ausgewachsene graubraune Ratte, die um den Hals ein feingliedriges Kettchen trug.

»Meine Herren«, sagte Hsu, trat an die beiden Pritschen und brannte sich eine neue Zigarette an. »Sie werden jetzt folgende Fragen beantworten, eine nach der anderen: Woher kommen Sie? Wer von Ihnen hat das Mädchen Magnolie getötet? Wer Päonie? Wer Mister Hung? Bitte!«

Ich stellte mich neben ihn und erinnerte ihn: »Da ist noch die Schweinerei, die sich in Aberdeen abspielte, in meinem Büro!«

Hsu grinste. »Gut. Eine Frage mehr. Ich höre!«

An dem kleinen Tischchen flammte ein Feuerzeug auf. Der Koffer-Mann pumpte einige Stöße Luft in die Lötlampe, ließ etwas Brennstoff in die Rinne an der Düse laufen und zündete ihn an. Die Ratte wurde unruhig.

»Sie werden alle sterben«, sagte der Mann mit dem Bart dumpf. Als geborener Hongkonger fiel es mir nicht schwer zu erraten, daß er in Kanton aufgewachsen war, man hörte es heraus.

Hsu blieb gelassen. Er bemerkte sachlich: »Wir alle müssen eines Tages sterben, junger Mann, es ist eine Frage des Zeitpunktes. Wie es aussieht, haben Sie die Chance, früher zu sterben. Aber ich höre immer noch. Vielleicht vergaß ich zu erwähnen, daß Ihnen klare Antworten einiges ersparen können, das wesentlich unangenehmer ist, als einfaches Ableben. Also ...?«

»Gehen Sie zur Hölle!«

Hsu ließ das unbeachtet. Er winkte den Wächtern, und die stopften den auf die Pritschen gebundenen Gefangenen Knäuel schmutziger Putzwolle in den Mund. An seinem Tischchen drehte der Koffer-Mann den Knopf der Lötlampe. Vor der Düse entstand eine lange Flamme. Der Mann pumpte wieder Luft nach, dann regulierte er sorgfältig den Flammenstrahl, bis er die Farbe eines glasigen Blaus annahm und ein fauchendes Geräusch verursachte. Der Strahl war gut einen Fuß lang.

»Nun, meine Herren, wir werden Ihnen jetzt demonstrieren, daß wir meinen, was wir sagen. Anfangen werden wir mit dem von Ihnen, der den Bart trägt. Sie haben beide die Finger Ihrer rechten Hände frei. Sobald Sie reden wollen, strecken Sie die Finger einfach aus. Ganz gerade. Wir werden dann die Prozedur unterbrechen. Ach – übrigens, das kleine Tierchen da hat zwei Tage nichts gefressen. Es wird seine niedlichen Zähnchen in jede Art Fleisch schlagen, sobald es von oben Hitze spürt, denn es sucht natürlich einen Fluchtweg ...«

Er nickte dem Koffer-Mann zu. Der nahm ohne Hast und ohne daß sein gleichgültiges Gesicht sich dabei veränderte, die Ratte aus dem Käfig. In der anderen Hand hielt er die schwere, gußeiserne Pfanne. Die Ratte setzte er dem aufstöhnenden Bärtigen genau auf den Nabel und stülpte mit einer geübten Bewegung die Pfanne über sie. Gelassen holte er dann die Lötlampe und richtete den glühenden Strahl auf den Pfannenboden.

Ich sah, wie die Augen des Bärtigen größer und größer wurden, sein Gesicht sich verzerrte. Er würgte an dem Knebel. Als ich mich abwandte, riet mir Eugene Hsu schlicht: »Mister Lim Tok, Sie können gern für eine Weile nach draußen gehen, wenn das, was Sie hier sehen, Ihr zartes Gemüt unziemlich belastet ...«

Das Zischen der Lampe war zu hören, es mischten sich würgende Laute dazwischen, und gelegentlich scharrte ein beschuhter Fuß über den Betonboden der Kammer.

Ich hatte genug Erfahrungen mit Triaden, um zu wissen, daß sie jede erdenkbare Quälerei anwandten, wenn es um Aussagen ging. Diese hier war alt. Chinesische Gangster hatten sie schon vor langer Zeit angewandt, um von Gefangenen Geständnisse zu erpressen, und es hieß, sie sei sogar schon in den Verliesen der Kaiserhöfe gegen Feinde praktiziert worden. Früher, als es noch keine Lötlampen gab, hatten die Folterer den Boden der Pfanne eingebeult und mit Petroleum gefüllt, Werg hineingeworfen und es angezündet. Eine Variante. Die Zeiten hatten die Methode nicht sterben lassen, sie hatten sie lediglich verfeinert. Ich bedauerte, daß ich mich in diese Sache hatte hineinziehen lassen, genau besehen hatte ich mich sogar angeboten. Aber jetzt war es zu spät, auszusteigen.

Es begann nach verbranntem Kraftstoff zu stinken, nach angesengter Haut und Angstschweiß. Und ich war froh, als ich hinter mir Eugene Hsu, den eleganten, distinguierten *Sin Fung* der *Dreihundertvierzehn* halblaut sagen hörte: »Ah, ich sehe doch wohl recht, daß der Herr die Finger streckt. Nun gut, wir wollen ihn anhören ...«

Einer der Wächter riß dem Burschen, dem der Schweiß in die Augen gelaufen war und sie seltsam glasig machte, den Knebel aus dem Mund.

Der Bärtige stieß einen qualvollen Schrei aus, der in eine Wimmern überging: »Bitte, Mister, nehmen Sie das Tier weg!«

Der Koffer-Mann verständigte sich durch einen Blick mit Hsu, dann stellte er die Lötlampe ab, wickelte seine Mütze um den Griff der Pfanne und hob sie an. Die Ratte hatte bereits die Bauchhaut des Bärtigen mit ihren Zähnen zerfetzt. Als sie jetzt Licht sah, richtete sie sich auf und ließ sich gehorsam von dem Koffer-Mann auf seine Schulter heben, wo sie schmatzend sitzenblieb wie ein harmloses Maskottchen.

»Sehr gute Dressur!« lobte Hsu. Dann blickte er den Bärtigen erwartungsvoll an. Der begann ohne weitere Aufforderung zu reden, hastig, so als habe er nur wenig Zeit und müsse sie für den Erhalt seines Lebens nutzen.

»Es stimmt, wir sind beide aus Kanton. Wir haben dort über ein

Jahr lang Mädchen angeworben, in Hongkong zu arbeiten. Mit einer Frau zusammen. Unseren Chef kannten wir nicht. Wir bekamen für unsere Anwerbungen Geld und Hongkonger Papiere, von einer Frau, die in Kanton wohnt. Sie ist die Beauftragte eines Mannes, der hier residiert, in Hongkong. Aber diesen Chef kennen wir nicht persönlich. Haben ihn nie gesehen. Wir verrichten Dienstleistungen aller Art. Eines Tages wurden wir ins Restaurant Gun bestellt, drüben auf der Insel, nicht weit von der Mittagskanone. Hier trafen wir mit einer jungen Frau zusammen, die uns den Auftrag übermittelte, die Mädchen zu disziplinieren. Wir töteten die eine und organisierten das mit dem Sarg. Als Warnung. Dann mußten wir die anderen suchen. Wir fanden die zweite. Sie starb. Als wir die dritte greifen wollten, mußten wir fliehen. Später schickte die Dame uns dann zu Mister Hung ...«

»Um ihn zu töten?«

»Ja, Mister.« Er sagte es, als wäre es um das Abstellen eines Automotors gegangen.

»Wer schoß?«

Stille. Dann, nach längerer Zeit, kam das Eingeständnis: »Bei Mister Hung war ich es. Auch bei dem ersten Mädchen.«

Ich mußte die ganze Zeit an die elegante Sekretärin aus dem *Yellow Star* denken, die mit den Perlmuttfingernägeln. Es gab keinen Zweifel, daß sie für Tsu die verschiedensten Dienste leistete, vermutlich auch die Verbindung zu den Muskelmännern aufrechterhielt, denen sich Tsu nicht persönlich zeigen wollte.

»Die Waffe?« erkundigte sich Eugene Hsu sachlich.

»In der Werkzeugtasche des Motorrads.«

Eugene Hsu gab einem der Wächter ein Zeichen, und der verließ die Kammer. Als er wieder erschien, hatte er die Pistole in der Hand. Hsu besah sie sich, wischte sie ab und legte sie zu Füßen des Bärtigen auf die Pritsche.

»Das andere Mädchen?«

»Mein Bruder.« Er schloß die Augen. Vermutlich bereitete ihm die von der Ratte angefressene Bauchhaut Schmerzen.

Eugene Hsu fischte aus seiner Jackettasche ein Foto. Dann fragte er zunächst: »Diese Dame, die sozusagen die Briefträgerin spielte, haben Sie sie nicht bei einem der Treffs zusammen mit einem Herrn gesehen? Einem, der das Auto fuhr, in dem sie kam?«

»Einmal ...«, kam es zögernd.

Da zeigte ihm Hsu das Foto. »War es dieser Herr?«

Der Bärtige, der wohl unter der Wirkung des Schmerzes in seiner

Bauchgegend die Augen geschlossen hatte, öffnete sie und schloß sie sofort wieder. Fast unhörbar murmelte er: »Das war er, ja.«

Hsu drehte sich um und hielt mir das Foto hin. Es zeigte den *Yellow Star*-Manager Tsu Yao-wen, von dem mir der Kriminalist Yüh in Kanton gesagt hatte, dort sei er unter dem Namen Wong Ta-tsien bekannt. Und berüchtigt. Aus der Zeit, in der er und seine Kumpane anständigen Leuten die Sprüche des Großen Steuermanns mit Hilfe von Holzknüppeln einbleuten.

Daß er hinter dem Geschäft steckte, war keine große Eröffnung für mich. Vielmehr beeindruckte mich die Gründlichkeit, mit der die Triade vorging.

»Respekt, Respekt«, sagte ich anerkennend zu Hsu.

Der grinste fröhlich. »Er ist die Hauptfigur. Auf ihn konzentrieren wir uns. Die Dame – für die wird sich ein Weg finden ...« Dann steckte er das Foto wieder ein und überlegte eine Weile. Schließlich wandte er sich an den Koffer-Mann, der geruhsam seine Ratte streichelte, und sagte zu ihm: »Danke. Der Kleintransporter bringt Sie zurück.«

Der Mann ließ das Nagetier wieder in den Käfig hüpfen, löschte die letzte Glut an der Düsenverkleidung der Lötlampe, indem er sie auf den Boden stellte und darauf pißte, packte dann seine Ausrüstung wieder in den Koffer und ging grußlos.

»Ihr stopft ihnen wieder das Maul«, wies Hsu die Wächter mit einer Kopfbewegung zu den Gefangenen an, »und dann geht ihr in euer Quartier und wartet am Sprechgerät, bis ich rufe.«

Als sie verschwunden waren, wandte sich Hsu den beiden Gefangenen auf den Pritschen zu: »Wir lassen euch am Leben. Es wird jemand kommen und sich um euch kümmern.« Ich war froh, daß ich den mit dem Gestank verbrannter Haut und Angstschweiß geschwängerten Raum verlassen konnte. Draußen vor der Halle stand die Harley Davidson. Der Kleintransporter mit den Wächtern rollte soeben davon. Eugene Hsu sah auf die Uhr, bevor er den Schlag des Fords öffnete. Er schien zufrieden und nicht sonderlich in Eile zu sein. Langsam rollten wir aus dem Eisenbahngelände heraus, und als am Straßenrand eine Telefonzelle auftauchte, parkte Hsu den Wagen daneben und erkundigte sich: »Sie haben Beziehungen zur Polizei, nicht wahr?«

»Alte Freunde«, gab ich vorsichtig zurück. Er nickte. »Ich hörte davon, daß Sie mit einem Detektiv namens Hsiang befreundet sind, stimmt das?«

»Stimmt.«

»Sehr gut. Dann gehen wir jetzt in die Telefonzelle und rufen ihn an. Gewaltverbrechen sind doch Sache der Polizei, oder irre ich da?« Die Ironie war nicht zu überhören, selbst wenn man nur noch ein halbes Ohr gehabt hätte. Was antwortet man einem solchen Zyniker? Ich entschloß mich, mein gutes Verhältnis zur Triade *Dreihundertvierzehn* nicht mutwillig aufs Spiel zu setzen und spielte mit. Rief Bobby Hsiang an. Bekam ihn nach einiger Zeit an den Draht. Er war in einer Raubmordsache in Ho Man Tin unterwegs, im Zentrum von Kowloon, und er sprach über sein Autotelefon.

»Kennst du den Südeingang des Eisenbahndepots an der Hung Hom Bay?« fragte ich ihn.

Er knurrte: »Es gibt bloß dieses eine Depot, und ich kenne den Eingang. Was gibt's – Leiche?«

Ich überging die Frage. »Du fährst da hinein. Im ersten Lagerhaus auf der rechten Seite gibt es einen Nebenraum. Dort findest du die Wang-Brüder. Vor dem Lagerhaus steht ihr Motorrad. Die beiden sind bereit, drei Morde zu gestehen. Die Tatwaffe liegt bei den Füßen des einen der Brüder. Kannst du das erledigen?«

»Frühestens in einer Stunde«, wandte er ein. »Wir haben hier inzwischen auch einen Toten – Raubmord.«

»Eine Stunde wird reichen. Die beiden können nicht weg. Ach, übrigens – habt ihr einen Arzt dabei?«

»Hast du einen angeschossen?«

»Nein. Aber der eine ist leicht verletzt. Er könnte einen Verband brauchen.«

»Keinen Container?«

Das verneinte ich. Eugene Hsu machte mir ein Zeichen, die Sprechmuschel abzudecken. Ich legte die Hand darauf, und der *Sin Fung* machte mich aufmerksam, daß wir diesen Polizisten vielleicht gegen Morgen noch brauchen könnten. Ich erkundigte mich, wie lange Bobby Dienst habe.

»Sonnenaufgang«, gab er mürrisch zurück. Da bat ich ihn: »Bleib in der Nähe des Telefons. Möglicherweise muß ich dich bis dahin noch einmal bemühen!«

Er knurrte, ich sollte mich vom Teufel holen lassen. Bobby Hsiang war kein freundlicher Typ, aber es war Verlaß auf ihn. Und in diesem Falle sah er es wohl gar nicht so ungern, wenn ich mir die Dreckarbeit mit der *Dreihundertvierzehn* teilte. Dann brauchte er sie nicht zu leisten, denn es waren immerhin drei Morde, die da anstanden.

Man Kam To ist ein kleines Nest im äußersten Norden Kowloons. Von hier bis zur Grenze, hinter der Rotchina beginnt, sind es nur noch einige hundert Meter. Deshalb ist Man Kam To, das an der einzigen durchgehenden Straße liegt, eher eine Grenzstation als eine Wohnsiedlung.

Die Leute sagen, hier gibt es mehr Zollbeamte als Hunde. Seitdem China den Warenverkehr mit der Kolonie intensiver betrieb, hatte diese Grenzstation an Bedeutung gewonnen. Und hier waren auch die Grenzwächter untergebracht, die mit Jeeps regelmäßig an dem Drahtzaun entlangfuhren, der errichtet wurde, um die illegale Einwanderung in die Kolonie einigermaßen unter Kontrolle zu halten.

Als wir ankamen, war es schon ziemlich spät. Eugene Hsu kannte sich hier offenbar recht gut aus. Er parkte in der Nähe eines Straßenrestaurants und beauftragte mich, inzwischen Nudelsuppe zu bestellen, er habe nur ein paar Minuten an der Grenzabfertigung zu tun.

Ich konnte sehen, wie er einen der Zollbeamten an der Schranke beiseite nahm und mit ihm konferierte. Die beiden schienen sich zu kennen. Es war kein britischer Zöllner, sondern ein Inder. Am Schluß schüttelten sie sich ausgiebig die Hände, und dann kam Hsu zu mir an den Tisch aus gescheuertem Holz, wo wir unsere Suppe löffelten, eine gut gewürzte, nahrhafte Suppe, wie für eine sich abkühlende Nacht geschaffen.

»Alles in Ordnung«, teilte der *Sin Fung* mir mit. In einer halben Stunde sind die drei Busse da. Angemeldet wurden sie schon.«

Wer die Sache von außen betrachtete, ohne die sonderbare Situation Hongkongs zu kennen, hätte auf die Idee kommen können, die *Dreihundertvierzehn* arbeite unmittelbar der Polizei und der Einwanderungsbehörde in die Hände. Aber das war bei weitem nicht so einfach, wie es aussah. Vielmehr nutzte hier einer den anderen, stillschweigend, und immer nur im eigenen Interesse. Und besonders gut funktionierte das in Fällen wie diesem, wo die Intentionen beider Parteien parallel liefen. Das hatte sich aus dem Fall der illegal importierten Masseusen ergeben, und Eugene Hsu hatte nicht gezögert, die Chance zu nutzen. Beiden Seiten lag daran, daß die Mädchen ohne größeres Aufheben wieder nach Kanton expediert wurden.

Trotzdem blieb da die Frage nach einer Aktion gegen den Manager der Sache offen. Dachte ich. Aber ich täuschte mich, wie ich sogleich von Eugene Hsu erfuhr.

»Sie meinen Mister Tsu vom *Yellow Star?«*

»Ebendiesen meine ich«, sagte ich ungeduldig. »Der Bärtige hat ihn doch erkannt, oder?«

»Sehr richtig, mein Lieber. Dankenswerterweise haben Sie ja außerdem noch aus seinem Tresor die Kartei gebolt. Bei der Polizei würde man sagen, die Beweismittel reichen. Wir sind nicht die Polizei, aber für uns reichen sie auch. Wir haben ihn!«

»Wo?«

Er lachte über die freche Frage. Verschluckte sich fast an seiner Suppe. Das Licht der zischenden Karbidlampe über dem Tisch des Suppenkochs machte sein Gesicht zu einer bleichen Maske.

»Es sind etwa fünfundzwanzig Kilometer, Mister Lim Tok. Halbe Stunde gemütliche Autofahrt. Nachts nur zwanzig Minuten. Kennen Sie Tai Po?«

Kennen wäre zuviel gesagt gewesen. Ich wußte, daß der Ort am Meer lag, dort, wo sich die Bucht von Tai Po erstreckte, den Hafen von Tolo ausmachte, in dem Fischer und Transportdschunken ankerten. Jeder Hongkonger wußte außerdem, daß die in Tai Po gewebten Teppiche sich in ganz Asien durchgesetzt hatten – wegen ihrer Qualität. In Hongkong selbst weniger. Wegen ihres Preises. Und ich erinnerte mich persönlich daran, dort einmal in einem Restaurant gegessen zu haben, das für seine Spezialgerichte berühmt war, nämlich indische Curries, die es in der ganzen Kolonie sonst nirgendwo mehr in dieser Vielfalt und Vollendung gab. Schwein, Huhn, Rind, Schaf, Fisch, ja selbst Krabben und Quallen wurden hier auf indische Art mit dem gelben Pulver zubereitet, und das Restaurant, das zu einem gediegenen Hotel gehörte, war unter den Feinschmeckern, die Abwechslung von der kantonesischen Küche suchten, ein Geheimtip. Nirgendwo in China kocht man nämlich mit Curry. Das machte die Einmaligkeit dieses Etablissements aus.

»Es heißt *New City«,* bemerkte Hsu. »Genau ein halbes Hundert verschiedener Curries. Mögen Sie Curry?«

Ich schüttelte den Kopf. »Meine Mutter sagt, wer mit Curry kocht, der sorgt dafür, daß jedes Gericht nur noch nach Curry schmeckt und nach nichts anderem mehr. Selbst das Kompott noch. Sie muß es wissen, sie führt selbst ein Restaurant ...«

Er lachte. »Das *Hibiskus!* Ich kenne es. Gemütlich. Etwas klein vielleicht.«

»Die Pension meines verblichenen Vaters reichte nicht für ein größeres.«

Das nahm er kommentarlos zur Kenntnis. Und er machte mich aufmerksam: »Dort, in diesem *New City,* in Tai Po, wohnt Mister Tsu vom *Yellow Star.* Dauergast. Hat sich nicht entschließen können, eine Wohnung zu nehmen. Wollte sich wohl auch in Victoria nicht ansiedeln.«

»Und das wissen Sie genau?«

Er lächelte mitleidig. »Ich habe vier Leute dort postiert. Mister Tsu kann keinen Schritt machen, ohne daß ich davon erfahre. Er kann nicht einmal die Toilette besuchen ...«

Ich überlegte. »Warum schalten wir ihn nicht aus? Schicken ihm die Polizei auf den Hals. Beweise sind da ...«

Aber Eugene Hsu winkte ab. Schob die Suppenschale beiseite und tupfte sich die Lippen mit einem Kleenex ab, das er dann in die Schale fallen ließ. »Sie würden ihn nur abschieben. Ohne Aufsehen. Das reicht mir nicht.«

Da lag mir die Frage auf der Zunge, warum man ihm von der *Dreihundertvierzehn* nicht einfach einen Mann aufs Zimmer schickte, der ihn stumm machte. Schließlich war das eine ziemlich alltägliche Praxis der Triaden. Aber Eugene Hsu war nicht für eine solche Lösung zu haben, als ich die schließlich doch vorsichtig erwähnte.

»Wir haben uns etwas Besseres für ihn ausgedacht. Weil wir wissen, daß dieser Mister Tsu unter einem anderen Namen von verschiedenen Leuten in Kanton gesucht wird, die noch eine alte Rechnung mit ihm zu begleichen haben, aus der Zeit, als er der Chef einer Terrortruppe war, die ziemlich übel hauste. Nur ist die Sache noch nicht ganz organisiert, wir brauchen vielleicht zwei oder drei Tage ...«

Ich warf spontan ein: »Vielleicht auch nicht!« Mir fiel der Kriminalist Yüh in Kanton ein, er war einer der Leute, von denen Hsu sprach, und ich erinnerte mich an das, was er mir über das Schicksal seines Vaters erzählt hatte.

»Wie meinen Sie das?« wollte Hsu wissen.

Ich erzählte ihm die Geschichte. Er hörte nachdenklich zu. Dann winkte er dem Koch und bestellte zwei Schälchen Reisschnaps für uns. Nachdem wir sie gekippt hatten und er eine weitere Weile in sich hineingehorcht hatte, machte er mir einen Vorschlag, der mir auf Anhieb gefiel. Damit wäre nämlich die ganze Affäre sehr schnell erledigt. Und elegant. Ich erkundigte mich bei Hsu: »Können wir denn den Mann tatsächlich so ganz ohne Schwierigkeiten dort in dem Hotel hoppnehmen?«

»Er kann nicht fliehen, wenn Sie das meinen. Dafür ist gesorgt. Außerdem – es wird von seiner Seite keine Schwierigkeiten geben, sobald wir zupacken. Mister Tsu ist, sobald er nur auf sich selbst angewiesen ist, ein recht zahmer Mensch. Das haben wir auch herausgefunden.«

»Hoffentlich stimmt es«, konnte ich mir nicht verkneifen zu bemerken. Leute, die mir als harmlos beschrieben wurden, hatten sich recht oft als ziemlich bösartig entpuppt.

Das Telefonhäuschen, das in der Nähe der Grenzabfertigung stand, hatte ich schon bei unserer Ankunft ausgemacht. Mir war eingefallen, wie ich helfen konnte, die Sache mit Tsu in vertretbarer Zeit zum Abschluß zu bringen. Ein paar Minuten später hatte ich Bobby Hsiang erreicht. Er war mit seinem Raubmord gerade fertig.

»Kannst du sofort deinen Freund Yüh in Kanton anrufen? Ich meine – erreichst du ihn um diese Zeit?«

»Ich erreiche ihn um jede Zeit. Weshalb sollte ich?« Darauf machte ich meinen Vorschlag, den Bobby Hsiang nur kurz überdachte, dann ließ er sich die Nummer des Telefonhäuschens geben, in dem ich stand, und schärfte mir ein, auf seinen Rückruf zu warten. Ich rauchte zwei Zigaretten. Eugene Hsu ging in der Nähe auf und ab, gelegentlich zu mir herüberblickend. Und dann klingelte es in der Zelle.

»Ich habe ihn erreicht.«

»Ist er einverstanden?«

»Er braucht zwei Stunden.«

»Wo?«

»Ich habe ihn an den Zaun bestellt. Gegenüber von Shan Tsui. Das ist bei Sha Tau Kok.«

Ich wußte, wo das war. Es handelte sich um den äußersten Nordostzipfel der Grenze zu China. Eine vergleichsweise ruhige Gegend. Da gab es im Grenzzaun einen Durchgang. Er diente dazu, illegale Einwanderer ohne große bürokratische Modalitäten den Grenzern der Volksrepublik wieder zu übergeben. Eine der sehr praktischen Abmachungen zwischen Kolonie und Mutterland.

»Sei in zwei Stunden dort«, verlangte ich von Bobby Hsiang. »Hoffentlich ist Yüh dann auf der anderen Seite!«

Als ich aufhängte, rollten gerade die Busse heran. Wir blieben in einiger Entfernung stehen und sahen zu, wie die Zöllner den Mädchen die Pässe abnahmen und dann die Türen zuknallten. Der Schlagbaum ging hoch. In weniger als einer Minute waren die

Busse drüben, wo sie nur kurz aufgehalten wurden und dann weiterfuhren. Die roten Punkte ihrer Rücklichter waren noch zu erkennen, als Eugene Hsu und ich in den Ford stiegen und losfuhren. Südwärts. Richtung Tai Po.

Zwei von Hsus Männern erschienen, als wir am *New City* parkten. Sie meldeten, der fragliche Herr sei auf seinem Zimmer. Zwei andere Männer Hsus hielten sich, nachdem sie das mit dem Hauspersonal geregelt hatten, in Sichtweite der Zimmertür auf. Mister Tsu, oder wie immer er sich in Kanton genannt hatte, war offenbar schon auf Nachtruhe eingerichtet, einer der Männer Hsus hatte soeben sein Zimmerfenster nur noch matt erleuchtet gesehen, als er es von einem Balkon aus beobachtete.

Wenn es uns glückte, Tsu zu überrumpeln, gab es keine Probleme mehr. Aber Tsu war ein mißtrauischer Mann, und wenn er von zwei Leuten gleichzeitig bei Anbruch der Nacht besucht wurde, noch dazu an einem Ort, von dem er annahm, er sei unbekannt, würde er todsicher Verdacht schöpfen.

»Kein Problem«, meinte Eugene Hsu und zeigte mir seine flache Pistole. Erst als ich ihn aufmerksam machte, begriff er, daß ein toter Tsu kaum über die Grenze zu schaffen sei. Hier wäre der Tatbestand eines Mordes geschaffen, und jenseits des Zaunes wartete Yüh. Nicht sehr wünschenswert, die Auseinandersetzung in diese Bahnen zu leiten.

»Warum machen wir es nicht eleganter?« fragte ich Eugene Hsu und schlug ihm vor, ich würde vom Telefon in der Halle aus einen kleinen Trick versuchen. Eugene Hsu hörte sich an, was ich machen wollte, dann signalisierte er mir Einverständnis. Er meinte, die Idee sei gut, auf diese Weise könnte sich die *Dreihundertvierzehn* aus der Sache heraushalten. Und das empfahl sich deshalb, weil Tsu möglicherweise, wenn er genug Geld hatte, selbst aus dem Kantoner Gefängnis noch einen Killer nach Hongkong würde schicken können.

»Der wird dann bei Ihnen anlaufen«, grinste Hsu freundlich.

»Ich hoffe, ich bin dann gerade in Papeete. Sagten Sie nicht etwas davon?«

Das bekräftigte er, der Auftrag warte auf mich. Unbegrenzte Spesen.

»Dann sorgen Sie dafür, daß Tsu besinnungslos wird, sobald er aus seinem Zimmer zum Fahrstuhl geht«, verlangte ich und stieg selbst in die Kabine, fuhr in die Halle und rief aus einer Zelle die

Rezeption an. Ich erfuhr, daß Mister Tsu keine Anrufe wünsche, aber ich machte dem Portier klar, es gehe um eine Sache von Leben und Tod, also solle er gefälligst seinem Gast erklären, hier riefe der Detektiv Lim Tok an, und dies sei kein Scherz in später Stunde, sondern blutiger Ernst. Für Mister Tsu. Das wirkte.

»Was wollen Sie, Lim Tok?« Tsus Stimme klang wütend. »Woher wissen Sie überhaupt, wie ich privat zu erreichen bin?«

Ich klärte ihn auf: »Was Sie betrifft, so weiß ich eine Menge, Mister Tsu. Lassen wir das. Auch daß Sie mich belogen haben, wollen wir nicht weiter erörtern. Aber ich habe Ihr Büro im Auge, von hier aus, und dort findet gegenwärtig ein Einbruch statt. Ich kann die Leute mit ihren Taschenlampen sehen. Auch eine Schweißflamme war zu sehen, als da mal kurz eine Tür aufging. Eigentlich wollte ich Ihnen ja nur mitteilen, daß ich Ihnen diese Pleite von Herzen gönne, aber meinetwegen können Sie auch was unternehmen. Ist mir egal. Vielleicht sind die fertig, bis Sie hier ankommen. War mir ein Vergnügen, Ihre Stimme zu hören. Gute Nacht!«

Ich legte auf, bevor er etwas sagen konnte. Dann suchte ich mir einen bequemen Sessel und ließ mich für eine Viertelstunde darin nieder. Ein Mädchen setzte sich mir gegenüber, sah mich erwartungsvoll an und zeigte mir ihre Oberschenkel aus vorteilhafter Perspektive. Ich hätte ihr etwas zu trinken bestellt, aber es ließ sich kein Kellner sehen, also teilte ich ihr höflich mit, ich sei schlechter Stimmung, weil ich gerade erfahren hätte, ich sei von Aids befallen. Damit konnte sie nichts anfangen. Und so mußte ich sie informieren, ich sei erst vor drei Tagen aus einer Lepra-Station in den New Territories entwichen und würde es nicht übers Herz bringen, ein junges Ding wie sie tödlich zu infizieren. Das begriff sie nach einigem Überlegen und drückte mir sogar ihr Bedauern aus. Blieb aber sitzen. Auch als ich ging.

Eugene Hsu wartete vor der Zimmertür. Teilte mir mit, der *Yellow Star*-Manager habe vermutlich eine leichte Gehirnerschütterung. Einer der Wächter habe ihm, als er aus der Tür schoß, einen Hickoryknüppel auf den Schädel gehauen. Vielleicht etwas härter, als es hätte sein müssen.

Tsu war wieder bei Bewußtsein. Lag gefesselt auf seinem Bett und konnte nichts sehen, weil über seinen Augen ein breiter Streifen Klebeband haftete. Sagen konnte er auch nichts, denn ein zweites solches Band zog sich über seinen Mund. Ich sah ihn mir genau an. Er blutete nicht, sein Puls war leicht beschleunigt, aber sonst fehlte ihm wohl nichts.

Draußen riet ich Eugene Hsu, sich möglichst unsichtbar zu machen, wenn Bobby Hsiang erschien. Er fand, das sei ein vernünftiger Vorschlag. Nur einer der Wächter würde bei Tsu bleiben. Für alle Fälle.

In der Halle benutzte ich nochmals das Telefon. Rief Bobby an und mahnte ihn zur Eile. Beschrieb ihm das Etablissement, so daß er es nicht verfehlen konnte. Er war gerade mit seinem Assistenten im Eisenbahndepot, wo er die beiden Motorradfahrer aufgelesen hatte. Und die Schußwaffe.

»Dann schick deinen Assi mit den Kerlen zum Revier und komm her«, drängte ich. »Allein!«

Eugene Hsu ging durch die Halle. Er winkte mir.

»Ich werde inzwischen die Sache am Grenzzaun soweit vorbereiten, daß es da gar keinen Aufenthalt gibt«, raunte er mir dann zu. Es war eine Freude, mit einer Organisation wie der *Dreihundertvierzehn* zusammenzuarbeiten. Was meine Moral als Privatermittler betraf, so hatte ich da Bedenken. Aber die Zeit würde Gras über die Sache wachsen lassen.

Warten! Ich hätte gern eine Limonade getrunken, aber selbst wenn ein Kellner gekommen wäre, hätte er einen solchen Wunsch wohl eher als unangebrachten Scherz aufgefaßt. Also lehnte ich mich in den Sessel zurück und döste. Bald war auch das Mädchen wieder da. Zeigte mir ihre Oberschenkel und wollte wissen, wie man einen Leprakranken von anderen Leuten unterscheiden könne. Ich erklärte ihr, im fortgeschrittenen Stadium hätten solche Männer einen mit schwarzen Punkten gesprenkelten Hintern. Und dann war ich doch froh, daß sie nicht noch darauf bestand, den meinigen unbedingt zu besichtigen. Langsam verstand ich, weshalb sogenannte Bürgerrechtler in der Kolonie immer wieder die mangelnden Bildungsmöglichkeiten der unteren Bevölkerungsschichten beklagten. Ich roch Bobby Hsiang, bevor ich ihn sah. Ich war kurz eingeschlummert und erwachte vom Gestank einer *Bastos,* die Bobby selbst in diesem feinen Hotel rauchte, ohne sich zu schämen.

»Die beiden Kerle haben mir auf Anhieb die Morde gestanden«, teilte er mir mit. »Was hast du mit dem einen gemacht? Seinen Bauch angefressen?«

Ich zog es vor, leichthin zu antworten: »Ich mag kein Bauchfleisch, das solltest du doch wissen. Muß nach meinem Weggang passiert sein.«

Bobby verzog die Mundwinkel. Er sagte nichts, als ich ihm eröffnete, der Anstifter der Morde läge auf seinem Zimmer und hieße Tsu Yao-wen. Manager des *Yellow Star.* Aber es gäbe da eine alte Rechnung, die Freund Yüh in Kanton mit ihm zu begleichen habe, und es wäre doch wohl ein Liebesdienst, wenn wir ihn Yüh einfach ablieferten. »Was hat die Kolonie schließlich davon, wenn sie einen Penner wie diesen Tsu durchfüttern muß. Gestehen wird er sowieso nichts. Und eines Tages kommt ein cleverer Anwalt und paukt ihn heraus ...«

Er murmelte etwas davon, daß wir beide eigentlich wüßten, wie man ein Geständnis erreichen kann. Aber er gab sich zufrieden, zumal er wohl einsah, daß Yüh diesen kleinen Liebesdienst verdient hatte. Bobby hatte keine Illusionen darüber, daß Recht überall und zu jeder Zeit durchgesetzt werden könnte. Um das zu verhindern, gab es die höhere Beamtenschaft, bis hinauf zum Gouverneur. Und wer davon zu kaufen war, das stellte in der Polizei schon kein sehr reizvolles Ratespiel mehr da, es war alter Tee. Über ihren Lebenserfahrungen, so heißt es, werden manche Menschen zu Zynikern. Bei der Hongkonger Polizei waren das eine ganze Menge. Und ich hatte den Verdacht, daß Bobby auch zu ihnen gehörte. Jetzt reizte ich ihn noch mit der Flachserei: »Stell dir vor, der gute Yüh aus Kanton kann immerhin bei uns Polizeichef werden, wenn das große rote Vaterland uns schluckt. Da ist dir dann dein Job sicher, wenn er sich angenehm an dich erinnert ...«

»Und dir die Lizenz, wie?«

Das war durchaus ein Gesichtspunkt, den man heute überlegen müsse, stimmte ich zu. Bobby hatte keine Einwände mehr. Wir gingen, um uns Tsu anzusehen.

Der Bewacher, ein untersetzter, kräftiger Bursche, entfernte sich dezent, als wir kamen. Leute wie er rochen den Polizisten wie ich die *Bastos.* Bobby nahm die Fesseln in Augenschein, dann riß er Tsu kurz entschlossen das Klebeband vom Mund und fragte sachlich: »Würden Sie vor einem Gericht der Kolonie gestehen, die Brüder Wang zu drei Morden angestiftet und dafür bezahlt zu haben, Mister Tsu?«

Der Gefesselte konnte nichts sehen, über seinen Augen klebte immer noch das braune Band. Die Stimme Bobbys kannte er offenbar nicht, denn er krächzte: »Wer sind Sie? Was wollen Sie? Nennen Sie eine Summe, ich zahle jeden Preis ...« Seine kühle, aalglatte Gelassenheit, die ich beinahe als Zynismus empfunden hatte, war dahin. Er mußte wohl ahnen, daß er keine Beschützer mehr hatte, und er versuchte zu handeln. »Hören Sie! Ich weiß nicht, wer Sie sind, aber wir können uns einigen, ich bin bereit, alle Forderungen von Ihnen ...« Der Rest ging in einem Gurgeln unter, Bobby hatte ihm den Klebestreifen wieder über den Mund gelegt.

»O. K., Mister«, sagte er jetzt ruhig, »Sie wollten es so. Das Geständnis Ihrer dienstbaren Geister genügt uns auch so.« Und zu mir: »Du kannst ihn haben, Kollege, ich werde ab jetzt nur noch Zuschauer sein.«

Damit setzte er sich auf die Tischkante und brannte sich eine neue *Bastos* an. Ich sah nach der Uhr. Wir konnten es bis kurz vor Sonnenaufgang schaffen. Ich gab dem Bewacher, der uns aus einiger Entfernung beobachtete, von der Tür aus ein Zeichen.

»Abmarsch?« fragte er. Ich überlegte laut, wie Tsu Yao-wen eigentlich transportiert werden könnte. Doch ich hatte die Umsicht der *Dreihundertvierzehn* unterschätzt. Der Bewacher war auf alles vorbereitet. Er fragte nur, wohin es gehe. Als ich sagte, Sha Tau Kok, nickte er und empfahl mir, mit dem Fahrstuhl in die Tiefgarage zu fahren und dort abzuwarten. Sein Kollege würde mir das Fahrzeug zeigen, das den Transport übernahm.

Es war ein brauner Daihatsu, ein Lieferwagen, wie sie zu Hunderten die Straßen der Kolonie befuhren. Bobby und ich setzten uns in die Fahrerkabine und sahen zu, wie der Bewacher, Tsu auf dem Rücken tragend, aus dem Fahrstuhl kam. Er warf den Gefesselten wie ein Gepäckstück in den Laderaum hinter uns und stieg ein. Der andere Bewacher kletterte zu uns und klemmte sich hinter das Lenkrad. Folgsam schnurrend nahm der Daihatsu die ansteigende Auffahrt und dann waren wir auf der Straße nach Norden. Der Fahrer blendete die Scheinwerfer voll auf, obwohl die Nacht klar war, von Mondlicht erhellt. Er fuhr nicht besonders schnell, wir hatten es auch nicht eilig. Yüh würde bei Tagesanbruch an der vereinbarten Stelle sein. Bis dahin war noch Zeit.

Es war die nördlich an Kowloon anschließende Gegend, durch die wir rollten. New Territories war die offizielle Bezeichnung in der Kolonie, zu der sie seit rund neunzig Jahren durch einen etwas fragwürdigen Pachtvertrag gehörten. Hier gab es auch eine etwas unterschiedliche Art der Verwaltung. Die Aufsicht hatten sogenannte District Offices, und Bobby Hsiang etwa durfte hier keine Amtshandlung ohne vorherige Absprache mit ihnen ausüben. Meine Lizenz galt in den New Territories. Und der Einfluß der *Dreihundertvierzehn* war hier ebenso stark wie anderswo.

Der eigentliche Unterschied allerdings lag in der Natur des Landes. Man sah selbst in dem ungewissen Mondlicht, daß man durch eine Art Garten Eden fuhr. Keine Wolkenkratzer, kein lärmender Autostau an träge geschalteten Ampeln, dafür Berge, die bis auf einige hundert Meter anstiegen, grün bewachsen, dazwischen Täler mit sauberen Wegen, zwischen Gemüsefeldern und schmucken kleinen Siedlungen.

Hier schien das, was man allgemein als das alte China bezeichnet, noch lebendig zu sein: geschwungene Glasurziegeldächer, Löwen aus Stein vor Tempeln, runde Hofeingänge mit hohen, roten Geisterschwellen, zweiräderige Karren, Rikschas, in denen die Fahrer die Nacht verschliefen – dies alles war so chinesisch wie Eßstäbchen oder Regenschirme aus Ölpapier. Und es war um diese Zeit noch still. Kaum daß einmal ein Hund so laut bellte, daß er das Motorgeräusch übertönte.

Stauseen tauchten am Straßenrand auf. Ohne sie würde es unten in Kowloon wenig Wasser geben. Was das Mutterland lieferte, reichte nicht aus. Und es war teuer. Kommunistisches Wasser kostete beinahe soviel wie kapitalistisches Bier! Man hatte die Seen mit Bäumen umpflanzt, ebenso wie die Fischteiche, auf denen die Boote schläfrig vor sich hin dümpelten. Einige Kilometer vor Sha Tau Kok, der nordöstlichen Siedlung, kam rechts das Meer in Sicht, blaßsilbern im Mondlicht. Und gleichzeitig tauchte das erste Kontrollhäuschen auf. Hier begann die Sperrzone, von den Engländern angelegt, um eine Sicherung gegen die illegale Einwanderung aus Rotchina zu schaffen, zusätzlich zu dem Drahtzaun, der nördlich von Sha Tau Kok die Grenze markierte und der schwer zu übersteigen war, ohne daß eine Streife aufmerksam wurde, Engländer auf der einen oder Rotchinesen auf der anderen Seite.

Eugene Hsu hatte alles für uns geregelt, wie sich herausstellte. Wie, das würde sein Geheimais bleiben. Die *Dreihundertvierzehn* war eben doch eine Institution in der Kolonie, auf deren Einfluß man sich verlassen konnte. Jedenfalls, solange nicht Kantoner Gangs hier das Sagen bekamen.

Der Sperrposten, offenbar instruiert, besah sich nur unsere Autonummer, dann winkte er uns weiter. Sha Tau Kok hatte den Charakter eines urbanisierten Fischerdorfs. Wie Tai Po, woher wir kamen, war es in lange zurückliegenden Zeiten ein Piratennest gewesen, und man munkelte, daß die Fischer, deren Boote hier lagen, heute noch in allerlei Geschäfte der dritten Art verwickelt waren, wohl nicht mehr in Piraterie, sondern eher das, was man

Schmuggel nannte, und was für jeden ehrlichen Hongkonger ein Kavaliersdelikt ist. Gäbe es einmal eine mutige Verwaltung, würde sie einen Orden stiften für gelungenes Schmuggeln, der würde dann die Brust so gut wie aller Hongkonger zieren. Obwohl es natürlich Kontrollen gab, auch ganz wichtigtuerische Küstenpatrouillen, verfolgte die Verwaltung Schmuggelei doch nur halbherzig, es sei denn, sie befaßte sich mit Menschen! Hongkong, was wärest du ohne die kleinen, dunklen Geschäfte? Triste Plätze voller ordentlicher Gesetzestreue gab es in ausreichender Zahl auf der Welt – Hongkong ist anders!

An der ersten großen Straßenkreuzung bog der Fahrer nach links ab, und bald rollten wir in der Grenzzone, nur einige hundert Meter vom Zaun entlang westwärts.

Shan Tsui, das winzige Grenzdorf, schlief noch, als wir einfuhren. Aber hinter uns erschien bereits jener helle Streifen am unteren Rand des Horizonts, der den Tag ankündigt. Am letzten Haus des Orts trat gerade ein alter Mann in Turnhosen und Unterhemd vor die Tür, Zahnbürste und Wasserbecher in der Hand. Ohne uns weiter zu beachten, begann er seine Zähne zu bürsten.

Das Tor im Drahtzaun an der Grenze war nicht zu übersehen. Es wurde zunehmend heller jetzt, und als der Wagen anhielt, waren die Gesichter der beiden Posten am Tor bereits deutlich zu erkennen. Sie lächelten. Ich schrieb das den Verhandlungen zu, die Eugene Hsu oder ein anderer aus der Triade – mit ihnen geführt hatte. Zwei junge Polizisten in der Khakiuniform der Engländer, mit den lächerlichen knielangen Hosen, auf die die Engländer nicht verzichten wollten, obwohl sie genau wußten, wie wir Chinesen darüber dachten, daß Leute sozusagen in Unterhosen herumlaufen. Amtspersonen noch dazu. Und Shorts sind Unterhosen, da gibt es selbst für mich aufgeklärten Halbchinesen keinen Unterschied! Nun gut, die beiden mußten die Uniform tragen, die man ihnen gab, also waren sie nicht schuld. Sie grüßten freundlich, aber sonst sagten sie kein Wort. Gleichmütig sahen sie zu, wie unsere beiden Wächter den gefesselten Mister Tsu aus dem Laderaum hoben, auf die Füße stellten und ihm die Knöchel von den Fesseln befreiten. Er wand sich, stöhnte hinter dem Klebeband, aber der Griff der Wächter war fest, und was er jetzt noch zu sagen hätte, wollte ohnehin keiner von uns mehr hören.

»So«, sagte Bobby und griff wieder nach der Packung *Bastos*. Eine Beleidigung für die klare, leicht nach Seebrise schmeckende Morgenluft. Ich erwischte mich dabei, daß ich wieder auf die Uhr sah. Und Bobby sagte neben mir: »Sonnabend früh. Mein Dienst endet jetzt.«

Er stieß genußvoll den Rauch aus.

Plötzlich waren da die drei Gestalten auf der anderen Seite des Zaunes. Zwei Grenzsoldaten mit Mao-Mützen, an denen der rote Stern glänzte. Zwischen ihnen Freund Yüh aus Kanton. Er winkte uns freundlich zu. Ein erster, noch zaghafter Strahl rötlichen Lichts traf sein Gesicht. Es war zu einem Lächeln verzogen. Nun will das bei einem Chinesen nicht viel heißen, er lächelt manchmal sogar, weil er Bauchschmerzen hat. Bei Yüh war es nicht der Bauch – er hatte Tsu erkannt.

In Anwesenheit der Grenzsoldaten war ihm nicht gestattet, mit uns zu sprechen. Es gab auch weiter nichts zu sagen, was ihm Bobby nicht schon am Telefon mitgeteilt hatte. Also gab ich den Trägern der englischen Kniehosen ein Zeichen, und sie öffneten das Tor: Eugene Hsus Männer schoben den Gefesselten hindurch auf die andere Seite, wo ihn die mit den Mao-Mützen in Empfang nahmen. Zum Willkommen stocherten sie ihn mit den Läufen ihrer Maschinenpistolen in den Rücken. Eine gespenstisch anmutende Prozedur, weil sie sich bei absolutem Schweigen vollzog.

Yüh stand unbewegt da, als die beiden Soldaten Tsu auf ihn zu schoben. Erst als er unmittelbar vor ihm angekommen war, hob er die Hand und riß ihm den Klebestreifen von den Augen.

Ich hätte nicht für möglich gehalten, daß ein Mann mit einem zugeklebten Mund so laut aufstöhnen kann. Tsu krümmte sich im Griff der Soldaten, wollte zum Zaun zurück, seine Augen waren riesengroß, als er uns anblickte, und in ihnen stand Todesangst. Ich mußte unwillkürlich an die Narben auf Yühs Rücken denken. Und an das, was er mir über das Schicksal seines Vaters erzählt hatte.

Jetzt sah ich, wie Yüh den Soldaten das Zeichen gab, den Gefangenen abzuführen. Während sie mit ihm hinter einer Bodenwelle verschwanden, winkte er uns schnell zu, dann drehte er sich um und war weg.

Bobby Hsiang streckte sich und bemerkte, wir hätten da zwar eine gute Tat vollbracht, aber sie seit etwas undramatisch zu Ende gegangen. »Wenn sie ihn wenigstens gleich erschossen hätten! Oder auf die Rübe gehauen. Nicht mal das.«

»Dafür hast du die Leute, die drei Morde auf dem Buckel haben, und ich habe den Vorschuß verdient, den der verblichene Mister Hung mir zahlte. Und- es ist ein wunderschöner Morgen, oder?«

Er knurrte: »Ich freue mich auf ein paar Stunden Schlaf.« Und dann erinnerte er sich: »Ach, ehe ich es vergesse, deine Freundin Pipi, dieses Mädchen aus dem Hotel *Excelsior* hat mich gestern abend angerufen. Konnte dich nicht erreichen. Suchte dich.«

»Und?« Ich war hellwach, spürte die vergangene Nacht nicht mehr.

»Sie hat das Wochenende frei und will es mit dir verbringen.«

»Ich werde sie abholen.«

Er grinste. »Nicht nötig. Sie wird morgens bei dir auf der Dschunke sein. Dich erwarten. Den siegreichen Helden, der heimkehrt – ins schaukelnde Bett.«

Ich fuhr zusammen. Trotz der Morgenkühle spürte ich, wie Schweiß auf meine Stirn trat.

»Morgens?«

»Ja. Jetzt.«

»Auf der Dschunke?«

»Ja doch!« Er lachte entwaffnend. In diesem Augenblick, in dem mir einfiel, daß es auf der Dschunke das Mädchen Yasmin gab, die Masseuse mit dem Leberfleck am Kinn, hätte ich mich am liebsten in einen der alten chinesischen Geister verwandelt. Wäre gern blitzschnell durch die Luft bis Aberdeen geflogen, um Vorsorge für den Besuch Pipis zu treffen, die nicht nur apart und auf der Matte höchst begabt war, sondern auch eifersüchtig wie die Frau eines Millionärs mit Gütertrennung. Ich scheuchte die Männer Eugene Hsus zum Wagen, schärfte dem Fahrer ein, alle Geschwindigkeitsrekorde zu brechen, und dann schob ich Bobby in die Fahrerkabine. Ich saß wie auf glühenden Holzkohlen. Der Schweiß brach mir immer wieder aus, wurde kalt, rann aufs neue.

Am *New City*-Hotel in Tai Po setzten wir Bobby Hsiang ab, der kopfschüttelnd zu seinem Wagen ging. Und dann feuerte ich den Fahrer an, aus dem Daihatsu herauszuholen, was nur herauszuholen war. Wir preschten südwärts, durch gerade erwachende Ortschaften, durch das sich bevölkernde Kowloon, zischten durch den Tunnel zur Insel hinüber, und als der Fahrer in der Queens Road Central hielt, wo mein Toyota stand, nahm ich mir nicht einmal Zeit für ein Abschiedswort, ich sprang aus der Kabine, saß Sekunden später selbst hinter dem Lenker und jagte weiter südwärts, von Gedanken geplagt, die mir abwechselnd schrecklich und dann wieder lachhaft vorkamen.

Aberdeen summte bereits, das Leben war erwacht. Sogar der Fischkoch war schon da und schürte das Feuer. Ich sprang in das an der Pier liegende Plastboot und ruderte, was meine Muskeln hergaben. Bis die Dschunke in Sicht kam. Und da erkannte ich, daß es zu spät war.

Das eine der beiden Mädchen an Deck war Pipi, leicht erkennbar an ihrem superkurzen Rock. Sie schwang ein Tau und drosch damit auf das zweite Mädchen ein. Und das war Yasmin. Trug weiter nichts als einen Slip. Rettete sich schließlich vor der tobenden Pipi durch einen Kopfsprung ins Wasser.

Als ich sie auffischte, schüttelte sie ihr langes Haar und prustete: »Himmel, was für ein Fabelwesen ist das bloß? Begrüßt die dich auch immer so?«

Ich sparte mir Erklärungen. Teilte ihr mit, sie sei jetzt vor Mister Tsu sicher und solle sich eine neue Arbeitsstelle suchen, in der sie Männer durchkneten konnte. Ihre Kleidung und den Paß würde ich bei Gelegenheit auf dem Boot der Familie Tung abgeben. Was für ein Glück, daß sie in Kanton so gut schwimmen gelernt hatte! Zum Schluß legte ich ihr noch mein Jackett um die Schultern, damit sie – halbnackt, wie sie war – möglichst wenig Aufsehen erregte. Gab ihr ein paar Dollars für ein Taxi.

Sie blieb kopfschüttelnd an der Pier zurück. Und während ich mich an die Dschunke heranruderte, wo Pipi mit drohend geschwungenem Tau an der Reling herumtanzte, überlegte ich, was wohl ein Detektiv wert sein kann, der drei Morde aufklärt und nebenbei einen so lächerlichen Fehler begeht wie ich mit dieser Masseuse Yasmin. Ob das Wochenende ausreichen würde, Pipi zu versöhnen?

Tod auf Tahiti

»Möchte der Herr noch einen Drink?«

Ich mochte schon, aber eben das, was man einen Drink nennen kann, nicht diesen französischen Billigrotwein aus der Tetrapakkung, den die Luftlinie anbot, mit der ich von Singapore aus in Richtung Polynesien flog, um endlich einen Auftrag Eugene Hsus abzuarbeiten.

»Haben Sie etwas für anonyme Alkoholiker?« erkundigte ich mich deshalb bei der Stewardeß, die sich über mich gebeugt hatte, als wollte sie mir beweisen, daß ihre Oberweite nicht mit Silicon zu tun hatte.

»Alkoholiker?« Es klang nicht unfreundlich.

»Ja. Einer, der scharfe Getränke bevorzugt. Und schöne Frauen, die mit ihm anstoßen.«

Sie verstand. War noch nicht alt genug, um bei einem solchen Angebot stutzig zu werden, und nicht mehr so jung, daß sie es für Small talk hielt. Ihr rundes, von blondem Haar umrahmtes Gesicht strahlte. Dann fragte sie freundlich, ob es Whisky oder Cognac sein sollte. Ich votierte für Cognac, mit der Bemerkung, daß wenn ich schon mit einer französischen Linie flöge, ich Frankreich pur erleben wolle, Stewardeß wie Drink.

Sie merkte natürlich, daß die Anspielung auf sie gemünzt war, nahm es aber nicht übel, wie mir schien. Vermutlich begriff sie, daß es einem rotblütigen Gentleman im besten Alter eigenartig vorkommen mußte, wenn in einer Air-France-Maschine, die von Singapore nach Papeete flog, eine Inderin mit blondem Haar Papptütenwein ausschenkte. Nicht der dünne Wein war das Problem, nein, blonde Inderinnen sind etwa so häufig wie weiße Elefanten!

Nun hat die heutige Kosmetik zwar selbst für die ausgefallensten Wünsche irgendein Wässerchen parat, doch Inderinnen pflegen, was ihr Aussehen angeht, eher konservativ zu sein. Und deshalb war mir nach einem Schwatz mit dieser Modernistin zumute, denn: Neugier ist mein Beruf!

Wenn man wie ich in Hongkong davon lebt, daß man kriminelle Täter ermittelt, für die sich entweder die Polizei der Kolonie nicht interessiert oder bei denen sie gar nichts tun kann, weil die Betroffenen es vorziehen, einen diskreten Privatermittler zu bezahlen, dann hat man einen wachen Blick. Auch für Haarfarben und die Person, die sie trägt. Besonders bei Damen im steuerpflichtigen Alter. Und das zahlt sich meist aus.

Meine Augenweide servierte mir auf einem winzigen Tablett einen riesigen Schwenker mit einer sparsam bemessenen Cognacportion, und sie wünschte mir Gesundheit. Ich nahm davon Abstand, ihr zu erklären, daß mir im Augenblick etwas ganz anderes fehlte als ausgerechnet Gesundheit. Man soll Damen, bevor man nicht wenigstens weiß, welche Farbe sie bei ihrer Unterwäsche bevorzugen, nicht sein Herz ausschütten. Alte Hongkonger Weisheit. So prostete ich ihr zu und erkundigte mich beiläufig, ob sie schon lange auf dieser Linie flog. Seit etwa einem Jahr, verriet sie mir, und daß sie den Job aufgeben werde.

Sie brachte mir fröhlich lächelnd einen weiteren Cognac, diesmal sogar kalifornische Salzmandeln dazu, was mich ermutigte, ihr die Frage zu stellen, ob sie in New Delhi lebte oder in Bombay.

»Ich bleibe in Papeete«, antwortete sie. »Da, wohin Sie auch fliegen. Heute ist mein letzter Arbeitstag.«

»Nun erzählen Sie mir nicht, Sie wollen künftig von Papeete aus mit einer dieser Privatlinien fliegen! Auch Rost-Air genannt ...«

Sie winkte ab, ließ ihren Blick durch die Kabine schweifen, aber niemand benötigte ihre Dienste. Vorn, auf der Bildscheibe, lief ein Film, in dem sich gerade zwei Erwachsene unterschiedlichen Geschlechts um einen Orgasmus nach den Regeln der Gleichberechtigung bemühten, also war jedermann beschäftigt. Einige Leute schliefen allerdings auch, denn die Kinder der Zivilisation finden Strampelfilme inzwischen kaum weniger langweilig als weite Flüge in Boeings über den Wolken. Das machte es der Stewardeß möglich, weiter mit mir zu plaudern.

»Nix Rost-Air! Ich heirate.«

»Gratuliere!« sagte ich und hoffte, daß es nicht allzu bedauernd klang. »Landsmann?« Es gab auf Tahiti nicht wenige indische Händler, ähnlich wie in Hongkong. Oder in fast jedem anderen Land in diesem Teil der Welt.

Aber die Stewardeß mit dem garantiert unechten Blondhaar

lächelte. »Auch nix Landsmann. Mein zukünftiger Gatte ist Chef de Cuisine des *Lagoon.* Größtes Hotel am Platze. Lieben Sie französische Küche, Sir?«

Das konnte ich zu meinem großen Bedauern nicht bejahen. Ich bin in einem Restaurant aufgewachsen, das meiner Mutter gehört, in Wanchai, und den Beruf des Kochs habe ich auch gelernt, vor langer Zeit. Habe ihn abgelegt. Aber abgesehen davon, liebe ich kantonesische Küche. Von Schlangen bis übersüßem Kuchen. Erst bei Ratten, eigentlich auch schon bei Hundefleisch, steige ich aus. Und unter französischer Küche stelle ich mir vorwiegend Käse vor. Nur völlig aus der Art geschlagenen Chinesen wird beim Gedanken an Käse nicht schlecht. Konnte ich das der Blondine beichten? Ich unterließ es. Meine Mutter hat dafür, daß ich gelegentlich amerikanische Hamburger esse, ein gewisses Verständnis. Sie schreibt es wohl meinem Erzeuger zu, eine vererbte Eigenschaft gewissermaßen, denn er flog ein amerikanisches Marineflugzeug.

Ich fand mich nach der Heiratsbotschaft damit ab, daß die blonde Inderin vergeben war, obwohl sie immerhin so ganz anders reagiert hatte, als Stewardessen das meist tun, wenn Reisende sie anmachen. Der Gedanke, daß in Papeete ein Mann auf sie wartete, um sie zu heiraten, ließ sie möglicherweise einer Plauderei gegenüber aufgeschlossen sein, mehr war da nicht dran: Vorfreude, die einen eigenen Ausdruck fand, vielleicht. Lim Tok, der große Menschenkenner!

Also richtete ich mich auf einen langen Schlaf ein, während wir noch über den indonesischen Inseln schwebten. Ich stellte den Sitz bequem und streckte die Beine aus. Den Zwischenstopp in Darwin verdöste ich. Danach gab es Curry-Huhn mit Bier. Beides schmeckte wie in *Poor Man's Night Club* in Hongkong, aber an der falschen Bude. Ich bestellte mir zum Trost noch einen Cognac, den mir die freundliche Blondine auch prompt brachte, dann döste ich weiter. Machte mir, bevor sich die Welt ins Dunkel verkroch, ein paar Gedanken über meinen Auftrag und konnte meine Neugier kaum zügeln: Was würde mich im Touristenparadies Tahiti wohl erwarten?

Es hatte damit angefangen, daß Eugene Hsu, ein Mann, der der Hongkonger Triade 314 angehörte und der in Kowloon offiziell das Reisebüro *Blue Moon* betrieb, mir beiläufig den Vorschlag machte, einen Auftrag für ihn zu erledigen. In jener Zeit war ich noch mit der Aufklärung der Masseusenmorde in Kowloon beschäftigt gewesen, und ich hatte Hsus Angebot fast vergessen, als er es am Telefon wiederholte und mir gleichzeitig ein Honorar anbot, das nur ein Snob abgelehnt hätte. Also waren wir uns schnell einig geworden.

Miß Edith Kung, die Leiterin und einzige Angestellte der Zweigstelle seines Reisebüros in Papeete, hatte plötzlich ihre Arbeit nicht mehr aufgesucht. Auf die Vermißtenanzeige hin teilte die französische Polizei mit, Edith Kung sei mit einem Privatflugzeug von Papeete abgeflogen und nirgendwo mehr aufgetaucht. Verschollen. Der Pilot sei der Besitzer des Hotels *Lagoon* gewesen, ein Franzose.

Wie ich Eugene Hsu kannte, hätte er selbst in der Sache wohl kaum etwas unternommen, aber er hatte in der obersten Etage des Gangstersyndikats 314, dem er angehörte, einen alten Freund, und dessen Tochter war jene Edith Kung. Jetzt hatte er den Befehl bekommen, alles aufklären zu lassen, was mit diesem ominösen Flugzeugabsturz zusammenhing. Der Vater des Mädchens wollte es genau wissen.

Weil auf mich Verlaß sei und weil die Triadenleute wüßten, daß ich über meine Auftraggeber und deren Angelegenheiten streng zu schweigen pflege, sei ich der rechte Mann, dort unten, im Südpazifik, herauszufinden, ob es sich bei der Sache um mehr als einen Unfall handelte. Ein Freundschaftsdienst im Paradies, bei bester Bezahlung – warum hätte ich ablehnen sollen? Nach ein paar mörderischen Fällen konnte ich wieder einmal einen ruhigeren Streifen vertragen. Also saß ich in der Maschine und schlief vor mich hin, während die Boeing Tausende von Kilometern zurücklegte.

Beim nächsten Zwischenstopp in Nandi mußten wir aussteigen, weil angeblich das Betanken gefährlich war. Die blonde Inderin weckte mich sanft und beruhigte mich, es gäbe im Aufenthaltsgebäude ein gutes Essen.

Ich trottete mit den anderen an ein paar zweimotorigen alten Mühlen vorbei, die von der Salzluft des Pazifik bereits arg angefressen waren, hinüber zum Restaurant, wo noch Licht brannte, weil sich gerade mal der erste graue Streifen am Horizont zeigte. Und da gab's ein aufgetautes Steak mit Gummifritten. Noch vor Sonnenaufgang!

Dafür waren die Serviermädchen erfreulich. Sie trugen außer bunten Kattunbüstenhaltern Imitationen von Baströcken aus Plast, was schon mehr als nur einen verschlafenen Blick wert war. Und sie lächelten. Dennoch war ich froh, als ich wieder in der Maschine saß, wenn auch mit rumorendem Magen. Der Morgen ist eben nicht die erogenste Zeit für mich. So sagt der feine Mann wohl, oder? Jedenfalls ließ ich mich in meinen Sitz fallen und war bereits eingeschlafen, als der Vogel endlich abhob. Von den Baströcken träumte ich übrigens nicht, falls Sie das vermuten sollten!

Faaa ist ein Flughafen, bei dem ein Hongkonger den Eindruck haben muß, die Architekten hätten sich unser Kai Tak zum Vorbild genommen. Wenn man davon absieht, daß er leichter anzufliegen ist, weil Berge wie in Kowloon, die die Maschinen dort zu einer riskanten Kurve zwingen, hier fehlen, ähnelt er in der Tat der ins Meer hinaus aufgeschütteten Landebahn zu Hause, denn auch hier hat man die gesamte Anlage vor der Küste ins Meer gebaut.

Die leichte Brise, die mir entgegenwehte, als ich mich am Top der Gangway von der Stewardeß verabschiedete, war tropisch heiß, aber der Atem der See darin machte sie sogar erfrischend. Und die Landschaft, die mich empfing, ließ mich die lange Flugzeit vergessen. Ein nur sanft gewelltes Meer, rötlich angehaucht von der schon tiefstehenden Sonne. Dahinter heller Strand, Palmen und riesige Farne, blühende Oleanderbüsche; eine Natur, die einen trotz der vielen und nicht eben schönen Hochbauten in der Ferne, wo Papeete begann, angenehm berührte. In der Luft ein leichter Duft nach Zimtblüten, auch tangiger Salzgeruch, etwas Fischgestank, aber anders als in Hongkong konnte man sich hier wohl tatsächlich im Paradies wähnen, selbst wenn man als halber Chinese wie ich die christliche Legende von der Entstehung der Welt eher skeptisch betrachtet: Eine undefinierbare Sanftheit lag über allem.

Mir fiel auf, daß es in der Luft, auch nachdem die Düsentriebwerke der Maschine längst abgestellt waren, ein leises, stetiges Rauschen gab. Hinter die Ursache kam ich, als ich, um die Goldorgie des Sonnenunterganges zu bewundern, noch einmal aufs Meer hinausblickte. Der Ozean brach sich an einem Riff, das offenbar die gesamte Insel umgab und das man eigentlich nur vermuten konnte, dort unter dem Schaumstreifen, wo es die Brandung stoppte.

Musik kam von irgendwoher, sanfte, einschmeichelnde Melodien der Polynesier. Vor dem Flughafengebäude hatte eine Inselband zu spielen begonnen, wie wohl bei jeder Ankunft einer Maschine. Mädchen mit Zupfinstrumenten und in ähnlichen Kattunbüstenhaltern und Baströckchen wie die Kellnerinnen in Nandi. Ein angenehmer Empfang. Beachtlich kultivierter, als man das in

Hongkong erleben kann, wo einen – wenn man nicht aufpaßte – gleich in der Halle von Kai Tak einer anspringt und unbedingt eine minderjährige Jungfrau loswerden will. Für hundertfünfzig Dollar die Stunde. Präservativ inbegriffen.

Am Fuße der Gangway tauchte ein Uniformierter auf, der eine einladende Handbewegung machte und dann dem Schwarm der beeindruckten Reisenden vorausging, langsam, gemessenen Schrittes, wie das die Leute in den Tropen tun, vornehmlich die Franzosen. Ich erinnerte mich, als ich die Abfertigungshalle betrat, an das Plakat mit dem Inselmädchen, das ich in Eugene Hsus Reisebüro in Kowloon gesehen hatte. Hier wimmelte es förmlich von solchen Traumgestalten. Wie machen es diese göttlichen Geschöpfe nur, nach einem Tag bei dreißig Grad im Schatten ebenso frisch auszusehen wie ihre Ebenbilder auf Glanzpapier?

Einige Leute hatten mir erzählt, Frankreich habe seine ganzen überseeischen Besitzungen in provinzielle Schläfrigkeit versinken lassen. Aber wo es solche Mädchen gab, die einem begeistert »Welcome« zuriefen oder »Aloha« und dabei zwei Reihen Zähne blitzen ließen, um die sie jeder Jacketkronenfabrikant in Hongkong beneiden würde, da entdeckte ich das genaue Gegenteil von Schläfrigkeit!

Eine der Damen nahm mir gegen meinen milden Widerstand meine Reisetasche ab und stellte das Ding auf einen kleinen Karren. Sie wartete dann, bis der schwitzende Frankopolynesier hinter dem Schalter meinen Paß gestempelt hatte, ohne mich dabei auch nur einmal anzusehen. Dann begleitete sie mich doch tatsächlich nach draußen! Schlangen – um in der christlichen Lehre zu bleiben – waren in diesem Paradies wohl kaum zu vermuten. Oder?

Tahiti, das Verwaltungszentrum der Gesellschaftsinseln, die man gern Französisch-Polynesien nennt, obwohl dazu noch einige andere Gruppen mit mehr als hundert solcher Landkleckse im Ozean gehören, hat sich etwas bewahrt, das ich nicht als französische Tropenträgheit bezeichnen würde, sondern als innere Ruhe. In der Tat war die Musik der Mädchen das vorherrschende Geräusch, selbst im Gewimmel der Einreisehalle. Man stelle sich Kai Tak vor: Dort versteht man in der Halle nicht das eigene Wort, auch wenn man brüllt!

Die Empfänger der verschiedenen Reisegruppen, die hier ihre Gäste abholten, hielten zwar ihre Schilder mit den Namen der Hotels hoch, aber sie gestikulierten nicht, schrien nicht durcheinander, sondern standen ganz einfach da und lächelten. Kräftig aussehende Insulaner in T-Shirts und bunten Kniehosen. Der Traum jeder amerikanischen Touristin über vierzig.

»Sie reisen allein, Sir?« erkundigte sich das Gepäckmädchen. Sie hatte den Zettel an meiner Tasche gesehen und wußte, daß ich aus Hongkong kam. Ihr Englisch hatte jenen unnachahmlichen Akzent, den man nur bei Leuten findet, die französisch sprechen. Ich nickte. Und als ich ihr erklärte, kein weiteres Gepäck zu haben, schien sie geradezu verblüfft, was sich durch ein Lächeln äußerte. Ganz ähnlich, wie sich bei einem Hongkonger Verwunderung zeigt. Wie sagte doch der alte Weise: Alle Völker an den Küsten des Pazifik sind Verwandte!

Die Inselschönheit dirigierte mich zu einem Tisch, an dem nun nicht etwa der Zollbeamte wartete, vielmehr waren hier halbierte Kokosnüsse aufgereiht, gefüllt mit einem köstlichen Getränk. Ich vermutete Ingwer darin, auch Vanille und vielleicht etwas Zimtöl, und ich saugte an dem Strohhalm bis zum letzten Tropfen. Die Schönheit beobachtete es schmunzelnd.

»Zoll?« erwiderte sie auf meine Frage. »Das ist bereits erledigt, Sir!«

Mit Tahiti verglichen, war Hongkong ein Ort finsterster Unterdrückung, ich dachte an unsere Drogenschnüffler und ihre Hunde in Kai Tak. Das hätte ich ihr gern gestanden, aber ich rührte lieber nicht daran.

Avis hatte hier einen Mietwagenverleih, und ich suchte mir einen kleinen Peugeot aus. Dann erlebte ich die zweite Enttäuschung meiner Reise, als ich nämlich der Schönen vorschlug, mich zum Hotel zu begleiten und mit mir zu essen.

»Ich bin untröstlich, Sir«, flötete sie, »aber ich habe jetzt Dienstschluß, und meine Kinder warten.«

»Kinder?« Ich muß ziemlich dumm ausgesehen haben.

Sie erwiderte freundlich: »Drei, Sir!« Dabei hätte ich gedacht, sie könnte bestenfalls zwanzig Jahre alt sein. War sie vermutlich auch. Die Geschöpfe der Inseln! Gemacht wie von der ausgeruhten Hand Gottes!

Sie bedankte sich überschwenglich für die drei Dollar, die ich ihr gab, und sie winkte mir nach, bis ich den Peugeot zwischen den parkenden Fahrzeugen auf die Straße manövriert hatte.

Täuschte ich mich, oder war hier selbst der Qualm der Abgase noch erträglicher als um Kai Tak herum?

Eigentlich geht es mir immer so: Wenn ich in einem anderen Land bin, gefällt mir zunächst alles, was ich sehe, besser als zu

Hause. Natürlich ist das eine spezielle Art von Illusion, und vielleicht hat es der am besten zu erklären gewußt, der da sagte, daß die Entfernung kleine Feuer größer erscheinen läßt. Das muß sich wohl bei kleinen Ärgernissen ähnlich verhalten. Erfahrungsgemäß wird der Blick mit der Zeit nüchterner. Und tatsächlich begann ich mich bereits zu korrigieren, als ich auf der prächtigen Straße nach Papeete rollte.

Hatte mich das abendliche Licht über dem Meer verzaubert, so ernüchterte mich nun die Silhouette der Stadt. Das, was gestandene Amerikaner eine Skyline nennen. Da war nicht mehr viel von einem tropischen Inselparadies, es bot sich vielmehr ein Anblick, den man in Singapore ebenso haben konnte wie in Taipeh. Betonburgen, steil in den Himmel ragend, vielleicht eine Idee niedriger als anderswo, geschmückt mit bunten Neonschlangen, dazwischen hier und da ein paar Palmen, eine Bananenstaude, ein Hibiskus. Immerhin hielt sich meine Enttäuschung in Grenzen, denn es zeigte sich nach und nach, daß man auf Tahiti offenbar mehr von Parks und kleinen Grünzonen hielt als in Hongkong, wo die Fortschrittsverbreiter und Hygienefreaks selbst die Stellen, an denen unter hohen Bäumen Sitzbänke aufgestellt waren, asphaltieren ließen. Ich verdrängte den Gedanken an Zivilisationsmüdigkeit lieber, zumal ich da gelandet war, wo nach Meinung weltläufiger Reisender das Paradies war.

Falls Sie es noch nicht gemerkt haben – ich bin in Hongkong eine Art Fatalist geworden, was die Zerstörung der Welt betrifft. Die Unfähigkeit, den Prozeß zu stoppen, so meine ich, hängt damit zusammen, daß an der Zerstörung zu verdienen ist. Gegen diesen Anreiz, das sagt mir mein Verstand, sind alle Moralpredigten der Bewahrer in den Wind geredet. Übrigens werden sie auch bezahlt. Eine Erkenntnis »Made in Hongkong«!

Papeete war voller Lichter, aber es fuhren hier viel weniger Autos herum als bei uns daheim. Motorroller und Moped schienen noch oder schon wieder in Mode zu sein. Die Menschen hier hockten abends nicht in den Häusern, nein, sie bevölkerten sogar in den feineren Vierteln die Gehsteige, was ich ganz erfreulich fand, weil man das in Hongkong eben nur noch in den Altstadtvierteln erlebt.

Die Stadt offenbarte einen recht munteren Abendbetrieb. Gewiß, auch hier waren die Farben grell und der Lärm schrill, aber die Leute wirkten viel ausgeruhter, selbst jetzt, am Ende eines langen, heißen Tages. Drehte sich in Hongkong alles um den schnellen Dollar, besonders abends, so schienen die Menschen hier bei aller Betriebsamkeit doch weniger hektisch. Sie waren entspannter, lässiger, auch wenn sie dichtgedrängt um einen auf offener Straße aufgestellten Spielautomaten standen.

Ich machte schließlich den Vergleichen ein Ende. Es hat nie viel Sinn, eine Gegend auf den ersten Blick zu beurteilen. Das ist ganz ähnlich wie bei einer Frau. Also achtete ich an der nächsten Kreuzung auf das Schild, das den Weg zum Hotel Lagoon anzeigte. Ich hielt, obwohl die Ampel Grün zeigte, und las geruhsam, was da stand, und zu meinem großen Erstaunen hupte niemand hinter mir, keiner drohte mir mit dem berühmten ausgestreckten Mittelfinger oder fletschte die Zähne – der Ford hinter mir wartete geduldig, bis ich weiterfuhr. Mörderisch war der Verkehr trotz der unzähligen Zweiräder, der Spaziergänger und der herumtollenden Kinder jedenfalls nicht.

Das *Lagoon* war ein imposanter Bau an der Rue Brea. Pariser Architekt, zweifellos. Ein fixer Bursche nahm sich meines Autos an, und ich stand plötzlich mit meiner Reisetasche etwas verlassen in der gewaltigen Halle, in der tropische Topfpflanzen und Kronleuchter dominierten. Die originellste Mischung von Europa und Asien, die ich seit langer Zeit sah. Später fiel mir auf, daß ich genau um die Zeit angekommen war, in der ein kultivierter Tourist sein Dinner einzunehmen pflegt.

Am Empfang begrüßte mich ein großer, kräftiger Franzose mit einem Strichbart unter einer wahrhaft markanten Hakennase. Als ich ihm meinen Namen sagte und hinzufügte, ich sei der angekündigte Mann von der Versicherungsgesellschaft Titus, unser Prokurist habe mich persönlich angemeldet, überzog sich sein stark gebräuntes Gesicht mit einem Lächeln, das man mit Einschränkungen freundlich hätte nennen können. Für ein Werbeplakat allerdings hätte es nicht ausgereicht.

»Mister Lim Tok, ja. Bitte Ihre Unterschrift.«

Er schob mir das Gästebuch hin, wobei mir auffiel, daß ihm an der rechten Hand zwei Finger fehlten. Ich machte mir einen Spaß daraus, mit chinesischen Charakteren zu unterzeichnen, eine Gemeinheit, die ich draufhabe, wenn ich es mit eingebildeten Hoteldomestiken zu tun bekomme, aber er monierte es nicht. Ganz Gentleman. Oder es verkehrten hier noch mehr Leute, die das lateinische Alphabet nur vom Hörensagen kannten!

»Zimmer zweiunddreißig«, teilte er mir mit, immer noch lächelnd, und hielt mir den Schlüssel hin. »Ist ein Apartment, mit Kühlschrank, Telefon, Fernseher, alles wie gewünscht. Guten Tag, der Herr!«

Mit den Fingern der linken Hand, die noch unversehrt war, schnippte er einen Boy herbei. Das Plastschild am Revers der weißen Jacke des Empfangschefs informierte mich, daß er Monsieur Edmond Leroy hieß. Ich nickte ihm freundlich zu, und dann beauftragte ich den Boy, der sich meine Reisetasche geschnappt hatte, mir sogleich einen Straßenplan von Papeete und eine Karte der gesamten Insel zu besorgen. Er tat es gern, als er sah, daß ich mit Dollars bezahlte, und ich dachte, der Franc ist wohl selbst in diesem entfernten Territorium Frankreichs nicht mehr ganz das, was er einmal war.

Das Apartment jedenfalls war fürstlich. Auf eine besondere Art schwelgte man hier in Tropennostalgie: Während eine hochmoderne Klimaanlage die Temperatur regelte, drehte sich – gleichsam als Erinnerung an die Zeiten Somerset Maughams – an der Decke träge einer jener alten Ventilatoren mit den meterlangen Flügeln. Nutzlos, aber dekorativ. Ich schmunzelte bei dem Gedanken, daß Eugene Hsu diese Pracht zu bezahlen haben würde. Als sehr großzügig galt er gemeinhin nicht.

Ich duschte und zog mich um. Und dann suchte ich die Rue de Commerce auf der Stadtkarte. Dort lag, wie mir Eugene Hsu mit auf den Weg gegeben hatte, die Filiale seines Reisebüros *Blue Moon,* besetzt mit einem verläßlichen jungen Mann aus Hongkong, der mir auf diskrete Weise behilflich sein sollte, das Schicksal seiner Vorgängerin, der Dame Edith Kung, aufzuklären.

Die Rue de Commerce war eine der großen Einkaufsstraßen der Hauptstadt, aber trotz viel Beton und Chrom und Glas hielt sich auch hier der Autoverkehr in erträglichen Grenzen. Vor dem Blue Moon waren mehrere Parkplätze frei. Das Büro war bereits erleuchtet, die Neonreklame über dem Eingang flammte rot und gelb. Der junge Mann, von dem mir Eugene Hsu gesagt hatte, ich könnte mich auf ihn verlassen, auch auf seine Karatekenntnisse, saß vor einem Monitor und ließ irgendwelche Statistiken ablaufen, als ich eintrat. Er erhob sich sofort, deutete eine leichte Verbeugung an und postierte sich dann hinter der Theke, die von Regalen mit vielfarbigen Reiseprospekten eingerahmt war. Am schönsten war eine Pappfigur, die in Lebensgröße eine Chinesin darstellte, gertenschlank, in einem bis an die Hüften geschlitzten Cheongsam; aus dem Mund quoll die Sprechblase: Ich erwarte Sie in Hongkong, der Perle des Ostens! Es war das Pendant zu der Figur eines Inselmädchens, die ich aus dem *Blue-Moon*-Büro in Kowloon in Erinnerung hatte, nur daß die dort nach Papeete einlud!

»Ich bin Lim Tok«, sagte ich.

Der junge Mann war einer von der guterzogenen Sorte, denn er kam hinter der Theke hervor, verneigte sich respektvoll und hielt mir die Hand hin. Freute sich sichtlich.

»Ich schätze mich glücklich, Sir, Sie kennenzulernen! Habe viel von Ihnen gehört, aber Sie nie gesehen – ich heiße Sung Li.«

Kunden waren um diese Zeit nicht zu erwarten, deshalb setzten wir uns an einen der mit Prospekten bedeckten Tische. Die Filiale vermittelte Reisen in fast alle Länder der Region, ihr Hauptgeschäft aber waren Inselrundfahrten, Bootsausflüge, Flugtrips nach Bora Bora, Moorea oder beinahe jeder beliebigen anderen polynesischen Insel.

»Tagsüber habe ich noch eine Hilfskraft«, berichtete Sung Li. »Eine Einheimische. Das Geschäft geht gut. Wir haben zwar eine Menge Konkurrenz, aber in der Südsee gibt es inzwischen so viele Besucher, daß jeder auf seine Kosten kommt.«

»Miß Kung!« kam ich zur Sache. »War etwas zu hören? Was wissen Sie über ihre Gewohnheiten? Bekannte?«

Er fischte eine Schachtel Gauloises aus der Hosentasche und bot mir davon an. Ich lehnte so höflich wie möglich ab, weil diese Stinker mich an die Sorte erinnerten, die mein alter Hongkonger Freund, der Kriminalist Bobby Hsiang, rauchte, wie ich glaube, nur um seine Mitmenschen zu vergiften. Ich blieb lieber bei den Blonden.

»Also«, begann Sung Li, und blies gekonnt einen Ring, »Miß Kung hat keine Unregelmäßigkeiten hinterlassen. Abrechnung auf den Cent genau. Privatleben kann man als zurückgezogen bezeichnen. Bis etwa vier Wochen vor ihrem Verschwinden. Da ging sie eine Liaison mit Monsieur Etienne Bruillard ein. Sie verschwand mit ihm zusammen an einem Sonntag. Machte einen Flug mit ihm. Die Maschine war in Faaa geliehen. Piper Cub mit Schwimmern. Als Ziel war im Tower die Küstengegend um Faaone angegeben, liegt etwa sechzig Kilometer südlich. Sandstrand. Ein paar sehr gern besuchte Restaurants. Schöne Lagune. Davor das Riff. Ich vermittle eine Menge Ausflüge dorthin. Wir haben einen Vertrag mit einem Bootsunternehmer dort, der bietet Fahrten in Glasbodenbooten an ...«

»Das Flugzeug ist verschwunden?«

»Es kam nie in Faaone an. Auch nicht anderswo.«

»Und wer ist, bitte, Monsieur Etienne Bruillard?«

»War, muß man wohl sagen, Sir. Wenig wahrscheinlich, daß er noch einmal auftaucht. Monsieur Bruillard war der Inhaber des Hotels *Lagoon,* in dem Sie wohnen.«

»Ah«, äußerte ich überrascht. »Reich?«

Sung Li lächelte. Wenn man in sein freundliches Jungengesicht blickte, kam man nie auf die Idee, daß er Techniken beherrschte, die einen lebenden Mann sekundenschnell in einen toten verwandeln konnten. Durch einen Hieb mit der Handkante etwa.

»Man konnte ihn wohlhabend nennen, ja. Nach allem, was ich erfahren habe, ein Kolonialfranzose wie aus dem Bilderbuch. Kam über Singapore aus Kambodscha. Kaufte das Hotel. Brachte ein paar andere Franzosen mit oder zog sie nach. Die arbeiteten bei ihm. Und bei seiner Frau.«

Ich war versucht, wieder Ah! zu machen, verkniff es mir aber. Fragte statt dessen: »Kennen Sie Monsieur Leroy?«

Er nickte. »Der steht an der Rezeption des Hotels. Nach dem Verschwinden von Monsieur Bruillard leitet er sozusagen das Hotel. Im Auftrag von Madame Bruillard.«

Er küßte dezent seine Fingerspitzen, als er mir verriet: »Eine betörend schöne Frau. Es heißt, sie habe mit ihrem Mann in Kambodscha eine Plantage betrieben. Bis dort das rote Chaos ausbrach, damals, die Leute, die die Städte entvölkerten und Brillenträger mit Hacken erschlugen ...«

Nun war ich einigermaßen im Bilde. Reicher Hotelier brennt mit aparter Chinesin durch und hinterläßt schöne Witwe. Was gefiel mir eigentlich nicht an dieser Konstellation? War sie zu einfach? Solche simplen Zusammenhänge entpuppten sich nach meinen Erfahrungen allzuoft als sehr viel kompliziertere, als ein Knäuel von der Beschaffenheit verknoteter Fischleinen. Nasser!

»Nun ja«, sagte ich, »da wäre zu fragen, ob Monsieur Bruillard Feinde hatte. Gibt es auf dieser paradiesischen Insel überhaupt so etwas wie Feindschaft?«

Sung Li lächelte und bemerkte zurückhaltend, o ja, die gäbe es schon. Allerdings, ob Monsieur Bruillard davon besonders betroffen gewesen sei, habe er noch nicht herausfinden können.

»Wie nahm es denn seine Frau auf, daß er mit Miß Kung durchging?«

»Es ist mir nicht gelungen, mit der Dame näher bekannt zu werden.«

»Unzugänglich?«

Ein draußen auf der Rue de Commerce aufflammender Lichtschein enthob Sung Li einer Antwort. Wir sprangen auf. Dort drüben, wo die Autos in einer Reihe geparkt waren, loderte ein Feuer. Aus dem Innenraum einer Limousine schlugen Flammen. Sobald sie den Benzintank erreichten, würde es eine Explosion geben.

Aus den jenseits des Bürgersteiges liegenden Läden rannten Leute mit Feuerlöschern herbei. Es dauerte nur einige Minuten, dann war die Limousine zwar ausgebrannt, aber das Feuer schien besiegt. Um die Brandstelle herum hatte sich eine Menschentraube gebildet, die sich nun langsam wieder auflöste.

»So was passiert auch in Hongkong, wenngleich selten«, bemerkte ich, in der Absicht, wieder zu unserem Thema zurückzukehren. Aber Sung Li, der den Brand mit unbewegtem Gesicht beobachtet hatte, sagte leise: »Das war mein Auto, Mister Lim Tok.«

Er ging kurz hinaus, besah sich den Schaden, und als er zurückkam, nahm er den Telefonhörer ab, wählte eine Nummer und sprach fließend französisch in die Muschel. Vermutlich waren seine Sprachkenntnisse eine Voraussetzung dafür gewesen, daß Eugene Hsu ihn hierhergeschickt hatte. Er teilte der Polizei mit, auf seinen Wagen sei ein Brandanschlag verübt worden. Ich staunte über die gelassene Art, in der er die Sache erledigte. Nachdem er aufgelegt hatte, klärte er mich auf: »Es ist so gut wie nutzlos, der französischen Polizei etwas zu melden, sie kümmert sich um solche Sachen kaum.«

»Womit ist sie beschäftigt?«

»Mit Freizeit, Mister Lim Tok. Dies ist ein sogenanntes Überseeterritorium. Hierher kommt man nicht, um tatsächlich zu arbeiten. Hier legt man durch bloße Anwesenheit den Grundstein zu seiner Pension.«

Mir drängte sich die Frage auf, ob er denn nach so kurzer Tätigkeit hier schon Feinde haben könnte, die mit Brandschatzung arbeiteten. Ohne seinen Gleichmut zu verlieren, bekannte er, er habe sie. Nicht als Privatperson, aber als Chef des Büros.

»Sie machen mich neugierig!«

»Man hat vor vier Wochen vom *Blue Moon* verlangt, fünf Prozent des Umsatzes als Schutzgeld zu bezahlen. Ach, was sage ich, zwei Wochen ist es her, daß man mich anging. Im Weigerungsfalle würden erhebliche Sachbeschädigungen entstehen. Das mit dem Auto war die erste massive Warnung.«

Racket im Paradies! Ich mußte das erst verdauen. Sung Li ging zur Ladentheke, wo er einer noch nicht abgeschalteten Kaffeemaschine zwei Becher voll abzapfte. Als er mir einen davon reichte, erkundigte ich mich: »Sind Rackets hier denn üblich?«

»Eben nicht. Sie sind neu.«

»Sind alle Geschäftsleute davon betroffen?«

»Hauptsächlich Chinesen. Sie stellen allerdings auch den größten Anteil der Unternehmer. Neben den Indern.«

»Franzosen?«

»Soweit ich informiert bin, haben sie nicht darunter zu leiden. Kann daran liegen, daß das meist ziemlich abgebrühte Typen sind. Lange Erfahrung in den Kolonien. Sie würden wohl sofort zuschlagen. Oder schießen.«

»Was haben Sie gemacht?«

»Zugeschlagen, Mister Lim Tok. Ich habe dem Mann sachkundig das Bewußtsein aus dem Kopf geklopft und ihn dann ganz sanft draußen an die Hauswand gelehnt. Ich wusch mir in meinem Büro die Hände, als ich danach nach dem Mann sehen wollte, war er nicht mehr da.«

Der Junge begann mir sympathisch zu werden, und ich sagte ihm das. Er quittierte es mit einem bescheidenen Lächeln; er hatte jene unbefangene Art, mit heiklen Dingen umzugehen, die man bei Triadenmitgliedern öfter antrifft. Solches Verhalten konnte zwar das Leben kosten, aber es beeindruckte Widersacher. Ich wollte Näheres über den Schutzgeldmann wissen, und Sung Li enttäuschte mich nicht, er war gründlich gewesen, hatte sich eingehend informiert.

»Zwanzig Jahre. Sein Name ist Robert Lulao. Mischling. Ohne feste Arbeit. Versieht Gelegenheitsjobs. Ist meist im Bootshafen anzutreffen, wo er Touristen kleine Dienste erweist. Wenn er gerade keine lohnenderen Aufträge hat.«

»Irgendeine Ahnung, für wen er kassieren sollte?«

Sung Li trank von seinem Kaffee. Er ließ sich Zeit, ehe er antwortete: »War nichts Genaues zu erfahren. Ein paar chinesische Freunde, die auch betroffen sind, sagten mir, es würden wahrscheinlich Franzosen dahinterstecken.«

Ich wollte wissen, ob er Eugene Hsu, seinen großen Chef in Hongkong, über die Sache informiert hatte. Er hatte. Eugene Hsu habe vor Wut geschäumt und ihm zugesichert, notfalls Verstärkung zu schicken. Ich schien da geradewegs in eine heiße Affäre geraten zu sein, und mich interessierte, ob denn vielleicht Miß Kung, die Verschwundene, auch schon mit solchen Drohungen Ärger gehabt hatte.

Sung Li verneinte das. Sie würde es Eugene Hsu mitgeteilt haben. Das Büro besaß eine Fernschreibverbindung nach Hongkong, es wäre eine Sache von Minuten gewesen, Eugene Hsu ins Bild zu setzen. Ich nahm mir vor, mich in das Racket nicht einzumischen, das war nicht mein Auftrag, aber im Hinterkopf formte sich der Gedanke, daß es zwischen diesem Racket und dem Verschwinden von Miß Kung durchaus eine Verbindung geben könnte.

Nach dem, was mir Sung Li über die Gattin des Hoteliers erzählt hatte, nahm ich mir vor, sie bei nächster Gelegenheit kennenzulernen. Betrogene Ehefrauen sind zuweilen ganz erstaunlich ergiebige Informationsquellen. Also trank ich meinen Kaffee aus und machte Anstalten, mich zu verabschieden. Doch Sung Li hielt mich zurück. Er ging in sein Büro, das hinter dem großen Geschäftsraum lag, und als er zurückkam, händigte er mir einen kleinen 38er Revolver aus samt einer Schachtel Munition. Einen MR 73, französisches Fabrikat, kurz und bullig. Eugene Hsu hatte ihn angewiesen, das Ding für mich zu besorgen. Er hatte nicht vergessen, daß ich für Pistolen nichts übrig habe, mich lieber auf Revolver verlasse, wie auch mancher gute Polizist.

»Eine Lizenz kann ich Ihnen leider nicht beschaffen«, bedauerte Sung Li. »Die Polizei hier ist knausrig damit. Ich rate Ihnen, vorsichtig zu sein. Wenn Sie das Ding tatsächlich benutzen müssen, wäre es ratsam, es anschließend sofort zu verlieren. Bei Bedarf kann ich das gleiche Modell beliebig oft für Sie beschaffen.«

Schöne Aussichten! Und ich hatte mir vorgestellt, dies würde eine Art Urlaub im Paradies werden. Ich steckte den Knaller ein, auch die Patronen, und wir vereinbarten, daß ich mich im Bedarfsfall Tag und Nacht an Sung Li wenden könne. Sein Büro war zugleich sein Quartier.

Im *Lagoon* erfuhr ich von einer stilecht mit Blumenbüstenhalter und Bastrock bekleideten Empfangsdame, die Monsieur Leroy abgelöst hatte, daß man mir im Restaurant gerne genau das Essen vorsetzen würde, von dem ich seit meiner Kindheit träumte. Die Dame funkelte mich aus ihren schwarzen Knopfaugen so verführerisch an, daß mir eine Menge aufregender Gedanken kamen. Unter anderen auch der, ob sie wohl die rosa Hibiskusblüte, die hinter ihrem linken Ohr klemmte, ablegte, wenn sie zu Bett ging. Ich fragte sie angemessen höflich danach, und sie vertraute mir mit einem unwiderstehlichen Lächeln an, ihr Mann pflege vor dem endgültigen Einschlafen regelmäßig daran zu schnuppern, das bringe schöne Träume.

War ich hier in ein Familienhotel geraten? Es drängte mich, danach zu fragen, mit welcher Dame hier der Ortsfremde Spaß haben könne, doch im letzten Augenblick erinnerte ich mich daran, daß ich ein seriöser Versicherungsvertreter war, der das Image seiner Firma nicht leichtfertig aufs Spiel setzen durfte.

Im Restaurant saß die blonde indische Stewardeß an einem Tisch und nickte mir artig zu. Ihr gegenüber ein Franzose, ihr Verlobter, der gar nicht wie ein Koch aussah, eher wie so ein europäischer Schauspieler, die in Komödien auftreten, klein und spillerig, und denen trotzdem weibliche Fans täglich Heiratsanträge schreiben.

Als er merkte, daß ich mit seiner Dame bekannt war, erhob er sich, schüttelte mir die Hand und lud mich zu einem Glas Rotwein ein. Nein, kein Air-France-Papptütenwein, sondern ein guter Tropfen aus einer Glasflasche! Er war ein freundlicher Mann, etwa in meinem Alter, mit der gegerbten Gesichtshaut des Kolonialfranzosen. Sein dünnes Haar war sauber frisiert. Englisch sprach er mit ähnlichem Akzent wie Monsieur Leroy. Als ich den erwähnte, nickte er nur gleichmütig und wollte dann wissen, was ich zu speisen wünschte. Er würde es kraft seines Amtes als Küchenchef sogleich für mich zubereiten lassen. Im übrigen heiße er Philippe Monard, und ich solle es doch bei Philippe belassen, denn es sei ihm nicht so angenehm, mit Monsieur angeredet zu werden.

Ich entschied mich für ein Steak. Daraufhin erhob er sich und verschwand für zwei Minuten. Als er zurückkam, verkündete er mir lachend, es werde in zehn Minuten ein Steak vor mir stehen, wie ich es nicht einmal in Paris bekommen könnte. Mit frischem Gemüse garniert, damit mein Vitaminhaushalt intakt bleibe, bei dem mörderischen Klima hier. Wie lange ich mich denn in Papeete aufhalten wolle?

Als ich mich nicht festlegen wollte, bestand er darauf, es müßte mindestens eine Woche sein, unbedingt, denn ich dürfe keinesfalls seine Hochzeit mit Raja verpassen. Eingeladen sei ich hiermit. Er goß mir Wein ein, prostete mir zu und scherzte: »Danach wird sie nie mehr reisenden Versicherungsvertretern in einem Düsenclipper Getränke servieren!«

Ich habe wenig Erfahrung im Umgang mit Franzosen, aber

dieser hier schien von der Art zu sein, mit der man leben konnte. Ein Typ, der einem Fremden ohne Zurückhaltung begegnete. So aufgeschlossen, daß er mir, noch bevor das Steak gebracht wurde, mitgeteilt hatte, er habe in einem Restaurant namens *Moulin Rouge* in Singapore gearbeitet, sich aber gern in Richtung Südpazifik verändert – schließlich müsse man möglichst viel von der Welt kennenlernen, wenn man aus einem Dorf in der Provence stammt. Und er habe Glück gehabt, denn immerhin sei der Hotelier des *Lagoon* Franzose wie er.

»Korse zwar, wie Monsieur Leroy auch, aber trotzdem ein guter Mann.«

»Ein verschwundener Mann, hörte ich.« Ich sagte es so beiläufig wie möglich.

Seine Reaktion war überraschend. Er sagte scharf: »Ein Mann, der bei einem seiner Seitensprünge spurlos verschwand. Mister, das ist Stoff für einen Roman. Ehrlich gesagt, ich habe ihn für gescheiter gehalten. Er hat mich enttäuscht, als er diese Geschichte anfing.«

»Wie hat seine Frau denn sein Verschwinden aufgenommen?«

Monard wechselte einen Blick mit der blonden Raja. Dann knurrte er, die Dame Bruillard nehme wohl jede Nachricht in gleicher Weise zur Kenntnis, egal ob es sich um die Zündung einer Atombombe im Mururoa-Atoll handle oder um das Verschwinden ihres Gatten mit einer Chinesin.

»Das hört sich krank an.«

»Wenn Pernod krank macht, dann müßte sie es sein«, gab Philippe Monard zurück. »Aber eine Korsin wird selbst von Pernod so schnell nicht krank, Mister. Sie wird eifersüchtig. Und dann tut sie etwas ...«

Was das sein konnte, darüber ließ er sich nicht näher aus. Außerdem kam das Steak. Monard hatte nicht übertrieben, es war ein vollendeter Genuß, zumal nach der Plastikkost der letzten Tage. Während die beiden Verliebten ihren Wein tranken, hatte ich Gelegenheit zum Nachdenken. Erfahren hatte ich über Edith Kung bisher eigentlich nichts, das mich näher an die Sache herangebracht hätte. Dafür eine Menge Nebensächliches. Aber war es denn nebensächlich? Seitensprung eines Korsen. Ich erinnerte mich an Zeitungsgeschichten über eine aus Korsen bestehende Gruppe von Opiumhändlern, die im Goldenen Dreieck von sich reden gemacht hatte. Damals war ich zum ersten Mal auf diese Insel im Mittelmeer aufmerksam geworden. Ich hatte jedoch keinen Grund gehabt, mich näher damit zu beschäftigen. Jetzt saß ich hier und versuchte, die losen Enden eines Falles zusammenzuknüpfen, von dem ich nicht einmal wußte, ob es überhaupt ein Fall war. Vielleicht handelte es sich einfach um einen Seitensprung mit Verkehrsunfall. Hatte nicht sogar Monard so etwas andeuten wollen? Jedenfalls schien er die Sache nicht aus einer kriminalistischen Perspektive zu beurteilen.

Hoffentlich, dachte ich, gibt Eugene Hsu das viele Geld für meine Dienste nicht umsonst aus, weil es womöglich um nichts weiter geht als um den Fehltritt eines Hoteliers mit bösen Folgen! Doch dann, als ich gerade die letzte, in Form einer Blume ausgestanzte Karottenscheibe verspeiste, machte Monard eine Bemerkung, die mich aufhorchen ließ.

»Interessant wäre die ganze Geschichte ja erst geworden, wenn Bruillard nicht verschwunden wäre. Dann hätte die Madame in einer ihrer lichteren Phasen wohl doch Vendetta geübt. Schade!«

»Vendetta?« erkundigte ich mich.

Er trank einen Schluck Rotwein und sagte: »Das ist Italienisch. Heißt Blutrache. Die Korsen sprechen einen italienischen Slang. Und wenn einer beleidigt wird, greift er schnell zum Messer, und es gibt einen Toten. Dessen Bruder greift dann auch zum Messer. Das gibt auf der Gegenseite einen Toten. So geht das weiter: eine Leiche hier, eine Leiche da. Solche Fehden setzen sich zuweilen über mehrere Generationen fort. Nie was davon gehört?«

Ich bedauerte mein Unwissen, wie das ein guter Chinese tut: »Wir in Hongkong kennen nicht viel von den europäischen Gewohnheiten. Meist nur das, was wir bei den Engländern beobachten. Oder bei Touristen ...«

Er lachte und goß mir Wein nach. Die blonde Raja hielt die Hand über ihr Glas. Ich trank Monard noch einmal zu, dann versuchte ich, das Essen zu bezahlen, aber der Franzose wies mich entrüstet zurecht, ich sei sein Gast gewesen. Also beließ ich es bei ein paar Dankesworten und verabschiedete mich von dem jungen Paar. Die Vendetta-Geschichte brachte keine neuen Erkenntnisse. Verschlossener Fall. Ich war, auf meinem Zimmer angekommen, zu müde, um weitere Überlegungen anzustellen. Aber ich nahm mir vor, am Morgen sogleich tätig zu werden.

Der Peugeot hatte eine erstklassige Klimaanlage, trotzdem heizte er sich ziemlich auf. Endlich sah ich nach vielem Herumfragen den Bootshafen vor mir. Ein Stück Uferlandschaft, das von einem breiten Sandstreifen und in die Lagune hinausgebauten Bootsstegen geprägt war, östlich des Zentrums gelegen. Weiße Segel leuchteten in der Sonne, Masten von Yachten ragten auf, die verschiedensten Boote lagen hier, vom Kanu bis zum Katamaran. An Land befanden sich Rasthäuser der billigen Sorte, aber auch Clubs, luftig gebaut, mit überhängenden, weit herabgezogenen Dächern, knallbunt gepinselt und mit geräumigen Veranden. Und Leute, die entweder spazierengingen oder sich anschickten, ihre Boote zu besteigen. Es duftete nach exotischen Blüten, und von der Lagune her kam der tangige Geruch der See. Kein Lufthauch war zu spüren. Die Wedel der Palmen, die den Strand säumten, waren reglos. An der Zapfstelle, wo die Yachtbesitzer ihren Treibstoff ordern konnten und wo es ein Geschäft mit maritimen Bedarfsartikeln gab, bemerkte ich, als ich unter ein paar Riesenfarnen am Straßenrand parkte, einen Menschenauflauf. Auch ein Polizeijeep stand dort. Im Nähergehen erkannte ich ein paar weißgekleidete Sanitäter, die eine Bahre umstanden, auf der eine Gestalt lag, ausgestreckt, still. Ein junger Mann, den ich um die zwanzig schätzte, bekleidet mit einer kurzen bunten Hose und einem ebenso bunten T-Shirt. Er sah aus wie ein Polynesier, aber seine Haut war heller als üblich. Und er war, wie ich sah, sehr tot.

Die zwei Polizisten waren Franzosen und vom Typ des schon am Morgen recht schläfrig wirkenden kolonialen Ordnungshüters, der vielleicht einmal an Tropenfieber stirbt oder an Leberzirrhose, so gut wie nie aber an Überarbeitung. Sie hielten die Neugierigen zurück, und als ich näher trat, musterte mich der eine von ihnen mißtrauisch, bevor er sich erkundigte: »Können Sie etwas zu der Sache aussagen?«

Er mußte mich wohl für einen amerikanischen Touristen halten, denn er sprach in mühsamem Englisch zu mir.

»Nein. Wer ist das?«

»Robert Lulao. Und wer sind Sie?«

»Lim Tok. In einer Versicherungssache hier. Sagten Sie Lulao?«

»Sagte ich«, knurrte der Polizist.

»Angeschwemmt?« Ich versteckte meine Überraschung hinter einer weiteren Frage.

Der Polizist schüttelte den Kopf. Dabei fiel ihm auf, daß es heiß war, und er nahm die Schirmmütze ab und wischte mit einem angegrauten Taschentuch das Schweißband trocken.

Robert Lulao! Gestern hatte ich den Namen zum ersten Mal gehört. Von Sung Li. Der Mann, den das Racket zu ihm geschickt hatte.

Ein älterer Herr, der sich über den Toten gebeugt hatte, richtete sich auf und sagte zu dem Polizisten: »Soweit ich sehen kann, ist der Mann nicht ertrunken. Er muß einen Schlag direkt auf die Kehle bekommen haben. Luftröhre gebrochen, vermute ich ...«

Der Polizist, bei dem ich stand, setzte seine Mütze wieder auf und wies den Herrn, seiner Aussprache nach ein Amerikaner, unfreundlich zurecht: »Wir sind an Ihren Vermutungen nicht interessiert.«

»Erlauben Sie, ich bin in erster Hilfe ausgebildet!«

»Ich erlaube es. Aber wir haben einen Arzt bei der Polizei. Gehen Sie weiter.«

Ich sah ihm nach. Ein kleiner, weißhaariger Mann, der kein Tourist zu sein schien, denn er spazierte nicht einfach am Strand weiter, sondern strebte einem abgestellten Auto zu, einer jener Konstruktionen aus Frankreich, bei denen man fürchtet, sie würden sich jeden Augenblick in ihre Bestandteile auflösen. Das geschah nicht. Der kleine Mann stieg ein und fuhr davon. Kein Taxi. Wohl ein Leihwagen. Keine Beschriftung. Ich war hierhergefahren, um mich nach genau dem jungen Mann zu erkundigen, der da auf der Bahre lag. Was war geschehen? Um mich herum standen neugierige Fremde. Etwas abseits hockte ein schwarzlockiger Einheimischer, barfuß, nur mit einer knielangen Hose bekleidet. Er bot Postkarten mit Palmen und sonnigen Stränden vor blauer See an, und es sah aus, als döste er unbeeindruckt vor sich hin, während die Polizisten ungeduldig auf ein Transportfahrzeug warteten, das die Leiche aufnehmen würde. Ich schlenderte zu ihm hinüber. Wählte aus seinen Karten eine für meine Hongkonger Dauerfreundin Pipi und eine für meine Mutter aus. Er war erstaunt, daß jemand ihn entdeckt hatte. Bot mir Briefmarken an und wies mich darauf hin, daß an der Kraftstoffstation ein Briefkasten hing.

»Danke,« sagte ich. »Kennen Sie den Toten?«

Er besah sich nachdenklich den US-Dollar, mit dem ich bezahlt hatte, steckte ihn ein und gähnte. Ich griff in die Hemdtasche und zog einen Fünfdollarschein hervor. Faltete ihn und strich mir damit an der Nase entlang.

Der Postkartenverkäufer wurde sehr wach. »Polizei?«

»Zahlen die Polizisten hier Dollars für Informationen? Ich bin Dichter. Mich interessieren menschliche Schicksale.«

»Ah«, machte er. Musterte mich zweifelnd. Aber der Fünfdollarschein verfehlte seine Wirkung nicht.

»Robert Lulao.«

»Das sagte mir schon der Polizist. Scheint, daß ich mein Geld nicht loswerde.«

»Langsam, Mister«, mahnte er mich. Er sprach Inselpidgin, jene bunte Mischung aus mehreren Sprachen. »Was wollen Sie wissen?«

»Wo er wohnte, für wen er arbeitete und was. Ob er Feinde hatte, und wenn ja, wer sie sind.«

»Für fünf Dollar?«

»Anfangsgebot.

»Ist ein Wort. Also, Robert Lulao. Keine Wohnung. Schlief da drüben, in der Einfahrt des Bootsverleihs. Machte alles, was so kam. Boote reinigen. Proviant schleppen. Benzin. Bringt auch mal Mädchen zu großen Yachten. Brachte. Keine Feinde. Selber Feind.«

»Wie das?«

Er streckte die Hand aus. »Das waren fünf Dollar.«

»Warum selber Feind? Ich lege was drauf!«

Er nahm erst einmal den Grünen. Beobachtete meinen Griff in die Hemdtasche. Als er weiteres Grün sah, sagte er: »Hing mit Margeaux zusammen, dem Legionär, ehemaligen. Großer Mann jetzt.«

»Was macht der?«

»Agentur *Melia*. Vermietet alles. Boote, Flugzeuge, Ferienhäuser. Kein guter Mann. Sagt man.«

»Sagt wer?«

Die Quelle versiegte. Er nahm den zweiten Schein, steckte ihn weg, holte eine Packung Zigaretten aus der Tasche und hielt sie mir hin. Ich bediente mich. Er sagte, es sei ein schöner Tag. Ich solle ein bißchen hinausfahren, auf die Lagune. Oder auf der Küstenstraße bis hinunter nach Faaone, da habe der Legionär seine Ferienhäuser. Und drüben, im Restaurant, sei der Fisch immer sehr gut. Aber ich könnte anstatt nach Faaone auch bis Hitiaa fahren. »Schöner Strand dort. Und auf der Landseite der Fatautia-Wasserfall. Sehr sehenswert. Von einer Seite erscheint immerzu ein Regenbogen, Mister...«

Mir fiel wieder der Tote ein, und ich dachte an das, was mir Sung Li gestern abend erzählt hatte. Die Zigarette des Postkartenverkäufers schmeckte nach Zimt und Nelken. In Djakarta hatte ich so etwas schon einmal geraucht. Ich winkte dem Spender zu und machte mich davon, Richtung Rue de Commerce.

Sung Li stellte mir seine Sekretärin vor, die angeblich Josefine Walu hieß, ein dürres Geschöpf, offenbar aber fleißig und intelligent, denn sie verkaufte, noch während ich mich mit Sung Li über das Wetter unterhielt, zwei Reisen nach Bora Bora samt Vollpension und Versicherung, wobei ich den Eindruck hatte, die Leute waren dankbar dafür, daß sie Geld loswurden.

»Wer war es?« fragte ich Sung Li, als wir in seinem Büro standen und die Tür geschlossen war. Er schob mir einen bequemen Sessel hin, bot Zigaretten an, erkundigte sich nach Kaffeewünschen, bevor er sich hinter seinem Schreibtisch niederließ und zur Sache kam.

»Sie meinen Lulao?«

»Waren Sie es?«

Er schüttelte den Kopf. »Ich habe ihn mir vorgenommen, aber ich habe ihn nicht getötet.«

»Vielleicht ist er nachträglich am Schock gestorben?«

Er überhörte die Ironie. »Als ich ihn verließ, lebte er noch. Und weil er kooperativ war, hat er nicht einmal ein blaues Auge abbekommen. Er hat gesagt, was ich wissen wollte, und getan, was ich verlangte. Damit war die Sache für mich erledigt.«

Er hob die Hände, ließ sie wieder auf die Schreibtischplatte sinken und sah mich freundlich an. Ein Mann, der nicht einmal einen geangelten Fisch töten könnte.

»Ich kann einen Fisch töten, Mister Lim Tok. Ich hätte auch Robert Lulao töten können. Aber ich habe es nicht getan. Sie sollten besser glauben, wenn ich so etwas sage. Mißtrauen unter Verbündeten führt zu nichts.«

Da hatte ich meinen Tadel. Zu recht wohl. Ich entschuldigte mich, und er quittierte es mit einem höflichen Nicken. Dann fragte ich ihn, was Robert Lulao ihm denn gesagt habe. Geheimnis?

»Aber nein! Ich habe ihn an seinen Hoden gepackt und meine Hand leicht gedreht, bis er sprach. Ganz leicht nur, Mister Lim Tok, und er sprach sofort. Er sagte mir, wer sein Auftraggeber war. Und er gab auch zu, eine Brandflasche in mein Auto geworfen zu haben. Auf Weisung seines Auftraggebers.«

Er sah mich an wie ein Schuljunge, der seinem Onkel eben vermeldet hat, er sei mit einer guten Note in Mathematik belohnt worden. Ein Gemüt, das einer Bananenviper Ehre gemacht hätte.

»Nun gut. Wer ist es?«

»Alphonse Margeaux. Wohnung Rue Panenoo. Mehrere Büros auf der ganzen Insel. Hauptsitz am Flughafen. Vermietung von Verkehrsmitteln und dergleichen ...«

Ich hatte den Namen schon einmal gehört, aber ich ließ mir

meine Kenntnis nicht anmerken. Am Ende fragte ich: »Und was hat Lulao für Sie getan, nachdem Sie die Hand mit seinen Hoden drin noch etwas weiter drehten, ganz leicht ...?«

Sung Li grinste vergnügt. »Er hat angerufen. Bei Margeaux. Ihm gesagt, er brauche Hilfe. Ich sei hinter ihm her. Wolle ihn ausquetschen. Er sei nicht sicher, ob er das durchsteht.«

Ein teuflischer Einfall. Natürlich kannte jener Alphonse Margeaux seinen kleinen Ganoven Lulao. Beschäftigte ihn als Laufbursche und für kleine Schweinereien. Wußte, daß er den Mund ganz schnell aufmachen würde. Schloß ihn, bevor er das tun konnte. Wie er dachte. Und das genau hatte Sung Li bezweckt. Man konnte von Triadenleuten halten was man wollte, an Erfindungsreichtum und gemeingefährlichen Ideen waren sie kaum zu überbieten. Es war abzusehen, daß Margeaux es trotzdem versuchen würde.

»Sie müssen bei diesem Monsieur einen Karate-Mann haben«, warnte ich Sung Li. »Ich habe den Hals Lulaos gesehen. Es war ein ziemlich perfekter Schlag auf den Adamsapfel. Kaum eine Spur.«

»Hm«, machte Sung Li. Überlegte. Äußerte, daß auf Tahiti Schußwaffen kaum in Mode waren. Wo immer ein Tötungsverbrechen geschah, waren Messer, Schlaginstrumente, nackte Hände im Spiel.

»Vielleicht ist es eine französische Spezialität«, gab ich zu bedenken.

»Wie auch immer, jetzt sind Sie im Visir. Lulao hat man beseitigen lassen, damit er nichts ausplaudern kann. Aber dabei wird es nicht bleiben. Racket funktioniert nur, wenn man sich von vornherein Respekt verschafft. Furcht verbreitet.«

»Eben. Und wenn wir die Sache umdrehen, Mister Lim Tok?«

»Ich verstehe nicht.«

»Nun, wir können das, was diese Leute wollen, auch tun – uns Respekt verschaffen.«

»Aber ich bin ein Versicherungsvertreter, mein Lieber, offiziell«, machte ich ihn aufmerksam. »Ich bin hier, um das Verschwinden von Miß Kung zu untersuchen.«

»Ich meine auch nicht, daß Sie sich offen engagieren sollen. Wir können uns die Rollen teilen. Und ich kann sehr talentierte Helfer auftreiben. Mit denen den nächsten Schlag führen, bevor die anderen das tun ...«

Es lohnte sich, darüber nachzudenken, fand ich. Auch, weil ich aus Erfahrung wußte, daß man einen Anstoß geben muß, um größere Bewegungen herbeizuführen. Und größere Bewegungen auf dieser kleinen Insel konnten sehr leicht dazu führen, daß sich das mysteriöse Verschwinden von Miß Kung und ihrem Hotelier entschleierte. Wenn Teeblätter in der Tasse schwimmen sollen, muß man umrühren. Ich ließ mir von Sung Li beschreiben, woran er gedacht hatte, und ich war so angetan von seinem Plan, daß ich einwilligte.

Daraufhin telefonierte Sung Li mit einigen chinesischen Geschäftsfreunden – so nannte er sie – und ließ sich ein paar junge Männer zur Verfügung stellen, die sich vermutlich nicht gerade durch Klostersitten auszeichneten. Mich entließ er mit der Versicherung, daß der erste Hieb ohne meine Mitwirkung geführt würde. Er bat mich nur, an das große Schaufenster im Geschäftsraum zu treten, und dann wies er auf ein elegantes Büro, knapp hundert Meter entfernt, auf der anderen Straßenseite.

»Monsieur Margeaux betreibt dort den Verleih von Ferienhäusern an der Küste.«

Ich las die Neonschrift. »Ceinture, was ist das?«

»Rund um die Insel führt eine sehr gute Küstenstraße. Sie verbindet alle an der Küste gelegenen Orte, in denen sich Touristen einmieten. So ziemlich die einzige Straße hier. Heißt Rue Ceinture. Der Gürtel. Nach ihr benennt Margeaux das Büro.«

»Und was wird da laufen?«

»Das gleiche wie mit meinem Auto.«

»Wann?«

»Halten Sie sich noch raus«, riet er mir. »Ich rufe Sie, sobald wir Sie brauchen.«

Im *Lagoon* angekommen, entschloß ich mich, ebenfalls in die Offensive zu gehen. Leroy hatte Dienst. Er begrüßte mich höflich und erkundigte sich nach meinem Befinden. Routine. Ich nahm meinen Schlüssel, und dann fragte ich so verbindlich, wie ich konnte: »Haben Sie eine Möglichkeit, Madame Bruillard zu erreichen, Monsieur?«

Er hatte, machte mich jedoch aufmerksam, ganz höflicher Franzose: »Sie hat sich allerdings zurückgezogen.«

»Aber Sie können sie anrufen?«

»Wenn es ein Problem gibt, ja.«

»Es gibt eins. Rufen Sie an. Ich möchte sie sprechen.«

Wortlos griff er nach dem Telefon. Ich hatte den Eindruck, der Mann wußte ziemlich genau, was ich im Sinne hatte, denn er fragte gar nicht, was denn so unaufschiebbar sei. Er wählte, dann sprach er einige französische Worte, von denen ich nichts verstand, bis er meinen Namen nannte und die Titus-Versicherung, die es nur in meiner Phantasie und auf meinen Visitenkarten gab. Zuletzt hielt er mir den Hörer hin. »Bitte!«

»Madame Bruillard?«

Die Stimme, die an mein Ohr drang, war etwas heiser. Und wie mir schien, war die Zunge der Madame etwas schwer. Ich solle sagen, was ich wolle, sie telefoniere nicht gern lange. Also erklärte ich ohne Umschweife: »Sie besuchen, Madame, das will ich, und zwar sofort, weil die Sache brennend eilig ist. Es handelt sich um das Verschwinden Ihres Gatten!«

»Und was ist daran eilig?«

»Ich bin von der Versicherung.«

»Mein Mann war versichert?«

Ich antwortete gelassen: »Miß Kung war es. Die Dame, die ihn begleitete. Und es gibt da ein paar Umstände, die ich nur mit Ihnen klären möchte. Ich entschuldige mich für diesen telefonischen Überfall, aber meine Zeit ist begrenzt. Und meine Spesen sind es auch. Wann kann ich Sie sehen?«

»Lassen Sie sich in Teufels Namen von Leroy sagen, wie Sie zu mir kommen!« Damit legte sie auf.

Leroy führte mich zum Fahrstuhl. In der Kabine benutzte er einen flachen Schlüssel, um damit an der Schalttafel einen Knopf über der Skala beweglich zu machen. Trotz der fehlenden zwei Finger gelang ihm das sehr geschickt. Zuletzt drückte er den Knopf und sagte, daß ich im Penthouse der Madame landen würde, dann rollte die Tür zu.

Ich landete genau genommen vor dem Penthouse. Und es bedurfte der Freundlichkeit von Madame Bruillard, mich aus der Kabine zu befreien. Schwitzend stand ich auf dem Dach des *Lagoon,* musterte den eindrucksvollen Bungalow, der hier aufgesetzt worden war, und korrigierte stillschweigend die Vorstellung, die ich von der Witwe gehabt hatte.

Die Frau war umwerfend. Sie war nicht nur groß und blond und ebenmäßig gebaut, wie nach einer Gebrauchsanweisung für weiße Göttinnen, sie hatte die weiblichen Rundungen da, wo auch Göttinnen sie haben sollten, und ihre hellblauen Augen blickten auf eine unnachahmliche Weise ruhig und herausfordernd zugleich auf den Besucher, der sie kurz nach der Siesta gestört hatte. Ich erwog, meine telefonische Entschuldigung zu wiederholen, aber dazu kam ich gar nicht.

Sie bewegte leicht die Augenlider, während sie mich musterte, und sagte dann mit ihrer leicht belegten Stimme: »Sie überraschen mich. Sie sind ja ein Mann! Die meisten Versicherungsfatzken sind eher nadelgestreifte Heuschrecken! Folgen Sie mir. Was trinken Sie?«

»Am liebsten Limonade«, gestand ich, während ich hinter ihr den Bungalow betrat. »Gelb. Sie haben da in Hongkong eine Sorte, für die könnte ich sterben ...«

Sie trug ein wallendes Gewand aus buntbedrucktem Kattun und lief barfuß. Und trotzdem machte sie den Eindruck einer vollendeten Dame. Ein Eindruck, den sie auf sonderbare Weise sogleich korrigierte, als wir uns in dem geräumigen Wohnzimmer auf den Rattansitzmöbeln niederließen. Sie deutete nämlich auf zwei Flaschen, die vor ihr auf einem niedrigen Tisch standen und sagte: »Ich führe hier keine Imbißbude, mein Kleiner, Sie können zwischen Scotch und Bourbon wählen. Cognac ist aus. Und wenn ich mir die Mühe mache zu suchen, finde ich vielleicht noch Pernod.« Die Hennessy-Flasche war in der Tat leer, im Glas der Dame befand sich nur noch ein Rest. Der Stoff, den sie bereits genossen hatte, versetzte sie wohl in so gelöste Stimmung. Ich entschied mich für Bourbon, wegen seines unnachahmlichen Terpentingeschmacks, und sie goß das Glas voll. Ehe ich einwenden konnte, daß ich eigentlich nicht vorhatte, mich ins Delirium zu saufen, prostete sie mir zu, wobei sie in ihrem neckischen Englisch bemerkte: »Sie blikken überrascht. Hatten Sie eine verflennte Tante in Schwarz erwartet?«

Ich kondolierte so artig ich konnte. Als ich danach einen eher winzigen Schluck Bourbon trank, begann sie laut zu lachen. Anscheinend aus keinem erkennbaren Anlaß, denn anschließend fragte sie mich sachlich: »Haben Sie diese Miß Kung gekannt?«

Ich bedauerte. Diesmal lachte sie nicht. Nahm einen beherzten Schluck aus ihrem Glas, das sie mit Scotch aufgefüllt hatte, und zeichnete mit ihrem Zeigefinger einen senkrechten Strich in die Luft.

»So sah sie aus! Das war alles an ihr. Erklären Sie mir, was ein Mann an so was findet?«

Da ich das nicht konnte, räusperte ich mich nur und schwieg, ich hielt das für eine vertretbare Äußerung. Sie erhob sich, ging bis zu einem Schränkchen, aus dem sie nun doch eine neue Flasche Hennessy nahm. Murmelte, daß der Scotch verrottet schmecke. Riß den Verschluß auf, goß ihr Glas, nachdem sie den Rest ausgeschüttet hatte, wieder randvoll und setzte sich. Trank. Ich machte mir Gedanken, ob sie wohl bald aus dem Rohrsessel kippen würde. Und was ich dann zu tun hatte. Aber sie blieb drin. Sah mich mit ihren unvergleichlichen Augen an und fragte: »Sie wundern sich, weshalb ich gar nicht traurig bin über den Verlust meines geliebten Mannes, wie? Und weshalb ich trinke, statt zu trauern?«

Ich beließ es bei einem zustimmenden Nicken.

»Tja«, sagte sie gedankenvoll mit schwerer Zunge, »ich trinke, weil man das Leben in französischen Überseebesitzungen nur mit Alkohol ertragen kann. Und um meinen Mann trauere ich nicht, weil er ein läufiger Hund war. Er hat es einmal zu oft mit mir gemacht.«

»Was?«

»Mich betrogen, Mister Versicherung. Einmal zu oft, und das hat ihn umgebracht. Verstanden?«

Sie wartete nicht ab, bis ich mich dazu geäußert hatte, erhob sich plötzlich, öffnete den Verschluß ihres Kleides und ließ es auf den filzbelegten Fußboden gleiten. Stand da in einem schwarzen Tanga, der sich hervorragend auf ihrer hellen Haut machte. Oben trug sie nichts, und ich war von ihrer perfekten Anatomie so fasziniert, daß ich mäuschenstill sitzenblieb. Sie tat, als sei ich überhaupt nicht vorhanden. Murmelte vor sich hin: »Muß duschen ...« Dann drehte sie sich um und ging auf eine Glastür zu, hinter der sie verschwand, mit elegantem Hüftschwung. Wahrlich, ihre Sitzfläche konnte einen Mann um den Verstand bringen. Warum nicht Monsieur Bruillard? Aber wie viele Ehemänner schätzten schon auf die Dauer die Rundungen ihrer eigenen Frau? Ich hörte das Prasseln von Duschwasser. In der Annahme, daß sie nun für eine Weile beschäftigt war, zündete ich mir eine Zigarette an und fand wieder in die Realität zurück.

Stellen Sie sich einen harmlosen Hongkonger Privatermittler vor, dem zu nachmittäglicher Stunde solches widerfährt! Auf meiner Stirn stand Schweiß. Es gibt einschlägige Erfahrungen, die einen in solch einer Situation bedrängen. So mußte ich darauf gefaßt sein, daß diese unberechenbare Dame plötzlich um Hilfe schrie, daß ein Wachmann aus dem Hotel erschien und sie mich anklagte, ich hätte ihr das Kleid vom Körper gerissen und sie zu vergewaltigen versucht. Es sind schon Leute wegen solcher Beschuldigungen für längere Zeit in den Käfig gegangen. Und von den französischen Käfigen hörte man im allgemeinen, daß sie nicht besonders komfortabel sein sollen! Wie kam ich hier heraus? Der

Lift ließ sich nur über den per Schlüssel gesicherten Spezialknopf bewegen. Wo war er? Ich hob das Kleid an, das auf dem Boden lag. Keine Tasche. Kein Schlüssel. Mit einem Sprung war ich draußen, am Lift. Aber die Klappe über dem Spezialknopf widerstand meinen Bemühungen. Vielleicht gab es im Zimmer einen Metallgegenstand, mit dem man die Plastkappe aufsprengen konnte. Ich sah mich um. Doch da brach das Geräusch der Dusche ab. Sekunden später wurde die Glastür aufgeschoben, eine splitternackte Madame Bruillard erschien und winkte mir wie die Fuchsfee im chinesischen Märchen: »Hier herein! Ausziehen!« Sie tupfte sich mit einem Handtuch Wasser von der Haut, schob mit dem Fuß die Tür weiter auf und lachte: »Na los! Ich liebe es, am Nachmittag, nach ein paar Cognacs, einen Ritt zu machen. Auch zwei oder drei. Du wirst doch wohl nicht schwul sein, oder?«

Sie werden verstehen, daß ich mir das nicht sagen lassen konnte, ohne den Gegenbeweis anzutreten. Wenn nicht, dann verzeihen Sie mir die Schwäche, die mich befiel beim Anblick der hinreißend gebauten Frau, die ganz offenbar meinte, was sie sagte. Und außerdem liefere ich Ihnen noch einen kaum zu widerlegenden Entschuldigungsgrund für das, was ich jetzt tat: Je näher ich der Dame war, desto sicherer konnte ich verhindern, daß sie nach Hilfe gegen einen Vergewaltiger brüllte. Oder etwa nicht?

Als ich mit meiner Safari-Hose nicht schnell genug fertig wurde, griff sie helfend zu. Sie hatte Übung darin, wie ich erkannte. Ein Glück, daß ich den kleinen, handlichen Revolver nicht im Gürtel stecken hatte, sondern in meinem verschlossenen Aktenkoffer auf dem Zimmer!

Der Schlafraum war weniger groß als das Wohnzimmer. Ein Rundbett füllte ihn nahezu aus, aber es gab Platz für ein paar Lampen und für die bereits aufgeklappte Hausbar. An der Außenwand befanden sich bis zum Boden reichende Fenster, deren Jalousien geschlossen waren. Die Lampen verbreiteten ein sanftes Licht. Das Schwarz der Bettbespannung konnten sie allerdings nicht aufhellen. Aber sie brachten genug Helligkeit auf unsere beiden Körper, die sich auf der Fläche eines großen Spiegels wiederfanden, der genau im richtigen Winkel über dem Bett angebracht war.

Ich mußte daran denken, was wohl Pipi, meine Hongkonger Freundin, zu dem sagen würde, was sich nun hier abspielte und worauf ich per Spiegel gelegentlich einen Blick warf. Vermutlich würde sie versuchen, mir die Augen auszukratzen! Durch derlei

Überlegungen etwas abgelenkt, habe ich auf die Dame Bruillard wohl etwas zaghaft gewirkt, denn plötzlich fühlte ich mich ergriffen und auf das schwarze Laken geschmettert.

»Du trödelst, mein Junge! Voilà!«

Sie stank nach Blue Velvet und Hennessy. Und sie besprang mich förmlich. Nicht daß Sie denken, ich sei prüde oder der forsche Umgang habe mich vielleicht unfähig gemacht – nein, da sind die Götter mir stets gnädig, und wer hätte wohl schon beim Anblick zweier so praller Melonen versagen können, nicht zu reden über den Rest: Die ausgelassene Witwe war buchstäblich von Kopf bis Fuß blond!

Ich war einem Naturtalent in die Hände gefallen. Nach dem Einstand, über den ich mich nicht zu schämen brauchte, jauchzte sie: »He, du bist ja ein richtiger kleiner Höhlenforscher!«

Ich fand das nicht gerade ladylike, doch das fiel jetzt nicht ins Gewicht, denn sie feuerte mich mit Ausdrücken an, die ich aus Gründen meiner sprichwörtlichen chinesischen Höflichkeit hier lieber verschweigen werde. Ich gab mir alle Mühe, und es half, denn sie hörte gar nicht mehr auf, mich zu loben. Ich ließ das über mich ergehen und gewann der Sache sogar ein paar Momente des inneren Ausruhens ab, indem ich mir vorstellte, die da auf mir lag, wäre Pipi, nach einem Urlaub in Paris.

Madame Bruillard keifte laut, als ihr schließlich die Hitze ins Hirn und von da wieder abwärts schoß, sie grunzte und jaulte und stöhnte und fluchte wie ein Rikschafahrer, aber es gefiel ihr so sehr, daß sie mich zuletzt, als sie sich ermattet neben mich fallen ließ, ungeniert lobte: »Junge, du bist ja ein Jahrhundertereignis, nach all diesen französischen Schlappis! Hol mir einen Cognac!«

Ich goß das Glas der Einfachheit halber gleich randvoll, sie drehte es in der einen Hand, strich mit der anderen genußvoll über meinen edelsten Körperteil, dann stürzte sie die Hälfte des teuren Gesöffs durch die Kehle.

Wenn Sie glauben, die Dame hätte jetzt eine längere Pause eingelegt, irren Sie. Sie wartete nur, bis ich wieder sichtlich kampfbereit war, und dann zwängte sie mich zwischen ihre mächtigen Schenkel, worauf sich das Spiel wiederholte, einschließlich Jaulen und Fluchen, bis zum Finale und dem Cognac danach. Zwischendurch überlegte ich, wie ich noch dazu kommen könnte, ihr wenigstens die Routinefrage zu stellen, ob sie sich an Feinde entsinne, die ihr Gatte gehabt habe. Ich kam nicht dazu. Nach der vierten

Runde, ich begann mir langsam Sorgen um meine weitere Leistungsfähigkeit zu machen, schlief sie plötzlich ein und fing an zu schnarchen. Ich nahm ihr das leergetrunkene Glas aus der Hand, stellte es weg, und gerade wollte ich mir auch ein Nickerchen gönnen, als das Telefon auf dem Hocker neben dem Rundbett »Westminster Cathedral« klimperte, angenehm leise, aber unüberhörbar für mich. Nicht für sie.

Ich griff nach dem Hörer, und aus purem Feingefühl sagte ich nichts, sondern hüstelte nur. Was ich zu hören bekam, war ein Schwall Französisch. Herausgesprudelt, offenbar in Erregung, von einem Mann. Ich hoffte inständig, daß es nicht einer ihrer französischen Schlappis war, der unten im Hotel lauerte. Wiederholt sagte die Stimme: »Françoise! Françoise!« Den Rest verstand ich nicht. Ich registrierte nur, daß da ein Lispeln in der Aussprache war. Jemand mit einer zu langen Zunge! Als er aufhörte zu quaken, rülpste ich dröhnend in die Muschel und legte auf. Dabei schmiß ich den Hocker samt Telefon um, ungeschickt, wie man ja nach solchen Anstrengungen sein durfte. Es weckte sie auf. Ich fürchtete eine neue Attacke, aber sie knurrte nur, ohne die Augen zu öffnen: »Hau ab, Junge. Schluß für heute!«

»Der Schlüssel für den Lift?« hatte ich die Geistesgegenwart zu fragen, bevor sie wieder wegtrat.

»Hausbar. Hinter dem Eiskübel.«

Ich grabschte in Rekordzeit meine im Zimmer verstreuten Sachen zusammen und floh. Der Schlüssel lag tatsächlich hinter dem Eiskübel.

In meinem Zimmer angekommen, machte ich Anstalten, mich zu duschen, aber noch bevor ich ganz naß war, überfiel mich eine bleierne Müdigkeit, gegen die es kein anderes Mittel gibt als Schlaf. Also wischte ich mit dem Handtuch über die Haut und schaffte es gerade noch bis zu meinem einsamen Bett, wo ich mir das Leinentuch, diesmal weiß, bis über die Augen zog. Während ich schlief, hatte ich die Traumvision, in einer Ausstellung landwirtschaftlicher Erzeugnisse zu wandeln, Abteilung Kürbisse, und irgendwie schien es mir, als rollten dauernd solche Dinger auf mich zu, versuchten, mich zu zerquetschen. Als ich endlich wieder aufwachte, war der nächste Tag bereits angebrochen.

Das Telefon auf meinem Nachttisch gab nicht »Westminster Cathedral« von sich, sondern nur ein ordinäres Schnarren.

»Zeitung schon gelesen?« fragte Sung Lis Stimme.

»Ich bin etwas unpäßlich«, bedauerte ich lahm. »Aber es ist nicht lebensgefährlich. Was ist mit der Zeitung?«

»Lesen. Und dann zu mir kommen.«

Der Kellner brachte sie mir, als ich am Frühstückstisch saß, in der Nähe eines der Deckenventilatoren, von dessen kühlem Luftstrom ich mir viel versprach, was meinen schweren Kopf anging, obgleich ich die Gefahr kannte, mir unter dem Ding eine massive Erkältung zu holen. Ich versuchte gerade, ein etwas zu lange gebratenes Spiegelei mit Hilfe von schwarzem Kaffee herunterzuwürgen, als mein Blick auf eine wuchtige Schlagzeile fiel: BRANDANSCHLAG AUF STADTBÜRO DER AGENTUR MELIA – MILLIONENSCHADEN DURCH FLAMMEN. Darunter kleingedruckt: Nachdem es in der Rue de Commerce erst unlängst den Brandanschlag auf ein geparktes Auto gegeben hat, war in der vergangenen Nacht das Stadtbüro Ceinture der Freizeitagentur *Melia* das Ziel eines solchen Anschlages. Wie die Polizei feststellte, wurden Brandflaschen benutzt. Die Agentur, die außer Autos auch Flugzeuge, Boote und Urlaubshäuser vermittelt, meldete einen Millionenschaden. Über den oder die Täter sowie über das Motiv ist nichts bekannt, der Polizei fehlt bisher jede Spur ...

Was Dusche und Kaffee nicht annähernd geschafft hatten – die Meldung rüttelte mich endgültig wach. Wie es aussah, hatte Sung Li seine Ankündigung wahr gemacht und sich für den Anschlag auf sein Auto revanchiert. Was würde als nächstes passieren? Wenn Monsieur Margeaux tatsächlich hinter dem Racket steckte, was sehr wahrscheinlich war, würde er nicht zögern zurückzuschlagen. Eigentlich hätte mich das Racket ja gar nicht interessieren sollen. Eugene Hsu hatte mich von Hongkong hierhergeschickt, um das Verschwinden seiner Angestellten Miß Kung aufzuklären. Aber ich wurde den Verdacht nicht los, daß es einen Zusammenhang zwischen dem Verschwinden der Dame und dem, was hier jetzt geschah, geben mußte. Dafür sprach, daß sie mit diesem Monsieur Bruillard zusammen abhanden gekommen war und ausgerechnet jener Monsieur Margeaux, der das Racket betrieb, das Flugzeug geliefert hatte. Doch was besagte schon der Verdacht allein? Jede dieser Maschinen könnte abstürzen, ohne daß der Verleiher das beabsichtigte. Ich war mit mir selbst nicht sehr zufrieden an diesem Morgen, und daran war nicht nur die turbulente Nacht mit dieser blonden Nymphomanin schuld, nein, ich hatte bisher so gut wie nichts erfahren können, was mir in der Sache weiterhelfen konnte.

Den berühmten ersten Stein, den man aus einer Mauer herausbrechen muß, um sie zum Einsturz zu bringen, hatte ich noch nicht gefunden. Mit dem Hämmerchen weiter herumklopfen, bis es hohl klang, das war es, was ich vor mir sah.

Sung Li machte einen aufgeräumten Eindruck, als ich ihn begrüßte. Ich hatte das brandgeschwärzte Büro auf der anderen Straßenseite gesehen, und ich fragte ihn, was er sich bei der Sache gedacht habe. Er lachte. Aus dem, was er mir antwortete, gewann ich den Eindruck, daß auch er mit dem Hämmerchen unterwegs war und die schwache Stelle suchte. War es dieselbe Wand, die wir zu bearbeiten hatten?

»Margeaux wird sich wohl rächen wollen«, meinte er. »Und irgendwann macht er dabei seinen ersten Fehler. Ich werde auf der Hut sein.«

Ich fand, es konnte nicht schaden, wenn ich selbst Margeaux einmal etwas dichter auf den Pelz rückte. Der Anlaß war gegeben: Er hatte Monsieur Bruillard das Flugzeug vermietet, das nun verschwunden war. Ihn nach den näheren Umständen zu befragen, konnte nützlich sein. Also hielt ich mich nicht lange bei Sung Li auf. Ich kletterte in meinen Peugeot und suchte zuerst die Rue Papenoo. Fand sie im Süden der Stadt. Stieg aber nicht aus, sondern betrachtete aus geziemender Entfernung die hübsche kleine Villa mit ihren großen Glasfenstern, die inmitten eines in allen Farben blühenden Parks stand. Dann fuhr ich zurück, in Richtung Flugplatz. Hier, in Faaa, hatte Margeaux das Büro der *Melia*, das alle Zweigstellen beaufsichtigte, das aber auch an Inhaber von Fluglizenzen Kleinflugzeuge vermietete. Betuchte Inselbesucher konnten auch Rundflüge buchen.

»Zu Monsieur Margeaux? Haben Sie eine Verabredung mit ihm?«

Die Leiterin des Büros, in dem ein gutes Dutzend Kunden mit ebenso vielen Bediensteten über die Vermittlung von irgend etwas verhandelte, vielleicht Bungalows zu mieten versuchten, sah mich aus großen Augen an. Eine europäische Schönheit, der es offenbar Spaß machte, mir ihre ausrasierten Achselhöhlen vorzuweisen, denn sie griff sich unnötigerweise an ihre tadellose Frisur, und ihre Bluse hatte keine Ärmel.

Ich beschloß, es auf die rüde Tour weiterzuspielen, und sagte knurrend: »Hören Sie, Miß X, ich hatte eine bewegte Nacht, und das Frühstück hat mir nicht so recht geschmeckt, ich habe keine

Lust, hier als Bittsteller zu warten, bis die Sonne untergeht. Traben Sie zu Ihrem Chef und sagen Sie ihm, ich sei von der Versicherung Titus in Hongkong und komme wegen einer Sache, in der er gut daran täte, mit mir zu reden, bevor er einen Gerichtstermin kriegt. Savvy? Los!« Damit warf ich ihr meine Karte zu und wandte mich ab.

Sie war schneller zurück, als ich erwartet hatte. Hob eine Klappe in der Theke an und winkte mich durch. Dirigierte mich in einen Gang, von dem am Ende die Tür zu Monsieur Margeaux Büro abging.

Der Inhaber der Agentur erhob sich, als ich eintrat. Ein beeindruckender Mann in den Vierzigern, mit einem etwas mürrischen Gesicht und mit Augen wie gefrorene Tränen. Aus meiner Praxis wußte ich, daß nichts einen Gegenspieler so durcheinanderbringt wie der plötzliche Wechsel der Verhaltensweise, also setzte ich mein gewinnendstes Lächeln auf, sobald die Achselrasierte die Tür geschlossen hatte, und krähte vergnügt: »Verzeihung, Mister ... ah, Monsieur Margeaux! Ich bin zu Ihrer Sekretärin ein bißchen frech gewesen, aber ich bitte Sie zu verstehen, daß ich mich nicht anmelden konnte, ich komme aus Hongkong, und die Spesen eines Versicherungsmannes sind minimal, ich möchte keine Zeit verlieren, weil es sich ohnehin nur um eine Routinesache handelt ...«

Er hörte sich meine Litanei mit einem Pokerface an. Deutete auf einen der Chromrohrsessel, mit denen das Büro ausgestattet war, und erst, als wir beide saßen, fragte er: »Was war das mit dem Gerichtstermin?«

»Oh, ein Scherz, Monsieur! Man kann auch sagen, ein Trick, um schneller zu Ihnen zu gelangen. Ich bitte tausendmal um Verzeihung! Darf ich zur Sache kommen? Ich ermittle im Fall des Verschwindens von Miß Kung, Edith Kung, wegen einer Lebensversicherung mit einer sogenannten Mordklausel. Wie wir erfuhren, ist die Dame mit einem bei Ihnen gemieteten Flugzeug unterwegs gewesen und nirgendwo angekommen. Es wäre hilfreich für uns, wenn wir nach der Rücksprache mit Ihnen den Verdacht auf Mord ausschließen und die Auszahlung vornehmen könnten. Ich gehe doch recht in der Annahme, daß Sie für die Betriebssicherheit Ihrer Maschinen bürgen, oder?«

Er war nicht nervös, aber er musterte mich mit einem Blick, der mir sagte, daß er sich nicht ganz klar war, was er von mir halten sollte. Genau das wollte ich erreichen!

»Ich bürge«, sagte er schließlich. »Mein Betrieb ist verläßlich.

Es geht keine Maschine heraus, die nicht von einem zur Prüfung befugten Meister freigegeben ist. Die entsprechenden Papiere können Sie einsehen. Wollen Sie?«

Ich nickte begeistert. Meine Überraschung war perfekt und das Nicken Tarnung: Der Mann lispelte! Es war die Stimme, die ich in der vergangenen Nacht am Telefon gehört hatte, im Bett von Madame Bruillard!

Margeaux erhob sich, drückte am Schreibtisch auf einen Knopf der Sprechanlage und sagte: »Ich brauche den Vorgang über die TP-R 22.«

Er saß noch nicht richtig, da war die Sekretärin schon mit der Akte zur Stelle. Ein schmaler Ordner mit einigen Papieren, die er lässig durchblätterte. Dann reichte er mir ein Blatt und bemerkte: »Der Check-Report, bevor die Maschine vergeben wurde. Eine Coupé-Version der Piper Cub. Kennen Sie sich in Flugzeugen aus?«

»Leider bin ich auf diesem Gebiet kein Fachmann.«

»Hochdecker. Nebeneinanderliegende Sitze. Vierhundertfünfzig Kilometer Reichweite. Geschwindigkeit im Höchstfall hundertvierzig Kilometer.«

»Danke!« Ich besah mir das Prüfblatt. Französisch. »Darf ich eine Kopie davon haben? Ich verstehe nämlich kein Französisch, Monsieur.«

»Sie können Kopien von der gesamten Akte haben, Mister ... Lim Tok. Da ist noch der Wetterbericht, die Startzeit, letzter Funkkontakt, ein Bericht über unsere Nachforschungen. Ich werde es veranlassen.«

»Das wäre sehr entgegenkommend, Sir!«

»Selbstverständlichkeit. Sonst noch Wünsche?« Er klang eine Schattierung schroffer. Begann Zähne zu zeigen.

Ich hatte meinen Notizblock auf die Knie gelegt und ein paar Worte geschrieben.

»Doch, ja. Wer führte die Maschine? Dem Vernehmen nach besaß Miß Kung keine Fluglizenz...«

»Monsieur Etienne Bruillard. Seine Lizenznummer finden Sie am Kopf des Ausleihvertrages.«

»Monsieur Bruillard ist ebenfalls vermißt, oder?«

Er bewegte leicht die Schultern. »Ich dachte, Sie wüßten das. Monsieur Bruillard nahm Miß Kung auf diesen Flug als Passagierin mit. Das durfte er. Als Ziel war Faaone angegeben. Monsieur Bruillard flog des öfteren dorthin. An Wochenenden.«

Ich stellte mich dumm. »Ah, das ist sicher der Platz, an dem sich das Museum dieses verrückten französischen Malers befindet! Ich hörte davon ...«

Er belehrte mich maßvoll: »Gauguin. Das Museum befindet sich in Papeari, das liegt auf der anderen Seite der Insel. An der engen Stelle. Wenn es Ihnen hilft – Monsieur Bruillard hatte in Faaone ein Ferienhaus gemietet, schon vor einiger Zeit. Er zog sich dorthin zurück, um auszuspannen, soweit ich weiß.«

»Tat er das gelegentlich auch mit seiner Frau oder nur mit Miß Kung?« Die Frage war gezielt. Ich mußte jetzt anfangen, Dreck aufzuwühlen, wenn ich weiterkommen wollte, mußte mit dem Hämmerchen die schwache Stelle in der Mauer suchen. Falls ich den Nerv getroffen hatte, dann beherrschte Margeaux sich meisterhaft

Er blieb gleichmütig, als er antwortete: »Mister Lim Tok, wir pflegen unsere Kunden nicht mit indiskreten Fragen zu belästigen. Und Monsieur Bruillard war ein guter Kunde. Er durfte mitnehmen, wen immer er wollte, oder sind Sie da anderer Meinung?«

»Nein«, gab ich zurück. »Ich pflege mich normalerweise auch nicht für Verhältnisse von Leuten zu interessieren, mir ist es egal, wer mit wem Ausflüge macht. Aber ich habe für meine Versicherung herauszufinden, ob es nicht vielleicht ein Mord war, was da passierte. Weil dann andere Auszahlungsregeln in Kraft treten als bei einem Unfall, egal, wer ihn verursachte.«

»Mord? Glauben Sie wirklich daran?«

Ich merkte, daß er, wenn er in Spannung geriet, stärker lispelte als sonst. Warum war er in der Nacht am Telefon so erregt gewesen? Hatte er gerade vom Brand seiner Filiale in der Rue de Commerce gehört?

»Ich kann das noch nicht ganz ausschließen, Monsieur Margeaux«, erklärte ich ihm. »Sehen Sie, mein Geschäft hat Regeln, wie das Ihre auch. Zum Beispiel zahlt eine Versicherung nur ungern, wenn im Todesfall die Leiche fehlt. Damit fängt die Misere in diesem Fall an. Wenn es dann in der Police noch eine Differenzierung zwischen den Todesursachen gibt, ist eine Leiche sogar unerläßlich. Und, sehen Sie, es gibt zu viele Möglichkeiten. Miß Kung könnte Monsieur Bruillard getötet haben, worauf das Flugzeug abstürzte. Es könnte aber auch Monsieur Bruillard während des Fluges Miß Kung getötet und dabei die Kontrolle über die Maschine verloren haben, so daß sie abstürzte. Und es wäre durchaus möglich, daß Miß Kung gar nicht tot ist, sondern sich mit Monsieur Bruillard auf einer einsamen Insel im Pazifik aufhält, um dort das Glück zu genießen. Der Pazifik ist groß, Monsieur Margeaux, verstehen Sie meine Schwierigkeiten?«

»Ich merke, daß Sie abenteuerliche Vorstellungen haben.«

Ich zeigte keinen Groll, sondern wiegte wie ein chronischer Zweifler den Kopf. »Für Sie abenteuerlich. Für den Prokuristen meiner Versicherung vorstellbar. Ich muß der Sache schon nachgehen, bis sie sozusagen klare Konturen annimmt. Dafür bezahlt man mich. Deshalb bin ich auch zu Ihnen gekommen. Ich erfuhr, daß Sie mit Monsieur Bruillard persönlich bekannt waren. Auch wohl mit seiner Gattin. Gab es für Sie Anzeichen, daß die Ehe gefährdet war?«

»Ich kümmere mich nicht um die Ehen meiner Freunde«, knurrte er unwirsch. Ein Fehler. Er hätte aalglatt und gleichgültig sein müssen.

Ich griff ihn bei seinem Fehler: »Halten Sie es für ausgeschlossen, daß Monsieur Bruillard einfach mit dieser jungen Dame auf und davon ist? Daß er von seiner Frau weg wollte? Einfach so! Freunde können so etwas meist beurteilen ...«

Er wurde einsilbig. Lispelte: »Ich beurteile nichts dergleichen.«

»Dann klären Sie mich bitte noch über zwei technische Fragen auf, Monsieur Margeaux. Wie weit war die Maschine von Faaa entfernt, als der letzte Funkkontakt stattfand?«

Er blätterte in dem Hefter, sagte dann: »Vierzig Kilometer sind hier angegeben.«

»Er flog in Küstennähe?«

»Unter Land, ja.«

»Dann müßte er, wenn es einen Absturz gab, nicht weit von seinem Flugziel abgestürzt sein, sehe ich das richtig?«

»Über See, vor Faaone, ja.«

»Müßte man es von Land aus nicht beobachtet haben?«

Er zuckte die Schultern. »Keine Anzeichen.«

»Ist das Haus, das Monsieur Bruillard in Faaone gemietet hatte, schon wieder vergeben?«

»Ja. Kann ich noch etwas für Sie tun?«

Er hatte es satt, von mir ausgefragt zu werden, man sah es ihm an. Nun gut, ich hatte einiges erfahren. Unter anderem, daß er mit Madame Bruillard intim befreundet war. Das ging daraus hervor, daß er sie nachts anrief, sie Françoise nannte. Noch vielsagender war der Umstand, daß er mir diese Freundschaft verschwieg. Warum? Ich erbat mir die Erlaubnis, ihn nochmals aufsuchen zu dürfen, falls sich neue Gesichtspunkte ergaben. Dann ließ ich mir von der immer noch wenig freundlichen Sekretärin in seinem Geschäftsraum die Akte ablichten.

Ich hatte es nicht weit bis zur Verwaltung des Flughafens. Aber den Weg hätte ich mir sparen können, denn die Leute dort bestätigten mir aufs Wort, was ich in Margeaux' Akten bereits gelesen hatte. Immerhin brachte mich der Besuch auf eine Idee. Sie hatten da ausgedehnte Hangars, die ich besichtigen durfte, und mir fiel darin eine Anzahl weiterer kleiner Sportflugzeuge auf, darunter auch welche mit Schwimmern, sogar ein kleines Flugboot. Die meisten davon, sagte man mir, gehörten der Agentur *Melia.* Ja, die Agentur könne auch Piloten vermitteln, für Touristen, die nicht selbst fliegen konnten, man stehe mit ehemaligen französischen Militärfliegern in Verbindung, die sich auf Tahiti angesiedelt hatten. Besser sei es allerdings, wenn jemand, der einen Flug unternehmen wollte, den Pilotenschein hatte. Man verdiente mehr dabei.

Wie das zusammenhing, erklärten mir die freundlichen Leute nicht, ich war auch so zufrieden. Wichtig war, zu wissen, daß jeder, der einen Pilotenschein vorweisen konnte, hier eine Maschine bekam, und daß niemand ihm Vorschriften machte, wohin er zu fliegen hatte, vorausgesetzt, er hielt sich an die vorgegebenen Routen, sicherheitshalber, um nicht mit Passagiermaschinen oder Militärflugzeugen zu kollidieren, die es auch noch in der Gegend gab. Vage kam mir der Einfall, selbst eine dieser Maschinen zu mieten. Schließlich hatte ich eine Lizenz. Aber ich war zu wenig erfahren, kannte die technischen Finessen der einzelnen Flugzeuge nicht gut genug. Und überhaupt – zunächst galt es, Wichtigeres zu tun.

Faaone, den Ort, in dessen Nähe das Unglück passiert war, würde ich mir genauer ansehen, das Haus, in dem Monsieur Bruillard seine Schäferstündchen mit Edith Kung abgehalten hatte. Zunächst aber beriet ich mit Sung Li, wie wir gemeinsam vorgehen könnten. Ich hatte es mittlerweile satt, mich sozusagen weiter am Rande der Wahrheit zu bewegen, ich mußte endlich an den Kern der Sache herankommen. Sung Li stimmte mir zu, als ich meinte, wir müßten vor Faaone zu suchen beginnen, zuerst nach dem abgestürzten Flugzeug, nach Überresten vielleicht. Wenn es sich beim Verschwinden von Miß Kung nicht überhaupt um einen Trick handelte, den Monsieur Bruillard eingefädelt hatte, um sich aus irgendeiner Affäre zu ziehen, dann mußte es dort, wo die Maschine abgestürzt war, Spuren geben.

Ich ließ mich von Sung Li telefonisch mit Eugene Hsu verbinden. Die Verständigung über die Weite des Pazifik hinweg war ziemlich schlecht, aber ich faßte mich kurz, und es gelang mir, Hsu zu überzeugen, daß es notwendig war, etwas mehr in die Aufklärung der Sache zu investieren. Ich erzählte ihm von dem kleinen Flugboot, das ich im Hangar der *Melia* gesehen hatte und das sich hervorragend für die Suche über See eignen würde. Nach wie vor aber dachte ich nicht daran, es selbst zu fliegen. Deshalb schlug ich Hsu vor: »Schicken Sie einen weiteren Mann hierher. Sofort. Bedingung: Er muß die Pilotenlizenz haben und außerdem eine Taucherausbildung. Geben Sie ihm offiziell beglaubigte Fotos von Edith Kung mit. Bevor wir hier überhaupt etwas bewegen können, brauchen wir zuallererst eine Leiche. Finden wir die, dann muß sie identifiziert werden. Fotos können da helfen.«

Hsu sagte überraschend schnell zu. Der Mann würde sich in einigen Tagen bei mir melden. Daraufhin übernahm Sung Li das Gespräch und teilte ihm sachlich mit, daß er sich in einem Krieg mit einem Racket befinde.

»Von Franzosen gesteuert, so gut wie sicher.« Und dann bat er Hsu um Fürsprache bei einigen hiesigen chinesischen »Verbündeten«, was ihm zugesagt wurde.

Als er aufgelegt hatte, grinste er mich vergnügt an. »Jetzt werden wir denen Feuer unter die Eier legen! Mister Hsu wird seine Anweisungen geben, und damit haben wir alle hinter uns, die auf dieser Insel mit unserer lieben kleinen Gemeinschaft verbunden sind!«

Damit meinte er die Triade 314, in deren Leitung Hsu saß. Das konnte ein hübscher kleiner Feldzug werden. Ich überlegte, wie ich es anstellen konnte, mich einerseits aus ihm herauszuhalten, ihn aber andrerseits für meinen eigenen Auftrag zu nutzen. Sung Li äußerte, das sei eine empfehlenswerte Taktik, und als er hörte, daß ich nach Faaone reisen wollte, gab er mir die Adresse eines chinesischen Ladenbesitzers, bei dem ich unter Berufung auf ihn Unterstützung finden würde, falls ich sie brauchte ...

Die Fahrt schaffte ich mit dem Peugeot in einer guten Stunde, wobei ich mich nicht einmal sonderlich beeilte. Im Gegenteil, ich hielt mehrmals an, genoß den Blick von der Ceinture hinaus aufs Meer, über den sauberen Strand hinweg. Ich atmete die betörend klare Luft und stellte mir vor, daß die Küstengegenden Hongkongs auch einmal alle diese Reize gehabt hatten, bevor die Zivilisation, die heißgeliebte, sie abschliff und das Meer nur noch dreckige Schaumblasen an den Strand schwemmte.

Auch wenn es stimmt, daß dem gutgelaunten Reisenden stets alle Bäume in fremden Gegenden grüner erscheinen als die zu Hause! Sie können mir schon glauben, daß Tahiti von allen Versprechen, die Reiseveranstalter abgeben, immer noch die meisten einlöst. Es ist – abgesehen von dem Zivilisationsmüll an den Straßenrändern, von gelegentlichen bierbetrunkenen Einheimischen, von jungen Burschen, die sich vor Spielhallen drängeln – die majestätische Ruhe, die gelassene Heiterkeit, mit der das Leben hier abläuft, die einen so angenehm berührt, zumal, wenn man wie ich aus dem Zentrum aller Hektik Asiens kommt, aus Hongkong.

Es beginnt am östlichen Ende Papeetes, wo man nicht wie vielerorts von Wellblechhütten und Kistenburgen angewidert wird, nein, hier liegen zum Meer hin flache Hotelbauten, deren Umgebung einem das Vorbeifahren schwer macht, weil man da die Strände sieht und vor dem sich leicht kräuselnden Wasser schlanke, braune Gestalten, wie Lockrufe. Auf zauberhafte Weise fehlen hier die schwitzenden, fettärschigen, sommersprossigen Mittelklasse-Touristen, wie sie etwa Wanchai und andere Bezirke Hongkongs bevölkern, lärmend, grölend, fressend, eislutschend, fotografierend, sich über jede Eigenheit der Einheimischen lautstark verbreitend, weil sie Land und Leute nicht kennen.

Auf der Ceinture, jener schnurgeraden Küstenstraße, erfuhr ich, daß Straßen auch zum Langsamfahren verleiten können. Ich nahm mir sogar die Zeit, von der Ceinture abzubiegen, auf einen ins Meer hinausreichenden Damm, um mir das Denkmal von James Cook anzusehen, und ich staunte über den schwarzen Lavasand, der hier den Strand bedeckte. Fast kam ich mir selbst wie ein Tourist vor, aber warum sollte ich eigentlich nicht das Angenehme mit der Arbeit verbinden? Also schaute ich mir auch den Wasserfall an, von dem der Postkartenverkäufer geschwärmt hatte, und ich entdeckte tatsächlich die Stelle, von der aus man im aufsteigenden Sprühnebel ständig einen Regenbogen wahrnehmen kann. An Naturschauspielen war die Route reich. Da gab es Felsküsten mit hochaufspritzender Brandung, an der Landseite zogen sich saftiggrüne Täler zum Inneren der Insel hin. Dann wieder erstreckte sich an der Landseite ein seltsam gepflegt anmutender Dschungel mit wuchernden Lianen und Schwärmen von bunten Vögeln. Eingeborenendörfer tauchten auf, mit flachen Häusern, an denen das schönste die tief herabgezogenen, geschwungenen Grasdächer waren. Die Bewohner schienen an Besuch gewöhnt zu sein, stets winkten Leute, man möge doch anhalten und sich ausruhen. Sie boten frisch gepflückte Kokosnüsse an oder süßen Reis, der mit Safran gefärbt war. Ich probierte beides. Eine schöne Frau in einem bunten Pareu, ein dem Sarong der Inderinnen ähnelndes Kleidungsstück, der lose um ihren Körper geschlungen war, gab mir eine ganze Handvoll französische Münzen heraus, als ich ihr einen Dollar für eine Mango bezahlte.

Und dann bog ich nach Faaone ab.

Faaone – das ist, wie ich empfand, eine Art Hongkonger Repulse Bay mit etwas niedrigeren Betonburgen, ohne Polizeisirenen, mit mäßigem Autolärm. Hier gibt es viele Palmen, braunhäutige Mädchen, faul herumlungernde Einheimische, die einem nicht gleich etwas andrehen wollen. Und dann ist da das Meer! Sie werden es nicht glauben, aber es hat noch jenes sprichwörtliche Blau, für das der Südpazifik bekannt ist. Weit vor der Küste die Riffe, dort bricht sich die Brandung und rollt nur noch sanft, schäumend, gleichsam zärtlich an den weißen Strand. Die Flut schwemmt seit Jahrhunderten Korallengrus heran, der verleiht dem hellen Sand jene unnachahmliche Färbung, die zum Barfußgehen verlockt, selbst wenn die Sonne den Starnd mächtig aufgeheizt hat. Wenn einem die Fußsohlen zu sehr brennen, kann man ja jederzeit ins Wasser laufen, sie abkühlen.

Ja, man kann sogar hinauswaten, fast hundert Schritte, bis einem das Wasser an den Bauch reicht. Weiter draußen blinken die knallweißen Segel unzähliger Boote, kurven die kleinen Motorflitzer herum, nicht selten Wasserskifahrer im Schlepp, die ihre waghalsigen Kunststücke vollführten. Ein Bild, das einen so friedlich stimmt, daß ich den Revolver aus dem Hosenbund nahm und im Handschuhfach verwahrte, sozusagen um gar nicht in Versuchung zu geraten.

Ich hielt an, blickte mich um. Nur wenige mehrstöckige Häuser, statt dessen eine Vielzahl einladender Bungalows, die wohl Franzosen gehörten. Aber auch welche, die das Zeichen der Agentur *Melia* trugen. In der lockeren Reihe bunter Bauten, die den Strand säumten, entdeckte ich jenen Laden, den mir Sung Li aufgeschrieben hatte.

Sea Shop. Auf dem Firmenschild mit Goldlettern auf rotem Grund stand auch der Name des Inhabers: Ah Liu. Ich parkte den Peugeot unweit einer Schar spielender Kinder, die mich sogleich lärmend begrüßte, und trat ein.

Manchmal hat man Vorstellungen, die sich mit dem tatsächlichen Leben nicht vereinbaren lassen. Auch von Menschen. Ich zum Beispiel hatte mir Ah Liu als einen in Ehren kahl gewordenen Chinamann vorgestellt, Goldzähne, ein einzelnes langes Barthaar am Kinn, lächelnd, ein wenig unterwürfig, wie man das bei Händlern oft hat. Indes, die Wirklichkeit machte mich für ein paar Sekunden sprachlos, denn Ah Liu war jünger als ich, sportlich, in seinem Jeanshemd mit aufgekrempelten Ärmeln an einen Hobbysegler in Aberdeen erinnernd!

»Hallo, Mister Lim Tok!« begrüßte er mich, noch bevor ich mich vorstellen konnte. Ich muß etwas verblüfft geblickt haben, denn der junge Mann riß lachend den Mund auf, zeigte ein Traumgebiß, und dann teilte er mir fröhlich mit: »Mein Freund Sung Li hat angerufen und Sie angekündigt. Wie geht es Ihnen?«

Ich überhörte die Floskel. Er sprach ein Englisch, das an Hongkong erinnerte. Er sei dort aufgewachsen, erzählte er und: »Ich habe hier von einem verstorbenen Verwandten das Geschäft übernommen. Es ist ein gutes Geschäft, Mister Lim Tok.«

Das vermutete ich auch, obgleich sich in dem kleinen Verkaufsraum kein Kunde aufhielt. Es war Mittagszeit, und die Einheimischen achteten streng auf ihre Siesta. Regale voller Bootszubehör, Seile und Laternen, Haken und Ösen, Kupfernägel und Messingschrauben, Tauchausrüstungen und Surfbretter, Motoren und Ersatzteile, auch Konserven und Getränkebüchsen, Zigaretten und Pernod, Segeltuch und Angelzeug, Bleigewichte und Wasserkanister. Das alles türmte sich in dem kleinen Laden, und es machte nicht den Eindruck, als läge es schon ewig hier. Faaone war ein Ausflugsort am Meer, da hatte alles, was für den Wassersport gebraucht wurde, großartige Verkaufschancen.

Ah Liu bestätigte das, und er vertraute mir an, daß er außerdem noch ein Glasbodenboot besaß, das zudem viel einbrachte, denn in dem vor der Küste liegenden Wasser waren unzählige Fischarten zu bewundern. Das Leben unter Wasser lockte viele Besucher an, und nicht jeder war in der Lage, mit einem Tauchgerät selbst in die Tiefe zu gehen – ältere Touristen bevorzugten die bequeme Fahrt mit dem Glasbodenboot, das der Bruder Ah Lius lenkte.

Familienbetrieb. Diese Vermutung bestätigte sich, als wenig später eine junge Chinesin erschien, mit grünem Tee, der in hohen Tassen dampfte.

»Meine Frau«, stellte Ah Liu sie vor. Und als sie sich wieder zurückgezogen hatte und wir nach alter chinesischer Sitte mit den Tassen in Händen nebeneinandersaßen, auf der Bank vor dem Laden, sagte er: »Sung Li bittet mich, Ihnen zu helfen. Was kann ich tun?«

Ich klagte ihm mein Leid: Ein Mann, der auf fremdem Territorium versucht, beide Füße auf den Boden zu bekommen.

Er hörte sich alles schweigend an. Erst als ich ihm gestand, ich sei eigentlich nur einer vagen Eingebung folgend, hierhergekommen und wisse nicht so genau, was der nächste Schritt sein sollte, sagte er: »Ich habe die Explosion gehört. Da leuchtete sekundenlang ein Lichtschein draußen auf dem Meer, und dann war wieder Stille. Mein Bruder nahm das kleine Motorboot und fuhr hinaus.«

»Sah er etwas?«

Täuschte ich mich, oder holte er tief Luft, bevor er von seinem Bruder sprach? Da schwang ein Unterton in seiner Stimme. Wenn ich nicht ganz falsch lag, signalisierte er, daß Ah Liu mit seinem Bruder nicht gerade wunschlos glücklich war.

Er schüttelte den Kopf. »Er sagte, es waren keine Überlebenden da. Außerdem war es dunkel, und er hatte keinen Scheinwerfer an Bord. Er brachte nur dieses schwimmende Ding mit. Das trieb auf dem Wasser, sagte er ...«

»Ein schwimmendes Ding?«

»Ja. Gehört zu einem Flugzeug. Das meinte die französische Polizei, als wir den Vorfall meldeten. Wollen Sie es sehen?«

Ich wollte, natürlich. Also ging er mit mir durch die Einfahrt neben dem Laden in eine Garage, in der sein Lieferwagen stand. Und an die Wand gelehnt war da das »schwimmende Ding«: der aus Aluminiumblech gezogene Schwimmer eines Wasserflugzeuges.

»Der Kleine hat es sich angeeignet«, bemerkte Ah Liu. Er legte es auf den Betonboden. Da, wo einmal die Verstrebung angebracht gewesen war, die es mit der Maschine verband, war ein großes Loch in das Blech gerissen. Die Ränder waren mit Isolierstreifen verklebt. »Er benutzt es als Boot. Paddelt damit in der Lagune herum. Lu-Lu, der Sohn meines Bruders.«

»Und die Polizei hat das nicht mitgenommen?«

Er lächelte. »Mister Lim Tok, unsere Polizeistation ist mit zwei ziemlich faulen Flics besetzt. Zu ihrer Ehre muß man allerdings sagen, daß sie am nächsten Morgen noch einmal auf dem Meer gesucht haben. Fanden aber nichts weiter. Da fertigten sie ihre Meldung an und übermittelten sie nach Papeete. Dieses Ding aus Blech ließen sie dem Kleinen. Es ist wohl zu nichts mehr zu gebrauchen als zu einem Spielzeug für den Knirps.«

»Können Sie mich morgen zu der Stelle fahren? Sie sagten, Sie hätten ein Motorboot ...«

»Jederzeit. Werden Sie im Ort bleiben?«

Ich hatte mich entschieden, hier weiterzuforschen. Ah Liu empfahl mir eine kleine, unauffällige Herberge im Stil des Landes. Kein technischer Komfort, aber eine Dusche und ein Telefon. Und ein mit Frottélaken ausgelegtes Bett samt Moskitonetz. Am Kopf des Gebäudes eine Küche, die auf Wunsch das zubereitete, was der einzige Gast verlangte. Ich war dieser einzige Gast, und ich beschloß den Tag mit einer Riesenportion Rührei, einer Speise, an der selbst der ungeübteste Koch nicht viel verderben kann. Der Wirt war ein Tahiter, der eigentlich vom Fischfang lebte, für eine Anzahl betuchter Residenten, die Ferienhäuser gemietet hatten. Er zeigte mir den Bungalow, in dem Monsieur Bruillard gewohnt hatte. Er lag ein wenig abseits, zwischen Oleander und Hibiskusbüschen versteckt, und er war derzeit unbewohnt. Ich sah mir das Türschloß an. Kein Problem. Als ich mich in der Gegend umblickte, entdeckte ich einen zweiten Bungalow mit dem Zeichen der Agentur *Melia*. Der Bungalow war bei weitem nicht so interessant wie das Auto, das vor dem Eingang parkte. Es war ein 2-CV, und diese kleine, hochbeinige »Ente« sah der zum Verwechseln ähnlich, die ich in Papeete gesehen hatte, in der Nähe der Leiche von Robert Lulao.

»Natürlich kenne ich den Eigentümer«, teilte mir der Herbergsbetreiber bereitwillig mit, »es gehört Mister Morgan. Urlaubsgast. Ein kleiner, weißhaariger Herr.«

Der war, wenn der Herbergsbetreiber sich nicht irrte, eine Woche nach dem Flugzeugabsturz angekommen. Aus Papeete. Und seitdem genoß er die Schönheit der Insel. Nannte eine Zwanzig-Meter-Yacht sein eigen, die den Namen *Papara* trug und an einem der Anlegestege vertäut lag, wenn Morgan nicht gerade mit ihr auf dem Meer kreuzte. War der Zufall im Spiel gewesen, als er genau dort auftauchte, wo die Polizei in Papeete den Leichnam Robert Lulaos barg?

Am nächsten Morgen sah ich mich nach der *Papara* um. Sie lief gerade aus. Obwohl ich in die aufgehende Sonne blicken mußte, die eine Gloriole um das Fahrzeug auflodern ließ, erkannte ich den weißen Schopf des kleinen Mannes, der hinter dem Ruder stand.

Eine Viertelstunde später klingelte ich an seinem Bungalow. Niemand meldete sich. Mein über lange Zeit in Hongkong erprobtes Instrument, das entfernt einem Pfeifenreiniger ähnelt, besiegte das Sicherheitsschloß in zwanzig Sekunden. Eine Weile durchwanderte ich die Räume, um sicher zu gehen, daß nicht etwa irgendwo ein Inselmädchen lag, das ich womöglich aufschreckte. Es war niemand da. Also wandte ich mich dem Inhalt der Schubladen zu. Danach überprüfte ich, was der Mann in einer flachen Aktenmappe aufbewahrte, und zuletzt stieß ich noch auf einen kleinen Schrank aus Stahlblech, dessen Schloß man nur anzuniesen brauchte, damit es aufsprang. Ich las Dokumente, betrachtete Bilder, aber nach einer Stunde, als ich alles wieder in die alte Ordnung versetzt hatte, zweifelte ich ernsthaft daran, daß sich der Einstieg gelohnt hatte.

Jonathan Morgan, Kanadier aus Quebec, Kaufmann, im Besitz von einigen Hundert US-Dollars und etwas französischem Geld.

Außerdem fanden sich Seekarten von den Gewässern, die die Insel umgaben, der Mietvertrag über die *Papara*, selbstverständlich mit der Agentur *Melia* abgeschlossen, ein Häufchen Polaroidfotos, einige Kisten exzellente Manila-Zigarren und eine angebrochene Flasche Bourbon. Der einzige Fund von Bedeutung schien mir ein amerikanischer Magnum-Colt, der – geladen – in dem Stahlblechschränkchen lag.

Kaufmann mit Colt? Nun trugen viele Leute in Asien Schußwaffen, und bestenfalls war interessant, wie er es anstellte, das Ding auf den Flughäfen durch die Kontrollen zu bringen. Ob ich die *Papara* durchschnüffeln sollte, wenn Mister Morgan schlief und die Yacht am Steg lag?

Ich verzichtete darauf, den Whisky zu probieren, vergewisserte mich, daß nichts an meinen Besuch erinnerte, dann verschloß ich hinter mir wieder die Außentür und verschwand. Warum mißtraute ich dem Mann? Nur weil er in der Nähe der Leiche Lulaos aufgetaucht war? Das war ich schließlich auch!

Der Bruder Ah Lius war ein ziemlich träger Bursche, und er gefiel mir nicht sonderlich, zumal er es vermied, mir in die Augen zu sehen. Das brauchte nicht viel zu bedeuten, aber es machte mich voreingenommen, so daß ich mir Mühe geben mußte, ihn richtig zu behandeln. Er half in dem Laden und betreute ein paar Tische, die am Strand aufgestellt waren, vollgepackt mit Inselsouvenirs, von rosafarbenen Muscheln über getrocknete Seeigel bis zu holzgeschnitzten Figuren von polynesischen Gottheiten und wohlgeformten Wahinen mit Zähnen aus Elfenbeinsplittern oder Aschenbechern aus halbierten Kokosnüssen. Der Mann hieß Ah Foong, und er wies zum Anlegesteg, wo Ah Liu gerade sein Glasbodenboot säuberte.

»Er fährt hinaus, Mister, nutzen Sie die Gelegenheit ...«

Ich nutzte sie. Die Insulaner, wußte ich, liebten ein wenig den Müßiggang, und das schien wohl auch auf die hier lebenden Chinesen abgefärbt zu haben, denn Ah Liu lud mich sofort zu einer Spazierfahrt ein, obwohl er vermutlich in seinem Laden eine Menge zu tun gehabt hätte. Im Augenblick herrsche eine gewisse Flaute im Touristengeschäft, meinte er, also gäbe es nichts für ihn zu versäumen. Und eine Ausfahrt am Vormittag, wenn die Sonne noch erträglich war, gehörte zu den vernünftigen Vergnügungen, wie er behauptete. Erst als wir ablegten, fiel ihm ein, daß Sung Li angerufen hatte. Der Pilot würde in zwei Tagen eintreffen. Immerhin!

Wir fuhren auf das Riff zu, und als wir weit genug draußen waren, drosselte Ah Liu den leise blubbernden Motor, so daß wir gemächlich dahinglitten. Jetzt, bei Tage, war durch das dicke Plexiglas des Bootsbodens die Unterwasserwelt in ihrer ganzen Schönheit zu bewundern. Korallenstöcke und Tangschwaden, Schwärme von silbern und golden glänzenden Fischen, rote und türkisfarbene Flitzer, deren Formen nur zu ahnen waren, dazwischen Quallen, Krabben und träge segelnde kleine Rochen, sogar ein kleiner Hai tummelte sich da.

»Wenn er größer ist, wird er jemandem das Bein abbeißen«, prophezeite Ah Liu. »Sie kommen durch das Riff, wenn sie noch klein sind. Die großen schaffen das nicht mehr. Aber die kleinen werden auch einmal groß ...«

Wir rauchten, starrten durch das Glas in die Tiefe. Doch so schön und farbenprächtig das alles war, mir ließ mein Auftrag keine Ruhe. Deshalb wandte ich mich an Ah Liu, ob er durch das Riff hinausfahren könne, bis in die Nähe der Stelle, an der vermutlich das Flugzeug abgestürzt war.

Er schüttelte den Kopf. »Keine Chance, Mister. Der Wellengang ist für das Modell zu schwer, selbst an ruhigen Tagen.«

Also bat ich ihn, mir zu erzählen, was er über Monsieur Bruillard wußte.

Er hatte ihn mehrfach über die Lagune gefahren, besonders in der ersten Zeit, als Bruillard neu auf Tahiti war. Ein Mann, der gut zahlte und wenig sprach.

»Und seine Frau? Die große, blonde Dame?«

»Keine große, blonde Dame«, verneinte Ah Liu. »Monsieur Bruillard war immer allein. Erst vor ein paar Monaten brachte er die Chinesin mit. Sehr höflich. Gut angezogen. Freundlich.«

»Und was machte er so, wenn er sich hier aufhielt?«

»Nichts. Pflockte das Flugzeug an. Hielt sich im Bungalow auf. Ging am Strand spazieren. Später beide.«

»Es gab niemanden hier, mit dem er sich vielleicht gestritten hätte?«

»Mister, wir sind friedliche Leute!«

»Hatte er Besuch in seinem Bungalow? Brachte er jemanden mit, außer der Chinesin?«

»Ich habe niemanden gesehen, Mister.«

»Hat vielleicht jemand nach ihm gefragt? So wie ich jetzt?«

Kopfschütteln. Dann beiläufig: »Ja, doch, Mister Morgan hat sich erkundigt. Aber da war das Unglück schon passiert. Mister Morgan war erst danach gekommen. Wollte wissen, ob damals vielleicht eines unserer Boote ausgefahren sei. Aber es ist niemand ausgefahren, damals. Jedenfalls vor dem Unglück nicht. Danach fuhr mein Bruder. Es war schon dunkel ...«

Mister Morgan! Hatte er einfach nur aus Neugier nach dem verunglückten Flugzeug gefragt? Oder hatte er gezielt nachgeforscht? Ah Liu wußte es nicht.

»Wenn Sie wollen«, bot er mir an, »besorge ich ein kräftiges Boot. Gehört meinem Bruder. Ich fahre Sie aus der Lagune hinaus, bis dorthin, wo der Lichtblitz war, damals ...«

Wir unternahmen die Fahrt am Nachmittag, in Ah Foongs schnellem Motorboot. Weit draußen, als die Küste schon nicht mehr zu sehen war, begann Ah Liu Kreise zu fahren.

»Hier war es?«

Er hob die Schultern. Sagte vorsichtig: »Genau weiß es niemand. Ungefähr hier könnte es gewesen sein. Mein Bruder fand hier das schwimmende Ding, in dem der Kleine jetzt paddelt. Aber es gibt Strömungen, Mister ...«

»Wie tief ist es hier?«

»Zehn Meter, zwanzig. Vielleicht mehr, vielleicht weniger.«

Wir beugten uns über die Bordwand und suchten das Wasser ab. Es war nicht schmutzig, und man konnte vieles sehen, nur keine Flugzeugtrümmer. Schließlich gaben wir es auf. Auch mit einem Tauchgerät hier auf gut Glück hinunterzugehen, war wohl sinnlos.

Ich beschloß, auf das Flugzeug zu warten. Noch während wir kreuzten, konnten wir in ziemlicher Entfernung eine große, schnittige Yacht erkennen, die Kurs auf die Küste nahm.

»Die *Papara*«, sagte Ah Liu. »Gutes Boot. Mister Morgan versteht etwas von Booten.«

Möglich wäre es schon, dachte ich. Kanada hat Küsten. Und Seen. Wir machten uns auf die Rückfahrt. Der Abend war nicht mehr fern, als wir anlegten. Ich ließ mich von Ah Liu überreden, an dem Stand vor dem Laden, den sein Bruder inzwischen aufgemacht hatte, eine Fischmahlzeit zu essen. Ein paar Einheimische fanden sich ein und eine Gruppe neuseeländischer Schüler, die auf Ferientour waren. Ah Liu brannte die Sturmlaterne an. Sterne erschienen über dem Meer.

Ich rief Sung Li an und erkundigte mich nach Neuigkeiten. Nichts, außer daß der Pilot am nächsten Abend eintreffen werde. Keine weiteren Brandanschläge bisher, keine Leute, die Schutzgeld kassieren wollten. Hatten die Betreiber des Rackets aufgegeben? Oder heckten sie einen ganz besonderen Coup aus? Sung Li meinte, er habe Vorkehrungen getroffen, die ausreichten.

Ah Foong übersah mich, als ich wieder an dem Fischbratstand vorbeiging. Es fiel auf, daß er wesentlich verschlossener war als sein Bruder.

Am Strand versammelten sich zwei Dutzend Einheimische um ein Feuer. Halbnackte Männer und Mädchen, die Baströcke trugen und Kattunstreifen über der Brust. Fackeln wurden angebrannt. Die Männer stampften mit den Füßen den Sand, die Mädchen wackelten mit den Hintern, daß der Bast flog. Touristenzauber für die neuseeländischen Gäste. Sie stimmten jene polynesischen Gesänge an, bei denen es sich eigentlich um gesungene Geschichten handelt. Klangen außerordentlich melodisch, wenngleich sie sich oft wiederholten. Die Einheimischen schienen Spaß an der Sache zu haben. Romantische Stunde.

»Complainte de Rurutu«, erläuterte mir Ah Liu, der die Sprache verstand. »Ist ein Klagelied, eigentlich, aber es hört sich nicht traurig an, wie die meisten Gesänge der Leute hier. Ganz einfach. Ein junges Mädchen geht zum Strand und träumt, weil es einsam ist, von den Wundern hinter dem großen Meer. Von Hongkong vielleicht ...« Er lachte verhalten.

Ich sah mir die Vorstellung eine Weile an. Über der Lagune stand eine dünne Mondsichel, der Himmel war mit unzähligen Sternen gesprenkelt, die sehr hell leuchteten, obwohl die Nacht gar nicht so uferlos schwarz war. Vom Feuer, das am Strand entzündet worden war, stiegen Funkenschwärme auf. Draußen donnerte die See über das Riff. Die Luft kam von Land her, von den nebelverhangenen Bergen, den Sagopalmenwäldern, sie war schwülwarm und würzig, klebte förmlich an der Haut. Irgendwo hinter den Bergen zuckten die Lichter eines Wetterleuchtens. Bis zum Morgen würde der Regen den Strand erreicht haben. Ich war müde und hungrig. Fisch macht nicht satt, das sagt auch meine Mutter immer, und die muß es wissen, sie läßt in ihrem Restaurant selber welchen servieren. Also kaufte ich mir an einer anderen Bude ein weiteres Gericht und aß noch eine gebratene Batate dazu. Danach war ich nur noch an einem ausgedehnten Nachtschlaf interessiert und trollte mich in meine Herberge.

Die Abwesenheit des Wirtes, der sonst stets hinter seinem Pult im Vorraum döste, hätte mich warnen sollen. Doch ich schrieb das Fehlen des Mannes dem Fest am Strand zu, vermutete, daß er dort unter den Zuschauern war. Also nahm ich meinen Schlüssel vom Haken und stieg die zwei Stufen bis zu dem Gang empor, der zu den Zimmern führte. Es hätte mich auch stutzig machen sollen, daß meine Zimmertür nicht abgeschlossen war, aber ich war von einem Tag brütendwarmer Seeluft so träge geworden, daß ich auf gar nichts mehr achtete. Ich zog an der Schnur des Lichtschalters und blickte in die Mündung eines Magnum-Colts, den ich am Morgen schon einmal gesehen hatte. Allerdings hatte er da in einem ziemlich lächerlichen Stahlblechschränkchen gelegen, und niemand hatte den Finger am Abzug gehabt. Jetzt hatte ihn jemand daran, und dieser Jemand war Mister Jonathan Morgan.

Ich spürte, daß der Schweiß auf meinem Rücken plötzlich kalt wurde. Der kleine, weißhaarige Mann saß in dem einzigen Sessel, den es im Zimmer gab, und er machte ein Gesicht wie ein ausgefuchster Pokerspieler. Den Revolver hielt er wie ein Profi, der Hahn war gespannt, er benutzte die langen Patronen, ich konnte in den Kammern der Trommel die kupferglänzenden Geschoßköpfe erkennen.

Um ihn nicht zu irritieren, hob ich die Hände, langsam, lüftete dabei das Hemd über meinem Gürtel und sagte möglichst unbefangen: »Keine Waffe. Was wünschen Sie, Sir?«

Seine Miene veränderte sich nicht. »Setzen Sie sich auf das Bett, Mister Lim Tok«, forderte er mich schließlich auf. Deutete mit dem Revolverlauf auf die Pritsche, über der das zusammengeraffte Moskitonetz hing wie ein schlappes Fangnetz. Ich folgte der Aufforderung. Als nächstes griff Mister Morgan mit der freien Hand in seine Hemdtasche und zog drei Polaroidaufnahmen heraus, die er mir zuwarf. Sie zeigten mich. Einmal, wie ich von außen das Schloß seiner Bungalowtür öffnete, und zweimal, wie ich drinnen auf Suche war.

Wieder eine meiner gloriosen Fehlleistungen! Ich hatte einen Gegenspieler unterschätzt. Sollte mir eigentlich nicht mehr passieren, aber es war nutzlos, sich jetzt darüber Gedanken zu machen. Einen Hoffnungsschimmer gab es. Wenn Morgan mich erschießen wollte, dann wäre er nicht hier. Hätte er draußen besser erledigen können. In einem Logierhaus bringt man nicht den einzigen Gast mit einem lauten Revolver um, ohne daß man gesehen wird. Wenn ich geschickt operierte, konnte ich es vielleicht überleben.

»Wie Sie sehen, habe ich mich gesichert«, sagte er nicht unfreundlich, hielt aber den Revolver weiter auf mich gerichtet. In Bauchhöhe. Der Mann wußte, daß diese Dinger an einem so kleinen Ziel wie meinem Kopf nicht selten vorbeischießen. Profi?

»Ich entschuldige mich, Sir«, sagte ich versuchsweise. »Darf ich Ihnen erklären, wie es dazu kam?«

»Sagen Sie nicht dauernd Sir zu mir, Sie beeindrucken mich damit nicht. Mein Name ist Morgan. Ich habe einige Hobbys, darunter das Fotografieren an Stellen, wo niemand einen Fotoapparat vermutet. Versteckte Kamera. Was haben Sie bei mir gesucht?«

Wenn ich davonkommen wollte, würde ich ihm die Wahrheit sagen müssen. Ich besah mir die Fotos noch einmal, legte sie auf die Pritsche und offenbarte ihm: »Bei Ihnen eigentlich gar nichts, Mister Morgan. Ich bin auf Tahiti, um das Verschwinden einer jungen Dame zu untersuchen. Sie hat sich öfter in dem jetzt von Ihnen bewohnten Bungalow aufgehalten, zusammen mit einem Herrn aus Papeete. Deshalb drang ich in Ihr Haus ein, um nach Spuren zu suchen, die vielleicht Aufschluß über das Verbleiben der Dame liefern ...«

»Und? Wurden Sie fündig?«

»Leider nein.«

Er überlegte. Sah mich dabei an. Aber sein Gesicht ließ nicht erkennen, was er dachte. Dann legte er den Revolver auf den Oberschenkel und warnte mich: »Machen Sie keine hektischen Bewegungen. Ich bin schnell mit dem Ding. Und ich war immer ein guter Sportschütze.«

Er holte aus der Innentasche seines Jacketts eine jener Zigarren hervor, die ich in seinem Haus gesehen hatte. Manilas. Ziemlich dunkel. Er biß die Spitze ab, brannte das Ding an, blies einen Kringel in die Luft, murmelte etwas wie »Besser überlegen«. Und dann griff er nochmals in die Tasche, schob mir eine Zigarre zu.

Ich winkte ab. »Danke. Damit würden Sie mich so sicher umbringen wie mit Ihrem Revolver!«

Er steckte sie wieder ein. Pokerface.

»Zigarettenraucher?«

Ich tippte auf das Päckchen in meiner Tasche, und er forderte mich durch ein zustimmendes Nicken auf, mich zu bedienen.

Während ich mir eine Zigarette anbrannte, erkundigte er sich: »Wie kommen Sie auf die Idee, daß ich Sie umbringen will?«

Ich sagte: »Es muß wohl an dem Revolver liegen. Ich weiß, wie man mit einem Loch im Kopf aussieht.«

Er schwieg eine Weile. Paffte vor sich hin. In der kühler gewordenen Abendluft, die durch die Fenster hereinstrich, roch die Manila gut. Der Gesang der Insulaner am Strand war zu hören. Ich machte mir Gedanken, wie ich mit der Situation fertig werden könnte. Ich konnte versuchen, ihn anzuspringen, aber da war der Revolver. Und meine eigene Waffe lag im Handschuhfach des Peugeot.

»Für wen arbeiten Sie?«

»Verwandte der verschollenen jungen Dame in Hongkong. Ich bin von dort gekommen.«

»Haben Sie Monsieur Bruillard gekannt?«

Wie kam er auf den Namen? Wenn er unbeteiligt war, ein Tourist mit Fotohobby, würde er sich einen Dreck um jemanden kümmern, der vor ihm einmal in seinem Bungalow gewohnt hatte. Angeblich. In Wahrheit hatten sich Bruillard und die Kung in dem Bungalow nebenan aufgehalten, der jetzt leer stand.

»Nein«, sagte ich vorsichtig, »lediglich sein Name ist mir bekannt. Und daß er in Papeete ein Hotel betreibt. Nun ja, betrieb. Ein Einheimischer zeigte mir, wo er hier zu wohnen pflegte.«

Er fiel auf den Trick herein. »Man hat Ihnen das falsche Haus gezeigt, Mister Lim Tok. Oder Sie haben es verwechselt. In meinem Bungalow hat Bruillard nie gewohnt. Sie wissen, daß er mit Miß Kung ein Verhältnis hatte?«

»Ich habe es in Papeete erfahren. Von seiner – Witwe.«

Er sagte eine Weile nichts. Paffte. Spielte mit dem Revolver. Dann: »Was wissen Sie sonst noch von ihm?«

»Von Monsieur Bruillard? Wenig. Daß er Colon gewesen ist, in Kambodscha. Daß er nach seinem Weggang von dort eine Zeitlang in Singapore residierte und dann hierherkam. Das Hotel kaufte.«

Nach einer längeren Pause sagte er leidenschaftslos: »Sie lügen.« Vorsichtshalber entgegnete ich nichts. Leute können die Beherrschung verlieren, wenn sie sich belogen fühlen, und angesichts des Revolvers war mir daran gelegen, daß Mister Morgan sie nicht verlor.

Er sah mich mit unbewegter Miene an und forderte mich auf: »Erklären Sie mir, wie Sie dazu kamen, die beiden Bungalows zu verwechseln. Oder wollen Sie mir weismachen, daß Sie ein so verwirrter Mensch sind? Als Detektiv?«

Da hatte er mich. Der Mann war kein schußliger Ganove. Er besaß einen Kopf und wußte ihn zu gebrauchen. Sogar Tricks durchschaute er. Machte Fallen daraus. Wie gerade eben. Wahrscheinlich war es am besten, ihm die ganze Wahrheit zu sagen, zumal er offenbar nicht so leicht zu täuschen war. Also erzählte ich ihm von der Leiche Robert Lulaos, bei der ich ihn gesehen hatte, in Papeete, und daß ich ihn hier wiederentdeckte, als Nachbar jenes verschollenen Monsieur Bruillard. Daß mich dieses seltsame Zusammentreffen zu der Annahme geführt hatte, er könnte in das Verschwinden des Hoteliers und der Kung verwickelt sein, auf irgendeine Art.

Er hörte sich das ruhig an. Dachte darüber nach. Schließlich steckte er zu meiner nicht geringen Überraschung den Revolver in die Tasche und sagte: »Vielleicht mache ich einen Fehler, aber ich glaube Ihnen. Haben Sie Whisky hier?«

Ich schüttelte verblüfft den Kopf. Er fragte mich, ob ich welchen trinken würde, und als ich ihm gestand, nach dem Schrecken der letzten Minuten würde mir einer guttun, erhob er sich und wies mich an, vor ihm her zu gehen.

Ich hatte den Gedanken aufgegeben, ihn anzuspringen. Der Mann interessierte mich. Was hatte er wohl vor? Und weswegen war er wirklich hier?

Er hielt sich dicht hinter mir, bis zu seinem Bungalow, schloß auf, und wenig später saßen wir uns in bequemen Rattansesseln gegenüber, jeder ein Glas Whisky in der Hand. Morgan schwenkte seinen Tumbler und ließ die Eisstücke klirren. Brannte seine ausgegangene Manila wieder an und teilte mir mit: »Ich erkenne einen Strolch, wenn ich einen sehe. Sie scheinen keiner zu sein. Vielleicht bringen Sie mich sogar ein Stück weiter ...«

»Ich ... Sie?«

»Ja.« Er sah zu, wie ein Nachtfalter um die Lampe flatterte, fing ihn mit einem geschickten Griff und warf ihn aus dem Fenster. Grinsend wandte er sich mir wieder zu: »War es nicht Buddha, der das Gebot aufstellte, der Mensch soll jede Kreatur achten?«

Darauf gab es nichts zu sagen, er hatte recht. So nickte ich nur. »Das mit dem Toten in Papeete war Zufall«, informierte er mich. »Jemand hatte gesagt, am Strand läge eine Leiche. Ich ging aus lauter Neugier hin. Es hätte ja Bruillard sein können.«

»Also suchen Sie ihn?«

Er wich nicht aus. Gab zu. »Ich bin seinetwegen hier. Wenn es ihn noch gibt, werde ich ihn finden. Oder er mich. Egal.«

Das klang nach einer alten Rechnung, die beglichen werden sollte. Und als ich den Gedanken laut äußerte, bestätigte Morgan das: »Es ist eine alte Rechnung, ja. Sie beträgt mehr als zwei Millionen US-Dollars. Etwa.«

Das war eine Menge Kies. »Er schuldet sie Ihnen?«

Morgan blickte mißmutig auf den Rest seiner Zigarre. Dann entschloß er sich, aus einer auf dem Tisch stehenden Kiste eine neue zu nehmen, sie mit einem Clip, der dort lag, am Ende einzukerben, statt wie vordem die Spitze abzubeißen. Als er sie angebrannt hatte und der kleine weiße Aschekegel Duft verbreitete, sagte Morgan: »Schulden – das klingt zu schön. Ich will Ihnen eine lange Story kurz darstellen. Wie Bruillard war auch ich in Kambodscha. Als der Prinz dort noch regierte und auch später, als der Putschgeneral ihn abgelöst hatte. Ich betrieb ein Export-Import-Geschäft. Haben Sie gehört, daß Kambodscha über die reichsten Edelsteinvorkommen in dieser Region verfügt? Nein? Es ist so. Etienne Bruillard hatte ein Transportunternehmen. Hatte nach dem Indochinakrieg mit ein paar alten französischen Armeelastwagen angefangen. Bald verfügte er sogar über zwei Flugzeuge. Wir einigten uns auf eine Transaktion. Ich bezog sehr günstig, teils aus sozusagen unerforschlichen Quellen, Rohsteine. Die Kontrollen in den Minen waren lächerlich. Aus dem Lande brachte die Steine dann Bruillard mit seinen Maschinen. Weil die Kontrollen für seine Flugzeuge ebenfalls lächerlich waren, ging das gut. Sie müssen wissen, jeder Khmer-Beamte ist bestechlich. Wir legten ein Depot an, in Singapore. Das Geschäft lief blendend. Dann kamen die Roten Khmer an die Macht. Bruillard rettete sich per Flugzeug. Ließ mich sitzen. Absichtlich. Die Roten sperrten mich ein. Erst nach achtzehn Monaten konnte ich einen ihrer Häuptlinge bestechen, der selbst ins Ausland wollte, weil seine eigenen Leute ihm nachzustellen begannen. So gelangte ich auf Schleichwegen außer Landes. In Singapore gab es das gemeinsame Depot nicht mehr. Und Monsieur Bruillard war verschwunden. Spurlos. Ich blieb in Singapore. Richtete mir wieder ein kleines Geschäft ein. Mühsam. Es dauerte fünf Jahre, bis ich durch einen puren Zufall erfuhr, daß ein Hotelkoch, den ich kannte, von einem Hotelbesitzer namens Bruillard in Papeete engagiert worden war. Ich kam hierher. Mit Bruillard sprach ich eine Stunde. Er entschuldigte sich. Lebensrettung und alle diese Ausreden. Sagte mir meinen Anteil zu. Einen Tag später war er verschwunden. Erklärt Ihnen das meine Anwesenheit auf Tahiti?«

Hinreichend, dachte ich. Ich hatte in meiner Praxis schon eine beträchtliche Anzahl ähnlicher Geschichten gehört. Betrug unter ehemaligen Partnern war eine schwarze Sache. Aber in unserem Teil Asiens sind Geschäft und Verrat Brüder.

»Ich verstehe«, sagte ich deshalb. »Wollen wir den Einstieg vergessen und die Schußwaffen? Ich bin nicht an Bruillard interessiert, sondern an der Dame. Ihre Edelsteine kümmern mich nicht. Meinetwegen sollen Sie sie haben. Wir könnten Frieden schließen und gemeinsam vorgehen. Wie es aussieht, ist Bruillard ersoffen. Die Dame womöglich auch. Und wenn ich nicht irre, steckt Ihr Anteil an den Steinen in einem Hotel namens *Lagoon* in Papeete, oder?«

Er war einer von den geruhsamen Rauchern, die jeden Zug genießen, dabei träumen. Aber diesmal träumte er nicht, das merkte ich, als er ruhig bemerkte: »Sie machen es sich sehr leicht, Mister Lim Tok. Der Absturz eines Flugzeuges bedeutet nicht unbedingt den Tod seiner Insassen.«

»Aber – es gab keine Überlebenden, soweit ich weiß?«

Er wiegte den Kopf. Und dann überraschte er mich mit der Mitteilung, Monsieur Bruillard sei nach dem Unfall noch gesehen worden.

Mir ging eine Menge durch den Kopf, bevor ich den Kanadier fragte: »Sie haben ihn selbst gesehen?«

Rauchkringel. Und die ungerührte Antwort: »Nicht ich. Jemand von hier.«

»Verläßlich?«

»Er pflegte das Motorboot Monsieur Bruillards, wenn der sich nicht in Faaone aufhielt.«

Ich wußte nicht, daß er ein Boot hier hatte, und Morgan verzichtete darauf, mich aufmerksam zu machen, wie wenig ich überhaupt wußte.

Er sagte nur: »Das Boot ist weg.«

»Und jemand sah Bruillard?«

»Wie er mit dem Boot ablegte, ja.« Morgan griff nach seinem Glas und gönnte sich einen Schluck Whisky. Blickte versonnen an mir vorbei, durch das Gazefenster. Der Himmel verfinsterte sich, Wolken schoben sich zusammen. Die Luft war schwül geworden, trieb einem den Schweiß aus der Haut.

»Hören Sie die Vögel?« fragte Morgan. »Es ist wie in Kambodscha. Vor so einem nächtlichen Regenguß, wie er in den Tropen üblich ist, stoßen die Vögel ganz charakteristische Laute aus. Ich bin nie dahintergekommen, ob sie wach sind oder einfach im Schlaf piepsen, instinktiv sozusagen ...«

Ich hätte gar zu gern gewußt, wer Morgans Vertrauensmann in Faaone war, aber er schüttelte den Kopf. Machte mir den Vorschlag, mit ihm in Verbindung zu bleiben. Mehr nicht. Erinnerte sich noch, daß Miß Kung bei der besagten Gelegenheit nicht im Boot Monsieur Bruillards gewesen sein soll, und dann riet er mir sachlich: »Es wird besser sein, wenn Sie sich auf den Heimweg machen, Mister Lim Tok. Einen solchen Regen, wie er sich ankündigt, verschläft man lieber, als daß man durch ihn zu seinem Quartier läuft ...«

Wir verabredeten uns nicht, aber es war so gut wie selbstverständlich, daß wir uns wiedersehen würden. Dachte ich jedenfalls, als ich mir durch die Dunkelheit meinen Weg suchte.

In der Pension saß nun wieder der krausköpfige Wirt auf dem Sofa im Vorraum. Ich nahm mir meinen Zimmerschlüssel vom Haken, und als ich das Moskitonetz um meine Matratze festklemmte, zuckte draußen der erste Blitz auf. Gleichzeitig setzte das klatschende Prasseln des Regens ein. Donner grollte. Mich brachte das nicht um die Ruhe, denn Gewitter dieser Art kannte ich von Aberdeen her, meist verschlief ich sie auf meiner Dschunke, in dem sicheren Wissen, daß nichts so selten ist wie ein Einschlag auf einem Wasserfahrzeug. Eine Nacht voller Getöse und stürzendem Wasser, aber auch voller Schlaf, um den mich mancher meiner Freunde beneidete, der vor den Naturgewalten noch einen atavistischen Respekt hatte.

Der Mann, der mich weckte, war ein schnurrbärtiger Franzose älteren Jahrgangs. Er trug die khakifarbene Uniform der Polizei und jene ulkige Starkastenmütze, wie sie sich inzwischen selbst bei den Armeen einiger pazifischer Länder einzubürgern begann. Er zog mein Moskitonetz beiseite und erkundigte sich: »Sind Sie Mister Lim Tok?«

Er sprach ein leidliches Englisch, und jetzt legte er in einer Anwandlung militärischer Korrektheit die Finger an den Mützenschirm und stellte sich vor: »Sergent-Major Pignon. Polizei. Ich habe Fragen an Sie.«

Ich kroch unter dem durchgeschwitzten Leinentuch hervor, beförderte die dicke Schlummerrolle, die hierzulande üblich war und die man sich aus mir nicht ganz verständlichen Gründen während des Schlafes zwischen die Oberschenkel zu klemmen pflegte, beiseite. In meinen Boxershorts machte ich wohl nicht die beste Figur, denn der Polizist streifte mich mit einem mitleidigen Blick, als er mir Platz machte.

»Sofort?«

»Sofort!« wiederholte er. »Machen wir es kurz. Wann sind Sie heute nacht hier angekommen?« Er zog ein Notizbuch aus der Tasche und zückte einen Kugelschreiber.

»Die Uhrzeit weiß ich nicht genau. Aber es war unmittelbar vor dem Gewitter. Warum?«

Er schrieb. Ließ meine Frage vorerst unbeantwortet und wollte wissen: »Stimmt es, daß gestern abend Mister Morgan hier auf Sie gewartet hat und dann mit Ihnen wegging?«

»Stimmt.«

»Wohin?«

»In seinen Bungalow. Er hat dort guten Whisky. Angenehmes Getränk, wenn man etwas besprechen will.«

Er hörte auf zu schreiben. Sah mich an, wobei er versuchte, seinem Gesicht ein möglichst grimmiges Aussehen zu geben. »Was wurde besprochen?«

Ich war inzwischen so richtig wach geworden, was bei mir zuweilen eine Zeit dauert, besonders wenn eine Nacht mit Whisky vorausgegangen war, und mir kam die Frage etwas persönlich vor. Ich sagte das dem Flic. Er forderte mich jedoch ungerührt auf, nähere Angaben zu machen, es wäre eine ernste Geschichte, in die ich da verwickelt sei.

»Verwickelt? Bevor ich Ihnen sage, worüber ich mit Mister Morgan sprach, muß er seine Einwilligung geben.«

»Das kann er nicht mehr.«

Wir sahen einander an. Ich hatte das vage Gefühl, daß sich hier Unheil anbahnte. Und es wurde mir bestätigt, als ich fragte, was denn mit ihm sei.

»Tot«, antwortete Sergent-Major Pignon.

»Das tut mir leid.«

»Mehr haben Sie dazu nicht zu sagen?«

Es war Zeit, störrisch zu werden, damit der Franzose nicht den Eindruck bekam, ich hätte Angst. Vermutlich war Morgan keines natürlichen Todes gestorben, und man suchte den Verursacher. In solchen Situationen zahlt es sich aus, wenn man nicht nur Fragen beantwortete, sondern ein wenig angriff.

Deshalb erkundigte ich mich barsch: »Was wollen Sie hören? Wir freundeten uns gestern abend an. Heute ist der Mann tot. Es tut mir leid, daß ich heute abend keinen Whisky mit ihm werde trinken können. Und – Sie haben vergessen, mir zu sagen, woran er starb. Gestern war er gesund. Auch noch, als ich ihn verließ. Also?«

Der Polizist notierte, dann nahm er die Starkastenmütze ab, wischte sich den Schweiß von der Stirn und fragte: »Haben Sie eine Waffe?«

»Ich bin mit dem Flugzeug gekommen, Monsieur, kennen Sie die Kontrollen auf den Flughäfen?«

Er kommentierte das nicht. Sah mich nur an. Wenn er die Pistole im Handschuhfach meines Peugeots gefunden hätte, würde er sich anders verhalten, dachte ich und fragte erneut nach Morgan.

Aber der Polizist wollte zunächst wissen: »Haben Sie gestritten?«

»Nein. Kein Anlaß. Ich habe mit Mister Morgan darüber gesprochen, daß ich hier bin, um im Auftrag der Familie von Miß Kung möglichst nähere Einzelheiten über das Verschwinden der jungen Frau herauszufinden, die bei einem Flugzeugabsturz ...«

»Ich weiß davon«, unterbrach er mich. »Ist Ihnen bekannt, ob Mister Morgan Feinde hatte?«

Ich atmete innerlich auf. Der Bergrücken war überschritten. Ich schien vom Verdächtigen zum Informanten zu avancieren. Wer wie ich bei der Polizei gedient hat, kann Nuancen einer Befragung wohl erfassen. Deshalb erwiderte ich so unbefangen wie möglich: »Meines Wissens hielt sich Mister Morgan zu seinem privaten Vergnügen hier auf. Fuhr mit dem Boot aufs Meer. Bereiste mit seinem Auto das Land. Von möglichen Feinden sprach er jedenfalls nicht. Wie ist er denn eigentlich zu Tode gekommen? Kann ich ihn sehen?«

»Das können Sie nicht mehr«, beschied der Polizist mich. »Er wurde bereits abtransportiert. Das Klima, Sie verstehen ...«

»Und Sie glauben, ich könnte ihn gewissermaßen am Ende unserer Plauderei erschlagen haben, wie?« Ich griff nach meiner Zigaretten und brannte mir eine an, obwohl ich sonst vor dem Frühstück nicht zu rauchen pflege.

»Mister Morgan wurde nicht erschlagen«, ließ der Polizist mich schließlich wissen. »Er ist von draußen aus einiger Entfernung vermutlich mit einem Präzisionsgewehr erschossen worden. In der Gaze eines Fensters ist ein Loch. Und in Mister Morgans Kopf auch. Er muß es trotzdem noch geschafft haben, aus dem Haus zu kriechen, es gibt zwar keine Blutspur, aber er wurde draußen gefunden.«

»Dann muß es während des Gewitters passiert sein. Niemand konnte den Schuß hören. Und keine Blutspur ...«

Er gab mir das Alibi meines Lebens, als er sagte: »Es geschah nach dem Regen, Mister Lim Tok. Morgan lag auf dem Bauch vor der Haustür. Sein Rücken war trocken. Die Wunde hat nicht stark geblutet, daher keine Spur.«

»Aber – um diese Zeit habe ich hier geschlafen, Monsieur!«

Er klappte sein Notizbuch zu. Nickte. Vermutlich hatte er sich bereits beim Herbergswirt erkundigt, wann ich zurückgekommen war. Im Gehen begriffen, drehte er sich noch einmal um. Ob ich nicht doch eine Vermutung hätte. Ich mußte daran denken, daß Morgan mir erzählt hatte, sein ehemaliger Kumpan Bruillard sei nach dem Absturz der Maschine gesehen worden. Aber ich erwähnte nichts davon. Und der Polizist gab sich zufrieden. Allerdings wies er mich an, die Insel vorerst nicht zu verlassen. Wie lange ich bleiben wollte?

»Bis ich ausreichend über das Verschwinden von Miß Kung recherchiert habe.«

»Gut. Bevor Sie abreisen, melden sie sich bei mir oder auf dem Hauptkommissariat in Papeete. Es kann sein, daß wir noch Fragen haben.« Er tippte an seinen Starkasten und ging.

Was war da geschehen? Wer konnte ein Interesse daran haben, Jonathan Morgan auszulöschen? Ihn durch das Fenster zu erschießen? Seine Behauptung, Bruillard sei nach dem Absturz noch gesehen worden, roch nach dem Schlüssel der ganzen Sache. Wer war es, der Bruillard gesehen hatte? Und warum hatte er es Morgan mitgeteilt? Wenn Versicherungen im Spiel gewesen wären, hätte ich an einen einfachen Versicherungsschwindel geglaubt. Aber ich mimte ja nur den Versicherungsmann. Von der Anwesenheit Morgans, des betrogenen Partners, auf Tahiti hatte Bruillard zwar gewußt, aber Morgan war erst in Faaone eingetroffen, als das sogenannte Unglück bereits geschehen war. Es ging um eine Frau, um Betrug, und jetzt ging es auch noch um Mord.

Ich kam nicht dazu, die Gedanken in Ruhe zu sortieren, denn kaum hatte ich an Ah Lius Sea Shop, wo um diese Zeit sein Bruder Ah Foong den Imbißstand betrieb, eine Soup Chinoise gegessen und hinterher einen ziemlich bitter schmeckenden Kaffee getrunken, als von der See her Flugzeuggeräusch zu hören war. Mein Instinkt sagte mir, daß dieses Geräusch entweder etwas mit Morgans Tod oder mit mir zu tun haben würde, und ich irrte mich nicht. Ich lief zum Pier, wo Ah Liu eifrig den Glasboden seines Schaubootes schrubbte, und da sah ich das Flugzeug auch schon hereinschweben. Eine ziemlich plumpe Konstruktion mit vielen Kabinenfenstern und mit einem hinter der Tragfläche liegenden Propeller. Flugboot. Oder Amphibienflugzeug. Ich erinnerte mich, es bei Margeaux in Papeete gesehen zu haben. Es zog donnernd einen Kreis über der Anlegestelle und setzte dann inmitten einer spektakulären Wasserfontäne auf.

»Fahren Sie mich hin!« forderte ich Ah Liu auf, und er warf sofort den Motor an. Da war die Unterstützung, um die ich Eugene Hsu in Hongkong gebeten hatte: Flugzeug mit Pilot. Während wir fuhren, fragte ich Ah Liu, ob er die traurige Geschichte von Mister Morgan bereits gehört habe. Er hatte. Und er reagierte seltsam auf meine eher neugierige Frage, er kniff die wulstigen Lippen zusammen und nickte schweigend. Blickte an mir vorbei. Nicht freundlich, vielmehr so, als sei er jemandem ernstlich böse. Wäre da nicht dieses Flugboot gewesen, ich hätte ihn näher befragt, aber wir waren bereits angelangt, und aus der geöffneten Einstiegstür winkte der Pilot. Er hatte einen Anker ausgebracht, und jetzt stieg er über eine Bordleiter in Ah Lius Boot.

Stellte sich lakonisch vor: »Quindt. Sie Mister Lim Tok?«

»Bin ich. Willkommen in Faaone. Ist die Maschine sicher?«

»Solange kein Sturm kommt, ja. Später werde ich sie am Anlegesteg festmachen. Wie steht's um Flüssigkeit an Land?«

Ah Liu sicherte ihm geschäftstüchtig zu: »Bestes Hinano Lagerbier oder chinesisches Snow Flake, Sir! Auch Unterkunft im gleichen Haus wie Mister Lim Tok. Und Essen in meiner Einrichtung ...«

Quindt winkte ab und setzte sich auf den Dollbord des Bootes. »Zuerst was zu trinken!«

Er war ein kleiner, krummbeiniger Kerl mit kurzem Grauhaar, sehnig, das Gesicht wettergegerbt. Die Sorte Mann, die sich nicht nur in Hongkong herumtrieb, sondern in so ziemlich allen größeren Städten Asiens, auf einen Job lauernd, zum Lebenskünstler geworden in einer Welt, die Chancen ebenso bot wie Entmutigung. Mochte zehn Jahre älter sein als ich. War vermutlich durch den Vietnamkrieg bei uns hängengeblieben, wie so mancher andere. Amerikaner, das hörte man an der Aussprache. Und in Amerika wurden arbeitslose Piloten heute im Dutzend gehandelt. Sympathische Typen waren unter diesen Leuten, die sich da im Pazifik herumtrieben. Beherrschten vieles. Waren nicht so schnell in Panik zu versetzen. Fanden aus den meisten Klemmen einen Ausweg.

Quindts kleine braune Augen blickten mich abschätzend an. Das Urteil schien vorteilhaft auszufallen, denn er nickte mir vergnügt grinsend zu, während Ah Liu das Boot wendete, und er sagte: »Well, Sie sind also der Boß! Gute Wünsche von Mister Hsu und all das. Ich bin Ihr Mann. Die Mühle ist zwar ein Jahrzehnt zu alt, um Kapriolen zu drehen, aber sie ist stabil und gut gepflegt. Also?«

Wir schüttelten uns die Hände. Er erinnerte sich, griff in die Brusttasche seines Buschhemdes, über dessen rechter Klappe der Name Quindt gesteppt war, und brachte zwei Fotografien zum Vorschein, die er mir in die Hand drückte. Monsieur Bruillard und Miß Kung. Der Himmel mochte wissen, wo Eugene Hsu sie aufgetrieben hatte. Ich besah sie mir und steckte sie ein. Beiläufig teilte Quindt mir noch mit, er habe in der Kabine zwei Zettel mit Einzelheiten über die Personen, außerdem die Taucherausrüstungen für uns und überhaupt alles, was man für eine Mission wie die meine wohl brauche, einschließlich Bourbon, denn der sei auf dieser Insel schwer aufzutreiben, bei der Vorliebe der Franzosen für diesen Anisschnaps, mit dem sie ihre Leber ruinierten. Und ihre Potenz, wie es hieß ...

Bei einer Flasche Hinano, die wir im Schatten eines Fieberbaumes in der Nähe der Pier leerten, setzte ich ihn ins Bild. Auch über den Mord in der vergangenen Nacht. Er nahm alles gelassen auf. Ein ruhiger, lakonischer Mann, wie es schien. Machte in Hongkong Rundflüge, schleppte Reklamefahnen oder beförderte Blitzgüter auf abgelegene Inseln.

Als ich ihn nach Margeaux fragte, bei dem er die Maschine ausgeliehen hatte, hob er leicht die Schultern. »Er hat sich nur meine Lizenz angesehen, den Rest habe ich mit Angestellten ausgehandelt. Ist etwas mit ihm?«

Ich sah keinen Grund, ihm nicht meinen Verdacht mitzuteilen, daß Margeaux wahrscheinlich in ein Racket verwickelt war, aber darauf reagierte Quindt nur wieder mit einem Achselzucken.

»Es interessiert mich nicht, wie jemand sein Geld verdient, Mister Lim Tok. Eiserne Lebensregel. Mich hat Eugene Hsu engagiert. Ich weiß, wer er ist, aber wenn er bezahlt, fliege ich ihn zur Hölle und zurück. Vorerst fliege ich Sie, wohin Sie wollen. Haben Sie schon Pläne?«

Nachdem ich ihn einigermaßen aufgeklärt hatte, brachte ich ihn in meiner Pension unter und riet ihm, erst einmal auszuschlafen. Ich hatte zu tun. Bis ich Sung Li in Papeete ans Telefon bekam, glich mein Hemd einem Wischlappen, und ich hatte das dringende Bedürfnis nach einer reichlich gesalzenen Suppe.

Schließlich erfuhr ich, daß es bei einem chinesischen Ladeninhaber, der mit Sung Li bekannt war, eine Schießerei gegeben hatte: Zwei tote Mietboys, von denen gemunkelt wurde, Margeaux habe sie engagiert. Allerdings arbeiteten sie trotzdem nicht direkt für ihn, es schien, als sei er der Mittelsmann für jemanden, der sich lieber im Hintergrund hielt. Sie hatten kassieren wollen. Um das Racket schien es nicht allzugut zu stehen. Die Polizei tappe noch im dunkeln, meinte Sung Li. Sonst gäbe es nichts weiter von Bedeutung.

Ich fragte nach Edmond Leroy, dem Empfangschef des *Lagoon.*

Gestern sei er dagewesen, erwiderte Sung Li. Er habe Dienst gemacht, als er, Sung Li, mit einem Geschäftsfreund zum Abendessen im Hotel zusammentraf.

Ob Leroy etwa am späten Abend noch für ein paar Stunden verschwunden sei?

Kaum, meinte Sung Li. Als er nach dem Essen mit dem Freund das Hotel verlassen habe, sei der Empfangschef noch an seinem Platz gewesen.

Es schien, als würde sich mein Verdacht nicht bewahrheiten, daß Leroy ebenfalls Querverbindungen zu dieser französischen Mafia auf Tahiti hatte und daß er es gewesen sein könnte, der Morgan auslöschte. Im Auftrag sozusagen. Sung Li bat mich zu warten. Er habe eine Verbindung zum *Lagoon* und würde mich sofort verläßlich informieren. Drei Minuten später teilte er mir mit, Leroy habe nicht nur den Rest der Nacht im Bett verbracht, sondern auch noch den halben Vormittag.

»Hatte offenbar seinen Kopulationstag. Auskunft ist verbürgt. Kommt von der Dame, die neben ihm lag, darunter oder obenauf. Was weiß ich von französischem Sex, außer ...«

Ich stoppte ihn mit einem Lobeswort. Meine voreilige Kombination stimmte also nicht. Nachdem ich wieder vor Ah Lius Laden stand, von dem aus ich telefoniert hatte, fiel mir ein, daß ich mir die Yacht von Morgan einmal ansehen sollte. Sie lag am Steg. Und Ah Liu, der schon wieder an seinem Boot herumschrubbte, meinte: »Gehen Sie rüber, Mister Lim Tok. Mein Bruder ist auf dem Dampfer. Er hat gesagt, die Polizisten hätten sich da bloß kurz umgesehen, wären wieder gegangen.«

»Ohne das Ding zu versiegeln?«

Er schüttelte den Kopf. »Warum sollten sie das tun?«

Ah Foong schlief in einer Hängematte auf dem Vorschiff. Er sollte, hatte Mister Morgan gesagt, ab und zu ein Auge auf die Yacht haben. Ein schickes Ding von vielleicht hundert Quadratmetern, das, wie Ah Foong mir verriet, gut seine dreißig Knoten als Reisegeschwindigkeit selbst bei mittlerer See hielt. Irgend etwas machte mich an diesem Ah Foong mißtrauisch. Er war oft mit Morgan zusammengekommen, hatte ihn gefahren, für ihn gearbeitet. Und jetzt war Morgan tot, aber Ah Foong schien das ganz gelassen zu nehmen. Zu gelassen. Sorglos, wie die Leute auf den Inseln im Süden waren, konnte das bedeutungslos sein, aber es konnte ebensogut Gründe haben. Mein Mißtrauen wuchs noch, als ich mich erkundigte, was er denn vorhabe, nachdem sein Verdienst bei Morgan ausfiele. Es werde sich schon wieder was finden, gab er zurück, im Augenblick sei er versorgt.

Es war dieses unbestimmte Mißtrauen, das mich veranlaßte, die Kraftstoffanzeige abzulesen. Da fehlte einiges in den Tanks. Demnach war die Yacht gefahren worden, denn von Ah Liu hatte ich gehört, daß Morgan nach jeder Ausfahrt Sprit zu ordern pflegte. Er wollte die Yacht stets fahrbereit haben. Ah Foong bemerkte beiläufig, er werde die Tanks wieder auffüllen lassen, wenn ich es wünschte. Warum sollte ich? Mir gehörte das Boot nicht.

Ich hätte etwas darum gegeben, zu erfahren, wo Ah Foong die letzte Nacht verbracht hatte, aber ich fragte ihn nicht danach. Mir fiel ein, es könnte mehr bringen, wenn ich den dienstbaren Strandgeist mit einer anderen, etwas heikleren Frage provozierte. Also erkundigte ich mich: »Wie kommt es, daß jemand behaupten kann, er habe Sie mit Monsieur Bruillard zusammen gesehen, nachdem dessen Maschine abgestürzt war?«

Es war ein Schuß ins Ungewisse, aber er hatte unerwartete Folgen. Ich habe in meiner Praxis nicht selten tödlich erschrokkene Leute gesehen, und an einige erinnerte ich mich jetzt, als Ah Foongs Gesicht einen gehetzten Ausdruck annahm und er eine Weile nach Worten suchen mußte, ehe er sagte: »Lüge. Niemand kann mich gesehen haben ...«

»Sie waren auch gestern abend mit der Yacht nicht draußen?«

Wieder dieses Erschrecken. Ein Schauspieler war dieser Ah Foong gewiß nicht. Die blasse Entschuldigung: »Da war ... etwas am Motor. Mußte ausgebaut werden.« Er sei noch nicht ganz fertig damit. »Aber warum interessiert Sie das überhaupt, Mister?«

Ich hatte einen Nerv getroffen, wußte nur noch nicht genau, welchen. Sagte: »Weil Jonathan Morgan in der Nacht getötet wurde.«

Er zuckte die Schultern, tat gleichgültig, mit wenig Überzeugungskraft. Setzte sich wieder in die Hängematte, ließ jedoch den Blick nicht von mir. Beäugte mich lauernd. Und da entschloß ich mich, ein altes, erprobtes Mittel anzuwenden, das fast nie versagte, wenn man jemanden zum Singen bringen will. In der Kajüte hatte Morgan einen Gewehrschrank, und darin stand auch eine dieser schönen, schlanken Remington-Flinten, und neben dem Kolben hatte ich eine Packung Patronen gesehen. Ich stieg noch einmal hinunter und nahm das Gewehr aus der Halterung. Als ich an der Mündung schnupperte, wußte ich, daß damit geschossen worden war, vor nicht langer Zeit. Hatte die Polizei das übersehen? Hatte der schnurrbärtige Pignon sich überhaupt näher für das Inventar der Yacht interessiert?

Vermutlich nicht; der Mord war beim Bungalow geschehen, die Yacht lag weitab. Und wer war schon Morgan, daß man sich besonders anstrengte!

Ich schob nacheinander fünf Patronen ins Magazin, lud durch, stieg wieder an Deck. Ah Foong saß immer noch in der Hängematte. Er starrte auf das Gewehr, und ich entdeckte Angst in seinem Blick.

»Also«, sagte ich, mich auf der Reling niederlassend, »jetzt sprechen wir mal wie Männer miteinander.«

Mein Instinkt hatte mich zu dem Mann geführt, der vielleicht zum Schlüssel dieser ganzen verworrenen Geschichte werden konnte, das merkte ich an Ah Foongs Reaktion. Er hob die Hände. Ich hielt ihm die Gewehrmündung an die Kehle und tastete ihn nach Waffen ab. Nichts.

»Also, wie war das? Bruillard hat den Absturz überlebt. Wo ist er?«

Ah Foong wand sich, bevor er endlich antwortete. Sein Blick

irrte hin und her, und erst als ich ihm versprach, daß er in spätestens zehn Minuten in einer französischen Haftzelle landen würde, wenn er nicht redete, gestand er leise: »Er lebt, ja.«

»Wie ist er weggekommen?«

»Ich war da. Mit der Yacht.«

Ein »Ah!« konnte ich nicht unterdrücken, hatte ich doch die Möglichkeit, daß jemand einen zum Verschwinden entschlossenen Bruillard gewissermaßen von seinem Todesort abholte, einfach übersehen.

»Weiter!« forderte ich. Kitzelte Ah Foong mit der Mündung des Gewehrs unterm Kinn. »Hat er bezahlt?«

Ah Foong würgte: »Ja.«

»Und die Frau?«

»Keine Frau, Mister.«

»Miß Kung! Er hatte sie nicht bei sich?«

Jetzt schüttelte Ah Foong trotz des Gewehrlaufes energisch den Kopf. »Nein, nein, Mister! Manchmal war Miß Kung da, mit Monsieur Bruillard. Aber sie ist in dieser Nacht nicht dagewesen. Nur Monsieur Bruillard ...«

»Und wo ist der jetzt?«

Er zögerte. Wieder irrte sein Blick von einer Seite zur anderen. Hätte er einen Ausweg gesehen, er wäre wohl wie ein Leopard davongesprungen.

Ich herrschte ihn an: »Du hast ihn von da draußen abgeholt. Wohin hast du ihn gebracht?« Langsam bewegte ich dabei das Gewehr abwärts. Zog es dann nach der Seite weg, bis die Mündung auf sein rechtes Knie zeigte. »Oder soll ich dir lieber zuerst das linke zerschießen?«

Er öffnete den Mund, sagte aber nichts. Gerade wollte ich die Mündung zur linken Kniescheibe schwenken, da klatschte etwas auf meinen Hinterkopf. Seltsam, ich nahm das Geräusch noch wahr, und ich hätte es zur Not geschafft, den Abzug zu betätigen, doch ich tat es nicht. Ein Schuß, der einen Mann zum Krüppel macht, ist etwas Endgültiges. Niemand kann es mehr rückgängig machen. Ich schieße deshalb nur selten, und zwar dann, wenn mich einer mit einer Schußwaffe bedroht und ich ihm ansehe, daß er abdrükken wird. Ein Schlag auf den Kopf, von der Stärke, wie ich ihn erhielt, ist nicht tödlich. Obwohl man sich dabei täuschen kann. Aber danach hat man ohnehin keine Chance mehr, sich selbst zu bedauern.

Als ich aufwachte, war Mittag vorbei. Ich merkte es am Sonnenstand. Ah Foong war weg. In der Hängematte saß Ah Liu, sein Bruder, mein Gewehr auf den Knien.

Ich tastete nach meinem Hinterkopf. Schaute auf die Hand. Kein Blut. Brummschädel, sonst nichts, wenn ich Glück hatte.

Ah Liu sah wahrlich unglücklich aus, als er sagte: »Tut mir sehr leid. Ich habe ein Paddel genommen. Gibt keinen großen Schaden.«

»Du warst das?« Ich richtete mich vorsichtig auf.

Ah Lius Gesicht wurde noch unglücklicher. Er wies auf das Gewehr und bat kläglich: »Mister Lim Tok, seien Sie so gut und tun Sie mir nichts. Ich kenne mich mit Gewehren nicht aus. Wenn ich es auf Sie richte, nur um mich zu schützen, könnte es aus Versehen losgehen. Was gar nicht in meinem Sinne wäre. Ich möchte Ihnen erklären ...«

Ich hatte Durst. Erklärungen konnten warten. »Gib das Ding her«, forderte ich den Chinesen auf. »Du bist zwar ein heimtückischer Bastard, aber ich werde nicht auf dich schießen.«

Er lieferte mir erleichtert die Remington aus, und ich entlud sie. Drückte sie ihm wieder in die Hand und befahl: »Stell sie unten in den Gewehrschrank. Und bring was zu trinken mit. Kalt. Keinen Alkohol.«

Er watschelte zum Einstieg, die Flinte wie einen Sack voller Pestbakterien mit ausgestrecktem Arm vor sich her tragend. Als er zurückkam, hielt er mir mit zitternden Händen ein angelaufenes Glas mit einer dunklen Flüssigkeit hin, die ich nach dem ersten Zug als Cola erkannte.

»Warum?« Ich wies ihn mit einer Handbewegung an, sich in die Hängematte zusetzen.

»Er ist mein Bruder, Mister Lim Tok ...«

»Mein Freund in Papeete hat mir gesagt, auf Ah Liu ist Verlaß. Weißt du, was seine Leute mit Kerlen machen, die Verrat üben? Schaff dir schon mal so ein kleines Rollbrett an. Sie werden dir nicht eine Kniescheibe zerschießen, sondern beide. Was war los?«

Er faltete wie flehend die Hände vor der Brust. »Lieber Mister Lim Tok, ich entschuldige mich, verstehen Sie doch, er ist mein einziger Bruder. Er hat sich auf diese Sache eingelassen, ohne die Folgen zu bedenken. Nicht auf meinen Rat gehört. Meine Familie wäre todunglücklich, wenn er bestraft würde – er hat niemandem etwas getan. Nur Monsieur Bruillard geholfen ...«

»Was wollte Bruillard? Verschwinden? Einen Absturz simulieren und dann weg?«

»Er fühlte sich verfolgt, bedroht. Mehr hat er Ah Foong nicht gesagt. Nur noch, daß er schweigen muß.«

»Von wem verfolgt?«

»Weiß nicht.«

Mir kam Morgan in den Sinn, denn der hatte Bruillard ja tatsächlich verfolgt. Bruillard mußte wohl auf irgendeinem Wege erfahren haben, daß Morgan ernstlich hinter ihm her war.

»Und Miß Kung?«

Ah Liu blickte verlegen zu Boden. Schließlich brachte er heraus: »Es ... ging alles schief, an diesem Abend ...«

Ich ließ ihm Zeit. Brannte mir eine Zigarette an und trank wieder einen Schluck Cola. Aufgeregt beteuerte er: »Miß Kung ist wirklich nicht dagewesen. Mein Bruder hat sie nicht gesehen. Hat nach ihr gefragt, aber keine Antwort bekommen.«

»Und wohin hat Ah Foong den Franzosen gebracht?«

Ah Liu senkte den Kopf. Wie jemand, der sein Todesurteil erwartet. Es dauerte eine Weile, bis er sagte: »Er hat ihn an die Westküste der Insel gebracht.«

»Mit der Yacht?«

»Mit dieser Yacht, ja. Später hat Mister Morgan sie dann gemietet.«

»Wohin genau hat er ihn gebracht?«

»Er hat mir gesagt, er habe ihn in Papeari an Land gesetzt, und Monsieur Bruillard habe ihm befohlen, zurückzufahren und zu schweigen. Mehr weiß er auch nicht. Wird er jetzt gejagt? Von der Polizei?«

Ich knurrte ihn an: »Zuerst wirst du gejagt, alter Gauner. Wegen tätlichen Angriffs auf mich!«

Er entschuldigte sich wiederum, wobei er auf das Paddel wies, das noch herumlag. »Mister Lim Tok, ich bin untröstlich, aber es ist eben der Bruder! Und ich habe doch nur ganz leicht mit dem Blatt zugeschlagen ...«

Papeari. Ich überlegte. Tahiti hat, wenn man es phantasievoll beschreiben will, etwa die Form einer Eieruhr. Zwei Kugeln durch eine Art Isthmus, eine Landenge, verbunden. An deren östlicher Seite, in Faaone, befanden wir uns jetzt. Gegenüber, an der Westseite, lag Papeari. Die Entfernung zwischen den beiden Orten betrug auf dem Landwege knapp fünf Kilometer. Und es gab eine gute Autostraße, die von einer Seite der Insel zur anderen führte. Aber Bruillard war ja von Ah Foong mit der Yacht um den Südteil der Insel herum nach Papeari gebracht worden, weil er es natürlich hatte vermeiden wollen, gesehen zu werden. So hatte er nur den einen Mitwisser – Ah Foong. Und es war gar nicht gesagt, daß er tatsächlich in Papeari geblieben war. Die Westküste bot noch tausend andere Verstecke außer dem kleinen Ort Papeari.

Immerhin hatte ich erfahren, daß Monsieur Bruillard lebte. Doch ich war ja wegen Miß Kung hier. Sie stieg in Papeete in Bruillards Flugzeug. Angekommen war sie hier nicht, wenn die Aussage Ah Foongs stimmte. Wo war sie?

Es machte Sinn, daß Bruillard sich vor den Nachstellungen seines ehemaligen Partners in Sicherheit zu bringen versuchte, indem er einen Absturz vortäuschte. Aber daß er unterwegs seine Geliebte, Miß Kung, so einfach verlor – die Geschichte schien mir komplizierter zu sein!

»Verschwinde!« befahl ich Ah Liu. »Sag bei der Agentur Bescheid, daß ich ab sofort als Nachfolger von Mister Morgan die Yacht miete.«

Er zog ab, sich mehrmals verbeugend, mit Leidensmiene. Dabei hätte es eher mir angestanden, ein schiefes Gesicht zu ziehen, denn ich spürte, wie sich an meinem Hinterkopf langsam eine Beule bildete.

Am Abend zog ich aus der Pension aus, nahm Quindt mit. Wir quartierten uns auf der *Papara* ein. Das Ding war groß genug. Zwanzig Meter lang. Gefüllte Tanks, geladene Akkus, Vorräte für eine Woche in den Eisboxen. Sogar Bier war vorhanden, was Quindt freudig zur Kenntnis nahm. Vermutlich einer der wenigen Anlässe, die in sein stoisches Gesicht den Anflug eines Lächelns zauberten. Bei einigen Büchsen Hinano wurden wir uns einig, daß uns gar nichts übrigblieb, als das Flugzeugwrack zu suchen. Wenn Miß Kung tatsächlich mitgeflogen war, mußte sie in dem Wrack sein. Besser gesagt, das, was von ihr übrig war. Denn daß Bruillard sie unterwegs hinausgeworfen hatte, wollte ich nicht so recht glauben. Ich war entschlossen, meinen Aufenthalt hier zu beenden, sobald wir den Beweis hatten, daß Miß Kung tot war. Mochte hinter Bruillards Spiel stecke, was wollte, mochte die Polizei nach dem Schützen suchen, der Morgan erledigte, und Margeaux weiter an seinem Racket basteln – für mich gab es nur den Auftrag, den Verbleib Miß Kungs zu klären, sonst nichts. Es sei denn, Eugene Hsu überlegte es sich anders.

Am Morgen kletterten wir in die Seabee, das drollige kleine Amphibienmaschinchen, das Quindt hergeflogen hatte. Eine der kuriosesten Schöpfungen, die mir je zu Gesicht kamen. Konnte von See aus operieren oder von Landebahnen. Der Rumpf war kurz, gedrungen, und dahinter stieg ein mächtiges Seitenleitwerk auf. Die Kabine erschien mir geräumig, sie hatte große Fenster. Offenbar waren mehrere der abgewetzten Polstersitze herausgenommen worden, um Platz für die Taucherausrüstungen zu schaffen, die Quindt mitgebracht hatte. Er behauptete, es seien die besten, die es gegenwärtig in Hongkong gab. Ich war hin und wieder getaucht, bei einem Sportverein im Ocean Park, unweit von Aberdeen, wo meine Dschunke lag, aber ich hielt mehr vom Surfen, wenn es mich schon in arbeitsarmen Zeiten aufs Wasser trieb. Trotzdem stieg ich probeweise in den Anzug und huckte mir die Gemischflasche auf. Probierte den Atemschlauch und die Anzeige aus. Alles war neu. Und alles funktionierte gut. Quindt startete den Motor, und die Schraube hinter der Tragfläche begann sich zu drehen. Langsam glitt die Seabee von der Anlegestelle weg, und als wir durch die markierte Ausfahrt die Riffe passiert hatten, schob er Gas nach. Der Motor brüllte auf, unter dem Rumpf rumpelte das Wasser, bis dann das Geräusch schwächer wurde und Quindt das Höhenruder zog – wir flogen.

Ich hatte mir die Richtung gemerkt, in der Ah Liu die Explosion gesehen haben wollte. Durch die Fenster der Kabine konnte ich mich mühelos orientieren, und ich vereinbarte mit Quindt, zunächst ein großes Quadrat systematisch abzusuchen. Neben dem Piloten sitzend, beobachtete ich die Wasserfläche. Das Wasser war, wie immer in windstillen Zeiten, glatt und klar, man konnte den Grund erkennen. Überall um Tahiti herum gab es geringe Tiefen. Wenn ein Flugzeugwrack da unten lag, würden wir es früher oder später ausmachen.

Aber die Suche zog sich hin, ohne daß etwas geschah. Einmal kreisten wir eine Weile um eine Tonne, die metallisch glänzte, ein andermal war es ein gesunkenes Sportboot, das unsere Aufmerksamkeit erregte. Flugzeugtrümmer barg das von mir abgesteckte Quadrat jedenfalls keine. So nahmen wir uns das nächste vor.

Gegen Mittag warfen wir eine Boje ab, markierten damit die Stelle, an der wir die Pause einlegten, flogen nach Faaone zurück und leisteten uns auf der *Papara* ein Steak aus der Eisbox Mister Morgans. Und Bier natürlich. Als Quindt erfuhr, daß ich in Hongkong den Pilotenschein gemacht hatte, wenngleich auf einer Piper, vertraute er mir nach dem Start die Steuersäule an, und ich war erstaunt, daß meine Kenntnisse ausreichten, um die Hin- und Herflüge zu absolvieren. Die Instrumente glichen sich ohnehin bei den meisten dieser kleinen Flugzeuge, nur daß ein Amphibium schwerfälliger reagierte, als es die schnittigen Heuschrecken aus der Piper-Familie zu tun pflegten. Aber diesen Unterschied hatte ich bald im Griff, und nun konnte sich Quindt voll auf das Absuchen des Meeres unter uns konzentrieren.

Der Nachmittag brachte ebenfalls nichts. Quindt wiegelte ab, als ich am Abend auf der *Papara* über den Mißerfolg zu schimpfen begann: »Nun werd mal nicht gleich grau, so eine Suche kann Wochen dauern, und selbst dann ist nicht sicher, daß sie mit Erfolg endet!«

Er verschwand schließlich mit der Bemerkung, er müsse Kraftstoff zur Seabee schaffen lassen und den Motor durchsehen. Vielleicht wollte er auch noch schnell mit einer der Insulanerinnen ins Unterholz – meinetwegen. Ich vertiefte mich in Karten der Küstengewässer, die ich auf der *Papara* fand, markierte die abgesuchten Quadrate und steckte neue ab. Irgendwann streckte ich mich auf der Liege in der Kajüte aus, und ich schlief traumlos, bis mich der Duft von Kaffee und geröstetem französischen Brot weckte.

Eine Stunde später kurvten wir wieder draußen herum. Die Insel war gerade noch als schmaler dunkler Streifen am Horizont zu erkennen. Ich hatte mich inzwischen auf wochenlanges Suchen eingestellt, aber dies schien unser Glückstag zu sein, denn schon am Vormittag gab es die erste Überraschung. Ich wurde auf einen Reflex im Wasser aufmerksam, und Quindt begann zu kurven. Zuerst war da unten nur ein Glitzern, aus einem bestimmten Winkel wahrnehmbar, die Strahlen der Sonne brachen sich auf blankem Metall. Der Reflex verschwand und tauchte wieder auf. Quindt drückte die Maschine tiefer, und plötzlich erkannte ich durch das klare Wasser hindurch auf dem sandigen Grund das abgebrochene Ende einer Tragfläche: Wir schienen am Ziel zu sein!

Quindt setzte die Seabee auf. Während er den Anker herabließ, legte ich den Taucheranzug an samt Atemgerät und Flossen. Dann ließ ich mich aus der Tür ins Wasser fallen, nachdem Quindt mir noch den Schockstab in die Hand gedrückt hatte, für den Fall, daß sich ein Hai an mich heranmachte, was in diesen Gewässern durchaus möglich war.

Ich tauchte in die Richtung weg, in der ich das Bruchstück der Fläche geortet hatte. Probeweise suchte ich Grund auf, fand ihn bei achtzehn Metern, was eine verträgliche Tiefe für unser einfaches Gerät war. Als ich das Blechstück nach einer Weile gefunden hatte, stoben mir Schwärme von kleinen Fischen entgegen, die vermutlich im Gewirr der Spanten Deckung vor größeren Räubern gesucht hatten.

Keine Brandschwärzungen an den noch frisch wirkenden Rißstellen, keine Aufprallbeulen, nichts eigentlich, das Aufschluß über den Absturz geben konnte. Und nichts weiter als dieses Stück Tragfläche. Ich zog Kreise um die Stelle, in immer größerer Entfernung, bis meine Atemluftflasche zur Neige ging. Also tauchte ich auf und schwamm zur Seabee. Quindt hockte in der Tür und zog mich herauf. Wollte mich ablösen. Aber ich hielt nichts davon, hier weiterzusuchen. Schlug ihm vor: »Wir setzen eine Boje, und du läßt die Seabee ein paar Kilometer ostwärts schwimmen. Dort ankern wir wieder, und dann umkreisen wir nach und nach die Stelle. Immer rund um diese hier, sozusagen kleine Kreise absuchen ...«

Er knurrte: »Hört sich an, als hättest du das letzte Jahrhundert nichts weiter gemacht als den Meeresboden abgesucht. Haie?«

»Ein paar Rochen, sonst nichts Gefährliches.«

Mit gedrosselten Motoren schoben wir uns ostwärts, und ich erklärte Quindt meine Theorie: »Das Ding ist abgerissen. Abgebrochen. Ich weiß nicht, warum, möglich, daß es Wellenschlag gewesen ist. Das Leichtmetall bricht schnell. Kann selbst beim Untergehen einer sonst intakten Maschine passieren, daß die Flächen abknacken. Ich vermute, daß die Maschine in der Nähe liegt. Weit kann der Seegang die Fläche nicht getrieben haben ...

»Vielleicht hast du recht.« Er war immer noch der Meinung, es habe eine Explosion gegeben, zumal Ah Liu Feuerschein gesehen haben wollte.

Ich gab ihm zu bedenken: »Kleine Feuer sehen aus der Entfernung groß aus. Explosion – ja. Aber die Fläche muß nicht unbedingt dabei abgebrochen sein. Um das aufzuklären, brauchen wir Flugzeugingenieure, die das ganze Wrack analysieren.«

»Und dazu müßten wir erst einmal das Wrack haben!«

Als nächster tauchte Quindt. Wir zogen Kreise um Kreise, und es wurde Nachmittag, bis sich meine Vermutung bestätigte. Quindt kam hoch, schob die Brille auf die Stirn, spuckte das Mundstück aus, hob die Hand und brüllte: »Bonanza!«

Es war die Piper Cub. Coupe-Version. Auf der einen halbwegs erhaltenen Fläche die Nummer TP – R 22. Das Fahrwerk stak tief im sandigen Meeresboden. Die Nase mit dem Motor gab es nicht mehr. Wie weggesprengt. Hier mußte sich die Explosion ereignet haben. Nur zerfetztes Metall, abgerissene Kabel. Dafür war die Kabine kaum beschädigt, wenn man von den herausgebrochenen Scheiben absah. Die beiden Sitze lagen nebeneinander. Und hier erblickten wir das, was Fische in diesen Breiten von einem Menschen übriglassen – ein Skelett.

Wir waren beide einigermaßen überrascht, dann verständigte ich mich mit Quindt, daß ich es mir näher ansehen wollte. Er war ein rauher Bursche, aber ich vermutete, wie er mir später eingestand, zu recht, daß ihn die Besichtigung abgenagter Menschenknochen nicht unbedingt reizte. So blieb er mit gezücktem Hai-Schocker draußen, während ich die Einstiegsklappe aufzog und mich zu den Sitzen hinarbeitete, wobei ich kleine bunte Fische aufscheuchte und Quallen, die erschrocken davonsegelten.

Zehn Minuten brauchte ich, dann gab ich Quindt das Zeichen, und wir tauchten auf. Schwammen zur Seabee zurück. Ich warf eine Boje aus, griff nach einer Zigarette und nahm die Büchse Bier, die Quindt mir hinhielt.

»Scheißjob«, bemerkte er und nahm selbst einen Zug. Was gefunden?«

Das hatte ich, und nicht nur die kaputte Maschine mit dem Skelett. Ich wußte jetzt einiges mehr.

»Den Motor hat eine Explosion zerstört, keine Frage. Nur wodurch sie ausgelöst wurde, das ist der eigentlich interessante Punkt.«

Quindt grunzte, ohne das Gesicht zu verziehen; es konnte Wohlbehagen über das Bier sein als auch Unwille über den Job.

»Das Gerippe ist sehr wahrscheinlich das einer Frau.« Ich zeigte ihm einen Amethystring, das einzige, das ich aus der Kabine mitgenommen hatte, vom Finger des Skeletts. »So was trägt kein Mann.«

»Es sei denn, er ist schwul.«

Das war zwar ein Argument, aber Bruillard war nicht mit einem Schwulen abgeflogen, sondern mit Miß Kung. Und sie war es, die in der Maschine zurückblieb, das schien mir ziemlich sicher, während Bruillard sich von Ah Foong wegbringen ließ. Er wollte nicht mit ihr zusammen verschwinden, sondern allein.

Quindt vermutete: »Vielleicht wollte er sie verschwinden lassen, Partner. Es kommt vor, daß einem solche Damen unbequem werden mit der Zeit.«

Das war ein Gedanke, den ich auch hatte, nur konnte ich nicht beweisen, daß es so gewesen war. Doch es gab da einen anderen Hinweis: »Nach dem Höhenmesser zu urteilen, ist der Motor nicht vor Null explodiert.«

»Er steht auf Null?«

»Genau.«

»Dann hat er die Maschine aufgesetzt. Vielleicht ein Motordefekt. Vielleicht nicht einmal das. Er ist runtergegangen, hat sie ausgehungert, wie wir sagen, im letzten Augenblick das Höhenruder gezogen und sie dann aufgesetzt. So macht man das.«

Ich konnte ihm nur beipflichten. Das Höhenruder stand, wie ich gesehen hatte, in eben dieser von Quindt beschriebenen Stellung. Beim Aufklatschen war vermutlich die fortgeschwemmte linke Fläche abgerissen.

»Aber warum?« überlegte Quindt laut. »Ich meine, wenn er nicht tatsächlich das Ding simuliert hat, um die Dame loszuwerden ...«

Es schien mir an der Zeit, ihm meine letzte Beobachtung mitzuteilen: »Das wirst du gleich besser verstehen, wenn ich dir mitteile, daß jemand dieser Person, deren Skelett da unten liegt, genau in die Schläfe geschossen hat. Linke Seite. Kleines Loch. Zerschmetterter Knochen. Ausschuß hinten.«

Er nickte verständnisvoll, die Sache war für ihn klar, und erkundigte sich: »Und was machst du jetzt, Detektiv? Tauchst du wieder, um erste Hilfe zu leisten, oder läßt du den Rest lieber die Polizei erledigen?«

Ich hatte mich längst für die Polizei entschieden. Ein Skelett mit einem Loch im Schädel, in einer abgesoffenen Maschine, achtzehn Meter unter der Wasseroberfläche – das war nichts für einen Versicherungsmann, den ich darstellte. Nicht einmal für den Lim Tok, der ich in Wirklichkeit war. Also flogen wir zurück. Quindt war still geworden. Vielleicht hielt er nicht allzuviel von Polizisten und wäre ihnen lieber aus dem Weg gegangen. Nun, man würde ihn ohnehin kaum in einen Zusammenhang mit dem Skelett bringen. Ich stellte mir vor, was für ein Gesicht Sergent-Major Pignon wohl machen würde, wenn ich ihm eröffnete, was wir gefunden hatten.

Pignon sah mich an wie ein Kneipenwirt einen Gast ansehen würde, der eine halbe Minute vor Lokalschluß ein Glas Mineralwasser bestellt und dazu den Klosettschlüssel verlangt.

»Wer hat Sie ermächtigt, dort zu tauchen?«

Ich entgegnete sanft: »Dies ist ein freies Meer, Monsieur!«

Er schluckte das. Ließ sich dann nochmals genau beschreiben, was ich gefunden hatte, und verlor plötzlich jedes Interesse an mir. Er griff nach dem Telefonhörer und alarmierte seine Streitkräfte. Forderte aus dem Yachthafen einen Kran an und eine Menge Dinge, die ich noch nicht einmal vom Hörensagen kannte. Als ich im Begriff war, zu verschwinden, rief er mich zurück: »Morgen bei Sonnenaufgang sind Sie hier! Sie führen uns zu der Stelle, klar!«

Ich versprach es, obwohl selbst ein Polizist clever genug sein sollte, eine auf dem Meer tanzende Boje zu entdecken. Quindt und ich nahmen auf der *Papara* noch etwas Bier zu uns, dann hatten wir keine Lust mehr, Moskitos zu klatschen, und krochen unter die Netze. Ich war der Lösung ein Stück nähergekommen. Nur gab es so viele Elemente in dieser Sache, daß es immer schwerer wurde, Belangvolles von dem zu trennen, was sich just aus Zufall rund um das Verschwinden von Miß Kung noch ereignet hatte. Zu entwirren war dieses Knäuel wohl nur, wenn man Monsieur Bruillard erwischte. Nun hatte ich zwar eine Ahnung von der Richtung, in die er verschwunden war, aber das machte die Suppe noch nicht so recht warm ...

Ich hatte die französische Polizei unterschätzt. Sie setzten Taucher und einen Schwimmkran ein, und sie brachten es fertig, was von der Maschine übriggeblieben war binnen einiger Stunden auf einen Prahm zu packen, diesen zur Pier zu bugsieren, wo Lastwagen die Trümmer übernahmen. Pignon ließ die Bemerkung fallen, alles werde in eine Halle gebracht, wo Spezialisten es unter die Lupe nehmen sollten.

Das Skelett war um diese Zeit bereits in das französische Hospital abtransportiert worden. Es würde ebenfalls genau untersucht werden. Wir standen noch eine Weile an der Anlegestelle herum, und Pignon fragte mich, ob mit der Auffindung der Überreste Miß Kungs meine Aufgabe hier beendet sei.

»Handelt es sich denn zweifelsfrei um Miß Kung, die in dem Flugzeug umkam?« holte ich ihn vorsichtig aus. Den Amethystring erwähnte ich nicht.

Pignon, eine Gauloise im Mundwinkel, ohne zu blinzeln, erkundigte sich beiläufig: »Wie hieß sie eigentlich mit dem Vornamen?«

»Edith«, gab ich Auskunft.

Er stieß Qualm aus den Nasenlöchern, griff in seine Jackentasche und brachte in einem durchsichtigen Plastbeutel eines dieser kleinen Goldkettchen mit Namensschild zum Vorschein. Hielt es mir unter die Nase. »Sagten Sie Edith?«

Das Schild trug diesen Namen. Ich hatte das Kettchen wohl übersehen. Für Pignon war damit die Frage der Identität so gut wie erledigt. Für mich auch, aber ich würde trotzdem noch einiges zu tun haben, bis ich heimflog. Und ich beschloß, Pignon darauf vorzubereiten, indem ich mich erkundigte: »Ist Ihnen eigentlich aufgefallen, daß an der Absturzstelle nichts gefunden wurde, das darauf hinweist, wer die Maschine geflogen hat?«

Er spuckte den Rest der Gauloise aus. »Das ist mir aufgefallen, ja.« Nichts sonst.

Ich gab so schnell nicht auf. »Bringt das Sie nicht auf die Idee, der Pilot könnte noch leben?« Ich ließ das Schußloch in Miß Kungs Kopf aus.

Pignon nickte bedächtig. »Manches bringt mich auf diese oder jene Idee. Werden Sie nun heimfliegen?«

Ich grinste ihn an. »Sie müssen entschuldigen, aber es gibt in Miß Kungs Versicherung eine dieser Klauseln, bei denen zwischen natürlichem Tod, Unfalltod, Selbstmord und Mord unterschieden wird.«

»Selbstmord scheidet wohl aus. Sie bleiben also?«

»Muß ich das nicht schon wegen des Mordes an Mister Morgan?«

»Müssen Sie nicht mehr.«

»Ich bleibe trotzdem noch, bis die Todesursache einwandfrei geklärt ist.«

»Hm«, machte er nachdenklich. Sah mich mit einem gespielt trägen Blick an und meinte dann: »Ich kenne die Vorschriften bei Ihnen in Hongkong nicht so genau, Mister Lim Tok, aber in unseren Territorien ist kriminalistische Tätigkeit an eine Genehmigung der Behörden gebunden. Wird gut sein, wenn Sie das berücksichtigen ...«

Der Wink mit der Telegrafenstange! Jetzt blinzelte er, ohne daß ihm Qualm in die Augen gestiegen war. Kannte er meine tatsächliche Identität? Oder hatte er nur Vermutungen. Sollte mir egal sein.

»Ich werde daran denken«, versprach ich fromm. »Aber ich würde natürlich sofort abreisen, wenn Sie darauf bestehen. Und die französische Regierung. Wenn es sozusagen das Gesetz verlangt ...«

Er winkte ab. »Werden Sie nicht ulkig. Kommen Sie uns nicht in die Quere. Und vergessen Sie nicht, uns vor Ihrer Abreise zu informieren.« Damit tippte er an seinen Starkasten und latschte zu seinem Jeep. Ich wünschte ihm, daß das sonnenheiße Leder des Sitzes ihm den Hintern verbrannte.

Als ich in Ah Lius Laden ans Telefon ging, verließ er den Raum, ohne daß ich ihn dazu auffordern mußte. Besser gesagt, er schlich davon. Sung Li, der Reisebüromanager in Papeete, meldete sich sofort. Nachdem ich ihn über all das, was vorgefallen war, informiert hatte, schwieg er ein paar Sekunden, bis er schließlich hervorbrachte: »Unglaublich. Soll ich mich um diesen Ah Foong kümmern?«

Ich riet ihm davon ab, die Wölfe sogleich gegen den Burschen zu mobilisieren. Das hatte Zeit. Er war ein kleiner Fisch. Wichtig war, mit Eugene Hsu zu telefonieren. Nur er konnte entscheiden, ob ich mich zufriedengeben oder meine Nase auf die Spur Bruillards setzen sollte. Sung Li versprach, das sofort zu erfragen

»Keine Bezahlung für das Gespräch«, teilte ich dem draußen hockenden Ah Liu mit. »Schmerzensgeld für das Ding mit dem Paddel.«

Er protestierte nicht. Zog eine Büchse Hinano für mich auf und schwieg.

»Ist dein Bruder schon zu Bruillard unterwegs, um ihn zu warnen?«

Er schüttelte den Kopf, aber er wirkte dabei nicht sehr überzeugend. »Wir wollen hoffen, er tut es nicht. In der Familie haben wir darüber gesprochen. Er weiß, daß er falsch gehandelt hat. Und er bedauert es jetzt sehr, daß er sich durch das Geld verleiten ließ.«

Von der Sorte kamen noch einige Bemerkungen, die mich alle nicht sehr glücklich stimmten. Aber ich ging behutsam vor. Es war möglich, daß ich Ah Foong noch brauchen konnte.

»Was würde dein Bruder tun, wenn ich Pignon, diesem Flic, nicht verrate, daß Monsieur Bruillard noch lebt und er ihn weggebracht hat.«

»Alles, Mister!«

Im Laden schlug das Telefon an. Sung Li teilte mir mit, Eugene Hsu sei an der Aufklärung des Mords gelegen. Das genügte mir.

Ah Liu saß noch so vor dem Laden, wie ich ihn verlassen hatte. »Hör zu, Freund«, teilte ich ihm mit, »ich lasse mit mir handeln. Ich könnte mich nicht erinnern, daß ich von deinem Bruder jemals auch nur den Namen Monsieur Bruillard gehört habe. Aber das kostet.«

»Wieviel?«

»Sag Ah Foong, er soll morgen früh, eine Stunde vor Sonnenaufgang, dort sein, wo die *Papara* liegt. Den Rest mache ich mit ihm selbst aus.«

Den Abend verbrachte ich über einer Touristenkarte der Insel. Mich interessierte die Gegend um Papeari auf der Westseite Tahitis, entdeckte, daß es dort außer dem Gauguin-Museum einen Botanischen Garten mit Dschungelabteilung und die Wasserfälle von Waipahi gab. Und außerdem eine Reihe luxuriöser Alterssitze französischer Pensionäre aus verschiedenen einträglichen Branchen, die verstreut in der Nähe des Waihiria-Sees lagen. Eine paradiesische Gegend offenbar.

Der entscheidende Einfall kam mir erst nach mehreren Büchsen Hinano, als das Bordradio Musikwünsche von Touristen erfüllte und Quindt, auf dem Sofa liegend, seelenvoll zu Elvis Presleys keuchendem Organ »Early Morning Rain« mitsummte. Anschließend ließ eine Madame Taussirot ihren sich auf Kreuzfahrt vor Moorea oder Bora Bora befindenden Sohn Pierre grüßen und wünschte ihm guten Wind: Papeari hatte eine kleine private Radiostation, die schmusiges Urlaubsgedudel für Touristen ausstrahlte, vermischt mit Reklame und lokalen Nachrichten, etwa über die Anwesenheit Prominenter oder die heilsame Wirkung von provenzalischen Kräutersalben bei Hitzepickeln. Ein wortgewandter Diskjockey nudelte das alles in Französisch und Englisch ab. Er erzählte, daß Mademoiselle X wieder einmal mit Monsieur Y zusammen gesehen worden war oder daß die Aktrice Soundso gestern in Pepes Taverne in Tautira zu fortgeschrittener Stunde oben enthüllt Hula-Hula getanzt habe, auf einem Tisch. Ihre Paradiesäpfel seien dabei von einigen Rüpeln Paradiesbirnen genannt worden, worauf sie wütend ...

»Phil!« rief ich. Der Pilot fuhr erschrocken von seinem Sofa hoch, sein Blick war noch etwas verklärt von der bildlichen Vorstellung des Obstes der Aktrice Soundso. »Kannst du die Maschine hier liegenlassen und mit mir nach Papeari fahren?«

Er nahm einen Schluck Bier. Schüttelte den Kopf. »Zu gefährlich. Hier gibt's Stürme. Im Leihvertrag steht, bei Sturmwarnung ist die Kiste sofort nach Faaa zurückzubringen.«

»Aber das könntest du auch von Papeari aus tun, oder?«

»Keine Frage, von wo aus ich fliege.«

»Dann fliegen wir morgen früh nach Papeari, an die Westküste. Lassen die Yacht hier.«

Er nickte gottergeben. Murmelte, solange er bezahlt würde, mache er alles, was ich verlange, er würde selbst das Obst der Mademoiselle Soundso pflücken.

Ah Foong erschien am Morgen nicht. Ich hatte auch kaum mit ihm gerechnet. Also flogen wir ab. Die Radiostation von Papeari war in einer Kolonialvilla untergebracht, nicht weit vom Dschungelpark entfernt. Wir fanden sie ohne Schwierigkeiten, nachdem wir die Maschine im Bootshafen untergebracht hatten. Der Flug über die Landenge hatte nur zehn Minuten gedauert. Die Westküste unterschied sich von der östlichen so gut wie gar nicht. Die gleichen hellen Strände, die hohen Palmen, die geschwungenen Dächer der traditionellen Behausungen und die knallweißen Fassaden der Hotels. Touristengewimmel, Musik, gebräunte Haut und die sanft gekräuselte See mit ihrem unglaublichen Blau für die Augen und dem Tanggeruch für die Nase.

Die Kolonialvilla war vor längerer Zeit an eine Firma verkauft worden, die von Eiscreme bis zu Schwimmflossen alles vertrieb, was man den sonnenhungrigen Urlaubern andrehen konnte. Der Sender gehörte ihr auch. Und der Jockey namens Uso Mahehe, ein smarter junger Einheimischer, war der Schwiegersohn des Besitzers und zeichnete sich dadurch aus, daß er fast alle unanständigen Ausdrücke der amerikanischen Umgangssprache ebenso beherrschte wie die der französischen. Dabei besaß er die Gabe, unwiderstehlich zu lächeln. Quindt lobte beide Fähigkeiten neidlos, und im Austausch erfuhren wir, daß Mahehe zwei Jahre in Pago Pago gearbeitet hatte, auf Amerikanisch-Samoa, bei einer Reklamefirma, die samoanische Holzschnitzereien vertrieb und Softdrinks aus den Staaten. Er war aufgeschlossen, freute sich über unseren Besuch und legte sofort eine Langspielplatte auf, um sich ungestört mit uns unterhalten zu können.

Ich war des Herumtappens im Dunkel dieses angeblichen Versicherungsfalles langsam müde. So schön Tahiti war, es wurde Zeit, daß ich meine Gegenspieler endlich derart provozierte, daß sie aus ihren Löchern kamen. Erfahrungsgemäß waren Fälle wie dieser nur zu lösen, wenn man den Gegner dazu brachte, sich unbedacht zu exponieren. Genau das wollte ich mit Hilfe des kleinen Senders bewerkstelligen, vorausgesetzt, der Jockey spielte mit.

Deshalb zog ich ihn einfach ins Vertrauen, bei einer stilvoll mit Blüten umkränzten halben Kokosnuß voller Vanillewasser. Ohne Alkohol. Wir saßen auf der Veranda des Hauses, und ich schilderte

Mahehe, was sich mit Miß Kung und Monsieur Bruillard zugetragen hatte. Überraschenderweise erinnerte er sich an den Flugzeugabsturz, er hatte die Meldung davon selbst über seinen Sender *Tahiti Live* verbreitet.

Uso Mahehe war ein intelligenter Bursche des Typs, der, ohne es darauf anzulegen, stets wie der sympathische Junge von nebenan wirkt. Jetzt zog er die Augenbrauen hoch und vergewisserte sich: »Sie haben die ... nennen wir es: die sterblichen Überreste der Dame gefunden?«

»Und die Maschine, ja.«

»Und der Pilot?«

»Damit sind wir beim Thema, Mister Mahehe«, sagte ich. »Seinetwegen sind wir hier. Sie könnten uns ohne eine kleine Hilfe leisten. Der Pilot war nicht in der Maschine. Keine Überreste. Nun gibt, vielmehr gab es in Faaone einen ehemaligen Freund, der nach ihm suchte. Aus persönlichen Gründen. Er hatte Hinweise, daß Bruillard nach Faaone kommen würde. Ich lernte ihn eines Nachts kennen. Noch in derselben Nacht wurde er erschossen ...«

Er warf mir einen fragenden Blick zu. »Sie haben damit nichts zu tun, Sir?«

»Mit dem Tod des Mannes nicht das geringste. Ich erfuhr aber im Zusammenhang damit, daß Monsieur Bruillard noch lebt. Und ich will ihn haben. Ich vermute, er hält sich in dieser Gegend hier auf.«

Er war clever, und er begriff sogleich, was ich im Sinn hatte. »Sie wollen ihn aus seinem Versteck locken? Was ist, wenn er auch Sie erschießt? Wie seinen Partner ...«

Das würde ich zu vereiteln wissen, und ich sagte ihm das. Er hatte Zweifel, ob mir das gelingen würde, erklärte jedoch: »Gut, ich helfe Ihnen. Vorausgesetzt, Sie halten mich persönlich aus der Sache heraus. Was kann ich tun?«

Ich schob ihm ein Stück Papier hin und einen Parker, und dann diktierte ich ihm die Meldung, die er verbreiten sollte. Er notierte sie auf Französisch, las sie mehrmals durch, schließlich gab er mir meinen Parker zurück und sagte: »Okay, morgen früh. Zwei Wiederholungen, mittags und abends. Einverstanden?«

Auf der Langspielplatte lief das letzte Stück. Mahehe erhob sich. Wir hielten ihn nicht länger auf. Flogen zurück nach Faaone.

Am nächsten Morgen war ich bei Sonnenaufgang aus der Koje, warf einen Blick über die Anlegestelle mit den Booten, schüttete mir einen Eimer Wasser über den Kopf, aß ein schnell aufgebakkenes Croissant und hockte mich vor das Radio.

Quindt brannte sich gerade seine erste Zigarette an, als Uso Mahehe drüben in Papeari »Back to Moana« ausblendete und den Text sprach: »Liebe Inselfreunde, Sie werden sich an den tragischen Flugzeugunfall vor Faaone erinnern, er liegt noch nicht lange zurück. In der Maschine befanden sich der Pilot, Monsieur Etienne Bruillard, Hotelbesitzer in Papeete, und Miß Edith Kung, Angestellte eines Reisebüros der Hauptstadt. Die Polizei ließ damals verlauten, die kleine Privatmaschine sei offenbar über dem Meer explodiert, es gäbe keine Überlebenden, die Absturzstelle sei nicht bekannt. Dies ist nun durch die Aktivitäten des Versicherungsermittlers Lim Tok aus Hongkong als voreilige Annahme aufgedeckt worden. Die Maschine explodierte nicht über See, sie lag verhältnismäßig gut erhalten auf dem Meeresgrund, ihre Absturzursache ist demnach mysteriös. Noch dazu fand Mister Lim Tok, der sich auf der Yacht *Papara* in Faaone aufhält, im Flugzeugwrack die Überreste einer weiblichen Person mit Schußlöchern im Schädel. Von dem Piloten, Monsieur Bruillard, fand sich keine Spur. Und im Zusammenhang damit ist interessant, daß erst vor wenigen Tagen ein Herr aus Kanada, ein ehemaliger Geschäftspartner von Monsieur Bruillard, in einem Bungalow in Faaone mit einem Kopfschuß tot aufgefunden wurde. Dies alles trifft etwas merkwürdig zusammen. Mister Lim Tok, den wir danach befragen wollten, vertröstete uns auf später, wenn – in einigen Tagen, glaubt er – seine Erkenntnisse schlüssiger sein würden. Die Polizei in Faaone hat zwar die Überreste der Toten und die Maschine geborgen, Mister Lim Tok erhielt bisher jedoch keinen Aufschluß über ihre Untersuchungsergebnisse. Mister Lim Tok, ein erfahrener Ermittler, äußerte, es werde in Kürze überraschende Enthüllungen in diesem seltsamen Fall geben. Wir werden darüber berichten. Und hier ist nun die am meisten gewünschte Platte der Woche ...«

In die Musik hinein sagte Quindt grinsend: »Okay. Wenn an der Kiste etwas faul ist, haben wir spätestens heute nacht den ersten Besuch auf dem Hals.«

Das hoffte ich. Und wir würden auf den Besuch vorbereitet sein.

In Ah Lius Laden kaufte ich eines dieser leichten Campingzelte, von denen am Ufer, dort, wo der Sand aufhörte und Grasboden begann, einige herumstanden, denn es gab immer noch – oder schon wieder – die naturbesessenen Touristen, die das Nylondach der miefigen Kammer vorzogen und sich am Morgen lieber in der Lagune erfrischten als unter der Hoteldusche mit dem leicht brakkigen Wasser, bevor sie sich an einem Grill ihr Frühstück kauften. Wir stellten es auf und brachten unsere persönliche Habe darin unter. Durch den Einstieg konnte man die *Papara* sehr gut beobachten, auch die Anlegestelle. Und wir hatten das Nachtglas aus der Kajüte mitgenommen, außerdem Gewehre und einige andere nützliche Utensilien.

Den Tag verbrachten wir faul am Strand, wir wurden nur einmal gestört, als Sergent-Major Pignon erschien und sich harsch erkundigte, was wir diesem Radioschwätzer denn alles an unbestätigten Vermutungen aufgetischt hätten.

Er stand schwitzend vor der Matte, auf der wir lagerten, und er machte keinen guten Eindruck, als ich ihn fragte, ob es neuerdings in französischen Kolonien verboten sei, mit der Presse zu sprechen.

»Die Ermittlungen laufen noch«, dozierte er. »Kann sein, sie werden durch Ihre Indiskretionen behindert!«

Ich hielt ihm entgegen, daß sie dadurch auch befördert werden könnten, aber das machte ihn noch mürrischer.

»Wir haben ausländische Schnüffler nicht so gern, wenn sie uns ins Handwerk pfuschen.«

»Das ist sehr schade, Monsieur«, bedauerte Quindt. »Wir nämlich lieben die französische Polizei geradezu, weil sie so gewissenhaft ermittelt!«

Ich bot Pignon eine Büchse Bier aus unserer gutgefüllten Kühlbox an, aber er lehnte gekränkt ab. Polizisten haben wohl immer etwas gegen Amateure, auch wenn sie findig sind. Oder vielmehr gerade dann!

Den Nachmittag verschliefen wir. Sobald es dunkel wurde, beobachteten wir abwechselnd aus dem Zelt heraus durch das Glas die *Papara* und die Umgebung der Anlegestelle, die verwaist war, weil die Urlauber weiter südwärts wieder eines der Strandfeste genossen. Ich vertraute auf meinen Instinkt. Quindt äußerte sich zurückhaltend dazu, aber er machte mit. Den kleinen Peugeot, in dem ich von Papeete hierhergekommen war, hatten wir unweit des Zeltes in einer Ansammlung von Bananenstauden geparkt, er war nahezu unsichtbar. Daneben stand die »Ente« von Mister Morgan. Wir hatten sie, nachdem sich die Polizei nicht weiter für sie interessierte, fahrbereit gemacht, denn sie spielte in meinem Plan eine gewisse Rolle.

Schließlich wurde es still. Die Musik verebbte nach und nach, und die Touristen trollten sich. Verschwanden mit oder ohne Hula-Mädchen in ihren Zelten oder suchten ihre schweißtreibenden Hotelzimmer auf. Das Wasser rollte sanft auf den Strand. In der Ferne ratschte die Brandung über die Riffe. Nachtvögel gurrten. Über dem Meer stand eine kräftiggelbe Mondsichel: Faaone ging schlafen.

Es war nach Mitternacht, als wir das Motorgeräusch hörten. Es kam von Norden, von der schmalen Küstenstraße, die von Papeete herführte. Ein gleichmäßiges Schnurren, das sich stetig näherte. Als es abbrach, waren die Scheinwerfer des Fahrzeuges bereits zu erkennen. Sie verloschen, als der Motor abgestellt wurde.

Quindt wußte, was er zu tun hatte. Er schlich zu Morgans »Ente«, hockte sich hinter das Lenkrad und verhielt sich still. Eine halbe Stunde dauerte es noch, bis die Gestalt durch das Nachtglas zu erkennen war. Sie näherte sich am Rande der Straße. Ein großer, kräftiger Mann in einem Taucheranzug aus schwarzem Nylon. Das Gesicht war nicht zu erkennen, aber ich sah, daß der Mann in der einen Hand Schwimmflossen trug, in der anderen ein undefinierbares Päckchen. Er bewegte sich immer vorsichtiger, je näher er der Anlegestelle kam. Schließlich lehnte er sich an eine Palme und beobachtete lange Zeit unsere Yacht, auf der nur eine schwache Decklampe brannte. Im Mondlicht blinkte seine Taucherbrille, die er auf die Stirn geschoben hatte. Und dann strebte er entschlossen dem Wasser zu, legte die Schwimmflossen an, zog die Brille vor die Augen, steckte den Atemschlauch, der zur Gemischflasche auf seinem Rücken führte, in den Mund und watete ins Lagunenwasser, das Päckchen an die Brust gedrückt. Am Gürtel konnte ich eine Unterwasserlampe erkennen, dann tauchte er ein und war verschwunden.

Ich hob die Hand. Das war das Zeichen für Quindt, der den Motor der »Ente« anließ und mit dem in den Federn schwankenden Gefährt nordwärts verschwand, dorthin, wo das Fahrzeug des Mannes stehen mußte. Er machte kein Licht an. Als ich den Motor nicht mehr hörte, suchte ich, nun vor dem Zelt stehend, noch einmal das Wasser um die *Papara* herum ab, und dann folgte ich Quindt zu Fuß. Ich nahm eines der Remingtongewehre mit, die wir in der Yacht gefunden hatten.

Es war so gekommen, wie ich erwartet hatte. Wer immer der Gegenspieler war, die Radiomeldung hatte ihn aufgescheucht, er fühlte sich zum Handeln gedrängt. Jetzt kam es darauf an, ihn zu überraschen und zum Reden zu bringen. Ich gelangte zu einem Frangipanigebüsch am Rand der Straße, ziemlich verwildert, mit Riesenfarnen durchwachsen. Weiter vorn konnte ich undeutlich die Umrisse eines abgestellten Autos erkennen. Quindt mußte mich gesehen haben, denn er ließ kurz sein Feuerzeug aufblitzen. Warten war angesagt. Es würde sich bald herausstellen, ob meine Rechnung aufging.

Wahrscheinlich wollte der Unbekannte in der Nacht einen Anschlag auf mich verüben und dann mit dem Auto unbemerkt verschwinden. Die Taucherausrüstung ließ vermuten, daß er mich nicht einfach durch einen Schuß umbringen wollte. Hatte er vor, das Boot zu versenken? Und wenn ich dabei mit dem Leben davonkäme? Nach meiner Erfahrung konnte hier Sprengstoff im Spiel sein. Und in demselben Augenblick, als ich den Unbekannten innerlich dafür verwünschte, daß er die schöne Yacht zerstören würde, erinnerte ich mich an etwas, das ich vor gar nicht langer Zeit gleichsam nebenbei zur Kenntnis genommen hatte. Ich ahnte, wer der Mann in der schwarzen Taucherhaut war. Doch selbst wenn das zutraf, blieb noch immer die Frage, weshalb Miß Kung hatte dran glauben müssen ...

Es dauerte beinahe noch eine halbe Stunde, bis ich das erste Geräusch hinter mir hörte. Leise, tastende Schritte auf dem Asphalt der Straße. Dann sah ich die Gestalt herankommen. Wieder gelang es mir nicht, das Gesicht des Mannes zu erkennen, denn er trug noch den Taucheranzug, der lediglich einen Teil des Gesichts frei ließ. Er blieb an dem abgestellten Auto stehen, öffnete die Kofferraumklappe, streifte das Atemgerät und den Anzug ab, stand ein paar Sekunden nackt da, bevor er Hemd und Hose überzog. Er warf die Klappe zu, stieg ein und betätigte den Anlasser. Ich war mit ein paar Sprüngen dicht hinter dem Auto, blieb aber im Dunkeln.

Quindt hatte gut vorgearbeitet, der Wagen sprang nicht an. Einige Male versuchte der Unbekannte, den Anlasser zu starten, schließlich kletterte er wütend aus dem Wagen und schob die Motorhaube auf. Ich schlich mich seitlich heran, das Gewehr im Anschlag.

In diesem Augenblick tauchte Quindt hinter dem Unbekannten auf und sagte: »Just a moment, Sir, ich habe da eine Frage ...«

Der Mann fuhr herum und begriff. Er zögerte nicht, sprang Quindt blitzschnell an. Da erkannte ich ihn. Das Mondlicht erhellte das Gesicht mit der markanten Hakennase: Monsieur Edmond Leroy, Rezeptionschef des *Lagoon* in Papeete. Sollte ich überrascht sein?

Er unterschätzte Quindt. Der Amerikaner hatte einen handlichen Bambusknüppel bereit. Statt zum Hieb auszuholen, stieß er ihn Leroy in den Unterleib. Der kräftige Mann aus dem *Lagoon* ging mit einem Grunzlaut in die Knie. Aber er gab sich noch nicht geschlagen. Am Boden kauernd, fischte er eine Pistole aus dem Hosenbund. Das war das Signal für mich. Ich trat noch einen Schritt um den Wagen herum und hieb Leroy den Kolben der Remington ins Genick. Er blieb still liegen.

Während ich ihn bewachte, durchstöberte Quindt den Kofferraum. Er kehrte mit einem Abschleppseil aus Nylon zurück, und wir verschnürten Arme und Beine des Franzosen auf dessen Rücken, so daß er keine Chance hatte, sich zu bewegen. Die Pistole steckte ich ein. Quindt holte aus dem Verbandkasten eine Rolle Heftpflaster und hielt sie bereit. Ich rüttelte den Bewußtlosen, bis er das erste Lebenszeichen von sich gab. Er öffnete die Augen, erkannte mich und stieß einen Fluch aus. Ich schlug ihm mit der flachen Hand ins Gesicht und sagte: »Ganz ruhig, Leroy! Was haben Sie mit dem Paket gemacht, das Sie bei sich hatten? Falle an Deck? Oder Zeitzündung unter dem Kiel? Es war doch Sprengstoff, wie?«

Als er nicht antwortete, verlor Quindt die Beherrschung und trat ihn in die Seite. Er jaulte auf, aber er sagte nichts.

»Okay«, entschied ich und gab Quindt ein Zeichen. Er verklebte ihm den Mund mit Heftpflaster. Dann flitzte er davon, und Sekunden später rollte er mit der »Ente« an. Wir hievten den Franzosen auf den Rücksitz, und Quindt lenkte das kleine Fahrzeug in mäßigem Tempo bis zum Anlegesteg, wo die *Papara* lag.

Zu zweit schleppten wir Leroy an Deck. Ich sah, daß ihm der Schweiß ausbrach. Seine Augen verrieten Angst. Zugleich stieß er hinter dem Heftpflaster drängende Laute aus. Ich riß ihm das Pflaster ab.

»Und? Wo ist die Sprengladung?«

»Bitte!« keuchte Leroy. »Nicht hierbleiben!«

»An Deck?« Ich fürchtete, daß es jeden Augenblick den großen Knall geben könnte, tat aber so, als ob ich nicht zu beeindrucken sei. »Nein, nicht ... an Deck ...«

»Also unterm Kiel. Wieviel Zeit bleibt?«

»Minuten ...«, keuchte er.

Er hatte das Zeitgefühl verloren. Seine Nerven begannen zu versagen. Bemerkenswerte Erscheinung bei einem Mann, wie er es war. In der Absicht, ihm den Schock seines Lebens zu verpassen, drohte ich: »Wir lassen Sie in der Kajüte liegen, Monsieur. Oder Sie packen aus. Über alles. Na ?«

Er schwieg, schwitzte. Aber er verhielt sich letztendlich genau so, wie ich es kalkuliert hatte. Kein Mensch unterläßt Schwimmbewegungen, wenn er im Wasser liegt und noch eine Chance sieht, an Land zu kommen. Er knurrte, mühsam um eine Art Bärbeißigkeit bemüht, hinter der er seine Angst zu verstecken suchte: »Weg von dem Schiff! Es sind wirklich nur Minuten! Und – ich habe nichts gegen Sie. Das ist ein Auftrag!«

Ich registrierte, wie Quindt von einem Fuß auf den anderen trat. Kein schönes Gefühl, auf einer Konstruktion aus dünnem Holz zu stehen, unter der die Zeituhr einer Plastbombe tickt. Trotzdem bewahrte ich Gleichmut. Nach außen.

»Ein Auftrag wie der, Miß Kung zu erschießen?«

»Bitte!« flehte er. Dann: »Ich habe mit Miß Kungs Tod nichts zu tun!«

»Sie sind der letzte, den ich fragen kann. Bruillard ist tot.«

Damit hatte ich sozusagen den Abzug der Kanone berührt.

Er bettelte: »Von Bord! Retten Sie sich. Mich auch. Ich sage Ihnen, was ich weiß. Bruillard ist nicht tot. Schnell ...!«

Ich legte meine Hände auf den Rücken. Wenn sie zitterten, dann durfte es Leroy wenigstens nicht sehen. Quindt mußte meine Taktik begriffen haben, er hörte auf zu trampeln. Und wir kamen beide damit durch, denn der große, starke Leroy, der furchteinflößende Kerl, dem zwei Finger fehlten, die er vermutlich bei einer mißglückten Sprengung verloren hatte, baute so total ab, daß er nur noch stottern konnte: »Mister Lim Tok, bitte, sehen Sie es ein, das Ding fliegt jeden Augenblick hoch, und wir sind ... Atome! An Land sage ich Ihnen alles, was ich weiß!«

Ich räusperte mich und sagte wie ein kaltblütiger Mann, der viel Zeit hat, während es in meinen Därmen zu rumoren begann: »Das hoffe ich für Sie. Wenn nicht, verlieren Sie mehr als nur zwei Finger.«

Quindt kommandierte ich: »Pack an!«

Wir legten ihn auf dem Streifen Sand vor unserem Zelt ab, als die Hölle losbrach. Es begann mit einem dumpfen Rumpeln, das in einem hell peitschenden Knall endete. Flammenschein zuckte über uns hinweg. Um uns herum flogen Holzstücke und andere

Teile der *Papara,* sausten bis an den Saum der Hibiskusbüsche und krachten dahinter an Palmenstämme.

Ich selbst bekam eine Latte ins Kreuz, zum Glück war sie dünn, und sie warf mich nicht um. Vorsichtshalber ging ich ebenso wie Quindt zu Boden, spürte die fauchende Druckwelle der Explosion, die Trümmer, und im nächsten Augenblick klatschte eine Fontäne Wasser über uns herab.

Ebenso plötzlich wie das Getöse begonnen hatte, trat wieder Stille ein. Kein Prasseln von Flammen, nichts. Nur daß alle Papageien in den Strandbäumen zu krakeelen anfingen. Ein Blick zurück bestätigte meine Vermutung: Die *Papara* gab es nicht mehr. Auch Teile des Anlegesteges waren zerborsten. An der Stelle, wo die Yacht gelegen hatte, quirlte das Wasser.

»Los!« forderte ich Quindt auf. Jede Sekunde konnte der erste Neugierige erscheinen.

Unser Zelt lag so tief und war so niedrig, daß die Druckwelle darüber hinweggegangen war. Wir zerrten den gefesselten Leroy unter die Plane, klebten ihm wieder ein Heftpflaster auf, ermahnten ihn, sich still zu verhalten, und dann waren draußen schon die ersten Geräusche.

Von den Touristenunterkünften her rannten die Wächter auf den Anlegesteg zu, gefolgt von Urlaubern, die in ihren bunten Schlafanzügen aussahen wie Papageien, die jemand nachts von den Ästen gescheucht hatte. Wir mischten uns unter das Volk und hatten die ramponierte Anlegestelle gerade erreicht, als hinter uns der Polizeijeep heranpreschte.

Sergent-Major Pignon stapfte herbei und besichtigte den Schaden. Von der *Papara* schwammen nur noch handliche Trümmer auf dem Wasser, dazwischen ein zerfetzter Bademantel und ein paar aufgeblasene Gummikissen. Überall glänzten die Silberbäuche toter Fische. Ein ziemlich trostloser Anblick für einen Urlaubsort, selbst bei Nacht.

»Ihre Yacht?« erkundigte sich Pignon lauernd. Wir hatten uns an ihn herangeschoben. Es war ohnehin unvermeidlich, daß wir von ihm ausgefragt wurden.

»Leihboot aus Papeete«, sagte ich so ruhig wie möglich. »Hatte Mister Morgan sich ausgeliehen. Wir haben es nach seinem Ableben im Einvernehmen mit der Agentur als neue Pächter benutzt.«

»Und? Gasflasche hochgegangen?«

Ich zuckte die Schultern. »Monsieur Pignon, wir sind ebenso überrascht wie Sie. Keine Ahnung, was da geschehen ist.«

»Es ist explodiert, das sehen Sie doch!« fuhr er mich an.

Ich ließ mich nicht auf Streit ein. Polizisten zu provozieren zahlt sich nie aus. Deshalb gab ich sachlich zurück: »Ich sehe es. Aber wir waren nicht an Bord. Haben gestern unser Zelt da drüben aufgestellt. Wollten in der Nacht doch lieber festen Boden unter dem müden Hintern haben. Das Boot war vorschriftsmäßig festgemacht. Gasflaschen waren übrigens nicht an Bord. Die *Papara* besaß ein Elektroaggregat, gekocht wurde mit Strom.«

»Brennbare Substanzen an Bord?«

Ich ließ mir Zeit. Schüttelte dann den Kopf. Ganz ernster Mann. »Der übliche Kraftstoff. Aber der Tank war gegen Auslaufen gesichert.«

»Waffen?«

»Nun, von Mister Morgan waren zwei oder drei Jagdflinten an Bord zurückgeblieben. Dazu eine Handvoll Munition. Schrot, wenn ich richtig gesehen habe. Da war nichts, das von selbst eine solche Katastrophe hätte auslösen können. Ich werde mich am Morgen sofort mit der Agentur in Verbindung setzen und den Vorfall melden. Im Augenblick bin ich froh, daß wir an Land schliefen ...«

Er knurrte etwas, brannte sich eine Zigarette an und sah zu, wie die beiden mit ihm erschienenen Polizisten die demolierte Anlegestelle mit weißrotem Band absperrten. Ich wagte mich mit einer unverfänglichen Frage vor.

»Wie ist das, Sergent-Major, wird die Polizei der Agentur gegenüber bestätigen, daß wir zur Zeit der Explosion gar nicht an Bord waren und daher auch nicht als unvorsichtige Verursacher in Frage kommen?«

Er sah an mir vorbei. »Wenn Sie drauf gewesen wären, hätte es Sie zerrissen. Dumme Frage.«

»Aber die Versicherung könnte ihre Leistung davon abhängig machen, Monsieur!«

Er spuckte einen Tabakkrümel von der Zunge. »Das müssen Sie ja wissen, Sie sind doch Versicherungsermittler, oder?«

»Eben deshalb!«

Kurz und barsch beschied er mich: »Die Polizei wird ihren Bericht machen. Wenn die Versicherung will, kann sie ihn einsehen. Wann sind Sie fertig hier?«

Da war wieder dieser drohende Unterton, der andeutete, daß die Polizei mit niemandem weniger gern zu tun hat als mit Detektiven, egal ob sie für eine Versicherung arbeiten oder in einem privaten Büro. Ich beschloß, ihn nicht unnötig zu reizen, konnte es mir aber trotzdem nicht verkneifen zu fragen: »Stört meine Anwesenheit?«

»Ja«, sagte er direkt. »Seit Sie hier sind, wurde ein Mord verübt, ein Gerippe mit Kopfschuß gefunden, und nun hat es eine Explosion gegeben. Vermutlich bricht als nächstes ein Vulkan aus. Wir haben solche Aufregungen hier nicht so gern. Dies ist eine friedliche Insel. Mit Besuchern, die sich nicht fürchten wollen. Sonst verziehen sie sich nämlich nach Samoa. Klar?«

»Schon. Aber ich habe den Mord nicht verübt. Als die Kugel den Kopf von Miß Kung traf, war ich noch gar nicht auf Tahiti. Und für diesen Knall hier kann ich auch nichts!«

»Wenn morgen Ihr Flugzeug da draußen in Flammen steht und die Jauche in die Lagune läuft – wollen Sie wissen, was ich dann mit Ihnen mache? Mit Ihnen beiden?«

»Nein, Monsieur. Ich hoffe nur, Sie werden dann nicht ungerecht sein.«

»Absolut nicht. Ich werde Ihnen lediglich Handschellen anlegen und Sie nach Papeete transportieren lassen. Denken Sie daran!«

Damit trat er den Stummel seiner Gitane aus und stapfte durch den Sand zu seinem Jeep, wobei er den Neugierigen empfahl, wieder schlafen zu gehen, es gäbe nichts mehr zu sehen, es sei denn, die beiden Herren aus Hongkong planten noch eine weitere Überraschung.

Edmond Leroy schnaufte jämmerlich, als wir ins Zelt krochen. Vermutlich war ihm Sand in die Nase geraten. Wie ich die Wirkung eines Schlages auf den Kopf kannte, mußte er auch einen ziemlichen Brummschädel haben.

Ich riet ihm, sich still zu verhalten, weil ihn sonst die Polizei aufgreifen könnte, dann nahm ich ihm das Heftpflaster ab, und während Quindt sich vor das Zelt setzte, um uns vor unangemeldeten Besuchern zu bewahren, kam ich zur Sache.

Auf die Uhr blickend, sagte ich: »Sie haben die Wahl. Entweder Sie sind bei Sonnenaufgang samt Ihrem Auto verbrannt, oder Sie reden. Und wenn Sie nach Ihrem langen Aufenthalt in diesem Teil der Welt wissen, was Chinesen mit Leuten machen, die nicht reden wollen, dann wissen Sie auch, was Ihnen vor Ihrem seligen Ende noch blüht ...«

Ich nahm die Klinge aus meinem Rasierapparat, behielt sie in der Hand und erkundigte mich kühl: »Kennen Sie das Spiel mit den tausend Schnitten?«

Er kannte es, denn er schluckte, und seine Augen blickten furchtsam. Ich konnte mich nur wundern, wie schnell aus diesem imposanten Mann ein Jammerlappen geworden war. Allerdings neigen jammernde Leute dazu, einem in den Rücken zu schießen, sobald man sich umdreht. »Der Auftraggeber!« erinnerte ich ihn. Zog dabei geruhsam die Rasierklinge über den Handballen.

Leroy schien besiegt. Er murmelte, mühsam beherrscht: »Bruillard.«

»Sie sagten, er lebt. Wo ist er?«

Hastig sprudelte er: »Ich weiß es nicht! Ich weiß, daß er lebt, aber er ist verschwunden. Den Auftrag, die Yacht ... er hat ihn mir telefonisch gegeben ...«

»Obwohl er offiziell tot ist, erteilt er Ihnen Aufträge? Und Sie führen sie aus?«

Er schluckte. Ich wetzte die Klinge. Verglichen mit mir, strahlte Clint Eastwood mit einem Colt in der Hand geradezu Zärtlichkeit aus.

»Er ist ... wegen der Frau.«

»Nun packen Sie mal aus«, ermunterte ich ihn, um die Prozedur zu beschleunigen. »Wenn nicht, dann müssen wir Sie nämlich doch in Ihr Auto setzen, noch vor Sonnenaufgang, und es anbrennen. Die Nacht ist schon fortgeschritten. Also!«

Er gab auf. Als ich ihm, sozusagen als Zeichen einer gewissen Umgänglichkeit, eine Zigarette zwischen die Lippen steckte, war er wohl überzeugt, die Beichte würde ihn retten.

»Bruillard hatte die Liaison mit der Kung. Es ging eine Weile gut. Aber Françoise Bruillard ist jähzornig. Eines Nachts flippte sie aus. Sie erschoß die Kung, als diese mit ihrem Kabrio in der Nähe des Hotels parkte. Damit fing alles an ...«

»Sie erschoß sie? Einfach so? Im Vorbeigehen? Ins Herz?«

»Nein. In den Kopf. Es war in der Gegend zwischen dem Hotel und dem Golfplatz. Nichts los dort, nachts. Aber Bruillard hatte nun die Leiche am Hals.«

»Er hätte die Polizei rufen können. An seiner Frau war er ohnehin nicht mehr so brennend interessiert, oder?«

»Er hatte einen Fehler gemacht. Vorher. Er hatte all das Geld aus Indochina vereinnahmt. Und plötzlich meldete sich dieser Morgan. Teilhaber von früher. Bruillard hatte damit gerechnet, daß die Roten Khmer ihn erschlagen würden. Er kam aber durch. Da übertrug Bruillard alle Finanzen auf seine Frau. Hielt das für einen cleveren juristischen Trick. Wollte verschwinden, wenn Morgan auftauchte. Ihn hängenlassen, bis der aufgab. Morgan hatte nämlich nichts Schriftliches in der Hand. War eines dieser Geschäfte auf Treu und Glauben gewesen ...«

»Und da erschoß die blonde Göttin Miß Kung. Aus dem Affekt heraus. Das wollen Sie mir einreden?«

»Sie erschoß die Kung mit seiner Pistole. Man hätte ihn gegriffen. Ihre Rechnung war, beide auf diese Art loszuwerden, so oder so. Entweder er verschwand und war sein Kapital los, oder die Polizei machte ihm den Prozeß ...«

Ihm war Rauch von der Zigarette in die Augen gestiegen, und er blinzelte mich bittend an, bis ich ihm den Stummel abnahm. Plötzlich waren mir einige Zusammenhänge klar, die den Tod von Miß Kung betrafen und die in der Tat verwirrend waren: Madame Bruillard hatte das Geld und die Rache. Ihren Mann ließ sie laufen. Ginge er zur Polizei, wäre er geliefert. Doch da gab es dünne Stellen ...

»Wenn er sozusagen enteignet ist, wovon lebt er jetzt?«

»Nun, er hat wohl vorgesorgt, seit einiger Zeit schon.«

»Die Insel ist klein, Leroy! Rechnet er nicht damit, daß man ihn erkennt, eines Tages?«

Er machte den Versuch, die Schultern zu zucken, was einigermaßen komisch aussah. Wollte wohl damit sagen, daß er das perfekte Verbrechen auch nicht für möglich hielt. Wenn es nach mir ginge, sollte man alle Steuerbeamten Ihrer Majestät in Hongkong so wie wir Leroy an Händen und Füßen zusammenschnüren und dann veranlassen, die Schultern zu zucken. Es wäre ein besserer Spaß als eine chinesische Oper für meine Landsleute.

Leroy sagte: »Wir sind alle noch nicht sehr lange hier, Mister. Monsieur Bruillard hat nie viel Aufhebens von sich gemacht in der Öffentlichkeit. Die Angelegenheiten des Hotels habe fast nur ich erledigt. Bruillard ist meist seinem Sport nachgegangen. Fliegen.«

Und da fiel mir plötzlich Monsieur Margeaux ein, der »Legionär«, dem die Agentur *Melia* gehörte. Flugzeuge, Boote, Autos, Ferienhäuser. Er mußte einfach mit von der Partie sein, es war unmöglich, eine Leiche in ein Sportflugzeug zu verfrachten, ohne daß es auffällt. Ich überrumpelte Leroy, indem ich mich harmlos erkundigte: »Was hat Margeaux bekommen, damit er die Klappe hielt und das Verfrachten der Leiche in die Maschine übersah?«

Ich hatte noch einmal ins Schwarze getroffen. Leroy sagte leise:

»Wahrscheinlich Geld. Wieviel, das weiß ich nicht. Vielleicht gar nicht mal so viel, denn die beiden kannten sich schon lange. Margeaux schickte zwei Leute, die erledigten alles. Bruillard fuhr dann allein zum Flughafen und übernahm die Maschine.«

»Worauf er sie bis Faaone flog, sie hier aufs Meer setzte und die Ladung zündete, bevor er mit Ah Foongs Hilfe abzischte. Die Ladung in der Piper Cub stammte von Ihnen, ja?«

Er biß sich auf die Unterlippe. Als ich nach seiner Hand griff und mir die Stelle besah, wo die Finger fehlten, bequemte er sich zu der Aussage: »Das mit der Ladung gebe ich zu. Sie war fertig, er brauchte sie nur zu zünden. Mister Lim Tok, Sie müssen mir glauben, ich habe das alles nur gemacht, weil Bruillard mich ... sozusagen verpflichtete. Ich habe da keine persönlichen Interessen gehabt ...«

»Das nehme ich Ihnen sogar ab. Ich vergesse auch, daß Sie heute nacht mich und den Amerikaner zu Staub verwandeln wollten, ohne daß Ihnen persönlich etwas daran lag. Aber da ist ein Preis: Sie fahren nach Papeete zurück. Wissen von nichts. Haben weder mich noch dieses Zelt jemals gesehen. Weiß Madame Bruillard von Ihrem Auftrag hier?«

»Nein.«

»Dann schweigen Sie ihr gegenüber. Reservieren Sie mir und meinem Begleiter Zimmer im *Lagoon.* Zwei. Mit Zwischentür. Wir treffen heute noch ein.«

Er zitterte, als ich mich ihm mit der Rasierklinge näherte. Als ich das Abschleppseil durchschnitt, mit dem er gefesselt war, fragte er ungläubig: »Sie lassen mich wirklich laufen?«

»Ich bin nicht die Polizei.«

»Aber ... Sie hätten ...«

»Ja«, unterbrach ich ihn, »ich hätte jetzt bei den Fischen sein können. Es war ein Versuch. Er mißlang. Ich bin nicht nachtragend, wenn jemand ehrlich ist. Hauen Sie ab!«

Ich hielt ihm die Zeltklappe auf, und er wankte davon. Eine traurige Gestalt, wenngleich groß und gefährlich.

»Du hältst ihn wirklich für ehrlich?« erkundigte sich Quindt, während wir Leroy nachblickten, bis er in der Dunkelheit untertauchte.

Ich sagte: »Nein.«

»Und da läßt du ihn laufen? Einfach so?«

Ich hatte mir genau überlegt, was ich machte. Leroy war ein kleines Licht. Werkzeug wie vielleicht auch Robert Lulao, den ich im Verdacht hatte, einer der beiden Helfer gewesen zu sein, die Miß Kung in das Flugzeug transportiert hatten. Ihre Leiche, um es genau zu sagen. Und Robert Lulao war ein Mann von Margeaux gewesen.

»Habe ich dir von dem Racket erzählt, das in Papeete aufgetaucht ist?« fragte ich Quindt. Er nickte.

»Ich habe anfangs geglaubt, Margeaux steckt dahinter. Ich denke auch jetzt noch, daß er darüber Bescheid weiß. Aber es scheint mir nach allem was ich inzwischen erfahren habe, eher ein Geschäft zu sein, das ein Mann betreibt, um seine Existenz wieder zu festigen.«

Quindt begriff, daß ich Bruillard meinte, und pfiff durch die Zähne. Sagte längere Zeit nichts, bis er schließlich bemerkte: »Bei dieser Sachlage halte ich deine Idee für pervers, uns beide ausgerechnet in seinem Hotel einzuquartieren!«

Ich war da anderer Meinung.

Für den Rest der Nacht schien uns keine Gefahr zu drohen. In der Ferne hörten wir, wie Leroy nach einigen Mühen sein Auto in Gang brachte. Das Motorgeräusch verlor sich nach und nach.

»Wenn du willst, kannst du in Papeete aussteigen, nachdem du das Flugzeug abgeliefert hast. Ich fahre mit dem Peugeot. Wenn du willst, daß ich bei Eugene Hsu für dich eine Zulage herausschinde wegen unerwarteter Gefahren, bist du abends im *Lagoon*«, bot ich Quindt an. »Überleg es dir.«

Als ich schon am Einschlafen war, hörte ich ihn neben mir noch undeutlich murmeln: »Zulage, he? Wieviel?« Aber ich war zu müde für eine Antwort.

Quindt flog die Maschine zur Agentur zurück, und ich fuhr geruhsam in meinem Peugeot nach Papeete. Hörte im Radio, wie Uso Mahehe die Neuigkeit verbreitete, daß es auf der Yacht *Papara* in Faaone eine gewaltige Explosion gegeben hatte. Er vergaß auch nicht zu erwähnen, daß diese Yacht von einem inzwischen ermordeten Kanadier, Mister Morgan, gemietet worden war und nach dessen Tod von Mister Lim Tok, jenem Hongkonger Versicherungsermittler, bewohnt wurde, der vor der Insel das Flugzeugwrack und im Cockpit die Reste einer Leiche entdeckt hatte.

Er verschwieg recht geschickt, was aus mir bei der Explosion geworden war. Äußerte den Verdacht, daß alle diese Ereignisse zusammenhingen.

Bruillard konnte aus der Meldung nicht viel entnehmen, wenn Leroy tatsächlich schwieg. Aber auch, wenn er es nicht tat, würde das an der letzten Falle, die ich zu stellen beabsichtigte, nichts ändern. Dafür sorgte ich, nachdem ich mich im *Lagoon* wieder eingemietet hatte.

Leroy war nicht zu sehen. Dafür entdeckte ich Quindt in der Halle, und der vertraute mir unauffällig an, er habe das Zimmer neben meinem schon bezogen. Ich entschloß mich, Margeaux einen Besuch abzustatten. Quindt hatte vor, versäumten Schlaf nachzuholen.

Über Faaa ging gerade der tägliche kurze Wolkenbruch nieder, als ich unmittelbar vor der Agentur *Melia* meinen Peugeot parkte. Ein Boy holte mich mit einem riesigen Regenschirm ab. Ich verlängerte die Ausleihe des Autos für ein paar Tage, dann bat ich die Dame mit den großen Ohrgehängen und den schwarzen Kulleraugen, die heute hier amtierte, mich mit Monsieur Margeaux zu verbinden, ich hätte mit ihm persönlich zu reden.

Sie zögerte. Über dem linken Ohr trug sie eine Hibiskusblüte im Haar. Inselchic.

»Monsieur Margeaux ist sehr beschäftigt, Sir.«

Wenn die Situation es erfordert, habe ich ein entwaffnendes Grinsen in meinem Repertoire, das setzte ich jetzt auf und fragte interessiert: »Sie werden meine Neugier verzeihen, Miß. In einer hochwissenschaftlichen Abhandlung über die Inseln habe ich gelesen, daß eine Blüte über einem bestimmten Ohr bedeuten soll, die Lady sei verfügbar – ich weiß nur nicht, ob es das rechte oder das linke ist. Können Sie mich aufklären?«

Es war eine Frechheit, aber sie reagierte gelassen. Sie griff, ohne die Miene zu verziehen, nach dem Telefon und meldete mich bei Margeaux an. Teilte mir mit, er sei für mich zu sprechen. Mit dem gleichen unwiderstehlichen Grinsen bemerkte ich: »Schade – wegen der Blüte. Die Wissenschaftler haben da wohl eine unbewiesene Behauptung über die ehrwürdigen Sitten der Mädchen auf Tahiti verbreitet ...«

Alphonse Margeaux schien sich von der Überraschung, daß es mich noch gab, inzwischen erholt zu haben. Nachdem die europäische Schönheit mit den ausrasierten Achselhöhlen, die sein Vorzimmer hütete, uns Gläser mit eiskalter Limonade serviert hatte, verschwand sie wieder. Mit dem gleichen unnachahmlichen Griff in ihr Blondhaar, den ich noch in Erinnerung hatte.

Ich nahm einen Schluck und bemerkte beiläufig, daß ich ein leidenschaftlicher Limonadentrinker sei, am liebsten würde ich einmal eine Weltausstellung aller Limonaden veranstalten, bei der selbst Massendrinks wie Coca-Cola die Chance haben sollten, präsent zu sein.

Er hörte sich das eine Weile an, als ich jedoch begann, ihm die Vorzüge der Hongkonger Softdrinks im Gegensatz zu den vom Festland kommenden Wässerchen zu beschreiben, unterbrach er mich ungeduldig: »Wollten Sie über Getränke mit mir sprechen oder über das Verschwinden dieser Chinesin?«

Er lispelte wieder deutlich. Ich entschuldigte mich höflich. Er sollte mich schon für ein bißchen dümmlich halten, und wie es schien, tat er das auch. Dennoch behielt er sein Pokerface, als ich ihm freudig mitteilte: »Sie werden erstaunt sein, Monsieur, ich habe viel erreicht ...«

Dann erzählte ich ihm von der Maschine auf dem Meeresboden und von dem Skelett mit dem Einschußloch im Kopf.

»Ist das nicht höchst sonderbar? Wie es scheint, bewahrheitet sich meine Mordtheorie. Der Haken dabei ist, daß der Mörder fehlt. Ich meine, der Pilot der Maschine ist verschwunden. Nach menschlichem Ermessen muß er der Schütze gewesen sein, denn es ist doch wohl kaum anzunehmen, daß jemand mit einer Leiche im Cockpit von Faaa bis kurz vor Faaone fliegt, oder?«

Ich hatte keine Reaktion erwartet. Der Mann verstand es, sich zu beherrschen. Und dabei hatte ich mir Fremdenlegionäre immer als ziemlich unbeherrschte Typen vorgestellt. Der Mensch lernt!

»Die Piper«, fuhr ich fort, »scheint übrigens nicht in der Luft explodiert zu sein. Alles spricht dafür, daß sie wasserte und die Explosion danach stattfand. Habe ich auch den Polizisten in Faaone gesagt, aber die haben das Ding ja gehoben und wollen es noch einmal genau untersuchen lassen. Wird sich zeigen, was da gewesen ist. Eine schlimme Geschichte, Monsieur Margeaux. Eigentlich ist ja meine Mission erfüllt. Nur hätte ich eben zu gern noch mit Monsieur Bruillard gesprochen ...«

Zum ersten Mal bemerkte ich ein Stirnrunzeln bei ihm. »Ich denke ... Ist der nicht auch tot?«

Es klang nicht sehr überzeugend, und ich sagte: »Gerade das ist fraglich, Monsieur Margeaux. Niemand ist nach dem Gesetz tot, bis nicht seine Leiche gefunden wird. Und die fehlt.«

Ob er mir das verlegene Lächeln abnahm, weiß ich nicht, jedenfalls fragte er: »Also suchen Sie jetzt noch die Leiche von Bruillard?«

»Ganz recht. Oder den lebenden Monsieur Bruillard.«

»Und da rechnen Sie mit Erfolg? Wäre es für Sie nicht einfacher, die Sache zu beenden, nachdem Sie Miß Kung gefunden haben?«

Der berühmte Wink mit dem Telefonmast. Ich hielt den Augenblick für gekommen, das Tempo etwas anzuziehen. »Einfacher wohl, Monsieur Margeaux. Aber ich bin ein ehrgeiziger Mann. In Hongkong weiß jeder meiner Auftraggeber, daß ich nicht mit unvollständigen Ergebnissen zufrieden bin. Ich werde Monsieur Bruillard aufspüren. Entweder seine Leiche oder eben den lebenden Mann.«

»Und falls Ihnen das nicht gelingt?«

»Werde ich meine bisherigen Erkenntnisse der Polizei übergeben. Zusammen mit dem Auftrag, den mutmaßlichen Mörder von Miß Kung zu ermitteln. Ich halte übrigens, wie ich bereits andeutete, Monsieur Bruillard dafür.«

Er bewegte nur leicht den Kopf, scheinbar überrascht, aber er sagte nichts. Ich hatte auch nicht damit gerechnet, daß er sich dazu äußerte. Ich rechnete jedoch mit etwas anderem: Wenn meine Vermutung stimmte, daß Margeaux zumindest etwas von den Umständen des Todes von Miß Kung wußte, würde er jetzt etwas tun. Falls seine Vertraute, Madame Bruillard, ihm sogar erzählt hatte, daß sie es gewesen war, die Miß Kung erschoß, würde er noch mehr unternehmen. Oder er würde es tun lassen ... Und mit hochgradiger Sicherheit würde es sich gegen mich richten.

Er fragte nach einer Weile: »Angenommen, Monsieur Bruillard lebte tatsächlich noch und Sie hätten die Chance, mit ihm zu reden – was würden Sie ihn fragen? Weshalb er Miß Kung, nun, sagen wir, in diesem Zustand in der sinkenden Maschine zurücklassen mußte?«

Er öffnete verblüfft den Mund, als ich ihm grinsend antwortete: »No, Monsieur, das ist mir klar! Über Bruillards Verhältnis mit Miß Kung und darüber, daß Madame Bruillard in einem Anfall von Eifersucht wohl fähig wäre, eine Waffe zu benutzen, habe ich keine Zweifel mehr. Das interessiert mich nicht. Auch nicht, weshalb er sie in der Maschine ließ. Das ist nicht meine Sache. Ich habe lediglich für die Versicherung herauszufinden, ob es Mord war oder nicht.«

»Sie haben mit der Polizei darüber gesprochen?«

»Ich habe der Polizei in Faaone mitgeteilt, daß ich Wrack und Leichenreste gefunden habe. Das übrige ist deren Aufgabe. Und – sehe ich wie ein Denunziant aus?«

Er äußerte sich dazu nicht. Aber ich hatte ihn verwirrt, und jetzt würde er noch neugieriger sein als vorher. Er war es. Erkundigte sich: »Was ist dann der Grund dafür, daß Sie Bruillard suchen?«

Ich ließ ihn eine Weile zappeln, tat, als ob ich überlegte, und sagte dann: »Ich habe in Papeete einen Freund. Er betreibt ein Reiseunternehmen in der Rue de Commerce. *Blue Moon.* Möglicherweise kennen sie es. Eine Bande von Racketeers setzt meinen Freund unter Druck. Er soll fünf Prozent an sie zahlen. Als er sich weigerte, brannte sein Auto aus ...«

Ich ließ es wirken, und tatsächlich, nach einer Weile bemerkte Margeaux: »Bedauerlich.« Mehr nicht.

Also servierte ich ihm die gezielte Irreführung: »Wenig später übrigens soll auf ein weiteres Unternehmen in derselben Straße ein ähnlicher Anschlag verübt worden sein. Es geht offensichtlich um eine Bande von Schutzgelderpressern. Damit werde ich, um meinem Freund zu helfen, noch eine Weile zu tun haben ...«

Er fiel mir ins Wort: »Dieser andere Brandanschlag, Mister, der galt übrigens meinem Hauptbüro in der Stadt.«

»Ach!« sagte ich so überrascht wie möglich. Er nickte. Schüttelte jedoch den Kopf, als ich nach Ermittlungsergebnissen fragte. Wollte lediglich den Verdacht abwenden, mir etwas verschwiegen zu haben, was mich mißtrauisch machen könnte, wenn es mir bekannt würde. Kluger Bursche. Ich spielte mit und schoß den Giftpfeil ab, den ich so sorgfältig vorbereitet hatte.

»Wissen Sie, Monsieur Margeaux, das Interessanteste in diesem Geschäft sind Informationen, die einem so von Leuten zugesteckt werden. In Faaone habe ich auf diese Weise erfahren, daß jemand Monsieur Bruillard geholfen hat, nach dem Absinken der Maschine von dort wegzukommen. Kurz danach wurde in Faaone ein Kanadier erschossen. Und da wollte mir jemand unbedingt verraten, das sei ein alter Freund von Monsieur Bruillard gewesen. Partner sogar. Geld sei im Spiel. Bruillard sei heimlich am Ort der Tat gewesen. Vermutlich sei er sogar der Täter. Sagen Sie mir: Weshalb sollte jemand einen Freund erschießen? Es sei denn, er hat Streit mit ihm, oder er hat ihn betrogen ...«

Er verschloß sich wieder. Gab nicht zu erkennen, was er dachte. Deshalb trieb ich das Spiel noch etwas weiter: »Ach ja, und im Zusammenhang mit diesem Racket hat mir jemand erzählt, dahinter würde Monsieur Bruillard stecken. Stellen Sie sich vor, seine Frau soll ihn wegen seines Fehltritts mit Miß Kung sozusagen aus dem Geschäft geworfen haben. Er sei mittellos und deshalb jetzt dabei, sich durch Schutzgelderpressung neue Mittel zu beschaffen. Mit Hilfe von einheimischen Nichtsnutzen. Abenteuerlich, nicht wahr? Verzeihung – ich langweile Sie wohl. Ich fürchte, Sie strahlen Überdruß aus ...«

Er lispelte wenig freundlich: »Lassen Sie es meine Sorge sein, was ich ausstrahle. Und sagen Sie mir jetzt bitte endlich, wozu Sie hierhergekommen sind und meine Geduld strapazieren!«

Mein Freund, Bobby Hsiang, seines Zeichens Polizist und befaßt mit Schwerverbrechen, hätte gesagt: Lim Tok, alter Mädchenschänder, pack zu, du hast den Kerl mit dem Kopf über dem Kotzbecken! Ich erhob mich und entschuldigte mich mit harmloser Miene bei Margeaux. Ich war eben kein Polizist. »Ich bin untröstlich, daß ich Sie aufgehalten habe, Monsieur. Eigentlich wollte ich Sie nur wissen lassen, daß man mir auch zugeflüstert hat, Bruillard betreibe sein neues Geschäft, das Racket, mit Ihnen gemeinsam. Eine ungeheuerliche Anschuldigung, nicht wahr? Ich kam, um Sie von dieser Verleumdung in Kenntnis zu setzen. Ganz privat. Ein Hinweis im rechten Augenblick sozusagen. Verzeihung, jetzt gehe ich wohl besser ...«

Er ließ mich wortlos ziehen, mit einem um Gleichgültigkeit bemühten Gesichtsausdruck. Poker sollte man mit diesem Mann besser nicht spielen. Und doch hatte ich ihn dazu herausgefordert, weil kaum ein anderer Weg blieb, Bruillard anzulocken. Das Wissen um seine Bedrohung mußte ihn aufscheuchen.

Draußen bat ich die Vorzimmerdame im Vorbeigehen höflich: »Seien Sie so freundlich, und fassen Sie sich nicht mit beiden Händen ins Haar, solange ich im Laden bin!« Sie sah mich verständnislos, dann wütend an. So gut wie ihr Chef vermochte sie Gefühle nicht zu verbergen. Was dieser nun wohl unternehmen würde?

Wenn es die von mir vermutete Verbindung zwischen ihm und Bruillard tatsächlich gab, blieb den beiden wenig mehr übrig als der Versuch, mich auszuschalten. Ich wußte zuviel, und das würde zumindest Bruillard antreiben. Wußte ich wirklich viel? Ich ahnte wohl mehr, als ich wußte! Auf jeden Fall befand ich mich wieder einmal in der von mir selbst herbeigeführten Situation, daß man mich jagen würde. Der Schwarzhaarigen im Geschäftsraum lächelte ich nur knapp zu. Sie griff unwillkürlich an die Blüte in ihrem Haar, was mir ein fröhliches Grinsen entlockte.

Sung Li, der *Blue-Moon*-Chef, war sichtlich guter Laune, als ich bei ihm eintraf. Auch er servierte mir eine Limonade, die sogar schmeckte, und außerdem überraschte er mich mit der geheimnisvollen Andeutung, er habe alles im Griff, das Racket und die Hintermänner. Ich solle mich bei dem Erfrischungsdrink nicht allzulange aufhalten, es gäbe einen Platz, an dem es sich besser trinken lasse. Und mit mehr Freude. Das war alles, was ich wußte, als wir in seinem neuen Leihwagen saßen und die Stadt südwärts verließen.

Es dauerte nur ein paar Minuten, und wir befanden uns in einem der angeblich schönsten Täler, die es auf der Insel gab – Fautaua. Die Gegend, durch die wir rollten, erinnerte mich ein wenig an saftiggrüne Flecken zwischen den nördlichen Bergen der Hongkonger New Territories. Um Ho Pui herum etwa oder am Lam Tsuen Valley. Nur daß hier die Palmen schöner zu sein schienen, die Bananenstauden gesünder und die Leute eben viel mehr von ihrer kupferbraunen Haut zeigten, als es unsere Reisbauern in den New Territories tun. Aus den Schluchten des Aorai, eines eindrucksvollen Zweitausenders, der vor uns aufragte, sprang ungewohnt klares Wasser, das in einem riesigen Schwimmbad gesammelt wurde. Abgehärtete Schwimmer tummelten sich darin. Es sei kalt wie ein Hexenritt, warnte Sung Li. Trotzdem hielt er an und machte den Motor aus.

»Hören Sie was?«

Es konnte Brandungsrauschen sein, ein gleichbleibendes, auf die Dauer beruhigendes, einschläferndes Geräusch. Schien aus dem Himmel zu kommen. Aber hatte der Himmel eine Brandung?

Sung Li lachte: »Wasserfälle! Nicht zu sehen von hier aus. Sehenswürdig aber. Wir haben pro Monat etwa zwanzig Kunden, die nach einer von uns organisierten Besichtigung Schadenersatz verlangen. Für ihre durch den Sprühnebel unbrauchbar gewordenen Kameras ...«

Am Ende der asphaltierten Straße zweigte ein beschotterter Privatweg in dicht bewaldetes Gelände ab. Einzelne Häuser wurden sichtbar, hinter hohen Büschen versteckt. Und dann ein Tor, an dem ein Wachmann an den Wagen trat, ein paar Worte mit Sung Li redete und uns schließlich auf das Gelände fahren ließ, das ein einem Hotel ähnelndes Gebäude beherbergte, moderne Inselarchitektur mit aufgesetztem Grasdach, etwas für reiche Kerle, die selbst beim Anblicken ihrer vier Wände noch das Gefühl haben wollen, auf Tahiti zu sein. Fehlte nur das Inselmädchen mit einem Baströckchen am Hintern und einem Blumenkranz zur Begrüßung.

Statt dessen trat ein stämmiger Chinese aus dem Schatten eines

Farnbaumes, über der Brust eine hübsche kleine Maschinenpistole, die mir nach Uzi aussah.

Gleichsam entschuldigend erklärte mir Sung Li: »Das kennen Sie noch nicht, Mister Lim Tok. Es wurde von Eugene Hsu vor einiger Zeit als Quartier für Exklusivgäste erworben. Leute, die Hotels vermeiden wollen, Sie verstehen ...«

Ich verstand. Kam doch immer wieder mal vor, daß einer der hochkarätigen Bosse aus dem Reich der Hongkonger Triaden für eine Weile aus der Kolonie verschwinden mußte, wegen Steuerschulden oder Mord, aus Familiengründen oder einfach, weil er einerseits den Ruf des untadeligen Familienoberhauptes nicht einbüßen wollte, andrerseits Appetit auf braune Insulanerinnenschenkel hatte, die der Bastrock mehr zierte als bedeckte. Deshalb war ich nicht überrascht, als Sung Li mir das Versprechen abnahm, alles zu vergessen, was es hier zu sehen gab.

Außer einem jungen Mann. Und als ich den erblickte, es war nach einem erfrischenden Getränk auf einer wohltuend schattigen Terrasse, hatte ich das Gefühl, die eisgekühlte Limonade sei nicht in meinem Magen, sondern würde in meinen Adern gefrieren.

Über einem flachen Teich, der stabil eingezäunt war, hatte jemand aus langen Bambusstämmen eine Art Dreibein errichtet, von dem der junge Mann an einem Seil herabhing, bis auf etwa zwei Meter über die Wasserfläche, an Händen und Füßen gefesselt, nackt. Unter ihm tummelte sich ein halbes Dutzend Alligatoren.

Der Bursche schien ein Mischling zu sein. Franzosen hatten mit den Mädchen der Insel eine Menge solcher Kinder in die Welt gesetzt.

Ich zog es vor, nichts zu sagen. Sung Li teilte mir sachlich mit: »Sein Name ist uninteressant. Er arbeitete mit Robert Lulao zusammen, dessen trübes Schicksal Ihnen ja bekannt ist. Schutzgeldeintreiber. Engagiert von Monsieur ... aber hören Sie doch selbst! Er hat längst ausgepackt, wir lassen es ihn wiederholen, es wird Sie sehr überraschen!«

Oder auch nicht mehr, dachte ich und brannte mir eine Zigarette an. Auf einen Wink Sung Lis trat der Maschinenpistolero gegen einen der Bambusse, worauf das Gerüst bedrohlich schaukelte. Der Körper des Jungen näherte sich ein paar Zentimeter den unter ihm lauernden Alligatoren. Einer von denen schlug wütend mit seinem Schwanz ins Wasser, daß es hoch aufspritzte.

»Hallo!« rief Sung Li dem Burschen zu. »Wiederhole, für wen hast du gearbeitet!«

Die Antwort kam prompt. Eine gequetschte, ängstliche Stimme krächzte: »Monsieur Etienne Bruillard!«

»Und?«

»Monsieur Margeaux!«

»Wo ist Monsieur Bruillard?«

»Auf Moorea. Er hat ein Haus dort, ähnlich wie dieses hier. Aber ich kenne es nicht, habe nur davon gehört, Sir. Ich weiß wirklich nicht, wo es liegt!«

Moorea, eine der Nebeninseln, kaum zwanzig Kilometer westlich von Tahiti. Da sitzt er also, dachte ich. Und von da war er zum Flaschenhals, der Landenge zwischen Papeari und Faaone, gefahren, übers Meer, um den Südteil Tahitis herum, hatte dem unbequemen Mister Morgan aufgelauert und ihn erschossen, wonach er wieder verschwand. Versuchte nun, nach dem Desaster mit seiner Frau, Miß Kung und dem verlorenen Geld, sich sozusagen ein neues Standbein zu schaffen, wobei ihm Margeaux ein bißchen assistierte. Wie ich vermutet hatte. Flüssige Mittel durch Schutzgelder. Alle Bausteine lagen jetzt am richtigen Platz. Das Verschwinden von Miß Kung war aufgeklärt, ihr Mörder bekannt, besser gesagt: die Mörderin. Eigentlich hätte ich in die nächste Maschine steigen und mein Honorar bei Eugene Hsu kassieren können. Aber würde er nicht fragen, warum ich Bruillard ungeschoren ließ? Trüber Gedanke, nach Moorea zu reisen und dort unter den unzähligen Luxusvillen, die sich zwischen Strand und Wald versteckten, die zu suchen, in der Bruillard sich aufhielt. Und was dann tun? Ihn umlegen? Nicht meine Methode. Ich hatte geahnt, was hier gespielt wurde, und ich hatte Margeaux so provoziert, daß wohl etwas geschehen würde, was die Sache zur Zufriedenheit Eugene Hsus abschloß. Ich hoffte nur, daß es nicht eine Kugel sein würde, die mir ins Hirn fuhr!

»Hast du von Margeaux auch Aufträge bekommen?« fragte Sung Li den Nackten.

Der gab kleinlaut zurück: »Nur von Monsieur Bruillard. Aber Monsieur Bruillard hielt sich da bei Monsieur Margeaux auf, in seinem Bürozimmer. Lulao war dabei. Monsieur Bruillard sagte, es sei alles eine Vertrauenssache. Werden Sie mich am Leben lassen, Sir?«

»Ich werde den Strick so weit lockern, bis du dicht über dem Wasser hängst und diese netten Tierchen dir die Eier abbeißen können! Danach kannst du gehen«, versprach Sung Li ihm. Der Bursche jaulte auf, als habe jetzt schon einer der Alligatoren zugepackt, dabei hatte nur einer den Oberkiefer hochgeklappt und dann klatschend wieder zurückfallen lassen.

»Was machen Sie nun wirklich mit ihm?« erkundigte ich mich. Sung Li musterte die Alligatoren angewidert.

»Ich lasse ihn laufen. Habe mir Respekt verschafft. Und kenne den Macher der Sache. Er weiß, daß ich ihn kenne. Das genügt. Abscheulich, diese Biester da im Wasser. Mister Hsu gibt eine Menge Geld dafür aus. Hat sie von Borneo importieren lassen ...«

Gott im Lotos allein weiß, wofür, dachte ich. Es gehörte schon ein spezielles Gemüt dazu, an diesen Kolossen Spaß zu haben. Aber meinetwegen konnte Eugene Hsu hier Elefanten halten. Hauptsache, er bezahlte mein Honorar. Und ich überlebte die nächsten Tage. In denen würde sich entscheiden, ob Bruillard die Gefahr Lim Tok ebenso auszuschalten gedachte wie die Gefahr Morgan. Und es würde gut sein, wenn ich jede Sekunde darauf vorbereitet war.

»Fahren wir zurück?« schlug ich Sung Li vor. Er nickte, sprach noch ein paar Worte mit dem Maschinenpistolenmann, und dann stiegen wir vor dem Haus in den Wagen.

»Um Margeaux brauchen Sie sich nicht mehr zu kümmern«, eröffnete er mir, während wir den Rückweg antraten. »Ich habe hier Leute beisammen, und ich bekomme aus Hongkong noch ein paar Spezialisten. Wir werden den Spieß umdrehen. Ihn aushebeln. Er hat keine Chance.«

»Danke«, erwiderte ich.

»Er ist schon so gut wie tot«, versprach Sung Li. Wir fuhren auf einer von Palmen gesäumten Allee zurück nach Papeete. Teil der Ceinture. Malerisch gefiederte Wipfel vor einem hellblauen Himmel. Soviel Schönheit. Und so viele Leichen.

Die nächste Leiche lag unmittelbar vor dem imposanten Teakholztresen der Rezeption des *Lagoon*, umstanden von mehreren uniformierten und zivil gekleideten Polizisten.

Ich verschaffte mir Durchblick zwischen einem dicken Hintern in Khaki und einer durchschwitzten Hemdenbrust, auf der ein zähnefletschender Marineinfanterist die sinnige Sprechblase brüllte: Kill them all and let GOD sort them out!

Der Tote war Edmond Leroy. Hakennase, zwei fehlende Finger, Loch in der Stirn. Darüber machten sich die Polizisten gerade Notizen. Einer schubste mich beiseite und knurrte etwas auf Französisch, das eigentlich nur ein Fluch sein konnte.

Weil diese Typen alle etwas Inselpidgin konnten, bemerkte ich, statt aufzubrausen, ruhig: »Blutige Schande, immer kill-kill, wenn Sonne hoch und Schlaf plenty better als Arbeit, he?«

Es war der Arzt. Er maß mich mit einem Blick, der wie ein Stück Eis auf mich fiel, und knurrte, ich sei ein kluger Scheißer, aber ich solle mich gefälligst zum Teufel scheren.

Auf Chinesisch verriet ich ihm, da käme ich gerade her, aber das verstand er nicht. Die wenigen Gäste, die sich um diese heiße Mittagszeit in der Halle aufhielten, trauten sich nicht näher, sie warteten mit verstörten Gesichtern in geziemender Entfernung. Es gibt nichts Lächerlicheres als einen Erwachsenen in bunten Bermudashorts, der erschrocken auf eine Leiche starrt. Ich blickte mich um, und da entdeckte ich Philippe Monard, den kleinen französischen Koch. Er stand in der Tür zum Restaurant, weiß gekleidet, wie zu einer chinesischen Beerdigung, die Kochmütze auf dem Kopf, und er winkte mich zu sich, indem er so unauffällig wie möglich den Zeigefinger krümmte, ohne dabei die Hand zu bewegen.

Das Restaurant war bereits leer. Mittagszeit war hier faule Zeit. Wir setzten uns an einen der abgeräumten Tische, und auf ein Zeichen Monards brachte uns ein Küchenboy etwas zu trinken, das wie eisgekühlte Kokosmilch mit einem Schuß Bourbon schmeckte.

Monard beugte sich mir über den Tisch zu und flüsterte: »Der Chef! Er ist übergeschnappt. Schießt um sich.«

»Bruillard war da?« Es überraschte mich, daß er so schnell reagierte. Aber er konnte ja mit einer Maschine von Margeaux geflogen sein. Minuten nur von Moorea bis Faaa.

Der kleine Koch nickte. »Ich sah es zufällig. Wollte durch die Halle zur Souvenirbude. Raja arbeitet jetzt dort hinten. Bruillard stritt sich mit Leroy. Wollte den Schlüssel zum Fahrstuhl der Madame im Penthouse. Aber Leroy gab ihn nicht heraus. Sagte, Madame habe es verboten ...«

»Und da zog Bruillard einfach eine Pistole und schoß ihm in den Kopf?«

»Es war ein Revolver.«

»Hat er den Schlüssel gefunden?«

Der Koch schüttelte den Kopf. »Er mußte türmen. Es kamen Leute. Es wunderte mich, daß er getürmt ist, denn er sah aus wie ein Mann, den nichts mehr aufhalten kann. Irre Augen. Wie einer, der mit dem Leben abgeschlossen hat. Dem alles egal ist. Haben Sie mal einen Einheimischen gesehen, der Amok läuft? Plötzlich ausflippt, über einem harmlosen Bier an einem Tisch im Freien? Klick macht es da, und er rennt los. Rammt das Messer in Leute ...«

»Bei uns in Hongkong sind sie seltener«, gab ich Auskunft. »Haben Sie eine Ahnung, wohin er ist?«

»Keine Ahnung. Aber er hat gebrüllt, daß er wiederkommt.«

»Ist auf den Skalp seiner Frau aus, oder?«

»Und auf Ihren.« Er grinste mich vergnügt an.

»Wie das?«

»Nun, er brüllte auch, er würde diesen lausigen Strolch von der Versicherung schon kriegen.«

Das war schnell gegangen. Ich bedankte mich für die Warnung.

Ein mißtrauischer Polizist luchste in das Restaurant, in dem es nur den Koch und mich gab. Er rief: »Irgend jemand gesehen, der verdächtig ist?«

»Weshalb verdächtig?« erkundigte sich Monard scheinheilig.

»Mon Dieu, da draußen ist ein Mann ermordet worden!«

Monard sagte erschrocken: »Oh! Nichts gesehen, Monsieur, wie fatal!« Er war der geborene Schauspieler. Ich beließ es bei einer schwer deutbaren Kopfbewegung. Der Polizist winkte entmutigt ab und verschwand.

Ich hätte gern gewußt, ob jemand Madame Bruillard gewarnt hatte, aber Monard wußte es nicht. So tranken wir unsere Gläser leer, und er erzählte mir, wie glücklich er mit Raja sei. Dann entschloß ich mich, erst einmal mein Zimmer aufzusuchen. Ich brauchte eine Dusche und ein neues Hemd. Das meinige, bildete ich mir ein, roch nach Alligatoren.

Die Polizei war bereits weg. Die Leiche Leroys hatten sie mitgenommen. An der Theke der Rezeption war Madame Bruillard gerade dabei, Raja über ihre neuen Obliegenheiten zu instruieren. Sie sollte wohl den erschossenen Rezeptionschef vertreten. Madame Bruillard wirkte nervös. Kein Wunder, sie mußte damit rechnen, daß ihr Mann immer noch in der Nähe war, und er hatte deutlich genug angekündigt, was er mit ihr zu tun gedachte. Ich trat näher, nannte Raja meine Zimmernummer, und die blonde Inderin gab mir den Schlüssel.

Françoise Bruillard interessierte sich nicht für mich. Sie trug eines dieser weißen, wallenden Gewänder aus javanischem Kattun, und ihr Haar war sorgsam frisiert. Eine Frau wie aus dem Journal für die Dame gesetzten Alters.

»Es ist schlimm«, sagte ich leise zu ihr, »und es wäre ratsam, wenn du ihm nicht begegnen würdest ...«

Sie wandte mir langsam ihr Gesicht zu und erkundigte sich vollendet gleichmütig: »Kennen wir uns, Monsieur? Tut mir leid, aber ich erinnere mich nicht. Trotzdem freut es mich, daß Sie unser Hotel gewählt haben.« Damit verschwand sie in Richtung Fahrstuhl.

Sie war bereits in der Kabine, als ich mich endlich aufraffen konnte, Raja die Hand über die Theke zu reichen. Die Inderin musterte mich mit einem feinen Lächeln, und sie brachte es mühelos fertig zu sagen: »Sehr bewegter Tag heute, nicht wahr, Mister Lim Tok?«

Bewundernswerte Frau. Ich erkundigte mich, ob Quindt im Hause sei. Sie blickte auf die Liste, dann auf die unter der Theke gelagerten Schlüssel und nickte. »Soll ich anrufen?«

»Lassen Sie ihn schlafen. Unsere Zimmer haben eine Zwischentür, wenn ich Sehnsucht nach ihm habe, kann ich klopfen.«

Sie rief mir nach, am Abend gäbe es mit Krabben gefüllte Bataten, eine einheimische Spezialität, die Philippe zubereitete, wenn die Qualität der Krabben auf dem Markt ihn befriedigte. Ich solle mir die Delikatesse nicht entgehen lassen. Also versprach ich, zur Zeit im Restaurant zu sein.

Und dann überstürzten sich die Ereignisse. Mein Fehler war, daß ich Etienne Bruillard irgendwo in der Nähe seines Freundes Margeaux vermutete, vielleicht in einem sicheren Schlupfwinkel in der Stadt, keinesfalls da, wo ich ihn fand.

Ich erkannte ihn sofort, das Foto von ihm, das Eugene Hsu aufgetrieben hatte, war gut: Er saß im Korbsessel meines Zimmers, vor der Tür, die auf den Balkon führte.

Zu spät, um zu flüchten, ich hatte das Zimmer ohne besondere Vorsicht betreten und die Tür bereits hinter mir zufallen lassen. Bruillard hielt einen Revolver großen Kalibers auf mich gerichtet und befahl rauh: »Hinsetzen! Auf den Boden! Hände an den Kopf!«

Die dunkle Mündung eines Revolvers baut auf erstaunliche Weise Widerspruchsgeist ab. Besonders, wenn ein Mann die Waffe hält, dem man ansieht, daß er nicht spaßt. Und daß Bruillard es ernst meinte, war an Leroy bewiesen. Er hatte den starren Blick, den bei uns junge Burschen nach der ersten Prise echt mutterländischen Heroins der beliebten Marke »Weißer Tiger« bekommen. Aber er schien nicht gedopt zu sein, denn er sprach klar, wenngleich ziemlich leise. Und das brachte mich auf eine Idee, trotz der trostlosen Lage, in der ich mich befand. Ich fragte vor dem Hinsetzen so laut ich konnte: »Was soll ich tun?«

»Spreche ich ein so schlechtes Englisch?«

Es war schon etwas lauter gesagt als die Aufforderung, mich zu setzen, und ich beeilte mich, ihm zu versichern: »Tut mir leid, aber seit dieser Schießerei gestern sind meine Trommelfelle defekt. Haben Sie etwas gegen mich? Wer sind Sie?« Wieder in der Lautstärke, in der ein Diskjockey die nächste Platte ankündigt.

Er deutete auf den mattenbedeckten Fußboden. Jetzt hatte auch er seine Stimme erhoben: »Da hinsetzen! Hände am Kopf!«

Wenn die Auskunft des indischen Busenwunders Raja stimmte und Quindt nebenan in seinem Zimmer war, mußte er uns beide hören. Vorausgesetzt, er schlief nicht zu tief. Ich blieb bei der Lautstärke, und Bruillard ließ sich darauf ein, als er seine kleine Privatvernehmung begann.

»Warum schnüffeln Sie mir nach?«

»Aber – ich kenne Sie gar nicht! Wie sollte ich ...?«

Er brüllte: »Ich bin Etienne Bruillard!«

»Man hört, der sei tot«, brüllte ich ausweichend zurück.

Er fiel nicht darauf herein. Fuchtelte mit dem Revolver herum und schrie mich an: »Keine Ausflüchte! Ich weiß alles! Sie haben das Flugzeug gefunden, und Sie haben Margeaux bedroht. Wer schickt Sie?«

»Miß Kungs Versicherung, Sir. Eigentlich eine Routinesache. Wieso leben Sie noch?« Vielleicht war er durch aufgetragene Naivität zu verwirren, manchmal klappte der Trick. Doch bei ihm kam er nicht so recht an.

»Stellen Sie sich nicht dumm, Sie Schnüffler! Sie wissen, was vorgegangen ist. Sie haben es Margeaux geschildert. Dies ist Ihre Endstation, klar?«

Er hatte tatsächlich einen irren Blick, wie der Koch es geschildert hatte. Schweiß auf der Stirn. Das leichte Leinenjackett war unter den Achseln durchgeschwitzt. Und seine Finger umklammerten den Revolvergriff so fest, daß die Knöchel weiß waren. Am besten, ich versuchte, ihn erst einmal versöhnlich zu stimmen, bis mich Quindt hörte und ihm hoffentlich etwas einfiel.

»Sehen Sie, Monsieur Bruillard«, erhob ich meine Stimme wieder in Saalstärke, »es tut mir leid, wenn ich mich aus Versehen in Ihre Privatangelegenheiten gemischt haben sollte. Aber Sie haben doch Miß Kung getötet, oder hat man mich da falsch informiert?«

»Quatsch«, sagte er abfällig. »Meine Frau hat sie umgelegt, das clevere Biest. Ich hatte den Fehler gemacht, ihr das Hotel zu überschreiben, und als sie mich mit der Kung erwischte, nutzte sie die Chance, mich auszubooten, endgültig. Versprach mir, wenn ich mit der Leiche untertauchte, würde sie mir genug Mittel zukommen lassen, damit ich woanders neu anfangen kann. Sie hat den Teufel getan. Hat mich hängenlassen. Aber sie ist als nächste dran. Ich kriege sie, auch in ihrem verbarrikadierten Penthouse. Nach Ihnen!«

»Ja, dann sind Sie doch Ihr Geld endgültig los! Oder?«

»Was kümmert das Sie?«

»Nun, ich denke, das Racket mit den Schutzgeldern wird nicht klappen, Monsieur. Hat Ihr Freund Margeaux Ihnen nicht gesagt, daß die Sache schon so gut wie aufgeflogen ist?«

Er lachte wie irre. War es Tropenkoller? Ein Riß in der Schale? Es gibt Leute, die begehen eine Reihe von Verbrechen, und eines Tages holt ihr Verstand sie ein. Beim Überholen gibt es dann den Unfall, der den Knacks hervorruft.

»Nichts ist aufgeflogen«, rief er. »Es gibt außer Papeete noch andere Plätze.«

»Darf ich Ihnen eine delikate Frage stellen, Monsieur Bruillard?«

Er bewegte den Revolver. Wartete. Aus dem Augenwinkel konnte ich sehen, wie der Türknopf an der Zwischentür von Quindts Zimmer aus behutsam gedreht wurde. Aber die Freude war verfrüht, denn die Tür war verschlossen und der Schlüssel steckte auf meiner Seite. Würde dem Piloten auffallen, daß es den Balkon gab? Durchgehend vor beiden Zimmern? Und daß hinter Bruillard die Balkontür offenstand?

»Wissen Sie, daß Ihr Freund Margeaux Sie hintergeht, Monsieur?«

»Ich werde schon mit ihm fertig!« Er war wütend, aber er bemühte sich um Fassung.

»Auch mit Ihrer Frau, Monsieur?«

»Sie hat mich seit langem hintergangen. Egal, mit wem. Sie ist eine Schlampe. Aber sie ist sowieso nach Ihnen dran!«

»Meinen Sie, es gelingt Ihnen, nach einer Schießerei, noch einmal davonzukommen?«

Jetzt lachte er laut, polternd. Er war ein kräftiger Mann, gutaussehend, ein Typ, den man in diesen Breiten unter den Europäern oft findet: Abenteurer mit aufgekrempelten Hemdsärmeln. Er lachte nur, sagte nichts. Und ich versuchte, Zeit zu schinden, bis Quindt hoffentlich eine Methode einfiel, diesen Irren auszuschalten oder wenigstens abzulenken, damit ich es tun konnte.

»Sehen Sie«, rief ich, »mir liegt nichts an Ihnen. Mein Auftrag war nur, die Art des Todes von Miß Kung festzustellen. Wegen der Versicherung. Das habe ich getan. Fertig. Ich kann morgen abreisen, und es wird mich überhaupt nicht interessieren, ob es einen Bruillard gibt oder nicht ...«

»Sie werden nicht mehr abreisen. Und meine Frau wird da oben liegen, mit einem Loch in der Stirn, verstanden?«

Endlich sah ich, wie sich Quindt draußen auf dem Balkon in die Tür schob. Nur nichts anmerken lassen! Ich versuchte es noch einmal: »Wir könnten uns einigen, Monsieur Bruillard«, schlug ich vor. »Ich möchte Ihnen nicht die Zukunft verderben. Warum wollen Sie mich erschießen? Es verschlechtert nur Ihre Chancen ...«

In diesem Augenblick sprang Quindt vom Balkon herein, holte aus und schlug mit etwas zu, das ich als einen der Flügel des Dekkenventilators erkannte, eine meterlange, flache Blechlatte.

Es gab ein Geräusch, als wenn jemand mit der flachen Hand auf eine Melone klatscht. Ich warf mich blitzschnell seitwärts aus der Schußlinie. Und das war gut so, denn noch im Umfallen drückte Bruillard ab. Aber dann lag er still, und Quindt fesselte ihm die Hände und Füße mit der Schnur der Jalousie.

»Danke«, sagte ich erleichtert, konnte mir aber nicht verkneifen, hinzuzufügen: »Noch etwas langsamer, und du hättest Eugene Hsu mein Honorar erspart!«

Eine Viertelstunde später war die Polizei da. Den Anführer des Trupps erkannte ich als jenen mürrischen Vogel wieder, dem ich an der Leiche Robert Lulaos schon begegnet war. Lag das erst Tage zurück? Er schien mich nicht wiederzuerkennen. Es machte mich nicht traurig. Ich hatte die Nase voll von Papeete, den Palmen und Bastrockmädchen, von paradiesischen Stränden, schießwütigen betrogenen Weibern und männlichen Fremdgängern, von diesem ganzen Auftrag überhaupt. Mich lockte das alte Aberdeen mit der Wolkenkratzerkulisse an Land und dem Mastenwald der Boote auf dem Wasser, der Gestank nach Fisch und das Geplärr der Kinder auf den Nachbardschunken. Pipi fehlte mir. Und eine Büchse Bier bei Hamburger-Charly im *Poor Man's Night Club.* Deshalb machte ich mir nicht die Mühe, den Flics den ganzen vertrackten Fall darzustellen – sollten sie ihre eigenen Köpfe anstrengen, mein Job war erledigt. Edith Kung war tot, es konnte mir egal sein, ob sie herausfanden, wer sie nun wirklich erschossen hatte. Ich traf, so erklärte ich ihnen, auf meinem Zimmer diesen Mann an, der wohl Minuten früher unten den Rezeptionschef erschossen hatte. Mein Freund nebenan hörte mich um Hilfe rufen und kam mit dem Luftpaddel. Nein, über den Mann selbst konnte ich nichts aussagen, sah ihn heute zum ersten Mal. Was sogar stimmte!

Sie gaben sich damit zufrieden. Nahmen wohl an, Bruillard habe sich hier verstecken wollen und geschossen, weil er sich überrascht sah.

Ein Arzt befühlte seinen Kopf und meinte, er müßte eigentlich noch funktionieren. Quindt stand dabei und grinste.

Als der Hotelier weggebracht wurde, fragte mich der Polizist, ob ich noch in Papeete bleiben würde. Mir sei die Lust an dem Aufenthalt vergangen, ich würde die nächste Maschine nehmen, gab ich zur Antwort. Er hatte nichts einzuwenden. Französische Kolonialbeamte sind manchmal besser als ihr Ruf. Und schließlich – was ging ihn Bruillards Verhältnis mit Miß Kung, der Verblichenen, an? Was der Schuß von Madame Françoise, meiner Eine-Nacht-Geliebten? Was ihr Verhältnis mit dem lispelnden Alphonse Margeaux? Was brachte es mir, ihm zu verraten, daß Bruillard seine Bleibe in Moorea hatte und daß er in Faaone seinen alten Kumpan Morgan erschoß? Daß er mit Hilfe von Margeaux versucht hatte, über ein lächerliches Racket wieder zu Kapital zu kommen? Das alles sollte er mal schön selbst herausfinden!

Ich beauftragte Quindt, für uns den Heimflug zu buchen – er stolperte, so schnell flitzte er zu seinem Telefon –, und verständigte mich mit Philippe, dem Meisterkoch, darüber, daß wir am Abend seine unvergleichlichen Bataten mit Krabbenfüllung probieren würden.

Eben hatte ich aufgelegt, und Quindt hatte mir vom Balkon aus zugerufen, daß der Flug okay sei, da klingelte das Telefon. Ich erkannte Françoise Bruillard an der Stimme, obwohl sie nur ein einziges Wort sagte: »Danke.«

Ich bekam bis zu unserem Abflug keine Chance mehr, sie zu sehen. Geschweige denn, mich zu erkundigen, ob sie in jener Nacht mit meinen Leistungen wenigstens zufrieden gewesen sei. War es möglich, daß sie Skrupel bekommen hatte?

Als ich die Frage an Quindt weitergab, der sich gerade einen Bourbon aus seinem Privatvorrat eingoß, erhielt ich die philosophisch klingende Antwort: »Das Schlimmste an der Moral der Franzosen ist ihre Moral.«

Und dann schenkte er mir auch zwei Finger breit ein.

Die tätowierte Unschuld

Das Mädchen trippelte mit kleinen, geziert wirkenden Schritten, und trotzdem schwang ihr Hintern so betörend nach rechts und links aus, daß ich mich von der Limonade abwandte, die ich gerade schlürfte, und mir die schaukelnden Rundungen in aller Ruhe betrachtete, bis sie hinter einer schlechtbeleuchteten Bude mit Trockenfisch, Tigerknochenwein und anderen Delikatessen verschwanden.

Poor Man's Night Club, der riesige Parkplatz, der bei Nacht zum Rummelplatz wurde, nahe der Anlegestellen der Macao-Fähren, am Stand von Hamburger-Charly, meinem alten Freund.

Der hatte noch alle Hände voll zu tun. Mußte seinen beiden Bratmädchen helfen, die echt amerikanischen Hamburger, die er aus rotchinesischem Wasserbüffelfleisch zubereitete, an den Mann zu bringen. Auch an die Frau. Unter dem Sternenbanner, mit dem er seinen Stand stilecht dekoriert hatte. Ich wette, ein Haufen Esser wiegt sich in der Illusion, zwischen den Maisbrötchenhälften stecke tatsächlich texanisches Rinderhack, cowboygearbeitet sozusagen. Was mir egal sein kann, denn warum soll mein Freund Charly nicht an der Plasticfood-Mode seinen Schnitt machen, in unserer Kolonie, in der jeder schneidet!

Er entdeckte mich. Zog einen Flunsch über meine Limonade und warf mir eine Flasche mutterländisches »Snowflake« zu. Deutete auf den Stuhl seitlich vom Bratblech, wo man ein wenig den Blikken der Kauenden entzogen sitzen konnte.

»Warum hat sie nicht gleich mit dir selber verhandelt?«

Er hielt mir eines seiner noch dampfenden Produkte hin und drückte aus einer Ketchupflasche rote Paste drauf, bis ich protestierte. Trotzdem aß ich diese Dinger inzwischen sehr gern. Die Illusion hatte mich nicht gefangen, aber der Geschmack lag mir. Außerdem ersparte so ein Imbiß mir eine späte Mahlzeit, die mir auf der Dschunke, die ich in Aberdeen bewohne, eine Menge Arbeit gemacht hätte. Als Junggeselle mit gelegentlichem Damenbesuch kocht man nur, wenn es sich gar nicht vermeiden läßt. Oder wenn es Spaß macht. Aber solche Gelegenheiten sind selten bei einem Mann wie mir, der in ziemlich lange zurückliegender Zeit einmal das ehrbare Handwerk eines Kochs gelernt hat.

Ich wurde aus der Bemerkung Charlys nicht klug und sagte an einem Bissen Hamburger vorbei: »Du sprechen geheimnisvolle Worte, großer Häuptling.«

Eine japanische Touristin blitze Charly mit ihrer Kamera an. Er fletschte bereitwillig die Zähne, wie Sun Wu-kung, der Affenkönig in der Oper, dann kassierte er, und dabei quengelte er zu mir herüber: »Hat dich vielleicht nicht erkannt. Oder weiß nicht, wie du aussiehst. Ich meine, daß du so heruntergekommen aussiehst ...«

Ich zog an der »Snowflake«-Flasche, das süffige Bier aus dem Mutterland glättete meine Kehle und übte eine beruhigende Wirkung aus, denn es ließ mich völlig kalt, als Charly zwischen einem Zehndollarscheinwechsel und zwei weiteren Hamburgern verwundert fragte: »Du kennst sie wohl auch nicht, wie?«

Als ich die Kaufläche einen Augenblick frei hatte, gab ich ihm zu bedenken: »Die meisten Hongkonger Schönheiten kennen mich nicht, das ist ihre Tragödie!«

»Aber – sie hat nach dir gefragt!«

»Wer, bitte, ist die, von der du redest?«

Er wurde wütend, eine seltene Erscheinung bei Charly. »Himmel, zuerst guckst du ihr den Rock vom Hintern, und dann tust du so, als wüßtest du von nichts! Lao Dangs jüngste Tochter ...«

Mir fiel das trippelnde Mädchen von vorhin ein. »Das war also Lao Dangs Tochter?«

»Nancy Lee. War mal verheiratet. Jetzt nicht mehr. Ganz clevere Mama, an der kannst du dir eine Zahnlücke holen, wenn du nicht aufpaßt.«

Er sprach von der Tochter des Chefs der Triade »Weißer Mohn«, an die er Schutzgeld zahlte. Lao Dang. Einer der ältesten Betreiber des Gewerbes in der Kolonie. Eine Hongkonger Institution, wie die Mittagskanone. Schon als ich noch in der Polizei diente, waren wir über ihn im Bilde gewesen. Er hatte selten Konflikte mit dem Gesetz gehabt, weil er die Grenzen kannte, in denen man zu bleiben hat, wenn man erreichen will, daß einen die Polizei als zu kleinen Fisch zwar registriert, aber nicht gezielt verfolgt. Ließ die Imbißbuden in Victoria abklappern. Kassierte moderat. Und vermied törichte Zuspitzungen, wenn einer seiner »Schutzbefohlenen« einmal wegen schlechter Geschäfte nicht zahlen konnte. Dabei war Lao Dang durchaus kein kleiner Fisch. Die besten Erträge holte er aus dem Immobiliengeschäft. Das betrieb er legal. Kein Sterblicher kann bei einem Hongkonger Tycoon unterscheiden, was er legal oder illegal einnimmt, das ist das Geheimnis vieler Villen am Peak, vieler hochtouriger Yachten, vieler Nummernkonten in Zürichs Bahnhofstraße oder kürzlich eingerichteter Ausweichfilialen auf den Bahamas – für den Fall, daß nach der Übernahme Hongkongs durch die Volksrepublik die Geschäfte nicht mehr in gewohnter Art laufen.

»Das mit den Immobilien erledigt die Kleine«, klärte mich Charly auf, der sich auch ein Bier gönnte. Seine beiden Mädchen am Bratblech verströmten inzwischen Knoblauchduft und Liebenswürdigkeit, während sie das gebratene Büffelhack zwischen die Brötchenhälften klatschten, Zwiebel drauf, Ketchup, Lächeln, kassieren – das lief ab wie ein Karate-Film im Fernsehen. Nur nicht so gewalttätig.

»Erzähl mir was von dieser Mücke«, forderte ich Charly auf.

Der grinste fröhlich. »Schmink dir die Mücke ab, Partner. Die tippt an dein Schienbein, und du liegst ein Vierteljahr in Gips. Beste japanische Schule. Dojo der Meisterklasse. Hat sich von Lee getrennt, als der mit seiner Restaurantkette krachen ging.«

»Und seitdem kassiert sie bei dir?«

Er schüttelte bekümmert den Kopf mit der weißen Mütze, dem Zeichen seiner Zunft.

»Unsinn! Die geht doch nicht einstreichen. Hat Harvard hinter sich.«

»Sieht aber aus, als käme sie grade aus einer Damentoilette in Wanchai. Mit einer Perle im Haar. Und deswegen so stolz.«

Er nahm einen langen Zug Bier und versicherte mir dann: »Du gehst ihr auf den Leim. Genau diesen Eindruck will sie erwecken. Bis sie unvermutet zuschlägt.«

»An mein Schienbein?«

»Sie will was von dir! Keine Ahnung, was es ist. Klang aber nicht nach Drohung. Vielleicht ein Job. Hat gehört, daß wir befreundet sind. Und da ich sozusagen Klient des Alten bin, soll ich dir ausrichten, sie erwartet dich. Connaught Road. Neben dem Centre.«

»Heute noch?«

»Morgen. Zehn Uhr vormittag. Wärst du nicht vorbeigekommen, hätte ich dir die Einladung auf deine Dschunke bringen müssen. Sie hat eine sehr überzeugende Art, eine Bitte vorzutragen.«

»Sie hat auch eine sehr überzeugende Art, mit dem Hintern zu wackeln. Ist dir aufgefallen, daß sie unter dem Mini aus Leinen nichts trägt?«

»Ich hab ihn nicht hochgehoben«, knurrte Charly. Er war nicht gerade ein katholischer Priester, aber was Mädchen anging, so genügte ihm meist eines, das sich zufällig in seiner Nähe befand. Zur Zeit war es eine der beiden Braterinnen, die er beschäftigte, ich wußte nur nicht, welche.

»Und wie, bitte, hast du das festgestellt?« wollte er wissen.

»Keine VPL.«

»Keine was?«

Ich verbrachte zehn Minuten damit, ihm zu erklären, daß VPL die in unchristlichen Männerkreisen amerikanischer Schule übliche Insider-Abkürzung für »visible panty line« ist, was soviel heißt wie »durch die Oberbekleidung erkennbare Slipumrisse«.

Charly schüttelte mißbilligend den Kopf und kratzte sich in seinem Bürstenhaar. »Wäre mir nie aufgefallen.«

Er warf einen prüfenden Blick auf seine beiden Braterinnen, worauf er mir vorwarf: »Wenn sie weiße Kittel anhaben, funktioniert das aber nicht!«

Um Streit zu vermeiden, gab ich noch ein Bier aus. Ein spätabendlicher Besuch in diesem Areal an den Anlegestellen, wo es vom Kaninchenzauberer über den Vertreiber von Potenzpillen bis zur Kuntjü-Oper auf wackliger Bühne buchstäblich alles gibt, was unterhält, Spaß macht oder sättigt, lohnt sich immer. Gegen die sterile Protzerei in der Halle des *Mandarin* etwa war dieser von zischenden Karbidlampen erhellte, von tausend Gerüchen verstänkerte und von Anpreisern mit wüstem Lärm erfüllte Rummelplatz so etwas wie eine Injektion mit dem Serum Wahrheit. Dies war noch ein Stück von dem Hongkong, das wir unwiederbringlich verlieren. Und zwar noch bevor auf Lantau der neue Flughafen gebaut ist. Solchen Gedanken hing ich nach, während Charly nachdenklich schwieg und nebenan ein Händler den Käufern erklärte, welche Wirkung ein bißchen Tiger Balm auf dem Glied habe, wenn die Dame von träger Beschleunigung sei. Etwas weiter weg pries eine alte Frau Garnelen an, dazwischen verkündete ein Vogelhändler, daß seine Nachtigallen besser singen könnten als Sunny Loh, der gegenwärtige Star der größten TV-Station, und vage war irgendwoher zu vernehmen, daß die Leute doch gottverdammt gefälligst beim Wahrsager Kwon ihre Zukunft erfragen sollten, für läppische fünf Dollar, bevor sie sich von der Fähre ins Meer stürzten, sich auf die Schienen im Schnellbahntunnel zwischen der Insel und Kowloon legten oder, was ebenso unbedacht wäre, eine Spielhalle in Macao besuchten, um reich zu werden: zur Unzeit, alles zur Unzeit, wie Kwon für fünf Dollar ermitteln könnte!

»Müder Abend heute«, brummte Charly schließlich. »Könnten ein paar mehr Touristen kommen ...«

Ich fand das Durcheinander ausreichend, aber Charly schien einen geheimen Draht zu den Göttern zu haben, denn wenig später, als wir gerade überlegten, ob wir uns ein weiteres Bier einfüllen sollten, brach die amerikanische Hölle los in Gestalt einer Omnibusladung fotografiersüchtiger Südstaatenprovinzler, die alle zugleich ihre echt amerikanischen Hamburger verlangten und wenn sie sie hatten, damit vor den Polaroidkameras posierten, bis der Ketchup ihnen über die Hawaiihemden lief.

Ich ergriff die Flucht, was im Sinne meines Freundes Charly war, denn jetzt trat er in Aktion. Noch hundert Meter entfernt hörte ich ihn krähen, daß es in ganz Hongkong nur einen Mann gäbe, der wüßte, wie die Amerikaner ihren Hamburger mögen, nämlich ganz anders als die alten Mongolen, die diesen Imbiß eigentlich erfunden hätten, damals, als sie noch auf ihren Ponys in Richtung Europa trabten und die tägliche Fleischration in Ermangelung eines Lagerfeuers einfach unter dem Sattel mürbe ritten ...

Hongkong ist alles, was Sie wollen – eine Metropole, die zum blauen Himmel stinkt, eine Lasterhöhle gigantischen Ausmaßes, eine architektonische Wahnsinnstat, Verbrecherdorado, Paradies der Gourmets – bitte vergessen Sie nicht, es ist eine Stadt ohne Langeweile und eine liebenswerte Zusammenballung höchst gegensätzlicher, sich daher unwiderstehlich anziehender Erscheinungen. So jaulte auch eine stimmgewaltige Dame aus dem Kreis der Bewunderer von Charlys Darlegungen plötzlich auf: »Hilfe! Meine Handtasche ist weg!«

Es war das letzte, was ich von den Lebensäußerungen in *Poor Man's Night Club* einigermaßen deutlich verstehen konnte.

Wenn mir einer hätte weismachen wollen, Nancy Lee wäre mit Karate auch nur mal in Berührung gekommen, ich hätte ihn – ohne die Warnung Charlys – für bestempelt gehalten. So aber war ich vorsichtig und sah nicht nur die damenhaft-elegante Fassade. Ich hatte mich mit meinem Toyota am Morgen bis in die Connought

Road gequält, hatte am Centre einen sündhaft teuren Parkplatz erwischt und mich an einem gepflegten Herrn mit etwas pomadigem Haar, wie es jetzt in Mode war, vorbei in ihr Büro geschoben, das einem Bankettsaal ähnelte.

Was mich am meisten überraschte, es gab keinen Schreibtisch in dem riesigen Raum mit seinen schweren Teppichen. Nur geschickt verteilte Sitzgruppen mit konservativem Blumenmuster auf den Bezügen. Kein Leder, kein Chrom, selbst die Lampenschirme waren nicht modernistisch, nicht einmal popeliges Tiffany, sondern warmfarbig stoffbezogen.

Und da stand diese kleine, noch junge Frau. Wollte man sich aus ihrer äußeren Erscheinung ein Urteil über sie bilden, fiel einem das schwer. Kein Schema zu erkennen. In dem gemütlich-runden Gesicht zwei harmlos-neugierig blickende Augen. Eingerahmt war das Ganze von einer kurzen Ponyfrisur, wie sie die Sekretärin eines Parteibonzen im Mutterland nicht sittsamer hätte tragen können. Keine Ohrgehänge, nur ein schmales Goldkettchen, das über die dunkelblaue Seidenbluse fiel, mit einem herzförmigen Anhänger, dessen eingelegte Brillanten das einzige waren, was Reichtum andeutete. Das Ding kostete bei *Arthur's* in Kowloon garantiert seine 5000 Dollar, und selbst eine Imitation aus dem *Fashion Palace,* nicht weit von diesem Büro, würde noch gut 1000 wert sein.

Der schwarze Rock der kleinen Dame war leider nicht Mini, wie gestern abend, er reichte wie bei einem Schulmädchen im kirchlichen Internat bis über die schwarzbestrumpften Knie. Pipi, meine Dauerfreundin, die im Hotel Excelsior an der Rezeption stand und Meisterleistungen vollbrachte, wenn es darum ging, Leute nach ihrem Erscheinungsbild zu beurteilen, hätte vermutlich konstatiert: Teure Mama, Kopf zum Denken, Zähne wie ein Hai, Gemüt einer elektronischen Rechenmaschine, Körper wie ein Angelhaken, eiskalt auf der Matte.

Ich hatte wenig Lust, letzteres zu erkunden. Nancy Lee hatte man nicht alle Tage zur Kundin. Meinetwegen konnte sie Oberschenkel aus verrostetem Baustahl haben – seit einiger Zeit war kein guter Auftrag in meine Detektei geflattert, wie ich das Bürozimmer werbewirksam nannte, das ich in Aberdeen, in der Cameron Street, mit dem Bewährungshelfer Wu teilte, aus Ersparnisgründen. So hatte der gute Wu, aus dessen Kopf die Idee nicht zu vertreiben war, Menschen ließen sich in Mustermenschen verwandeln, beispielsweise erreicht, daß die Heilsarmee unsere gemeinsame Stromrechnung bezahlte. Guter Mann, Wu, dachte ich, während ich zur Kenntnis nahm, daß Mrs. Lee keine Anstalten machte, sich von ihrer Couch zu erheben. Sie nickte mir zu und wies auf einen Sessel, in dem ich einsank wie in einem Sumpfloch. Aber aus dieser Perspektive hatte ich einen hervorragenden Blick auf die wohlgeformten Knie der Lady.

»Ich freue mich, daß Sie gekommen sind, Mister Lim Tok. Wollen Sie für mich arbeiten?«

Daß sie Zeit vertrödelte, bevor sie zur Sache kam, konnte man ihr nicht nachsagen. Ich nannte ihr meinen Tagespreis und den Spesensatz. Darauf antwortete sie mit einer Kopfbewegung in Richtung Vorzimmer und der Bemerkung, ich solle das nachher mit ihrem Sekretär besprechen, für derlei Dinge sei er da.

»Und«, fuhr ich fort, »ich müßte wissen, worum es sich handelt, Mrs. Lee, es gibt da gesetzliche Vorschriften, etwa bei einem Kapitalverbrechen ...«

Sie unterbrach mich lächelnd: »Ich weiß, Mister Lim Tok. Die Polizei ist einzuschalten. Das ist mir alles geläufig. Ich habe nicht vor, Sie in einer ungesetzlichen Sache zu beschäftigen. Es geht allerdings um Mord.«

Sie erinnerte sich und schob mir eine auf einem Beistelltisch liegend Packung *Panda* hin. Nahm sich selbst eine. Brannte sie an meinem Feuerzeug an. Erkundigte sich, ob es Whisky oder Gin sein sollte. Ich gestand ihr, daß ich am liebsten Limonade trank. Gelbe. In Hongkonger Hinterhöfen zur edlen Reife gebracht. Sie quittierte es mit einer unnachahmlichen Bewegung ihrer schmalen Schultern.

»Kein Grund, sich zu schämen, ich trinke auch am liebsten Eiswasser mit Carambola-Sirup.« Genau das bestellte sie bei dem Pomade-Sekretär, der auf einen Knopfdruck in der Tür erschien.

Ich nahm die Chance wahr zu bemerken: »Bei einem Mord, Mrs. Lee, ist die Polizei zuständig, so leid es mir tut.«

Sie wischte das weg. »Sie brauchen sich keine Gedanken zu machen, Mister Lim Tok, die Polizei ist in dieser Sache bereits offiziell tätig. Ohne Ergebnis. Ich habe mir deshalb die Erlaubnis geben lassen, auf eigene Rechnung noch einen Privatermittler zu bemühen. Lediglich wenn entscheidende Fakten dabei ans Licht kommen, ist die Polizei zu informieren.

»Ich kenne das.« Ich war ja selbst bei der Polizei gewesen, bis diese dumme Sache mit dem Stellvertreter des Gouverneurs passierte. Ich hatte ihn im Freudenhaus in der Unterhose erwischt.

Und jetzt dämmerte in mir eine vage Ahnung, wie Mrs. Lee ausgerechnet auf mich gekommen war, von einigen hundert Privatermittlern in der Kolonie.

»Mit wem haben Sie das bei der Polizei ausgehandelt?«

Sie wartete ab, bis der Pomadenkopf die Limonade serviert hatte, ehe sie ihn anwies: »Mister Lim Tok wird Ihnen nachher seine Honorarforderung nennen. Regeln Sie das.«

Er deutete eine Verbeugung an. Ich machte mir Gedanken, ob sie ihm vielleicht mal ans Schienbein getippt hatte, mit dem Karatefinger.

In diese Überlegungen hinein sagte sie, als der Sekretär verschwunden war: »Ich habe mit Inspektor Robert Hsiang gesprochen. Ihm obliegt die Aufklärung.«

Bobby Hsiang. Ich hatte richtig vermutet. Wenn man lange genug Streife miteinander gelatscht ist, auf dem glatten Pflaster der Hongkonger Gassen, vergißt man den Partner nicht so schnell.

»Nun gut, ich höre.«

Sie sah mich einen Augenblick nachdenklich an, blickte auf ihre winzige goldene Armbanduhr und entschied: »Es ist besser, Sie sehen zuerst. Sprechen Sie inzwischen mit meinem Sekretär, ich komme sofort nach ...«

Damit erhob sie sich und verschwand in einem kleinen Raum, zu dem eine Zwischentür führte. Ich konnte Spiegel und Waschbecken erkennen. Also trank ich meine Limonade aus, und dann teilte ich dem Sekretär meine Preise mit. Er wollte nur wissen, ob ich einen Scheck bevorzugte oder eine Banküberweisung. Ich schlug ihm eine Woche Vorauszahlung per Scheck vor. Er schrieb das Papier aus, ohne eine Miene zu verziehen.

Nancy Lee hatte etwas *Jealousy* aufgesprüht, wie ich roch, als ich neben ihr in ihrem Daimler saß und wir südwärts rollten, stotternd, von Stau zu Stau, aber immerhin langten wir nach einer Viertelstunde an der etwas im Grünen gelegenen Leichenhalle des gerichtsmedizinischen Instituts an. Ich ahnte Böses, und als ob sie Gedanken lesen könnte, erkundigte die Dame sich harmlos: »Tote können Sie doch sehen, oder haben Sie da Magenprobleme?«

Ich schüttelte nur den Kopf. Über die Zahl der Toten, die ich schon gesehen hatte, verbreite ich mich nicht so gern. Gefrühstückt hatte ich ziemlich leicht, zum Glück.

Das, was die Leute vom Fach »Kalte Küche« nennen, war mir auch nicht so fremd, wie Mrs. Lee vielleicht annahm. Ich kannte sogar den Kalfaktor der Einrichtung, einen ältlichen, bebrillten

Chinesen, der, wie es hieß, einmal Medizin studiert hatte. Er begrüßte zuerst Mrs. Lee und dann mich, wobei er mir zublinzelte. Klarer Fall, er zeigte einer Privatperson in Begleitung eine Leiche, und das war ihm eigentlich nicht erlaubt. Mrs. Lee hatte offenbar genug Einfluß, um ihn zur Überschreitung seiner Kompetenzen zu verleiten. Oder genug Geld, denn in Hongkong bedarf es einer Sonde, um den letzten nicht korrumpierbaren Beamten aufzuspüren.

Zuerst zog er das Laken vom Gesicht. Nichts, was mir besonders auffiel.

Eine junge Chinesin mit angenehmen Zügen, üppigem Haar und, wie es sich nach einem weiteren Zug am Laken erwies, einem nicht minder üppigen Brustumfang.

Ich machte: »Hm ...« Deutete damit an, daß ich genug gesehen hatte und das Mädchen nicht kannte. Aber das nahm der Leichenwärter offenbar als Signal, mir auch noch den Rest zu enthüllen: eine splitternackte Leiche, gutgebaut, nicht verstümmelt, wenn man von einer kleinen, genau unter die linke Brust gesetzten Stichwunde absah. Tod durch Stich ins Herz. Soweit gab es nichts, was mich sonderlich befremdete. Wäre da nicht die Lotosknospe gewesen.

Auf dem linken Oberschenkel befand sie sich. Unübersehbar für jeden Mann, der sich zu Lebzeiten der Dame etwa in ernster Absicht genähert hätte. Ich befeuchtete einen Finger und wollte die Beschaffenheit der Knospe prüfen, aber Mrs. Lee hielt mich zurück.

»Es ist eine Tätowierung.«

»Ach«, sagte ich. Mehr fiel mir nicht ein. Und fügte dann noch wahrheitsgemäß hinzu: »Nie gesehen, weder die Dame noch diese Tätowierung.«

»Prägen Sie sich ihr Gesicht ein«, ordnete Mrs. Lee an.

Das fiel mir angesichts der interessanteren Körperpartien, die der Kalfaktor entblößt hatte, schwer, aber ich schaffte es. Und ich bekam sogar noch mit, daß auf dem obligaten Zettel, der an den linken großen Zeh gebunden war, ein Fragezeichen stand. Kein Name. Aber der Kalfaktor erriet wohl meinen heimlichen Wunsch und drückte mir verstohlen ein Porträt der Toten in die Hand. Ich honorierte es mit einem grünen Schein.

»Goldlotos«, murmelte ich vor mich hin, als ich wieder im Daimler neben Mrs. Lee saß, in einer Wolke *Jealousy.* Mir war die alte, sogar schon als Peking-Oper verhamburgerte Geschichte von der berühmten Kurtisane eingefallen, die um die Jahrhundertwende den deutschen Anführer der Strafexpedition gegen die aufständischen Boxer-Rebellen weichgespült hatte.

Mrs. Lee schien nichts gehört zu haben, denn sie wandte sich mir zu, ohne den Anlasser zu betätigen, und begann: »Sie haben ein Foto. Und als Hintergrund den Hinweis, daß dieses Mädchen vermutlich eine Mörderin ist. Genug zum Suchen. Am letzten Wochenende begleitete sie Mister Jack Chia in das Spielcasino des Hotels *Lisboa* in Macao. Mr. Chia gewann beim Bakkarat eine Summe in Patacas, die er vor Verlassen des Casinos gegen 123000 Hongkong-Dollar eintauschte. Er begab sich mit dem jetzt toten Mädchen in seine Hotelsuite, wo er allem Anschein nach wenig später starb. Jedenfalls vermutet die Polizei in Macao einen Zeitpunkt kurz nach Mitternacht. Man fand ihn früh. Das Mädchen, das von Casinoangestellten einwandfrei als seine Begleiterin identifiziert wurde und das auch in der Suite bei ihm war, wo die beiden noch eine späte Mahlzeit zu sich nahmen, wurde bei Sonnenaufgang an der Uferpromenade auf einer Bank gefunden. Oder unter der Bank, das weiß ich nicht so genau. Jedenfalls war sie tot. Das gewonnene Geld ist verschwunden. Wurde weder bei Mr. Chia gefunden noch bei ihr. Es liegt nahe, daß sie es gestohlen hatte. Mr. Chia starb, wie die Polizei feststellte, an Gift. Alle näheren Einzelheiten erfahren Sie übrigens an Ort und Stelle. Begeben Sie sich unverzüglich an die Arbeit. Ihren Scheck haben Sie?«

Als sie Luft holte, sagte ich: »Langsam, Mrs. Lee. Wenn Sie solide Arbeit erwarten, habe ich ein paar Fragen.«

»Bitte.« Es klang, wie wenn ein Magazin in eine Maschinenpistole eingeschoben wird.

»Wer war Mister Jack Chia?«

»Ein persönlicher Freund meiner Familie. Er bedeutete uns viel.«

»Hatte er auch einen Beruf?«

Sie überhörte meine Ironie. »Er war der Chef der Handelsvereinigung der Textilfabrikanten Hongkongs. Privat gehörte ihm die Hemdenfabrik *Schwan*.«

»Verheiratet?«

»Ja.«

»Zoff?«

»Wie bitte?«

»Ob er ein ruhiges Zuhause hatte und seine Frau nur hin und wieder mal bei einer Lotosknospe betrog oder ob er Ming-Vasen an den Schädel kriegte, sobald er in der Haustür erschien!«

Sie entschloß sich zu der diplomatischen Antwort: »Mrs. Chia ist eine tolerante Frau, in der ehrwürdigen Familientradition. Der erwachsene Sohn der Chias lebt als Bankier in den Vereinigten Staaten. Seit zehn Jahren. Die Beziehungen untereinander sind über jeden Zweifel erhaben.«

»Das macht mich überglücklich. Werden durch den Tod von Mister Chia Geschäfte zwischen ihm und Ihnen beeinträchtigt?«

»Nein. Aber es ist möglich, daß das auf seine Geschäfte mit anderen Partnern zutrifft.«

»Nun gut, das werde ich zu untersuchen haben. Zuletzt die Routinefrage, ob Sie sich einen Feind Mister Chias vorstellen können, der ihm ans Leben wollte.«

Sie schüttelte den Ponykopf. »Ich kenne keine Feinde von Jack Chia.«

Die Familie erwähnte sie nicht mehr. Das brachte mich auf die Idee, sie noch einmal zu kitzeln: »Um auf Mrs. Chia zurückzukommen – kennen Sie die Geschichte, wie die Schwägerin dem Schwager sagt, daß sie ihm Gift in den Tee schütten würde, wenn sie seine Frau sein müßte, und wie er ihr eingesteht, wenn er sie zur Frau hätte, würde er den Tee sogar trinken?«

Sie verzog keine Miene, als sie mich rügte: »Sie haben eine etwas unbefangene Art, mit persönlichen Tragödien umzugehen, Mister Lim Tok, ich hörte bereits davon. Ich möchte Sie bitten, etwas zurückhaltender mit Ihrem köstlichen Humor zu sein, falls Sie jemals mit Mrs. Chia sprechen. Sie könnte das mißverstehen.«

Ich hob zwei Finger, wie bei Gericht, wenn man schwört.

»Noch Fragen?«

»Nur eine. In der bekannten und unbefangenen Art, für die ich in Hongkong berühmt bin: Woher kommt das fürsorgliche Interesse Ihrer Familie am Schicksal von Mister Chia?«

Sie betätigte den Starter und rückte den Fahrthebel ein.

Während sie anfuhr, sagte sie: »Ich vergaß, Sie darauf aufmerksam zu machen, daß meine ältere Schwester mit dem Sohn von Mister Chia verheiratet ist. Dem Bankier. Beide werden zur Beisetzung kommen. Wo kann ich Sie absetzen?«

Ich sagte ihr, wo mein Toyota stand, und zum Abschied gab sie mir noch die Nummer ihres Mobiltelefons, unter der sie rund um die Uhr zu erreichen war, zuletzt das Datum der Beisetzung Mr. Chias. Eiskalt, effizient, unnahbar, die Frau, von der man träumen kann, wenn man zu schwer gegessen hat.

Bobby Hsiang, seines Zeichens Inspektor im Morddezernat der hiesigen Polizei, mein alter Freund und Gefährte bei gemeinsamen Streifengängen, kam pünktlich, wie man das von ihm gewohnt war, besonders, wenn ein Gratisessen ins Haus stand. Er war mager geworden in den letzten Monaten, aber das lag wohl eher an der Kantinenkost als an der Krankheit. Den immer etwas mürrisch wirkenden, zu beißendem Sarkasmus neigenden, schlauen Burschen konnte man sich krank einfach nicht vorstellen. Ich hatte ihn ins *Hibiskus* eingeladen, das Restaurant meiner Mutter in Wanchai. Mußte mich ohnehin wieder einmal da sehen lassen – Mütter fühlen sich immer von den Söhnen vernachlässigt. Besonders, wenn die auf den Dschunken wohnen und es mit Mädchen wie Pipi treiben, ohne sie zu heiraten.

»Es gibt Garnelen in Reiswein, scharfen Weißkohl, süßsauer panierten Karpfen, Nankinger Löwenköpfe, Bohnenquarksuppe und zum Abschluß kandierte Äpfel. Trinkst du ein Bier?«

Er erkundigte sich trocken: »Hat deine Mutter in der Lotterie gewonnen? Oder willst du mich ernstlich bestechen?«

»Letzteres, Partner«, informierte ich ihn.

Wir zogen uns in eine Nische zurück, während draußen eine Horde europäischer Touristen einfiel. Meine Mutter ließ es sich nicht nehmen, uns als Ehrengäste selbst zu bedienen.

Als sie uns das Bier hinstellte, murmelte sie verdutzt: »Kann man sich das vorstellen: Die Kerle wollen um die Mittagszeit schon zu den Mädchen!«

»Europäer«, bemerkte Bobby. »Ein kulturloser Menschenschlag. Sehen wie Franzosen aus.«

Meine Mutter belehrte ihn: »Italiener. Die katholische Elite der alten Welt. Ob die dort drüben nur solche vertrockneten Schachteln herumlaufen haben wie die da an ihrem Tisch? Kein junges Mädchen dabei!«

Ich zog es vor, mich in die Unterhaltung nicht einzumischen. Meine Mutter war in Wanchai zu Hause, aber zuweilen bekam sie einen moralischen Anfall, gemischt mit chinesischem Zynismus, dann terrorisierte sie mit dieser Mixtur Leute. Ich hatte da meine Erfahrungen. Auch Bobby schwieg und grinste nur noch. Riß dann die Augen auf, als die Schüssel mit den Garnelen gebracht wurde. Unser Koch hatte einen neuen Trick drauf, er beizte die Ingwerstückchen, mit denen die halbierten Garnelen bestreut waren, in blauer Speisefarbe. Das gab einen irren Effekt, denn Blau kam in der chinesischen Küche so gut wie nie vor. Bisher jedenfalls.

»Ist das Parker-Tinte?« erkundigte sich Bobby denn auch, als meine Mutter es nicht mehr hören konnte, und ich rieb ihm hinter die Ohren, er sei eben lange nicht in einem First-class-Restaurant gewesen. Das nahm er mit gemessener Ruhe zur Kenntnis, und dann wollte er wissen: »Was hast du auf dem Herzen, Privatschnüffler?«

Der scharfe Kohl wurde serviert, und ich langte zu. Die Engländer haben für solche kleinen Appetitmacher den Ausdruck »Dim Sum« aus unserer Sprache entlehnt. Ich dimsumte eine Weile, bevor ich zwischen einer Garnele und einem Stück Lauch herausquetschte: »Jack Chia.«

Mein Freund räumte die letzten Krabben ab, legte die Stäbchen für den nächsten Gang bereit, wischte sich mit dem heißen Lappen über den Mund und begann in der Pause, die Luft mit dem Qualm einer *Bastos* zu verpesten. Wobei Sie nicht glauben dürfen, daß ich einer von diesen Anti-Tabak-Terroristen bin, nein, ich liebe den Duft von Virginia, nur der von dem Kraut, aus dem Bobbys Zigaretten gemacht sind, taugt bestenfalls als Mottenkiller.

»Fünfundfünfzig. Um die dreißig Millionen schwer. Tycoon mit blendenden Verbindungen. Kontrollierte den Textilexport. Trip mit Mädchen nach Macao. Gift. Tot.«

»Langsam«, wandte ich ein. »Hast du die Leiche gesehen?«

Er hatte. »Auch den Autopsiebericht. Fischgift, einwandfrei. Keine Anhaltspunkte für andere Schädigungen.«

»Und das Mädchen?«

Da war wieder das Grinsen. »Bemerkenswerte Figur. Wir haben sogar einen Abstrich machen lassen. Mister Chia hat die süße Perle mit seinem Zauberstab berührt, wenn du verstehst, was ich meine.«

»Ich weiß seit langem, daß du eine schmutzige Polizistenphantasie hast. Was fiel dir denn bei ihrem linken Oberschenkel ein?«

»Daß wir das Zeichen nicht registriert haben«, erwiderte er prompt. »Hat dich Lao Dang beauftragt?«

Ich zog es vor, das zu überhören. Aber sogleich staunte ich wieder einmal, wie so oft schon, über den todsicheren Instinkt meines Freundes Bobbys, als er fortfuhr: »Brauchst es nicht zuzugeben. Ich weiß auch so, daß die Familie stark interessiert ist, die Sache aufzuklären zu lassen. Bloß bei uns läuft da wenig. Fälle, die von Macao überstellt werden, rangieren ganz hinten, noch dazu, wenn nichts weiter dran ist.«

Der Karpfen wurde aufgetragen, und der süßsaure Duft stieg mir in die Nase. An einem Karpfen kann man mit zwei Stäbchen so schön lange herumzupfen, immer winzige Portionen zum Mund führen, man genießt das Essen, schlingt es nicht herunter wie einen Hamburger bei Charly. Ich ließ mir Zeit.

Mit dem Geschmack der Gewürze auf der Zunge gab ich Bobby schließlich Auskunft: »Ich werde nach Macao fahren. Habe Freunde dort.«

»Hm«, machte er nachdenklich. »Das kann was bringen. Oder auch nicht. Wir finden ein paar Fakten eigenartig an diesem Fischgiftunfall. Dieser Karpfen hier ist übrigens ausgezeichnet ...«

Bobby war in der Vergangenheit stets bereit gewesen, mir zu helfen, also versuchte ich auch jetzt wieder, von ihm zu erfahren, was die Polizei wußte. Und er antwortete mir, weil er sicher sein konnte, daß er keinen Ärger bekam. Trotzdem warnte er mich todernst: »Was ich dir jetzt mitteile, spreche ich im Schlaf, in einem dunklen Zimmer, in dem es außer mir nicht mal einen Gecko an der Wand gibt, klar?«

»Klar.« Ich winkte zur Theke nach mehr Bier.

»Also, Chia ist der dritte einflußreiche Tycoon, der innerhalb der letzten Monate getötet wurde. Der erste war Tsen Haw, Präsident der Vereinigung Hongkonger Versicherungskassen. Der zweite Chung Peng-tou, Vorsitzender des Aufsichtsrates Hongkonger Hafenbetriebe.«

Ich fiel ihm ins Wort: »Und warum erfährt das die Öffentlichkeit nicht?«

Ungerührt setzte Bobby seine Rede fort: »Weil jedesmal ein Mädchen darin verwickelt war, und einflußreiche Familien haben nun mal die Mittel, der Presse anzudeuten, sie hätten es gern ganz klein.«

»Also dreimal Mord?«

Das wollte er nicht bestätigen. Er fragte vielmehr: »Warst du nicht mal Koch?«

»Du solltest dich an die Sandwiches erinnern, die ich in der Polizeikantine zusammengestellt habe!«

»Kennst du Fugu Sashimi?«

»Kennen, ja. Aber ich habe keine Lizenz gehabt, das zu machen.«

Bobby beobachtete, wie der Küchenchef, begleitet von meiner Mutter, zu uns an den Tisch trat und die Platte mit den drei Schnäpsen brachte, die das Haus uns spendierte. Mao Tai, ein himmlisches Gesöff. Wir spendeten dem Küchenchef Lob für seinen Karpfen, wie das üblich war. Bobby übertraf sich selber, er sagte, der

Fisch sei so gut geraten wie ein Gedicht von Li Po. Meine Mutter strahlte. Sah zu, wie wir die Schnäpse kippten und ging dann zufrieden mit dem Küchenchef wieder zur Theke zurück.

»Mister Chia starb an Fugu-Gift«, sagte Bobby.

Ich überlegte, was das zu bedeuten hatte. Fugu. Der Kugelfisch mit der giftigen Galle, die ein Gericht tödlich macht, wenn man das Ausnehmen nicht versteht. Japanische Spezialität. Nicht einmal jeder zehnte Koch hat eine Fugu-Lizenz. Im Augenblick fiel mir nicht ein, wer sie in Macao haben konnte, und in welchen Hotels. Bobby stocherte seinen Reis durch. Legte dem Karpfen ein Stück grünes Gemüse auf sein erloschenes Auge, eine uralte Sitte, die von den meisten meiner Landsleute bereits vergessen ist.

»In Macao haben sie festgestellt, Mister Chia hat Fugu gegessen, und er ist an Fugu gestorben. Mehr haben sie uns nicht mitgeteilt. Deuteten nur noch an, dem Koch sei kein Fehler nachzuweisen. Selbst ermitteln durften wir dort nicht. Du kennst die Portugiesen, oder?«

Ich kannte sie. Und die Sache kam mir in der Tat portugiesisch vor.

»Im *Lisboa* war das alles passiert?«

»Im *Lisboa*, ja.«

Den Chefkoch kannte ich aus der Zeit, in der ich selbst dort gearbeitet hatte. Sung Loh. Der hatte eine Lizenz für Fugu. Die Sache wurde rätselhaft.

»Hat denn das Mädchen nicht auch von dem Fisch gegessen?« erkundigte ich mich. »Ich denke, die beiden haben sich die Spätmahlzeit aufs Zimmer kommen lassen!«

»Haben sie«, bestätigte Bobby. »Und da kommen wir zu dem Stein, über den du wahrscheinlich auch stolperst. Wie ist das möglich: Man ißt zu zweit eine Mahlzeit mit vergiftetem Fisch, und anschließend geht einer daran kaputt, während der andere ans Ufer spaziert, um sich dort erstechen zu lassen? Höhere Artistik, wenn du mich fragst.«

Ich mußte ihm zustimmen, die Sache war so leicht nicht zu erklären. Selbst ein leidlich hübsches Mädchen mit einer Lotosknospe, dem Symbol von Reinheit, kann nicht Fugu, vergifteten, essen und dann spazierengehen. Jedenfalls wäre es das erste Mal, daß eine Tätowierung so was bewirkt.

Mir fiel ein: »Man hat sie aber nicht aufgesäbelt in der Leichenhalle, wie?«

Bobby entgegnete seelenruhig: »Man hat. Nachdem du sie gesehen hast. Kein Gift. Fugu Sashimi in seiner reinsten und bekömmlichsten Form, aber nichts, was tödlich an ihm sein könnte. Ganz anders als bei ihrem Herrn Verehrer. Todesursache bei dem Mädchen war einwandfrei der Messerstich.«

Ich stand vor einer geschlossenen Tür. »Fugu für zwei, und nur einer vergiftet sich, das geht über meinen Verstand.«

»Die in Macao haben es auch aufgegeben.«

»Und du?«

Bobby sah mich mit dem entwaffnendsten Blick an, den er im Repertoire hatte.

»Junge, weißt du, wie viele Mordfälle wir gegenwärtig auf Eis liegen haben?! Da ist eine Fugu-Vergiftung ziemlich uninteressant. Bleibt liegen. Bis sie abgelegt wird, endgültig. Zumal die in Macao nichts mehr zu der Sache zu sagen haben.«

»Aber es ist ein einflußreicher Bürger gestorben!« erinnerte ich ihn.

Er nahm das ungerührt hin. Meinte: »Wir haben im Durchschnitt dreimal im Jahr was mit Fugu. Das bringt unser Dezernat nicht mehr in Fahrt. Muß ich dir buchstabieren, daß wir von oben nicht gerade gedrängt werden, noch was zu tun?«

Wegen des ehrbaren Tycoons, der mit der kleinen Lotosknospe verbotene Spiele getrieben hatte – natürlich, das war mir klar. Aber bei ähnlichen Vorkommnissen waren die Behörden nicht so großzügig. Ich machte Bobby aufmerksam, daß die Familie offenbar nicht hinter der Bremsung stand, sonst hätte die Dame Lee nicht mich engagiert.

»Gut für dich«, meinte Bobby. »Kannst einspringen und was verdienen. Laß dich einen Monat bezahlen!«

Ich erkundigte mich noch einmal nach den beiden anderen Todesfällen.

Bobby eröffnete mir gönnerhaft: »Das, was ich dir mitteile, ist gut und gern ein weiteres Dinner wert. Denk daran! Also, Tsen Haw, der Versicherungskassenmann, speiste vor zwei Monaten im Traditionskneipchen *Hongkong,* drüben in der Hennessy-Road, mit einer Dame. Séparée. Dame ging aufs Kabinett. Kam nicht wieder. Tsen Haw tot. Fugu-Speisereste bei der Untersuchung sauber. Gut, was? Zweiter Fall, Chung Peng-tou, der Hafenonkel. Dinner zu zweit im Mietbungalow in Repulse Bay Beach. Agenturkoch. Chung Peng-tou tot auf dem Sofa. Dame verschwunden. Koch Nervenzusammenbruch, denn Chung Peng-tou starb an Fugu-Gift, aber der Koch hatte nichts falsch gemacht. Speisereste sauber. Sagte deine Mutter vorhin nicht was von Nankinger Löwenköpfen?«

Ich sah zu, daß ich noch etwas von dem Karpfen erwischte. Bisher hatte ich im wesentlichen zugehört, ohne zu essen. Also klaubte ich die durchgehende Gräte beiseite und pickte mir von dem unteren Stück eine Portion heraus, die kaum zwischen die Stäbchen paßte. Bobby nahm es gelassen.

Bevor die Löwenköpfe gebracht wurden, hatten wir noch Zeit, Bier zu trinken. Ich dachte darüber nach, was mir Bobby soeben angedeutet hatte: Es gab drei Fälle von sehr ähnlicher Art. Drei millionenschwere Tycoons, dreimal Gift, dreimal ein Mädchen. Das konnte man nicht übersehen, es sei denn, man redete sich, wie die Hongkonger Polizei es meist in günstig liegenden Fällen tut, auf Unglücksfälle heraus, oder man schob das Argument der Personalknappheit als letzte Masche vor.

»Geld hat nie eine Rolle gespielt?«

Bobby schüttelte den Kopf, wobei er aufpassen mußte, daß ihm nicht Fischbrocken aus dem Mund rutschten. »Keine Erpressung gelaufen, soviel wir wissen. Keine Kontobewegungen dieser Art. Was da in Macao gefehlt hat, war Taschengeld für den Clown.«

»Sind die drei Herren mit einem unserer Syndikate in Verbindung zu bringen?«

Eine Frage, die sich nicht gehörte. Über die Syndikate redet man nicht. Aber Bobby vertrug so was, für ihn war ich kein Außenstehender. Er ließ sich Zeit. Stopfte sich den Mund voll Reis und Gemüse, schob ein bißchen scharfe Lappen nach, griff sich das Bierglas und spülte schließlich alles hinunter. Dann stellte er mir die Gegenfrage: »Kennst du einen Hongkonger Tycoon, der nicht so oder so ein Syndikat im Rücken hat? Wenn du allerdings einen Triadenkrieg meinst, dafür gibt's keine Anzeichen. Alles friedlich an der steuerfreien Front.«

»Und du weißt auch nicht, welcher Tätowierer Lotosknospen links neben den Familientempel einsticht, bei jungen Damen?«

Die Löwenköpfe wurden aufgetragen. Meine Mutter begleitete den Kellner, und Bobby versicherte: »Seit meiner Kindheit habe ich sie nicht mehr so delikat gesehen ...« Prompt gab meine Mutter dem Kellner den Auftrag, uns beiden noch Schälchen mit Mao Tai zu bringen. Bobby konnte mir gerade noch zuflüstern, er habe keine Ahnung von so einem unanständigen Tätowierer, dann wurden die Porzellanschälchen mit dem flüssigen Gift gebracht, von dem es hieß, die Russen kauften es China in großen Mengen ab, machten daraus Raketentreibstoff. Außerdem fand ich die Löwenköpfe auch interessanter als eine Menge theoretischer Überlegungen, die man jetzt anstellen konnte. Ich schob, wie Bobby es längst tat, Tycoons, Tätowierer, Fugu-Köche und erstochene Ladies beiseite und konzentrierte mich auf das, was auf dem Tisch stand und was noch dazukam, ehe wir die kandierten Äpfel genossen und Bobby mir plötzlich, in einer Anwandlung von Dankbarkeit, die aus tiefstem Magen kam, ganz ernst versicherte, er werde mich bei dem Auftrag unterstützen, so gut es ihm möglich sei. Sie hätten eben zu wenig Personal für solche Scherze, und außerdem – er verschluckte sich beinahe dabei – habe er den Eindruck, es werde in dieser Sache ganz gern gesehen, wenn die Polizei sich blind stelle. Ob es sich um politische Skandale handeln könnte, darüber wollte Bobby sich nicht äußern, er hielt, wie ich wußte, Politiker ohnehin für nichts anderes als Gangster mit staatlicher Lizenz. Aber daß Schmiergeld im Spiel sein könnte, schloß er nicht aus.

Wir delektierten uns an den in heißem Honig servierten Apfelschnitzeln, die – in Eiswasser getaucht – sofort eine knusprige Kruste bekamen und als eine der Delikatessen des *Hibiskus* galten. Bis Bobby dann, sichtlich gesättigt, eine Pause einlegte, die er mit dem Qualm einer *Bastos* füllte. Und mit guten Wünschen an mich, was die drei Vergifteten betraf.

Macao stand schon lange auf meiner Besuchsliste, ich war seit Monaten nicht mehr in dieser portugiesischen Enklave südlich von uns gewesen, wo ich immerhin längere Zeit gearbeitet hatte, als junger Mann. Damals, nach der Lehre im *Hibiskus,* war ich dem Rat meiner Mutter gefolgt und hatte mich im ehrsamen Kunsthandwerk eines Hotelkochs weitergebildet. Anfangs war meine Phantasie dabei voll auf ihre Kosten gekommen, ich war bald jemand gewesen, den man an die Pfanne ließ, wenn der Gouverneur mit Gästen das Haus beehrte. Bis ich dann alle Gerüche, die in einer Hotelküche wabern, kannte, alle Geschmacksvarianten von Kung-Pao-Schwein und alle Tricks mit den hauchdünnen Oblaten, in die man im Süden die Frühlingsröllchen packt, damit sie sich von den pappigen Eierkuchenhüllen unterscheiden, die man im barbarischen Norden dafür verwendet. Zu schweigen von Europa. Woraus sie da die Frühlingsröllchen machen, das gebe ich lieber nicht wieder!

Ich brauchte einen Wechsel. Suchte ihn mir bei der Polizei. Und dann brauchte ich wieder einen, unfreiwillig, denn ich wäre ganz gern bei der Truppe geblieben. Aber ich hatte da den nackten Regierungsmann bei der Razzia in einem Haus der Wonne aufgescheucht. Das brachte mich auf die Dschunke in Aberdeen. Und in den Job als Privatvermittler.

Ich stand an der Reling des Tragflächenbootes und hörte, wie der Motor zu rumpeln begann, wie er auf Touren stieg, merkte, wie die Leinen losgemacht wurden, wie das Motorengeräusch in ein gleichmäßiges Brummen überging und wie sich das Fahrzeug ins freie Wasser hinausschob. Es nahm Fahrt auf. Dann wurden die Stelzen ausgefahren, und gleich flitzte das Boot mit einem zischenden Geräusch davon, wie von Flügeln getragen.

Eine Stunde bis Macao. Ich ließ mich hinter der Glasverkleidung in einem der Sitze nieder und lehnte mich bequem zurück. Erinnerte mich an das, was manche Leute die portugiesische Beule am Unterleib Chinas nannten.

Diese Beule war die älteste europäische Kolonie in Asien, eine winzige Landzunge am Rande des Mutterlandes, über der seit vierhundert Jahren Portugals Flagge wehte. Festungsbauten, Kathedralen, Handelshäuser, Spielhöllen, elende Armenviertel, lärmende Märkte und weiße Villen, in denen die Reichen lebten und auf das Klima schimpften, das den Putz bröckeln ließ und den Schweiß rinnen. Wein wurde hier getrunken, roter, portugiesischer, und Geschäfte wurden gemacht. Mit Gewürzen und Gold, Heroin und Plastikspielzeug.

Immer hatten diese Geschäfte etwas mit China zu tun. In der Vergangenheit wie heute diente die Kolonie dem Handel Chinas mit Japan, mit Europa, Amerika. Und meist waren die Händler, die aus den Geschäften den Rahm abschöpften, in der Vergangenheit Jesuiten gewesen, denn dieser Orden war gerade in Macao besonders eifrig tätig geworden, hatte sich von da aus auf ganz China ausgedehnt. Sogar in den Regierungsgeschäften der chinesischen Kaiser, an deren Höfen und in den der Wissenschaft dienenden Einrichtungen spielten sie eine große Rolle. Sie konstruierten die ersten Kanonen aus Bronze. Denn es waren diese Gottesmänner, die den Chinesen beibrachten, daß man das Schießpulver, das lediglich für Feuerwerkskracher erfunden worden war, sehr schön zum Töten von Leuten verwenden konnte.

Nach dreihundert Jahren Blüte begann die Bedeutung Macaos zurückzugehen, weil es plötzlich an der Perlflußmündung Hongkong gab, als britischen Handelsplatz. Und Hongkong schaffte es in nicht ganz hundert Jahren, der portugiesischen Enklave mit all ihren ausgekochten Kaufherren, mit dem Einfluß der Kirche und den Verbindungen zum Mutterland den Rang abzulaufen. Die Leute streiten sich, ob das nun der größeren Klugheit der Engländer zuzuschreiben ist, ihrem Geschick, mit Einheimischen besser umzugehen, oder ob die Portugiesen von Macao einfach auf der Höhe ihres Erfolges, als ihnen der neue Konkurrent erwuchs, bequem wurden. Sie verloren ihre Handelsprivilegien mit Japan und den Philippinen. Vielleicht wurden sie mit der abnehmenden Weltgeltung ihres Heimatlandes selbst wieder zu Provinzkrämern, die in die einlullende tropische Lethargie versanken, in der es sich so angenehm faulenzt. Fragen Sie mich nicht nach meinem eigenen Urteil: Ich liebe die im Vergleich zu Hongkong geradezu betuliche Trägheit Macaos. Ich liebe seine selbstverständliche Gastfreundlichkeit, auch die Überschaubarkeit des Territoriums, die einem schon deutlich wird, wenn man im Hafen ankommt und erstaunt feststellt, daß man mit Leichtigkeit alle Schiffe wahrnehmen kann, die hier gerade ankern.

Ebenso liebe ich die jahrhundertealten Bäume an der Uferstraße, der Praia Grande, die sanften Hügel mit ihrem Grün, die kopfsteingepflasterten Gassen, auf denen die Räder einer Rikscha rasseln wie ein Dutzend Tamburins. Mir gefällt das Gewirr der alten Festungsanlagen ebenso wie die einsam aufragende Fassade der St.-Pauls-Kirche, die vor ewigen Zeiten bei einem Taifun abbrannte. Ich habe als ganz junger Mann andächtig ein Bündel Räucherstäbchen im A-Ma-Tempel angebrannt, weil mich dieser Ort auf ganz seltsame Weise faszinierte. Sie werden nicht wissen, daß A Ma identisch ist mit Tin Hao, der Schutzpatronin der Seefahrer und Fischer, die wir in Hongkong am dreiundzwanzigsten Tag des dritten Mondes, gerechnet nach dem alten chinesischen Mondkalender, feiern, in den vielen Tin-Hao-Tempeln, die wir in Hongkong haben, aber am ausgiebigsten in dem an der Joss House Bay, wo die Fischer der Göttin ihre festlich geschmückten Boote vorführen, zu einer wahren Orgie von Trommeln, Gongs und Rasseln.

Der Name der Kolonie Macao, wo man die gütige Frau auch manchmal Ma Kok Miu nennt, meist aber A Ma, wurde von den Portugiesen und ihren einheimischen Sprachhelfern nach ihr bestimmt. A Ma Gao, was soviel heißt wie Hafen der A Ma. Das A fiel später der eurasischen Sprachverhunzung zum Opfer, und so blieb Ma Gao, das die Lateiner dann Macao schrieben ...

Schluß mit der Nostalgie! Wenn ich über Macao ins Schwärmen komme, wird es ein langer Abend. Deshalb nur noch mein Hinweis auf das, was man in Macao essen kann und wozu ich durch meine Zeit als Koch eine besondere Beziehung habe. Ich weiß, wovon ich rede!

Da dominiert natürlich die Küche Südchinas mit all ihren süßen und süßsauren Köstlichkeiten, besonders den kantonesischen Lekkereien und dem Backwerk. Aber man kann in Macao, egal ob im *Lisboa*, wo ich arbeitete, ob im *Pousada de Macao,* im billigen *Estrada do Mar* oder im *Bela Vista* neben der einheimischen Kost das vermutlich beste Steak Asiens essen, die besten Kroketten, die beste Forelle blau – es ist das Geheimnis der Leute hier, wie sie das schaffen, und ich verrate es nicht.

Letztens hat hier – wie in Hongkong auch – etwas Einzug gehalten, über das man als Chinese nur den Kopf schütteln kann. Es ist angeblich in Amerika erfunden worden, aber es wird wohl nicht so berühmt werden wie Coca-Cola: Pacific-Rim-Cookery. Das ist eine Kreuzung amerikanischer Speisen mit chinesischen Gewürzen. Oder umgekehrt. In Kalifornien, wo dieser Bastard in der Pfanne aufkam, wie eine Menge anderer Verrücktheiten, ist man ganz närrisch darauf. Bei uns macht man eher einen Bogen um diese Errungenschaft. Da stehen selbst Hamburger, wie Charly sie brät, noch besser im Ruf!

Von da, wo die Tragflächenboote anlegen, bis zum *Lisboa* sind es nur ein paar hundert Meter. Ich nahm mir trotzdem eine der Rikschas und machte mir meine Gedanken, wie ruhig es zu meiner Zeit noch auf der Avenida da Amizade zugegangen war – jetzt bliesen einem hier auch die dreirädrigen Daihatsu-Lieferwagen ihren Auspuffgestank ins Gesicht, und ihr Geknatter ließ einen vergessen, daß es da an der linken Seite das Meer gab, das gleichmäßig gegen die Kaimauer klatschte. Ich war froh, als ich endlich im *Lisboa* stand, diesem Riesenpalast, in dem es nicht nur vier Restaurants gab, chinesische, portugiesische und Allerweltsküche, sondern außer den Apartments die quirligen Spielsalons, in denen Automaten klingelten, Karten klatschten, Würfel klapperten und Chips leise klickten, wenn die Croupiers sie zusammenharkten. Fan Tan wurde in einer ganzen Etage gespielt, die Sache mit den Plastiklinsen, ein stupides Spiel, das mich nie sonderlich interessiert hatte. Daneben Bakkarat und Blackjack, und selbst an den Getränkeautomaten, die man der Einfachheit halber in den Salons angebracht hatte, herrschte Hochbetrieb. Eigentlich begann die ernsthafte Spielerei erst am Abend, aber es war inzwischen üblich, daß in regelmäßigen Abständen Omnibusse abenteuerlustige Touristenhorden ausspuckten, die geschwind die Stufen ins Hotel hinaufflitzten und gar nicht schnell genug auf Rot oder Schwarz setzen konnten. Es war zu einer Art Sport geworden, im *Lisboa* eine Handvoll Petacas zu verlieren, man wollte etwas zu erzählen haben, wenn man wieder zu Hause war. Der Ruch der Verworfenheit haftete einem an, wenn man in einem Casino gewesen war, also!

Spieler von Format, bei denen es um Beträge ging, mit denen man einen Öltanker kaufen konnte oder mehrere, zogen sich sowieso ins zweite Stockwerk zurück, wo die verschwiegenen Privatsalons lagen, zu denen nur der Auslese von Hasardeuren aus allen möglichen Ländern Eintritt gewährt wurde.

Das Mädchen an der Rezeption, das wie eine philippinische Seezigeunerin aussah, kannte ich nicht, aber es wußte, daß ich ein Apartment reserviert hatte, und als es mir den Schlüssel aushändigte, warf es zwar einen enttäuschten Blick auf meinen flachen Aktenkoffer, den ich als einziges Gepäckstück mitführte, verlangte aber trotzdem keine Vorauskasse. Wieder einmal hatte mein unwiderstehlicher Charme gesiegt! Ich nutzte die Chance und erkundigte mich nach meinem alten Freund Sung Loh.

»Sie meinen unseren Chefkoch?«

»Genau diesen«, bestätigte ich und lächelte sie an.

Sie lächelte zurück. »Handelt es sich um eine Beschwerde?«

Als ich ihr versicherte, nichts läge mir ferner als das, es handle sich um ein Wiedersehen nach langer Zeit, wurde sie sehr entgegenkommend und griff nach dem Telefonhörer.

Ich hatte mit Sung Loh zusammen in der Küche des chinesischen Restaurants zu arbeiten begonnen, damals, und wir waren bald gute Freunde geworden, zumal wir uns aus Gründen der Sparsamkeit ein Zimmer teilten.

Sung Loh, der einen Chinesen zum Vater hatte, im Gegensatz zu mir, war später in Macao geblieben, als ich nach Hongkong zurückging. Er hatte es im Laufe der Jahre zum Chefkoch des Hotels gebracht. Und das wollte schon etwas heißen, was seine Fähigkeiten als Koch betraf, denn das *Lisboa* hat immerhin eine Kundschaft, die weiß, was auf einem chinesischen Tisch zu stehen hat und was nicht.

»Hier ist unser Chefkoch, Sir!« Das Seezigeunermädchen hielt mir den Hörer hin, gewinnend lächelnd, als hätte es sich damit einen Trip nach Samoa verdient.

Zuerst knurrte Sung Loh etwas, das unwillig klang, aber als ich ihm meinen Namen buchstabierte, jubilierte er, als habe er seine Erbtante entdeckt, die gerade von der Brücke springen will. Ich gab ihm meine Zimmernummer, und er versprach, sofort zu kommen, nur die hohe Kochmütze würde er ablegen.

Die beiden Fenster des Zimmers gingen aufs Meer hinaus. Das war der Vorteil dieses sonst nicht besonders luxuriösen Hotels, es lag abseits des lärmenden Stadtkerns, da wo die Luft noch wenigstens eine Kleinigkeit nach Salz schmeckte statt nach den Dünsten der Garküchen und dem Modder der Gassen.

Ein Grund auch, daß sich hier die meisten Hongkonger Gäste einquartierten, die nichts weiter machten als einen Spieltrip: Man konnte von der Anlegestelle in ein paar Minuten an Ort und Stelle sein, brauchte sich nicht durch das Gewühl des Zentrums zu quälen, zu den anderen Spielhöllen – Macao lebte hochgradig von ihnen, heute, das war keine übertriebene Behauptung, nein, von Roulette bis Fan Tan, ja sogar bis zum angestaubten alten Bingo bringt hier alles Steuern ein. Wozu sie verwendet werden, weiß niemand, der sie zahlt, wahrscheinlich dienen sie dazu, im heimatlichen Portugal die öffentlichen Toiletten zu modernisieren.

Den Lärm der zwei Etagen, auf denen im *Lisboa* gespielt wurde, konnte man hier oben, im höchsten Stockwerk, nicht mehr hören. Ich warf meine Kleidung ab, um zu duschen. Die Fahrt von der Anlegestelle bis zum Hotel hatte bereits ausgereicht, eine Garnitur durchzuschwitzen. Von jetzt ab würde ich auf den Anzug verzichten, der ohnehin gereinigt werden mußte, ich würde in Jeans herumlaufen, wie so viele andere respektable Leute, mit einem Dutzendhemd, das über den Bund hing, lose, damit die Luft leichter den Weg zum Körper fand ...

Ich drehte die Dusche in der praktischen Kabine an und hatte ganz plötzlich das Gefühl, nicht allein im Zimmer zu sein. War Sung Loh schon gekommen, während ich Kalt und Warm regulierte, daß es nur so brauste?

»Ich habe nichts bestellt!« sagte ich automatisch, als ich mich umsah und den Zimmerkellner erblickte, der mit einem Tablett im Raum stand, auf dem sich eine Flasche Haig, ein paar Gläser und ein gefüllter Eiskübel befanden. Gleichzeitig versuchte ich, mit beiden Händen meine Familienpagode zu verdecken. Und dann passierten mehrere Dinge so schnell hintereinander oder sogar gleichzeitig, daß es viel mehr Zeit braucht, sie nachzuerzählen: Der Zimmerkellner ließ das Tablett samt Schnaps und allem Zubehör fallen. Ich bückte mich instinktiv, um wenigstens die Flasche Haig aufzufangen. Dadurch schoß der Zimmerkellner mit dem Revolver, der unter dem Tablett verborgen gewesen war, über mich hinweg in die Wand, wo die Kugel ein Loch im Bauch eines Pferdes verursachte, das, von Hsü Bei-hung gemalt, dort hing. Ich vergaß die Flasche, obwohl es mir tatsächlich gelungen war, sie zu fangen, und warf mich nach vorn, rammte meinen Kopf in den Bauch des seltsamen Kellners. Der Mann war gut trainiert, sein Bauch war stramm wie eine Gurkhawade. Allein hätte ich ihn womöglich nicht geschafft, aber plötzlich fiel er einfach nach vorn auf mich, schlapp, und als ich mich unter ihm hervorgearbeitet hatte, stand da ein etwas älter gewordener Sung Loh, wie ich mit einem dummen Gesicht und einer Flasche in der Hand, Sekt.

Er stammelte den idiotischen Satz: »Der Mann gehört nicht zum Hotel!«

Ich hatte mir schon gedacht, daß er nicht im Zimmerservice inbegriffen war. Sung Loh hatte es fertiggebracht, ihm geistesgegenwärtig die Sektflasche auf den Schädel zu dreschen, ohne daß sie dabei zerknackte. Eine erwähnenswerte Leistung. Nun dereht er den Bewußtlosen um, faßte in seine Taschen, fand außer ein paar kleinen Geldscheinen nichts von Bdeutung und entschloß sich endlich, mir die Hand zu geben, nachdem ich die Waffe des Besuchers eingesteckt hatte.

»Als Koch wäre dir das nicht passiert«, vermutete Sung Loh. »Was hat der Kerl gegen dich?«

Ich hatte blitzschnell ein paar Überlegungen angestellt. Wie ein normaler Überfall mit Griff nach der Barschaft sah die Sache nicht aus. Außerdem waren Leute, die so was machten, genau informiert, ob das Opfer beim Spiel gewonnen hatte oder nicht. Ich war überhaupt noch nicht zum Spielen gekommen! Also – wer schickte mir hier und warum, ausgerechnet in Macao, wo mich kaum einer kannte, diesen Raubvogel auf den Hals, der mich killen wollte?

»Das haben wir herauszufinden«, wandte ich mich an Sung Loh, nachdem wir uns begrüßt hatten. Ich klärte ihn schnell auf, weswegen ich da war, und dann verschwanden wir, noch bevor der unbekannte Revolvermann aus seinem Traum erwachte. Er war ein junger Bursche mit kurzem, fast militärischem Haarschnitt, wenn man weiß, wie chinesische Rekruten herumlaufen. Sonst hatte er keine besonderen Kennzeichen. Den Revolver, einen kurzläufigen Colt, wie er sich gut unter dem Hemd tragen läßt, nahm ich im Hosenbund mit. Er war mit neunundzwanziger Patronen geladen. Eine Sekunde dachte ich an die Löcher, die diese Sorte reißt. Dann flitzten wir zum Fahrstuhl, waren ganz schnell in der Garage, wo wir uns trennten – ich nahm den vorderen Eingang des Hotels, Sung Loh, der sich mit den Lieferanteneingängen auskannte, rannte durch die Halle zur Hinterfront. Vorsichtshalber signalisierte ich einem Taxifahrer, mich aufzunehmen, und dann begann das Warten.

Als der Taxifahrer zum erstenmal auf seine Anzeigeuhr deutete, wie um mich schonend auf das Standgeld vorzubereiten, erschien der junge Mann am Hoteleingang, vorsichtig um sich blickend. Er verhielt eine ganze Weile, betastete mehrmals seinen Kopf, aber dann, als er sich wohl sicher wähnte, daß es keine Gefahr für ihn gab, sprang er schnell die Stufen abwärts und schwang sich auf eines der hier abgestellten Motorräder, eine rote Kawasaki, mit einem Nummernschild aus dem Mutterland.

»Hinterher!« Mehr brauchte ich meinem Taxifahrer nicht zu sagen, er war ein ausgeschlafener Bursche und hatte längst begriffen, was hier lief.

Wir rollten die Amizade zurück bis zur nächsten Abzweigung, dann ging es zuerst westwärts bis zur Campo, aber bald fuhr der Kawasaki-Mann vor uns nordwärts, die Ferreira de Almeida entlang, kreuzte die Mecquita, und von da an preschte er zur Istmo Ferreira de Amaral hinauf, bis in die Gegend, die von den Einheimischen erst seit ein paar Jahren ungehindert betreten werden darf, am Porta de Cerco, das seit dem 17. Jahrhundert steht, dem Grenzort zu Rotchina.

Ich war nicht mehr überrascht davon, daß der junge Mann die Grenze anvisierte, denn das Nummernschild auf der Kawasaki hatte bereits angedeutet, woher er kam. Aber ich überlegte, weshalb da einer aus dem Mutterland extra nach Macao reiste, ausgerechnet wenn ich da war, nur um mit einer Police Special auf mich zu schießen. Wozu er glücklicherweise nicht gekommen war. Ein Irrtum? Eine alte Rechnung?

Ich konnte mich an viele Rechnungen erinnern, aber mir fiel nichts ein, was mit Macao zu tun haben könnte. Woher wußte überhaupt jemand, wo ich mich aufhielt? Und wer hatte Interesse daran, mich auszuschalten? Mit meinem neuen Auftrag konnte das schwerlich zusammenhängen. Oder doch? Aber davon wußte außer

Mrs. Lee und Bobby Hsiang noch niemand, und die beiden waren doch wohl sicher ...

Der Kawasaki-Mann riß mich aus den Überlegungen. Er verlangsamte sein Tempo kurz vor dem Lin-Fong-Miu-Tempel, einem altehrwürdigen Bauwerk in der Tradition buddhistischer Klöster, die immer zugleich Herbergen gewesen waren. In diesem Bau pflegten seit Jahrhunderten Reisende aus dem Mutterland eine Rast einzulegen. Manche hatten ihn in der Vergangenheit, wenn sie Geschäfte in der Kolonie zu erledigen gehabt hatten, auch zeitweilig als Wohnung genutzt. Heute war das Kloster ein Ausflugsort, und die Mönche nahmen gern Trinkgelder, wenn sie Touristen durch die Hallen führten.

Der Kawasaki-Mann betrat den Tempel nicht. Er hielt am Straßenrand an, wo eine alte Hakka-Frau unter einem Riesenhut saß. Ich konnte sehen, wie sie dem Motorradfahrer etwas in die Hand drückte, das dieser in die Handtasche schob, wonach er seinerseits der Frau etwas übergab, das wie zusammengefaltetes Papier aussah und das wohl einer der Geldscheine war, die er bei sich gehabt hatte, als wir ihn durchsuchten.

Kaum war der Tausch gelaufen, gab der Bursche Gas, daß die Maschine vorn hochging, dann brauste er durch das Tor. Ungehindert. Weil die verschlafenen portugiesischen Zöllner lange aufgehört hatten, sich mit Motorrad-Hooligans aus dem roten Reich anzulegen. Und weil die Posten auf der anderen Seite diesen jungen Mann offenbar kannten, denn sie winkten ihn ohne Aufenthalt durch.

Ein Fremder konnte das für ein Zeichen des völlig normalisierten, entspannten kleinen Grenzverkehrs halten. Doch da irrte er sich. Die rotchinesischen Grenzposten waren weder lässig noch außerordentlich entgegenkommend geworden, sie wußten genau, bei wem sie sich Kontrollen ersparen konnten. Das war entweder angeordnet, oder es war das Resultat einer Handvoll Valuta.

Ein Aha-Erlebnis für mich.

Ich hockte mich vor die Hakka-Alte. Sie blinzelte mich unter ihrem Hut mißtrauisch an. Kaute an einer Betelrolle. Entblößte schwarze Zähne, wenn sie sie im Mund herumrollte.

Natürlich kannte sie den jungen Mann nicht näher. Ich steckte ihr erst mal einen Hongkong-Dollar zu. Hongkong-Dollar waren in Macao als Trinkgeld gefragt.

»Für zwei Yüan habe ich seinen Paß aufbewahrt. Sonst nichts.«

»Mutterland-Yüan?«

Sie nickte. Auch rote Yüans waren gefragt. Und das mit dem Aufbewahren des Passes machen Leute so, die aus dem roten Reich kamen und bei einer Meinungsverschiedenheit mit der Polizei Macaos möglichst nicht identifiziert werden wollten. Aus tausenderlei Gründen. Nach dem Gesetz brauchte man in Macao Personalpapiere nur beim Grenzübertritt, sonst nicht.

»Zwei Yüan?«

»Ist ein halbes Huhn.« Sie spuckte roten Saft zur Seite. »Ich sitze den ganzen Tag hier und bewahre Papiere auf, Herr.«

»Das sind zwanzig Hühner am Tag. Genug, um satt zu werden, wie?«

Sie ignorierte die Frage. Wollte wissen, was mich an dem Burschen interessierte. Ich bot ihr zu den Hühnern noch ein paar Eier an, für seinen Namen, aber sie wußte ihn offenbar wirklich nicht. Zu viele Papiere täglich. Daß sie nicht lesen konnte, wollte sie nicht zugeben. Das Pflaster um sie herum sah von dem ausgespuckten Betelsaft aus, als hätte jemand die Hühner, die sie verdiente, gleich an Ort und Stelle geschlachtet.

Sung Loh stand noch immer kampfbereit an der Rückfront des Hotels *Lisboa*. Er hatte sich mit einem jener handlichen Hackmesser ausgerüstet, mit denen chinesische Köche gemeinhin Lauch und Möhren zerkleinern oder Füllung für Frühlingsrollen.

Ich erlöste ihn. Er verstand immer noch nicht, was eigentlich lief. Glaubte an einen Raubüberfall, bis ich ihn aufklärte, weswegen ich überhaupt nach Macao gekommen war. Da wurde er nachdenklich.

Wir hatten vor ewigen Zeiten zusammen in der chinesischen Küche des *Lisboa* gearbeitet, hatten uns ein Quartier geteilt, manchmal auch ein Mädchen, und wir kannten in der Stadt ein paar Teestuben, in denen man sich ungestört unterhalten konnte. Eine davon suchten wir auf. Wenn man die Almeida Ribeiro westwärts fährt, mit einer Rikscha, so daß man die vielen Schaufenster der Geschäfte in Ruhe betrachten kann, dann kommt man schließlich am Ende der Straße bei den Anlegestellen heraus, dort, wo das *Macao Palace* im inneren Hafen verankert ist, das dreistöckige Spielschiff, das selbst der eilige Tourist mit seinem Besuch zu beehren pflegt, weil es ein Versäumnis wäre, diese schwimmende Lasterhöhle des kleinen Mannes nicht gesehen zu haben.

Sung Loh und ich ließen uns nicht ganz bis dorthin kutschieren. Auf halbem Wege etwa bogen wir in eines der sympathischen Gassenviertel ab, in denen die chinesische Tradition Macaos mit den rührenden Versuchen der Portugiesen, hier so etwas wie eine europäische Metropole zu schaffen, ein Ergebnis von seltsamem Reiz gezeitigt hatte. Es wimmelte von Kindern, Greisen, Obstweibern und Hunden hier, die Fassaden waren zerbröckelt, es roch nach Modder, aber auch nach Fisch und Mottenpulver. Und es gab die Stübchen, in denen man bei einer Kanne Gunpowder sitzen und den Nachtigallen in ihren Käfigen zuhören oder sich dabei leise unterhalten konnte. Wir taten letzteres.

Sung Loh konnte sich an den Abend erinnern, an den Gast aus Hongkong, auch an dessen Gespielin. Er hatte das Paar beim Dinner begrüßt, wie sich das für den Chefkoch einer anständigen chinesischen Gaststätte gehörte, wenn es sich um zahlungskräftigere Gäste handelte.

»Normales Dinner für zwei. Acht Speisen. Bißchen Shaoshing-Wein. Aber es war noch ziemlich früh am Tag. Sie wollten zum Fan Tan oder zum Roulette, was weiß ich. Der Mister nahm mich beiseite. Sagte mir, daß sie nach dem Spielen noch in die Show gucken würden, im Portas, unter dem Spielsaal in der zweiten Etage, und danach erwartete er in seinem Apartment ein Nachtmahl. Leicht. Delikatessen. Fugu Sashimi. Ein paar kleine Schweinereien dazu. Leichter Pflaumenwein. Bettschubser, wie wir es nennen, für die verwöhnte Dame und den antriebsbedürftigen Herrn. Ich habe das alles zur rechten Zeit angerichtet und war beim Servieren selbst dabei, bis er mir zunickte, mir einen Schein zusteckte und sagte, es sei alles hervorragend ...«

»Und dann hat er Fugu gegessen und ist tot umgefallen. Gib zu, du wolltest an seine Brieftasche. Oder an die Lotosblüte, he?«

Er grinste nur kurz. Wurde dann knurrig, so daß ich merkte, ich hatte ihn beinahe beleidigt, obwohl die Ironie nicht zu überhören gewesen war, wie ich dachte. Ich entschuldigte mich in aller Form. Sung Loh überhörte es höflich, wurde aber wieder zugänglicher. Man muß wissen, daß dieses Fugu Sashimi eigentlich eine japanische Spezialität ist, die ihren Preis hat und die selten verlangt wird in chinesischen Restaurants. Seltener jedenfalls als gebratene Schlange. Dabei handelt es sich um den Kugelfisch, wie ihn manche Leute präpariert unter dem Deckenventilator hängen haben. Er ist nicht direkt giftig. Nur Teile seiner Eingeweide sind es. Die Spezialisten steiten sich, ob es die Galle ist oder die Leber. Egal, jedenfalls da beginnt der Trick.

Der Koch muß sein Handwerk absolut traumhaft beherrschen,

denn der Kugelfisch läßt sich schwer ausnehmen, und die meisten Tölpel verletzen eben dabei die gefährlichen Eingeweide, ohne daß sie es merken. Man schmeckt es nicht einmal, aber man stirbt daran. Schnell. Deshalb gibt's Prüfungen für Köche, bis man sie auf Fugu überhaupt losläßt. Sung Loh hatte das Examen lange hinter sich. Was hatte er falsch gemacht. Hatte er überhaupt schuld?

Er leugnete es. Und es klang plausibel. Vor allem, als er mir den Hergang beschrieb.

»Du kannst mich vierteilen, Lim, das Zeug war nicht giftig. Ich habe selber eine Scheibe davon gegessen. Tue ich immer bei Fugu. Nichts. Und die Polizei hat die Reste der Mahlzeit gesichert. Auch nichts. Sonst hätten die mich doch längst eingesperrt!«

»Vielleicht kennst du ja den Untersuchungsrichter?«

Er bestätigte das sofort. »Natürlich kenne ich den. Commissario Senhor Cordan. Ißt zweimal im Monat bei mir. Der hat die Reste untersuchen lassen, im Labor. Nichts.«

Die Sache offenbarte ihre Tücken. Daß ich doch nie einen Auftrag erwischte, bei dem ich mich ausruhen und mein Geld auf die bequeme Tour verdienen konnte!

Ich machte Sung Loh aufmerksam, daß der Tycoon immerhin an seinem Fisch gestorben war, was feststand. Aber da wurde mein Freund ziemlich laut.

»Er ist an Fugu gestorben, ja! Aber nicht an meinem, bitte! Er hat Fugu-Gift im Gedärm gehabt, aber daß es aus meiner Mahlzeit stammt, ist so unbewiesen, daß sie mir nicht mal verboten haben, weiter Fugu zu bereiten! Na, was sagst du nun?«

Am besten, nichts, dachte ich. Wenn jemand an Gift stirbt, ist immer etwas faul. Hier war vermutlich mehr faul, als man oberflächlich vermuten konnte. Ich hatte diesen Verdacht schon gehabt, als Bobby Hsiang von den anderen Vergifteten erzählte.

»Trinken wir einen Schnaps und vertragen wir uns«, schlug ich Sung Loh vor.

Ich dachte an diesen blumigen portugiesischen Cognac, aber Sung Loh eröffnete mir, den führten sie in dieser kleinen Bude nicht. Das sei eine Teestube. Bestenfalls würden sie einen Jungen zum *Macao Palace* schicken, welchen holen.

»Dann können wir gleich zu dem Musikdampfer rüberfahren«, schlug ich vor, denn wir hatten Zeit, nun, nachdem wir diesen mysteriösen Kawasaki-Mann ins Heimatland der Werktätigen zurückgescheucht hatten. Sung Loh stimmte mir zu. Also tranken wir den Gunpowder aus, warfen einen letzten Blick auf die Nachtigallenkäfige, und dann ließen wir uns zum Kai fahren, wo das *Macao Palace* lag. Die Musik quoll buchstäblich zwischen den Decks heraus. Sung Loh brüllte mir ins Ohr, es sei ganz gut, daß wir hierherkämen, hier gäbe es nämlich einen Mann, der in der von mir verfolgten Sache vielleicht auch etwas beizutragen hätte.

Die Etage, auf der gerade eine Kuntjü-Oper lief, mit all dem Radau aus Klappern, Schellen, Gongs und keifenden Darstellern, mieden wir, hier verstand man sein eigenes Wort nicht mehr. Wir stiegen höher, gingen an den Bakkarat-Tischen vorbei und landeten schließlich in einer Art Bar, wo zwar auch eine Kappelle langhaariger Filipinos randalierte, man aber in eine Nische kriechen konnte, wodurch man einigermaßen vor den Schallwellen moderner Unterhalter geschützt war.

Wir bekamen unseren Cognac, leisteten uns noch ein paar kantonesische Süßigkeiten, und dann, als die Musik gerade pausierte, winkte Sung Loh plötzlich einem jungen Mann, zu uns zu kommen.

Auf meine Frage, wer das sei, antwortete Sung Loh: »Mu Erh.«

Ich begriff nicht. Mu Erh sind Morcheln, krausgeformte Gewächse, die in der chinesischen Küche eine gewisse Rolle spielen. Europäer pflegen sie als Würzpilze zu bezeichnen, woran stimmt, daß es sich bei Mu Erh um Pilze handelt, aber Würze besitzen sie nicht, sie schmecken kaum nach etwas, es sei denn, man besitzt viel Einbildungskraft.

Als ich mein Erstaunen äußerte, erwiderte Sung Loh barsch: »Mu Erh, ja! Sieh dir seine Ohren an, und du weißt, warum man ihn so nennt!«

Der Bursche ging zunächst an die Theke und holte sich ein Ginger Ale. Bis das eingegossen war, hatte ich Zeit, ihn zu betrachten und weitere Fragen an Sung Loh zu stellen. Das mit den Ohren überzeugte mich, es waren mächtige Wedel, gekräuselt und auffällig, weil der Eigner nicht wie üblich das über die Schläfen herabhängende lange Haar, sondern einen kurzen Schnitt hatte, der beinahe an den von Soldaten erinnerte.

Sung Loh schüttelte jedoch den Kopf, als ich meine Vermutung äußerte. »Kein Soldat.«

»Was macht er hier auf dem Boot? Spielen?«

»Er ist der Shalali-Shalala-Mann.«

»Der was?«

»Er singt, du Idiot!« gab Sung Loh unwillig zurück. »Dreimal nachmittags und dreimal im Abendprogramm trägt Bonnie Hsu ihr Lied von der blassen Schönheit vor, die den Göttern dankt. Mu

Erh ist der Chorus, er trällert immer am Ende des Refrains Shalali-Shalala. Begriffen?«

»Und davon kann man leben?«

»Quatsch! Das macht er, weil er einen Künstlertick hat. Wie andere Leute sich mit Ofenruß anpinseln und sich in ein Schaufenster setzen, mit einer roten Schärpe um den Bauch, als Gesamtkunstwerk. Mu Erh hat eine Künstleragentur. Die Kapelle hat er engagiert. Vermutlich schläft deshalb Bonnie Hsu mit ihm. Außerdem hat er zwei Jai-Alai-Teams laufen, ein halbes Dutzend Windhunde im Canidrome und drei Mädchen unten in der Ribeiro, um die Red Lantern herum. Können auch vier sein, so genau weiß man das nie.«

»Gibt es einen vernünftigen Grund, daß ich ihn kennen muß?«

»Ja«, sagte Sung Loh nur, dann wandte er sich dem Mann mit den Morchelohren zu, der mit seinem Glas Ginger Ale vor unserem Tisch stand.

»Setz dich, Shalali!« Und nachdem wir uns begrüßt hatten, eröffnete Sung Loh mir freudestrahlend: »Er kann dir vielleicht helfen. Er war es nämlich, der die erdolchte Dame aus dem *Lisboa* fand. Unten an der Uferstraße, auf einer Bank.«

»Genaugenommen darunter«, korrigierte der Shalali-Mann höflich.

Er schien überhaupt ein halbwegs gebildeter Mensch zu sein, was wieder einmal die These widerlegte, daß es sich bei Zuhältern stets um hirnlose Gesellen handelt. Und er lief auch nicht gerade wie ein Zuhälter herum, selbst wenn das eines seiner Hauptgeschäfte war, wie Sung Loh angedeutet hatte. Er erzählte so freimütig, daß ich sicher war, er sagte die Wahrheit.

»Ich kam von hier mit einer Rikscha. Fuhr in Richtung auf die Anlegestelle der Tragflügelboote am Ende der Amizade. Unweit der Bank am Kai, ein paar hundert Meter hinter dem *Lisboa*, steht eine Straßenlampe. Ich sah, daß jemand unter der Bank lag, und ich sah nackte Beine. Ein Mädchen. Eigentlich hielt ich die Rikscha an, weil ich sicher sein wollte, daß da nicht eines von meinen eigenen Mädchen besoffen von der Bank gerutscht war. Sie müssen wissen, die haben meist Geld einstecken. Aber es war keins von meinen Mädchen. Und es war nicht besoffen. Es sah tot aus. Da schickte ich den Rikschafahrer zum Telefon, die Polizei zu rufen. Hop Singh kam später aus den Büschen herausgekrochen. Er hatte Angst. Wir teilten ...«

»Hop Singh?«

Sung Loh erläuterte mir, das sei ein kleiner Gauner. Taschendieb. Wettschwindler. Knackt gelegentlich einen Automaten. Sonst harmlos. Vater Portugiese, Mutter Inderin. In einschlägigen Kreisen bekannt und gelitten, weil er sich spendabel zeigte, sobald er Geld in der Tasche hatte.

»Aber der hat mit der Sache nichts zu tun«, baute der Shalali-Mann gleich vor. »Der war eine Viertelstunde vorher von einer Runde Billigpoker am Kai abgehauen, weil er dauernd verlor. Schlechter Tag. Kam da vorbei. Griff der Toten in die Schultertasche. Pah! Er war noch total erschrocken. Als er mich kommen sah, kroch er ins Gebüsch und kam dann heraus, als er mich erkannte. Hat mit mir geteilt. Dafür habe ich der Polizei erzählt, wir wären beide zur gleichen Zeit eingetroffen. Sagen Sie selbst, Mister, was für einen Nutzen hat eine Tote von einer Tasche voll Hongkong-Dollar?«

»Oder welchen Schaden hat sie von einer leeren Tasche!« Sung Loh amüsierte sich.

Für ihn war der Shalali-Mann eine integre Persönlichkeit, und ich hatte keinen Grund, anders zu denken. Soviel verstand ich auch von Ganoven. Gern hätte ich wenigstens einmal diesen Hop Singh gesehen, aber Sung Loh meinte, es würde zu lange dauern, ihn ausfindig zu machen, er sei auf Tour in den Hügeln, abseits vom Zentrum. Auf der Suche nach Talenten, wie der Shalali-Mann es dezent ausdrückte. Gefährtinnen der Nacht, wie Sung Loh es übersetzte. Jungfrauen.

»Er kann jetzt groß einsteigen mit dem Geld«, meinte er. »Damit finanziert er lässig ein halbes Dutzend. Und er hat ausgesorgt. Bis eine den Tripper kriegt. Oder mehrere.«

»War sie schon kalt?«

Sung Loh runzelte die Stirn. Das Gesicht des Morchel-Mannes wurde zur Karikatur. Nur schien dem das gar nicht bewußt zu sein. Er glaubte wohl, der Seidenschlips auf dem weißen Hemd riß alles heraus.

»Das Mädchen? Na, so kalt, wie man in einer Nacht in Macao eben sein kann. Erfroren ist hier meines Wissens noch keiner.«

Auf den Mund gefallen war dieser Allerweltskünstler auch nicht. Ich hätte gern gewußt, wieviel Geld die Tote denn nun wirklich bei sich gehabt hatte.

Mu Erh meinte: »Ich habe nicht genau gezählt, Mister. Wir mußten uns beeilen, die Polizei war ja unterwegs. Also machten wir gleich zwei große Haufen aus dem Zeug. Jeder nahm einen.«

»Und später?«

»Es waren alles große Scheine. Hunderter und Fünfhunderter. Ich habe eine Handvoll als Umlaufgeld in der Tasche behalten. Der Rest liegt sicher. Warum wollen Sie das alles so genau wissen? Wollen Sie das Geld für sich haben? Ist es eine Freundin von Ihnen gewesen?«

Sung Loh beruhigte ihn. Flüsterte ihm zu, ich sei ein Privatermittler aus Hongkong. Von der Familie gechartert. Er ließ aus, von welcher. Jedenfalls wüßte die nichts von Geld.

Ich rechnete: 123 000 Hongkong-Dollar hatte Mr. Chia beim Verlassen des Casinos eingetauscht, abgezogen seine Trinkgelder und das, was der Shalali-Künstler Umlaufgeld nannte,waren das immerhin rund 120 000 Dollar. Vermutlich hatte Mr. Chia mit hohen Einsätzen gespielt. Es war ein guter Gewinn. Nicht gerade alltäglich. Zubrot für einen Mann, der es eigentlich nicht braucht, weil er ohnehin genug Bohnenquark in der Schüssel hat, und der es deshalb seiner Freundin schenken kann, ohne vor Schmerz zu winseln. Hatte sie ihn vielleicht in Unkenntnis der Sachlage beklaut? Bevor sie abhauen wollte? Für ein junges Mädchen in Hongkong wären über 100 000 Dollar keine üble Aussteuer gewesen.

»Da muß ein Profi am Werk gewesen sein«, sprach ich meine Vermutung gegenüber Sung Loh schließlich aus. »Ich habe die Stichwunde gesehen. Akkurat an der richtigen Stelle. Und es war vermutlich ein sehr dünnes Stilett. Kann kaum geblutet haben. Der Mann war kein Räuber. Wer mehr als 100 000 Dollar bei einer Leiche läßt, der ist nicht an ihrem Geld interessiert, lediglich an ihrem Tod und an schnellem Verschwinden vom Tatort.«

Sung Loh nickte verständnisvoll. Obwohl er, wie ich vermutete, kaum verstand, was ich meinte.

Ich fragte den Künstler mit dem Schlips: »Haben Sie den Oberschenkel des Mädchens gesehen?«

Er starrte mich entgeistert an. Schluckte. Empörte sich: »Mister, ich muß doch bitten, ich bin kein Leichenschänder!«

»Ich meine, ob Sie zufällig die Lotosknospe gesehen haben!«

Wieder empörte er sich gedämpft: »Mister, wenn das jemand hört! Ich bitte Sie, sich zu mäßigen ...«

Es gelang mir schließlich, ihm klarzumachen, daß ich die Tätowierung meinte, aber als ich ihm die Stelle genau beschrieb, schüttelte er betrübt den Kopf.

»Tut mir leid, ihr Kleid war zwar etwas verrutscht, aber so weit nun auch wieder nicht.«

Wir tranken noch einen Cognac. Dann, plötzlich, schien ein Schrank voller Porzellan aus dem dritten Stock auf die Straße zu stürzen: Die Filipinos fuhren fort, Musik zu machen, oder das, was sie dafür hielten.

Der Künstler verabschiedete sich artig, nicht ohne mir die Namen von zwei Windhunden im Canidrome zu nennen, die todsichere Gewinner wären. Er versicherte zudem, niemand würde dort mehr die gegnerischen Hunde durch in die Augengeträufelte Opiumtropfen benachteiligen, eine Praxis, die ich noch aus meiner Zeit im *Lisboa* kannte und deretwegen nicht wenige Gauner kleine Strafen kassiert hatten. Weiterhin verriet er mir, Pasquale und Fernando seien das Jai-Alai-Team, mit dem man ein Vermögen erwetten könnte. Ein wandelndes Auskunftsbüro, das Shalali singen mußte, um sein Ego zu befriedigen. Er stellte sich wieder rechts von der Band auf, am Mikrofon, um zur rechten Zeit den Refrain zu bringen.

Ich hatte Appetit auf den Polizisten bekommen, der den Fall amtlich bearbeitet hatte. Und Sung Loh kannte ihn nicht nur, er hatte sogar schon Fugu für ihn und irgendeinen Schmetterling zubereitet.

»Gehen wir!« brüllte ich meinem Freund ins Ohr, denn wenn Filipinos Musik für Gehörlose machten, muß man die Phonzahl erheblich steigern, um nicht für einen Kanarienvogel gehalten zu werden.

Als ich den Kerl zu Gesicht bekam, verlor ich jede Hoffnung, von ihm etwas Brauchbares zu erfahren. Ein kleiner, wieseläugiger Patron, schlechtrasiert, mit einem Hemd, das vermutlich schon zur Zeit der Königin Isabella eine Wäsche nötig gehabt hatte. In der Bude, in der er residierte, stank es wie im Vorraum einer Fußpflegerei. Er setzte die Schirmmütze auf, als wir bei ihm eintraten. Die Götter mochten wissen, warum. Aber vielleicht wollte er als Amtsperson erscheinen. Immerhin nahm er die steife Kopfbedeckung alle paar Minuten wieder ab, um sich demonstrativ den Schweiß von der Glatze zu wischen, mit einem Taschentuch, das definitiv älter war als die Königin Isabella. Ich entschloß mich, nicht lange mit ihm zu experimentieren, hielt ihm 100 Hongkong-Dollar hin und stellte mich als Busenfreund Sung Lohs vor, der ziemlich unbeteiligt dreinblickte. Er beließ es dabei, mich mit Commissario Senhor Cordan bekannt zu machen, und setzte sich dann still in eine Ecke des unaufgeräumten Büros, in dem es mehr Plastikbecher mit Limonadenresten gab als Akten.

Senhor Cordan steckte meinen Hunderter kommentarlos in die Tasche seines isabellenfarbenen Hemdes und gab sich dann, während er mich mit einer großzügigen Geste zum Hinsetzen auf einem Hocker aufforderte, den Anschein, angestrengt nachzudenken. Gewissermaßen sein überhitztes Hirn für hundert Punkte anzustrengen. Es klappte in Grenzen.

»Dieses Mädchen, ja.« Er griff sich an den Kopf und merkte, daß es wieder Zeit war zu wischen. »Stichwaffe, zweifellos. Von vorn angegangen. Möglicherweise ein Freier. Muß sofort tot gewesen sein.«

»Spuren?« erkundigte ich mich, ohne viel Hoffnung, daß ich etwas Verwertbares erfahren würde.

Er schüttelte müde den Kopf. Erwähnte dann, der Stich sei sehr akkurat von unten nach oben gesetzt gewesen, so daß die Spitze des Instruments mit Sicherheit das Herz hatte erreichen müssen. Geübter Mann. Ich konnte das bestätigen. Ich hatte eine Menge Stichwunden gesehen. Wer da nicht genau sein Handwerk verstand, dessen Klinge glitt allzuleicht von einer Rippe ab.

Daß es ein Raubmord gewesen sei, hielt Commissario Cordan immerhin für möglich. Bei der Leiche sei absolut nichts gefunden worden. Eine leere Tasche. Kein Dokument. Kein Petaca. Etwas Billigschmuck, aber nichts von Wert.

Ich verkniff mir eine Bemerkung über das, was ich vom Shalali-Mann erfahren hatte. Es wäre unfair gewesen. Offenbar maß der Commissario dem Zusammensein der Ermordeten mit dem zuvor vergifteten Hongkonger Tycoon nur beiläufige Bedeutung bei. Vermutlich hatte er nicht einmal herauszufinden versucht, ob der Mann verloren oder gewonnen hatte während des Spiels im *Lisboa*.

Immerhin aber teilte er mir mit wichtiger Miene mit: »Unser Labor hat den Mageninhalt des Toten untersucht, auch Blutproben wurden genommen. Zweifellos Fugu-Vergiftung. Allerdings wurde in den Resten der Mahlzeit auf dem Zimmer kein Gift gefunden. Nichts. Es kann sich nach Meinung unseres Experten nur um ein kleines Stück vergifteten Fugus gehandelt haben, das versehentlich der Mahlzeit beigegeben wurde. Der ehrenwerte Sung Loh hat das nicht zu verantworten, seine Mahlzeit war einwandfrei. Ein Zufall. Bedauerliches Zusammentreffen von mehreren Zufällen vielleicht. Wenn Sie mich fragen, ich werde so schnell keinen Fugu mehr essen ...«

Ich hatte ihn nicht gefragt. Hatte auch genug gehört. Macaos

Kriminalpolizei war bequem. Und ihr Labor war ungefähr so leistungsfähig wie ein Frisörladen um die Mittagszeit. Was mich nicht hinderte, Senhor Cordan überschwenglich für die Zeit zu danken, die er mir geopfert hatte.

Er winkte gönnerhaft ab. Und Sung Loh tippte sich, als wir draußen waren, an die Stirn.

»Bist du von allen guten Geistern verlassen? Gibst ihm einen Hunderter und bedankst dich noch! Der Kerl ist ein Schnorrer. Frißt sich mit jeder neuen Flamme bei mir durch ...«

Fehlanzeige. Nicht einmal die Lotosknospe war diesem Spezialisten aufgefallen. Vielleicht hatte er auch etwas dagegen, sich weibliche Oberschenkel anzusehen, wenn sie schon kalt waren. Mageres Ergebnis in Macao, sagte ich mir. Bis auf diesen Kawasaki-Killer war ich so klug wie zuvor. Und der Bursche blieb ein halbes Geheimnis. Die andere Hälfte kannte ich, er kam aus dem Mutterland. Doch das war nicht viel. Aus dem Mutterland kam eine Menge Ganoven, heutzutage.

Wir schlenderten durch die Innenstadt. Eigentlich hatte ich noch einen Ausflug zu den beiden Inseln machen wollen, die keine mehr waren, Taipa und Coloane, die seit meiner Zeit durch moderne Brücken und übers Wasser gebaute Fahrwege mit dem Festland verbunden worden sind. Aber ich überlegte mir, daß es angebracht wäre, keine Zeit zu vergeuden. Coloane mit seinen Stränden hätte mich gelockt, aber als mir Sung Loh dann noch erzählte, sie hätten dort die duftenden Nadelwälder gerodet, um Platz für Luxushotels zu schaffen, verzichtete ich endgültig.

Genau besehen war Macao einer der letzten Plätze seiner Art in ganz Asien. Hier war es gewissermaßen mit der alten Welt Europas zusammengestoßen, damals, als die Kauffahrerschiffe der Portugiesen mit ihren riesigen Segeln noch Wochen brauchten, durch stürmische See, um nach Macao zu gelangen. Nicht nur Menschen waren an dieser idyllischen Küste mit ihren Seeräuberschlupfwinkeln aufeinandergestoßen, es hatten sich grundverschiedene Kulturen getroffen. Die eine hatte jeweils von der anderen profitiert, hatte Teile der anderen verdrängt, eine neue, gemischte geschaffen. Neben die Lehmhütten der Südchinesen waren die Villen der portugiesischen Granden gebaut worden, die Kaufhöfe der Handelsherren, die Klöster der Jesuiten. Asien verschmolz mehr oder weniger schmerzhaft mit dem, was man in Europa Fortschritt nannte, man profitierte zwar voneinander, aber einer betrog den anderen, so gut es ging. Immerhin spürte man, daß man sich brauchte.

Portugiesen wurden steinreich, oder sie verkamen zu versoffenen Gestrandeten mit räudigen Geliebten unter den Palmen von Macaos Küste. Chinesische Kaufleute häuften riesige Vermögen an, ihre tugendhaften Töchter heirateten Seefahrer aus dem fremden Land, wenngleich das nicht groß Schule machte. Man kam sich näher. Man lernte den Bronzeguß von Kanonenrohren, und die Fremden lernten Gewürze kennen, von denen sie nie gehört hatten. Portugiesen gründeten in dem gottvergessenen Küstenstrich die erste Zeitung Asiens, und ein Chinese eröffnete hier das älteste Teehaus der Welt, das Ung Leu. Heute war das alles im wesentlichen nur noch Geschichte. Bröckelnde. Vermodernde. Macao wird ein paar Jahre nach Hongkong an China fallen. Zyniker sagten, es wird umgekehrt zugehen, China werde an Hongkong und Macao fallen. In jedem Fall werden die grünen Hügel Macaos mit ihren weißen Villen bald ebenso wie Hongkongs Peak Standort unzähliger Hochhäuser sein. Betonburgen werden die Platanen verrecken lassen, Autobahnen die pittoresken Wohnviertel der Einheimischen wegfegen, der Qualm unzähliger Auspuffe wird den letzten Rest Jasminduft vergiften, und das verschlafene Nest Macao wird sich nicht mehr von der Horrorkulisse Hongkongs unterscheiden, von Singapore oder Manila, Djakarta oder Kuta Beach.

»Diese Welt geht vor die Hunde«, sagte ich in Gedanken. Sung Loh hörte es, aber er kommentierte es nicht.

Ich gab das Zimmer im *Lisboa* auf. Verloren hatte ich hier nichts mehr. Wir setzten uns am Kai auf die Bank, unter der das Mädchen gelegen hatte, rauchten, sagten ab und zu ein paar Worte. Sung Loh erinnerte sich an den Abend des Mordes.

»Weißt du«, erzählte er mir, »dieser Tycoon hatte mir persönlich aufgetragen, wie er den Fugu haben wollte. Du solltest das wissen, es könnte von Bedeutung sein. Ich habe mich nämlich gewundert, vielleicht tust du es auch ...«

»Ärgern und Wundern sind die Anfänge der Philosophie gewesen«, ermunterte ich ihn zu erzählen. »Setz mich ins Bild, möglichst, bevor die Hydrofoil kommt, mit der ich nach Hongkong zurückrausche.«

Fugu wird, wenn es sich um weniger feine Gasthäuser handelt, traditionell in einer Art Schmorgefäß zubereitet, erklärte er mir, was mir nicht absolut neu war. Im *Lisboa* servierte man diese Delikatesse üblicherweise auf sehr feinem grünen Porzellan, und die hauchdünnen Scheiben Fisch waren liebevoll zu dekorativen Blüten gefaltet, wenn sie auf den Tisch kamen, und wurden selbstverständlich roh genossen. Allerdings hatte es sich in letzter Zeit eingebürgert, daß Fugu etwas weniger traditionell gegessen wurde. Die sogenannte Sandwich-Mode war aufgekommen. Man ließ kleine Häppchen getoasteten Brotes mit der Fischdelikatesse belegen und aß sie so wie der Chinese seine Dim Sum, gewissermaßen als Vorspeise oder als Imbiß zwischendurch.

»Mister Chia muß wohl im Sinn gehabt haben, sie in den Pausen, während seiner Liebesspiele mit der jungen Dame, zu verzehren«, vermutete Sung Loh. »Er bestellte Kanapees. Benutzte sogar den japanischen Ausdruck Odoboru, der die Sache zwar nicht ganz trifft, mir aber klarmachte, was er meinte: eine Platte mit Häppchen. Dazu Sekt.«

Mir war schon klar, was der Tycoon im Sinn gehabt hatte. Und das Bild, wie es zu seinem Tode gekommen war, rundete sich langsam. Ein bestimmtes von den Häppchen konnte mit einem vergifteten Stück Fugu belegt gewesen sein, und Chia hatte es ahnungslos gegessen. Das ließ vermuten, daß das Mädchen dieses eine Stück gekannt hatte. Es Mr. Chia sozusagen in den Mund schob. Mord, nicht Unfall. Aber warum? Um an den Spielgewinn zu kommen?

»Man kann mit Fugu auch noch auf andere Art killen«, belehrte mich Sung Loh. »Wenn man nämlich Kugelfischinnereien auskocht, gewinnt man ein stark konzentriertes Gift. Tetradotoxin. Davon genügen ein paar Tropfen, um einen Mann umzubringen. In Sekt geschüttet, wäre das Zeug weder zu schmecken noch zu riechen.«

Der Gedanke lag nahe, daß es so gewesen war. Wenn das Mädchen tatsächlich die Absicht gehabt hatte, den Tycoon um seinen Spielgewinn zu erleichtern, dann wäre es ziemlich umständlich für sie gewesen, ein Stück giftigen Fugu mit sich herumzutragen und es bei passender Gelegenheit auf ein Toasthäppchen zu plazieren, das sie dann dem Liebhaber in den Mund schob.

Bequemer war da ein Fläschchen mit Tropfen. Das alles sah aus wie ein geschickt ausgeführter Raubmord, und es konnte auch durchaus sein, daß die Dame nachher das Pech gehabt hatte, von einem gelegenheitsmäßig arbeitenden Räuber umgebracht worden zu sein. So etwas hatte es schon gegeben. Aber es blieb die Frage, wieso sich in verhältnismäßig kurzer Zeit, wie Bobby Hsiang mir erzählt hatte, nun schon der dritte Vorfall dieser Art ereignete. Und weshalb niemand sonderlich interessiert zu sein schien, den Hintergrund aufzuklären. Da war ein Rätsel vergraben. Sung Loh dachte ebenso. Obwohl er vor allem froh darüber war, daß ihn als Koch der verhängnisvollen Mahlzeit niemand ernsthaft eines Kunstfehlers zu verdächtigen schien. Oder gar einer Mordabsicht.

Was konnte ich bloß Mrs. Lee berichten, wenn ich sie in Hongkong aufsuchte? Daß die Polizei in Macao offenbar von einer Manipulation überzeugt war, hinter die sie nicht steigen konnte oder wollte und an der der Koch nicht beteiligt war. Daß sie deshalb stillschweigend die Ermittlungen auf die Feststellung der Todesursache beschränkt hatte. Das Mädchen, besser gesagt, dessen Leiche einfach nach Hongkong abgeschoben hatte: Kam der Tote von dort, mußte auch die Begleiterin von da kommen!

Ich hatte meine Zweifel, ob Mrs. Lee mit meiner Arbeit zufrieden sein würde. Aber das Geschäft eines Privatermittlers ist eben mühsam. Nur selten gibt es schnelle Erfolge. Mrs. Lee würde das einsehen müssen. Oder mir kündigen.

Das Begräbnis von Mr. Chia, an dem ich anstandshalber teilnahm, sogar mit einem weißen Lappen am Revers meiner Jacke, war eine großartig inszenierte Angelegenheit.

Die Belegschaft der Hemdenfabrik *Schwan* war erschienen, traditionell in Weiß gekleidet oder mindestens mit weißen Stirnbändern. Der Friedhof füllte sich mit Neugierigen, noch bevor der Trauerzug mit dem prunkvollen Mahagonisarg angekommen war. Trommeln, Gongs und Zimbeln veranstalteten einen wahren Höllenlärm, und vor dem Tempel türmten sich die Grabbeigaben, vom liebevoll gestalteten Bungalow aus bunter Pappe über alle möglichen Sorten Obst und Gemüse bis zu Matchbox-Autos und Rolex-Uhren, die selbst als Hongkonger Nachahmungen ihren stolzen Preis hatten. Aber mir schienen auch einige echte darunter zu sein, deren Spender sich nicht die Blöße geben wollten, ihrem langjährigen Chef oder Geschäftspartner allzu billig zu kommen.

Irgendwo knatterten Feuerwerksraketen der kleineren Art. Räucherstäbchen verbreiteten den Duft von Amber und Moschus, das Papiergeld, alle Währungen der Welt, farbenprächtig nachgedruckt, qualmte in einem großen Haufen vor sich hin.

Ich hielt mich, so gut es ging, im Hintergrund. Schließlich war ich dem Toten nie begegnet. Aber es dauerte nicht lange, und Mrs. Lee hatte mich entdeckt. Sie trug einen langen, weißen Kaftan aus teurem Material, und das Stirnband war mit einem Diamanten geklammert, der vermutlich die Lebenseinnahme eines mittleren Beamten wert war. Neben der Dame stand eine andere, die ihr ähnlich war, vielleicht etwas älter – die verheiratete Schwester. Und dann war da der trauernde Sohn Mr. Chias, eine imposante Erscheinung, der offenbar selbst den weißen Trauerumhang noch bei Armani gekauft hatte. Goldgefaßte Brille, schmales Gesicht, dünne Lippen.

»Mister Chia, Sir«, sagte ich artig, als ich merkte, daß er auf mich aufmerksam gemacht worden war, »es tut mir leid, Sie im Augenblick dieses schweren Verlustes kennenzulernen ...«

Er winkte ab. Drückte meine Hand und wies dann auf eine ältere, unscheinbare Frau, die ich bisher glatt übersehen hatte, weil sie buchstäblich durch nichts auffiel – sie sah aus wie eine Hakka-Frau vom Markt in Begräbnisweiß, und sie blickte mich so an, als sie ziemlich gelassen sagte: »Ich bin die Witwe des Hingeschiedenen. Man hat mir gesagt, Sie würden die Sache aufklären. Danke für Ihre Anteilnahme, Mister ... Lim Tok, nicht wahr?«

Als ich das schnell bestätigte, bemerkte sie noch: »Ich bin nicht sehr gesund. Sie werden das alles mit meinem Sohn Washington abmachen, er kümmert sich darum. Und Nancy natürlich ...«

Sie nickte mir freundlich zu. Die Sache aufklären. Nun gut. Sie legte dem Sohn die Hand auf den Arm und bat ihn: »Tony, laß mich nach Hause bringen. Ich habe Schwierigkeiten, mich auf den Füßen zu halten.«

Wenn sie gegen ihren Mann nach dessen Tod noch einen Groll hegte, wenn sie überhaupt wußte, in welchem Zusammenhang er sein Leben verloren hatte, wenn sie auch nur eine vage Ahnung von dieser Lotosknospe hatte, so zeigte sie es jedenfalls nicht. Washington Chia. Tony. Manche Leute hatten ihre Kinder in Verehrung der amerikanischen Demokratie so genannt. Eine alte chinesische Sitte, die Sehnsucht nach den Segnungen der modernen Zivilisation in fremden Staaten, vor allem in Amerika, anzeigte. Nun hob der so Genannte unauffällig den Zeigefinger. Von irgendwoher kam ein Chauffeur angeflitzt, der sich um Mrs. Chia senior kümmerte. Sie schenkte mir zum Abschied noch ein beinahe mütterliches Lächeln.

Mrs. Nancy Lee tat so, als habe sie mich nie zuvor gesehen. Sie versank im See der Schmerzen, wie das sehr alte Chinesen nennen. Wenn sie Lao Tse noch persönlich gekannt haben, wie manche spotten.

»Ich hörte, Sie hatten in Macao ein wenig erbauliches Erlebnis«, bohrte Washington Chia mich an, als alles vorüber, der Lärm verklungen, der Weihrauch verzogen war und die bezahlten Klagemänner den Versuch aufgegeben hatten, hinter dem Sarg her in die Grube zu springen.

Wir saßen in Chias Rolls, von dem ich nicht wußte, ob er ihn aus Amerika hatte einfliegen lassen, was einem Banker durchaus zuzutrauen war, oder ob er aus dem Hongkonger Familienpark stammte. Daß die Nummer in Hongkong ausgestellt war, wollte bei Leuten dieser Verdienstklasse wenig heißen. Der Fahrer war ein schweigsamer junger Chinese. Zuhören konnte er uns nicht, dafür sorgte die Trennscheibe aus Glas, die todsicher auch schußfest war.

Mr. Chia junior, der jetzt allerdings Mr. Chia senior geworden war, drückte auf einen Knopf, und eine Klappe öffnete sich. Gab Gläser und Flaschen frei. Beleuchtet, für den Fall, daß einer die Etiketten lesen wollte. Zigarrenkisten und Dosen mit Zigaretten, die statt der Fabrikmarke das Monogramm, das Schriftzeichen der Familie Chia trugen.

Wir entschieden uns für einen irischen Whisky, und ich traute mich an eine der aus Fidels Gefilden herausgeschmuggelten Zigarren, von denen es immer noch hieß, bildhübsche Mulattinnen würden sie auf ihren schweißfeuchten Oberschenkeln zur letzten Perfektion rollen.

»Sie wohnen auf dem Wasser?« Es klang befremdet. Kein Wunder, in Hongkong wohnten die Ärmsten und Obdachlosen auf dem Wasser. Zu beiden Kategorien gehörte ich nicht. Es war eine Schrulle von mir, auf einer Dschunke zu leben. Während ich Mr. Chia das klarzumachen versuchte, putzte er seine Goldrahmenbrille, und schließlich bemerkte er beiläufig, das mit der Dschunke sei sehr vorteilhaft, er würde dort mit mir besprechen, wie alles weitergehen sollte. Ein vager Hinweis auf Abhörmöglichkeiten schloß sich unauffällig an.

Wem sagte er das? Ich hatte meine eigenen elektronischen Anlagen auf der Dschunke, allerdings vorwiegend, um sie gegen ungebetene Besucher zu sichern, wenn ich unterwegs war.

Ich verkniff mir den Rat, er solle den irischen Whisky mitnehmen, als wir, in Aberdeen angekommen, in ein Walla Walla stiegen, dessen Fahrer ich kannte. Er brachte uns auf die Dschunke, und nachdem ich die tückischen Alarmanlagen außer Betrieb gesetzt hatte, kamen wir zur Sache.

Mr. Chia eröffnete mir, er werde vorläufig in Hongkong bleiben. Seine Interessen in der Pacific Bank in New York würden darunter nicht leiden, er sei dort gut vertreten. Es gelang mir, ihn davon zu überzeugen, daß es auf meiner Dschunke tatsächlich keine Abhöranlagen gab. Das schien ihm große Sorgen bereitet zu haben, er war es wohl aus New York gewohnt, kein vertrauliches Wort mit jemandem wechseln zu können, ohne daß es die Gefahr von ungebetenen Zuhörern gab. Zumal er mir anvertraute, auf meine Dschunke gekommen zu sein, um mit mir zu besprechen, mit welchen Methoden wir vorgehen wollten.

Ohne Umschweife und bevor ich ihn aufmerksam machen konnte, daß die Schießerei in Macao eigentlich auch nur auf ungebetenes Mithören meiner Abmachung mit seiner Schwägerin Nancy Lee zurückzuführen sein konnte, eröffnete er mir, als wir uns bei einem Glas Scotch mit Wasser in meiner Kajüte niedergelassen hatten: »Mein Vater ist aus politischen Gründen ermordet worden.«

»Da sind Sie ganz sicher, wie es scheint?«

Er war es. Washinghton Chia, der elegante Mann mit dem Haarschnitt eines Autoverkäufers, hatte, wie ich bemerkte, gute Informationsquellen. Haben Banker die nicht immer? Er überrraschte mich damit, daß ihm die Überlegungen Bobby Hsiangs bekannt waren, die mysteriösen Tode des Präsidenten der Versicherungskassen, Tsen Haw, und des Bosses der Hafenbetriebe, Chung Pengtou, sowie der seines Vaters gehörten irgendwie zusammen. Er hatte die beiden anderen Opfer nicht persönlich gekannt, aber seine Bank zählte sie zu ihren Kunden, denn sie hatten bereits nach den ersten Gerüchten über die bevorstehende Machtübernahme Chinas in Hongkong begonnen, Geld in den Vereinigten Staaten festzulegen. Ebenso wie sein Vater, der ehrenwerte Jack Chia. Der smarte junge Banker erzählte das alles so unbefangen, als handle es sich um Familientratsch.

»Jetzt«, vertraute er mir an, »werde ich vorerst hierbleiben. Ich werde dafür sorgen, daß die Firma im Sinne meines Vaters weitergeführt wird.«

»Die Hemdenfabrik?«

»Die, ja. Und ich habe in die Wege geleitet, daß ich auch in der Vereinigung des Textilhandels das Amt meines Vaters vorläufig fortführe. Obwohl man dafür bereits einen Nachfolger bereithielt. Ich konnte das rückgängig machen.«

Mir kam der Gedanke, daß es sich bei dem Mord an Chia tatsächlich um ganz andere Motive gehandelt haben konnte als um das gewonnene Geld, das ihm die kleine Hure abnahm. Die Sache mit dem Mädchen war ohnehin seltsam verlaufen. Außerdem gab es, wie Bobby sagte, die beiden anderen Tycoons. Einflußreiche Leute. Chia junior, der Banker, stellte kategorisch fest, es habe sich um politische Motive gehandelt. Ich war mir sicher, ich mußte das alles einkalkulieren und die Angelegenheit von einer anderen Seite aus angehen als von einem gewöhnlichen Überfall mit tödlichem Ausgang nach einer durchspielten Nacht mit Fugu-Abschluß.

»Kennen Sie die Nachfolger der beiden anderen ums Leben gekommenen Herren?« erkundigte ich mich bei meinem Gast.

Er kannte sie zwar nicht persönlich, hatte aber über seine Verbindungen in New York bereits erfahren, daß es sich um Personen handelte, die vor einer gewissen Zeit aus dem Mutterland zugewandert waren. Ausgestattet mit ausreichenden Kenntnissen der jeweiligen Branche und mit Verbindungen ins Mutterland, die sich nach Meinung der Gremien, die sie in ihren Ämtern bestätigt hatten, als äußerst nützlich erweisen konnten. Für wen? Es schien, daß Chia junior die Überlegungen Bobby Hsiangs, des ausgekochten Kriminalisten, auf eine ganz eigene Art weiterführte, ohne sie zu kennen.

Ich dachte eine Weile darüber nach. Weil mir der tiefere Einblick in Geschäftspraktiken von der Art, wie sie hier vorlagen, fehlte, würde ich mich mit Äußerungen vorerst zurückhalten. Aber es war unverkennbar, daß sich langsam Strukturen abzeichneten, die für einen Ermittler aufschlußreich waren.

Ich beließ es dabei, mit Mr. Chia junior, den ich ganz erträglich fand, obwohl er stinkreich war, zu vereinbaren, daß er mich unauffällig mit den beiden Ersatzherren bekannt machen sollte, sobald er selbst etwas näher an ihnen war als jetzt. Das sicherte er mir zu. Aber er empfahl mir, die Verbindung zu Mrs. Lee, die mich engagiert hatte, keinesfalls zu vernachlässigen. Sie hätte über ihren Vater Verbindungen, die ... Offenbar scheute er sich, mir zu sagen, daß der alte Lao Dang, der auf einer der bedeutendsten Triaden Hongkongs hockte, sehr von Nutzen sein könnte. Brauchte er auch nicht, das wußte ich ohnehin. Und bei Lao Dang hatte ich aus mancherlei Gründen, die weit zurücklagen, einen guten Stand. Sonst hätte er nie zugelassen, daß seine Tochter ausgerechnet mich engagierte. Daß er selbst an der Aufklärung der Geschichte interessiert war, lag auf der Hand. Jedenfalls für mich.

Drüben am Ufer zündete jemand einen von diesen Knallkörpern, wie der traditionsbewußte Chinese sie zum Neujahr hochgehen läßt oder zum Drachenbootfest, zur Beerdigung, zur Hochzeit. Wir gossen uns noch einen Scotch ein, und dann versuchte ich herauszufinden, ob Mr. Chia eine Ahnung von Tätowierungen an Oberschenkeln von Damen hatte. – Er hatte keine. Doch noch bevor wir die Angelegenheit gebührend vertiefen konnten, tutete in der Nähe meiner Dschunke, draußen auf dem Wasser, ein Walla-Walla. Das kam öfters vor, diese kleinen Wassertaxis mußten sich meist mit ziemlichem Lärm ihren Weg zwischen den unzähligen anderen Booten freikämpfen. Diesmal aber wiederholte sich das Signal mehrmals, und zugleich piepste eine helle Mädchenstimme, ich solle gefälligst die Strickleiter herablassen.

»Pipi«, sagte ich. Meine Dauerfreundin mit eifersüchtigen Anwandlungen von Format, aber mit einer Figur, die buddhistischen Mönchen den Schlaf rauben konnte, und mit dem Gemüt eines Goldfisches.

»Sie bekommen Besuch?« erkundigte sich Mr. Chia mißtrauisch.

Als ich ihm den Sachverhalt erklärte, schien ihn das einigermaßen zu beruhigen. Lediglich seine praktische Ader brach durch. Ich sollte das WallaWalla festhalten, er wollte damit an Land, und morgen würden wir uns im *Mandarin* treffen, wo er augenblicklich wohnte, bis man sich im Haus der Eltern darauf eingerichtet hatte, ihn samt seinem persönlichen Sekretär, den er aus New York nachkommen lassen wollte, aufzunehmen.

»Hi, liebe Leute!« flötete Pipi, die adrette kleine Chinesin, als sie an Bord kletterte, wobei sie dem unten wartenden Walla-Walla-Fahrer, wie das so ihre Art ist, einen freizügigen Blick unter ihren Mini gewährte, sozusagen als zusätzliches Trinkgeld. Sie plapperte ungehemmt weiter, nachdem sie Mr. Chia so nebenbei die Hand gedrückt hatte: »Aufregend ist das! Man ahnt nichts Böses, da geht ein Rolls Royce in Flammen auf! Hättet ihr sehen sollen – na, der war ausgebrannt, noch ehe die Feuerwehr erschien. Schade bloß um den Fahrer. Da muß eine Tür geklemmt haben, er kam nicht mehr raus. Vielleicht war er auch vom Qualm ohnmächtig ...«

Zehn Minuten später standen wir vor dem noch leicht qualmenden, schaumgetränkten Wrack. Die Feuerwehrleute waren nicht in der Lage gewesen, noch etwas zu retten. Den Fahrer hatten sie, angekohlt wie er war, auf eine Bahre gelegt und mit einem Tuch zugedeckt. Der Eisenrahmen des Rolls war an manchen Stellen noch so heiß, daß der Schaum verdampfte. Keine Explosion offenbar. Schade um den irischen Whisky, dachte ich, aber dann wurde ich dadurch abgelenkt, daß mich jemand am Gürtel zupfte. Ich drehte mich vorsichtig um.

Es war Lum. Jedenfalls ließ er sich so nennen. Wie er wirklich hieß, verriet er aus Geschäftsgründen so leicht niemandem. Ein achtjähriger Bursche, der in der Cameron Street alles an Dienstleistungen bot: von Schuheputzen bis zur Vermittlung kochkundiger Lesben an familiär eingestellte Gleichgesinnte oder von garantierten Jungfrauen unter achtzehn Jahren, die aus der jeweils gewünschten Provinz im Mutterland stammten. Vor der Brust trug er meist ein Pappschild mit dem Angebot des Tages. Heute stand da »Tripperspritzen im Do-it-yourself-Verfahren. Diskret und preiswert. Einschließlich Nachuntersuchung. HK-Dollar 22,80 pro Kur«.

Ich erwähnte wohl schon, daß ich mir in der Cameron Street, nicht weit von der Anlegestelle in Aberdeen, zusammen mit einem jungen Mann ein Büro gemietet hatte. Als Festpunkt an Land sozusagen. Ein Detektiv braucht ein Telefon, und zwar eins, das weniger kostet als die sündhaft teuren Funkapparate. Leute wollen Nachrichten hinterlassen. Also hatte ich mich mit einem Bewährungshelfer, der meist mit einem blaugeschlagenen Auge herumlief, manchmal auch mit zweien, auf fifty-fifty geeinigt. Das hatte außerdem den Vorteil, daß der gütige Engel der gestrauchelten Seelen meist im Büro saß und Auskunft geben konnte, wenn ich gefragt war. Man hatte ihn auch schon mal mit mir verwechselt und krankenhausreif geprügelt. – Jedenfalls ganz in der Nähe hatte besagter Lum, von dem ich manchmal den Eindruck hatte, daß es nichts gab, was ihm und seinen flinken Augen entging, seinen Standplatz. Er bekam von mir ein gesundes Trinkgeld dafür, daß er stets ein Auge darauf hatte, was um mein Büro herum vor sich ging. Und da ging eine ganze Menge vor sich, es war schließlich eine Hafengegend!

Als er mich jetzt am Gürtel zupfte, hielt ich ihm unauffällig mein Ohr hin, und er flüsterte mir zu: »Waren zwei. Auto japanisch. Corolla. Ao 4571.«

»Haben sie eine Brandflasche geschmissen?«

Der Junge schüttelte heftig den Kopf, so daß ich den Eindruck hatte, seine etwas übergroß geratenen Segelohren wedelten mit der Bewegung.

»Nein, anders. Sie hatten eine Art Stange, die genau in den Auspuff des Rolls paßte. Die schoben sie rein, dann fuhren sie wieder ab. Zwei Minuten später fing der Rolls von unten an zu glühen. Zuerst rot, dann beinahe hellgelb. Stand sofort in Flammen. Explodierte nicht. Brannte einfach aus. Mit einer Flamme, die für eine Zirkusvorstellung gereicht hätte. Bis zum Schluß. Da ging der Tank hoch. War aber nicht so schlimm. Und der Fahrer konnte nicht raus. War was mit der Tür. Als es knallte, saß der schon still da drin.«

Ich drückte ihm ein paar Zigaretten in die Hand.

»Die Kerle?«

»Schlipse und Jacketts. Keine Pennertypen. Aber sie bewegten sich nicht wie Gentlemen, wenn Sie begreifen, was ich meine. Eher wir guterzogene Ganoven.«

Ich begriff.

Der Feuerwehrbrigadier kratzte an dem verglühenden Wrack herum. Murmelte Unverständliches vor sich hin. Ich trat zu ihm, betrachtete den weißen Belag auf dem ausgeglühten Eisen, und dann sagte der Mann genau das, was ich dachte: »Sieht nach Thermit aus.«

Sie legten die Reste des Chauffeurs in die übliche Blechkiste, dann entschieden die Feuerwehrleute, daß dies kein gewöhnlicher Unfall gewesen sei, man also die Kriminalisten holen müsse.

Meine Havanna war erkaltet. Ich zündete sie nicht mehr neu an, warf sie weg und bedeutete Mr. Chia, daß es am besten wäre, wenn wir jetzt verschwänden und wenn er alle Fragen, die sein Auto betrafen, mit gewisser Verzögerung auf sich zukommen lassen würde. Er war einverstanden. Wir machten uns davon, nachdem ich dem kleinen Lum eingeschärft hatte, er solle bei Befragungen stets verneinen, daß ich in der Nähe der Brandstelle gewesen sei.

Mr. Chia saß erkennbar der Schock in den Gliedern, zumal ich ihn aufmerksam gemacht hatte, daß dies zweifelsfrei ein Anschlag auf ihn gewesen war. Einer, der ihn nicht gleich töten sollte. Man wollte ihm nur andeuten, auf was er sich einließ. Wer wollte das?

Dieser Überlegung hing er nach. Und er machte sich, wie ich merkte, Sorgen um seine persönliche Sicherheit, er bat mich nämlich, nachdem wir in meinem klapprigen Toyota am Hotel *Mandarin* angekommen waren, zu warten, bis er seine Zimmer aufgegeben hatte. Er hatte sich entschlossen, entgegen seiner ursprünglichen Absicht, sofort zum Haus seiner Familie auf dem Peak umzusiedeln. Seine Frau wohnte ohnehin schon dort samt ihrer Schwester. Und er meinte, er würde es schaffen, die Voraussetzungen für die Weiterführung seiner New Yorker Geschäfte dorthin zu verlagern. Fax und Fernschreiber ließen sich immerhin in ein paar Tagen anschließen. So fuhr ich mit ihm die Serpentinen aufwärts, bis er mich in einen unscheinbaren Seitenweg dirigierte, der am eisernen Tor der Behausung des Chia-Clans endete.

Für einen, der Rolls Royce zu fahren gewohnt war, schien er sich in meinem Auto recht wohl zu fühlen, er stieg nicht gleich aus, sondern fragte: »Was halten Sie von der Sache?«

Weil ich annahm, er meine die Probleme der Kommunikation mit seiner amerikanischen Bank, nannte ich ihm eine gute Firma, die innerhalb kürzester Frist die benötigten Anschlüsse herstellen würde, und ich machte ihn darauf aufmerksam, daß er ja auch die Anlagen benutzen könnte, die sich im Büro seiner Schwägerin Nancy Lee befanden, in der Connaught Road. Aber er winkte ab.

»Ich meine diese Geschichte mit meinem Vater. Wie stark gefährde ich mich nach Ihrer Meinung, wenn ich die Nachfolge anstrebe? Sie haben sich vorhin nicht weiter dazu geäußert ...«

Ich hatte längst meine Überlegungen angestellt, und ich sah keinen Grund, sie ihm nicht zu sagen.

»Die Leute, die den Rolls gebraten haben, hatten nicht die Absicht, Sie zu töten, sie hätten das gekonnt, wenn sie gewollt hätten. Also will Ihnen jemand andeuten, Sie sollen sich aus allem heraushalten, was möglicherweise mit dem Amt Ihres Vaters zusammenhängt. Ich würde die Warnung ernst nehmen. Aber was Sie tun, das müssen Sie schon selbst entscheiden.«

»Ich will, daß der Zusammenhang zwischen dem Mord und den möglicherweise politischen Hintergründen aufgedeckt wird. So lange werde ich hierbleiben.«

»Kannten Sie die beiden anderen ermordeten Tai-pans persönlich?«

Er hatte von Tsen Haw und Chung Pang-tou gehört, ohne selbst mit ihnen bekannt zu sein. Ich riet ihm, sich in den nächsten Tagen einmal für ihre Nachfolger zu interessieren, das könnte aufschlußreich sein. Auch die Art, wie sie auf ihn reagierten. Bei mir formte sich langsam eine noch nicht sehr schlüssige, aber immerhin plausible Theorie: Weshalb waren die Positionen von Tsen Haw und Chung Pang-tou nach ihrem Tode von Personen besetzt worden, die aus dem Mutterland gekommen waren? Das gab mir zu denken, weil die Übernahme der Verwaltungsmacht durch die Pekinger, die uns in einigen Jahren bevorstand, eine ganze Menge von Erscheinungen auslöste, die man zuvor in der Kolonie nicht gekannt hatte. Letztlich war herausgekommen, daß die Pekinger bei der Entscheidung über den Bau des neuen Flughafens auf Lantau unauffällig das letzte Wort gehabt hatten. Die Erklärung war einfach, sie waren in den Entscheidungsgremien personell am stärksten mit Sympathisanten vertreten, vielleicht waren es auch nur bezahlte Lobbyisten, jedenfalls gaben sie den Ausschlag. Erst zur Einstellung der Planungen, dann zum Entschluß über den Bau, allerdings nach ihren Vorstellungen. Wenn mich mein Instinkt nicht in die Irre lockte, dann lag hier irgendwo der Schlüssel zu diesen merkwürdigen Toden.

»Ich halte das für eine verfolgenswerte Spur«, meinte Chia junior vorsichtig. Es schien, als habe er nach dem Schock mit seinem Rolls nun langsam wieder zu einer gewissen Selbstsicherheit zurückgefunden, denn er erkundigte sich: »Kannten Sie die beiden Herren, die vor meinem Vater ermordet wurden?«

»Ihre Namen, mehr nicht.«

»Wir werden uns für die beiden Fälle interessieren müssen.«

Wir; sagte er. Ein interessantes Wort. Es hieß, daß er die Wahl seiner Schwägerin Nancy Lee, die mich engagiert hatte, nicht lediglich guthieß, er wollte mit mir zusammenarbeiten. Mir konnte das nur recht sein. Wenn ich nicht irrte, war Mr. Chia mehrfacher Millionär, und Zusammenarbeit mit Millionären, noch dazu, wenn die Millionen legal erworben sind, hat sich noch immer gelohnt!

Da kam schon seine nächste Frage: »Sie haben dieses Mädchen gesehen?«

Es lag keine nennenswerte Gefühlsbewegung in der Stimme. Reiche Chinesen machen um den Seitensprung aus dem ehelichen Käfig heraus oft erstaunlich wenig Aufhebens. Kleine Verfehlung. Läßliche Sünde, wie die Christen so etwas nennen.

»Ich sah ihre Leiche.«

»Anhaltspunkte?«

»Leider«, mußte ich gestehen, »habe ich noch nichts daraus machen können. Aber ich bin auf der Spur. Ich pflege mein Honorar Dollar für Dollar zu verdienen ...«

Er ließ nicht erkennen, was er dachte. Der Schock war vorbei.

»Mir gibt zu denken, daß die Administration sich bei der Aufklärung so zurückhält. Das deutet auf politische Zusammenhänge, Mister Lim Tok, jedenfalls nach meiner Erfahrung. Verschaffen Sie uns ein Bild über diese Zusammenhänge, was immer es auch kostet. Meine Familie wird es zu schätzen wissen. Und was immer Sie brauchen, selbst Bestechungsgelder in großer Höhe – Sie bekommen es. Von mir.«

Damit verabschiedete er sich. Gab mir seine Haustelefonnummer und machte überhaupt plötzlich einen sehr entschlossenen Eindruck. Abgesehen davon, daß die Versicherung den ausgebrannten Rolls bezahlen würde, focht ihn ein solcher Verlust wohl doch weniger an, als es mir zunächst vorgekommen war. Der Mann hatte sich einfach umzugewöhnen: Aus Wallstreets behüteter Sicherheit war er in den Dschungel Hongkongs heimgekehrt.

Pipi hatte das Abendessen fertig. Wenn es ihr gelang, die geeigneten Konserven ausfindig zu machen, zauberte sie relativ eßbare Mahlzeiten daraus. Wir aßen italienische Cannelloni, dazu ein halbes Dutzend verschiedener Gemüse, die garantiert kein italienischer Koch kannte, tranken Rotwein dazu, weil das gerade in Mode war, wie Pipi meinte, und dann rollten wir uns auf die Matte, satt und zufrieden. Nur ich hatte immer wieder den Gedanken zwischendurch, daß die nächsten Tage im gleichen Maße mühsam und gefährlich werden konnten wie die vergangenen. Bis Pipi, die für geistige Abwesenheit meinerseits beim Spiel auf der Matte ein untrügliches Gespür hatte, sich empörte, ich solle gefälligst bei der Sache sein, sonst würde sie lieber ins *Excelsior* zurückgehen, dort habe sie heute schon ein Franzose sechsmal aufgefordert, ihm Literatur, alte chinesische, über das zu besorgen, was die Leute das Spiel von Wind und Regen nannten. – Sagen Sie selbst: Ist es unter diesen Umständen ratsam, mit der Dame des Herzens zu streiten? Oder sollte man lieber seine Kräfte zusammennehmen und der Spezies Mann Ehre erweisen? Ich tat letzteres. Morgens bekam ich Spiegeleier, ein deutliches Zeichen, daß meine Bemühungen gewürdigt wurden.

Von der Jaffe Road im Herzen von Wanchai, der Gegend der Insel, die arglose Fremde so gern die »sündige Meile« nennen, weil sie nicht ahnen, daß die Mädchen drüben in Kowloon, in der Nathan Road, meist preiswerter, talentierter, allerdings auch sorgloser sind als auf der Insel – von dieser Jaffe Road gingen beiderseits ein paar Gassen ab, die ich noch aus meiner Kinderzeit kannte. Eine davon war die Bo Sen.

Nichts Aufregendes hier. Nicht einmal Mädchen. Ein paar Werkstätten von Schnitzern, die Holzbuddhas herstellen und in Dreck und Regen auf den Hinterhöfen altern lassen, damit sie als Antiquitäten gehen, daneben eine Lampionmacherei, um die herum es immer nach Leim stinkt, ein paar Vogelhändler, ein Uhrmacher und dann Darawan, die vielleicht unscheinbarste Person der ganzen Gasse.

Ursprünglich soll er aus Thailand gekommen sein, obwohl das nicht verbürgt ist. Ein kleiner, dürrer Mann mit Zwirnbärtchen und zentimeterdicken Brillengläsern, die er nur alle zwei Monate einmal putzt. Er betreibt eine Werkstatt, in der er von ein paar geschickten Malern Fabergé-Eier fälschen läßt, jene Dinger, auf die irgendein russischer Zar so scharf gewesen sein soll, daß er sie sammelte. Und die heute von allen Leuten gesammelt werden, die den russischen Tick haben, welcher sich geschäftsfördernd nutzen läßt, wie auch Darawan weiß. Aber das war nicht sein einziges Handwerk. Er selbst kümmerte sich kaum noch um die bunten Eier, das lief von selbst, seitdem es in Paris einen Kerl gab, der jede Menge davon, mit was auch immer bemalt, als von den Kommunisten endlich herausgerückte Schätze der letzten Dynastie verscherbelte. Darawan saß in einem Raum, der etwas von einem Pissoir hatte, auch so roch, und übte die Tätigkeit des Tätowierens menschlicher Haut so virtuos aus, daß seine Adresse zu den Geheimtips der Kolonie gehörte.

In der letzten Zeit hatte er im Laden noch ein großes Schild angebracht, auf dem stand, daß bei seiner Machart die Übertragung von Aids ausgeschlossen sei, und er hatte einen modernen Sterilisator angeschafft, in dem er die Nadeln ab und an desinfizierte. Früher war er einfacher verfahren, da hatte er die Nadeln in Spiritus gelegt.

»Wie sich die Welt modernisiert!« staunte ich, denn er trug sogar einen leidlich weißen Mantel.

Darawan blinzelte mich über seine dicken Brillengläser mißtrauisch an, nachdem er mich durch sie hindurch nicht erkannt hatte, und dann wollte er wissen, ob ich inzwischen bei der Gesundheitspolizei gelandet sei.

Als ich ihm versicherte, daß ich auf eigene Rechnung arbeitete, gab er sich zufrieden. Erinnerte sich sogar daran, kürzlich meine Mutter gesehen zu haben.

Er bearbeitete gerade den Hintern eines japanischen Matrosen, genauer gesagt, die linke Backe, wohin der kleine Mann unbedingt eine rote Rose tätowiert haben wollte. Und während Darawan das Instrument leise summend über die Haut gleiten ließ, erkundigte ich mich, wie es der Anstand erforderte, zunächst nach seinem persönlichen Befinden, nach den Einnahmen, der Verwandtschaft und allen möglichen anderen Nichtigkeiten, bevor ich beiläufig die Frage nach der Lotosknospe stellte.

Ob er sie schon einmal gesehen hat und, wenn ja, was sie zu bedeuten hatte.

Wir konnten uns einigermaßen ungestört unterhalten, denn wir sprachen Hakka, und das versteht kaum ein Japaner, geschweige denn ein Matrose.

»Lotosblüte?« Darawan wischte sich mit dem Ärmel seines weißen Mantels den Schweiß von der Stirn. In der Bude herrschte eine wahre Affenhitze. Aber das war wohl beabsichtigt, vielleicht weichte der Schweiß die Haut auf, und die Tätowiernadel drang schmerzloser ein.

»Knospe«, korrigierte ich. »Geschlossen. Keine aufgesprungene Blüte. Der Zustand davor.«

Ich zeichnete sie ihm auf ein Stück herumliegendes Papier, in das Frühlingsröllchen von einem Straßenkoch eingewickelt gewesen waren, und ich schaffte es, daß sie der, die ich in der Leichenhalle gesehen hatte, ziemlich ähnlich war.

Nachdem Darawan sich das Meisterwerk besehen hatte, wurde er noch wortkarger als er ohnehin war, und das fiel mir sofort auf, obgleich er nach einer Weile brummte: »Nein, habe ich noch nicht gesehen. Ist keine besondere Leistung. Verglichen mit den Kunstwerken, die ich herstelle ...«

»Soll ich warten, bis du Japans Arschbacke besiegt hast?«

»Ich bin gleich fertig«, gab er zurück. »Geh nach hinten, da steht der Primuskocher. Mach Tee.«

Ich folgte der Aufforderung, wenngleich ich meine Schwierigkeiten hatte, in dem Durcheinander aus Nudelpackungen, Trokkenpilzen, Farbbüchsen und Bierdosen den Tee zu finden. Als das Wasser kochte, erhob sich draußen der Japaner gerade von der Behandlungspritsche und zog seine Hose hoch.

Darawan riet ihm, die nächste Nacht auf dem Bauch zu schlafen, dann zählte er das Honorar nach und gab sich zufrieden. Wenn es eine Eiterung gäbe, solle er zuerst zu ihm kommen, bevor er einen Arzt aufsuche, rief er dem Kunden nach. Dann erschien er in der Kombüse, in der ich im stillen betete, daß der Primuskocher nicht doch noch explodierte, weil ich etwas falsch gemacht hatte an diesem Instrument, das den Herstellungsstempel der Jahrhundertwende trug.

»Nun zu dir, du ungeratener Sohn«, raunzte mich Darawan an. »Wo hast du dieses Zeichen gesehen?«

Ich erzählte es ihm, erwähnte aber nicht, daß die Dame bereits tot war.

Darawan schüttelte mißbilligend den Kopf, kratzte sein strubbeliges Haar, und nachdem er einen Schluck Tee geschlürft hatte, grinste er mich an: »Wußte gar nicht, daß du so interessant bist für die Kerle vom Oberlauf des Flusses!«

Damit machte er mich hellwach. »Vom Oberlauf?«

Er blickte sich um, wie um sich zu vergewissern, daß inzwischen niemand den Laden betreten hatte und zuhörte, dann flüsterte er: »Da, wo du die Knospe gesehen hast, wird sie bloß von einer Sorte ausgesuchter Nutten getragen. Giftiger als Bananenschlangen. Laß die Finger von der Schlampe, was immer sie dir erzählt, sie lügt!«

»Du meinst, so eine Dame ist gefährlich?«

Er verzog die Mundwinkel. »Bist du wirklich so dumm, wie du dich anstellst? Oder willst du einen alten Mann aus Langeweile aufziehen?«

Ich versicherte ihm, daß es Dummheit war, und er ließ sich herbei, mir einigermaßen gesittet Auskunft zu geben.

»Die haben da drüben in Kanton eine Garnitur Weiber, die hetzen sie auf ausländische Besucher, immer, wenn sie ihre Industriemesse abhalten. Sind sozusagen Staatsfregatten. Stellen sich als ländliche Unschuld dar, die durch günstige Umstände gute Erziehung genossen hat. Muß ich dir noch mehr erklären?«

»Ja«, bat ich. »Was kann so ein Kätzchen in Hongkong suchen? Oder in Macao?«

»Einen Freier, du Schwachkopf! Oder denkst du, die kommt hierher, um Sojakeime einzukaufen? Die darf bloß ins Ausland, wenn sie geschickt wird. Und dann hat sie was zu erledigen.«

»Was beispielsweise?«

»Da mußt du den *Guoanbu* fragen!«

Ich hatte seine Gutmütigkeit offenbar überstrapaziert.

Er tippte sich an die Stirn. »Was will eine Nutte schon? Mit jemandem auf die Matte!«

»Für den *Guoanbu*?«

Er schwieg. Überlegte. Über den Guoanbu zu reden war eine knifflige Sache. *Guoanbu* war die Abkürzung für »Guojia Antschuanbu«, und das war der Auslandsgeheimdienst Pekings.

Ich hatte das Gefühl, in ganz tiefes Wasser geraten zu sein. Trotzdem erkundigte ich mich nochmals: »Wie meinst du das mit diesem Mädchen? Viel Geld abstauben, von einem, der es nicht so genau zählt? Fürs Vaterland? Devisen? Ist es so einfach?«

Er knurrte: »Es ist überhaupt nicht einfach. Die mit der Knospe, das ist eine Liga für sich. Wissen nur wenige Leute davon. Wenn die Kerle vom *Guoanbu* erfahren, daß ich das Zeichen kenne, bin ich morgen ein toter Mann. Du auch.«

»Aber – um was geht es ihnen? Ich meine die Mädchen?«

Er fand zu seinem gewohnten Ernst zurück, zu seiner Freundlichkeit. Aber seine Auskünfte blieben trotzdem knapp.

»Meist sind das gezielte Sachen. Müßtest du als gewesener Polizist eigentlich wissen. Da soll einer reingelegt werden. Ist aus irgendeinem Grunde für die Kerle interessant. Wird fotografiert, während er dem Mädchen den Hintern küßt, und dann wird ihm angedeutet, man könnte das seiner Frau zeigen, so in der Art. Oder muß ich dir wirklich buchstabieren, was man mit einer fest gebuchten Nutte anfangen kann?«

Das brauchte er nicht, und ich sagte es ihm. Ich hatte begriffen. Langsam wurden die Zusammenhänge klarer. Und für mich die Cleverneß erklärbarer, mit der die Leute etwa herausfanden, daß ich engagiert war und daß der Rolls von Chia in Aberdeen stand. Gute Organisation. Was aber war der Auslöser gewesen, Chia senior zu killen? Das herauszufinden war ich engagiert. Wurde dafür bezahlt.

»Keine Kätzchen, die aus einer Laune heraus mit einem Herrn abzischen, um ihm später die Lappen aus der Börse zu ziehen, wie?«

»Du erfaßt Dinge spät, aber du solltest nicht aufgeben«, riet mir Darawan ironisch, »du hast gute Anlagen im Kopf.« Ich erzählte ihm nicht, daß in letzter Zeit drei ältere Herren, die man gut und gern Taipans nennen konnte, einflußreiche Macher, sehr unfreiwillig in das gebissen hatten, was Europäer so prosaisch Gras nannten.

Hatten die beiden bisher noch nicht aufgefundenen Damen tatsächlich dasselbe Zeichen eintätowiert gehabt? Keine Chance mehr, das herauszufinden. Oder doch?

Darawan hatte mich auf die vielleicht entscheidende Spur gebracht. Wenn der von ihm angedeutete Zusammenhang stimmte, dann ließ sich auch erklären, weshalb die Behörden sich so zurückhielten: Wer legt sich schon gern mit dem *Guoanbu* an?

Der Meistertätowierer nahm meinen Dank mit der Würde eines Bangkoker Großindustriellen entgegen, der monatlich fünf Millionen in Dollar durch Waffenverkäufe an die Roten Khmer verdient, von denen das Finanzamt nichts ahnt. Andererseits vergaß er auch nicht, mir aufzutragen, die beste Art, meinen Dank abzustatten, sei, ihm ein paar reiche Kunden zu schicken, die seine

Fabergé-Eier kauften. Am besten Franzosen, die hätten es gerüchteweise damit ganz heftig. An der Tätowiererei sei ja nicht viel zu verdienen. Wo sollte ich, um Himmels willen, französische Käufer für bemalte Holzeier auftreiben, wie sie angeblich von russischen Herrschern ihren Kurtisanen geschenkt worden waren, wenn es stimmte, was an Geschichten darüber verbreitet wurde! Ich würde genug zu tun haben, mich unter den Kurtisanen einflußreicher chinesischer Taipans umzusehen. Besser gesagt, auf ihren Oberschenkeln, im Hinblick auf Lotosknospen. Tätowierte. Deshalb beließ ich es dabei, daß ich Darawan versprach, im nächsten Tempel erst einmal eine Handvoll Räucherstäbchen für ihn anzubrennen.

Er quittierte es mit einem säuerlichen Grinsen hinter seinen dicken Brillengläsern und brummte nur zum Abschied: »Halt die Klappe über den *Guoanbu*!«

Das versprach ich ihm, und ich war noch nie so ehrlich bei einem Versprechen gewesen.

Bobby Hsiang war schwer zu erreichen. In Kowloon hatte es einen Amokläufer gegeben, der mit einem aus einer Antiquitätenbude gestohlenen Samuraischwert drei Leute geköpft hatte. Als ich endlich in Sun Su's Nudelhaus mit Bobby vor einer Schüssel Chiao Tse saß, die wir in Sun Su's Spezialsoße aus Pilzsoja und Chili getaucht aßen, wie wir sie schon als Polizisten manchmal in der Mittagspause heruntergeschlungen hatten, schüttelte er sich, als fröre ihn, und er brummte zwischen zwei der gefüllten Teigtaschen: »Widerlich, diese abgeschlagenen Köpfe. Der Kerl hat zugehauen wie ein Holzfäller.«

»Eifersucht?« wollte ich wissen.

Er verneinte das. »Es waren unbekannte Leute. Er traf sie rein zufällig auf der Straße, als er aus dem Café *Silverbird* losrannte. Wußte überhaupt nicht mehr, daß er was angerichtet hatte. Ihm wäre übel geworden, eigentlich habe er auf die Toilette gewollt.«

»Vielleicht hat es ihn aufgeregt, daß die besetzt war!«

»Du bist ein zynischer Bastard«, versicherte Bobby mir. »Merkst du nicht, wie die Gewalt zunimmt? Früher haben wir über zwei Morde am Tag schon geseufzt, heute hören wir kaum noch hin, wenn jemand sich bedroht fühlt. Es geht da etwas vor, um uns herum, überall, ich weiß nur nicht, was ...«

»Vielleicht weißt du was Neues von unseren drei toten Tycoons?« stocherte ich ihn an.

Aber Bobby schüttelte den Kopf und bedauerte: »Nicht mal über den samt Chauffeur abgebrannten Rolls gibt's was. Außer daß er von einer teuren Agentur gemietet worden war. Und die Laborfuzzis haben bestätigt, es ist Thermit gewesen. Profis. Bist du weiter?«

Das konnte ich mit gutem Gewissen einem Freund gegenüber nicht verneinen, und so zögerte ich.

Bobby meinte kauend: »Da wird nicht viel zu holen sein in dieser Sache. Bei uns ist sie so gut wie auf Eis. Behördlicherseits kein ausgeprägtes Interesse, den Spruch kennst du ja! Dir muß ich nicht buchstabieren, was das heißt, bei drei Tycoons, von denen jeder sich den Polizeichef zum Höchstpreis hätte kaufen können. Samt Büro.«

Das brauchte er mir nun wirklich nicht zu buchstabieren, ich wußte ja, daß vermutlich nicht jemand mit mehr Geld dahintersteckte, sondern eine Truppe, die gefährlicher war als die Triaden bei uns. Deshalb murmelte ich nur: »Es geht das Gerücht um, daß dieser Jemand, der den Polizeichef hätte aus der Portokasse kaufen können, ein besonderes Interesse daran hat, Posten in der Wirtschaft der Kolonie mit neuen Leuten zu besetzen. Das Gerücht stammt aus Polizeikreisen ...«

Als er mich wütend anblitzte, griff ich nach dem Zettel mit der Nummer des Autos, die Lum in Aberdeen notiert hatte, in der Nähe des Rolls.

Bobby drehte den Zettel in der Hand, dann steckte er ihn ein und knurrte: »Ich rufe dich an. Zwei Mann, sagst du?«

»Mein Informant beschreibt sie als Männer in den besten Jahren, gutgekleidet, aber keine gelernten Gentlemen.«

Das überraschte ihn nicht. Er riet mir nur, nachdem ich ihn noch einmal auf das Interesse der kommenden Herren Hongkongs hinwies, mir rechtzeitig einen der vorderen Plätze zu sichern: »Mußt immer daran denken, daß die in ein paar Jahren über deine Lizenz entscheiden. Es sei denn, du gehst auf die Bahamas ...«

Die Chiao Tse verliehen mir noch das Gefühl zufriedener Sattheit, ein Zustand, den ein Chinese für gewöhnlich in Ruhestellung genießt, während ich zu Banker Chia aus New York fuhr, in das Familienanwesen am Peak.

Es gelang mir trotzdem, die Serpentinen einigermaßen zu meistern, und ich war froh, daß ich außer dem Banker auch Pamela Chia, seine Gattin, antraf, der ich kondolierte, wie das unter erzogenen Leuten üblich war, worauf sie ein paar frische Tränen wegwischte und sich verkrümelte.

Zurück blieb in dem sympathisch modern eingerichteten Salon, von dem Türen auf eine Terrasse führten, Banker Chia, der mir, nachdem seine Frau verschwunden war, andeutete, ich solle doch der alten Dame meine Ehrerbietung erweisen, der Witwe des Taipans, die sich seit dem Tod ihres Gatten noch mehr als zuvor schon zurückgezogen hatte. Eine Formalität, die ich selbstverständlich erfüllte, ich kannte die Dame ja vom Friedhof her und sie mich hoffentlich auch. Ich fand sie in einem Rattanschaukelstuhl auf der Terrasse, wo sie versonnen auf die tiefergelegenen Parks der Villen hinabblickte. Eine freundliche alte Dame, die mir ohne Tränen dankte, daß ich das Verbrechen aufklären wollte, dem ihr Gemahl zum Opfer gefallen war, und die mich an meine Mutter erinnerte, als sie mir mit ihrer leisen Stimme riet, mich dabei nicht unnötig in Gefahr zu bringen.

Dasselbe hätte ich eigentlich Banker Chia raten müssen. Aber wenn wir in der Sache weiterkommen wollten, wenn mein Plan zur Aufklärung Gestalt annehmen sollte, dann war das nicht gut möglich. Banker Chia mußte da mithelfen. Und das zu tun konnte ihn nicht nur in Gefahr bringen, es würde unter Umständen seinen Ruf ernsthaft schädigen. Deshalb fragte ich erst einmal vorsichtig an, ob er sich sozusagen als Leimrute zur Verfügung stellen würde.

»Wenn es anders nicht geht, bin ich dazu bereit.«

Er machte also mit. Das erleichterte es mir, unseren Gegenspieler zu provozieren. Ein Schuß in Macao und die Sache mit dem Rolls – das waren nur Warnzeichen gewesen. Der Trick bestand darin, daß wir den Spieß umdrehten. Selbst Provokationen einfädelten. Nur auf diese Weise erhielten wir wohl die Chance, Personen der anderen Seite aus der Anonymität herauszulocken.

»Ganz Ihrer Meinung«, bestätigte Chia. »Und was sollte ich tun?«

»Dem in Aussicht genommenen Nachfolger Ihres Vaters weismachen, Sie seien nicht nur entschlossen, die Position Ihres Vaters zu übernehmen, sondern auch bereit, seinen Tod zu rächen. Ihm aber Hoffnung machen, daß er Ihr Nachfolger wird, falls es Umstände geben sollte, die Sie umstimmen.«

Er hob den Kopf und sah mich mit seltsamem Blick an. »Man könnte Sie für einen Freund des russischen Roulettes halten.«

Ich spielte überhaupt nicht, aber ich grinste ihn an: »Wer Ratten fangen will, muß Fallen aufstellen.«

»Mit mir als Köder, wie?« Er schien das nicht todernst zu nehmen, eher mit einer gewissen Belustigung. Er ging zu einem

Schränkchen, in dem eine Garnitur Whiskyflaschen stand und erkundigte sich: »Scotch?«

»Nicht vor Sonnenuntergang«, entschied ich. Es gab heute noch viel zu tun, da war ein klarer Kopf von Vorteil. »Im übrigen werden wir uns das Risiko teilen.«

»Ich wollte gerade fragen, womit Sie eigentlich selbst Ihr Honorar zu verdienen gedenken!«

Ich sagte es ihm: »Ich werde mich um die Gattung Damen kümmern, die bisher drei ehrenwerte Männer von hohem Einfluß um die Ecke gebracht haben.«

Er war der Meinung, das sei der angenehmere Teil der Arbeit, was ich vorsichtshalber nicht kommentierte.

Außerdem wußte ich, daß ich an die Sorte Damen, die da im Spiel waren, auch erst kommen würde, wenn Chia sie anzog wie eine Blume die Bienen. Alles, was ich vorher leistete, würde Vorarbeit sein. Aber das mußte ich nicht unbedingt mit ihm bereden. Dafür gab es Wichtigeres: Mr. Hung Teh aufscheuchen, den Mann, der Chia seniors Nachfolge hatte antreten sollen. Ihn und jene, von denen ich glaubte, daß sie hinter ihm standen, zum Handeln provozieren, sie aus der Reserve locken.

Weiter plante ich vorerst nicht. Es dauerte ohnehin eine ganze Zeit, bis ich Chia so weit hatte, daß er mitmachte. Und daß er wenigstens ungefähr dem Programm folgte, das ich ihm vorschlug, während er noch zweimal Scotch nachgoß, war schon ein Fortschritt.

Zuletzt, als wir uns über das weitere Vorgehen einig waren, trank ich doch noch einen Finger hoch Whisky mit ihm. Und dabei verriet er mir: »Ich habe, während Sie bei mir waren, durch einen unserer Angestellten Ihren Wagen bewachen lassen, damit sich nicht ein Unglück wie bei meinem Rolls wiederholt.«

Er überraschte mich mit seinen Fähigkeiten, in den Kategorien seiner Gegenspieler zu denken. Banker trainierten das wohl. »Danke«, sagte ich.

Er fügte gelassen an: »Soeben treffen zwei Herren aus New York City hier ein. Sie werden ein Auge auf mich haben. Ständig. Fachleute, auf die Verlaß ist.«

Dabei lächelte er, als ob er gerade dabei wäre, mir die 64000-Dollar-Frage zu beantworten.

Erläuterungen bedurfte es nicht. Wir waren hinreichend darüber orientiert, daß sich unter den im Ausland lebenden Chinesen, besonders in Amerika, die sogenannten Tongs gebildet hatten, die sich, bescheiden, wie der Chinese nun einmal ist, Selbstschutzgruppen nannten, die allerdings nichts weiter waren, als der verlängerte Arm unserer oder in Rotchina operierender Triaden.

»Respekt«, bemerkte ich. »Sie reagieren schnell, Sir.«

Er nickte zufrieden. Und plötzlich wirkte er gar nicht mehr wie der harmlose Banker mit dem Aktenkoffer, der nicht weiß, wo bei einer Kanone vorn und hinten ist.

Sein Lächeln war eiskalt, als er mir verriet: »Ich finde es sehr richtig, daß wir angreifen. Sie können sich auf mich verlassen, ich werde meine Rolle so spielen, daß wir Erfolg haben.«

Am selben Tag traf seine forsche Voraussage nicht mehr ein. Dafür überstürzten sich ein paar Dinge. Zuerst ließ Mrs. Nancy Lee, die ich anrief, um ihr zu berichten, daß ich mitten in erfolgversprechender Arbeit steckte, mich wissen, daß ich mit einem Mann sprechen könne, der mir eine interessante Mitteilung machen würde. Er sei im letzten Lagerschuppen am Gewerbekai von To Kwa Wan anzutreffen, drüben in Kowloon, nicht weit vom Flughafen entfernt. Man würde mich übrigens dort erwarten.

Wer das sei, fragte ich. Sie sagte, es sei ein ehemaliger Angestellter ihres Büros. Ich erinnerte mich vage daran, daß ich bei meinem Besuch dort etwas von Immobilien gelesen hatte. Weil die Telefone in der Kolonie ziemlich geschwätzig waren, unterließ ich weitere Fragen und machte mich auf den Weg nach To Kwa Wan.

Den üblichen Stau im Tunnel ahnte ich, also scherte ich rechtzeitig in Richtung North Point aus und nutzte die Pause, um Bobby Hsiang anzurufen. Er war unterwegs, aber das Mädchen in der Vermittlung hatte Order, mich mit seinem Wagen zu verbinden, und ich erwischte ihn irgendwo in Victoria, wo er eine Leiche suchte, die jemand gesehen hatte, nun aber verschwunden war.

Ich kam gerade noch dazu, ihm viel Glück zu wünschen, dann teilte er mir kurz angebunden mit: »Deinen Corolla AO 4571 kannst du vergessen. Gehört einem englischen Beamten ohne die geringste Akte. War seit dem Vormittag als gestohlen gemeldet. Ist in Victoria wieder aufgetaucht. Unbeschädigt. Keine Fingerabdrücke, falls du darauf spekulierst. Sag mir Bescheid, wenn du wieder mal in Gesellschaft essen willst.«

Es war mir nicht einmal mehr möglich, ihm die Pocken ins Gesicht zu wünschen, so schnell legte er auf.

In To Kwa Wan war ich lange nicht gewesen, aber ich hatte trotzdem keine Schwierigkeiten, den Gewerbekai zu finden. Eine

Menge kleiner Wasserfahrzeuge legt hier Tag und Nacht an, mit Rohmaterial für die unzähligen Hinterhoffabriken, die es in Kowloon gibt und die alles mögliche herstellen: Spielzeug, Taschenradios, Uhren, Papierblumen, Schlipse, Blechschmuck, aber auch Reisnudeln und Würzpulver, Soßen und eingelegte Pilze.

Die beiden jungen Kerle, die an die Tür des letzten Lagerschuppens gelehnt standen, machten einen überraschend zivilisierten Eindruck. Ich hielt sie nicht für Schlägertypen, zumal sie ganz ordentliche Anzüge und helle Hemden mit Krawatten trugen und ihre Schuhe geputzt waren. Sie mußten mich kennen, denn sie begrüßten mich mit meinem Namen. Erst als ich die kleine Packkammer im Schuppen betrat, wo sonst wohl der Büromensch saß und in Frachtpapieren wühlte, wurde mir klar, wie sehr ich mich wieder einmal geirrt hatte.

Auf dem Boden lag ein flüchtiger Bekannter: Jener gepflegte Herr mit dem etwas pomadigen, jetzt ziemlich unordentlich wirkenden Haar, dem ich im Vorzimmer von Mrs. Lees Büro in der Connaught Road begegnet war. Als Brylcream-Reklamefigur wäre er nicht mehr zu verwenden gewesen, er war unwiderruflich tot, ohne daß man erkennen konnte, was diesen Zustand herbeigeführt hatte.

Ich erkundigte mich bei den beiden Burschen: »Was soll ich mit einer Leiche?«

Der etwas ältere gab zurück: »Tut uns sehr leid, Mister Lim Tok. So war das nicht vorgesehen. Unglücklicherweise machte der Herr einen Fluchtversuch, und dann erwies sich seine Wirbelsäule als etwas brüchig. Wir hatten mehr Festigkeit vorausgesetzt ...«

Und wie um die Entschuldigung formgerecht abzurunden, verbeugte er sich leicht und fügte an: »Ich bin Benny, mein Freund heißt Bui.«

»Das rührt mich zutiefst. Lieber wäre mir gewesen, das zu hören, was der Herr zu sagen hatte!« Ich deutete auf den Toten mit der Brillantine im Haar.

Benny, der Wortführer, griff lächelnd in die Innentasche seines Jacketts, brachte einen Perlcorder zum Vorschein und hielt ihn mir hin.

»Da ist alles drauf, was er überhaupt zu sagen wußte. Es war ein Einfall von Mrs. Lee, die Aufzeichnung zu machen.«

Die Spule war halbvoll. Ich ließ sie zurücklaufen, hörte mir den Anfang an, und dann steckte ich das Ding ein. Schade, daß der Mann nicht mehr lebte. Aber vielleicht gab das Band ja etwas her, wenn ich es mir in Ruhe anhörte.

»Sie werden uns in den nächsten Tagen öfters sehen«, versprach Benny mir, als ich mich verabschiedete. »Bitte beachten Sie uns nicht. Wir spielen ein bißchen Schatten bei Ihnen und dem Herrn Banker ...«

Vom *Guoanbu* sagte die Stimme auf dem Band des Diktiergerätes nichts.

Ich erfuhr, als ich es, in meinem Toyota sitzend, auf einem Parkplatz in der Nähe der Tunneleinfahrt auf der Kowloon-Seite abhörte, wie der Vorzimmersekretär von Mrs. Lee hieß, daß er vor einem Jahrzehnt aus Nanning, drüben im roten Mutterland, nach Kanton getrampt und dort aufgegriffen worden war. Seine Absicht, heimlich nach Hongkong zu emigrieren, war erkannt worden. Man hatte ihn aber nicht gehindert, sondern lediglich verpflichtet, zu gegebener Zeit dem Mutterland einen kleinen Gefallen zu tun. Das hatte er versprochen. Und damit er sein Versprechen nicht vergaß, erschienen in gewissen Abständen bei ihm Abgesandte des Mutterlandes, die in Hongkong residierten. Durch einen Tip von ihnen wurde er auch aufmerksam, daß eine Immobilienfirma einen Büroleiter suchte. So gelangte der ehemalige Buchhalter einer genossenschaftlichen Zuckerrohrpresserei ins Vorzimmer von Mrs. Lee, und von hier aus berichtete er seinen Landsleuten seitdem über so ziemlich alles, was über ihren Schreibtisch ging, vor allem über das, was ihr Vater, der Chef der Triade *Weißer Mohn,* an Geschäften über seine Tochter abwickelte. Mrs. Lee hatte offenbar, nachdem sie von dem Überfall auf mich in Macao erfahren hatte, Verdacht geschöpft und ihn überführt.

Er flennte ziemlich laut, während er seine Misere berichtete. Ab und zu, wenn er zögerte, klatschte es ein paarmal, und darauf wurde er wieder sehr gesprächig.

Wer seine Auftraggeber sind, wisse er selbst nicht ganz genau. Aber sie seien mit vielen Möglichkeiten ausgestattet. Geld habe er auch bekommen. Und – ja, daß dieser Privatdetektiv in Macao Ermittlungen wegen des Todes von Mr. Chia senior anstellen wollte, habe er berichtet. Auch, daß seine Chefin sich am Telefon mit ihrer Schwester in New York wegen der Beisetzung des Schwiegervaters unterhalten habe.

Ich brannte mir eine Zigarette an, ließ das Seitenfenster zur Hälfte herunterfahren, und dann überlegte ich eine Weile, während ich rauchte. Der tote Bürohengst hatte an einer einzigen Stelle der nicht sehr fachmännisch geführten Vernehmung beinahe beiläufig eine Bemerkung über ein Lokal gemacht, in dem er sich zu vereinbarten Zeiten mit seinen Heimatfreunden traf, um zu berichten.

»Kennst du den *Besoffenen Gecko?*« fragte ich Pipi, bei der ich gegen Mittag im Hotel vorbeischaute. Es war die Zeit der Flaute, wenn die Gäste im Restaurant mit zähen Steaks beschäftigt waren oder im Grill Room, wo man das gleiche Fleisch etwas schärfer gebraten bekam. So hatten wir Ruhe, uns am Tresen der Rezeption zu unterhalten.

Sie griff in ein Fach und brachte eine Liste zum Vorschein, auf der sie mühelos den *Besoffenen Gecko* fand. Sie las ab: »*Stoned Gecko.* Liegt in Kowloon drüben. Südzipfel. Tsim Sha Tsui. Middle Road. Etwa zwischen Hotel *Merlin* und Hotel *Peninsula.* Bequeme Verbindung von Victoria her. Station Admirality einsteigen, Station Tsim Sha Tsui aussteigen ...«

Ein Japaner wollte wissen, wo die Dauerwellen gemacht würden. Pipi sagte ihm, wo der Salon lag. Sie wußte auch, daß seine Frau dort noch etwa eine Stunde zu tun haben würde. Der Japaner verbeugte sich, bis sein Kopf in Höhe der Theke war.

»Du könntest auch Fremdenführerin werden«, lobte ich Pipi. Aber sie ging nicht darauf ein. Hielt mir die Liste hin und tippte auf drei Kreuze, die hinter der Eintragung über den *Stoned Gecko* angebracht waren.

»Das heißt Kneipe mit Essen von schlechter Qualität und mit schlechter Bedienung und daß Mädchen von der Straße reinkommen und Gäste anmachen. Und da willst du hin, he?«

Es gelang mir noch, sie zu beruhigen, bevor sie das restliche Hotelpersonal zusammenplärrte. Zum Schluß sah es so aus, als ob sie mich tatsächlich wegen meines anstrengenden Berufs bedauerte. Sie wies auf einen wie zufällig hinter den Kreuzen befindlichen Punkt und flüsterte: »Das heißt, es verkehren Rote dort. Aus dem Mutterland. Und zwar nicht die Gentlemen von der Bank of China mit den eleganten Anzügen in Bordeaux und den kunstgewerblichen Krawatten, sondern die kleinen Beißer. Also sieh dich vor!«

Gut, daß ich bei ihr hineingeschaut hatte. Zusammen mit dem, was der Sekretär von Mrs. Lee aufs Band gebetet hatte, bevor er das Zeitliche segnete, verstärkte das meine Neugier auf das Lokal. Aber ich würde wenigstens meinen Revolver einstecken ...

Vorgestellt hatte ich mir eine dieser verqualmten Spelunken, an denen Kowloon, besonders seine Gassenviertel, keinen Mangel hatten.

Aber ich wurde überrascht. Der *Stoned Gecko* war ein geräumiges, sauber gehaltenes Lokal, gutbeleuchtet, klimatisiert, und die Sitten waren keineswegs offensichtlich rauh. Es gab eine kleine Bühne, auf der eine Kapelle in erträglicher Lautstärke Musik machte, eine Sängerin piepste die üblichen Schlager. Die Bar wurde von zwei Blondinen gemanagt, die ihre gelifteten Knautschzonen zwar freimütig zur Schau stellten, es aber gerade noch vermeiden konnten, obszön zu wirken. Hinter ihnen wurde gelegentlich ein Chinese sichtbar, der einen giftgrünen Schlips auf seinem weißen Hemd trug und der nicht gerade wie Al Capone aussah, eher wie Robert Redford, wenn der chinesische Eltern gehabt hätte.

Das Publikum bestand aus Einheimischen. Eigenartig, aber wir erkennen Touristen auf den ersten Blick, selbst wenn sie mal nicht fotografieren. Wohingegen wir bei der Unterscheidung von Einheimischen und Leuten aus dem Mutterland langsam Schwierigkeiten bekommen, seit es in den an Hongkong grenzenden Gebieten, nicht nur in Shenzhen, sondern auch in Kanton und Umgebung, zum modischen Ton gehört, sich zu kleiden, zu schminken, zu benehmen wie in der Kolonie. Und einen von einem Shanghaier Schneider gefertigten Anzug von einem aus dem Wing On zu unterscheiden war ohnehin kaum möglich – Kenner behaupteten, die jenseits des Drahtzaunes hätten sowieso die besseren Schneider. Trotzdem, wenn man genau hinhörte, auch hier im *Stoned Gecko,* konnte man an verschiedenen Dialekten erkennen, auch daran, wie jemand bestimmte kantonesische Wendungen benutzte, daß ein Teil der Gäste von drüben kam. Meine 41er Magnum, die ich vorsichtshalber im Hosenbund trug, drückte etwas. Eine 41er Police ist nicht gerade unscheinbar. Und so hatte ich gewisse Schwierigkeiten, mich auf die Bartheke zu lümmeln, ich mußte ganz gerade sitzen, sonst piekste mich der Lauf in die Problemzone des Bauches, wie man das als Gentleman bezeichnet.

Vermutlich hielten die Blondinen mich deshalb für einen Bankangestellten, was sie aber nicht hinderte, mich so freundlich anzustrahlen, als wäre ich gekommen, um entweder mein Heiratsversprechen einzulösen oder den ganzen Laden zu kaufen und sie bei doppeltem Gehalt weiter zu beschäftigen.

»Hallo, Mister«, begrüßte mich die massiver gebaute von ihnen, die an meiner Seite der Bar bediente. Sie hatte Schultern wie ein Schrank und Muskeln wie ein japanischer Ringer. Amerikanerin dem Akzent nach. Irgendwo mußte ich anfangen, warum also nicht bei ihr? Sie guckte verträglich.

Ich scherzte: »Hi, Darling, ich verdurste. Limonade bitte, gelb!«

Sie blickte mich an wie ein Europäer einen dieser verrückten Malaien, die sich an Feiertagen Hutnadeln durch die Backen stoßen.

»Gesundheitstrip, wie?«

»Du sagst es, Darling. Whisky spielt auf meiner Leber Balalaika. Ich bin gegen Russisches, also sei so lieb, ja?«

»Ist das eine russische Schweinerei, diese Balalaika?«

Ich konnte das nur teilweise dementieren. Sagte, es sei das Lieblingsinstrument des Moskauer Oberhäuptlings.

»Das ist der mit der roten Blase auf dem Rettich, ja?«

Sie war definitiv Amerikanerin. Das war auch eine der neuen Moden, die sich gutbetuchte Chinesen seit einiger Zeit angewöhnt hatten – Leute aus dem vorgeblich reichsten Land der Welt als Angestellte zu beschäftigen.

Ich bestätigte ihre Vermutung: »Sehr richtig, Blondi, der mit dem Tintenklecks. Das mit der Limonade ist übrigens ernst gemeint, ich bin pervers und stolz darauf!«

Sie nickte verständnisvoll. Eine Frau, die so gut wie nichts mehr aus dem inneren Gleichgewicht bringen konnte.

Während sie unter dem Tresen wühlte, vermutlich weil die letzte Flasche uralter 7up in der hintersten Ecke stand, bemerkte sie gleichgültig: »Kein Grund, sich zu schämen, Mister. Gestern hatte ich einen Gast, der brachte sein eigenes Glas mit. So ein Ding, in das die Männer im Krankenhaus ihr Wasser abschlagen. Schon mal gesehen?«

»Ich erinnere mich.«

Es war der Tonfall, der es mir leicht machte, mit ihr ins Gespräch zu kommen. Barfrauen sind eine Kaste für sich. Hören sich den ganzen Abend entweder unanständige Vorschläge oder gequirlte Trübsal von ihren Kunden an. Müssen zu beidem lächeln. Verständnis zeigen. Für Urinflasche gestern. Für 7up heute. Und niemand darf auch nur auf den Schimmer der Idee kommen, er sei nicht der einzige im ganzen Lokal, der von der Dame todernst genommen, bedauernswert gefunden oder bewundert wird.

Sie fand schließlich eine Flasche 7up, zog sie auf und stellte mir ein Glas hin. Goß ein. Pokerface.

Ich fand, das sei der rechte Augenblick. Ein anderer hätte ihr vielleicht jetzt vorgeschlagen, nach der Arbeit mit der Schmetterlingssammlung auf sie zu warten. Ich hielt ihr das Foto der toten Lotosknospe hin und fragte: »Schon mal hiergewesen?«

»Warum?« Es kam total gleichmütig.

»War meine große Liebe. Herzensfrage.«

»Durchgegangen?«

»Sehen Sie nicht, daß sie tot ist?«

»Nein«, gab sie mit entwaffnender Gleichgültigkeit zurück. »Und wenn das so ist – warum suchen Sie sie dann noch?«

Sie brannte sich eine Zigarette an, die ich spendierte, blickte mich durch eine Qualmwolke neugierig an und belehrte mich: »Das hier ist kein Friedhof. Wir sind eine Kneipe, die an reinrassige Amerikanerinnen nicht einen Cent mehr Lohn zahlt als an einheimische Lotosblüten. Obwohl wir zwei Amerikanerinnen die meisten Gäste zum Saufen anmachen. Die chinesischen Nadelstreifenpenner fühlen sich nämlich wie die Herren der Welt, wenn sie von echten Blondinen aus New York City bedient werden. Die Kleine da auf dem Bild hat in unserer Bude ihren Familientempel angeboten. Angeblich zur Erstbegehung. Ist aber schon eine Weile her ...«

»Was!« Ich verschluckte mich an meiner Limonade.

Als es mir wieder besser ging, hörte ich die Blondine sagen: »Heißt Poo Lin, wenn ich mich recht erinnere. Hieß.«

»Kellnerin?«

Sie verzog das Gesicht. Es hatte ein paar mehr Falten, als ihm bekömmlich waren.

»Hosteß. Nie was von dem Beruf gehört? Kommt mit einem Intelligenzquotienten aus, der etwa der Schuhnummer entspricht.«

Als ich mich ein wenig über meinen unerwartet schnellen Erfolg beruhigt hatte, erkundigte ich mich vorsichtig nach der Adresse. Und just in diesem Augenblick tauchte hinter der Theke der Robert Redford made in China auf, der mit dem grünen Schlips auf dem weißen Hemd. Ich spürte sofort, daß er nicht ungefährlich war, als er sich an die Blondine wandte.

»Gibt es ein Problem, Peggy?«

Die blonde Dynamitladung gab mürrisch zurück: »Der Herr sucht Poo Lin. Da sie Ihre Freundin war, nicht meine, können Sie das Gespräch weiterführen!«

Er schätzte mich mit einem kühlen Blick ab, wurde aber sofort wieder sehr verbindlich, als er mich fragte: »Miß Poo Lin? Sind Sie ein Verwandter?«

Ich beschloß, ihn zu provozieren: »Schlecht möglich, mein Geburtsort liegt diesseits des Zaunes. Aber sie interessiert mich. Sie kannten sie näher?«

Er zögerte. »Man könnte das so sagen, ja.«

Hinter ihm, eine Flasche Martini in der Hand, lachte Miß Peggy laut auf. Der mit dem grünen Schlips nahm es stirnrunzelnd zur Kenntnis. Dann verwandelte sich sein Gesicht in eine dieser widerlich freundlichen Masken, die mich hätte warnen sollen, aber ich wurde dadurch abgelenkt, daß er mir die Hand hinhielt und sich vorstellte: »Ich bin Jim Cheeung. Wollen wir uns in meinem Büro unterhalten?«

Ich gab zurück: »Ich bin Lim Tok. Wir können.«

Er hatte nach dem Telefonhörer gegriffen und einen Knopf gedrückt. Sagte in die Muschel: »Würden Sie bitte mein Büro aufschließen, ich habe einen Besucher. Keine Störungen.« Zu mir gewandt, empfahl er: »Nehmen Sie lieber Ihre Limonade mit. Ich habe diverse Getränke in meinem Privatschrank, aber so was ...«

Er lächelte verlegen. Also nahm ich das Glas. Ich hätte lieber die 41er Magnum aus dem Hosenbund ziehen und in die Hand nehmen sollen. Aber man macht eben immer wieder solche Fehler.

Er ging voraus. Neben dem Gang, der zu den Toiletten, wohl auch zu den Wirtschaftsräumen führte, öffnete er eine Tür mit dem Messingschild »Office« und komplimentierte mich in einen Salon, in dem es, wie um den Schein zu wahren, auch einen Schreibtisch gab, mit dem üblichen Computer auf der einen Ecke.

»Wir können uns hier in aller Ruhe unterhalten, Mister ...«, hörte ich ihn noch sagen, als er mich an sich vorbeigehen ließ. Dann klappte die Tür zu. Und unmittelbar danach fiel mir so etwas wie ein Meteorit auf den Schädel. Eins von diesen Dingern, die aus dem Nichts kommen und mit Weltraumwucht auftreffen, die aber nicht hart sind und keine scharfen Kanten haben. Ein Gummimeteorit.

Mr. Jim Cheeung fing mich auf. Setzte mich in einen Sessel und zog dabei geschickt meine Magnum aus dem Hosenbund. Zu irgend jemandem sagte er: »Kannst gehen. Bleib in der Nähe der Tür, wir haben mit dem da ein Problem ...«

Dann klappte die Tür wieder. Alles das nahm ich wahr, wenngleich ich nicht völlig diensttauglich war. Aber ich merkte, daß ich mich erholte. Der Schlag hatte mich nicht umbringen sollen, nur weich machen.

Gerade setzte sich Mr. Cheeung, der Barchef, mir gegenüber auf die Kante eines Sofas, und gerade begann ich mich über den Fehler zu ärgern, der dazu geführt hatte, daß mein Limonadenglas auf dem Teppich lag und Mr. Cheeung meine Magnum in der Hand hielt, da gab es ein Poltern an der Tür. Es klang, wie wenn jemand geohrfeigt wird und dabei mit dem Schädel immer wieder gegen eine Holzplatte bumst.

Die Tür flog auf. Ein junger Mann, der einen ebenso grünen Schlips wie sein Chef trug, stürzte herein und ging zu Boden. Ihm folgten zwei Typen, wie ich sie aus Karatefilmen der Gebrüder Shaw kannte: Gestalten untersetzt, Haare extrem kurz und Kleidung wie japanische Touristen. Der eine trat dem Mann am Boden noch einmal kurz in den Unterleib. Als der keine Schmerzreaktion mehr zeigte, ließ er ihn liegen wie ein weggeworfenes Streichholz.

Ohne sich aufzuhalten und ohne auch nur die Augenbrauen zu heben, ging er auf den völlig verblüfft dasitzenden Mr. Cheeung zu, der über der Aufregung völlig vergaß, daß er eine Kanone in der Hand hielt. Der Typ nahm sie ihm mit einer Nonchalance ab, um die ich ihn beneidete, und dann versetzte er Mr. Cheeung eine Ohrfeige, die den Getroffenen rücklings auf das Sofa warf. Das alles geschah schweigend.

Schließlich wandte der Typ sich an mich: »Ihr Revolver, Mister Lim Tok?«

Ich hatte die Geistesgegenwart zu nicken. Er hielt mir mein gutes Stück hin, und ich murmelte Dank. Mein Schädel brummte noch von dem Schlag. Jetzt sah ich auch das Instrument. Der zweite Typ mußte es dem grünbeschlipsten Schläger weggenommen haben. Er hieb es auf ein Klappmesser. Es war eine graue Socke, aus der Sand rieselte, sich auf dem Teppich, neben dem Gesicht des Schlägers, zu einem Häufchen formte.

Wieder bekam Mr. Cheeung eine Ohrfeige. Noch bevor ich so recht begriffen hatte, was hier eigentlich vorging, erkundigte sich der Typ bei Cheeung: »Wie ich vermute, hatte Mister Lim Tok eine Frage an Sie. Wollen Sie antworten?«

Er holte aus. Ich konnte schnell das Foto aus der Tasche ziehen und hielt es Mr. Cheeung vor das ramponierte Gesicht. Lernte dabei, daß zwei Ohrfeigen, klug gesetzt, mehr an Deformation bewirken können als eine linke Gerade.

Mr. Cheeung knurrte: »Das wirst du bereuen ...!«

Und fing sich prompt eine dritte Ohrfeige. Diesmal genau auf ein Ohr. Jemand hat mir mal gesagt, danach hört man auf der getroffenen Seite nichts mehr. Der Typ hielt sich nicht lange auf, er faßte Mr. Cheeung in die Haare und drehte.

Das Jaulen von Mr. Cheeung störte einen wichtigen Gedankengang bei mir: Ich überlegte verzweifelt, wem ich diese beiden Typen verdankte, die mich hier so selbstlos rausholten.

»Uuuaah!« brüllte Mr. Cheeung.

Der Typ ließ etwas nach. Draußen in der Bar sang die kleine Chinesin die Sache von den Vögeln, die von nirgendwoher kommen und nirgendwohin fliegen.

Der Typ drehte wieder das Haar Cheeungs ein, und dieser keuchte plötzlich ganz folgsam: »Hör auf! Ich sage, was ich weiß!«

Sein Helfer auf dem Teppich regte sich und bekam prompt einen Tritt, worauf sich der zweite Typ gelassen eine Zigarette anbrannte. Dabei sah ich, daß ihm ein paar Vorderzähne fehlten. Kunststück, bei dem Beruf!

»Befragen Sie ihn, Mister Lim Tok«, forderte mich der andere auf, der Cheeung am Kopf hielt. Wo sein Kumpan die Lücke in der Zahnreihe hatte, glänzte bei ihm Gold.

Aber ich hatte keine Zeit, darüber nachzudenken, wie es kam, daß der eine die Lücke und der andere das Gold im Gebiß hatte, es war wohl Eile geboten. Ganz hinten in meinem von der Sandsocke mißhandelten Kopf quirlte noch immer die Frage, wer die beiden Kerle überhaupt waren, die mir da so unerwartet zu Hilfe kamen.

»Na los«, ermunterte mich Goldzahn.

Mr. Cheeung sah überhaupt nicht mehr aus wie Robert Redford auf chinesisch, er ähnelte jetzt vielmehr einem Opfer aus einem Katastrophenfilm. Sein Blick war voller Angst.

»Also«, sagte ich, an ihn herantretend, »wie hieß das Mädchen?«

»Poo Lin. Das ist alles, was ich weiß.«

»Adresse?«

»Sie sagte, Prat, Ecke Cameron. Pension. Weiß nicht, ob das stimmt. War nie dort.«

Ich wandte mich an Zahnlücke, der unternehmungslustig neben mich getreten war, als ob er auf ein Zeichen von Widersetzlichkeit bei Cheeung lauerte: »Gibt's das dort?«

Zahnlücke blinzelte mich hilflos an. Warf seinem Kumpan einen fragenden Blick zu. Der gab ihm ein Zeichen. Zahnlücke flüsterte in mein Ohr: »Sorry, Mister, keine Ahnung. Wir sind aus New York. Mister Washington Chia hat uns kommen lassen. Wir haben Sie gegen Schwierigkeiten zu schützen ...«

Mir fiel ein, was der Banker angekündigt hatte. Seine beiden New Yorker Tong-Burschen waren also schon tätig. Diese Typen sind nicht weniger gefährlich als Hongkonger Triadenboys. Nur daß sie die Kolonie eben nicht genug kannten.

Ich ging zum Telefon und drückte Zahlen. Als es am am anderen Ende freundlich erklang: »Hotel *Excelsior,* Guten Tag, was können wir für Sie tun?«, verlangte ich Pipi, und als ich sie am Draht hatte, überfiel ich sie mit der Frage nach der Pension.

»Prat, Ecke Cameron, sagst du?«

»Sagte ich, ja.«

Nach einer Weile, in der man das Rascheln von Papier hören konnte, erfuhr ich: »Die gibt's dort. Heißt *Yellow Duck*. Nicht ganz astrein. Hat bei uns ein Warnzeichen. Gilt als Absteige für Leute aus der roten Heimat, wenn dir das hilft ...«

Es half mir, und ich bedankte mich. Wandte mich wieder Mr. Cheeung zu: »Wie lange hast du mit ihr gepennt?«

Er erschrak. Aber er machte, als Goldzahn an seinen Haaren zerrte, gar nicht den Versuch zu leugnen. Gestand: »Kurz nur. War eine Gelegenheit. Nichts für die Dauer ...«

»Was wollte sie hier, in deinem Etablissement?«

Die Frage brachte ihn sichtlich in Verlegenheit. Er zögerte, bis Goldzahn wieder an den Haaren drehte. Da bequemte er sich zu murmeln: »Ich hatte einen Anruf von einem alten Gast. Er bat mich, sie hier als Hosteß anzulernen. Ihr Benehmen beizubringen.«

»Auch im Bett?«

Er schwieg. Bekam prompt wieder eine Ohrfeige von Goldzahn. Die entlockte ihm schließlich das Eingeständnis, das sei auch so zu verstehen gewesen, mit dem Bett, ja, die Dame sei, wie andere vor ihr schon, für delikate Zwecke vorgesehen gewesen, und das habe Kenntnis und Übung erfordert.

»Der Auftraggeber!« erinnerte ich ihn.

Sein auf dem Teppich schlummernder Wächter rührte sich und gab einen winselnden Laut von sich. Zahnlücke trat ihm wie ein Fußballer mit dem Innenrist gegen den Schädel, und es herrschte wieder Ruhe.

Ich brauchte Cheeung nicht ein zweites Mal zu erinnern. Er sagte sehr leise: »Mister Patrick Shang. Pearl River Bank. Er wird mich dafür töten lassen ...«

Goldzahn murmelte fröhlich: »Spart uns Arbeit!« Dann wandte er sich an mich. Krümmte fragend den Zeigefinger der freien Hand.

Ich schüttelte den Kopf. »Schick ihn schlafen. Wir wollen nicht auch noch die Polizei hinter uns her haben.«

Goldzahn war, wie ich begriff, an die strikte Ausführung von Anweisungen gewöhnt. Er hieb Cheeung mit der geballten Faust auf die Schädeldecke, so daß der fesche Schlipsträger klaglos ins Reich der Träume glitt. Ich steckte meine Magnum hinter den Hosenbund. Eine Menge Arbeit wartete auf mich.

»Ihr geht besser erst, wenn ich weg bin«, riet ich meinen beiden Schutzengeln.

Goldzahn hatte den silbernen Zigarettenkasten Cheeungs entdeckt und bediente sich. Er winkte ab. »Wir gucken hier sowieso noch die Akten durch ...«

Eine Warnung, daß sie dabei eventuell überrascht werden könnten, verkniff ich mir. Schließlich waren die beiden erfahrene Männer.

Draußen verabschiedete ich mich von Peggy, die mir schnell noch eine Limonade eingoß.

»Dein Chef wird Kopfschmerzen haben, wenn er den Besuch los ist«, machte ich sie aufmerksam, »leg ihm ein Aspirin bereit. Und am besten wäre es, wenn du die Gesichter der Leute nicht gesehen hast, die da rauskommen.«

»Deins auch nicht?«

Ich musterte ihre Schulterpartie bis hinab zu der Stelle am Ausschnitt, wo das Gebirge begann. Diese Dame war eine Sünde wert, keine Frage. – Man kann nicht alles haben, Lim Tok, sagte ich mir. Und zu ihr: »Meins ist bekannt. Meine Qualitäten auch.«

Sie blickte mich zweifelnd an, dann nahm sie den Dollarschein, den ich ihr auf die Theke legte, und entschwand damit in Richtung Kasse.

»Patrick Shang«, Mr. Chia wiederholte den Namen. Er putzte seine Goldrahmenbrille. »Pearl River Bank. Eine Einrichtung Pekings. Natürlich auch ein Mann, der von dort kommt.«

»Kanton«, klärte ich ihn auf. Es war mir gelungen, über Bobby Hsiang ein paar Einzelheiten über den Mann zu bekommen, dessen Name der Barbesitzer ausgespuckt hatte.

»Die Bank ist das Tochterunternehmen eines Kantoner Instituts. Der Mann ist achtundvierzig, war ursprünglich Manager bei der Verwaltung der Kantoner Industriewarenmesse, ging dann nach Shenzhen, in die Sonderzone, wo er ins Bankfach einstieg, und seit einem halben Jahr ist er endgültig in Hongkong. Die Pearl River Bank liegt in Wanchai. Percival Street. Gleich neben dem Warenhaus, in dem das Angebot strikt rotchinesisch ist ...«

Mein Gesprächspartner nickte bedächtig. »Ich weiß. Habe mich inzwischen auch informiert.«

Wir saßen in der Kabine einer großen Motoryacht mit dem schönen, am Bug aufgepinselten Namen *Sunny*, die mit moderater Geschwindigkeit in Richtung Macao fuhr. Das Fahrzeug gehörte eigentlich Mrs. Lee, sie hatte es Chia zur Verfügung gestellt. Benny und Bui, die beiden Triadenburschen, steuerten es. Der alte Lao Dang hatte sie zu seiner Tochter sozusagen abgeordnet, zuerst, um ihren ungetreuen Bürohengst auszuquetschen, und jetzt, um uns nach Macao zu kutschieren.

Es war Samstag gegen Mittag, die Zeit, zu der man in unserer Gegend spätestens in die Wochenendvergnügungen einsteigt, wenn man Banker ist wie Chia. Seine beiden Beschützer aus New York, so hatte er mich informiert, Goldzahn und Zahnlücke, wie ich sie der Einfachheit halber nannte und weil sie mir auch ihre Namen nicht gesagt hatten, befanden sich bereits in Macao, um sich mit den dortigen Verhältnissen vertraut zu machen. Ab unserer Ankunft würden sie unsichtbar auf unserer Spur sein. Angenehmer Gedanke.

Washington Chia hatte die Zeit, die er sich in Hongkong befand, nicht vertrödelt. Er hatte sich nicht nur einen Plan für sein Vorgehen zurechtgelegt, mit dem er seine Gegenspieler aus der Reserve und in die Falle locken wollte, er bereitete die Falle auch sehr geschickt vor. Wobei ich nicht selten den Eindruck hatte, daß diese Gegner ihm doch immerhin mächtigen Respekt abnötigten. Auf jeden Fall ging er bedachtsam vor.

Während einer schnell einberufenen Sitzung des Aufsichtsrats der Handelsvereinigung Hongkonger Textilbetriebe war er von der Mehrheit der Aktionäre, die dem toten Chia senior verbunden und meist an Lao Dang ziemlich verschuldet waren, zum Vorsitzenden gewählt worden. Fraglos nach Lao Dangs dezentem Hinweis. Nun hatte er mir erzählt, er habe gegenüber seinem Stellvertreter, jenem Mr. Hung Teh, der seine Enttäuschung über das unerwartete Auftauchen Chia juniors gerade noch hinter erlesener Höflichkeit verstecken konnte, durchblicken lassen, er werde es als eine der vordringlichsten Aufgaben ansehen, das Kapital der Vereinigung vor dem in einigen Jahren drohenden Zugriff Pekings in Sicherheit zu bringen. Unzweifelhaft eine der sichersten Methoden, sich zur Zielscheibe zu machen.

Hung Teh, den er zum Essen eingeladen hatte, habe ihm interessiert zugehört, als er ihm eröffnete: »Ich werde es über meine Bank in New York einfädeln. Keiner unserer Freunde soll auch nur einen Cent einbüßen, egal, ob die Pekinger ihre Zusage einhalten oder nicht, nach der unsere Wirtschaft auf fünfzig Jahre nicht angetastet wird. Halten sie allerdings die Zusage ein, dann ist nicht nur jedes Geschäft mit ihnen möglich, sondern auch jede Art von finanzieller Unterstützung ...«

Es sei Hung Teh, einem gediegen gekleideten, gepflegten Mann in den besten Jahren, nicht anzumerken gewesen, was er davon hielt, jedenfalls habe er beifällig genickt.

Das habe er dann auch getan, als sein neuer Vorgesetzter ihm etwas später gestanden hatte, er habe in Amerika so gewisse Bedürfnisse entwickelt, die sich am besten ein wenig entfernt vom Ort der geschäftlichen Tätigkeit ausleben ließen. Zudem habe er schon immer ein gewisses Faible für das Glücksspiel gehabt.

Macao werde der Platz sein, den er zum Ausspannen besuche. Hung Teh hatte ihm eifrig zugestimmt, als er meinte, ein Mann müsse schließlich immer mal wieder das Klicken der Spielsteine und das Kichern der Kurtisanen hören, um glücklich zu sein. Das sagen auch die Dichter. Er hatte Wang Wei zitiert – »Die Zeit vergessend, so schwätzen wir und lachen ...« – und gemerkt, daß sein Gesprächspartner keine Ahnung von den Chungnan-Gedichten des klassischen Meisters hatte, ihm aber pflichtschuldig zustimmte.

Er war überzeugt, am richtigen Mann zu arbeiten, und er übertrieb es nicht. Wich ihm nicht aus. Ließ nur angelegentlich durchsickern, er sei ständig am Überlegen, wie die Handelsvereinigung am besten zu sichern sei. Den Ausflug nach Macao hatte er bei Hung Teh unauffällig angekündigt. Ausspannen. Seine Frau sei nach so langer Abwesenheit von Hongkong ohnehin durch die Familie stark gebunden.

Ganz schön gerissen, dachte ich, als er mir seine Taktik darlegte. Aber ich sagte nichts dazu. Wenn Hung Teh wirklich der Mann war, der den so geschickt aus dem Wege geräumten Jack Chia im perspektivischen Interesse Pekings ersetzen sollte, dann würde er handeln, bevor ihm Washington Chia die Karpfen aus dem Teich holte, und das hieß, dem Banker müßte etwas zustoßen, so daß doch noch der Platz für Hung Teh frei würde.

Chia bestätigte meine Überlegung. Er war aber trotz allem nicht etwa ängstlich oder gedrückt. Im übrigen sah er aus, wie sich in der ganzen Welt unzählige Leute den erfolgreichen Banker vorstellen: Anzug bester italienischer Segelyachtmode, Hemdsärmel unternehmungslustig aufgekrempelt, eine Uhr von der Größe eines Bierdeckels, schmales Goldkettchen um den Hals, das zum Gold der Brille paßte. Er war gut frisiert und duftete nach einem Aftershave, das ich nicht kannte, was hieß, daß es teuer sein mußte. Ich kam mir gegen Chia wie die Kopie des sprichwörtlichen mittleren Angestellten einer nicht allzu gutgehenden Firma vor, wie man sie in Hongkong zu Tausenden findet.

In Chias Plan war vieles dem Zufall überlassen. Der Chance, wie er es nannte. Bankerdenken? Er meinte, man solle sich nicht durch zu exakt ausgetüftelte Planung selbst einengen und der Möglichkeit für schnelle, unerwartete Reaktionen berauben. Und in jeder Situation seien übrigens Kompromisse möglich. Oft zahlten sie sich besser aus als harte Entscheidungen. Nun ja, in jedem Falle würden uns die beiden Burschen, die aus dem Stall des alten Lao Dang kamen, auf dem Boot begleiten. Zahnlücke und Goldzahn würden in Macao zu uns stoßen.

»Die beiden haben mir ein paar interessante Informationen aus dem Büro dieses Barchefs mitgebracht«, erzählte Chia.

Das Boot fuhr mit mäßiger Geschwindigkeit. An den Fenstern der Kabine vorbei flogen die Spritzer der Bugfontäne.

»Beispielsweise erfuhr ich, daß von der Bar aus Herr Hung Teh öfters angerufen wird. Die Telefonrechnung weist das aus. Und dann, daß der Herr Barbesitzer eine Fahrt auf der Yacht *Shyama* mitgemacht hat. Auf Einladung des Besitzers. Das ist Mister Shang von der Pearl River Bank. Was da wohl beredet wurde ...?«

Er erwartete keine Antwort darauf. War viel zu sehr Praktiker, um zu glauben, daß ausgerechnet ich darüber etwas sagen könnte. Noch nicht. Aber das Bild würde sich schon nach und nach runden!

Wir verabschiedeten uns im Bootshafen. Ich nahm ein Taxi zum *Lisboa*, und er blieb an Bord, wie so mancher reiche Macao-Besucher, der mit eigenem Wasserfahrzeug kam, um sein Glück in den Spielsalons zu versuchen.

Sung Loh hatte mir ein Zimmer besorgt, im *Lisboa*. Diesmal behielt ich meinen Revolver im Hosenbund, auch als ich, nachdem ich geduscht und mich umgezogen hatte, in die Spielsalons aufbrach. Irgendwann würde ich da landen, wo Mr. Chia sich selbst als Köder anbot, aber zuvor vertrieb ich mir die Zeit in der Fan-Tan-Etage, beim fraglos stupidesten Spiel, das der Menschengeist jemals erfand und das wegen seiner Stupidität, wie so manches auf dieser Welt, von unendlich vielen Leuten heiß geliebt wurde.

Sie müssen sich das so vorstellen: Auf eine Art riesenhaften Billardtisch wird ein Haufen Plastik-Chips geschüttet. Nicht einmal Archimedes persönlich hätte, selbst wenn er hervorragend draufgewesen wäre, genau sagen können, wie viele es waren. Und darauf beruhte die Spielidee, die von den alten Chinesen stammte, aus einer Zeit, in der Archimedes noch nicht gelebt hatte. Angesichts des Haufens bunter Chips wurden nämlich jetzt Wetten abgeschlossen: Bleiben drei, zwei Chips, ein Chip oder bleibt gar keiner zurück, wenn der Croupier mit einer Art Glocke unter den Augen der Wetter nacheinander immer jeweils vier der Chips wegzieht. Sagen Sie selbst – ist dagegen ein Schneckenrennen nicht geradezu spannend?

Mogeln ist unter den vielen wachsamen Blicken nicht möglich. Zudem ist die Glocke, die der Croupier benutzt, um die jeweils vier Chips wegzuziehen, aus durchsichtigem Material. So bleibt alles eine Frage der Zeit, nämlich bis der Haufen abgeräumt ist.

Ich gewann, und ich verlor, wie das bei Fan Tan üblich ist. Zuletzt hatte ich allerdings etwa die Summe gewonnen, die für den Kauf von zwei Hamburgern bei Charly auf *Poor Man's Night Club* in Hongkong gereicht hätte.

Ich wechselte das Lokal. Nächste Station war der Würfelsalon. Wieder eines dieser stupiden Glücksspiele, bei denen man seinen Verstand, seine Kombinationsgabe, selbst seine Fingerfertigkeit zu Hause lassen konnte: Drei Würfel, in einer Plastikblase eingeschweißt, betrugssicher. Man wettet da auf die Summe, die geworfen wird, auf Gerade oder Ungerade, auf Maximum oder Minimum. Etwas abwechslungsreicher als Fan Tan, aber man sollte besser seinen Hausdiener schicken, und der kann absolut blöd sein, man braucht gar nicht selbst hinzugehen, man ist nicht gefragt.

Ich verlor. Geld und Lust. Arbeitete mich vor zum Keno, der nächsten Belustigung für das nicht so betuchte Volk.

Hier hatte man auf einem Zettel vorgedruckte Zahlen anzukreuzen. Anschließend wurden die gleichen Zahlen mit viel Getue von einer halbnackten Chinesin, die ziemlich rezeptpflichtig aussah, aus einer rotierenden Glastrommel gezogen.

Mir gefiel das Mädchen besser als das Spiel. Angeblich haben die Chinesen das schon vor zweitausend Jahren erfunden. Wenn das stimmt, was sich heute schwer nachprüfen läßt, dann ist Bingo entweder eine unerlaubte Kopie davon, oder die Geschichte, daß zwei Leute unabhängig voneinander dieselben Ideen haben können, trifft zu.

Um mich herum wieselten die begeisterten Spieler, meist Touristen, von denen die Japaner, wie immer, die eifrigsten waren. Aber es gab auch dicke, schwitzende Chinesen, neugierige Europäer und Amerikaner, ja sogar ein Neger in Begleitung mehrerer drohend aussehender Leibwächter gab sich die Ehre, ein paar Patacas zu verlieren. Lachend, mit blinkenden Zähnen. Wohl ein afrikanischer Stammesfürst, der seine Entwicklungshilfe hier verjubelte.

Sung Loh war es, der mich am Jackett zerrte und sich dabei an den Kopf tippte. Er hatte ein wenig Freizeit und wollte sich erkundigen, wie meine Ermittlungen liefen.

»Bist du zum Kind geworden?« schalt er mich. »Hier zu spielen kommt gleich nach Graffiti ins Klo sprühen!«

Er irrte sich da, und ich hätte ihm den Unterschied erklären können, aber ich unterließ das lieber und ging mit ihm ein Bier trinken. Dabei kamen wir am ernstzunehmenden Spielkartensalon vorbei, und ich konnte sehen, daß Mr. Chia aus New York da drin genau das tat, was er mir angedeutet hatte, das er tun würde: Bakkarat spielte er. Mit hohem Einsatz. Und er benahm sich gezielt wie der reiche Onkel aus Amerika. Er rauchte sogar eine Zigarre.

Beim Bier informierte ich Sung Loh, was ich beabsichtigte, und er versprach, mir zu helfen. Aber es gab vorerst nichts weiter zu tun. Wir legten uns selbst als Köder aus, und das war alles.

Aber da irrte ich mich, wie ich später einsah. In Wirklichkeit bahnte sich beim Bakkarat bereits etwas an, das Schwung in unsere Pläne bringen sollte.

Damit Sie wissen, worum es ging, muß ich Ihnen zuerst erklären, daß Bakkarat mit einem Bankhalter gespielt wird. Ähnlich wie Blackjack. Es ist kein pures Glücksspiel, man kann intelligent bluffen, kann als Spieler den Bankhalter irreführen. Und das allein eröffnet schon eine Menge Möglichkeiten.

Ziel des Spiels ist, mit zwei Karten oder einer dritten die Augenzahl Neun zu erreichen oder ihr möglichst nahe zu kommen, wobei Bilder und Zehnen gar nichts zählen, die Asse einen Punkt und die übrigen Karten nach Wert.

Trickreich ist das Spiel schon. Hat man beispielsweise zwei Vieren vom Bankhalter bekommen, so hat man acht Punkte. Ein Normalspieler würde sich mit einer Acht begnügen. Der Hasardeur hingegen hofft, daß als nächstes ein As kommt, ein Punkt also, der zur unschlagbaren Neun führt, und nimmt die dritte Karte. Auf die Gefahr, daß er »tot« ist, wenn diese Karte eben kein As sein sollte. Ich erspare mir eine Menge Varianten, die es gibt. Früher hatte ich an Bakkarat-Runden teilgenommen und wußte noch, daß die kritische Punktzahl bei zwei Karten eine Fünf ist. Bei zwei Karten, die fünf ergeben, kann man entweder aufs Ganze gehen oder bluffen. Aber Bluff klappt nicht immer, wenn man an einen kaltblütigen Bankhalter gerät. Da gibt es ein paar nicht zu unterschätzende Tricks, die er anwenden kann. Immerhin bleibt es dabei, daß ein Bankhalter bei zwei verdeckten Karten nie weiß, ob es nicht eine Neun ist oder wenigstens eine Acht, und oft genug läßt er sich verleiten, mit einer weiteren Karte, die er zieht, selbst »totzugehen«.

Es gab zwei Dinge, die mich stutzig machten, als ich – mit dem Geschmack guten Biers auf der Zunge – eine Weile am Tisch zusah, an dem Mr. Chia spielte: Da saß, Chia gegenüber, ein weiblicher Bankhalter. Und diese Croupieuse fiel für meinen Geschmack öfter als üblich auf Chias Trick herein. Warum? Als Besitzer des Casinos hätte ich eine solche Niete gar nicht erst eingestellt!

Ich überlegte. Entweder war die Dame tatsächlich unerfahren, was vorkam bei der Menge von Personal, die es in einem solchen Salon gab, oder aber sie fiel mit voller Absicht immer wieder auf Chias bescheidene Tricks herein, um ihm den Eindruck zu vermitteln, er verwirre sie so sehr, daß ihre Aufmerksamkeit darunter litt. Und das wäre dann ein Angelhaken, bei dem nur noch die Frage interessant war, ob die Dame aus eigenem Antrieb so reagierte, vielleicht wegen der Goldrahmenbrille und der imposanten Erscheinung Chias, oder ob sie das, was sie tat, im Auftrag versah.

Sie war, was mein Mißtrauen verstärkte, der einzige weibliche Bankhalter im Augenblick. Und sie war jung, exzellent gewachsen, gepflegt, hübsch. Sie hatte den Augenaufschlag einer Kurtisane aus dem »Traum der roten Kammer« und die schmalen Hände einer siamesichen Tempeltänzerin. Ganz plötzlich kam mir der Gedanke, daß es interessant wäre zu wissen, wie wohl ihr Oberschenkel aussah an der bewußten Stelle, an der eine Lotosknospe sitzen konnte oder nicht.

Ohne lange zu überlegen, schob ich mich näher an den Spieltisch heran. Wie viele andere Zuschauer blieb ich in etwas gebückter Haltung stehen, um die Ergebnisse abzuwarten. Nur daß ich genau hinter Mr. Chia stand und ihm sehr leise zuflüsterte: »Die Croupieuse einladen!«

Er gewann wieder einmal. Strich ein und raunte zurück: »Hatte ich auch vor!«

Ich wandte mich einem anderen Tisch zu. Unnötig, Aufsehen zu erregen. Ohnehin war ich nicht ganz sicher, daß es nicht wieder einen mutterländischen Kawasaki-Fahrer im *Lisboa* gab, der über meine Beschreibung verfügte.

Ich brannte mir gelassen eine Zigarette an und vertiefte mich in die zickige Spieltaktik eines kahlköpfigen älteren Chinesen, der, nach seinen Einsätzen zu urteilen, mindestens sechs mittlere Fabriken in Shenzhen besitzen mußte. Und dazu gewann er noch! Die Güter dieser Welt sind ungleich verteilt, wenn Sie mich fragen, den wohlerzogenen Sprößling einer Liebe zwischen einer chinesischen Wirtin und einem amerikanischen Marineflieger, der in Korea blieb ...

»Mister Lim Tok, nicht wahr?«

Die Frage kam von hinten, und als ich mich umdrehte, blickte ich in das lächelnde Gesicht eines durchaus fashionabel gekleideten Herrn in mittleren Jahren. Chinese. Eine Hand lässig in der Hosentasche. Er duftete nach etwas, das ich schon einmal gerochen hatte, als ich mich an der Rezeption des *Mandarin* nach einem Klienten erkundigte und jemand einen Brief ausgehändigt bekam, wobei der Hotelangestellte sich so tief verbeugte, daß sein Kopf fast auf die Theke geknallt wäre. Es war die männliche Kontrastnote zu Mrs. Lees Wolke aus *Jealousy*, wenn ich es zu bewerten gehabt hätte.

»Ich würde Sie gern einen Augenblick sprechen«, brachte der Duftträger seinen Wunsch vor. Es klang so belemmert freundlich, daß ich sicher war, in der Hand, die in der Hosentasche steckte, lag eine Automatik.

Er mußte meinen Gedanken erraten haben, vielleicht hatte er auch meinen schnellen Blick bemerkt, denn er sagte liebens-würdig: »Es ist eine japanische Corsa, Mister Lim Tok. Luft-druck. Verschießt Nadeln, die einen Stoff abgeben, der Sie ohnmächtig werden läßt. Zwei Freunde von mir, die an der Tür warten, würden Sie heraustragen. Sie können sich Kopfschmerzen beim Aufwachen ersparen, wenn Sie einfach vor mir her zum Ausgang gehen ...«

Man soll sich nie sicher fühlen. Wo waren Goldzahn und Zahnlücke? Gar nicht zu reden von Benny und Bui! Ich konnte dem wohlgesitteten Herrn zwar ein Gefecht mit meiner Magnum liefern, aber wußte ich, ob mir nicht dabei einer von der anderen Seite in den Hinterkopf schoß? Oder mich, was noch zu überleben wäre, wieder mit einer Socke voll Sand traktierte? Mitten in einem riesigen Casinosaal voller Chinesen kann man Gut und Böse gar nicht so einfach unterscheiden. Also ging ich folgsam vor Mr. Duftwolke her. Stieg vor dem *Lisboa* in den Olds, der da parkte, und da fixierte der Chauffeur meine Hände sachkundig auf dem Rücken, legte mir ein Band über die Augen und stauchte mich in den Rücksitz.

Mr. Duftwolke ließ sich neben mir nieder und bemerkte gutgelaunt, während er mir die Magnum aus dem Hosenbund zog: »Ich werde darauf verzichten, Ihnen den Mund zu verkleben. Es ist eine unangenehme Sache, und ich bin sicher, Sie werden sich still verhalten ...«

Ein netter Mensch!

Wir fuhren nicht weit. Ich roch Seeluft und Fisch. Also ging es nicht in Richtung Porta do Cerco, wie ich zunächst befürchtet hatte, nicht Richtung Mutterland, sondern Richtung Küste. Der Olds schien ein defektes Getriebe zu haben, immer wenn der Chauffeur schaltete, gab es ein krachendes Geräusch. Wie bei den ersten japanischen Karren, die unsere Gemüsehändler während des Korea-Krieges in Wanchai erworben hatten. Dreirädrig. Ich kannte sie noch aus meiner Kinderzeit. Schleppesel hatten die Leute sie genannt. Um die Zeit, als ich mich dann ernstlich für Autos zu interessieren begann, starben sie aus.

Es war ein Schiff, auf das ich gebracht wurde. Besser gesagt, ein Boot, denn es schwojte ein bißchen in der Hafendünung, was die größeren Kähne nicht zu tun pflegen.

Als Mr. Duftwolke meine Hände an einem eisernen Gestänge befestigte und die Binde von den Augen nahm, mir einen Hocker hinschob und mich aufforderte: »Setzen Sie sich!«, notierte ich im stillen: elegante Kabine, mindestens 30-Meter-Boot, edle Hölzer, Sauberkeit, offene Bar mit Flaschen, die teuer aussehen. Bis auf die weiße mit dem Mao Tai. Aber jeder wußte, daß sie dieses Zeug abpackten wie im vorigen Jahrhundert und daß es trotzdem teuer war. Chinese also scheinbar, der Eigentümer. Wer sonst stellt sich schon Mao Tai in die Hausbar?

Ich behielt recht. Wenig später kam Duftwolke zurück und legte mir wieder die Augenbinde an. Danach verschwand er, und dafür kam jemand, der roch nach nichts. Aber er war ein gebildeter Mann, das erkannte ich aus seinen Worten. Und er schien nicht mehr in den Zwanzigern zu sein, eher doppelt so alt.

»Sie sind Detektiv, Mister Lim Tok?«

»Bingo«, gab ich zurück. »Und Sie?«

»Mein Beruf ist für Sie nicht von Bedeutung. Ich habe Sie hierhergebeten, weil ich zwei Fragen an Sie habe. Nachdem Sie sie wahrheitsgetreu beantwortet haben, können Sie wieder gehen. Wenn Sie es vorziehen, störrisch zu sein, wird man Ihnen zeigen, daß das unklug ist. Haben wir uns verstanden?«

Seine Stimme klang gleichbleibend uninteressiert, so als ob er dabei wäre, einer Wäscherei am Telefon zu erklären, er hätte vor, den Anzug, den sie reinigten, noch am Abend zu tragen. Und als gebürtiger Hongkonger stellte ich noch etwas anderes fest: Dieser Mann war nicht bei uns aufgewachsen, man erkannte es an sprachlichen Nuancen, die ihm vermutlich überhaupt nicht mehr auffielen. Er sprach ein reines Kantonesisch, wie man es jenseits des Zaunes spricht. Ich erkundigte mich höflich, was er zu wissen wünsche.

»Welchen Auftrag haben Sie von Mrs. Lee? Und was für Pläne verfolgen Sie im Auftrag von Mister Washington Chia?«

»Das ist alles?«

»Alles«, bestätigte er.

Ich wartete ein paar Sekunden, dann erklärte ich ihm: »Sir, ich bin privat engagiert, das schließt Vertrauen ein. Mein Berufsethos und meine Ehrlichkeit gegenüber Klienten gestatten es mir nicht, Ihre Fragen zu beantworten.«

Daraufhin wurde er für einen winzigen Moment ungehalten: »Ihre Vertrauensverhältnisse interessieren mich nicht. Außerdem ist jedermann käuflich. Mich interessiert der Preis, sonst nichts. Achten Sie auf mein Angebot. Wenn Sie den Zeitpunkt verstreichen lassen, bis zu dem ich bereit bin, einen Preis zu zahlen, überlasse ich Sie zwecks Beschaffung der Antworten dem Herrn, den Sie bereits kennengelernt haben. Er ist ein Spezialist in der Anwendung von Elektrizität. Und er hat die Technik der Engländer mit diesen elektrischen Anti-Riot-Knüppeln enorm verfeinert. Sie würden staunen, wie gesprächig Elektrizität macht ...«

»Ein unfreundliches Angebot«, bemerkte ich tapfer. Er antwortete nicht.

Ich befand mich in einer miesen Lage. Niemand wußte, wo ich war, und dies war noch dazu ein Wasserfahrzeug. Legte es ab, konnte mir überhaupt niemand mehr helfen. Meine Chance bestand darin, den Mann zu sehen, mit dem ich gerade sprach. Konnte man vielleicht mit ihm handeln?

Ich beschloß, das Gespäch in diese Richtung zu lenken. Sagte: »Sir, wenn man Sie so hört, könnte man denken, Sie seien ein Taipan mit viel Geld ...«

Noch bevor ich weitersprechen und ihn fragen konnte, was die Auskünfte ihm denn nun wert seien, unterbrach er mich barsch: »Antworten Sie auf meine Fragen, oder?«

Ich wollte Zeit gewinnen: »Hm, ja, natürlich wäre es gut, wenn ...«

Er sprach knapp und schneidend: »Schluß. Ich habe an Land zu tun. Wenn ich zurückkomme, will ich die Antwort hören. Oder der Knüppel mit dem Strom tritt in Aktion.«

Die Tür klappte, dann war ich allein. Eine halbe Stunde passierte gar nichts. Ich versuchte, mir die Antworten zurechtzubasteln, die ihn möglicherweise zufriedenstellten, mir aber genug Handlungsspielraum ließen, ihn doch noch auf die Matte zu legen, denn es gab kaum Zweifel, daß dies der Mann war, der hinter dem steckte, was mit dem guten Jack Chia geschehen war: hinter dem Fugu-Gift, dem Lotosknospen-Mädchen, dem ganzen Rest vermutlich ...

Plötzlich gab es zwischen dem rhythmischen Geplätscher des Wassers an der Bordwand ein schepperndes Geräusch. Wie wenn ein Blecheimer umgestoßen wird und ein Stück weit rollt. Und dann riß jemand die Tür der Kabine auf. Derselbe Jemand zog mir die Augenbinde ab, und ich erblickte Goldzahn, der mich vergnügt angrinste und dabei mit einem kleinen, flachen Schlüssel vor meinen Augen herumfuchtelte.

»Alles klar, Mister Lim Tok! Wir hatten die Sache unter Kontrolle. Haben Sie auch durch das Bullauge beobachtet ...«

Er schloß die Handschellen auf, und während ich mich in die Senkrechte mühte, erzählte er lustig weiter: »Mister Chia ist drüben auf seinem Boot. Besuch!« Dabei kicherte er.

Ich begriff, daß es sich um eine Dame handeln mußte. Aber noch bevor ich die Frage stellen konnte, ob es denn nun plangemäß die Croupieuse sei, flog die Tür der Kabine erneut auf. Diesmal war es Zahnlücke, der zweite der Tong-Boys aus New York, die Chia zur Hilfe herbeibeordert hatte. Er schleifte einen bewußtlosen Mr. Duftwolke hinter sich her, dessen Anzug gar nicht mehr elegant aussah.

Goldzahn schloß den Herrn mit der Handfessel genau da an, wo zuvor ich festgemacht gewesen war. Nickte mir zu und schwang sich zu einem »Hallo!« auf.

Endlich kam ich dazu, Goldzahn zu fragen: »Wen hat Mister Chia bei sich auf dem Boot?«

Goldzahn übte sich in Diskretion, er sagte betont gleichgültig: »Mädchen.«

Zahnlücke hatte indessen begonnen, die Kabine zu durchsuchen. Er wühlte routiniert Schubfächer durch und blätterte in abgelegten Papieren.

»Was für ein Mädchen?« Ich ließ nicht locker.

Goldzahn steckte den Schlüssel der Handschellen ein. Dann bemerkte er beiläufig: »Aus dem *Lisboa*. Sie haben aus dem Hotel Dinner auf die *Sunny* bestellt.«

Ich sah erschrocken auf die Uhr. Es war fraglos die Croupieuse, die er da eingeladen hatte. Die Dinnerzeit rückte heran. Wenn sich das bewahrheitete, was ich befürchtete, nämlich daß man geschickt versucht hatte, Chia die Croupieuse als Nachtgefährtin anzudrehen, dann konnte sein Leben davon abhängen, daß entweder er selbst sehr gut aufpaßte oder daß ich mich teuflisch beeilte.

Zahnlücke hatte in einer Schublade den schwarzen Stab entdeckt, mit dem mir der Unbekannte gedroht hatte. Er drehte ihn in den Händen. »Scheint einer dieser Anti-Hai-Stöcke zu sein ...« Ehe ich ihn davon abhalten konnte, richtete er das eine Ende des Instruments auf Mr. Duftwolke, führte es bis an seinen Bauch heran und drückte den kleinen roten Schaltknopf.

»Haiii!« machte Mr. Duftwolke in einer Lautstärke, die ausgereicht hätte, die Hafenfeuerwehr zu alarmieren. Und dabei vollführte sein ganzer Körper eine dieser Zuckungen, wie man sie im Reality-Fernsehen immer geboten kriegt, wenn die dort mit den beiden Stempeln, in denen die Elektroden sind, jemanden wiederzubeleben versuchen, der Herzstillstand hat.

Zahnlücke amüsierte sich köstlich. Ich konnte ihn gerade noch von einem zweiten Versuch abhalten. Mr. Duftwolke, von den Volts aus seiner tiefen Bewußtlosigkeit gerissen, starrte mich verwirrt an. Ich hoffte nur, daß sein Hirn eine direkte Verbindung mit der Stelle am Bauch hatte, wo das weiße Hemd jetzt leicht angesengt war.

»Hören Sie mich?«

»Hm ...«, machte er. Als Zahnlücke mit dem Stab wedelte, schrie er sofort angstvoll: »Ja! Ja!«

»Wie heißt dieses Boot?«

»*Shyama.*« Es kam wie ein Schuß.

»Wie heißt der Mann, der vorhin zu mir sprach?«

Er schwieg. Ich konnte ihm ansehen, daß er Angst hatte. Da war ich am Nerv angelangt, wie es schien. Und dabei hatte sich Mr. Duftwolke das so schön ausgedacht, als er mich an das Gestänge schloß. Sein Chef wohl erst recht, dieser unbekannte Herr mit der sanften Stimme, von dem ich nur vermuten konnte, daß er gewohnt war, anderen Leuten zu sagen, was sie zu tun hatten, ohne Widerrede.

Mr. Duftwolke folgte meiner Anweisung, sich auf den Hocker zu setzen, auf dem zuvor ich gesessen hatte. Es ging etwas umständlich vor sich, denn seine Handgelenke hingen im Rücken an der Messingstange.

Als er saß, ließ ich ihn wissen: »Mister, Sie werden jetzt hier allein bleiben. Längere Zeit. Ob vergnügt, mit einem Drink im

Magen oder ob als Leiche, das liegt bei Ihnen. Tote, die zuviel Strom aus dieser Art Knüppel abbekommen haben, sehen meist unschön aus. Verkohlt. Nicht einmal Ihre Ahnen würden Sie wiedererkennen, drüben, in der anderen Welt. Und es gibt Fälle, in denen die Verwandtschaft sich weigerte, solche Leichen auf ihre Kosten zu bestatten, sie zweifelten an der Identität. Also – der Name des Herrn von vorhin!«

Er ließ es tatsächlich auf einen zweiten Stromstoß ankommen, den ihm Zahnlücke mit Vergnügen verpaßte, wobei er seinem Kumpel Goldzahn erklärte: »He, Joe, man lernt nie aus, das hier ist das Ding, auf das wir zu Hause noch nicht gekommen sind! Guck mal!«

Er ließ Mr. Duftwolke spitz aufschreien und zucken wie einen Fisch auf dem Trockenen.

»Na, noch einen?« erkundigte ich mich, als er sich erholt hatte.

Er sagte schwach: »Nein, bitte ...«

»Also, der Name?«

Zahnlücke hob den Haistab. Ich wandte mich der Hausbar zu, die ich noch vor kurzer Zeit in ähnlich hilflosem Zustand wie Mr. Duftwolke aus der Ferne betrachtet hatte.

Hinter mir hörte ich den Gefesselten betteln: »Nein, nicht wieder! Ich ... Nehmen Sie das Ding weg! Die *Shyama* gehört Mister Patrick Shang. Meist benutzt sie sein Freund, Jim Cheeung.«

»Der Chef der Pearl River Bank und der Barchef des *Stoned Gecko,* oder?«

»Ja.«

Ich hatte einen starken Verdacht in dieser Richtung gehabt, aber ich hatte nicht damit gerechnet, daß er sich so schnell bestätigen würde.

»Der Herr, der vorhin zu mir sprach, war nicht Mister Patrick Shang?«

»Nein.«

»Auch nicht Mister Jim Cheeung?«

Ich prüfte ihn, denn die Stimme des Barchefs hätte ich wiedererkannt. Er schüttelte leicht den Kopf. Mit einem unsicheren Blick auf das Ende des Haistabes, den Zahnlücke vor seinem Gesicht pendeln ließ, gestand er schließlich: »Es war Mister Hung Teh ...«

»Das ist der Herr, der in dieser Handelsvertretung der Textil-Exportfirmen arbeitet, wo Mister Washington Chia der Chef ist?«

Nicken. Wir hatten sie! Noch waren sie nicht im Käfig, und es blieb fraglich, ob man sie jemals da hineinbekommen würde, aber die Masken waren von den Gesichtern.

Ich blickte mich in der Hausbar um. Konnte nicht widerstehen. Nahm drei Gläser und füllte sie jeweils drei Finger hoch aus der Flasche, die mir am besten gefiel. Otard. Die beiden Tong-Boys aus New York griffen erfreut zu. Leisteten sich zu Hause vielleicht bestenfalls mal einen Old Crow.

Wir prosteten einander zu, verbeugten uns leicht, wie das gute Chinesen tun, auch wenn sie schon vom widerlichen Dunst der Hongkonger Kolonialwelt und vom stinkenden Atem der New Yorker Zivilisation verdorben sind. Und dann fiel mir wieder die mickrige graue Tonflasche mit dem Mao Tai ins Auge. Ich nahm sie und ging damit zu Duftwolke.

»Es widerstrebt mir, Ihnen einfach auf den Lampion zu hauen, damit Sie schlafen«, sagte ich. »Wehrlose schlage ich nicht gern. Aber es wird besser sein, wenn Sie die nächste Zeit verschlafen. Also ... trinken Sie!«

Ich setzte ihm die Flasche mit dem Mao Tai an den Mund, und als er ihn zupreßte, ließ ich die Bemerkung fallen: »Natürlich können wir es auch mit dem Haistock machen, wenn Sie das bevorzugen. Vielleicht sind Sie ja aus religiösen Gründen Antialkoholiker? Der Stock gibt Brandflecken, aber sonst ...«

Hinter mir wieherte Zahnlücke vor Vergnügen. Duftwolke nahm die Flaschenöffnung gehorsam zwischen die Lippen.

»Schlucken!« kommandierte ich. Er schluckte. Immer wenn er auch nur Luft holte, wedelte Zahnlücke mit dem Stab. Da schluckte er sofort weiter.

Die Flasche war gerade erst angebrochen gewesen. Wenn Sie jemals Mao Tai getrunken haben, wozu ich Ihnen nicht ausdrücklich rate, denn es heißt, wie schon gesagt, mit dem Zeug trieben die Russen ihre Raketen an, dann können Sie ermessen, was sich im Magen des Herrn Duftwolke tat, als wir ihn verließen. Und später in seinem Kopf.

Ich nahm die beiden Tong-Boys mit an Deck, nachdem ich mir aus einem Schubfach meinen Revolver geklaubt hatte.

Die *Shyama* war ein wunderschönes Boot. Schöner als die *Sunny*, wie mir schien. Mit einem Sprung war ich auf dem Bootssteg.

Ich ermahnte die Boys: »Ihr geht nicht mehr an den Schnaps, klar?«

Sie wüßten gar nicht, daß es auf der Welt so etwas wie Schnaps gäbe, meinten sie und grinsten dabei.

»Und ihr sichert das Boot ab. Den feinen Herrn, der es verließ, kurz bevor ihr mich losgemacht habt, würdet ihr wiedererkennen?«

Das versicherten sie. Ich verlangte: »Ihr laßt niemanden auf die *Shyama.* Und wenn der besagte Herr kommen sollte, nehmt ihr ihn in die Mitte, ohne ihn zu prügeln, zu treten oder mit dem Haistab zu bearbeiten. Fordert ihn nur höflich auf, einer Einladung von Mr. Chia zu folgen, der sich freut, ihn hier entdeckt zu haben, und der sich glücklich schätzen würde, ihn zum Dinner auf der *Sunny* laden zu dürfen. Wo die liegt, wißt ihr?«

Sie wußten es. Ich ließ sie die Einladung wiederholen, langsam, Wort für Wort. Das war alles, was ich im Augenblick tun konnte. Außer daß ich meinen Revolver noch einmal überprüfte, ob auch alle Kammern der Trommel gefüllt waren. Sie waren es.

An Land winkte ich einer Fahrradrikscha. Ich handelte nicht lange um den Preis. Machte den Fahrer sprachlos, als ich ihm fünf Patacas anbot für die Tour bis zum Liegepatz der *Sunny.* Ob es dort in der Nähe ein Telefon gäbe, wollte ich wissen.

Es gab eins. Vor dem Ding stand, an seinen großen Ohren von weitem erkennbar, Mu Erh, der Shalali-Mann. Winkte. Rief mir entgegen: »Endlich! Was für ein Glück!«

Der kleine Überlebenskünstler hatte mir von Sung Loh mitzuteilen, daß ein Mr. Washington Chia an die Hotelküche des *Lisboa* eine verdächtige Bestellung aufgegeben habe: Kanapees mit Fugu für zwei Personen, zu liefern auf die Yacht *Sunny*, die da vorn liege. Und warum ich mich bei meinem Weggang aus dem Spielsalon nicht einmal von Sung Loh verabschiedet hatte.

»Er hat von weitem beobachtet, wie Sie gingen«, erzählte der Shalali-Mann. »Aber er wollte nicht stören, weil er glaubte, Sie seien gerade mit Kriminalistik beschäftigt. Er läßt sagen, er sah die beiden Männer, mit denen Sie gingen. Einen davon kannte er nicht, aber der andere ist ein übler Typ. Pendelt zwischen Rotchina und Macao oder Hongkong. Ich soll hier stehen, wenn der Ausfahrer das Menü bringt. Aufpassen, daß nichts damit passiert. Fugu von Sung Loh, damals bei der Dame ...«

Ich stoppte ihn: »Ja, ich weiß.« Nahm den Telefonhörer und wählte Washington Chias Funknummer auf der *Sunny.*

Er klang nüchtern. Gar nicht wie ein Mann, der eine verlockende Schönheit auf seinem Boot zu Besuch hat.

»Ist es die Croupieuse?« fragte ich. Er bestätigte das. Wann er den intimen Teil des Abends beginnen wolle, fragte ich, um herauszukriegen, ob er in der Lage war, frei mit mir zu reden.

»Ich freue mich, daß Sie die Sachen in Kürze liefern«, antwortete er, mir damit andeutend, daß die Dame in der Nähe war und mithörte. Er stellte sich nicht ungeschickt an.

»Ich habe verstanden, Mister Chia«, sagte ich. »Wenn es Ihnen recht ist, komme ich zu Ihnen an Bord, nachdem das Essen angeliefert wurde.«

»Das wäre mir recht, ja.«

»Sie müssen wissen«, informierte ich ihn, »daß ich inzwischen Gefangener von Mister Hung Teh war, auf der Yacht *Shyama,* die dem Herrn Bankdirektor in Rot gehört und die nur ein paar Minuten von Ihnen entfernt angelegt hat. Ihre Boys haben mich herausgehauen. Und wenn Sie einverstanden sind, was ich hoffe, halten Sie am Tisch einen Platz für Mister Hung Teh frei. Ihre Boys werden ihn auf die *Sunny* begleiten, sobald er an der *Shyama* auftaucht. Machen wir es so?«

»Sehr wohl«, gab er höflich zurück. Ganz so, als ob er mit einem ehrenwerten Kunden telefonierte.

»Eine Frage noch: Haben Sie eine Ahnung, ob sich die beiden jungen Herrn in der Nähe befinden, die im Auftrag von Mrs. Lee arbeiten?«

»Bei der *Sunny,* ja, mein Herr, selbstverständlich! Ich würde mich freuen, wenn Sie vor Ihrer Abreise noch auf einen Drink hereinschauten. Ja? Sehr schön! Wenn Sie Glück haben, ist noch etwas von dem vorzüglichen Sekt übrig ...«

Ich wies ihn vorsichtshalber noch einmal darauf hin: »Also, das Essen, das der Boy bringt, ist okay. Die junge Dame hat vermutlich eine Ampulle oder etwas von der Art bei sich. Achten Sie darauf, daß Sie keine Chance kriegt!«

Er quittierte es gentlemanlike: »Es freut mich! Bitte vergessen Sie nicht, daß der Sekt limitiert ...«

Alles war gesagt. Er legte auf. Ich wandte mich um, und da war plötzlich Sung Loh. Hohe weiße Mütze, unverwechselbar ein Koch. Neben ihm der Boy, der auf einem Gepäckständer der praktischen Fahrradrikscha mit der Aufschrift *Lisboa* den Behälter mit den anzuliefernden Delikatessen zu stehen hatte.

Sung Loh begrüßte mich locker: »Garantie, mein Freund, bis hierher ist nicht einmal eine Fliege an den Fugu gekommen, du kannst ein Kilo davon essen – ohne Folgen!«

Ich würde das nicht essen können, auch wenn ich es wollte, denn Chia hatte die Kanapees geordert, nicht ich. Es war klar, wenn diese Dame, die sich, wie ich vermutete, schon dem ersten Annäherungsversuch Chias gegenüber aufgeschlossen gezeigt hatte, ihm tatsächlich ans Leben wollte, dann hatte sie das konzentrierte Gift bei sich. Spekulierte auf Unaufmerksamkeit bei Chia. Es gab für ihn erst absolute Sicherheit, wenn ich an Bord der *Sunny* ging. Die Glocke an der Reling läuten, um die Erlaubnis bitten, an Bord kommen zu dürfen, und dann den Überraschungsgast spielen – vier Augen sehen mehr als zwei!

»Bring das Zeug rüber!« bedeutete ich dem Boy.

Er schob sein Lieferfahrzeug auf den Anlegesteg. Aus gebührender Entfernung konnten wir sehen, wie er die Bronzeglocke betätigte und dann wartete. Der Steg war gut beleuchtet.

Von irgendwoher tauchte dort für Sekunden eine Figur auf, die ich als Benny identifizierte, einen der beiden Boys, die Mrs. Lee aus dem Bestand von Lao Dang rekrutiert hatte. Der zweite, Bui, ließ sich nicht blicken. Aber es war für mich ein Gefühl der Sicherheit, die beiden in der Nähe zu wissen.

Benny überprüfte kurz den Behälter mit dem Essen, verschwand wieder in der Dunkelheit, dann erschien Chia. Der hieß den Boy, den Behälter an Bord zu bringen.

Als der Junge das Boot wieder verließ, drückte ihm Chia ein Trinkgeld in die Hand, und mir schien es, als flüstere er ihm etwas zu.

Ich überlegte, ob ich zur *Sunny* hinübergehen und der Sache ein Ende machen sollte, bevor die Dame zum Zuge kam. Schon wollte ich Sung Loh in diesem Sinne Bescheid geben, als dieser plötzlich lauschend den Kopf hob und seinen Blick auf die von Stechpalmen gesäumte Uferstraße richtete.

Dort drüben, etwas unterhalb des Stegs, an dem die *Sunny* lag, hielt ein schweres Motorrad, Sung Loh hob eine Hand, wie um mir zu bedeuten, daß da etwas war, das der Sache eine neue Wendung gab.

»Sir«, flüsterte mir der Hotelboy ins Ohr, »ich soll Ihnen ausrichten, Sie möchten nicht irritiert sein über das, was Sie an Bord vorfinden, wenn Sie dort hingehen. Es wäre alles in Ordnung.«

Es mag etwas unwillig geklungen haben, als ich dem Jungen antwortete: »Er soll sich nicht so haben, mir ist schließlich auch schon mal ein ausgezogenes Mädchen begegnet! Oder hat er was anderes gemeint?«

Der Boy zuckte die Schultern. »Weiß nicht, das war alles, was er mir sagte. Er sprach sehr leise. Sollte wohl niemand mithören.«

Wenn es sonst nichts war, was er mir mitzuteilen hatte, dann hätte er es auch bleibenlassen können. Ich wandte mich wieder der Stelle zu, wo das Motorrad gehalten hatte. Im Schein einer leicht vom Seewind gewiegten Straßenlampe sah ich, daß es sich um eine rotlackierte Kawasaki handelte, die mir bekannt vorkam. Und der Fahrer, der abstieg und sich kurz streckte, nachdem er sich vergewissert hatte, daß es keinen Zuschauer in der Nähe gab, war der Bursche aus dem *Lisboa*, der auf mich geschossen hatte.

Er öffnete den Gepäckkoffer der Maschine, und zog daraus einen schwarzen Taucheranzug aus Gummistoff hervor.

Sung Loh hatte ihn auch erkannt. Er beobachtete ihn ebenfalls gespannt. Hier schien sich etwas völlig Neues zu entwickeln, etwas, das wir nicht hatten vorhersehen können. Und als ich den Burschen seinen Taucheranzug anlegen sah, kam mir ein Gedanke, der mich erschreckte, weil meine Absicht, einen Anschlag auf Mr. Chia zu vereiteln, mit einemmal nicht mehr so gut zu funktionieren versprach.

Der Boy aus dem *Lisboa* erkundigte sich, ob er ins Hotel zurückfahren könne. Sung Loh nickte schon, da fiel mir ein, daß sich hier vielleicht etwas anbahnte, was die Möglichkeiten eines aus Hongkong angereisten Privatermittlers überstieg.

»Weißt du, wer Senhor Cordan ist?«

Statt des Jungen antwortete Sung Loh: »Klar weiß er das. Hat schon Sachen auf dem Teller für ihn arrangiert.«

Der Bursche bestätigte: »Der Commissario, Mister, gut bekannt!«

»Du mußt ihn finden!« schärfte ich ihm ein. »Sofort. Innerhalb von Minuten. Es geht um Leben und Tod. Er soll sofort kommen. Hierher. Wir fürchten, ein Verbrechen wird hier vorbereitet, das sagst du ihm. Klar?«

Sung Loh half dem Jungen auf die Sprünge: »Er schläft in der Etage über seinem Büro. Mach eine Menge Krach, damit er dich hört, los ...!«

Er schob die Rikscha an, und der Bote flitzte davon. Ein Porsche, wie ihn bei uns in der Kolonie die legalen Betrüger fahren, die sich Anlageberater nennen oder Consulting Manager, wäre auch nicht schneller gewesen. Lauter vielleicht.

Der Kawasaki-Mann zerrte die Taucherkappe aus Gummi über sein kurzgeschorenes Haar. Ich erwartete, daß er nun ins Wasser springen würde, aber das tat er nicht. Statt dessen kramte er aus seinem Gepäckkasten ein Atemgerät mit Stahlflasche hervor, die er sich auf den Rücken schnallte. Dann hob er vorsichtig ein rundes

Ding aus der Tiefe des Gepäckkastens, legte es mit großer Vorsicht an den Rand der Pier, und nachdem er eine Weile an seinem Tacho herumgebastelt hatte, hockte er sich einfach auf die Steinkante der Pier und ließ die Beine abwärts baumeln.

»Was hat der bloß vor?« fragte sich Sung Loh laut.

Ich konnte ihn nicht erschöpfend aufklären, aber mir war längst klar, worauf der Bursche aus war, nur hatte ich noch nicht herausgefunden, wie er vorzugehen beabsichtigte, und davon würde abhängen, was man gegen ihn unternehmen mußte.

»Sieht aus, als ob er darauf lauert, daß der Herr an Deck der Yacht kommt, und dann könnte er ihn abknipsen«, bemerkte der Shalali-Mann. Anfänger.

Sung Loh stellte das auch sogleich in Frage: »Und wo hat er das Gewehr? Die Entfernung schafft er nicht mit einer Pistole!«

Die beiden debattierten eine Weile, während ich schon nach einer Methode suchte, die Sache abzufangen: Stürzten wir uns jetzt auf den Taucher, konnten wir ihm nichts nachweisen, möglicherweise flitzte er uns, wie schon einmal, über die Grenze davon. Aber daß er auf Chias Yacht aus war und daß sich in dem runden Behälter, den er neben sich liegen hatte, eine Sprengladung befand, war für mich so gut wie sicher. Eine ähnliche Ladung vermutlich, wie sie den Rolls von Mr. Chia in Aberdeen zerrissen hatte. Der Bursche konnte unter Wasser unbemerkt an die Yacht heranschwimmen, die Ladung anbringen und sie dann, nachdem er weit genug weg war, zünden. Von der *Sunny* und denen, die sich auf ihr befanden, würde nicht viel mehr übrigbleiben als von dem Rolls. Mr. Chia war dann als der Chef der Textilvereinigung ausgeschaltet, und Mr. Hung Teh, der Mann aus dem Mutterland, der schon vor Chias überraschender Ankunft in den Startlöchern gestanden hatte, konnte den Verband übernehmen: Peking würde eine weitere Kanone der Festung Hongkong erobert haben, ehe noch der erste Schuß gefallen war.

Garantierte fünfzig Jahre der gewohnten Struktur Hongkongs, deren Erhaltung uns am Herzen lag, waren auf solche Weise Stück für Stück abzubauen. Zum Zeitpunkt der Hoheitsübernahme würde die Struktur der Kolonie so bereits nur noch wenige Elemente bewahrt haben, die die Garantie umfaßt hatte. Scheußliche politische Winkelzüge. Einen Augenblick bedauerte ich, daß ich mich auf den Auftrag eingelassen hatte: Politik war nicht mein Geschäft, ich betrieb ein sauberes Gewerbe. Aber nun konnte ich nicht mehr zurück, und insgeheim beneidete ich Bobby Hsiang und die Hongkonger Polizei darum, daß sie sich bei einer solchen Sache einfach taub und blind stellen konnten.

Andererseits hatte jener Mr. Hung Teh die Freundlichkeit gehabt, mich zu entführen, fesseln zu lassen, mir die Augen zu verbinden, worauf er mich mit der Drohung dieses Haistabes unter Druck zu setzen versuchte – so etwas pflege ich nicht unbeantwortet zu lassen.

Der Haistock! Das wäre die Lösung, wenn ...

»Kannst du schwimmen?« wandte ich mich an den Shalali-Mann.

Der erschrak und stammelte, er könne sich vielleicht eine Minute über Wasser halten, mehr nicht. Was Sung Loh im Wasser zustande brachte, kannte ich aus unserer gemeinsamen Zeit hier, wenn wir versucht hatten, an einem Badestrand ein paar Mädchen zu imponieren. Es blieb wohl nur übrig, daß ich selber die Sache ausführte. Aber da war der Kawasaki-Taucher, und der konnte jeden Augenblick handeln. Bevor ich den Haistab geholt hatte!

»Mu Erh«, wandte ich mich an den Shalali-Mann, »kannst du diesen Kerl im Taucheranzug zehn Minuten beschäftigen?«

»Wie soll ich das machen?«

»Egal. Meinetwegen prügle dich mit ihm. Oder ihr raucht was. Ich brauche ein bißchen Zeit.«

Als er meine Absicht verstand, ging über das Gesicht des Lebenskünstlers ein Lächeln, sogar seine Ohren bewegten sich dabei. Er winkte mit der Hand ab, als ich noch etwas sagen wollte.

Aus der Tasche nahm er eines jener japanischen Miniaturgeräte, die mit ihrem Großvater, dem amerikanischen Walkie-Talkie, nur noch den Namen gemeinsam haben, zog die winzige Antenne hoch und sprach dann in das Mini-Mikro: »Rita, melden!«

Nach ein paar Sekunden schon kam eine gequetscht klingende Stimme zurück: »Rita hier, was ist, Boß?«

»Wo bist du?«

»Gamoca, Ecke Marque, warum?«

»Du nimmst sofort eine Rikscha. Fährst zur Bootspier. Zweihundert Meter links vom *Palace* steht am dunklen Straßenrand eine rote Kawasaki. Gegenüber, am Wasser, sitzt einer im Taucheranzug. Den quatschst du an. Die süße Tour. Keine Frechheiten, klar? Zweck der Sache ist, ihn so lange wie möglich dort zu beschäftigen. Meinetwegen laß ihn gratis an deine Auberginen grabschen oder sonstwohin, nur: Er muß da sitzen, und zwar, bis mein Sender wieder klopft!«

»Okay«, kam es sachlich zurück, »bin schon auf dem Weg, Boß!«

Mu Erh steckte das Gerät weg und grinste mich an. »Gut so?«

Als ich das bejahte, verriet er mir freimütig: »Wir haben die Sender ein bißchen verändert, wissen Sie, Mister, sie piepsen nicht, wenn man ein Mädchen ruft, das würde beim Geschäft manchmal stören. Nein, da ist statt des Piepsers eine Membrane angebracht, außen, die liegt am Körper an, und die pulsiert. Gut, nicht?«

Es war keine Zeit, seinen technischen Einfall zu bewundern. Unweit von der Stelle, an der wir standen, parkte eine Rikscha. Der Fahrer war schon für die Nacht auf den Sitz gekrochen und hatte sich zusammengerollt. Ich weckte ihn, sprang auf den Sitz, und Minuten später griff ich mir in der Kabine der *Shyama,* in der immer noch artig Mr. Duftwolke saß, den Haistab. Außerdem nahm ich noch Zahnlücke mit zurück, wir konnten in den nächsten Minuten vermutlich jede Faust zur Unterstützung brauchen. Oder jede Handkante.

Ich kam gerade zurecht, als Rita mit betörend schwenkendem Hintern an der Pier auftauchte. Sie hatte oben nicht viel an, wie das in ihrem Job üblich war, und ihr Mini erinnerte an einen um den Familientempel gewickelten Schal, wie ihn im Januar erkältete Leute in Hongkong um den Hals tragen, manchmal, wenn man als Halbstundenereignis auf den Bergen in den neuen Territorien ausnahmsweise weiße Flecken sehen kann, die allerdings verschwunden sind, bevor man sie als Schnee erkennt.

Rita bückte sich, als sie bei dem an der Pier hockenden Kawasaki-Mann angekommen war, ließ sich Feuer für ihre Zigarette geben. Und der Mini, der dabei arg strapaziert wurde, riß nicht!

Am Anfang des Steges, wo Chia die *Sunny* festgelegt hatte, saß unter der ruppigen Stadtpalme ein Maroniröster, dessen Grill längst erloschen war, der aber noch eine Handvoll der wohlschmeckenden Knollen auf einer ausgebreiteten Zeitung neben sich liegen hatte, in der Hoffnung, ein später Passant würde Appetit bekommen. Trotz einer garantiert blutigen Schlagzeile auf dem Blatt.

»Geh rüber«, forderte ich jetzt Zahnlücke auf, »und kauf ihm eine Tüte ab. Laß dich bei ihm nieder. Quatsch mit ihm. Wenn er schlafen will, roll dich auch hin, aber du behältst auf jeden Fall den Zugang zur *Sunny* im Auge. An dir vorbei geht ohne mein Zeichen niemand. Klar?«

Zahnlücke war keine Schönheit, aber sein Verstand funktionierte bei Operationen wie dieser ausgezeichnet. Minuten später parlierte er gemütlich mit dem Maroniröster, aß dessen Restbestände vom Grill und ließ ihn als Gegenleistung seine Zigaretten rauchen.

Ich gestand mir ein, daß ich mit meinen taktischen Maßnahmen am Ende der Stange angekommen war. Aber da sah ich plötzlich den Jungen mit der Rikscha aus dem *Lisboa* zurückkommen. Er hatte begriffen, daß hier etwas Geheimnisvolles lief, und nun pirschte er sich leise an die Telefonzelle heran, in deren Schatten wir standen. Mondschatten, denn es war eine klare Nacht mit der vollen runden Scheibe. Als der Junge vom Rad hopste, fiel mir ein, was ich als nächstes tun könnte, um die gefährliche Sache zur Entscheidung zu treiben.

»Was ist mit Cordan?« wollte Sung Loh von dem Jungen wissen.

Der berichtete, daß der Commissario ihn wütend angeschnauzt hatte, aber er würde kommen. Habe er jedenfalls versprochen. Nur daß er vermutlich einen Liter Rotwein intus hatte.

»Der faule Suffkopp!« schimpfte Sung Loh. »Wenn er das nächste Mal ins *Lisboa* zum Essen kommt, lasse ich ihm einen Platz vor den Toiletten zuweisen und serviere ihm in ranzigem Schmalz gebratenes Fleisch!«

Ich überlegte. Zuerst mußte der Kawasaki-Mann ausgeschaltet werden. Mit Washington Chia konnte einstweilen nicht viel schiefgehen, er war gewarnt und konnte sich vorsehen. Den Kawasaki-Mann mußte man überraschen. Einen Kampf möglichst vermeiden, denn er war ein Profi. Gefährlich. Auf den Commissario zu warten schien müßig.

Ich entschloß mich kurzerhand, selbst in Aktion zu treten. Den Boy aus dem *Lisboa* ließ ich von seinem Gefährt steigen und lieh mir seine weiße Jacke aus. Ebenfalls die Schirmmütze, mit deren Hilfe ich meine Gesichtspartie wenigstens dürftig abdecken konnte. Ich war gerade mit dem Ankleiden fertig, drückte Sung Loh meinen Revolver in die Hand und ließ den Haistab im Ärmel der weißen Jacke verschwinden, als ich sah, wie der Kawasaki-Mann sich erhob, etwas zu Rita sagte und nach dem runden Gegenstand griff, den er abgelegt hatte. Sekunden später hechtete er ins Wasser.

Aus Ritas Walkie-Talkie drang knarrend ihre Stimme: »Er hat was zu tun, sagt er, ich soll warten, wenn ich es umsonst mache ...«

Ich war schon weg. War schnell am Wasser, hielt mich nicht weiter auf und sprang dem Burschen nach.

Wenn man auf einer Dschunke wohnt wie ich, ist einem Hafenwasser nicht ganz fremd. Ich vergaß den Gestank und tauchte. Ein

Wirbel markierte die Stelle, wo der Bursche eingetaucht war. Wenig später konnte ich die Blasen erkennen, die aus seinem Tauchgerät aufstiegen. Er war auf dem Weg zur *Sunny*, wie ich es befürchtet hatte. Was er, an die Brust gedrückt, transportierte, konnte ich auch beim Näherkommen nicht genau ausmachen, aber mein Verdacht, daß es eine Sprengladung war, verstärkte sich, weil er das Ding äußerst vorsichtig behandelte.

Zunächst mußte ich schnell zum Luftholen auftauchen. Da war mir der Kawasaki-Mann über mit seinem Tauchgerät. Aber ich hatte eine ziemlich genaue Vorstellung, wie ich es anstellen würde, diese Sachlage umzudrehen.

Ich folgte ihm von hinten, etwas über ihm, ohne daß er mich bis jetzt bemerkt hatte. Er war in dem vom Wasser gebrochenen Mondlicht nicht mehr als ein langer, schlanker Schatten, je weiter er sich von der Pier entfernte, wo das Licht der Straßenlampen noch einigermaßen bis zu ihm durchgedrungen war. In einiger Entfernung nahm ich schließlich die Bordwand der *Sunny* wahr, eine schwarze Fläche, von oben durch die Deckslampen leicht angeleuchtet. Ich tauchte blitzschnell noch einmal auf, holte Luft, so tief es ging, und dann schoß ich von hinten auf den ahnungslosen Burschen zu. Mit einem kräftigen Griff riß ich den Luftschlauch aus der Sauerstofflasche, und das Mundstück ließ der Kerl aus den Zähnen, als er erschrak. Aus der Flasche entwichen Blasen. Der Taucher fuhr herum und schoß auf mich zu.

Den Angriff hatte ich erwartet. Aber der Mann war jetzt mir gegenüber deutlich im Nachteil, und er merkte es zu spät, daß ich, nur mit Unterhemd und -hose bekleidet, behender reagieren konnte als er, der durch die Taucherausrüstung gehemmt wurde. Ich ließ mich auf keine langen Auseinandersetzungen ein. Den Haistab hatte ich schon in der Hand, als der Angriff kam. Wer Haistäbe kennt, der weiß, daß ihre Wirkung im Wasser bedeutend intensiver ist als auf dem Trockenen.

Ich stieß dem Angreifer das Ding ins Gesicht. Er machte den Fehler, es abzuwehren, indem er mit der Hand versuchte, es beiseite zu schlagen. Der Schock erwischte ihn voll. Vor Schreck ließ er den Gegenstand los, den er mit der einen Hand fest an seine Brust gedrückt hatte. Er mußte schwer sein, denn er verschwand sofort in der Tiefe. Und im selben Augenblick setzte ich, nach Luft ringend, nach und berührte ihn mit dem Stab im Gesicht.

Die Wirkung war genau, wie ich sie erwartet hatte: Der Taucher zuckte unter dem Schock, dann trieb der Körper reglos weiter. Ich packte ihn an der Sauerstoffflasche und zerrte ihn hinter mir an die Wasseroberfläche. Aber auch hier kam er vorerst nicht zu sich. So konnte ich ihn bis zur Pier ziehen, wo inzwischen Sung Loh stand, der mir geistesgegenwärtig ein Stück Tau zuwarf, das ich dem Kawasaki-Mann durch seinen Gürtel zog, worauf ihn Sung Loh auf die Pier hievte.

Kein Zweifel, der Kawasaki-Mann war wohl für längere Zeit außer Gefecht. Sung Loh drehte ihn auf die Seite und sah interessiert zu, wie ihm das Wasser aus dem Mund lief. Der Koch des *Lisboa* teilte mir sachlich mit: »Leben tut er noch.«

Ich legte den Haistab auf den Boden, und nun merkte ich, daß mein Unterzeug stank. Aber ich hatte Mu Erh, den Lebskünstler unterschätzt. Während ich mich im Wasser befand, hatte er mit Hilfe der Dame Rita von irgendwoher für mich trockenes Sachen besorgt. Sung Loh flüsterte mir zu, es stamme von einem Musiker auf dem *Palace,* das etwas weiter westwärts lag und von der immer wieder Musikfetzen herüberwehten. Der Junge habe die Sachen mit der Rikscha geholt. Als ich den kleinen Shalali-Mann für seine Umsicht lobte, wehrte er bescheiden ab. Erkundigte sich nur: »Brauchen wir Rita noch?«

Ich verneinte das, obwohl das Mädchen in ihrem prall über den Hintern gespannten Mini bei weitem den angenehmsten Anblick weit und breit bot.

»Hau ab«, beschied Mu Erh sie. »Sieh zu, daß du unten am *Palace* noch jemanden abschleppen kannst.«

Der Jeep, in dem Commissario Cordan angerattert kam, überfuhr Rita beinahe; wie es schien, hatte der Polizist seinen abendlichen Rausch noch lange nicht im Griff. Als das Mädchen ihn laut als Verkehrsrowdy beschimpfte, zeigte er ihr ungerührt den steifen Mittelfinger. Kein feiner Mann, wie ich schon bei unserem ersten Zusammentreffen in seinem Büro konstatiert hatte.

Er besah sich den immer noch vom Elektroschock gelähmt am Boden liegenden Burschen im Taucheranzug. »Tot?«

»Überanstrengt«, klärte ich ihn auf. »Wollte heimlich an die Yacht *Sunny* heran. Unter Wasser.«

»Und das gefiel Ihnen nicht?« Er wurde barsch.

Doch das konnte ich auch, und ich knurrte zurück: »Ich habe es nicht gern, wenn Gauner aus dem Paradies des Großen Steuermanns Hongkonger Yachten anbohren!«

»Das hat er gemacht?« Der Commissario ging zu dem Taucher, während ich die nicht besonders gutpassende Hose zuknöpfte, die

Mu Erhs Rita besorgt hatte. Der Commissario legte dem Burschen Handschellen an, ohne daß der aufwachte. Und dabei offenbarte sich mir die wahre menschliche Größe Cordans: Er klickte die eine Seite der Handschellen um das rechte Handgelenk, die andere um das linke Fußgelenk. Eine besonders tückische und zugleich schmerzhafte Art, jemanden bewegungsunfähig zu machen. Mir konnte es egal sein, der Kerl hatte immerhin versucht, mich zu erschießen, damals im *Lisboa*, kaum daß ich in Macao eingetroffen war.

»Ich warne Sie, in Macao strafbare Handlungen zu begehen!« Der Commissario wandte sich an mich, um Festigkeit in seiner Stimme bemüht. »Und jetzt schildern Sie wahrheitsgetreu, weshalb Sie mich nachts aus der Ruhe reißen, oder ...«

Weiter kam er nicht. Aus dem Wasser, unweit der *Sunny*, schoß eine hohe Fontäne, begleitet von einem grollenden Krachen. Klatschend schlug das Wasser auf das Deck der Yacht, auf den Steg, auf die Pier, und wir alle, die wir um den Kawasaki-Mann herum standen, waren wieder naß.

»Was, verdammt, war das?« Der Commissario faßte sich zuerst, um diese idiotische Frage loszulassen. Er wischte verdutzt Wasser von seinem Gesicht. Sah mich dabei an, als wäre ich schuld daran, daß die Mine des Kawasaki-Mannes, die für die *Sunny* gedacht gewesen war, nun unten am Grund losgegangen war.

»A Ma hat gerülpst«, gab ich wütend zurück. Ich fand, daß diese Karikatur eines Polizisten endlich aus dem weinseligen Nachtschlaf aufwachen sollte.

»Werden Sie nicht frech, Lim Tok!« warnte er mich.

Ich hätte ihm darauf antworten wollen, daß ich von Natur aus frech geraten war, aber ich mochte die Sache nicht noch mehr anheizen. Zumal ich undeutlich erkannte, daß – wohl durch die Explosion angelockt – an Bord der Yacht mehrere Leute auftauchten. Leider waren sie bei der schlechten Beleuchtung nicht zu erkennen.

Der Shalali-Mann verzog sich leise, trabte hinter seiner Rita her. Hielt vermutlich noch weniger als ich von Auftritten mit portugiesischen Kolonialpolizisten. Sung Loh bedeutete dem Boy, der die Rikscha der *Lisboa* fuhr, ebenfalls zu verschwinden. Am Steg, wo die *Sunny* lag, sah ich Bui und Benny, die sich aber hüteten, zu uns zu stoßen. Im Gegensatz zu den Leuten auf der Yacht standen sie im Schein einer Laterne, die über dem Anfang des Stegs hing. Ich machte mir Gedanken darüber, daß von Mr. Hung Teh bisher nichts zu sehen war. Schließlich mußte er die ganze Geschichte inszeniert haben, um Washington Chia auszuschalten, also wäre es logisch gewesen, wenn er nach der Explosion aufgetaucht wäre. Irgend etwas in meinen Überlegungen stimmte nicht. Aber was?

»Ich warte auf Ihre Erklärung!« mahnte Cordan.

Sung Loh fuhr ihn unwillig an: »Commissario, Sie sollten Mister Lim Tok dankbar sein! Er hat diesen komischen Taucher, der aus dem roten Mutterland kommt, daran gehindert, eine Sprengladung an der Yacht anzubringen, auf der ein sehr einflußreicher Herr aus Hongkong seinen Abend verbringt. Hätten Sie denn lieber eine in die Luft geflogene Yacht hier gehabt? Mit ein paar zerfetzten Toten?«

Das erinnerte mich an das Mädchen, das bei Chia war. Ich ließ Cordan stehen und ging hinüber zum Anlegesteg. Benny und Bui lungerten hier herum, darauf bedacht, vom Commissario Cordan nicht gesehen zu werden. Mich kannten sie, und nachträglich hatte ich Grund zu der Annahme, daß dies sie zu dem Fehler verleitete, mich zu Washington Chia vorzulassen.

Er war in der Kabine, was mich nicht überraschte, auch nicht das Mädchen, das sich dort träge auf einer Liege räkelte, Miß Croupieuse, wie ich sie getauft hatte. Was mich hingegen ernstlich in Verlegenheit brachte, war ein weiterer feiner Herr, der Mr. Chia gegenüber saß und eben an einem Krabbencocktail löffelte. Kanapees mit Fugu standen auf dem Kabinentisch, zwischen Sektgläsern. Ein feiner Zigarrenduft hing noch in der Luft.

»Entschuldigen Sie«, bemühte ich mich so zu sagen, daß es nicht überrascht klang. Und ich erkundigte mich, ob ich störe.

Der unbekannte Herr sagte gönnerhaft, das täte ich in keinem Falle, er habe sowieso die Absicht gehabt, noch ein Mißverständnis mit mir zu klären, er könne das nun gleich tun.

Ich erkannte ihn an seiner Stimme. War das möglich? Wie kam er hierher? Warum hatte Chia am Telefon nichts davon verlauten lassen, daß er ausgerechnet diesen Mann zu Besuch hatte?

»Sind Sie mit dem Auto da?« erkundigte sich die Croupieuse träge. Ich verneinte das. Mr. Chia beruhigte sie, er würde dafür sorgen, daß sie eine Fahrgelegenheit zum *Lisboa* bekam.

Ich kämpfte mit aufsteigender Wut. Fragte das Mädchen: »Möchten Sie nicht lieber gleich nach Kanton?«

Sie sah mich mit einem bedauernden Blick an. Lächelte dann. Das war nicht die ertappte Giftmörderin, die auf dem Sofa darauf wartete, daß man sie abführte, oder ich konnte meine Branchenkenntnisse nur noch unter Trotteln anbieten. Was war hier los? Was wurde gespielt? Der elegant gekleidete Besucher Chias musterte mich erneut und wollte dann wissen, ob er mir bei der Beschaffung eines neuen Anzuges behilflich sein solle. Auf seinem Boot gäbe es ein Behältnis mit einer gewissen Auswahl ...

»Irre ich mich, oder stammt aus diesem Behältnis auch der Haistab, Sir?« Ich schoß die Frage nicht ganz aufs Geratewohl ab, seine Stimme war die, die ich gehört hatte, mit verbundenen Augen an eine Metallstange gekettet, an Bord der *Shyama.* Aber bevor ich mich weiter mit ihm anlegen konnte, mischte sich Mr. Chia ein: »Ich muß Ihnen einiges erklären, Mister Lim Tok. Es sind Dinge, die ich noch nicht übersehen konnte, als ich Sie engagierte.«

»Mich hat Mrs. Lee engagiert!«

Er nickte geduldig. »Bitte setzen Sie sich zu uns.«

»Besser zu mir«, bot mir die Croupieuse an, wobei sie den Spaghettiträger ihres kleinen Schwarzen ziemlich weit über die Schulter schob.

Ich ließ es darauf ankommen. Machte ihr den Vorschlag : »Wenn du mir deine Lotosknospe zeigst, lasse ich mich glatt von dir vergiften, Süße!«

Sie streckte schon die Hand nach dem Rocksaum aus, grinste fröhlich dabei, als der Fremde ihr etwas zurief, das wie ein Befehl für einen Hund klang, aber in *Mandarin.* Sie hielt inne. Hörte auf zu grinsen. Griff statt nach dem Rocksaum nach einem Sektglas und prostete mir zu.

»Bitte«, forderte mich Chia auf. Deutete auf einen der gepolsterten Stühle, und als ich endlich saß, nickte er in Richtung auf seinen Gast: »Ich stelle Ihnen Mister Hung Teh vor ...«

Ich hatte das Theater satt. Fiel ihm unhöflich ins Wort: »Wir kennen uns bereits! Ich schulde dem Herrn noch zwei Antworten! Und er schuldet mir dann den Preis dafür!«

Hung Teh senkte verlegen den Blick, aber er fing sich sogleich. Ganz Gentleman, schlug er mir vor: »Ich bitte Sie, mir die Sache zu vergeben, Mister Lim Tok. Mein Freund war hoffentlich nicht zu rauh mit Ihnen. Und – schließlich passierte das alles, bevor Mister Chia und ich uns ... nun, sagen wir, bevor wir unsere Ansichten ernsthaft ausgetauscht hatten.«

»Ihr Freund sitzt gefesselt in der Kabine Ihres Bootes, Sir, wenn sie den duftenden Herrn mit dem Haistab meinen! Was für ein Stück wird in diesem Theater eigentlich gegeben? Und was ist meine Rolle darin?«

Washington Chia schob mir versöhnlich lächelnd ein Sektglas zu. Auch eine Platte mit Kanapees. »Beruhigen Sie sich, Mister Lim Tok, ich kläre das alles sogleich auf. Aus der Anwesenheit Mister Hung Tehs wollen Sie bitte erkennen, daß wir beide uns über Angelegenheiten, die zwischen uns standen, geeinigt haben. Gesittet, wie sich das für Leute gehört, die Bildung genossen haben. Mister Hung Teh und ich sind Geschäftsleute. Es hat in einer bestimmten Sache einen Interessenkonflikt gegeben, bei dem die Vorgesetzten von Mister Hung Teh zunächst eine Lösungsmöglichkeit ins Auge gefaßt haben, die für viele Irritationen gesorgt hat ...«

»Und für ein paar Tote!« warf ich ein. Mir wurde langsam klar, daß es sich um den klassischen Kompromiß handelte, der hinter meinem Rücken zwischen den Gegnern von gestern geschlossen worden war. Und ich war nicht gern der Dummkopf meiner Klienten.

Chia überhörte meinen Einwurf. Er fuhr geduldig fort: »Mister Lim Tok, ich entschuldige mich in aller Form, daß wir Sie nicht früher informieren konnten. Übrigens ist ja auch der junge Mann aus Kanton, mit dem Sie zusammenstießen, nicht rechtzeitig davon informiert gewesen, daß die Dinge sich auf andere Weise regeln lassen ...«

»Das wird ihm Knast einbringen!«

Chia lächelte wieder. »Nun, lassen wir das. Mister Hung Teh und ich haben uns für ein Zusammengehen entschieden, das dem gegenseitigen Vorteil dienen soll. Ich habe kein Interesse, mich mit potentiellen Geschäftspartnern von morgen anzulegen, das müssen Sie verstehen. Umgekehrt verhält sich das auch so, denn die Pacific Bank wird ein ernstzunehmender Faktor in den künftigen Beziehungen zwischen Hongkong und Amerika sein. Ich meine das Hongkong nach 1997. Aus diesem Grunde wird Mister Hung Teh mit meiner ausdrücklichen Zustimmung in Kürze den Posten bei der Vereinigung der Textilexporteure übernehmen, der durch den tragischen Tod des verehrten Jack Chia, meines Vaters, frei wurde. Ich selbst gehe nach New York zurück und werde die Interessen der Vereinigung dort in der Pacific Bank vertreten ...«

»So einfach ist das!« Ich war wütend. Wozu schlug ich mich mit diesem Kerl da draußen herum, wenn mein Klient sich längst mit dessen Auftraggeber verständigt hatte? Wie in einem Krieg, da schießen auch die Feldsoldaten immer noch aufeinander, während die Fürsten beider Seiten schon längst Sekt miteinander trinken!

»Haben Sie eigentlich die Explosion nicht gehört?« fuhr ich Chia an.

»Die Explosion, ach ja. Wir haben fest darauf vertraut, daß Sie das da draußen meistern würden.«

»So wie Sie das mit der Dame da auf der Liege gemeistert haben? Ist es Ihnen denn gelungen, ihr das Gift abzunehmen? War es ein Fläschchen? Eine Ampulle? Hat sie es im Büstenhalter gehabt? Oder in der Nähe der Lotosknospe?«

Er überhörte meinen Spott. Teilte mir sachlich mit: »Das Fräulein hat sich ebenfalls mit mir geeingt. Nachdem sie dadurch in Konflikt mit ihren ehemaligen Auftraggebern kommen könnte, wird sie mit mir nach Amerika reisen. Sie zieht es vor, dort zu leben ...«

Ich konnte nur noch murren: »Besser, als in Hongkong dem nächsten Taipan auf der roten Liste Tröpfchen auf seinen Fugu zu träufeln!«

Chia lächelte mild. Hung Teh bedachte mich mit einem mitfühlenden Blick. Die Hand der Dame glitt wieder an den Spaghettiträger.

»Brauchen Sie mich noch?« erkundigte ich mich barsch. Ich hatte die Nase voll von dieser Sippschaft.

Chia schob mir erneut die Fugu-Kanapees hin, aber ich hatte keine Lust darauf. Auch auf die Lotosknospenunschuld nicht mehr, ich fand, ich sollte dieses verlogene Geschäft, in das ich da geraten war, hinschmeißen und, so schnell es ging, Pipi abholen, um wieder auf normale Gedanken zu kommen: Mutterländische Zukunftsplaner und New Yorker Banker hatten sich über einen Posten in Hongkong schneller geeinigt, als ich die kleinen Pistoleros ausschalten konnte. Sie würden sich über alles andere ebenfalls so schnell einig werden, daß kleine Leute wie ich nicht mitkamen.

Chia fühlte sich wohl verpflichtet, den Schein zu wahren, als er mir mitteilte: »Mister Hung Teh wird die Vereinigung in Hongkong im Interesse der Mitglieder leiten. Das Kapital wird auf meiner Bank in New York liegen. Also sind alle Voraussetzungen für gegenseitigen Nutzen gegeben. Ich darf sagen, wir sind beide sehr erfreut, daß wir die Sache auf diese Weise beilegen konnten. Und Ihnen gilt mein Dank für Ihren Einsatz ...«

Ich schob meinen Stuhl zurück. »Wenn Sie mich nicht mehr brauchen ...«

»Danke, Mister Lim Tok«, sagte Chia. »Seien Sie nicht ungehalten, aber Leute wie wir haben eben ihre eigenen Verständigungsmöglichkeiten.«

Ich winkte ab. »Und nur im Fall einer Panne brauchen Sie Trottel wie mich, die ihr Fell riskieren. Ich habe schon verstanden.«

»Meine Schwägerin wird das mit Ihrem Scheck erledigen«, teilte er mir unbeeindruckt mit. Ich überlegte. Sollte ich ihm stolz versichern, daß ein Hongkonger Privatermittler, auch wenn er auf einer Dschunke lebt, einen alten Toyota fährt und gelegentlich Fisch mit Chips ißt, nicht auf Almosen von Leuten angewiesen ist, die bereits mit den Herren von morgen den geschäftlichen Einfluß aufteilten? Schließlich sagte ich mir, Geschäft geht vor Stolz. Eine bittere Erkenntnis, aber ich machte sie nicht zum erstenmal.

»Ich bin in Aberdeen zu erreichen«, ließ ich ihn wissen. Dann verschwand ich, ohne zu grüßen, was wohl nicht nur von Chinesen für eine gezielte Unhöflichkeit gehalten wird.

Commissario Cordan fuhr gerade mit dem Taucher in seinem Jeep ab. Zickzack.

Sung Loh war noch da. Ob ich im *Lisboa* was essen möchte? Er hatte dem Rikschaboy meine nasse Kleidung mitgegeben. »Bis wir was gegessen haben, ist das Zeug trocken und gebügelt!« Er hielt mir meinen Revolver hin, den er vor dem Zugriff Cordans gerettet hatte.

Der Haistock lag noch an der Pier auf dem Pflaster. Ich hob ihn auf und warf ihn auf das Deck der *Sunny*.

»Warum bist du so mürrisch?« erkundigte sich Sung Loh. »Wie mir scheint, ist alles gut abgegangen, oder?«

»Mehr oder«, sagte ich. Was nutzte es, wenn ich ihm erklärte, daß der Blick in Hongkongs Zukunft, den ich eben getan hatte, mich verbiesterte? Zukunft aus mutterländischer Anschlußtechnik und New Yorker Bankiersentgegenkommen!

»Laß uns zu Fuß gehen«, beschied ich den alten Freund, der das, was Honkong bevorstand, nur wenig später auch in Macao erleben würde. Weiterhin als Chefkoch im *Lisboa*? Oder als Kantinenchef einer Kaserne voller solcher Gestalten, wie der Taucher einer war? Ich beschloß, die Sache heute nicht mehr weiter zu vertiefen.

Mrs. Lee überraschte mich mit einer Aufmachung, die ich ihr nicht zugetraut hätte, als wir uns in Happy Valley trafen, in der streng für Mitglieder reservierten Loge des *Royal Hongkong Jockey Clubs*. Es war Abend, aber noch nicht dunkel. Trotzdem knallte draußen schon das Flutlicht auf den Rasen.

Die Loge war mäßig besetzt. Wahrscheinlich hatte es doch seit Mitte des vorigen Jahrhunderts, als diese »Nebenregierung« der Kronkolonie entstand, einen gewissen Mitgliederschwund gegeben, weil das Wetten zu einer Art Volkssport geworden war, nicht mehr von der Mitgliedschaft irgendwo abhängig. Und die wirklich betuchten Leute, die Pferde laufen ließen, sich die Rennen im Fernsehen anschauten, statt jedesmal persönlich hier zu erscheinen – wetten konnten sie auch per Fax. Außerdem war Roulette inzwischen reizvoller geworden.

Die Dame, die so freundlich gewesen war, mich mit der Aufklärung des Ablebens von Mr. Chia zu beauftragen, hatte so gar nichts mehr von der knalligen Erscheinung, die mir in Erinnerung war. Sie trug ein kleines Schwarzes, das vermutlich die Monatseinnahme eines Prominentenanwalts gekostet hatte, und als einzigen Schmuck eine Platte heller Jade an einer Goldkette. In die Jade war etwas geschnitzt, das mich an die nicht ganz jugendfreie Darstellung von Schiwa und Parvati während ihrer Bemühungen um Familienzuwachs erinnerte, aber so genau konnte ich es wiederum nicht erkennen, ich hielt Distanz zu der Dame, aus gutem Grund.

In mir glomm noch der Groll darüber, daß ich zum erstenmal in meiner Praxis hatte erleben müssen, daß der Auftraggeber von Killern am Ende mit dem Sohn des Verblichenen zu einem Gentleman's Agreement kam, das beiden Nutzen versprach und mich als Trottel zurückließ. In Hongkong ist zwar so ziemlich alles möglich, nur daß ich eigentlich eine Abneigung gegen solche unappetitlichen Geschäfte hatte, mich für gewöhnlich nicht in sie hineinziehen ließ.

Hier war ich überfahren worden. Sozusagen von einer Ladung *Jealousy*, die mir jetzt wieder in die Nase zog.

Mrs. Lee saß mir gegenüber, gesittet bis fein, sehr gütig lächelnd, freundlich. Wie ein Hai, wenn er sein Opfer zum erstenmal interessehalber umkreist.

»Wollen Sie mir den Gefallen tun und wenigstens hier einmal statt Ihrer geliebten Limonade ein Glas Sekt mit mir trinken?«

Auf diese Art von höflich vorgetragener Bitte gibt es für einen Chinesen, selbst wenn er verbiestert ist, keine andere Reaktion als Zustimmung. Alles andere würde als Beleidigung empfunden werden, und zu Beleidigungen wollte ich mich ganz sicher nicht hinreißen lassen. Jedenfalls hatte ich es mir vorgenommen.

Ich hielt allerdings meine Zustimmung durch ein mürrisches Gesicht wenigstens in Grenzen, und sie mußte das verstanden haben, denn sie redete mir, noch bevor der Kellner mit dem zweiten Glas angeflitzt kam, begütigend zu: »Mister Lim Tok, lassen Sie mich sagen, daß ich Ihre Arbeit sehr schätze ...«

Der Kellner nahm die Flasche aus dem Hause der Witwe Clicquot vom kühlenden Eis und goß mir ein. Wartete, ob mir das Getränk auch schmeckte, und erst als ich das zu erkennen gab, verbeugte er sich, als wäre ich der britische Gouverneur.

Mrs. Lee vergewisserte sich bei mir: »Sie nehmen ein paar Vorspeisen?«

Ich nickte. Sie bestellte das übliche Gemisch von Schinkenbasteleien, Eiern in sonstwas, Spargel mit diesem und jenem und Krabben in einem halben Dutzend verschiedener Soßen. Die Prominentenloge im Jockey Club war dafür bekannt, daß sie europäische Speisen servierte, die selbst Europäer gleich wiedererkannten. Da zahlte sich ein jahrzehntelanges Training aus. Eskalops, die man auch als Fußmatten im Auto verwenden könnte, gab es hier nicht, man wollte seine Gäste nicht vergraulen. Dafür kostete hier das, was wir Chinesen bescheiden Dim Sum nennen, die kleinen Happen vornweg eben, bereits eine vierstellige Summe.

»Und ich fühle mich verpflichtet«, sagte die Dame Lee, »Ihnen einigen Aufschluß über den Ausgang der Sache in Macao zu geben, nachdem mein Herr Schwager überraschend schnell die Rückreise in die Vereinigten Staaten angetreten hat ...«

Sie hob ihr Glas, und ich folgte ihrer Aufforderung. Die Witwe Cliquot farbrizierte tatsächlich eine Sorte Sekt, die sich wohltuend von den billigen italienischen Perlwässerchen unterschied. Ich hatte das schon mal festgestellt, aber jetzt wurde ich wieder daran erinnert. Draußen galoppierten Pferde vorbei, mit den Gnomen im Sattel. Manche Leute um uns herum erhoben sich von den Plätzen, mit der Gabel in der Hand, obwohl sie Chinesen waren und eigentlich Stäbchen hätten benutzen sollen. Aber es war eben bei europäischen Speisen recht schwierig, mit Stäbchen zu essen, und Mrs. Lee mußte wohl meinen Gedanken erraten haben, denn sie erkundigte sich leise: »Vielleicht hätte Ihnen eine einheimische Gaststätte eher zugesagt, Mister Lim Tok?«

Ich verneinte das schnell. Behauptete, ich hätte mich schon immer zwischen Leuten wohlgefühlt, die betuchter waren als ich, es sei mir eine Ehre, sie alle speisen zu sehen.

Angesichts der Platte mit Vorspeisen, die nun auf dem Tisch erschien, sagte ich mit Bedacht: »Ich muß mir nur abgewöhnen, mich für Pferde zu interessieren, auf die ich nicht wette!«

Sie lächelte. »Ich selbst«, ließ sie mich dann wissen, »habe vor etwa sieben Jahren hier zum letztenmal gewettet.«

Das veranlaßte mich zum Nachdenken. War sie vor sieben Jahren überhaupt schon volljährig gewesen? Vielleicht doch, denn man täuschte sich leicht bei chinesischen Damen, es gibt nichts Riskanteres, als ihr Alter nach ihrem Äußeren zu schätzen.

»Greifen Sie zu«, ermunterte sie mich.

Klar, sie wollte mich zugänglich stimmen. Aber ich konnte erkennen, daß sie nicht sehr glücklich über meine demonstrative Reserviertheit war, sie schien sie nervös zu machen. Bei solchen Beobachtungen, besonders wenn ich sie bei Frauen anstelle, täusche ich mich nur selten. Und als ich mir kommentarlos ein Röllchen Schinken, mit grünem japanischen Meerrettich gefüllt, nahm, rückte sie schließlich heraus: »Mister Lim Tok, glauben Sie mir, ich bin über den Ausgang der Sache ebenso verdutzt gewesen wie Sie.«

»Ich war nicht verdutzt, Mrs. Lee«, korrigierte ich sie sanft, »ich habe mich veralbert gefühlt. Und ich mußte mich beherrschen, denn Leute, die mich veralbern, kassieren für gewöhnlich Ohrfeigen von mir ...«

Wenn sie lachte, war sie unwiderstehlich. Und sie lachte herzlich, bevor sie sagte: »Wäre es mir passiert, ich hätte wohl nicht viel anders reagiert. Es freut mich, daß Sie trotzdem heute meiner Einladung gefolgt sind. Ich habe Ihre Dienste in Anspruch genommen, und ich habe sozusagen eine Rechnung bei Ihnen offen. Das wollte ich in Ordnung bringen.«

»Sie haben nichts bei mir offen, Mrs. Lee«, entgegnete ich ihr. Ich hatte es mir anders überlegt. »Für Fälle, die sich in einem lächerlichen Kompromiß zwischen Täter und Opfer auflösen, nehme ich kein Honorar, selbst wenn es mich tagelanges Engagement kostet. Und meine Unkosten hatten Sie ja im voraus bezahlt. Wußten Sie übrigens von den beiden anderen Toten, die auf ganz ähnliche Weise umgekommen sind wie Herr Chia? Die Herren Tsen Haw und Chung Peng-tou ...?«

»Ich habe es von der Polizei erfahren.« Es klang kleinlaut. Sie sah mich nicht an.

»Die Herren saßen ebenfalls auf Posten, die anderen in den Kram passen. Ich meine solche, die in ein paar Jahren hier regieren werden. Sie fangen jetzt an, ihr Nest zu polstern. Und sie sind nicht gerade fein in ihren Methoden.« Sie schwieg eine ganze Weile. Lächelte nicht, als sie dann feststellte: »Sie sind ein selbstbewußter Mann, Mister Lim Tok. Ich respektiere Ihre Prinzipien. Sie klingen mir sehr vertraut. Darf ich Ihnen meine Meinung zu diesem Deal sagen, den mein Schwager mit Herrn Hung Teh ausgehandelt hat?«

»Vielleicht qualifiziert es mich zum Banker, wenn ich es mir anhöre«, gab ich zurück, aber um es etwas freundlicher klingen zu lassen, grinste ich dabei und hob ihr mein Sektglas zu. Eine Frau von Format, denn sie nahm ebenfalls ihr Glas.

Während draußen eine neue Horde Pferde vorbeitrabte, sagte sie: »Wir Hongkonger, Mister Lim Tok, stecken in einer prekären Lage. In einigen Jahren wird sich hier das System verändern. England, dem Hongkong nicht gehört, veräußert Hongkong an China. Die Leute hier werden nicht gefragt. So wie sie nicht gefragt wurden, als man sie zu britischen Untertanen machte. Ohne Paß allerdings. Nun, wir wissen alle nicht, womit wir bei dieser Übergabe zu rechnen haben. Mein Schwager hat das wohl im Hinterkopf gehabt, als er sich mit Herrn Hung Teh einigte, weil dieser jetzt schon das neue System repräsentiert, das in der Kolonie einziehen wird ...«

Ich überlegte, ob sie es darauf anlegte, daß ich sie oder ihren Bankiersschwager noch bedauerte, und ich warf spöttisch ein: »Nur daß er in New York sitzt und die Kolonie ihm ziemlich egal sein kann, mit Ausnahme der Börse, oder?«

»Eigentlich ja«, gestand sie. »Aber vergessen Sie nicht, seine Mutter lebt in Hongkong. Sein elterlicher Besitzt bleibt hier. Das sollte Konzessionen seinerseits in einem anderen Licht erscheinen lassen.«

Der Kellner unterbrach uns. Sie bestellte Kalbsmedaillons mit verschiedenen Beilagen, und weil mir nichts Besseres einfiel, es mir im Grunde auch egal war, was ich bei dieser unerfreulichen Zusammenkunft zu mir nahm, schloß ich mich an.

Als wir wieder allein waren, fragte ich sie vorsichtig: »Sind Sie sicher, daß Ihr verehrter Vater, der gute Lao Dang, der gleichen Meinung ist, Mrs. Lee?«

Das brachte sie sichtlich in Verlegenheit. Aber sie wurde nicht wütend. War offenbar nicht der Typ, der aus der Haut fährt, wenn man ihm Ungerade aufrechnet.

Sie seufzte. »Wie sehr Sie recht haben! In der Tat hat mein Vater der älteren Schwester einige sehr ernste Worte mit auf den Weg gegeben. Ich vermute, er denkt nicht viel anders als Sie. Aber auch er überlegt, wie es nach dem Anschluß an das Mutterland weitergehen soll.«

Wenn ich daran dachte, daß Lao Dang immerhin eine der einflußreichsten und schlagkräftigsten Triaden in der Kolonie managte, ein Gangstersyndikat der Sonderklasse, gegen das sich die italienische Mafia wie der CVJM ausnimmt, fand ich, daß er durchaus etwas zum Nachdenken hatte. Natürlich, die Geldleute von hier stellten sich darauf ein, daß sie sich mit den Mächtigen von morgen entweder zu arrangieren hatten oder aber ihr Begräbnis bestellen konnten. Nur ob man aus diesem Dilemma heraus heute schon sozusagen einen Mord schluckte? Um morgen in der ersten Liga zu spielen?

»Drei Morde«, erinnerte mich Nancy Lee, als ich ihr diese delikate Frage stellte. Sie versicherte mir, sie sei genauso erzürnt über eine solche Lumperei, aber schließlich sei Washington Chia der Sohn des letzten Ermordeten gewesen, und er habe zu entscheiden gehabt.

»Nicht Lao Dang?«

»Lao Dang hält sich aus allen Angelegenheiten, die mit der Übernahme der Kolonie durch das Mutterland zusammenhängen, heraus, so gut er kann.«

Die Kalbsmedaillons wurden gebracht.

Nancy Lee entsann sich: »Ich vergaß, Ihnen auszurichten, daß mein Vater sich Ihnen zu tiefem Dank verpflichtet fühlt. Er hat mir aufgetragen, das Ihnen ausdrücklich zu übermitteln.«

»Dafür, daß ich so gut wie nichts bewegt habe mit meinen Ermittlungen? Oder dafür, daß ich schweige?«

Sie holte tief Luft. Das sollte soviel heißen wie: Mit Ihnen hat man es schwer, aber ich gebe nicht auf! Sie sah mich über die Teller mit den verschiedenen Gemüsen hinweg ernst an und sagte: »Dafür, daß Sie sich zur Verfügung stellten, Mister Lim Tok. Und auch dafür, daß Sie als verschwiegener Mann alles vergessen werden, was es bei dieser Sache an fragwürdigen Aspekten gegeben hat.«

Das war deutlich. Ich wünschte ihr guten Appetit und griff mir das europäische Eßwerkzeug. Eine Weile aßen wir schweigend. Dann machte mich Mrs. Lee in ihrer leisen Art aufmerksam: »Auch Sie, Mister Lim Tok, werden in einigen Jahren noch in Hongkong zu leben haben. Und zu arbeiten. Es wird für Sie dann von Vorteil sein, wenn man sie als einen fähigen Mann von außerordentlicher Diskretion kennt, meinen Sie nicht?«

Das meinte ich schon. Jenseits aller Moral gibt es die Realität, und in der hat man zu leben, nicht in den schönen Vorstellungen.

Doch das sagte ich nicht. Ich verlor statt dessen einige Worte über das Fleisch, das erstaunlich zart war. Sie begriff. Erinnerte sich, daß sie zum Essen eigentlich hatte Wein bestellen wollen.

Ich hatte weder Lust auf Wein, noch behagte mir dieses ganze Gespräch mit einer Klientin, die zwar außerordentlich anziehend war, die ich aber am liebsten ganz schnell vergessen wollte samt ihrem Auftrag. Deshalb teilte ich ihr mit: »Übrigens habe ich der hiesigen Polizei Mitteilung vom Ergebnis meiner Ermittlungen gemacht. Dazu bin ich bei Mordsachen verpflichtet. Man hat mir gesagt, behördlicherseits bestehe kein Interesse an einer weiteren Verfolgung der Angelegenheit.«

»Das hat Ihnen vermutlich Mister Hsiang erklärt, nicht wahr?«

»Genau der, ja.«

»Ich habe ihn darüber informiert, daß unsere Familie ebenfalls nicht auf weiterer Verfolgung besteht, da die Täterin ja ohnehin umgekommen ist.«

Wie praktisch! Die Täterin. Eine kleine Katze mit Lotosknospe am Oberschenkel, die auf einen Mann angesetzt war, den sie nicht einmal kannte! Unglücklicherweise wurde sie von einem Unbekannten erstochen, und der mußte dann türmen, bevor er ihr die Taschen leeren konnte, nur weil jemand dazu kam, der störte. Und der anschließend den Gewinn aus dem Casinoabend an Land zog. Ein bißchen teilte. Commissario Cordan, der Unübertreffliche von Macao, konnte sich damit herumschlagen. Oder nicht. Ich glaube eher nicht, wie ich den Commissario kennengelernt habe.

Mir war der Appetit vergangen. Ich schob nach einer Weile den Teller beiseite und murmelte anstandshalber: »Sehr gut, nur zuviel für meinen Magen ...«

Natürlich hatte die Polizei kein weiteres Interesse mehr. Kein Beamter wußte, ob nicht in ein paar Jahren genau der Mann, den man jetzt zu jagen hätte, ausgerechnet den Posten des britischen Polizeichefs übernahm!

»Eine Welt, in der solche Dinge geschehen, ist zu bedauern«, sagte ich und griff nach einer Zigarette.

Sie dachte wohl an den Mord und nickte. Dann erinnerte sie mich: »Ich erwarte dann Ihre Rechnung, Mister Lim Tok!«

Ich blies Rauch seitwärts an ihr vorbei. Eigentlich hätte ich sie fragen sollen, ob ich rauchen dürfte, aber es war mir jetzt auch schon egal, ob ich unhöflich erschien oder nicht.

»Ich habe keine Ansprüche mehr an Sie«, wiederholte ich, so freundlich es mir gelang.

Sie machte: »Oh!« Aber dann zog sie es vor, nicht mehr darauf zurückzukommen. Murmelte nur etwas, das sich anhörte wie: »Ich erledige das schon ...«

Und ab da widmeten wir uns wie auf Verabredung den in immer kürzeren Abständen draußen vorbeitrabenden Pferden, während sich die Duftwolke von *Jealousy* über dem Tisch ausbreitete.

Meine Dschunke gab die üblichen Geräusche von sich, das Knarren des Holzes, Wasserglucksen, den klirrenden Ton, wenn die Ankerkette schlaff wurde und an die Bordwand schlug. Aberdeen am Morgen. Die tutenden Schlepper und das Geschrei der Sampanfahrer, die Gemüse transportieren und Fisch. Das ferne Gesumm der Autos an Land und gelegentlich ein Vogelschrei. Es roch wie immer nach Salz und Modder, nach Fisch und geteertem Holz. Und es roch nach Pipi, die neben mir lag. Sie hätte nach der voraufgegangenen Nacht nicht einmal mehr einen Kanonenschuß gehört, aber mir war der feine Signalton meiner Sicherungsanlage nicht entgangen, der mir anzeigte, daß jemand an der Bordwand war.

Oben an Deck blendete mich das grelle Morgenlicht. Es dauerte eine Weile, bis ich erkennen konnte, daß es sich um einen Walla-Walla-Fahrer handelte, der gerade herauszufinden versuchte, wie man auf meine Dschunke gelangte. Er winkte mit einem Brief, als er mich sah.

Ich ließ den Haken herab, so daß er das Kuvert einklemmen konnte. Er ratterte davon, während ich den Bankauszug betrachtete. Da hatte plötzlich ein Mr. Lim Tok aus Hongkong bei der New Yorker Pacific Bank ein Guthaben über 5000 Dollar. Und auf dem beigefügten Notizzettel, von Mrs. Nancy Lee unterschrieben, stand: »In Anbetracht künftiger Entwicklungen hoffe ich, in Ihrem Sinne gehandelt zu haben, wenn ich das Honorar in einiger Entfernung deponierte. Und die strenge Verschwiegenheit, die Sie über jeglichen Auftrag und jeden Klienten wahren, wissen wir sehr zu schätzen. N. L.«

Ich kroch wieder zu Pipi auf die Matte. Sie meinte, die Bemerkung über die Verschwiegenheit sei eine geschickt dekorierte Drohung, aber das Geld könnten wir schon brauchen.

Ich mußte ihr sozusagen handgreiflich klarmachen, daß ich an einem Sonntagmorgen auf der Matte nicht einmal die Spur eines Gedankens an Drohungen verschwendete.

Tuan Subutu läßt schießen

Wenn man gerade eines der modernen Funktelefone erstanden hat, das in jede Jackentasche paßt, und wenn man damit auf seine Wohndschunke heimkehrt, am Abend, hat man das Gefühl, jetzt sei der Tag gelaufen. Irrtum – jemand hatte bereits die Nummer meines neuen Anschlusses herausgefunden, und in meinem Jakkett jaulte es.

»Lim Tok?«

»Sie haben mich persönlich.«

»Können Sie kommen?« wollte die Stimme wissen. Einfach so.

Kein alter Mann scheinbar. Hongkonger, der Aussprache nach.

»Morgen früh«, sagte ich vorsichtig. »Wohin?« Man kann schließlich nie wissen, ob da nicht ein saftiger Auftrag kommt.

Er beharrte auf einem sofortigen Treff. Sonst könnte etwas geschehen, was nicht mehr rückgängig zu machen sei.

Was, frage ich Sie, ist in Hongkong schon rückgängig zu machen? Hier ist gelaufen, was gelaufen ist. Als Hongkonger hätte der Mann das eigentlich wissen können. Immerhin, er hatte es eilig. Nahm keine Rücksicht auf den verdienten Feierabend, an dem ein geplagter Privatermittler in Ruhe sein Bier zu trinken wünscht. Weil er sich aus Passion den ganzen Tag über mit Limonade begnügt. Gelber, vorzugsweise.

Ich erkundigte mich, wo er denn zu treffen sei. Und die Antwort hätte mich beinahe umgeworfen. Ein schlechtes Omen, das hätte mir jeder Stäbchenwerfer auf dem mickrigsten Basar unentgeltlich bestätigt. Der Mann am Telefon sagte nämlich: »Leichenschauhaus. Yee Street. Ich warte am Eingang. Von jetzt ab in zwei Stunden.«

Muß man am Abend ausgerechnet noch ins Leichenschauhaus, nur weil man Detektiv ist? Außerdem – der Mann sagte nichts von einem Job. Ganz zu schweigen von Honorar. War ich denn eine öffentliche Einrichtung? Ein Call-Man?

Das Leichenschauhaus, von dem der Anrufer sprach, lag drüben in Kowloon, auf dem Festland, ich hingegen hatte meine Dschunke in Aberdeen verankert. Zehn Kilometer Luftlinie, großzügig gerechnet. Aber haben Sie mal versucht, zehn Kilometer Luftlinie in Hongkong auf Straßen zurückzulegen, am Abend? Ich würde die zwei Stunden brauchen, um zu dieser Tiefkühlanlage für menschliche Leichen in der Yee Street zu kommen. Eigentlich hatte ich dem Anrufer sagen wollen, er solle ein Einsehen haben und einen Mann noch ein paar Dim Sum an der nächsten Straßenküche verdrücken lassen, bevor er sich auf den Weg in die Kälte macht, aber – er hatte bereits eingehängt. Und ich mußte mir wieder einmal eingestehen, daß meine Neugier größer war als das Bedürfnis nach einem ruhigen Abend auf der sanft schaukelnden Wasserbehausung. Mit einer Scheibe Musik vielleicht. Cara Montez war in Mode gekommen, die Trösterin über alles Mißgeschick der Welt, von den Philippinen kommend, mit einer Stimme wie ein Geigenstrich. Hols der Teufel, vielleicht springt ja doch ein Auftrag dabei heraus, ich kann einen gebrauchen ...

Ehe ich an der Röhre war, dem Tunnel unter Wasser, der von Victoria nach Kowloon führt, war eine Stunde vergangen, und mir brummte der Schädel vom Auspuffqualm all der Autofahrer, die zum Festland wollten, was in den späten Abendstunden eben etwas mehr als eine Million ausmachte, grob geschätzt. Weil angeblich um die Nathan Road herum mehr los war als auf der Insel mit ihren Bankgebäuden. Ich teilte diese Meinung nicht so ganz, zumal ich aus Wanchai stamme, auf der Insel, und dort ist bei der ewigen Seeligkeit meiner Ahnen mindestens ebensoviel los wie auf Kowloons sündiger Meile.

Als ich nordwärts kroch, sah ich auf den Fußsteigen ein paar Puppen, denen ich mit Vergnügen beigebracht hätte, was alles im Kamasutra steht, aber einerseits hätten die das vermutlich schon gewußt, und andrerseits war ich neugierig auf die Leichenhalle.

Die Neugier ist eben, wenn man von einigen anderen kleinen Fehlern absieht, mein größter Charaktermangel. Das sagt übrigens auch Pipi, meine Dauerfreundin, die im *Excelsior* an der Rezeption arbeitet, und sie meint das mehr auf Damen bezogen als auf Leichen.

»Hallo«, raunte jemand neben mir, als ich gerade meinen alten Toyota verlassen und zum ersten Mal tief durchgeatmet hatte. Es war dunkel um das Gebäude herum. Kein Wunder, der Hauptbetrieb mit Leichen lief hier natürlich in den sogenannten Geschäftsstunden, was immer man auch gegen diese Bezeichnung einwenden mag, wenn sie im Zusammenhang mit Verblichenen gebraucht wird.

»Hallo«, gab ich zurück. Es gelang mir langsam, das Gesicht zu erkennen. Rund, chinesisch, nicht gerade verschlagen wirkend, eher ängstlich. Der Mann war nicht sehr groß. Trug eine dunkle Arbeitsjacke mit altmodischem Bündchenkragen, wie Mao Tsetung das für die damaligen Einheitsjacken als schön befunden hatte. Gestreifte Hose. Älter als ich. Der Mann, nicht die Hose.

»Ich bin Lim Tok«, gab ich mich zu erkennen.

Er nahm mich am Arm. Warf einen mißtrauischen Blick in die Gegend, aus der ich gekommen war, aber da tat sich nichts, denn wer bog schon um diese Zeit in den Parkplatz der Leichenhalle von Mong Kok ein!

»Ich weiß. Kommen Sie.«

»Woher kennen Sie mich?«

Er sagte: »Von Charlys Empfehlung her. Ich bin mit ihm entfernt verwandt. Er riet mir auch, Sie anzurufen. Gab mir die Nummer, erst heute abend.«

Hamburger-Charly, mein alter Freund, der auf dem Basar, den man *Poor Man's Night Club* nennt, an seinem Stand aus Büffelhackfleisch echte amerikanische Buletten brät, mit Texas-Flair. Eigentlich würde er niemanden zu mir schicken, bei dem er nicht gewiß war, es sei angebracht.

Der Mann dirigierte mich zu einem Seiteneingang. Im Inneren des Gebäudes war es dunkel.

»Es ist Feierabend«, wurde ich belehrt. Und dann: »Verzeihen Sie, ich habe mich noch nicht vorgestellt, mein Name ist Tim Tsen. Ich bin der Kameraschwenker in diesem Haus ...«

Ich lehnte mich an einem Blechschrank. »Sie sind was?«

»Kameraschwenker.« Er dirigierte mich durch eine Polstertür in einen kleinen Saal, in dem es nach Weihrauch duftete, obwohl die Luft ziemlich abgestanden war.

»Sie werden das gleich verstehen«, versicherte mir der Mann in der gestreiften Hose, dem meine Verblüffung wohl nicht entgangen war. »Wann waren Sie das letzte Mal in unserem Leichenschauhaus?«

»Ich war überhaupt noch nie hier«, gab ich zurück. Wahrheitsgemäß, denn ich kannte von meiner Zeit bei der Polizei her noch die Einrichtungen in Victoria, aber das war alles. Und was ein

Kameraschwenker in einer Leichenhalle suchte, würde mir wohl nicht so schnell begreiflich zu machen sein.

»Nun«, belehrte mich Herr Tsen, der mir einen Sessel heranzog, »möglicherweise ist es für Sie neu, daß wir bei Identifizierungen seit einiger Zeit den Besucher nicht mehr sozusagen mit dem Toten in puris naturalibus konfrontieren, sondern mit dem von uns gefilmten Bild auf einer Leinwand. Zuweilen verwenden wir auch einen Bildschirm ...« Zur Demonstration betätigte er einen Hebel an einer Art Mischpult, und an der Stirnwand des Raumes erschien, nachdem sich ein Vorhang geteilt hatte, eine Filmleinwand.

»Normalerweise sieht jemand, der einen Toten identifiziert, genau dieses da. Auf persönlichen Wunsch selbstverständlich kann er den Toten auch direkt sehen. Ich führe Ihnen einige Aufnahmen von Leuten vor. Den Toten und zwei Beschauer. Es könnte wichtig für Sie sein, Einzelheiten genau zu erkennen ...«

Er betätigte erneut einen Hebel. Darauf verlosch das Licht, und auf der Projektionswand erschien nach einigem Flackern das Gesicht eines Toten.

Der Mann war meiner Schätzung nach um die Dreißig, trug einen Strichschnurrbart, hatte die Augen geschlossen, und er wurde auch nicht aussagekräftiger, als die Kamera ihn aus wechselnden Blickwinkeln erfaßte, gewissermaßen um ihn herumschwenkte und alle Einzelheiten seines Gesichts abtastete: Ein Südasier, tot, ohne Verletzungen im Gesicht. Kameraschwenker Tsen ließ das letzte Bild des Streifens stehen. Er saß jetzt neben mir und sprach gedämpft, als habe er Angst, daß jemand außer mir mithören könnte: »Kam vor vier Tagen an. Polizeifund an der Ferry Street. Lag dort am Morgen. Keine Anhaltspunkte für die Identität. Herzschuß aus Pistole. Für Ende der Woche hat die Polizei ihn zum Begräbnis freigegeben. Falls nichts mehr hereinkommt, das ihn identifiziert. Keine Vermißtenmeldung paßt auf ihn. Nichts. Keine Spur. Toter in der Morgenstunde ...«

Für Hongkong war das alles nichts Weltbewegendes. Hier gab es jeden Tag mehrere Tote, wenngleich sie nicht alle an der Straße lagen. Und die Polizei hatte die üblichen Probleme um die Ohren: Haufen von Anzeigen, denen sie nachgehen mußte, Verkehrsdelikte, Mord, Totschlag, Einbruch und Schutzgelderpressung, lächerliche Grenzverletzungen, weniger lächerlichen Heroinschmuggel, Flüchtlingskriminalität – da wurden unbekannte Tote, die niemand reklamierte, zwar einige Zeit zur Identifikation ausgeschrieben, ihre Gesichter sogar in Sammelblättchen abgebildet, aber letztlich wurden sie doch relativ schnell zur Bestattung freigegeben, nicht selten, weil die Leichenschauhäuser einfach nicht genug Schubfächer hatten.

»Mord«, sagte ich. »Das kommt immer wieder vor. Was soll ich für Sie tun, Mister Tsen?«

Er bat mich um ein wenig Geduld: »Gleich erfahren Sie alles, Mister Lim Tok. Ich will Ihnen nur etwas zeigen, das ich auch mit der Kamera festgehalten habe. Der eigentliche Grund, weshalb ich mich an Sie wende ...«

Ein neues Gesicht erschien nach einem Knopfdruck Tsens auf der Leinwand. Diesmal ein lebender Mann. Älter als der Tote. Einer vom Beamtentyp. Manager vielleicht auch. Jedenfalls kein Reisbauer aus den New Territories. Schlips. Gutsitzender Anzug. Der Mann war ebenfalls ein Südasier. Ich hielt ihn für einen Indonesier. Er blickte auf etwas, das man nicht sah und verzog keine Miene dabei. Ein gleichgültiger, leerer Blick. Nicht einmal Unbehagen über den toten jungen Mann – denn das war es, worauf er blickte – ließ sich da finden. »Mister Elis Subutu aus Djakarta«, sagte der Kameraschwenker, als die Leinwand dunkel wurde. »Sah das Foto des Toten angeblich in einem Suchblatt der Polizei und vermutete einen Bekannten. Erklärte dann, er habe sich geirrt.«

»Er kam extra wegen des Toten aus Djakarta hierher?«

»Nein. Gab an, er habe dienstlich an der Botschaft zu tun. Ist Ihnen etwas an ihm aufgefallen?«

»Nein«, erwiderte ich, obwohl das nicht stimmte. Wie ein Mann, der eine gewisse Erleichterung verspürt, weil er sich geirrt hat, sah er in dem Film nicht aus.

Tsen seufzte verärgert: »Man muß das doch sehen! Der Mann hat nicht einen Funken Gefühl. Ich habe Hunderte von Gesichtern beobachtet, meist von Leuten, die einen Toten nicht erkannten. Zumindest hat der Tod einen Schatten auf ihre Züge gelegt – bei diesem Mann fehlt selbst das. Er blickt wie ein Schlächter auf das getötete Huhn. Wie wenn er sich fragt, ob das Gericht ausreichen wird für ein Mahl.«

Eine zutreffende Beobachtung. Ich ignorierte sie der Einfachheit halber und bemerkte: »Vielleicht ist er ja Schlächter!«

»Er ist Diplomat. Habe seinen Paß gesehen.«

Über Diplomaten pflege ich mich nicht zu äußern. Sie müssen einen anpassungsfähigen Charakter und ein elastisches Verhältnis zur Wahrheit haben, beides Eigenschaften, die ich nicht schätze. Deshalb gehe ich ihnen lieber aus dem Wege. Mir sind Polizisten lieber. Bei denen weiß man, woran man ist. Als ich mich erneut erkundigen wollte, was denn eigentlich der Grund gewesen war, mich hierher zu holen, schaltete Tsen wieder den Film an.

Diesmal war eine Frau zu sehen. Mindestens ein Jahrzehnt älter als der Tote, und nach meinem Urteil Eurasierin. Eine dieser Holländerinnen mit indonesischer Mutter hätte sie sein können. Sie starrte auf den Toten, ihre Lippen wurden schmaler, und dann weinte sie. Wischte verschämt mit dem Handrücken die Tränen weg.

»Sie hat ihn erkannt?«

Tsen ließ den Film durchlaufen, dann, als das Licht wieder brannte, sagte er: »Mister Lim Tok, Sie sind ein guter Beobachter. Ich habe auch gedacht, sie wird uns sagen, wer er ist. Aber sie bemerkte lediglich, bevor sie ging, selbst bei einem unbekannten Toten kämen ihr Tränen, wenn er so jung und gutaussehend ist wie dieser Mann. Nein, identifizieren konnte sie ihn nicht.«

»Vielleicht hat sie die Wahrheit gesagt.«

Er schüttelte den Kopf. »Vertrauen Sie meiner Menschenkenntnis. Im Angesicht des Todes entblättert sich der Charakter. Diese Leute haben beide gelogen. Aus unterschiedlichen Gründen vielleicht, aber jedenfalls logen sie.«

»Und nun? Wie komme ich in dieses Spiel?«

»Ich habe mit Charly Soong über die Sache gesprochen, habe von ihm die Anregung bekommen, Sie aufmerksam zu machen, daß hier etwas sehr faul ist. Deswegen rief ich Sie an.«

Er sagte nichts davon, daß er eventuell wenigstens das Benzingeld von Aberdeen nach Mong Kok und zurück tragen wolle. Ganz zu schweigen von meinem Feierabend. Charly der Hamburgermacher mußte einen Riß im Band gehabt haben, als er mich in die Sache zog. Ich verdiene meinen Reis mit Aufträgen, die honoriert werden. Als ich Tsen darauf aufmerksam machte, verschloß er sich plötzlich. Wurde sehr höflich, so daß es beinahe schon Verachtung war, die er mit all seiner Höflichkeit abstrahlte. Er schrieb eine Adresse auf einen Zettel, drückte ihn mir in die Hand und sagte: »Da finden Sie die Frau. Für den Fall, daß Sie an einer Sache interessiert sind, die Aufklärung nötig hat. Wenn nicht, werfen Sie die Adresse weg. Was schulde ich Ihnen?«

Er zog aus der Hüfttasche seine Geldbörse. Ich konnte noch schnell abwinken und begütigend sagen: »So war das nicht gemeint. Selbstverständlich interessieren mich mysteriöse Zusammenhänge manchmal auch, wenn mich niemand bezahlt. Stecken

Sie das Geld weg, ich lasse mir von Charly einen Hamburger schenken, damit ist die Sache erledigt.«

Ich sollte diese Leichtfertigkeit später noch bedauern, aber da war es schon nicht mehr zu ändern ...

Auf dem Zettel, den er mir gegeben hatte, stand: *Eleanor Porteiras, Hotel King's.*

Und weil das *King's* auch in Kowloon liegt, nur einen knappen Kilometer südlich, die Nathan Road abwärts, hielt ich auf der Rückfahrt dort an. Es müßte sich lohnen, diese Madame Porteiras wenigstens einmal aus der Nähe zu betrachten, dachte ich.

Das *King's* ist nicht eines der exklusiven Hongkonger Hotels. Gute Mittelklasse. Sauber, gut geführt, mit zuvorkommenden Angestellten, wie ich sogleich merkte, als ich die Halle betrat. Das Hotel hatte auch nicht die Sitte, stundenweise Zimmer zu verhökern, selbst wenn es nur halb ausgebucht war. Es achtete auf sein Renommee. Deshalb wohnten Leute hier, die eine solide Unterkunft zu vernünftigen Preisen schätzten, die auf den modischen Firlefanz der Riesenkästen mit ihren Wasserfällen in der Halle gern verzichteten, die – wenn es sich um Frauen handelte – vor allem auch nicht mit den Frühlingsverkäuferinnen verwechselt werden wollten, an denen um diese Zeit auf der Nathan Road Überfluß herrschte, auch in den Seitengassen.

Das Heer der Streiterinnen für die Befriedigung von Bedürfnissen jeglicher Art benötigt gelegentlich eine Matte für diskrete Zwecke, nur das *King's* bot sie ihnen nicht. Nein, hier fühlte man sich wie in einem guten alten Hongkonger Hotel, bevor der Touristenboom Asien erreichte.

»Madame Porteiras?« erkundigte ich mich dezent bei einem glattrasierten Herrn an der Rezeption, der sofort einen Blick in sein Anmeldebuch warf und nickte.

»Es freut mich, Ihnen helfen zu können, mein Herr, die Dame wohnt bei uns.«

Daß er mir nicht sagte, in welchem Zimmer, ließ den Schluß zu, daß in diesem Hotel keine unangemeldeten Besucher auf den Zimmern gewünscht wurden. Dies war eben weder eine Pension, in der man dem Pförtner einen Schein in die Hand drückte und dann überallhin laufen konnte, noch war es einer jener modernen Termitenbaue aus Glas und Stahl, in denen sich die Angestellten einen Dreck darum scherten, wer in den Fahrstuhl stieg.

»Ich hätte eine Bitte«, sagte ich deshalb zu dem Glattrasierten so höflich, wie es mir gelang. »Wenn Sie mir eine Telefonverbindung herstellen könnten, würde ich der Dame gern eine Mitteilung machen ...«

Ich versuchte erst gar nicht, mit Geld zu winken – dies war nicht der Mann dafür.

Und ich täuschte mich nicht. Der Angesprochene lächelte freundlich, deutete auf eine Telefonzelle am Rande der Halle und gab mir auf den Weg: »Wollen Sie bitte den weißen Knopf drükken, wenn es läutet!«

Ich drückte ihn. Eine leise Frauenstimme war da am anderen Ende der Leitung. Madame Porteiras. Ich stellte mich vor.

»Ich hätte lediglich eine Frage zu einer Identifizierung, bei der Sie kürzlich ...«

»Wer sind Sie? Polizei?«

Als ich das verneinte und mein Sprüchlein hersagte, von der Vertretung der Interessen eines privaten Klienten, erlebte ich eine unerwartete Abfuhr.

Die Dame sagte: »Sie verzeihen, aber ich habe keine Angaben irgendwelcher Art zu machen.« Damit legte sie auf.

Einen Augenblick überlegte ich, aber dann entschied ich mich doch, lieber nicht weiter vom Hotel aus zu telefonieren, wo es eine Zentrale gab, in der zumindest die Möglichkeit bestand, mitzuhören, wer immer das tat, die britische Abwehr, die chinesische Aufklärung oder eines der Mäuschen, die ihre aufgeschnappten Informationen meistbietend veräußern, egal an wen. Ich nickte dem Glattrasierten freundlich zu und sagte: »Sie will es doch noch heute abend geliefert haben. Ich schicke einen Boten ...«

Ob er darauf hereinfiel, würde sich erweisen. Jedenfalls ließ sein Gesichtsausdruck nicht erkennen, daß er mir mehr als anderen Leuten mißtraute. Er sagte sogar: »Sehr wohl, Sir.«

Draußen tippte ich auf mein Funktelefon die Nummer Bobby Hsiangs, meines Uralt-Freundes, noch aus Zeiten meiner Polizeitätigkeit. Im Gegensatz zu mir war er bei der Behörde geblieben, und jetzt hatte er, was für den Chef der Mordkommission selten war, Feierabend.

»Bring mir bloß keine Leiche angeschleppt!« rief er vorbeugend, und als ich ihn beruhigte, es sei kein neuer Mord zu vermelden, hörte er mir sogar geduldig zu. Den unbekannten Toten im Leichenschauhaus kannte er zwar nicht, hatte ihn aber gesehen. Routine. Jetzt meinte er: »Nutzlos, alter Junge, es gibt keinerlei Anhaltspunkte in der Sache. Darf ich dich erinnern, daß wir ein gutes Dutzend Tote pro Woche haben, die wir friedlich schlafen lassen, weil wir keine Leute einsetzen können, um aufzuklären, wer sie wohl gewesen sind?«

»Und die Frau, die weinte, als sie ihn ansah?«

Er brummte unwillig: »Wir haben sie befragt. Nichts. Sie meldete sich auf einen Verdacht hin. Er bestätigte sich nicht, wie sie sagte. Übrigens, die Dame ist keine Zitrone, die man ausquetschen kann. Da rennst du gegen Stein.«

»Aber – sie hat den Toten vermutlich nicht zum ersten Mal gesehen!«

Bobby fiel mir ins Wort: »Gib auf, alter Junge. Geh schlafen, auf deiner Dschunke. Timmy Tsen hat mir seine beiden Hobby-Filme auch gezeigt. Du sagst mir nichts Neues. Nur der Mann, der zweite, den Timmy auf dem Film hat, der ist tabu. Diplomatenpaß. Kam auch auf Verdacht. Nix. Ach, und dann wollte ich dich noch aufmerksam machen, die Frau ist gut ihre drei bis vier Millionen schwer. Dollar. Amerikanische. Nur damit wir uns recht verstehen. Willst du die unter Druck setzen, weil sie geflennt hat? Da mußt du aber einen bleischweren Auftraggeber haben!«

»Ich werde sie nicht unter Druck setzen«, teilte ich Bobby mit, »ich werde ihr Blumen schicken.«

Er machte sich lustig: »Ich wußte gar nicht, daß du neuerdings auf reiche Witwen stehst!«

»Witwe ist sie auch?«

»Denk mal, wie praktisch!«

Bobby witzelte zwar, aber aus seinem Tonfall hörte ich heraus, daß ihn mein Anruf störte. Vermutlich war ein Mädchen bei ihm. Immerhin verriet er mir noch: »Stammt aus Timor. Portugiesische Vorfahren und indonesische. Ungefähr soviel Landbesitz, daß ganz Aberdeen samt deiner Dschunke darauf Platz hat. Der Mann wurde damals getötet, als die Indonesier den portugiesischen Teil von Timor besetzten und dem Vaterland einverleibten. Soll ein Unfall gewesen sein. Sieht ganz brauchbar aus, die Dame. Also – bis später ...«

»Danke, Bobby«, sagte ich, um mir nicht länger seine spitzen Bemerkungen anhören zu müssen, und dann drückte ich den Knopf, der das Gerät ausschaltete.

Ich erinnerte mich, die Indonesier hatten den Teil der Insel Timor, der portugiesische Kolonie war, einfach besetzt, eines Tages, nachdem sie lange genug erklärt hatten, er stünde ihnen zu. Die Portugiesen, mit einer Menge anderer Probleme gut versorgt, hatten keine militärischen Anstrengungen dagegen unternommen.

Wohl aber hatte ein beträchtlicher Teil der Eingeborenen wenig Gefallen daran gefunden, nun zu dem ziemlich stark islamisch geprägten Indonesien zu gehören. Man hatte von Unruhen erfahren, Schießereien, Strafexpeditionen, Internierungslagern, bis die Indonesier dann, ohne das offiziell bekanntzugeben, eine Nachrichtensperre praktiziert hatten. Seitdem war Timor von den Titelseiten verschwunden, und die Leute hatten nach und nach das Interesse daran verloren. Nur unterschwellig war bei politisch Interessierten der Gedanke wach, daß da drüben, auf Australien zu, auf der größten von den sogenannten kleinen Sundas, wo das Meer so schön warm war, und der Palmenstrand so idyllisch, die Welt nicht voller Blüten hing.

Als nächstes trabte ich das kurze Stück die Nathan Road entlang bis an die Ecke, wo das *Golden Globe* lag.

Kenner behaupteten, dort sei seit der Eröffnung keine Frau drin gewesen, weil die Männer, die es bevölkerten, ihre eigenen Frauen waren. Aber das war wohl bloß der übliche Stuß, den sich die Kerle ausdachten, die keine Schwulen leiden konnten. Das *Golden Globe* war nämlich eine Schwulenbar. Exklusiv, hygienisch einwandfrei, nicht so eine Hinterzimmerabsteige, wie man sie in Kowloon oft genug findet. Nein, das *Golden Globe* hatte Stil. Obwohl Schandmäuler unter den Machos erst kürzlich wieder die Verleumdung in die Welt gesetzt hatten, mit *Globe* sei gar nicht etwa die Erdkugel gemeint, sondern eine ganz andere, weichere Rundung.

Wenn Sie, wie ich, als Kind in einer Kneipe in Wanchai zwischen den Tischen gespielt haben, würden Sie sofort begreifen, daß mir ein Schwuler ebenso sympathisch ist wie ein Nicht-Schwuler. Hauptsache er ist ein Mann, auf dessen Wort man sich verlassen kann. Im Restaurant meiner Mutter verkehrten alle Sorten Leute, und ich teile ihre Weltanschauung, daß man mit jedem auskommen kann, vorausgesetzt er greift einem nicht gerade in die Tasche. Das tat nun Ari nicht mal im Traum.

Ari ist Türsteher im *Golden Globe*, ein freundlicher Mischling in der Größe eines Brückenpfeilers, der junge Männer mag. Möglichst sehr zarte. Seine Sache. Ich kannte ihn schon als zuverlässig, als ich noch bei der Polizei in der Kronkolonie Ihrer Majestät diente. Wenn Ari, aus einem mir unerklärlichen Grunde von seinen Eltern Aristide getauft und mit dem Schatz des christlichen Glaubens auf den Lebensweg gebracht, uns Ordnungshütern eine Auskunft gab, dann stimmte die.

Krawall habe ich damals im *Golden Globe* nie erlebt, da war

Ari vor. Und wenn Bobby Hsiang und ich uns mal zwischen zwei unerfreulichen Aktionen ein Bier oder eine Limonade an der Theke des *Golden Globe* gönnten, dann genügte ein Blick Aris, und alle über die Polizisten vergnatzten Herren ringsum machten plötzlich ein Gesicht wie die Gipsengel in der St. Johns Kathedrale. Eine Perle von einem Kerl!

»Hallo, Mister Lim Tok!« begrüßte er mich hocherfreut.

Er trug eine blaue Phantasieuniform, die an die Kluft eines Admirals erinnerte. Genau so brauchte ich ihn, denn so sahen in Kowloon auch die Austräger der Blumendienste aus, die duftende Sträuße von der teureren Art an den Haustüren ablieferten.

»Du sollst einen an einer Zimmertür abgeben«, informierte ich ihn, nachdem wir die Ereignisse der letzten Wochen besprochen und uns darüber geeinigt hatten, daß der Gouverneur auf dem besten Wege war, mit seinem Gezeter über Demokratie die Mutterlandschinesen, besser gesagt ihre Anführer, gegen uns aufzubringen. Keine gute Vorarbeit für die große Einverleibung in ein paar Jahren!

Ich hatte einen Plan, der Madame Porteiras betraf, und Ari war selbstverständlich bereit, mir zu helfen. Er sah sich nach der Blumenfrau um, die an der Garderobe lehnte, und winkte sie herbei.

»Wir brauchen einen Orchideenzweig, schön verpackt in einem Karton.«

»Bist du verrückt?« entfuhr es mir. Ich versuchte, ihn zu bremsen. »Ich bin nicht der Sultan von Brunei!«

Aber er blieb prinzipienfest. »Auch eine Grußkarte, bitte«, trug er der Blumenfrau auf. Und mich zischte er an: »Mister Lim Tok, Sie wollen sich doch nicht etwa auf das Niveau eines Rosenverschenkers begeben, oder?«

Am liebsten hätte ich ihn gefragt, was er gegen Rosen habe, die seien wesentlich billiger, aber da wäre Ari, wie ich ihn kannte, irreparabel enttäuscht von mir gewesen. Also fügte ich mich und erklärte ihm genau, was er machen sollte. Auf die Grußkarte schrieb ich so deutlich, wie es mir gelang: »Madame, ich bitte um Entschuldigung für meinen stillosen Anruf. Falls Sie mir verzeihen, treffen Sie mich ab sofort in der Bar des Hauses. Ich wäre überglücklich, mit Ihnen sprechen zu dürfen. Achtungsvoll, Lim Tok.«

»Sie sind ein Schleimer«, urteilte Ari, als ich es ihn begutachten ließ. Aber er steckte es in das kleine Kuvert, befestigte es an dem Karton mit der Orchidee, die Blumenfrau nahm mir dreißig

Dollar ab, und dann erschien aus dem Lokal einer der Barmänner, der Ari vertrat.

Wir zogen los.

»Ich werde dir das nie vergessen, Ari«, beteuerte ich.

Er brachte mich mit einer eleganten Handbewegung zum Schweigen.

»Männer wie wir sollten nicht so viele Worte um eine kleine Gefälligkeit machen. Schließlich kenne ich Ihre Schwäche für diese spitzbrüstige Gebrauchtware ...«

»Mein Gott, Ari, sie ist eine wohlhabende ältere Witwe«, versuchte ich mich zu rechtfertigen. Aber noch bevor ich herausbrachte, daß es sich um eine rein berufliche Angelegenheit handelte, sagte Ari herablassend: »Sie enttäuschen mich, alter Freund. Aber ich helfe trotzdem gern ...«

An der Rezeption des *King's* erkundigte er sich, gekonnt den Blumenboten mimend, würdevoll nach der Zimmernummer und verschwand mit dem Orchideenkarton im Aufzug.

Ich schlich in die Bar, zu der ein paar Stufen abwärts führten. Wenig später erschien Ari und flüsterte mir zu: »Zimmer 328. Die Frau ist für ein Abenteuer zu schade. Sehr gebildet.«

»Woraus entnimmst du das?«

»Sie steckte mir kein Trinkgeld zu!«

Dann ging er, ein selbstbewußter Mann mit achtenswerten Prinzipien, der einem gern einen Gefallen erwies, jederzeit, der aber stets den Eindruck vermied, er habe etwas abzuleisten.

Auf gut Glück wartete ich. Bestellte mir ein Ginger Ale, weil es mir peinlich war, in diesem Etablissement nach gelber Limonade zu fragen, die ich viel lieber trank.

Ob die Lady meine Nachricht überhaupt las? Feine Damen hatten zuweilen so eine Art, mit Blumen achtlos umzugehen. Defizit an Gemüt.

Nach einer Weile kam ich mir vor wie ein Groupie, der auf seinen Star lauert. Ob ich mir einen modischen Gummikringel ans Ohr hängen sollte? Oder ein Auge mit einer Klappe verdecken? Seeräuber waren in unseren Breiten sowieso wieder in ...

»Mister Lim Tok?«

Die weiche Stimme, in der allerdings nicht die geringste weibliche Unsicherheit mitschwang, kam wie ein Hieb auf den ungeschützten Kopf.

Ich erkannte sie sofort, als ich mich umdrehte. Die Frau aus Tim Tsens Film. Das enganliegende Seidenkleid, das bei den heutigen

Preisen ein Vermögen gekostet haben mußte, betonte ihre Schlankheit. Lidschatten benutzte sie nicht, auch nur wenig Lippenstift. Und sie duftete nach etwas, das ich eher im Tropischen Blumenpark suchen würde als im Regal bei Dior im Ocean Terminal. Vermutlich dreihundert Dollar die halbe Unze. Eins begriff ich sofort: Wen diese Frau so anblickte wie mich jetzt, dem fiel es schwer, den Blick zu erwidern und gleichzeitig eine Lüge zu produzieren. Tat er es trotzdem, würde die Frau es spüren.

»Ich bin Lim Tok, Madame«, beeilte ich mich, Auskunft zu geben. Ich sprang von meinem Hocker.

»Bitte nennen Sie mich nicht Madame«, bat sie sich aus. »Die Bezeichnung behagt mir nicht. Ich bin Mrs. Porteiras. Der Blumenboy verriet mir, Sie seien kein übelwollender Mann. Warum wollen Sie mich sprechen?«

»Ich hatte Sie angerufen«, begann ich. Deutete auf eine Nische mit einem leeren Tisch. »Vielleicht könnten wir ...«

Sie ging neben mir her. Ein Kellner trug mein Ginger Ale zu dem Tisch. Die Frau bestellte: »Einen weißen Bordeaux für mich, bitte.«

Ich entschied mich, ihr offen darzulegen, worum es ging. Schließlich war das kein regulärer Auftrag. Ein Gefallen, den ich diesem Kameraschwenker aus dem Leichenschauhaus tat, nur weil der sich auf meinen alten Freund Charly Soong berief, mit dem er verwandt war. Und, übrigens, einen wohlgesonnenen Informanten in der Kalten Küche konnte man immer mal brauchen. Aber – warum aus einer Gefälligkeit ein Geheimnis machen? Ich hob artig mein Glas, als sie ihren Wein bekam und mir beinahe fröhlich zuprostete. Wie es schien, hatte ich keinen drohenden Eindruck auf sie gemacht. Das ist bei mir häufiger der Fall, wenn es sich um Damen handelt, selbst noch, wenn sie bereits im dankbarsten Alter sind – wie Mrs. Porteiras. Höflichkeit ist bei mir in solchen Fällen nicht Nationaleigenschaft, sondern persönliches Hobby.

Sie hörte auf zu lächeln, nachdem sie gehört hatte, weshalb ich mit ihr sprechen wollte. Auf meine Lizenzkarte warf sie einen kurzen Blick, dann bemerkte sie: »Ich wußte nicht, daß im Schauhaus Aufnahmen gemacht werden. Ist das überhaupt gestattet?«

»Es ist nicht ausdrücklich verboten, Mrs. Porteiras, und was in Hongkong nicht verboten ist, das tun die Leute. Manche tun auch Verbotenes. Die Risikobereitschaft ist unterschiedlich. Kannten Sie den Toten?«

»Will das der Herr aus dem Schauhaus wissen, von dem Sie sprachen?«

»Ja.«

»Es geht ihn nichts an. Deshalb werden Sie verstehen, wenn ich darüber weiter nichts sage. Ach, ich vergaß, für Ihre Orchidee zu danken. Ein recht ansehnliches Exemplar. Ich ziehe ähnliche Blüten, zu Hause.« Sie schwieg. Trank. Sagte dann beiläufig, was ich schon wußte, nämlich daß sie auf Timor zu Hause sei. Und machte mich auf einen jungen Mann aufmerksam, der soeben an der Bar auf einen Hocker glitt: »Den Herrn sehe ich zum dritten Mal. Vor dem Leichenschauhaus, in der Hotelhalle, und jetzt hier.«

Ganz gelassen klang das. Ich war verblüfft von dieser Frau. Aber gleichzeitig fiel mir ein, daß es sich bei einer Leiche, einer Frau, die über den Toten weint und die öfters denselben Kerl in ihrer Nähe ausmacht, um einen Zusammenhang handelt, der von professioneller Bedeutung sein kann. Vor allem, weil der junge Mann seinem Aussehen nach aus der gleichen Gegend stammte wie der Diplomat, der die Leiche ohne die geringste Regung betrachtet hatte. Und jetzt schielte der junge Mann mit dem indonesischen Gesicht auch noch zu uns herüber, bevor er dem Bartender etwas auftrug. »Scheint von den Inseln zu kommen«, testete ich die Frau. Sie nickte.

»Aus Djakarta, wenn ich mich nicht irre.«

Ich testete weiter, indem ich wie nebenhin fallenließ: »Wie der feine Herr, der auch im Leichenschauhaus war, vor Ihnen ...«

Sie sah mich forschend an. Die Frau war sich noch nicht ganz klar darüber, was sie von mir halten sollte, und sie war vorsichtig. Aber sie schien sich von mir nicht bedroht zu fühlen, denn sie sagte mit einem leichten Seufzer: »Tuan Subutu, ja. Ich bin nicht überrascht zu hören, daß er sich den Toten angesehen hat. Wissen Sie, was ein Mata-mata ist, Mister Lim Tok?«

»Leider nein.«

»Ein Schnüffler. Da wo ich lebe, gibt es eine Menge Schnüffler aus Djakarta. Neuerdings scheint es sie auch hier zu geben. Ich hatte gedacht, dies sei ein freies Land.«

»Eine Kronkolonie«, korrigierte ich sie leise. »Aber im Grunde kann hier jeder machen was ihm beliebt.«

»Nun ja, ich wußte nicht, daß ausländische Schnüffler hier Leuten nachstellen dürfen.«

»Hier darf jeder alles.«

»Auch töten?« fragte sie plötzlich zurück. Es klang schneidend, kalt. »Oder töten lassen?«

»Das allerdings untersagen die Gesetze Ihrer Majestät.« Ich gab mir Mühe, nicht allzu neugierig zu erscheinen, aber sie hatte mein Mißtrauen geweckt. Wie ich mich kannte, würde ich nicht mehr Ruhe geben, bis ich wußte, was hier gespielt wurde.

In diesem Augenblick begann das Bartrio Musik zu machen. Ein Yamaha-Clavicord, eine Gitarre und ein Saxophon. Man glaubt nicht, wie störend so etwas sein kann. Wenn ich etwas zu sagen hätte, wüßte ich, ob in Bars Musik gemacht werden darf oder nicht, jedenfalls an einem so gepflegten Platz wie dem *King's*. Nur – die Welt hört nicht auf mich. Das Schicksal aller wahren Propheten. Als ich das Mrs. Porteiras in verständlicher Lautstärke mitteilte, gab sie mir ein lockeres Lachen zurück. Dann winkte sie dem Kellner, und ich griff mir schnell einen Schein, um unsere Getränke zu bezahlen.

Nicht zu mir, sondern zu dem freundlichen Kellner sagte Mrs. Porteiras: »Wir werden unser Gespräch lieber in der Hotelhalle fortsetzen, dort ist es nicht so laut ...«

Er machte ein betroffenes Gesicht.

Der junge Indonesier war nicht mehr da, als wir zum Ausgang wanderten. Draußen in der Halle fiel Mrs. Porteiras ein, sie würde sich lieber morgen gegen Mittag mit mir treffen, wenn mich wirklich interessierte, was es mit dem Toten auf sich hatte. Sie warte noch eine Begegnung am Vormittag ab, bis sie näher darüber sprechen wolle.

Ich gab ihr meine Karte. Eine von denen, auf die ich schon die Nummer des Funktelefons geschrieben hatte. Und ich dankte ihr für die Freundlichkeit, mit mir zu sprechen. Sie lächelte und gab zurück, sie denke immer noch darüber nach, weshalb ich wohl an dieser Sache so interessiert sei, obwohl es niemanden gab, der mich dafür bezahlte. Meine Bemerkung, daß es in Hongkong eine Menge Idealisten gab, machte nur wenig Eindruck auf sie. Deshalb versuchte ich es mit der Wahrheit und brachte ihr bei, daß Leute wie ich auf Freunde angewiesen sind und deshalb dazu neigen, sich hin und wieder ohne viel zu überlegen für einen Freund zu engagieren.

Ich muß noch völlig in Gedanken gewesen sein, als ich in meinen Toyota kletterte und mir den Gurt über den Bauch zog. Als ich das kalte Stück Eisen im Genick spürte, war es zu spät. Der Kerl mußte mit einem Universalschlüssel eingestiegen sein und sich auf dem

Rücksitz flach gelegt haben. Und er war kein Amateur. Er sagte gedämpft: »Das ist dein eigener Revolver, aus dem Handschuhfach. Was will die Frau von dir?«

»Welche Frau?«

Er schlug gebremst zu, so daß ich zwar den Schmerz spürte, mein Geist sich aber nicht gleich verflüchtigte. Er verstand sein Handwerk. Nun regt mich nichts so auf, wie wenn einer auf diese Tour mit mir umgeht. Ich bin nicht gern in der Rolle eines Punchingballes. Und wenn mich da einer hineindrängt, erlebt er mich King Size. Ich kenne nämlich auch ein paar schmutzige Tricks.

Deshalb schnaufte ich erst einmal, um ihm Schmerz zu signalisieren. Sofort kam die Frage: »Also, wo ist das Zeug? Hast du es? Sollst du es wegbringen?«

Ein leichter Akzent war da. Ich begann zu ahnen, daß der Mann hinter mir etwas suchte, das er bei mir vermutete. Wie auch immer, zuerst einmal mußte ich mit ihm fertigwerden. Für Fälle wie diesen trainiert man als vorsorglicher Ermittler, sonst ist es unter Umständen mit dem Beruf schnell zu Ende. Es kam jetzt nur darauf an, daß der Kerl die Trommel meine 41er Magnum, als er ihn aus dem Handschuhfach nahm, nicht zur Kontrolle abgeklappt hatte. Sonst wäre ihm nämlich aufgegangen, daß sie leer war.

Ich bewahre, wenn ich den Revolver im Handschuhfach lasse, die Patronen stets separat auf, und zwar in der Tasche an der Tür neben dem Fahrersitz. Um mich zu vergewissern, drückte ich nun das rechte Knie unauffällig gegen diese Tasche in der Türverkleidung, und ich fand Widerstand: Da war der ausgediente Tabakbeutel mit den sechs Patronen!

»Wissen Sie«, sagte ich so beiläufig wie möglich, »wir müßten uns da mal unterhalten, weil die Sache nicht so einfach ist, wie jemand von außen vielleicht ...«

Mittlerweile hatte ich den Oberkörper so weit gedreht, daß ich mit der rechten Hand bis zu seinem Kopf reichen würde. Der Trick klappte meist in solchen Fällen, weil derjenige mit der Waffe natürlich nicht sofort schoß, er fühlte sich im Besitz des Knallers eben sicher, und in diesem Falle ahnte er nicht einmal, daß die Trommel leer war.

»Mir ist das peinlich«, begann ich erneut, und in derselben Sekunde stieß ich ihm zwei zu einem V gespreizte Finger der rechten Hand ins Gesicht.

Zeige- und Mittelfinger, straff ausgestreckt, so daß sie mit der Kuppe auftreffen, können dazu führen, daß jemand beide Augen verliert. Man lehrt so was in den Trainingshallen, in denen traditionelle chinesische Selbstverteidigung zusammen mit Karate, Taekwo und einer Anzahl von gängigen Kniffen japanischer Ninjas auf dem Programm steht. Eine tödliche Mischung. Ich hatte mir nur das gemerkt, was ich brauchen konnte, wenn mir jemand zu nahe auf die untätowierte Haut rückte, und genau das tat der junge Mann.

Als ich jetzt zustieß,machte er den Fehler, sich nicht blitzschnell mit seiner oben befindlichen Hand gegen mein Finger-V zu schützen, nein, er drückte den Revolver ab, was ihn meine letzte Rücksichtnahme kostete.

Das Klicken, als der Hahn auf die leere Kammer schlug, hörte ich nicht, weil es zusammenfiel mit dem Aufjaulen des Wegelagerers, der die Magnum fallenließ und sich mit beiden Händen die Augen hielt. Dabei hatte ich es bewußt nicht so angelegt, daß er fürs Leben blind blieb, nein, es gab die Chance, etwas sanfter zu verfahren, aber auch das bedeutete, daß der Betroffene für eine Stunde kein scharfes Bild auf die Linse kriegte.

Ich stieg aus, öffnete die hintere Tür und zerrte den jungen Mann unter die nächste Straßenlampe. Es war derjenige, den ich in der Bar gesehen hatte. Er trug ein Springmesser bei sich und eine niedliche, flache Pindad mit dreizehn Schuß im Magazin, ein indonesisches Produkt, allerdings in Lizenz von FN in Belgien gebaut: nicht ungefährlich!

Hätte er, statt mit meiner Magnum herumzufuchteln, dieses Wunderwerk in meinem Nacken abgedrückt, mein Finger-V wäre zu spät gekommen. Ich trat ihn erst einmal vorsichtshalber gegen das Schienbein, so etwas beschäftigt solche Leute erfahrungsgemäß für eine Weile mit sich selbst. Und ich fragte freundlich: »Was sollte das? Was soll ich haben und wegbringen?«

Er konnte mich nicht sehen, seine Augen waren geschlossen. Tränen quollen zwischen den Lidern hervor. Mancher Filmschauspieler, der urplötzlich für die Kamera heulen soll und das nicht auf Befehl kann, hätte ihn beneidet.

Als keine Antwort kam, kommandierte ich, um ihn weiter einzuschüchtern: »Dreh dich um!« Dabei bewegte ich den Schlitten der Pistole. Das Geräusch, da hatte ich mich nicht getäuscht, fuhr ihm ins Herz.

»Bitte ...«, stammelte er in verständlichem Englisch.

Ich setzte ihm nun meinerseits die kalte Mündung seiner eigenen Pistole ins Genick, und was ich daraufhin erfuhr, war zwar eine Menge, im Grunde aber brachte es mich keinen Schritt weiter. Allerdings wies es in eine bestimmte Richtung.

Er sagte, ein ihm persönlich nicht bekannter Auftraggeber habe ihn aus Djakarta hierher geschickt, um etwas sicherzustellen, das Mrs. Porteiras geholfen hatte, außer Landes zu bringen, zusammen mit einem Mann aus Timor. Er hatte diesen Gegenstand noch nicht ausfindig machen können. Wußte angeblich nicht einmal, was es eigentlich war. Sollte nur Mrs. Porteiras im Auge behalten und Besucher darauf filzen, was sie eventuell von ihr wegschleppten.

»Bei dem Herrn, der in der Leichenhalle in Mong Kok liegt, ist der Gegenstand auch nicht gefunden worden?«

Ich stieß mit dieser Frage bewußt ins Dunkle. Er sagte nein, wenig überzeugend, aber immerhin, und im übrigen sei er auf den Mann nicht angesetzt gewesen, das hätte man einem anderen übertragen.

Ob einem Einheimischen, das wußte er nicht, und das stellte mich vor die Denksportaufgabe, welcher Einheimische sich wohl so einfach von einem Fremden engagieren ließ. Triadenmitglieder? Möglich. Aber nur, wenn die Triade eigene Interessen an der Sache hatte. Was da eigentlich lief, sah ziemlich geheimnisvoll aus. Und wenn ein indonesischer Auftraggeber hier Leute anmietete, würde er sich nach meinen Erfahrungen am liebsten an das wenden, was der noble Journalist Randgruppe nannte. Wir vom Fach nannten es beim richtigen Namen: Ganoven. Und zwar organisierte. Das hieß, eine Triade hatte Leute abgestellt. Welche?

»Was ist das für ein Gegenstand?« Es war das einzige, was mich jetzt noch weiterbringen konnte. Aber er wußte es nicht, ertrug ein paar neue Schienbeintritte jaulend und mit der Beteuerung, er habe alles gesagt. Gab zu, daß in dieser Geschichte die Geheimpolizei das Sagen hatte. Beobachten sei sein Job gewesen, und hiesige Kontaktleute von Mrs. Porteiras überprüfen ...

»Ja, ja«, brachte ich ihn zur Ruhe. Bei Geheimdiensten darf man sich über gar nichts wundern, nicht einmal darüber, daß ein paar Tritte ans Schienbein gesprächig machen. Wer weiß, vielleicht hatten sie den Burschen zum ersten Mal beauftragt. Anfänger. Das gab es, seit die Geheimdienste auf der ganzen Welt nicht mehr so recht zum Zuge kamen. Außerdem – es soll ja Leute geben, die ihr Leben lang für eine Geheimpolizei laufen, aber nicht mal auf dem Sterbebett könnten sie sagen, wer es eigentlich gewesen war, für den sie liefen. Das hatte die Branche so an sich. Tricks, die auch schon nicht mehr die neuesten waren.

Trotzdem fragte ich den Indonesier schließlich: »Wer gibt die Anweisungen?«

»Kenne ihn nicht, Sir.« Er sagte »Sir« zu mir, das konnte bedeuten, daß er Angst hatte, aber es konnte auch ein Zeichen dafür sein, daß er sich über die unergiebige Fährte freute, auf die er mich lockte. Deshalb forderte ich ihn erst einmal auf, sich wieder umzudrehen, setzte ihm die Mündung der Pindad unter das Kinn und trieb mein Knie in seine delikateste Körpergegend.

Er winselte: »Ich kenne ihn wirklich nicht, Sir!«

Noch einmal das Schienbein. Und: »Also, ich möchte nach Hause!«

Als ich mit der Pistole ein bißchen tiefer bohrte, rollten ihm wieder dicke Tränen aus den verquollenen Augenlidern, und er würgte hervor: »Da ... ist das ... Postfach, Sir!«

»Du kümmerlicher Enkel Tarzans bezahlst ein Postfach?«

»Nein, Sir! Ich habe ... ich bekam den Schlüssel. Hole von dort meine Befehle ...«

Es konnte stimmen. Ich erlaubte ihm, in die Hosentasche zu fassen, und er brachte einen flachen Sicherheitsschlüssel mit dem Aufdruck des Postamtes in der Lai Chi Kok Road hervor. Auch eine Nummer war auf der Rückseite eingestanzt. Was der Indonesier mir klarzumachen versuchte, war, daß er von einer ihm nicht persönlich bekannten Person engagiert worden war, deren Anweisungen er im Postfach abholte. Das ließ den Schluß zu, daß der Auftraggeber die Anweisungen seinerseits dort unter Benutzung eines Zweitschlüssels deponierte. Mir roch das penetrant nach Geheimdiensttechnik. Der Indonesier konnte darüber nicht viel sagen, er stotterte, nachdem ich ihn erneut ermuntert hatte, daß er in Djakarta zusammen mit anderen einen Dienstleistungsbetrieb habe. Auf eine weitere Ermunterung über das Schienbein bequemte er sich: »Wir kassieren ausstehende Rechnungen, wir helfen Unternehmern, die eine Genehmigung brauchen, wir kontrollieren die korrekte Ausführung von Arbeiten ...«

Ich unterbrach ihn: »Gut, das reicht.«

So etwas gab es in Hongkong auch. Vermutlich in jedem anderen Land ebenso. Geheimdienste benutzten nicht selten solche Helfer. Für das Grobe gewissermaßen. Wie das auch die Triaden taten. Wobei ich ohnehin glaube, zwischen Geheimdiensten und Triaden gibt es nur den einen Unterschied, daß die letzteren nicht direkt vom Staat bezahlt werden. Interessant war, daß die Indonesier in Hongkong eigene Leute arbeiten ließen, denn das deutete darauf, daß die hiesigen Triaden an der Geschichte nicht direkt interessiert waren. Höchstens insoweit, als eine gewisse Dienstleistung Geld brachte.

»Was war denn die letzte Anweisung an dich?«

Er antwortete sehr schnell, fürchtete wohl für seine Schienbeine. »Hotel *King's* beobachten. Mrs. Porteiras. Kontakte. Übergabe ...«

Das nahm ich ihm sogar ab. Ich behielt den Schlüssel, ebenso wie die Pistole und das Springmesser. Und ich beschloß, mir das Fach im Postamt in der Lai Chi Kok Road sogleich anzusehen. Es lag nur etwas mehr als einen Kilometer nordwärts. Eine Viertelstunde mit meinem Toyota, wenn man den Abendverkehr auf dieser Rinne der Vergnügungssüchtigen berücksichtigt. Aber zuvor hatte ich noch etwas zu erledigen. Ich schob den Indonesier bis zu einem Lampenmast, unter dem ausnahmsweise kein Student saß, um bei billigem Licht zu lesen. Ich kettete ihn mit den Handschellen, die ich seit einiger Zeit immer im Hosenbund mitführte, daran fest. Nahm ihm einen mit Sicherheit gefälschten Paß aus der Tasche und riet ihm dann: »Zerre nicht mit den Vorderhufen am Schmuck. Irgendwer wird dich losmachen. Wenn du Glück hast, ist es kein Polizist. Und – wenn du mir noch einmal in den Weg kommst, wirst du einen Knochenchirurgen brauchen!«

Im Auto verstaute ich die Pistole, meinen Revolver und das Messer des Burschen im Handschuhfach, wie üblich entladen. Dann tippte ich auf meiner neuerworbenen Erfindung die Nummer des *Island Guardian.* Das ist eine der lautstärksten Boulevardzeitungen, die es hier gibt. Eine Radaupostille, aber leistungsfähig.

Ich bekam meinen Freund Fung, der den gesellschaftsfähigen Vornamen Louis-Mountbatten führt, nach einer Weile an den Draht, und ich teilte ihm die Stelle mit, wo ich den Indonesier angekettet hatte: »Bring einen Bolzenschneider mit. Laß dir seine Legende erzählen, bevor du ihn losknipst, nachher wird er kaum noch was sagen ...«

»Verstehe«, gab Louis-M. lakonisch zurück. Ein Zeitungsmann von der guten alten Radaugarde, die vermutlich aussterben wird, wenn erst die faden Pekinger Blätter hier den Markt beherrschen.

»Und mach ein großes Ding aus der Sache, es hängt viel dran, was man jetzt noch nicht sieht. Laß mich aus dem Spiel. Unbekannter fesselt Unbekannten an Lampenmast. So ähnlich. Vielleicht findest du einen Hund, der ihn anpißt. Dazu ein paar Vermutungen, daß es sich um eine Gang-Auseinandersetzung handeln könnte. Fotos mit leidendem Gesicht, alles das ...«

Er brummte: »Wenn du noch lange redest, wird die Heilsarmee eher da sein als ich!«

Ich wählte Bobby Hsiangs Nummer. Der gleiche knurrige Ton wie vorher. Er war wohl mit seiner Abendfreude noch nicht ganz durch.

»Entschuldige, daß ich dich bei einer der für die Menschheit wichtigsten Verrichtungen störe. Auch ich bin für Bevölkerungswachstum, aber da gibt's leider was, das solltest du wissen ...«

Ich schilderte ihm den Anblick, den der Bursche am Lampenpfosten bot. Daß ich ihn angekettet hatte, verschwieg ich diskret. Nur, daß er die Dame Porteiras belästigt hatte, erwähnte ich. Bobby knurrte etwas von Frechheit, aber er versprach, sogleich den nächsten Streifenwagen vorbeizuschicken. Damit waren vorerst alle Tretminen gelegt, die ich für heute legen wollte. Vermutlich würde die Streife auf Louis-M. treffen, und beide würden sich um den Kerl zanken. Um so größer würde der *Guardian* die Story aufmachen. Und der Auftraggeber war am Zuge.

Um das noch zu beschleunigen, fuhr ich, nachdem ich dem Mann am Pfosten ein letztes Mal freundlich zugewinkt hatte, in Richtung Norden die Nathan Road hoch, bis ich vor dem Postamt anlangte, einem der würdigeren, alten Bauwerke in der Lai Chi Kok Road. Die Schließfächer waren auch um diese Zeit noch zugänglich. Überhaupt herrschte hier, wo die sündige Meile Kowloons langsam auslief, um diese Zeit noch reges Treiben. Die unermüdlichen Gefährtinnen der Nacht pendelten über die Bürgersteige, wo schon die ersten Obdachlosen und streunenden Kinder auf Pappkartonteilen schliefen. Ein paar Zuhälter mit Sonderangeboten streunten dazwischen herum: Negro-Chinesin, Jungfrau aus dem Mutterland, Zwillingsschwestern, alles Spezialitäten zum Sonderpreis. Räucherwerk ließ Spiralen in die ruhige Luft steigen. Kinder baumelten in Stofftragen auf den Rücken von Hakkafrauen. Wahrsager warfen Stäbchen, ein Bäcker verkaufte Glückskuchen, die er tagsüber nicht losgeworden war und die schon ziemlich zäh aussahen. Anderswo brutzelte Entenklein auf der Kochplatte. Rikschas rollten langsam vorbei, von tagmüden Männern in kurzen Hosen gezogen. Trotz aller Autos waren diese Drahtgefährte mit dem menschlichen Antrieb für viele Gelegenheiten die geeignetsten Verkehrsmittel, besonders in den engen Gassen der älteren Viertel.

Ein Geigenspieler quälte von der Luftfeuchtigkeit aufgequollene Saiten, die eher einen Protestschrei von sich gaben als Musik.

Dafür tönte aus einem Zelt, das in eine Baulücke gesetzt war, das Gelärm der Zimbeln und Gongs um so klarer, da lief eine Opernaufführung. Das Geschrei der Akteure mischte sich in das Geklingel der Fahrräder, das Gesumm der tausend Stimmen und das Kreischen bremsender Autos. Ein Stückchen altes China, wie man es immer wieder einmal in der Kolonie fand und wie die Touristen es liebten. Romantik zwischen den Häuserschluchten der Super-Wolkenkratzer, den Glasfronten der Banken und den Spiegelfassaden der Kaufpaläste. Jeder wußte, daß die Tage gezählt waren, die diesen Resten alter Pracht noch verblieben. Und an vielen Stellen war Hongkong ohnehin nicht mehr von New York zu unterscheiden, von Honolulu. Wenn da nicht der Geruch gewesen wäre! Jene unverwechselbare Duftkomposition aus Holzkohlenrauch und Schweiß, Abwassergestank und Blumenparfüm, Modder und gebratenem Fisch ... Der Schlüssel öffnete das Schließfach, ohne zu klemmen. Ein Kuvert. Darin ein zusammengefaltetes Papier mit einem Namen und einer Adresse: Liu Tse-mo, Victoria, Harcourt Road 72 C/7/21. Dahinter ein Haken.

Ich steckte das Papier ein, schloß das Fach wieder und machte mich davon. In meinem Toyota sitzend, überdachte ich die Sache.

Die angegebene Adresse lag etwa auf halbem Wege zwischen dem Hauptquartier der Polizei und dem Admirality Center. Ich ließ den Motor an und machte mich auf den Rückweg.

Um die Gegend, in der ich den Indonesier festgemacht hatte, schlug ich einen Bogen. Im Tunnel, als ich hinter einem Diesel hing und die Klimaanlage mir den Qualm so richtig ins Gesicht blies, ärgerte ich mich wieder einmal, daß ich immer noch am Autofahren festhielt. Strecken wie diese ließen sich heute schon bequemer mit der Schnellbahn bewältigen, die den irreführenden Namen Mass Transport Railway trug – Massen von Menschen waren jedenfalls um diese späte Abendzeit nicht mehr darin zu finden. Aber ich mag nun mal gern die alten Gewohnheiten, und außerdem konnte man eben – im Gegensatz zur MTR – mit dem eigenen Auto bis genau vor das Haus fahren, in dem man zu tun hatte.

Das tat ich auch jetzt. Natürlich war auf der Harcourt an dieser Stelle Parkverbot. Aber dagegen hatte ich ein verläßliches Mittel. Aus dem Handschuhfach holte ich das Schild, das meinen Toyota als Vehikel eines Arztes im Notdienst auswies, mit einem perfekt nachgemachten Stempel der City Administration, und klemmte es hinter die Windschutzscheibe, die dringend mal eine Wäsche brauchte. Herr Liu wohnte in einem Apartmenthaus, in dem sich im Erdgeschoß eines dieser unzähligen Büros von Liliputorganisationen befand, wie sie in Hongkong – wahrscheinlich auch anderswo – aus dem Boden geschossen waren wie junger Reis nach dem Regen.

Leben zu Lebzeiten hieß das hier. Vereinigung zum Schutz verfolgter Minderheiten.

Ich klingelte drei Stockwerke höher, bei Herrn Liu, mit dem Erfolg, daß sich eine Männerstimme im Türlautsprecher meldete und wissen wollte, wer ich sei und was ich wollte. Wir einigten uns darauf, daß ich das von Gesicht zu Gesicht vortragen würde, in angemessener Form. Es gab sogar einen Fahrstuhl, und Liu erwartete mich schon an der Tür seines Apartments. Ein noch junger Mann, der einen Blick auf meine Lizenz warf und mich dann in den dürftig ausgestatteten Wohnraum eintreten ließ, in einen Rattansessel nötigte, der zwar quietschte, aber recht angenehm war. Ich redete nicht viel um die Sache herum und zeigte Liu das Papier, das ich in dem Schließfach gefunden hatte.

Er besah es sich eine Weile nachdenklich, schüttelte den Kopf und blickte mich fragend an.

»Zweifellos mein Name. Ich verstehe den Zusammenhang nicht.«

Ich verstand ihn auch noch nicht, aber ich klärte ihn auf, wie ich zu dem Papier gekommen war. Und dann machte ich ihn auf das Häkchen hinter seinem Namen aufmerksam: »Muß ich Ihnen erklären, was das heißt?«

Ich mußte nicht. Er sagte: »Ich habe Geschichte studiert, Mister Lim Tok. Daher weiß ich, daß bis in die jüngste Zeit Todesurteile mit solchen Häkchen versehen wurden, wenn man sie öffentlich aushängte, um anzuzeigen, der Betreffende lebe nicht mehr.«

»Sehr richtig«, konnte ich nur bestätigen. »Ein makabrer Scherz, denn Sie leben noch. Aber ich vermute, dies ist die Aufforderung an jemanden, Sie zu beseitigen. Können Sie sich denken warum?«

Er konnte nicht. Angestrengtes Nachdenken. Ich nahm ihm seine Überraschung ab, er schien ein ehrlicher Typ zu sein, kein verschlagener Schauspieler. Nach einer Weile gab er zu, daß es da vielleicht einen Zusammenhang geben könnte. Aber er ließ sich nicht weiter darüber aus.

Ich bohrte nach: »Jemals was von einem Herrn gehört, der gegenwärtig kalt in der Leichenhalle von Mong Kok liegt?«

Ich hatte getroffen; er blickte betreten zu Boden.

Um ihm Zeit zu lassen, stand ich aus dem Rattansessel auf und wanderte durch das Apartment. Alles billig, aber es herrschte eine Ordnung, wie man sie bei einzeln lebenden Männern nur selten findet. Auf meiner Dschunke sah es da anders aus! Hier hingegen gab es eine Menge Bücher, sogar Aktenordner, auf einem Tisch eine Schreibmaschine, Stapel von Briefen und Zeitungsausschnitten.

»Ich habe davon gehört«, gestand Herr Liu.

»Sie kannten ihn?«

Er nickte. »Er rief mich an. Sagte, er würde mir etwas übergeben wollen.«

»Haben Sie es bekommen?«

Er schüttelte den Kopf. »Wir haben nie mehr von ihm gehört.«

»Wer ist *Wir*?«

»Die Vereinigung *Leben zu Lebzeiten.*«

Es war, als ob in meinem Kopf etwas klickte. Ich erinnerte mich an das Schild, das ich unten gesehen hatte. »Sie meinen die Vereinigung zum Schutz verfolgter Minderheiten?«

Das bestätigte er.

»Wissen Sie, woher der Tote kam?«

»Aus Timor.«

»Und wer sagte Ihnen das? Er selbst?«

Liu zögerte. Dann bequemte er sich: »Da war diese Frau. Sie rief mich an und teilte mir mit, daß ein junger Mann aus Timor, der mit uns in Verbindung kommen wollte, tot sei. Vielleicht, so sagte sie, würde sie sich noch einmal melden. Aber, Mister, was haben Sie eigentlich mit alldem zu tun?«

Als ich ihm sagte, ich versuchte lediglich festzustellen, warum eine Leiche eine Leiche war und weshalb die Kamera im Schauhaus zwei unterschiedliche Reaktionen auf den Toten aufgezeichnet hatte, sah er mich an wie einen Mann, der in der Zwangsjacke bei einer Frühlingsfestparty auftaucht.

Aber als ich erwähnte, der junge Tote sei nicht in einen Bus gerannt, auch nicht von einem Außerirdischen gelähmt worden, sondern ganz ordinär erschossen, begann sich bei ihm wieder der Gedanke durchzusetzen, ich müsse doch von dieser Welt sein. Man merkte es ihm an. Er wollte wissen, in wessen Auftrag ich unterwegs sei.

Als ich das nicht befriedigend beantworten konnte, gab er zwar zu verstehen, daß er mich trotz allem für normal hielt, aber er wurde auch immer verschlossener.

Ich versuchte, von ihm etwas über diese Vereinigung zum Schutze verfolgter Minderheiten zu erfahren. Da klärte er mich bereitwillig auf, sie sei für nahezu ausgerottete Volksstämme wie etwa die Cham in Kambodscha tätig, für die Miao, die Liu, die Shan, die Karen, alle auf dem Festland, aber eben auch für die sogenannten Seezigeuner auf den Philippinen, für die Molukker, die Batak auf Sumatra, und für die Leute aus Ost-Timor, die plötzlich und gegen ihren Willen unter die Verwaltung Indonesiens gestellt wurden, mit allen daraus resultierenden schlimmen Folgen.

»Eine Minderheit, die jahrzehntelang von den Portugiesen lediglich als Reservoir billiger Arbeitskraft genutzt wurde, und deren Los sich unter indonesischer Herrschaft nur noch verschlimmerte ...«

Ich hatte nur wenig Ahnung von Timor, wußte gerade das, was ich irgendwann in Zeitungen überflogen hatte. Nun klärte mich Mister Liu Tse-mo auf, daß es im ehemals portugiesischen Ostteil der Insel einiges an Bodenschätzen zu holen gab, aber auch Produkte des Landes, die auf den Märkten der Welt immerhin gefragt waren: Kaffee und Reis, Kopra, Sandelholz und Perlen. Das alles sei inzwischen Besitz einiger Familienclans, denen Kinder der in Djakarta Regierenden vorstanden.

»Es gab und gibt gegen diese Ausplünderung, die den Einheimischen keine Chance läßt, Widerstand. Auch bewaffneten. Und es gibt abscheuliche Massaker. Bei der Affäre um den Mann, der mich angerufen hatte, und von dem mir eine Anruferin später mitteilte, er würde gern mit mir ins Gespräch kommen, handelt es sich um Ost-Timor. Mehr weiß ich nicht.«

»Nur, daß der Anrufer inzwischen tot ist. Die Frau lebte vor zwei Stunden noch.«

»Sie kennen sie?«

Ich bestätigte ihm das, packte aber keine weiteren Einzelheiten aus. Die Geschichte schien Konturen anzunehmen. Ein junger Mann aus Timor, der vielleicht bei dieser Vereinigung *Leben zu Lebzeiten* Zuflucht gesucht hatte und dem eine in der Kolonialzeit in Timor reichgewordene Dame half, gegen einige indonesische Gestalten, die auf der Jagd nach beidem oder wenigstens einem von beiden waren. Wem immer sie unterstanden, für wen sie liefen, und was ihr Ziel war – ihr erstes Opfer war tot.

Mister Liu Tse-mo sah nicht sehr zuversichtlich aus, als ich ihn verließ und darauf aufmerksam machte, er könnte leicht das nächste Opfer sein. Besonders nach der seltsamen Nachricht in dem Schließfach und dem roten Haken hinter seinem Namen.

Ich versprach ihm, mich noch einmal sehen zu lassen, wenn ich mehr wußte. Das schien ihn etwas zu erleichtern.

Pipi hatte in ihrem Hotel *Excelsior* Frühschicht gehabt, und daher lag sie, als ich auf meiner Dschunke anlangte, bereits auf der Matte in der Kajüte und blickte mir vorwurfsvoll entgegen, als ich die Stiege herabpolterte.

Sie blies ihren Pony nach oben und schimpfte: »Erzähl mir nicht, du hast Arbeit gehabt!«

Ich entschloß mich zu einer in solchen Situationen erprobten Schocktherapie und fragte sie: »Weißt du, was ein Kameraschwenker in einem Leichenschauhaus zu tun hat?«

Sie fauchte zurück: »Willst du, daß mir das gebratene Huhn von heute abend hochkommt?«

Das wollte ich keineswegs. Aber ich ging darauf ein und bemerkte: »Interessant, ich bin nicht da, aber du läßt dir Huhn schmecken! Ich hätte tot sein können, während du einen dieser kleinen Knochen abnagst!«

»Du warst in Gefahr?« Es klang versöhnlich.

»Ich habe einen Revolver im Genick gehabt«, brummte ich, ohne anzufügen, daß es mein eigener gewesen war. Ich zog mir eine Büchse *Star* auf. Ein Glas stand nicht herum, also trank ich das Bier gleich aus der Büchse und ergänzte zwischen zwei Zügen: »Mein Leben hing am seidenen Faden.«

»Und?« Der Umstand daß ich noch lebte, stachelte sie zur Ironie auf.

Mir fiel der angekettete Bursche ein. Schnell tippte ich auf meinem elektronischen Wunderwerk die Nummer von Louis-Mountbatten Fung.

»Was ist? Hast du deine Story?«

Ich hörte ein paar tiefe Atemzüge, dann warf der Zeitungsbursche mir vor: »Du hättest mir sagen können, daß du ihn erstochen hast. Scheiß-Story.«

Ich brauchte ein paar Sekunden, um das zu verarbeiten. »Heißt das, du hast ihn dort an dem Laternenpfahl mit einem Messer im Bauch vorgefunden?«

»Nicht mal das!« schimpfte er. »Das Messer war nicht mehr da. Und er war nicht in den Bauch gestochen, sondern in die Herzgegend. Fachmann. Übrigens hat mich die Polizei gefragt, von wem ich den Tip habe. Ich habe dich aus dem Spiel gelassen. Anonymer Anruf. Aber – nächstens erspare mir solche Scheiße. Wer war überhaupt der Kerl?«

Ich klärte ihn in Grenzen auf, aber das Wenige, was ich über den Toten wußte, und von dem ich ihm etwa die Hälfte verriet, besänftigte ihn ein bißchen, weil es wohl für den Bildtext ausreichte.

»Sagst du mir Bescheid, wenn sich da noch was tut?«

Ich ließ ihn einen Augenblick warten, dann entschloß ich mich, ihn wenigstens auf die Spur zu hetzen, egal was es mir nutzte. Skandalreporter werden von manchen Leuten als unanständig oder faul, manchmal auch als verschlagen, in jedem Falle als nicht gesellschaftsfähig bezeichnet. Ich halte nicht viel von Vorurteilen. Ich selbst war nämlich mit dieser Spezies immer leidlich ausgekommen. Die Leute wußten manches. Einige sogar vieles. Und sie konnten verläßliche Partner sein, wenn man ihnen gegenüber selbst verläßlich war. Deshalb riet ich Louis-Mountbatten Fung jetzt, nach Mong Kok zu fahren und sich den Toten im Schauhaus selbst anzusehen.

Er protestierte: »Du verlangst allen Ernstes, ich soll um diese Zeit in die Yee Street reiten, nur um mir dort noch einen Kalten anzusehen? Der von der Laterne reicht mir! Bin ich ein Zombie-Freak? Oder hast du was am Kopf?«

Ich versprach ihm: »Es steckt eine Geschichte dahinter. Zwischen den beiden Toten gibt es eine Verbindung. Ich weiß noch nicht genau welche, aber ich werde bald mehr wissen. Mach ein Foto von dem Burschen im Schauhaus. Der Kameraschwenker, der dort arbeitet, wird es zulassen, wenn du dich auf mich berufst. Heißt Tim Tsen. Der Tote ist vermutlich aus Timor. Weißt du, wo das ist?«

»Bin ich schwachsinnig?«

Ich überhörte den Protest: »Bis jetzt ist nur klar, daß ein paar Killer, vermutlich aus Indonesien, hinter ihm her waren. Mach Fortsetzungen aus der Story. In der nächsten Folge wirst du schreiben können, warum die hinter ihm her sind ...«

Daß ich hoffte, darüber von Mrs. Porteiras mehr zu erfahren, und daß ich mir da absolut noch nicht sicher war, verschweig ich vorerst. Das hatte Zeit. Schließlich würde sich erst herausstellen, ob sie Wort hielt und mit Einzelheiten herausrückte, wenn ich sie morgen Mittag anrief.

Am Vormittag wollte sie diese Besprechung haben, von der

angeblich abhing, was sie tun würde, jedenfalls hatte sie das gesagt, und es hatte glaubhaft geklungen. Ich war eine Weile versucht gewesen, mich am Vormittag sogleich auf ihre Spur zu setzen, aber ich würde das doch unterlassen. Vielleicht war es besser, sie nicht kopfscheu zu machen, und das würde sie sicher werden, wenn sie per Zufall, wie das bei solchen Observationen oft genug vorkommt, bemerkte, daß ich ihr auf den Fersen war.

»Ich bleibe die ganze Nacht bei dir!« rief ich Pipi zu.

Die schüttelte befremdet den Kopf.

»Bei so vielen Leichen fällt dir kein besserer ein als ich?«

»Nein«, gab ich zurück. »Ich will nur verhindern, daß du weiter *Vanity Fair* liest, das wird zu teuer.«

Als Versöhnungsgeste drückte ich sie ans Herz, bis sie nach Luft rang. Ein Wunder, daß sie mich nicht ins Ohr biß. Pipi ist eine zärtliche Geliebte, aber manchmal hat sie ausgesprochen kannibalische Anwandlungen.

Am Morgen ließen wir uns von einem Walla Walla an Land bringen, löffelten an der Imbißbude unweit der Anlegestelle eine Soup Chinoise, dann brachte ich den Toyota in Gang und fuhr sie zum *Excelsior*. Eigentlich hatte ich noch in dem Büro vorbeischauen wollen, das ich in der Cameron Street mit dem Bewährungshelfer Wu teilte, aber ich begnügte mich doch damit, mir per Telefon von ihm sagen zu lassen, daß die eingegangene Post im wesentlichen aus Rechnungen bestand und aus vielfarbigen Prospekten, die mir neue Bürosessel oder Computer anpriesen, sündenteure Parker-Erzeugnisse oder Reisen zu fernen Inseln.

»Klienten?« Er nahm in meiner Abwesenheit zuweilen auch mal einen Auftrag entgegen.

»Ein Anruf«, teilte er mir jetzt mit. »Bobby Hsiang. Eilig.«

Vermutlich hatte Bobby die Nummer von meinem Funktelefon verlegt. Ich wählte seine Nummer, traf ihn auch an, aber er war sehr kurz angebunden: »Komm her, sofort. Und keine Ausreden!«

Was blieb mir übrig? Bobby Hsiang, den ich seit meiner Kindheit kannte und mit dem zusammen ich einige Jahre Hongkonger Pflaster abgelatscht hatte, als wir beide junge Polizisten waren, würde mich nicht ohne zwingenden Grund zu sich bestellen.

Also quälte ich mich mit dem Toyota mühsam durch den Vormittagsverkehr, und dann fand ich überraschenderweise eine Parkbucht, die eigentlich für den amtierenden Obersten Anwalt der Krone reserviert war, so daß ich auf einen erprobten Trick zurückgriff und die Motorhaube hochklappte. Ich würde jederzeit mit der

Ausrede durchkommen, daß der Wagen mit dem streikenden Motor von der Fahrbahn mußte, weil er ein Verkehrshindernis gewesen wäre.

»Setz dich hin«, forderte Bobby mich mürrisch auf, nachdem wir uns begrüßt hatten. »Was ich dir mitzuteilen habe, ist nämlich amtlicher Natur.«

Er griff in die Hemdtasche und zog die zerknüllte Packung mit seinen schwarzen Zigaretten heraus. Erst als er einen dieser Stinker zwischen den Lippen hängen hatte und die Luft in dem kleinen Raum Ähnlichkeit mit der in einer Opiumspelunke annahm, begann der Chef der Mordkommission mit seinen Eröffnungen.

»Was ich hier in der Hand habe, ist eine Anzeige«, sagte er und wedelte sich mit einem Blatt Papier Frischluft zu, um die ich ihn beneidete. »Danach hat jemand beobachtet, wie du gestern abend um 23 Uhr oder etwas später in der Nähe des Hotels *King's* einen Mann zuerst an einen Lampenpfahl gebunden und dann erschossen hast.«

Er blickte mich an. Sonderbar, er lächelte nicht sein ironisches Lächeln, das er sonst bei allen möglichen Gelegenheiten draufhatte, er bot mir sein Neutral-Gesicht, so ausdruckslos wie die Wolkenkratzerkulisse von Victoria.

Ich erkundigte mich: »Typischer Fall von Marterpfahl. Bin ich denn bei Pfeil und Bogen geblieben? Oder habe ich mit einer Bazooka gekillt?«

Er knurrte: »Keine Scherze bitte. Kein Anlaß dafür. Dies ist eine Anzeige, die dich des Mordes bezichtigt, an einem Mann begangen, den wir tatsächlich tot an einem Lampenpfosten gefunden haben. Mit Handschellen festgemacht.«

»Die Handschellen waren von mir«, machte ich ihn aufmerksam. Aber er wischte das beiseite: »Interessiert mich nicht. Habe ich nicht gehört. Kennst du den Mann?«

»Ich hatte eine kalte Mündung im Nacken«, teilte ich ihm freundlich mit. »Er hielt die Waffe. In meinem eigenen Auto.«

»Erzähle!«

Ich berichtete wahrheitsgemäß, was sich zugetragen hatte. Bobby Hsiang hörte interessiert zu, wischte sich gelegentlich den Schweiß von der Stirn und paffte seine *Bastos* bis zum letzten Zipfelchen.

»Und du kennst den Namen nicht?«

»Habe ihn nicht gefragt. Er hätte ohnehin gelogen.«

»Das Postfach hat er dir aber verraten, wie?«

Er notierte sich die Adresse des Herrn Liu Tse-mo, des Mannes von der Minderheiten-Gesellschaft. Daß ich auf einen Anruf von Madame Porteiras wartete, die mir versprochen hatte, Einzelheiten über den Toten im Schauhaus auszupacken, sowie sie eine andere Besprechung absolviert hatte, interessierte ihn sehr. Er hielt sie vermutlich für meine Auftraggeberin, und ich sagte nichts dazu, denn es war schon ein Witz, ausgerechnet für einen Kameraschwenker im Leichenschauhaus zu arbeiten. Und dazu noch unentgeltlich! Bobby Hsiang telefonierte mit einem Mitarbeiter und beauftragte ihn, sofort ins *King's* zu fahren und die Dame diskret zu überwachen.

Ich wollte wissen, ob ich nun verhaftet würde, aber er winkte unmutig ab. War wieder der alte Bobby Hsiang mit dem versteckten, kaum wahrnehmbaren Grinsen im Gesicht. »Du wirst nicht verhaftet.«

»Für diesen Fall gebe ich ausdrücklich zu Protokoll, daß ich nicht auf den Kerl geschossen habe. Ich habe lediglich Louis-Mountbatten Fung zu ihm gehetzt, er sollte eine Story aus der Sache machen, die vielleicht die Hintermänner aus der Reserve lockt.«

»Fung hat bereits eine Story daraus gemacht«, sagte Bobby. Er griff wieder nach einer *Bastos*, aber bevor er sie anbrannte, erklärte er mir mit unbewegtem Gesicht: »Du wirst übrigens nicht verhaftet, weil die Anzeige anonym ist, und weil zudem das, was behauptet wird, nicht stimmt. Die Frage ist nur, warum will man dir da was anhängen?«

»Und wer will es!« fügte ich an.

Er zuckte die Schultern. »Wir können nicht jeder anonymen Behauptung nachgehen. Noch dazu, wenn das Tötungsinstrument nicht wie behauptet eine Schußwaffe, sondern ein Messer gewesen ist. Demzufolge kannst du gehen, wenn du mir versicherst, daß du den Mann nicht getötet hast.«

»Weder mit Schußwaffe noch mit Messer.«

Ich hatte die flache Pindad eingesteckt, als ich zu Bobby ging, jetzt legte ich sie ihm auf den Tisch. Er ließ sie in einer Schublade verschwinden, nachdem er daran gerochen und das Magazin überprüft hatte.

»Wieder eine nicht registrierte Spritze, die bei mir liegt. Offiziell kann ich sie nicht anbringen, das würde Schwierigkeiten für dich bedeuten. Aber – ich muß dir das als gelerntem Polizisten nicht weiter erklären.«

Mußte er nicht. Aber ich fragte ihn: »Ist dir nun langsam klar, daß die seltsame Beobachtung des Kameraschwenkers Timmy Tsen einen trüben Hintergrund anzeigt?«

Er streckte sich in seinem Lehnstuhl. Bobby Hsiang begann wieder die vertrauten Züge anzunehmen, der Amtsmensch verflüchtigte sich.

»Was vermutest du? Eine Gang-Schlacht?«

Ich erinnerte ihn an Herrn Liu von *Leben zu Lebzeiten*, und daran, daß es zwischen ihm und Mrs. Porteiras eine Abmachung gab, miteinander ins Gespräch zu kommen. Jedenfalls hatte er mir das so geschildert. Interessant war, daß der Laternenpfahl-Tote zuvor Mrs. Porteiras im Hotel beobachtet hatte, und daß er offenbar etwas suchte, das er dann bei mir vermutete.

»Aber was?«

Da hatte er mich in der Ecke, das wußte ich auch nicht.

Jedenfalls sah die Sache nicht nach einer der möglichen Schlachten zwischen indonesischen Gangstern und Hongkonger Triaden aus.

»Trotzdem werde ich in diesen Gefilden meine Antennen ausfahren«, versprach ich Bobby. »Und dann – Mrs. Porteiras hat mir zugesagt, über Zusammenhänge auszupacken ...«

Das Telefon unterbrach mich. Bobby knurrte seinen Namen in die Sprechmuschel. Hörte dann schweigend zu. Sagte schließlich, daß er kommen würde und knallte den Hörer auf.

»Bis du mit Mrs. Porteiras sprechen kannst, wird einige Zeit vergehen. Komm mit, wir fahren zu ihr!«

Er sagte nichts mehr, bis wir in seinem Dienstwagen saßen. Da beauftragte er seinen Fahrer: »*Queen Elizabeth Hospital*«, und wandte sich dann mir zu: »Mein Sergeant hat gerade noch verhindern können, daß jemand zum zweiten Mal auf sie schoß.«

»Schwer verletzt?«

»Ziemlich.«

»Wer war es?«

Er bewegte schwach die Schultern. Bis zum *Queen Elizabeth,* der riesigen, modernen Bettenburg, sagte er kein Wort mehr. Ich erkannte Mrs. Porteiras mit einiger Mühe wieder. Sie lag mit geschlossenen Augen da, und ihr Kopf war dick verbunden. Vor der Tür und auf dem Balkon des Krankenzimmers hielten sich inzwischen zwei Beamte auf, die Bobby herbeordert hatte. Er ließ den Arzt rufen, einen höflichen, jungen Chinesen, der nach dem Puls der Verletzten sah und alle zu ihr führenden Kabel und Schläuche kontrollierte. Zuletzt hob er ihr ein Augenlid und leuchtete mit einer kleinen Lampe in die Pupille. Schließlich, als er zufrieden zu sein schien, beantwortete er Bobby Hsiangs Frage.

»Der Schuß ging in die linke Brustseite. Sehr knapp am Herzen und an den großen Blutgefäßen vorbei. Da droht keine Lebensgefahr mehr. Die Verletzungen am Kopf stammen von dem Sturz nach dem Schuß. Es geschah am Fahrstuhl, als sie auf ihrer Hoteletage gerade ausstieg. Sie prallte mit dem Kopf auf eine Eisenkante am Boden der Fahrstuhlkabine. Keine sehr schwere Verletzung, auch kein Röntgenbefund. Allerdings etwas Schockwirkung, die noch anhält. Möglicherweise würde die Verletzung am Kopf später durch einen kosmetischen Chirurgen nahezu unsichtbar gemacht werden können. Ich empfehle da ...«

»Ja, ja«, unterbrach ihn Bobby, »das hat Zeit, Doc. Sie ist jetzt nicht ansprechbar?«

Der Doktor schüttelte den Kopf.

Bobby bat ihn, zu warten. Er selbst gab dem vor der Tür des Krankenzimmers postierten Beamten einen Auftrag. Als er zurückkam, zog er den Arzt in eine Ecke des Zimmers und schärfte ihm ein: »Doktor, was wir jetzt sprechen, bleibt unter uns. Hier liegt ein Mordversuch als Fortsetzung einer Serie vor. Ernste Sache. Wir haben keine Anhaltspunkte über Motive oder Täter. Deshalb muß diese Frau tot sein. Verstehen Sie mich?«

»Nein.« Der Arzt sah ihn ratlos an. »Wie meinen Sie das?«

»Nun, haben Sie schon mal geangelt, Doktor?«

»Fische?«

»Was sonst! Ja oder nein?«

»Fische, natürlich, ja.«

»Also, dann machen Sie etwas an Ihrem Angelhaken fest, oder?«

Der Arzt sah ihn an wie einen, von dem er vermutete, er sei eben aus der Psychiatrie getürmt. Aber nach einer Weile gelang es Bobby doch, ihm verständlich zu machen, worauf er hinauswollte: Mrs. Porteiras' vorgeblicher Tod sollte den Mörder in Sicherheit wiegen. Möglicherweise auch seine Hintermänner. Ich fand die Idee sinnvoll. Vielleicht führte sie dazu, daß die unbekannten Leute früher oder später einen Fehler machten.

Bobby verpflichtete den Arzt zum Schweigen und gab Anweisung, die Verletzte, sobald sie transportfähig war, ins Tung Hua zu verlegen. Die Hongkonger Polizei hatte dort bessere Verbindungen. Außerdem lag es näher am Hauptquartier.

Den schnell herbeigerufenen Polizeifotografen ließ Bobby ein Bild vom Kopf der Verletzten machen. Noch in den Abendausgaben würden die Leute sehen können, daß eine Touristin namens Porteiras aus Timor bei einem Überfall getötet worden war, und daß Zeugen gesucht würden, die zu jener Zeit im *King's* gewesen seien.

Als wir allein waren, sagte ich zu Bobby: »Teuflisch!«

Er grinste. Wir saßen in seinem Auto, als er den Mund wieder öffnete: »Geschäftsvorschlag, alter Freund. Ich lasse die Anzeige aus der Lampenpfostensache verschwinden. Endgültig. Das ist nicht ungefährlich, wie du weißt, wenngleich das Ding anonym ist ...«

»Danke«, sagte ich, bevor er die Katze aus dem Sack ließ. Ich kannte Bobbys Tricks.

Er grinste weiter. »Du hast noch nicht gehört, was dein Beitrag zu diesem Geschäft sein wird. Ich lasse gleichzeitig veröffentlichen, die Dame Porteiras hätte sich unmittelbar vor dem Überfall mit dem Privatermittler Lim Tok getroffen, bei dieser Gelegenheit habe sie ihm, wie ein Augenzeuge berichtete, etwas übergeben, was er mitnahm, als er sie verließ. Über das Objekt ist nichts bekannt. Der Detektiv wurde kurz gehört, leugnete aber, etwas bekommen zu haben. Wo er sich jetzt aufhält, ist unbekannt. Er könnte selbst einem Überfall zum Opfer gefallen sein. Wie hört sich das an?«

Ich gab mir Mühe, meine Wut zu verbergen. Drohte ihm nur an: »Ich wußte immer, daß du nach einer Chance suchst, mich um die Ecke zu bringen. Dafür werde ich dich zur Strafe aus meinem Testament streichen.«

Daß ich die Idee insgeheim ganz brauchbar fand, etwa so wie das Auslegen einer mit Leim bestrichenen Rute gegen Fliegen im Hochsommer, vor dem Regen, das ließ ich unerwähnt. Ich war nicht gern Leimrute.

Wer immer in die Affäre um Mrs. Porteiras und ihren kalten Schützling im Leichenschauhaus verwickelt war, würde bei mir vorstellig werden. Vermutlich mit einer Achtunddreißiger. Daß ich eigentlich für dieses sonderbare Engagement nicht einmal einen richtigen Auftraggeber hatte, einen der wenigstens meine Spesen bezahlte, verursachte mir einiges Kopfzerbrechen. Den Kameraschwenker konnte ich vergessen. Aber da war ja noch Mrs. Porteiras! Und – hatte nicht Bobby erwähnt, sie sei gut und gerne einige Millionen Dollar schwer? Das Treffen, zu dem wir verabredet gewesen waren, stand noch aus.

Einige Tage vergingen, ohne daß ich weiterkam. Ich hatte nicht den Eindruck, daß ich beobachtet wurde, und ich konnte sogar noch ein fettes Honorar kassieren, als es mir gelang, einen alten Auftrag abzuwickeln: Der Apotheker, der Ampullen eines Morphiumpräparates beiseite schaffte und sie durch solche ersetzte, die mit wirkungslosem destilliertem Wasser gefüllt, aber falsch bedruckt waren, ging mir ins Netz. Weil die Apotheke zu einer Kette gehörte, die sich im Eigentum der Familie Tsung befand, wurde ich zu Tsung Da-hsien eingeladen – dem ehrwürdigen, mit mehreren Barthaaren ungewöhnlicher Länge ausgestatteten Familienoberhaupt. Er überreichte mir persönlich den Scheck. Aus einer so profanen Angelegenheit machte er zu meinem großen Erstaunen eine ziemlich feierliche Zeremonie.

Empfing mich in einem von roten Seidentapeten und Goldfiguren strotzenden Raum, der die Größe eines Billardsaales hatte. Da standen Ibisse aus Bronze herum, und Palastlöwen, die jeweils ein Vermögen wert waren, wenn man nur ihren Geldwert als Antiquität berechnete. Da sich Leute wie Tsung nicht mit Fälschungen abgaben, besaßen alle diese herumstehenden oder in Vitrinen gelagerten Kunstgegenstände zusätzlich einen schwer zu beziffernden historischen Wert. Selbst bei Sotheby's hätten sie da Schwierigkeiten mit der Preisfestsetzung.

Ich ließ mich ehrfürchtig auf einem Rotholzstuhl nieder. Der war zwar hart, aber traditionsbewußte Chinesen fanden Polstermöbel ohnehin pervers, sie legten selbst ihren Kopf während des Mittagsschläfchens noch auf einen »Knochen« aus Porzellan. Bei Tsung, so vermutete ich, würde das Stück mindestens echtes Ming sein, ebenso wie das Teeservice, das ein Diener brachte, als der Hausherr mir Glückskuchen und weißgoldfarbenen Lung Ching anbot, eine Sorte, die sich reiche Besucher bei uns besonders gern kaufen, weil sie ihn nicht so sehr für eine Teespezialität halten, sondern für ein Statussymbol: Lung Ching, die Brühe der Kaiser des Reiches der Mitte – und ich, der Krawattenhändler Jones aus Pierpax in Iowa habe sie genossen!

Ich deutete im Sitzen eine Verbeugung an, als der würdevoll den Gastgeber mimende alte Herr mich mit einer Handbewegung aufforderte, zuzugreifen. Dabei entdeckte ich, daß der Nagel des kleinen Fingers an seiner rechten Hand zentimeterlang gewachsen war, ein sehr traditionelles Zeichen dafür, daß der Betreffende so reich ist, daß er persönlich nicht den geringsten Handgriff selbst zu verrichten braucht – für alles gibt es Diener, vom Ankleiden über das Waschen bis zum Öffnen gesiegelter Briefe ...

Am wichtigsten an diesem Veteranen der Kultur unseres unvergleichlichen Reiches der vergangenen Jahrhunderte erschien mir, daß eine seiner Enkeltöchter mit einem Sohn Gene Hsus verheiratet war, einem meiner Klienten, dessen Sympathie ich mir erworben hatte, als ich Dinge für ihn aufklärte. Dabei muß man wissen, daß Gene Hsu, der in Wirklichkeit den Vornamen Yuehchin trug, ein Mann mit vielen prosperierenden Unternehmungen in der Kolonie, auf dem Festland, aber auch außer Landes war, so der Besitzer einer Reisebüro-Kette namens *Blue Moon,* die Filialen in vielen asiatischen Ländern hatte. Doch damit war noch nichts über alle die Unternehmungen gesagt, in denen er – für den Außenstehenden schwer nachweisbar – seine Finger hatte: Massagesalons, Spielhallen, Restaurants auf dem Wasser und manches andere.

Am wichtigsten allerdings erschien mir, daß Hsu ein sogenannter Sin Fung der Triade 314 war, was ich noch aus meiner Polizistenzeit wußte. Die Triaden bei uns sind das, was naive Europäer oder Amerikaner in einer lächerlichen Vereinfachung »Chinesische Mafia« nennen, aber ich kann Ihnen versichern, gegen das, was eine Triade leistet, ist Mafia-Aktivität wie ein Sonntagsgang durch die Tiger Balm Gärten.

Gene Hsu ist in der strengen Arbeitsteilung der 314 der Mann fürs Grobe. Das heißt nicht, daß er mit der Pistole oder dem Wurfstern herumläuft und Leute killt – nein, er organisiert wasserdicht, daß andere das sachgemäß tun, stillschweigend, gefühllos und bei guter Entlohnung. Mit solchen Männern, das erforderte mein Beruf, mußte man, auch wenn man sie nicht so recht mochte, ein wenigstens einigermaßen vernünftiges Verhältnis haben, oder man bekam nirgendwo Informationen, keinen fetten Auftrag, man lief sich tot.

Was mich angeht, so bin ich weit davon entfernt, Eugene Hsus verdeckte Tätigkeit etwa als menschenfreundlich zu empfinden, mir war sie eher unappetitlich, wenngleich er es, wie die Triade überhaupt, verstand, mit dem Gesetz keine Schwierigkeiten zu bekommen – ich war nicht sein Feind, und er sah in mir jemanden, der bei legalen Operationen ganz nützlich sein konnte. Vertrauenswürdig, wenngleich nicht eingeweiht. Und teuer. Aber bezahlen konnte er!

Da also saß mir gegenüber sein Urgroß-Schwiegervater, oder wie immer man ihn als Senior des Familienclans titulieren will. Er war mit meiner Art, die Apothekensache zu erledigen, höchst zufrieden und sagte mir das mehrmals, während ich den teuersten

Tee der Welt trank und mich im stillen nach meiner geliebten gelben Limonade sehnte.

Dann kam er plötzlich, als hätte ich das so bestellt, auf Eugene Hsu zu sprechen, für den ich vor einiger Zeit in Tahiti Ermittlungen gemacht hatte. Tsung Da-hsien war der Meinung, ich hätte auch da hervorragend gearbeitet, und er sicherte mir zu, bei Bedarf selbstverständlich auf mich zurückzugreifen. Das war, wenn man die Psyche älterer Chinesen zu deuten versteht, wie ich, so gut wie ein Ticket, das zum Eintritt in die intimeren Gemächer des Clubs berechtigte.

Ich nahm die Chance wahr und bat Tsung, dem guten Eugene Hsu meine besten Empfehlungen zu übermitteln, sobald er ihn im Familienkreis traf. Er vertraute mir milde lächelnd an, das würde schon am selben Abend der Fall sein, er pflege fast täglich die kleinen Sprößlinge Hsus zu besuchen, er habe sie in sein schon etwas müdes Herz geschlossen, und sie ihrerseits liebten ihn.

Daß ich den Alten unterschätzte, trotz aller Vorsicht, zeigte sich gleich darauf, denn er erkundigte sich mit harmlos-unbewegtem Gesicht, ob es etwa eine besondere Botschaft gäbe, die er überbringen könne.

Es wird Sie nicht überraschen, daß ich mir diese Chance nicht entgehen ließ. Beim Ergreifen sich bietender Chancen bin ich von Weltformat.

»In der Tat, jetzt wo wir über ihn sprechen, fällt mir ein, daß ich mich sehr gern einmal mit ihm unterhalten würde. Er könnte an einer Sache interessiert sein, die ich gerade bearbeite ...«

Der Alte ließ nicht erkennen, ob er etwas ähnliches erwartet hatte. Er überlegte ein paar Sekunden, dann griff er hinter sich und zauberte unter einem Stapel Zeitungen des Mutterlandes, vor allem bunten Blättern aus Shenzhen, ein Funktelefon hervor, ähnlich dem meinigen, nur teurer. Er tippte ein paar Zahlen ein, nach einer Weile sagte er: »Yueh-chin, Freude meiner alten Augen, wie geht es dir?«

Dann fragte er, wie es sich gehörte, auch noch das Befinden von Frau und Kindern ab, ehe er zur Sache kam und Hsu mitteilte, ein gewisser Lim Tok habe ihm soeben einen wertvollen Dienst erwiesen, sei sein Gast und habe den Wunsch geäußert, mit ihm zu sprechen. Es dauerte nicht lange, da klappte er das Telefon wieder zusammen und teilte mir lächelnd mit: »Er erwartet Sie. Es wird ihm eine Ehre sein, Sie zu empfangen ...«

Immer wenn ich mit solchen traditionsbewußten alten Leuten

zu tun habe, wird es mir warm ums Herz: China, das ehrwürdige, großartige, lebt noch in ihnen. Selbst zwischen den Protzbauten Hongkongs haben sich die Tugenden der Ahnen, von denen auch meine Mutter zuweilen spricht, nicht verloren. Sie sind inmitten der Hektik dieser Goldgräberkolonie mit ihren lärmenden Autoschlangen, dem Gedröhn der landenden Flugzeuge, all der Hast, eine letzte Erinnerung an eine Zeit, die unweigerlich vergeht. Wenn ich mit Bobby Hsiang über so etwas spreche, pflichtet er mir bei. Pipi hingegen schimpft, ich solle mich nicht zum Konservativen entwickeln, es gäbe genug konservative Engländer und chinesische Nachahmer in der Kolonie. Ob sie das, was in ein paar Jahren kommt, mehr lieben wird als ein bißchen Nostalgie?

Weil ich einen hohen Scheck in der Tasche hatte, fuhr ich zuerst zur Bank und ließ ihn mir gutschreiben, bevor einer der zehntausend minderjährigen Taschendiebe ihn mir etwa noch wegzog. Ich war vorsichtig geworden, seitdem die von der Polizei lancierte Meldung in den Zeitungen gestanden hatte, nach der ich kurz vor ihrer Ermordung noch etwas von Mrs. Porteiras erhalten hätte. Auch jetzt beobachtete ich immer wieder die Autos hinter mir im Rückspiegel. Das tat ich dann auch auf dem Parkplatz des Ocean Centers, einem dieser riesigen Konsumpaläste Kowloons, von dem es hieß, hier kauften junge Damen, die eigentlich nur einen Lippenstift brauchten, einmal ins Gewühl der tausend Geschäfte gequirlt, gleich noch Schuhe, ein Brautkleid, Vogelfutter, einen Transistor, eine geräucherte Entenhälfte, plattgedrückt wie eine Brieftasche, Tigerbalsam, Ohrstecker mit falschen Brillanten und Bohnenquark mit Zimtaroma, bevor sie auch nur daran dachten, daß es da ja einen Ausgang gab.

Niemand fuhr hinter mir durch die Schranke. Es schien, als sei ich noch ungefährdet.

Erst als ich unmittelbar vor dem Eingang angekommen war, wurde ich auf den Wahrsager aufmerksam, der da auf seiner Matte saß, den Becher mit den Stäbchen neben sich. Ein etwas befremdliches Bild bot er schon vor diesem Palast aus Glas und Chrom.

Er gab sich als auf einem Auge erblindet aus, aber ich entdeckte, daß sein Glasauge in Wirklichkeit eine dieser Kontaktlinsen mit der grau verschleierten Pupille war, die man in einigen Läden für Scherzartikel, Kracher und Beerdigungsgeld auf dem Nachtbasar an der Temple Street und anderswo kaufen konnte, ebenso wie die erstaunlich kompakten Spielzeughandschellen, mit denen ich stets ausgerüstet war. Sie waren ebenso gut wie echte, vermutlich verkaufte sie die Firma als Scherzartikel, weil sie an die Polizei nicht genügend davon absetzte.

Mit den trüben Kontaktlinsen hatte ich schon öfters Bekanntschaft gemacht. Ich hielt so etwas für einen pietätlosen Scherz, aber was tun Kaufleute und Gauner nicht alles, um Geld zu verdienen!

Der Wahrsager griff sofort nach seinem Stäbchenbecher, als ich neben ihm in die Knie ging. Ich bemerkte lakonisch: »Schöne Linse hast du da auf dem rechten Auge. Macht dich interessant.«

Während er mich anblickte, forderte ich ihn, auf die Stäbchen deutend, auf: »Na, mach schon!«

Er gab mir den Becher, ich schüttelte ihn, hielt ihn ganz leicht schräg, und nach einigem Gerassel fiel dann endlich eines der Stäbchen auf die Matte.

Der Wahrsager nahm es auf, unsicher, ob ich tatsächlich mein Glück auf die Probe stellen wollte, oder ob ich von irgendeiner Gewerbepolizei kam, um ihn hereinzulegen. Dabei hätte er gar keine Angst zu haben brauchen, denn er trug am Revers seines speckigen Jacketts eines dieser springenden Pferde aus Messing, von dem heute selbst die Polizeianwärter wußten, daß die Elektronikfirma Hsin Wu Chang in To Kwa Wan sie als getarnte Mikrofone für Kurzwellenübermittlung herstellte.

»Na und?« Ich grinste den Alten fröhlich an. Er widmete sich der Beschriftung des Stäbchens, und schließlich begann er herzubeten: »Etwas Geld ist zu erwarten, aber auch Freude ohne Geld, die Liebe wird belohnt, die Eltern sollte man gebührend ehren, und die weitere Zukunft ist in der eigenen Hand, wenn man viel wagt, kann man großen Gewinn machen ...«

Ich stoppte ihn: »Gut. Ich gehe jetzt ins *Blue Moon*. Mit freundlicher Absicht, was man da drin über dein Messingpferd hoffentlich hört. Ich heiße Lim Tok ...«

Damit gab ich ihm einen mittleren Geldschein. Er hielt die Hand über das getarnte Mikro und hauchte: »Danke für den hohen Lohn, Sir!«

Ich deutete auf den Parkplatz: »Siehst du den dunklen Toyota dort?«

»Ja, Sir.«

»Noch ein solcher Schein, wenn du ihn im Auge behältst. Wenn ich zurückkomme, will ich wissen, ob jemand daran gebastelt hat. Klar?«

Er nickte grinsend. Nun war ich mit ihm im Spiel. Seine Zähne konnten gut und gerne auch aus dem Laden für Scherzartikel stammen.

Um das Ocean Center herum herrschte das übliche Gewimmel, so daß unsere Unterhaltung überhaupt nicht auffiel. Wer interessiert sich auch schon am hellen Tag für jemanden, der einen Wahrsager konsultiert! Zu einer Zeit, da man Zutaten für die heimische Frühlingsrolle sucht oder Turnschuhe fürs Joggen! Drin im Labyrinth der tausend fein aufgemachten Geschäfte, die eigentlich weiter nichts waren als die moderne Weiterführung eines asiatischen Basars, ging ich an Armani-Shops vorbei. Musik aus dem Mutterland, die aus unerfindlichen Gründen modern geworden war, vielleicht weil ein Hongkonger Sponsor seinen Neffen entdeckt hatte, der in Tschungking Saxophon spielte, plärrte mir die Ohren voll. Ein als Bambusbär kostümierter Kerl drückte mir einen Prospekt in die Hand, der mir ein Haarwuchsmittel empfahl (»Auch für den intimen Körperbereich«). Eine Fee in Mini-Shorts lud mich per Freiticket zur Open-Air-Show einer Band aus durchweg lesbischen Damen ein. Vom Titelblatt eines Pamphlets, das mir ein junger Mann zusteckte, erfuhr ich, daß Mao bestimmten Jungfrauen, die bei ihm debütierten, Gedichte geschrieben hatte – dies sei die Sammlung. Mit tiefschürfenden Einblicken in das Intimleben ...

»Hallo«, begrüßte ich die Plastik-Wahine, die immer noch mit weit ausgebreiteten Armen unweit des *Blue-Moon*-Eingangs dem Eintretenden zulächelte, jetzt mit der Sprechblase »Honolulu, Waikiki Beach, Hula Hula, Vulkane und schöne Frauen – buchen Sie jetzt nach Hawaii! Der Kurs des Dollars ermöglicht Minipreise!«

Die beiden Sekretärinnen schienen auf mein Kommen gewartet zu haben. Die eine hob gar nicht den Kopf, als wüßte sie, daß ich kein Normalkunde war. Die andere lächelte noch süßer als die Plastik-Wahine.

»Guten Tag, Mister Lim Tok, Sie werden schon von Mister Hsu erwartet.«

Sie winkte mir einladend zu und öffnete mir dann die Tür zu Gene Hsus Allerheiligstem. Hier gab es nicht die traditionell chinesische Einrichtung, wie ich sie beim ehrwürdigen Familienpatron Tsung Da-hsien angetroffen hatte. Keine Golddrachen auf roter Seide, sondern moderne Tapeten, und keine unbequemen Lehnstühle, sondern bullige Clubsessel von der Sorte, wie sie sich Gewinner eines Pferderennens in Happy Valley sofort nach der

Quotenauszahlung zulegen, als sichtbares Symbol neuen Reichtums für die Nachbarn.

Wir saßen noch nicht richtig, da erschien die lächelnde Sekretärin mit dem Tablett. Ein Whisky, auf sündhaft teurem Alaska-Eis, importiert von einer Kuriositätenfirma, und ein hohes Glas gelber Limonade für mich.

»Ich hoffe, Sie haben Ihre Trinkgewohnheiten nicht geändert«, vergewisserte sich Hsu.

Ich verneinte das selbstbewußt. Aber gleich nahm ich die Gelegenheit wahr, mich bei ihm für ein fürstliches Honorar zu bedanken, das er mir überwiesen hatte, nachdem ich in Tahiti für ihn tätig gewesen war. Er nickte geschmeichelt. Der betuchte Mann, der es sich als Ehre anrechnet, einem zu schweißtreibender Arbeit verpflichteten Privatermittler wie mir guten Lohn zu zahlen.

»Leben Sie immer noch auf der Dschunke?« erkundigte er sich, Konversation machend, wie er es wohl in seiner Jugend schon gelernt hatte, weil es unfein ist, bei einer solchen Zusammenkunft sogleich den Kern der Sache anzusteuern.

»Vor Aberdeen, ja«, bestätigte ich. Ich zeigte meine Zigarettenpackung, und er entschuldigte sich, daß er mein Laster vergessen hatte. Schob mir eine silberne Dose mit Davidoffs zu und bediente sich selbst. Griff nach seinem Whiskyglas, in dem das Import-Eis knisterte wie ein Gletscher in der Sonne. Ein Weltmann, der sich herabläßt und der alles vermeidet, was herablassend wirken könnte. In der Tat hatte es Eugene Hsu nicht nötig, überheblich aufzutreten, jeder, der mit ihm zu tun hatte, wußte von seinen Verbindungen, kannte seinen Einfluß und konnte Vermutungen über seine Bankkonten anstellen. Nun ja, im übrigen hatte wohl der Familienpatron ihn gebeten, zu mir freundlich zu sein.

»Ein schönes Leben, so auf dem Wasser ...«, sinnierte er, und erzählte von Fahrten mit seiner seetüchtigen Yacht, von Abendstimmungen und gepeitschten Wellen, dem unbeschreiblichen Duft des freien Pazifik.

»Freilich ist da Aberdeen nur ein kümmerlicher Ersatz«, gestand ich. »Aber mir macht es Spaß.« Früher haben nur die Ärmsten der Kolonie auf dem Wasser gehaust, jetzt ist es beinahe zur Mode geworden. Eine Weile tauschten wir so Nichtigkeiten aus, bis ich das Gefühl hatte, es war alles gesagt, was die Höflichkeit erforderte. Ich täuschte mich nicht. Eugene Hsu ließ die Flüssigkeit in seinem Glas kreisen und das Eis klirren. Dabei erkundigte er sich: »Tung Da-hsien ließ durchblicken, Sie hätten ihm einen guten

Dienst erwiesen. Gibt es außer den freundschaftlichen Gefühlen, die ich für Sie empfinde, etwas, das ich für Sie tun kann?«

Ich fragte ihn, ob er gegenwärtig ein Geschäft laufen hätte, in das Indonesier als Partner verwickelt wären.

»Ich habe Interessen in Indonesien, wenn Sie das meinen. Das bedingt laufende Verwicklungen in Geschäfte«, antwortete er, »Sie müssen schon deutlicher werden.«

Ich wurde. Schilderte ihm den Toten im Schauhaus und dann das Ding mit dem Lampenpfosten. Über Mrs. Porteiras sagte ich vorerst nichts. Er hörte sich das alles geduldig an. Schließlich fragte er zurück: »Sie wollen mir klarmachen, es hätte ein Indonesier versucht, Sie zu ermorden, nur weil Sie sich mit einer Klientin trafen?«

»Mit einer aus Indonesien.«

Er verzog die Mundwinkel nach unten. Eugene Hsu war ein Fuchs. Er verstand es, Leute irrezuführen. Aber ich hatte doch den Eindruck, daß er ehrlich war, als er schließlich den Kopf schüttelte, bedächtig einen Schluck Whisky nahm und dann sagte: »Das tut mir sehr leid, aber ich fürchte, ich habe da keinen Hinweis für Sie.«

Er bot wieder Zigaretten an, und als wir beide nachdenklich vor uns hinpafften, fügte er hinzu: »Kann mir auch nicht vorstellen, was da hinter dem Anschlag stecken könnte. Wissen Sie, wir kommen mit den Leuten aus Djakarta ganz gut aus. Viel besser als mit manchen aus Shenzhen oder Kanton. Hängt damit zusammen, daß die Geschäfte, die mich in Indonesien interessieren, meist von Kindern aus den Familien der Regierenden abgewickelt werden. Kultivierte Leute. Die verstehen sich auf geräuschloses Vorgehen. Sehr angenehme Partner.«

Es knackte in der Sprechanlage auf seinem Schreibtisch. Er erhob sich und betätigte einen Knopf. Da kam eine Frauenstimme, die vermutlich einer der Sekretärinnen draußen gehörte: »Mister Hsu, unser Türmann meldet, daß sich jemand am Auto Ihres Gastes zu schaffen macht. Ich habe die Kamera im ersten Stock auf die Stelle des Parkplatzes gerichtet. Wenn Sie bitte den Monitor einschalten ...«

Er ließ den Knopf los und drückte einen anderen. Auf einem in ein Wandpaneel eingebauten Monitor erschien mein Toyota. Die Kamera fuhr so nahe heran, daß ich den Mann erkennen konnte, der da die Motorhaube hochklappte und etwas in den Motorraum hineinpraktizierte. Er war nicht mehr so sehr jung, aber er wirkte flott, ein Chinese mit einem verhältnismäßig dichten Strichschnurrbart, wie ihn laotische Banditen gern tragen, oder thailändische Zuhälter. Unbekanntes Gesicht. Auch Eugene Hsu kannte ihn nicht. Er sagte: »Ich vermute, das ist eine Sprengladung. Sieht nach einer Portion Semtex aus. Unangenehmes Zeug.« Er drehte sich zu mir um. »Hochnehmen?«

Ich überlegte. Vielleicht war es besser, wenn man den Mann erst einmal glauben ließ, er habe seinen Job unentdeckt getan. Von den Sicherheitskameras in Eugene Hsus Buchhaltung im oberen Stockwerk hatte er wohl keine Ahnung.

»Zugzünder, wie es scheint«, machte mich Hsu aufmerksam. Die Kamera war ganz auf Nähe gefahren, man sah, wie der Mann die Motorhaube sehr weit heruntersacken ließ und dann in den Aussparungen an der Innenseite eine Schnur befestigte. Nicht beim Starten sollte der Sprengstoff hochgehen, sondern wenn ich, wohl, weil das Startkabel unterbrochen war, die Haube öffnete, um nachzusehen. Da sollten mir Motor und Getriebe um die Ohren fliegen. Ein Spezialist.

Eugene Hsu nickte. »Der weiß, was er macht.«

Er sah mich fragend an. »Entscheiden Sie sich.«

Ich hielt es für besser, den Mann nicht gleich hochzunehmen. Vielleicht führte er mich zu seinem Auftraggeber, denn er selbst hatte wohl kaum Interesse daran, mich in Fetzen zu zerlegen.

Eugene Hsu nahm meinen Wunsch zur Kenntnis und betätigte wieder einen der Knöpfe an seiner Sprechanlage, die ungefähr die Ausmaße eines Funkgerätes hatte. Gleichmütig gab er jemandem, den ich nicht kannte, den Auftrag: »Ich möchte wissen, wer der Mann ist, wo er sich aufzuhalten pflegt, und wer ihn bezahlt. Wenn er fertig ist und verschwindet, baut das Ding wieder ab und meldet mir, daß der Wagen fahrbereit ist.«

Er knipste den Schirm aus, riet mir, mich nicht aufzuregen, und dann geleitete er mich zu meinem Sessel zurück, aus dem ich aufgestanden war, um den Vorgang auf dem Monitor besser verfolgen zu können. Erneut ließ er Eis in sein Glas fallen und goß eine sparsame Portion Whisky darüber. Für mich brachte die Sekretärin eine neue, sehr kühle Limonade.

»Kein Grund zu Besorgnis«, versuchte Hsu mich zu beruhigen. »Aber Sie scheinen da ein paar gefährliche Leute zu Freunden zu haben!« Er lachte über seinen Scherz. »Nun, wir werden bald wissen, um wen es sich handelt. Sie haben wirklich keine Ahnung?«

»Nie gesehen, diesen Mann. Außerdem stecke ich gar nicht in einem so heißen Fall.«

Er grinste. »Was Sie da vorhin erzählten, war nicht gerade eine Lappalie. Abgesehen davon, daß wir keinen Streit mit ihnen haben, sind indonesische Gangs ziemlich unangenehm. Man unterschätzt sie oft.«

Eine Viertelstunde später brachte ein junger Mann, der eine Schlossercombi trug, mit dem Aufdruck *Victoria Inc.* auf einem Tablett etwas, das wie eine graugewordene chinesische Wurst aussah. Dazu eine kleine Kapsel aus verchromtem Metall, aus der die Zugschnur hing. Eugene Hsu forderte ihn auf, mir die Sache zu erklären, und er eröffnete mir recht sachlich: »Semtex, um den Motorblock gelegt, etwa ein halbes Kilo, Sofortzünder, Zugauslösung. Die Menge hätte gereicht, um den Motorraum völlig zu zerkleinern. Wer die Haube öffnete, hätte nicht überlebt.«

Damit stellte er das Tablett auf Hsus Schreibtisch und blickte seinen Chef erwartungsvoll an.

Der erkundigte sich beiläufig: »Fährt das Ding wieder?«

»Einwandfrei, bis auf die Ventile, die sollten mal nachgeschliffen werden.«

»Danke,« sagte ich. Der junge Mann verschwand.

Eugene Hsu meinte gelangweilt: »Mit Autos hat man dauernd Scherereien. Ich weiß nicht, was heute mit mir los ist, ich habe nicht die rechte Lust zum Arbeiten ...«

Er gähnte und streckte sich. Ich vermutete: »Vielleicht ist es der Whisky.«

Er warf mir einen mitleidigen Blick zu. »Wußte nicht, daß Sie zu den Abstinenzlern tendieren. Hüten Sie sich, Sie landen im politischen Extremismus. Entweder bei den Roten oder bei den englischen Kämpfern für Demokratie und Aufrechterhaltung von Ordnung und Sicherheit. Können Sie den Sprengstoff gebrauchen?«

Ich kannte das Zeug. Teuflische Erfindung. Man konnte es mit dem Hammer bearbeiten, es würde nicht explodieren. Aber wenn man es mit einer Sprengkapsel hochgehen ließ, richtete es Chaos an. Eigentlich arbeitete in der Kolonie keine Gang mit der Knetmasse.

»Eben«, sagte Hsu, »das heißt, die Leute, die Ihnen an die Kullerchen wollen, sind von auswärts. Überlegen Sie mal ...«

Es blieb niemand übrig, als diese indonesische Gang, mit der ich es wegen der Leiche in Mong Kok zu tun gekriegt hatte.

Wenn das überhaupt eine Gang war. In was hatte mich dieser alberne Kameraschwenker da nur hineingezogen! »Vermutlich in ein dickes Geschäft, das Sie stören«, äußerte Hsu, »sonst wären die Kerle nicht so bissig.«

Ich hinterließ meine Funktelefonnummer, und er versprach, sogleich anzurufen, wenn es Erkenntnisse über den Unbekannten gab. Dann versicherte er mir nochmals, er habe seit dem Besuch seiner Schwiegermutter anläßlich des Frühlingsfestes keine so große Freude mehr über einen Gast gehabt wie über mich. Dabei machte der Schurke ein Gesicht, als meine er das wirklich.

Ich verzichtete meinerseits auf übertriebene Höflichkeitsformeln und beließ es bei einem Dank für die Limonade. Er bat mich, gelegentlich wieder einmal auf einen Plausch vorbeizukommen.

Draußen schmiß ich dem Wahrsager den versprochenen Geldschein in seine Sammelbüchse. Er blickte mich mit dem einen Auge freundlich an. Spulte seine Danklitanei ab, ohne ein Wort von seiner Beobachtung zu erwähnen, und dann hielt er mir eine Schale mit Glückskuchen hin, die er offenbar auch im Angebot hatte.

»Nehmen Sie den da, der ist schön knusprig gebacken ...«

Er deutete auf ein leicht gebräuntes Exemplar, und weil er mich aus seinem einen Auge so seltsam drängend ansah, folgte ich seiner Bitte.

Glückskuchen sind für die Chinesen weniger ein Gebäck, sie sind eine der tausend traditionellen Gewohnheiten. Eine Institution. Sie sind auch nicht eigentlich Kuchen, eher eine Art Plätzchen, kleine, zu Rollen oder zu Hörnchen geformte Backwaren, deren Geschmack niemanden interessiert. Nein, wichtig ist ein kleiner, mit einem Spruch bedruckter Zettel, der sich im Inneren findet. Man entfaltet ihn und freut sich an solchen Weisheiten wie »Ein Mensch, der wahrhaft gütig ist, hat keine Feinde« oder »Wer das Meer gesehen hat, denkt anders über die kleinen Gewässer«. Auf dem Zettel, den ich herauskramte, stand kein kluger Spruch, sondern die mit Tintenroller hingeschriebene Botschaft: »Geh in die Walled City, frage den Künstler Mok Thong Chok nach dem Goldfischer, er war an deinem Auto.« Ein bißchen viel Text für einen Glückskuchen, noch dazu einen geschenkten. Wie der Stäbchenweissager das Papier überhaupt in den fertigen Kuchen hineinpraktiziert hatte, würde sein Geheimnis bleiben. Aber darüber zerbrach ich mir jetzt nicht den Kopf, Hongkong hatte viele Rätsel, zu bedauern war der, der sie alle lösen wollte.

Ich sah, daß der Wahrsager wieder die Hand vor das Messingpferdchen hielt, um das Mikrofon abzudecken. Er wollte mir noch etwas mitteilen und legte keinen Wert darauf, daß man es drinnen, bei Eugene Hsu mithörte.

»Geh beim Kastanienröster in die Walled City hinein. Kürzester Weg zu Mok Thong Chok. Zeig ihm den Zettel, er wird dich weisen.«

Ich überlegte es mir und ließ noch einen weiteren zusammengefalteten Dollarschein in seine Büchse fallen, schob den Glückskuchen in den Mund und deponierte den Zettel unauffällig in meiner Tasche. Wider Erwarten war der Kuchen sogar eßbar.

»Danke!« rief der Wahrsager, nahm die Hand vom Mikrofon und wiederholte: »Ich danke sehr viele Male für die großherzige Spende, Sir. Mögen die Götter Sie auf Ihrem Wege begleiten!«

Hand aufs Mikro, und er murmelte noch: »Aber ein Schießeisen wird nützlich sein, in der Gegend dort.«

Ich kontrollierte das Handschuhfach in meinem Toyota. Die Magnum war noch da. Auch die Patronen in der Seitentasche. Diesmal ging ich kein Risiko ein, ich steckte die Trommel voll und quetschte mir das Ding zwischen Bauch und Hosenbund. Das lose herabhängende Hemd, bedruckt mit bunten Kofferschildern von etwa zweihundert Hotels in aller Welt, verbarg es.

Walled City, das ist Hongkong etwas anders, als es in den Reiseprospekten zu finden ist.

Sie werden davon bei den modernen Touristenbörsen kaum etwas hören, und wenn Sie in Kai Tak ankommend, Ihren Reiseführer fragen, wird er bedauernd die Schultern hochziehen und »Sorry« sagen. Die Hongkonger Schlipsträger und Nadelstreifenbubies genieren sich, wenn nur der Name fällt.

Sie geben vor, nichts dergleichen zu kennen. Glauben Sie mir, die Kerle lügen. Obgleich es in den letzten Jahren nicht an offiziellen Bemühungen gefehlt hat, den »letzten Schandfleck Hongkongs« auszulöschen, durch Abbruchmaschinen. Gelungen ist das nicht. Nur Teile des Komplexes sind tatsächlich beseitigt worden, und die Grundstückshaie bauen jetzt dort Hochhäuser.

Walled City, wenn man es wörtlich nimmt, eine ummauerte Stadt, liegt gleich gegenüber von Kai Tak, dem Weltflughafen mit dem halsbrecherischen Anflug und dem langweiligsten Gepäckausladern ganz Asiens. Es genießt auch den einschlägigen Lärm rund um die Uhr. Normale Menschen würden dort ihr Gehör einbüßen.

Stadt ist nicht ganz der richtige Ausdruck für die Gegend. Auch ummauert stimmt nur noch bedingt. Es ist ein uraltes Slumviertel, das früher einmal, als ich noch Streife ging, von einer Mauer umgeben war. Jetzt existieren von dieser Mauer nur noch Reste, und die Abbruchfirmen lauern auf ihre nächste Chance.

Von dem, was dieser verkommene Slum Kowloons einmal war, steht nur noch ein Teil, und es gibt Leute, die würden selbst den noch am liebsten sofort abreißen. Aber das scheitert an der chinesischen Trägheit. Und der Rücksicht auf Wähler. Es ergeben sich auch Schwierigkeiten mit Eigentumsansprüchen, die eingelöst werden müßten. Sogar aus dem Mutterland sollen welche geltend gemacht werden. Dort gibt es Leute, die sind der Ansicht, Walled City habe überhaupt nie den Engländern gehört, man habe es als Siedlungsgebiet für die ärmsten Chinesen aus der britischen Kolonie ausgespart, als das damals begann. Wie dem auch sei, die Engländer waren ganz froh, daß die Bewohner selbst eine Mauer gezogen hatten.

Für Hongkong war Walled City nicht mehr vorzeigbar. Denken heute die meisten Amtspersonen. Die in WC lebenden Chinesen denken anders. Der Arme ekelt sich nicht vor seiner eigenen Armut, er versucht, damit zu leben. Vielleicht kommt ja doch alles einmal besser. Und man kann selbst einiges dazu tun, daß man besser lebt. In Grenzen. Und nicht selten kriminell.

Also gibt es in diesem Durcheinander von aneinander, übereinander und nebeneinander gebauten Schlafkojen, Küchen, Aborten, Wohnräumen, Stunden»hotels«, Werkstätten und Läden, gegen das ein Labyrinth eine übersichtliche Parklandschaft ist, nicht nur eine Menge alte Leute, plärrende Kinder, schwangere oder schon stillende Mütter, es gibt auch Handwerker aller Art, es wird Bier verkauft und Reis, man kann Gummilatschen repariert bekommen oder neue erstehen – ich gebe es auf, Ihnen zu schildern, was hier vorgeht.

Hier lebt ein Stück der ältesten chinesischen Gesellschaft weiter, ein Wunder, daß die Männer nicht noch Zöpfe tragen. Ohne Kaiser geht das da vor sich. Ohne Interesse für den britischen Gouverneur. Dieses Uralt-China überlebt einfach. Ist nicht totzukriegen, obwohl die ganze Gegend so gut wie nicht kanalisiert ist, von Ratten wimmelt, und die Honigschöpfer, wie man die Exkrementeausräumer nennt, wie zu Zeiten der Ching-Dynastie am Morgen die »Erde der Nacht« einsammeln, obwohl Kondenswasser von allen Wänden läuft, wie in einem Betonbunker, und die Abwässer der vielen tausend Bewohner einem andauernd um die Füße plätschern, weil sie einfach die Gehwege entlangrinnen, in denen es in der Mitte stets eine praktische Vertiefung gibt, um den Durchfluß irgendwohin zu sichern. Dazu ein unbeschreiblicher Gestank. Ein Gemisch aus Fäkalien, Kochdunst und den Dämpfen, die von den verschiedensten Handwerkern erzeugt werden. Holz und Leim, Farbe und toter Fisch, Karbid und gefälschtes Chanel-Parfüm, Apothekenkräuter und frisches Hundefleisch (das sonstwo verboten ist!). Und in das Geschrei der Kinder, der Händler, der keifenden Mütter, das Geratter unzähliger kleiner Maschinen, das Gekreisch der Sägen bei den Sargtischlern und das schmetternde Getöse der Fischverkäufer, wenn sie Karpfen köpfen, mischt sich das Gedudel von etwa zweitausendfünfhundert Radios, die ununterbrochen die verschiedensten Sender zu Worte kommen lassen. Oder zu Tönen.

Man kann in Walled City leben, aber selbst wenn man überraschend Millionär würde und hinüber nach Victoria zöge, auf den Peak – den Geruch, den Geschmack der Luft, den Lärm, alles da, was Walled City oberflächlich ausmacht, diese muffige Gruft, wird man nicht mehr los. Er ist nachts da, wenn man aus dem Schlaf fährt, selbst wenn die Dame, die neben einem liegt, *Sarabande* aufgelegt hat.

Und das ist nur die Oberfläche!

Zu sagen, das, was von diesem Labyrinth Walled City heute noch steht, ist ein Reservat von Kriminellen, die Heimat aller Hongkonger Gangs, ist ebenso unrichtig wie die Behauptung, ganz Wanchai oder die berühmten Nebengassen der Nathan Road seien lediglich von Liebesdienerinnen besiedelt. Nein, es gibt in Walled City neben dem Bodensatz durchaus ehrliche, in Armut anständig und gesittet lebende Leute. Sie hatten lediglich das Pech, arm nach Hongkong zu kommen oder hier geboren zu werden, ärmer noch als jene, die auf dem Wasser wohnen, und sie brachten es nicht fertig, in ihrem Arbeitsleben zu einem vernünftigen Auskommen aufzusteigen, geschweige denn zu Wohlstand. So arbeiten sie an jedem Tag für den nächsten, weiter reicht ihre Perspektive nicht. Trotzdem sind sie achtenswerte Menschen, wenngleich ihre Hosen Löcher und Risse zeigen, die nicht von der Art sind, wie sie in Modeschneidereien absichtlich angebracht werden.

Der Kastanienbrater an dem Zugang, den mir der Wahrsager beschrieben hatte, war so ein Typ. Er trug schwarzes Kaliko, die Uralt-Uniform der kantonesischen Zuwanderer, hatte eine einstmals weiße Schürze umgebunden mit der Beschriftung *MS Jailhouse*, und trug auf dem Bürstenhaar eine amerikanische Matrosenkappe. Flinke Äuglein musterten mich, als ich mir eine Handvoll Maroni kaufte und zu knabbern begann. Bleibt man bei einem solchen einsamen Händler stehen, anstatt weiterzugehen und dabei das Gekaufte zu verzehren, dann nimmt er das als indirekte Aufforderung für ein Gespräch, und das kommt ihm meist sogar gelegen, denn es ist nicht gerade unterhaltsam, den ganzen Tag allein hinter so einem Grill zu stehen und mit den Fingern Knöllchen zu wälzen, damit sie schön gleichmäßig rösten. Also erzählten wir uns was über den Smog im Tunnel, über die letzte Bruchlandung einer Brunei-Air-Maschine auf dem Flughafen Kai Tak, über den Lärmpegel auf den Straßen, der selbst den an laute Geräusche gewöhnten Chinesen langsam anfängt, die Lust am Leben auf der Straße zu verleiden, zumal der Gestank der Abgase immer übler wird. Wir sprachen über die Schwierigkeiten, eine der Hochhauswohnungen zu bekommen, ohne daß man dafür die linke Brustwarze als Korruptionsgabe verliert, und darüber, daß die Mädchen in den offiziell illegalen, aber trotzdem florierenden Hurenhäusern an der Wasserfront zu bedauern sind, wenn die japanischen Reisegruppen bei ihnen durchhüpfen, Höchstgebot hundert US-Dollar, und dann winkt dauernd der Chauffeur vom Bus, sie sollen sich beeilen. Es geht doch nichts über ein paar hundert Matrosen von einem amerikanischen Flugzeugträger, meinte der Maronibrater, aber diese goldenen Zeiten sind wohl vorbei.

Die kleinen Leute in unserem Touristenparadies haben so ihre eigenen Sorgen. Bevor wir anfingen, Kochrezepturen auszutauschen, fragte ich nach dem Kunsthändler und Künstler Mok Thong Chok, dessen Namen mir der Wahrsager in seinem Glückskeks zugesteckt hatte.

»Mok Thong Chok, ja!« Das Gesicht des Maronibraters strahlte. Umständlich beschrieb er mir den Weg zu dem Laden samt Werkstatt und warnte mich vor verschiedenen illegalen Pissoirs, die ich lieber umgehen sollte, sowie vor einer alten Dame, die dafür berüchtigt war, daß sie bedenkenlos, während sie mit geschlossenen Augen döste, aus dem Eingang ihres Wasserladens Betelsaft auf die Gehspur zu spucken pflegte, egal, ob da gerade einer vorbeikam oder nicht.

»Sehr guter Freund von mir, der Künstler. Hat schlechte Zähne, deshalb bereite ich für ihn öfters geriebene Maroni, noch warm, mit einem Löffel Creme drüber. Feinschmecker, trotzdem. Wollen

Sie ein Teeservice aus echtem Kiangsu-Ton kaufen? Hat er da. Oder die flott gemalten Pferde von Chü Bai-hung, auf Porzellan, Bambus, auf Notizbüchern, auch auf T-Shirts ...«

Er hätte mir noch eine Menge erzählt, aber ich wollte zur Sache kommen. Deshalb machte ich mich auf den Weg durch den Höllenschlund in das Durcheinander von Eingängen zu beiden Seiten schmaler, finsterer Gehwege, vorbei an Nudelhändlern, die ihre Ware wie Girlanden zum Trocknen aufgehängt hatten, an Vogelverkäufern und Grillenhaltern, aus deren Kabuffs Zwitschern und Zirpen drang, an Lotterieleuten, Schustern und Hosenschneidern. Da hämmerte es, sägte es, Wasserkessel pfiffen, Kinder quäkten, Mütter klopften Wäsche, Schneider rollten Tuch von Ballen – bis ich dann endlich vor dem Laden stand, den der Kastanienröster mir beschrieben hatte: Möbel aus der alten Zeit, Figuren von Buddha bis Shiwa, Wandbehänge und Rollbilder, Cloisonné-Vasen und Tuschgarnituren, stilecht, mit den goldverzierten schwarzen Farbsteinen. Das Auge konnte kaum erfassen, was hier auf engem Raum alles an Wertvollem oder wenigstens Kuriosem zusammengetragen war. Und selbst ein Spezialist hätte seine liebe Not gehabt, bei jedem Stück zu sagen, ob es echt oder gefälscht war. Kenner der Szene haben herausgefunden, daß es echte Stücke fast nur noch als Muster für das gekonnte Nachmachen gibt. Aber das sind einheimische Kenner. Auf den Börsen in Europa oder Amerika, habe ich mir sagen lassen, stellen immer noch hochbezahlte Fachleute Gutachten über mehrere tausend Jahre alte Dinge aus, die in Wirklichkeit schon von Lehrlingen hergestellt wurden. Gekonnt eben.

Mok Thong Chok war kein Lehrling mehr. Der leicht ergraute Mann, der etwas füllig wirkte, und dessen Blick abschätzend kühl auf mir ruhte, als ich mein Sprüchlein aufsagte, ihm den Zettel aus dem Glückskuchen zeigte, war gerade dabei, auf einem Brett kugelig geformte Klumpen, die aus Lehm oder gefärbtem Gips zu bestehen schienen, mit einer dunklen Flüssigkeit zu behandeln. Er benutzte dazu eine Hühnerfeder, keinen Pinsel, und er verrichtete diese Arbeit, ohne mir zunächst Antwort zu geben. Ich tat das, was man als Jüngerer in solchen Fällen tut, ich schwieg respektvoll. Bis er schließlich bemerkte: »Ich muß nur diese Dino-Eier präparieren, bevor sie in den Ofen kommen, Geduld bitte, nur einen Augenblick noch ...«

Ich horchte auf. »Was für Eier sind das?«

Er sah zu mir herüber. »Dinosaurier. Das größte aller Tiere, die jemals die Erde bevölkert haben. Lebte im Mesozoikum. Falls Sie da in der Schule gerade gefehlt haben, das ist das sogenannte Mittelalter dieses Planeten gewesen. Vor hundertfünfzig und mehr Millionen Jahren. Zusammen mit einer Menge ähnlicher Monster. Wußten Sie nicht, daß die jetzt modern sind?«

»Und Sie brüten die Eier aus?« stellte ich mich naiv. Ich weiß nicht, ob er mir das abnahm, aber er blieb höflich. Redete wie ein Heilkundiger zu einem Patienten, als er mir auseinandersetzte: »Mister Lim Tok, Sie haben sicher schon gehört, daß sich im Handel das Angebot der Nachfrage anpaßt. Im Augenblick liebt die ganze zivilisierte Welt des Westens diese Saurier, weil ein paar Werbeleute damit angefangen haben, sie abzubilden und den Leuten einzureden, sie wären interessant. Die Kinder nehmen sogar kleine Nachbildungen davon mit ins Bett. Und die Wissenschaftler dürfen da nicht nachstehen, wenn die Konjunktur schon einmal boomt. Sie entdecken in tiefen Bodenschichten die Eier dieser Tiere. Museen kaufen sie für viel Geld an. Nun – wir stellen sie her. Ich backe sie für eine Firma in Wuhan. Dort werden sie gefunden, und von dort verkauft man sie dann nach Europa, Amerika, bis jedes Museum ein paar davon hat. Gutes Geschäft. Haben Sie nie davon gehört?«

Ich beeilte mich: »Doch, doch! Ich wußte nur nicht, wie sie entstehen.«

Er lächelte milde. »Es ist wie mit den Rolex-Uhren. Man muß eben wissen, worauf es ankommt ... Was war es, das ich für Sie tun könnte?«

Ich erwähnte nochmals den Wahrsager am Ocean Terminal, und der Künstler nickte. Guter alter Freund, wie es schien, war einer der von ihm kam, mit einer exzellenten Empfehlung versehen.

Als Mok Thong Chok den Namen *Goldfischer* hörte, zog er die Augenbrauen hoch und schwieg. Ich zeigte ihm den Zettel aus dem Glückskuchen nochmals, wo der Name stand, aber er schwieg trotzdem längere Zeit, bevor er dann endlich fragte: »Wissen Sie, mit wem Sie sich da einlassen?«

Ich ahnte es und sagte ihm, was der Mann an meinem Auto versucht hatte. Er hörte es ohne Überraschung. Als er alle Dino-Eier eingepinselt hatte, schob er das Brett mit ihnen in einen merkwürdig modern wirkenden elektrischen Brennofen, wie er auch bei der Herstellung von Tonwaren verwendet wird, und dann wusch er sich gewissenhaft die Hände in einem geblümten Emaillebecken, stellte eine Zeituhr, und zuletzt lehnte er sich mir gegenüber an einen Pfosten, der die Decke des Raumes abstützte.

»Ich verstehe«, sagte er. »Sie jagen diesen Mann?«

»Ich will ihn fragen, warum er einen Anschlag auf mich verübt hat, und in wessen Auftrag.«

Der Künstler nickte. Das sollte heißen, ist schon gut, ich glaube sowieso kein Wort, aber meinetwegen tu, was du magst. »Ich bin untröstlich, daß ich einem Freund meines Freundes noch keinen Tee angeboten habe – bitte, verstehen Sie, ich bin heute allein im Laden und in der Werkstatt ... Goldfischer hat hier gewohnt. Nicht weit von mir. Hat mir gelegentlich ausgeholfen. Kennen Sie die Austin Road, Mister Lim Tok?«

Ich kannte sie. Geht von der Nathan Road ab und führt zum Tunnel nach Victoria. Mok Thong Chok gab mir eine Adresse, und dazu teilte er mir etwas sehr Interessantes mit. »Er ging von hier weg, weil er anderswo eine bessere Chance bekommen hatte. Es handelt sich um Dienstleistungen für einen Ausländer, mehr hat er darüber nicht gesagt. Nur daß sein Einkommen besser sein wird und er jetzt eben in dieser Pension wohnen kann. *Jade Garden* ...«

Er lächelte, als er das sagte.

»Ist er Mitglied einer der hiesigen Vereinigungen?« spielte ich auf die Triaden an.

Mok Thong Chok wiegte leicht den Graukopf. »Nicht daß ich wüßte. Wenn Sie mir die Indiskretion verzeihen, Mister, ich glaube, dafür war er nicht verläßlich genug. Jedenfalls machte ich mit ihm diese Erfahrung. Möge mir die üble Nachrede verziehen werden ...«

Er nahm nicht einmal einen Dollar für die Auskunft, im Gegenteil, er entschuldigte sich, daß er mir keinen größeren Dienst hatte erweisen können.

Auf dem Rückweg durch die dunklen, stinkenden Gassen, in die nie Tageslicht fiel, fing ich mit dem linken Hosenbein doch noch einen Strahl roten Betelsaft ein, den die alte Wasserverkäuferin im hohen Bogen aus ihrem Kabuff auf die Gasse spie. Ich unterließ es, ihr zu einem Spucknapf zu raten.

Das *Jade Garden* lag nicht weit vom Kricketgelände entfernt, auf dem selbst britische Prinzen schon das Holz geschwungen hatten. Eine der tausend winzigen Herbergen in einem chinesisch gebauten Haus, die Gäste für einen tragbaren Preis aufnahm. Eine Stunde lang, einen Tag, einen Monat.

Ich stellte gerade auf dem Luxusparkplatz des Kricketgrundes den Motor meines Toyotas ab und wollte die Sonnenblende mit dem fast immer funktionierenden Schild »Presse« herunterklappen, als mein Funktelefon jammerte.

Bobby Hsiang knurrte mich an: »Wo bist du? Schon am *Jade Garden?«*

Ich fragte verblüfft zurück: »Woher weißt du ...?«

Er schnitt mir das Wort ab: »Setz dich in Bewegung, hierher. *Queen Elizabeth Hospital.«*

Ich ahnte Schlimmes, und er bestätigte es. »Du brauchst im *Jade Garden* nicht mehr zu suchen, wir haben den Kerl hier. Also – es eilt!«

Ich flitzte die Austin Road hinunter zur Hong Chong, ohne Rücksicht auf den Verkehr zu nehmen. Verursachte ein wütendes Hupkonzert, sah geschwungene Fäuste und entrüstete Gesichter, aber ich war in Rekordzeit in der Röhre und zischte auf der Victoria-Seite ungehemmt in ähnlichem Tempo weiter. Wenn an meinem Toyota auch manches klapperte und einiges rostbedeckt war – an Schnelligkeit konnte es so leicht keiner mit ihm aufnehmen. Trotz der klimpernden Ventile! Ich hoffte nur, daß keiner der faul an den Kreuzungen herumlungernden Verkehrshüter wach genug war, meine Nummer zu notieren. Bobby Hsiang würde mich jedenfalls nicht mehr heraushauen, er hatte das schon zu oft tun müssen.

Die Posten am *Queen Elizabeth* winkten mich durch. Vorn, wo die Personalien der Unfallpatienten registriert wurden, konnte ich Bobby Hsiang sehen. Er führte einen jungen Mann ab, dessen Hände in Handschellen auf dem Rücken lagen.

Ein schmales Bürschchen, dessen Blick flink hin und her huschte, dahinter war Angst. Ich hielt mich im Hintergrund. Wie immer die Sache ausging – es zahlte sich meist aus, wenn Verhaftete einen nicht im Zusammenhang mit der Polizei sahen, denn eines Tages mußte die Polizei sie meist wieder freilassen, und wenn sie tatsächlich Gauner waren, dann vergaßen sie kein Gesicht eines Mannes, den sie mit der Polizei zusammen gesehen hatten.

Anstatt Bobby anzusprechen, erkundigte ich mich schnell bei einem seiner Mitarbeiter, der mich kannte, was passiert sei. Er murmelte was von einem Überfall auf eine Patientin, der aber fehlgeschlagen sei, weil einem Posten vor der Zimmertür der Bursche im Arztkittel aufgefallen war – er trug dreckige Turnschuhe, die kein Hongkonger Krankenhausarzt jemals tragen würde, was immer man gegen diesen Berufsstand auch sagen möchte, besonders über diejenigen seiner Angehörigen, die im *Queen Elizabeth* beschäftigt waren.

Bobby hatte mich natürlich auch gesehen, ohne sich das zunächst anmerken zu lassen. Jetzt, nachdem er offenbar das Turnschuh-Doktorimitat in sein Ralleyefahrzeug gesteckt hatte, kam er in die Halle zurück und winkte mich zu sich.

»Du weißt mehr über ihn?«

Mißtrauisch geworden, erkundigte ich mich: »Wie kommst du darauf? Seit wann kenne ich jeden kleinen Ganoven, der in ein Hospital eindringt? Vielleicht wollte er Morphium klauen!«

Als Privatermittler hat man seine Prinzipien, von denen nicht selten der gute Ruf abhängt, den man in Geschäftskreisen genießt. Aber in diesem Falle hatte ich streng genommen keinen Auftraggeber, dem gegenüber ich zum Schweigen verpflichtet gewesen wäre. Und die Freundschaft zu einem Polizisten ist mindestens so wichtig wie die zu einem Sin Fung der 314. Als Bobby mich nun ermahnte, ihn nicht für völlig hinter den Bergen im Loch hockend zu betrachten, entschloß ich mich, es ihm gewissermaßen gefiltert zu geben.

Ich erzählte ihm die Sache mit dem Sprengstoff, und daß ich den Namen des Täters herausbekommen hatte, allerdings nicht das Motiv.

»Das wußte ich auch schon«, quittierte Bobby Hsiang meine Offenheit.

»Von wem?«

»Manchmal ist auch ein reicher Mann wie Mister Hsu interessiert, mit uns ein gutes Verhältnis zu haben«, deutete er an.

»Warst du in seinem Bau?«

»In dem von Gene Hsu?«

»Himmel!« schimpfte Bobby, »Kann man denn mit dir nicht normal reden?«

Man konnte, und ich war wohl gut beraten, es ihm zu beweisen. Also sagte ich: »Ich war in der Walled City. Der Junge wohnte dort. Die neue Adresse ist die Pension *Jade Garden.* Beim Kricketplatz in Kowloon ...«

»Das wissen wir bereits aus seinem Führerschein. Hast du was gefunden?«

»Ich war gar nicht drin. Dein Anruf erwischte mich, bevor ich die Hand am Türgriff hatte.«

Er nahm die Mütze ab und wischte sich, wie kultivierte Leute aus England, die hier Dienst machen müssen, das auch tun, mit einem sauber gefalteten Taschentuch den Schweiß von der Stirn. Hongkongs Royal Police hat Stil, da kann man auf sie schimpfen, soviel man will! »Willst du mitkommen? Ich muß kontrollieren, ob da noch mehr Semtex liegt ...«

Ich wehrte erschrocken ab. Mein Hosenbein war noch naß vom Betelsaft, und der Gruftgeruch hing mir in der Nase. Dazu fehlte gerade noch, daß ich mich mit der Polizei zusammen im Quartier dieses Kerls sehen ließ, das ganz sicher beobachtet wurde.

»Danke«, sagte ich zu Bobby. »Nicht mehr interessiert. Der Mann sitzt ja jetzt sicher. Werde mir überlegen, ob ich Anzeige gegen ihn erstatte.«

Bobby knurrte nur mißmutig. Als ich ihn darum bat, Mrs. Porteiras besuchen zu dürfen, teilte er mir spitz mit: »Mrs. Porteiras ist auf eigenen Wunsch entlassen worden. Die Polizei ist nicht informiert, wo sie sich aufhalten will. Auf eine Anzeige gegen den jungen Mann hat sie zwar verzichtet, wir werden ihn aber trotzdem belangen. Hausfriedensbruch mit besonders gefährlichem Hintergrund. Du willst wirklich nicht mit nach Kowloon?«

Ich schüttelte den Kopf. Bobby murmelte noch etwas, aber das wurde vom Krach verschluckt, den eine Boeing verursachte, die gerade Kai Tak anflog.

Was sollte nur aus unseren Ohren werden, wenn einmal die Mutterländler einen noch größeren Flughafen mit noch größeren Maschinen hier bauten, nachdem sie Hongkong vereinnahmt hatten? Am besten lief man mit Kopfhörern herum, wie die Kerle, die etwas verspätet den Walkman entdeckt hatten, und die am liebsten die illegal kopierten Kassetten mit Barmusik aus ungefähr hundert Hongkonger Nachtkneipen hörten. Am frühen Nachmittag rief mich Gene Hsu an.

Ich saß in dem Kabuff, das der Bewährungshelfer Wu und ich uns teilten, und ich tröstete den jungen, etwas unpraktisch veranlagten Mann gerade darüber hinweg, daß ein kleiner Einbrecher, den er betreute, rückfällig geworden war und aus einem Supermarkt nachts einen Kastenwagen voll Likör und Zigaretten abgefahren hatte. Beim Verkauf war er erwischt worden, jetzt zerquälte sich Wu den Kopf, was er falsch gemacht haben könnte.

Irgend jemand hatte ihm einmal eingeredet, der Mensch, und zwar jeder, sei grundsätzlich ein Ebenbild der Götter, und wenn man ihm Vertrauen entgegenbringe, werde er das sicher rechtfertigen.

Ich versuchte also ein weiteres Mal, ihn davon zu überzeugen, daß es sich da um eine philantropische Sprechblase handelte, und daß man nicht gleich über jeden betrübt sein müsse, der mal in die Kasse langt, wenn die Chance sich bietet – Menschen sind eben schwach, und das eher als gut, sogar ganz junge schon.

Weil ich das mit Worten nicht schaffte, fiel mir ein Trick ein. Ich legte eine mit Kippen aus dem Aschenbecher gefüllte Zigarettenpackung auf die Kante des kleinen Tisches, der neben der Tür unseres Büros stand, kurz bevor Lum, der Waisenbengel uns die Reis-und-Fisch-Schnellmahlzeit brachte, nach der wir ihn zur nächsten Bude geschickt hatten.

Lum ließ keine Chance aus, etwas zu verdienen oder zu mausen. Er hatte sein Standquartier unweit unseres Hauses, auf dem Bürgersteig, gegenwärtig handelte er mit ungewaschenen Slips und Büstenhaltern, auf denen die ehemaligen Eignerinnen – ausnahmslos berühmte Models, Sängerinnen oder andere Showtypen – mit dickem Stift ihr Autogramm geschrieben hatten. Ob Sie es glauben oder nicht, die Dinger verkauften sich blendend. Sonderangebote dieser dritten Art von Kuriositäten sprechen sich mit Windeseile in Hongkong herum, obwohl es hier wahrlich einen Überfluß an Verrücktheiten gibt. Lum, der Kleine mit den Segelohren, der nebenbei als eine Art Späher über die Sicherheit unseres Büros wachte, schob sich freudestrahlend durch die Tür. Kein Wunder, als regulärer Abnehmer bezog er Rabatt an der Imbißbude. Ich merkte, wie er die Zigarettenpackung mit einem Blick streifte. Ein Fisch, der einige Male an einem bestückten Haken vorbeischwimmt, bevor er zuschnappt.

»Ägyptische Kartoffeln nimmt der Macher jetzt für die Chips«, teilte er uns strahlend mit. Über die Fische sagte er nichts. Jeder wußte, daß es Brassen waren, die einer in den New Territories aus dem Mutterland bezog, spottbillig, und die meist schon etwas streng rochen, wenn sie endlich Aberdeen erreicht hatte. Andere Buden verwendeten außerhalb des Hafens gefangene Seefische, die schmeckten stets leicht nach Öl – es war im Grunde egal, womit man sich langsam umbrachte, lediglich den Geschmack des Giftes konnte man wählen. »Den Rest kannst du behalten«, verfügte Wu großzügig, als Lum ihm das Wechselgeld hinhielt.

Ich gab dem Jungen eine Zigarette, die er sogleich anbrannte. Er hatte es eilig, wieder zu seinem Bauchladen mit der Prominentenunterwäsche zu kommen, und machte sich gleich auf dem Weg, nicht ohne im Vorbeigehen mit einem geradezu artistischen Griff die vermeintlich volle Zigarettenpackung vom Tisch zu schnappen.

»Sehen Sie«, machte ich Wu aufmerksam, »selbst ein so liebenswertes Geschöpf wie unser Lum ist nicht frei von Schwächen

Das ist menschlich. Es macht ihn mir geradezu sympathisch, daß er kein Heiliger ist. Typen, die vor Ehrlichkeit und Moralität förmlich platzen, flößen mir immer Mißtrauen ein.«

Er sah mich ziemlich mißbilligend an. Aber er hatte keine Zeit, mir erneut seine Vorstellungen von der Größe des Menschen darzulegen, wie er das öfters tat, wenn ich ihm von gewissen Erfahrungen aus meinem Berufsleben erzählte und er sich verpflichtet fühlte, meinen Zivilisationspessimismus zu dämpfen. Ich sah, wie er die Brille aufsetzte, um mich besser sehen zu können, er öffnete auch den Mund, aber da flog die Tür auf, und die krähende Stimme Lums klagte lautstark: »Je reicher die Leute werden, desto abscheulicher sind die Späße, die sie mit unglücklichen Waisenkindern treiben!«

Damit knallte er die Zigarettenschachtel wieder auf den Tisch, daß die Kippen durch die Gegend flogen.

»Ich verstehe nicht ...«, stammelte Wu.

»Es war ein schlechter Scherz, zugegeben, du kleiner Flinkfinger!« Ich winkte ihm und zog aus meiner Schublade eine Packung *Red Lantern,* aus dem Mutterland geschmuggelt, und drückte sie ihm in die Hand.

Lum besaß neben vielen anderen, teils fragwürdigen Talenten auch noch das eines Schauspielers. Er besah sich die Packung mißtrauisch und brummte etwas von betuchten Leuten, die sich nicht schämten, den Zoll zu umgehen, nur um ihre gesundheitsschädigenden Leidenschaften ausleben zu können. Ich ließ mich nicht irritieren, ich kannte Lum, und statt mich mit ihm anzulegen, schob ich ihm Streichhölzer hin.

»Oder hast du selbst welche?«

Er steckte sie sofort ein, auch die Zigaretten. An der Tür drehte er sich noch einmal um, wie dieser amerikanische TV-Detektiv, dem immer erst mit der Türklinke in der Hand das Wichtigste einfällt.

»Was ich beinahe vergessen hätte, da unten sitzt seit zwei Stunden einer in einem blauen Mazda und wartet auf jemanden. Ratet mal auf wen!«

Ich muß ein ziemlich belemmertes Gesicht gemacht haben, während Lum, der freche Knirps, grinsend aus der Tür huschte.

War ich nach dem vereitelten Anschlag auf mein Auto unvorsichtig geworden?

Nochmals öffnete Lum die Tür und vertraute mir treuherzig an: »Kein Wunder, wenn da einer lauert! Wo doch in allen Blättern gestanden hat, daß du von der stinkreichen Tante aus Timor soviel geerbt hast, daß du es geheimhalten mußt!«

»Du bringst da wohl etwas durcheinander«, machte ich ihn verblüfft aufmerksam, ich hatte die Sache mit Louis-Mountbatten Fung eine Kleinigkeit anders in Erinnerung. Aber Wu schob mir verschämt ein Exemplar von Fungs Blättchen über den Tisch, und ich las da, ziemlich groß aufgemacht, ich hätte von einer Dame aus dem Reich der dreizehnhundert Inseln aus ganz schleierhaften Gründen etwas erhalten, was von so hohem Wert sei, daß ich bereits vor Überfällen zittere ...

Zeitungsschmierer! Wenn es irgendwo noch eine freie Zeile gab, füllten sie sie glatt mit einem zusätzlichen Mord. Oder mit einer Lüge, was einfacher war. Natürlich konnte man eine Lüge auch als ein Produkt der Phantasie bezeichnen, das klang nicht so brutal. Es blieb sich gleich. Fung war ein guter Freund, aber das Metier knackste schließlich jeden an. Trotzdem hatte die Sache, so wie er sie darstellte, natürlich einen Dreh. Sie machte die Leute, die hinter Mrs. Porteiras her waren, auf mich aufmerksam. Machte mich zum Ziel. Das war meine Absicht gewesen, wie hoch Fung auch immer gestapelt hatte. Ich überlegte nur kurz. Dann rief ich Lum zurück, der schon wieder verschwinden wollte.

»Kannst du ihm einen Platten machen?«

»Hinten oder vorn?«

»Egal.«

»Dann mache ich ihn hinten. Gleich?« Als ich nickte, hielt er mir wortlos die Hand hin. Ich opferte einen Schein, und er zog ab.

Der Bursche machte keinen sehr friedlichen Eindruck, als ich ihn so aus dem Durchgang des Nachbarhauses beobachtete. Noch jung, aber eben der Typ, von dem etwas ausgeht, das warnt. Ich schlich mich zurück in mein Büro und steckte die Magnum ein, den ich dieser Tage nicht mehr so leichtsinnig im Handschuhfach des Toyota liegenließ.

Unten war Lum gerade dabei, das dem Bürgersteig zugekehrte linke Hinterrad mit einem Stilett zu punktieren. Er führte einen kurzen, kräftigen Stich, dann ging er seelenruhig weiter, als gäbe es da gar kein Auto und nicht die leise zischend entweichende Luft.

Der Fahrer merkte, daß das Auto sich neigte. Er hob stutzend den Kopf, blickte in den Spiegel, dann riß er die Tür auf und wollte herausspringen.

Doch da war ich. Das und meine Magnum mit seiner unanständig großen Mündung überraschten den Mann so, daß er mich nur anglotzte und nicht imstande war, etwas zu sagen oder zu tun. Ich schob ihn in sein Auto zurück, bevor er sich faßte. »Waffe?«

Er war vom Fach. Machte eine Kopfbewegung, bei der das Kinn auf die linke Jackentasche wies. Ich entnahm ihr eine Pindad, die zweite, die mir in kürzester Zeit unterkam. »Aber ... Sie können nicht ...«, stotterte der Mann. Ich fauchte ihn an: »Ich kann. Wenn ich abdrücke, liegst du tot in deinem Auto, und ich verschwinde im nächsten Eingang. Niemand sieht uns. Also – in welcher Sprache hast du dich mit deinem Auftraggeber unterhalten? Er kann doch kein Chinesisch!«

Ich hatte mir das genau überlegt. Wenn dieser kleine Ganove solche billigen Jobs wie eine Beschattung übernahm, dann war er nicht besonders hoch in der geistigen Leistung einzuordnen. Er würde sich überfahren lassen.

Ich behielt recht. Er riß den Mund auf, ließ mich eine Weile lang seine Goldzähne sehen, dann protestierte er: »Wieso? Er kann ... Englisch ...«

»Aber nicht sehr gut«, bohrte ich weiter. »Alle diese Indonesier sprechen ein Englisch wie der Außenminister von Kakophonien, oder?«

In seinem Gesicht zeichnete sich erneut Überraschung ab. Es gelang ihm nach einer Weile, matt zu protestieren: »Er spricht nicht wie der von ... Kakolysien ...«

»O.K. Er spricht wie der Sultan von Bandung. Name?«

Dabei schob ich ihm die Mündung meiner Magnum noch etwas härter zwischen die Rippen. Mit solchen Typen sanft umzugehen, war ohne Sinn. Er reagierte sofort. Wie es schien, war ich auf ein Exemplar gestoßen, das nicht einmal die Mutprobe in einer Gymnasiasten-Triade bestanden hätte.

»Lung Tso.«

»Nicht deinen. Den von dem Indonesier!«

Ich hatte ihn. Er berichtete mir, daß er den Mann nur einmal gesehen hatte. Auf der Bank im Tiger Balm Garden.

Er habe sich nicht vorgestellt. Nur Geld angeboten.

»Und wer hat dir den Treff vermittelt?«

»Nguyen Ho Dung. Er führt in der Gasse der Laternenmacher ein Restaurant.«

Ich kannte die Kneipe. Sie lag in einer Gegend, in der eine Menge Vietnamesen es fertiggebracht hatten, sich als Handwerker anzusiedeln. Oder eben als Kneipiers. Nicht ganz im Einklang mit den Einwanderungsbestimmungen, aber wen halten die schon ab!

Die Gasse ging von der Tonnochy Road ab. Bis in die Tonnochy Road konnte man gefahrlos gehen, dahinter begann die Gegend, in der in den Kneipen Hundefleisch angeboten wurde. Es hieß, dort lauerten unzählige Gelegenheitsgauner auf eine Chance. Die Kneipe von diesem Nguyen Ho Dung war ein Treff, über den es mehr Polizeiakten gab als Steuerabrechnungen. Tonnochy Road war Viet Cong Country, wenn es mir erlaubt ist, den Volksmund zu zitieren.

»Du hast den Mann gesehen – hatte er noch den Schnurrbart?«

Es funktionierte. Der kleine Gauner Lung Tso beschrieb mir bereitwillig den Herrn, den ich auf dem Film des Kameraschwenkers aus der Leichenhalle in Mong Kok gesehen hatte. Tuan Elis Subutu aus Djakarta, der gut gekleidete, gelassene Mann mit dem Diplomatenpaß, den Mrs. Porteiras respektlos einen Mata-Mata genannt hatte. Schnüffler.

»Wie nimmst du Verbindung mit ihm auf?«

Er deutete, von einem erneuten Schubs mit meiner Magnum ermuntert, auf das Autotelefon zwischen den Sitzen.

»Nummer?«

»Weiß ich nicht. Ist fest programmiert. Wiederholungstaste drükken.«

Ich überlegte kurz. Einen Ganoven fertigzumachen, wenn man eine Magnum in der Hand hat und er nichts, ist einfach. Manchmal zahlt es sich aber aus, das nicht zu tun. Ganoven vergessen nicht, wenn man ein Auge zugedrückt hat. Alte Polizistenweisheit.

»Du bleibst ganz still sitzen«, wies ich ihn an, »und du legst deine Hände auf das Armaturenbrett, los!«

Er folgte wie ein Schuljunge. Ich nahm den Hörer und drückte die Wiederholungstaste. Leider nutzte es mir nichts, daß ich einmal gelernt hatte, aus dem Abschnurren der Nummernscheibe ohne hinzusehen die gewählte Zahl herauszuhören. Diese modernen Telefone erledigten die Anwahl absolut geräuschlos, lediglich ein leises Knacken ertönte, bevor das Rufsignal kam.

»Ja, bitte!« Eine geschmeidige Stimme.

»Tuan Subutu?«

»Wer ist dort?« Er sprach tatsächlich ein eher unauffälliges Englisch, aber ein Hongkonger hörte trotzdem heraus, daß seine Muttersprache aus einer Menge betonter Vokale bestand.

»Lim Tok«, sagte ich. »Da sind Sie überrascht, wie?« Pause.

Dann: »Wie kommen Sie an meine Nummer?« Er sagte kein Wort zuviel. War vorsichtig wie eine englische Gouvernante.

»Da staunt selbst ein Mata-Mata«, reizte ich ihn. »Für mich gibt es keine Geheimnisse. Hören Sie gut zu, Tuan Subutu, ich sage es nur einmal. Was Sie so gern haben möchten, habe ich. Sie können mich jagen, aber damit haben sie es noch lange nicht. Wenn es an der Zeit ist, und wenn ich dazu Lust habe, werde ich es Ihnen anbieten. Vielleicht auch nicht. Ich werde eine Nachricht für Sie an der Pforte der indonesischen Vertretung abgeben. Oder auch nicht. Ende.«

Er hatte schon aufgelegt. Der Kerl, der Lung Tso hieß, wagte nicht, den Kopf zu drehen. Er schwitzte. Seine Handflächen lagen folgsam auf dem Armaturenbrett. Ich würde ihn mir auf eine Art vom Hals schaffen, die ihn selbst überraschte.

»Hast du gut zugehört?«

»Ja.« Es klang zaghaft.

»Hast du begriffen, daß dein Auftraggeber keine Ahnung hat, wer es mir ermöglichte, ihn anzurufen?«

Das nächste Ja kam noch zaghafter. Ich erlaubte ihm, sich wieder aufzurichten. Er wagte es nicht, mich anzusehen. Dies war einer von den Kerlen, die eine scharfe Sprache verstanden, und ich nutzte es aus.

»Ich werde deinem Auftraggeber nicht verraten, wie ich dich hereingelegt habe. Kein Wort. Weil ich dir nicht den Job kaputtmachen will. Kannst du dir vorstellen, warum noch?«

Er schüttelte den Kopf.

»Dieser Tuan Subutu, der dich engagiert hat, ist gefährlich. Er hat bereits zwei Leute umlegen lassen. Einen davon hatte ich so ähnlich erwischt wie dich jetzt. Ich ließ ihn los, und jemand erledigte ihn, wohl damit er für immer schweigt. Tuan Subutu liebt Leute nicht, die sich aufs Kreuz legen lassen ...«

Während ich sprach, entlud ich die Pindad und warf die aus dem Magazin genommenen Patronen auf den Rücksitz.

»Aber laß dich nicht wieder in meiner Nähe blicken. Es sei denn, du machst mich aufmerksam, daß du hinter mir herschnüffeln sollst, damit ich es einkalkuliere. Erzähl deinem Tuan, was du willst, aber wenn ich noch einmal unvorbereitet auf dich treffe, geht es böse für dich aus. Und wenn du klug bist, reparierst du jetzt deinen Reifen und haust von hier ab!«

Ich warf ihm die leere Pindad zu, steckte meine Magnum ein und stieg aus. Gerade noch bekam ich mit, wie Pfiffikus Lum zu dem Wagen lief und fröhlich anbot: »Mister, Sie haben einen Ausgehauchten – wenn ich helfen soll, es kostet Sie zwei Dollar, dafür werde ich das Rad wechseln, Sie brauchen nicht mal auszusteigen!«

Ich saß schon in meinem Toyota und rollte davon, als das Geschäft abgemacht wurde. Ich erinnerte mich, daß es noch einen weiteren Mann gab, der sich vermutlich in Gefahr befand. Unterwegs rief ich Bobby Hsiang an, der hatte noch nichts von Mrs. Porteiras gehört. Fahndete auch nicht nach ihr.

Hongkongs Polizei war stets froh, wenn jemand keine Anzeige erstattete und das knappe Personal nicht übermäßig strapaziert werden mußte. Aber Bobby nahm mir das Versprechen ab, ihn sofort zu benachrichtigen, wenn ich sie ausfindig machte.

»Hoffentlich ist sie dann nicht kalt«, gab ich zurück, »oder in Stücken.« Er brummte nur, er halte nicht viel von meinen forschen Reden.

Dann entdeckte ich doch tatsächlich eine Parklücke in der Harcourt Road, unweit des Apartmenthauses, in dem die Vereinigung zum Schutz verfolgter Minderheiten ihr Büro hatte. Mir fiel nichts auf, als ich parkte, aber an der Eingangstür lehnte ein fauler Typ, der jetzt, am Nachmittag, wenn anständige Leute langsam von der Arbeit müde werden, an einem Pfosten gelümmelt, eine Morgenzeitung las. Wenigstens tat er so. Langschläfer. Oder auch nicht. Mir waren grundsätzlich Leute suspekt, die im Stehen Zeitung lasen. Nicht, weil die Amerikaner das als Dauererscheinung in ihren TV-Krimis haben, sondern weil es zur Lebensweise Hongkongs einfach nicht paßte. Jemand, der in Ruhe lesen wollte, setzte sich auf eine Bank, wie sie unweit des Eingangs stand. Aber jemand, der nur den Anschein erwecken wollte, daß ihn außer der Zeitung nichts auf der Welt interessierte, der konnte schon so naiv sein, sich ausgerechnet in den Eingang zu stellen, den er überwachen sollte. Was ging hier vor? Hatten Tuan Subutus gemietete Jagdhunde herausgefunden, daß es zwischen dem bereits toten Mann in Mong Kok, Mrs. Porteiras und dieser menschenfreundlichen Gesellschaft eine Verbindung gab? Ich beschloß, einen Hintereingang zu suchen. Ich fand auch einen, wo jemand von der nächsten Klempnerei dabei war, etwas am Müllschlucker zu schweißen. Er interessierte sich nicht für mich, als ich an ihm vorbei in die Vorhalle ging. Es war eines der Häuser, die im Parterre keinen Hausmann haben, der da hinter einem Tresen hockt und für ein Minimum an Ordnung sorgt. Ich warf noch einen Blick durch die Glastür auf den Zeitungsleser, schlüpfte in den Fahrstuhl und schwebte aufwärts. Daß ich nicht aufmerksam genug war, fiel mir nicht ein, schließlich hatte ich ja sogar den Zeitungsleser entdeckt. Also kletterte ich aus der Kabine und drückte auf den Klingelknopf der Minderheitenschützer.

Die Tür flog auf, und ich stand dem Herrn gegenüber, den ich bisher nur vom Film des Kameraschwenkers kannte – Tuan Subutu.

Er machte sich gar nicht die Mühe, mich zu begrüßen, wedelte mich nur mit einer Bewegung der Pindad, die er in der Hand hielt, an sich vorbei an die nächste Wand, mit dem Gesicht zur Tapete, zog mir die Magnum aus dem Hosenbund und fragte in leidlichem Englisch: »Warum versuchen Sie mir weiszumachen, ich könnte bei Ihnen finden, was ich suche? Ich weiß genau, daß Sie es gar nicht haben können ...«

Mir fiel darauf so schnell nichts ein, nur, daß dies schon die zweite Pindad war, die ich heute sah, und wenn ich den Anfänger in Kowloon noch dazurechnete, die dritte überhaupt.

Ich versuchte es auf die ganz dumme Tour, sozusagen im Stil eines Bauern aus den New Territories, der vorgestrigen Salat auf dem Markt als frisch verkaufen will, ich sagte: »Mister, da muß ein Irrtum vorliegen. Ich wohne nicht hier ...« Die Pistole drückte weiter in meinen Rücken. Zu gleicher Zeit hörte ich aus dem Raum Geräusche. Etwas wurde umgeworfen. Papier raschelte. Dann brach Holz. Da mußte es einen zweiten Mann geben. Der Verdacht bestätigte sich sogleich, denn eine etwas guttural klingende Stimme meldete sich. Sie sagte: »Legen Sie ihn neben den anderen, den Rest mache ich.« Tuan Subutu sagte zu mir: »Mal sehen. Sie wissen etwas viel, Herr Detektiv. Vermutlich ist es das beste, wir lassen Sie Abschied von dieser Welt nehmen

»Mit Hilfe von Semtex?« Lebensgefahr machte mich zuweilen ausgesprochen mutig.

Er äußerte sich dazu nicht. Während er mit der Pistole weiter unangenehm an meiner Wirbelsäule blieb, während irgendwo hinter uns, im Büro der Menschenfreunde, jemand weiter Möbel umwarf und Papier durchwühlte, erschien zwischen meinem Gesicht und der Tapete plötzlich eine Hand mit einer geöffneten Whiskyflasche.

Die Hand trug einen Onyxring, die Flasche das Etikett *Bushmills Malt.* Eine der teureren Sorten aus der ältesten Whiskybrauerei Irlands. Die Flasche kostete gut und gerne eine dreistellige Dollarsumme.

»Ich gebe Ihnen einen guten Rat«, sagte Tuan Subutu leise, »vergessen Sie, daß Sie mich jemals gesehen haben. Vielleicht wäre es besser, ich tötete Sie jetzt, aber ich gebe Ihnen noch eine Chance: Scheiden Sie aus dem Spiel aus! Und nun schlucken Sie, los!«

Er führte die Flasche an meinen Mund. Er hätte mir glatt die Zähne ausgeschlagen, wenn ich nicht geschluckt hätte. Kaum daß er mir die Möglichkeit ließ, ab und zu Luft zu holen. Er kippte mir so ungefähr die Hälfte der Flasche in den Rachen. Dann setzte er sie ab, und ich dachte genau eine Sekunde darüber nach, was das wohl sollte. Doch dann fiel mir ein Teil eines anderen Planeten auf den Kopf, und der Film riß.

Das erste, was ich wieder wahrnahm, ich weiß nicht nach wie langer Zeit, war eine Stimme, die ich nicht kannte. Ein Mann. Er fragte: »Was ist nun mit ihm?«

Jemand bewegte meinen Kopf, legte einen Finger an meine Halsschlagader, fummelte an mir herum und sagte schließlich: »Lebt. Ist stinkbesoffen. Glaube nicht, daß der das gewesen ist.« Eine Hand griff in meine Jackentasche. Zog mein Etui mit der Lizenz heraus. Die Stimme brummte: »Das erklärt den Revolver ...«

Ich versuchte, die Augenlider hochzuklappen. Es war, als hätte sie jemand mit Sandpapier abgerieben. Endlich gelang es mir. Ich hatte es mit zwei Zivilisten zu tun, die nicht wie Gangster aussahen, eher wie Beamte, und die mir irgendwie nicht ganz fremd waren. Ein dritter kroch im Hintergrund herum und machte Fotos mit Hilfe eines Blitzlichtes. Nach und nach begriff ich, daß es sich um Polizisten handelte, die ich zumindest schon einmal gesehen hatte. Wo bloß? Zugegeben, mein Verstand war etwas träge. Und es schien, als bräuchte ich eine Brille. Als ich mich aufzurichten versuchte, geriet alles, was in mein Blickfeld kam, sogleich in kreisende Bewegung. Ich nahm gerade noch wahr, daß der Raum verwüstet war, und daß der Mann, der neben mir stand, auf meine Bewegung aufmerksam wurde.

»Hallo«, sagte er, »sind Sie in der Lage, zu antworten?«

»Was zu trinken ...«, krächzte ich.

Er meinte herablassend: »Scheint, als hätten Sie genug gehabt!« Aber er verschwand und kam mit einer Tasse Wasser zurück, aus der ich einen Zug nahm. Dann gelang es mir zu fragen: »Seid Ihr von Bobby Hsiangs Team?«

Ich konnte jetzt das Gesicht des Mannes etwas besser erkennen. Jung und forsch. Als ich den Namen Bobbys erwähnte, zog er einen Flunsch.

»He, Bao-li«, rief er, »komm her, der fängt an, von unserem neuen Chef zu phantasieren.«

Ein anderes Gesicht erschien in meinem Blickfeld. Älter. Der Mann hatte eine Zigarette zwischen den Lippen hängen. Ich war sicher, ihn schon seit Jahren zu kennen, ohne zu wissen, wer er eigentlich war. Es gab eine Menge Polizisten in der Kolonie.

»Lim Tok«, begrüßte er mich, »ich kenne Sie. Sind unlängst erst beim Chef gewesen. Als er noch nicht unser Chef war.«

Ich nickte, bereute es aber sogleich, denn mir wurde übel davon.

Der Mann rief ins Zimmer: »Doc, gucken Sie sich mal seinen Rettich an, der ist ziemlich durcheinander.«

Der Mann, der dann herantrat, war auch schon mit Bobby Hsiang unterwegs gewesen, soweit konnte ich mich erinnern. Er beklopfte meinen Hinterkopf, zog die Haare beiseite, betupfte eine Stelle mit etwas, das abscheulich brannte, dabei murmelte er: »Kann sein, kann nicht sein. Möglich, daß er eine Gehirnerschütterung hat. Wenn nicht, ist es Suff.« Zu mir gewandt: »Wieviel haben Sie bloß gekippt, Lim Tok? Hier stinkt es wie in Frankies Honkytonk am Montag früh!«

»Es war Bushmills«, klärte ich ihn auf.

Er betrachtete mich mitleidig. Ein Mann, der völlig durcheinander war, das konstatierte er wohl. Zog mir ein Augenlid hoch und leuchtete mit seiner Stiftlampe in die Pupille. »Spinnt schon. Bushmills, daß ich nicht lache! Wer kann sich den schon kaufen?«

Und dann war da plötzlich die vertraute Stimme Bobby Hsiangs, auch der Gestank seiner *Bastos* kroch mir in die Nase. »He, Partner«, sagte Bobby an der Zigarette vorbei. »Was kannst du zu deiner Verteidigung vorbringen?«

Es muß sich noch etwas nach einem mongolischen Hirten angehört haben, der Englisch zu sprechen versucht, als ich mich wehrte: »Hör mal, ich mich verteidigen? Ich bin hier hereingekommen und habe eins auf meinen wertvollsten Körperteil gekriegt, dann haben sie mir ...«

»Es war nicht dein wertvollster Körperteil«, sagte er, »es war dein Kopf. Und wer sind diese *Sie*?«

»Der Diplomat.«

»Aha. Und wer hat den jungen Mann dort drüben erledigt?« Er half mir auf die Beine. Mit Mühe hielt ich das Zimmer an, das um meinen Kopf kreiste. Mir war speiübel. Ich sagte es Bobby, der mich daraufhin stützte. Er vertraute mir an, da sei eine Toilette, die wäre schon untersucht, ich könnte mich dort erleichtern, er würde mir den Kopf halten. Da drang mein Stolz durch, und ich verzichtete.

Dann sah ich Liu Tse-mo, den Minderheitenschützer mit dem abgeschlossenen Geschichtsstudium. Er lag auf dem Rücken. Seine Augen starrten zur Decke. Sahen wohl nichts mehr. Auf der Brust ein dunkelroter Fleck.

»Ich möchte wetten«, quetschte ich durch die Zähne, »es ist das gleiche Kaliber wie bei dem Toten in der Leichenhalle in Mong Kok. Pindad. Sagst du mir, was das für Kerle sind, die hier herumfuhrwerken?«

»Neues Team«, gab er zurück. »Unterstehen neuerdings auch mir. Gewaltdelikte haben wieder zugenommen. Übrigens – jemand hat bei uns angerufen, hier sei ein Mord passiert. Warst du das?«

»Ich habe seit zwei Jahrhunderten nicht mehr telefoniert!«

»Der ist immer noch besoffen«, stellte der Mann fest, den sie Doc gerufen hatten. Ich gab mir Mühe, Bobby langsam, Wort für Wort zu erklären, was vorgegangen war. Als ich fertig war, runzelte er die Stirn und meinte: »Abgesehen davon, daß du wie üblich nur die Hälfte der Wahrheit gesagt hast – das ist alles sehr schön, bloß da drüben, neben der Leiche, in einer Beweismitteltüte, liegt dein Revolver. Hast du damit geschossen?«

»Nicht daß ich wüßte! Warum auch?«

Der Doc stänkerte: »Was der schon weiß! Der kennt nicht mal mehr die Whiskysorte, die er gesoffen hat. Bushmills, haha!«

»Du hast nicht geschossen?«

»Ich kam gar nicht dazu, der Kerl fing mich an der Tür ab.«

»Deine Magnum ist abgefeuert«, stellte Bobby fest. Dann sah er den Toten an und fügte hinzu: »Das Loch sieht ganz nach einer Magnum aus. Übrigens war er vorher schon so auf den Schädel geschlagen worden, daß er den Schuß kaum noch gebraucht hat. Aber das wird der Doc noch untersuchen.«

Nachdem ich in diese klassische Falle gelaufen war, stand ich nun also auch noch unter dem Verdacht, den Minderheitenmann getötet zu haben. Ich beantragte sicherheitshalber einen Paraffintest. Bobby Hsiang verstand meine Taktik. Zumal er wohl tatsächlich nicht im Ernst annahm, ich hätte den Mann erschossen. Aber er kannte Staatsanwälte.

»Du kommst mit«, entschied er. »Aber du setzt dich jetzt erst mal dort in die Ecke und wartest, bis eine Ambulanz da ist. Wir machen den Test bei uns, und anschließend können die Medicos gleich noch deinen Ballon röntgen, für alle Fälle ...«

Er trieb seine Leute an: »Los, seht zu, daß ihr weiterkommt, wir wollen hier nicht das Drachenbootfest verbringen. Da gibt's noch einen Fenstersturz mit Nachhilfe, den ihr aufzunehmen habt!«

Ich besah mir noch einmal den Toten. Er schien außer dem Loch in der Brust keine weiteren Schußwunden zu haben. Was war hier vorgegangen? Tuan Subutu mit einem oder mehreren Helfern war auf das scharf gewesen, was Mrs. Porteiras in ihrem Besitz hatte, seitdem der junge Mann aus Timor tot in Mong Kok lag. Die Finte, über Louis-Mountbatten Fung lanciert, daß inzwischen ich im Besitz dieses ominösen Etwas sei, hatte nicht funktioniert. Hatte Subutu etwa in dieser Wohnung gefunden, was er suchte? Warum erschoß er dann Liu? Und – wo war Mrs. Porteiras?

Als ich Bobby Hsiang vorsichtig anbohrte, ob er sich denn ein Bild machen könne, gab der sich verschlossen. Ihm sei manches an der Sache unklar. Zuallererst das Motiv. Wenn ich das nicht kenne ...

Zwei Träger kamen mit der Zinkwanne und holten die Leiche ab. Die nächsten beiden Männer kamen mit einer Trage. Ich protestierte, wollte zu Fuß gehen. Aber Bobby war unumgänglich. Er donnerte: »Der Mann wird getragen. Paraffintest, beide Hände. Anschließend Kopf röntgen. Wenn er Zoff macht, anschnallen!«

Mir teilte er lediglich noch mit: »Deinen Wagen lassen wir nach Aberdeen bringen. Den Revolver kriegst du zurück, wenn alles geklärt ist. Oder auch nicht.« Wenn er dienstlich wurde, konnte Bobby ein Ekel sein.

Die Träger packten mich. Ich verzichtete auf Widerstand und ließ mich auf der Trage befördern.

Um es gleich zu sagen: Sie fanden nichts heraus, die klugen Kerlchen im Hauptquartier. Der Test war negativ, die Röntgenaufnahme zeigte, daß mein Radieschen immer noch ohne Bruchstelle war. Bobby Hsiang gab mir mit unbewegtem Gesicht meine Papiere zurück. Als ich wissen wollte, wie es nun weitergehen sollte, sagte er nur: »Was uns betrifft, so haben wir nun nach dem Toten am Lampenpfosten in Kowloon einen neuen Mord auf dem Hals. Und dich als Zeugen, daß sich dieser Diplomat am Tatort aufgehalten hat, als du hinkamst.«

»Werdet ihr ihn vernehmen?«

Zum ersten Mal sah ich Bobby wieder grinsen. »Weißt du nicht, wie das mit Diplomaten immer ausging, früher?«

Natürlich wußte ich es noch. Aber ich wußte auch, daß jeder

Fälscher für ein entsprechendes Aufgeld Diplomatenpässe herstellte und die meisten internationalen Gauner welche hatten.

»Wir werden das prüfen«, versprach Bobby. »Jedenfalls versuchen wir es. Was ist es eigentlich, was da gesucht wird?«

Ich antwortete wahrheitsgemäß: »Wenn ich es wüßte, wäre ich diese unbequeme Sache längst los. Keine Ahnung.«

»Du willst mir allen Ernstes weismachen, dein Klient hat dir nicht mal gesagt, worum es geht? Und das unter vier Augen?«

Ich verblüffte ihn mit der Eröffnung: »Ich habe gar keinen Klienten. Es sei denn, du hältst den Kameraschwenker Tim Tsen im Leichenschauhaus in der Yee Street in Mong Kok für einen!«

Er äußerte sich dazu nicht. Gab mir nur leise den Rat, nach Hause zu fahren, mit einem Polizeifahrzeug. Mein Toyota sei schon in Aberdeen. Ich sollte mich hinlegen und ausschlafen. »Und mein Revolver?«

Er schüttelte den Kopf. »Dauert noch. Hast du einen zweiten?«

Hatte ich nicht. Und es bewies sich, daß Bobby Hsiang doch noch ein Freund war, auf den man bauen konnte. Er ging an seinen Wandtresor und entnahm ihm einen billigen Smith & Wesson Chiefs Special, gab ihn mir und ließ sogar durchblicken, das Ding sei sauber. Nur daß ich nicht gleich damit einen auslöschen solle, das gäbe dann doppelten Ärger. Und daß er es zurückhaben möchte, sobald ...

In diesem Augenblick jaulte meine neue Errungenschaft, das Funktelefon, das ich in meiner Jackentasche trug, und das den Niederschlag im Büro der Minderheitenfreunde offenbar unbeschadet überstanden hatte.

Bobby gab nicht zu erkennen, was er dachte, als ich seelenruhig das Gerät aufklappte und mich meldete.

»Mister Lim Tok?« Es war die sanfte Stimme der Lady Porteiras. Ich sagte vorsichtig, sie sei richtig verbunden. Und dann erfuhr ich, daß sie in Aberdeen auf mich wartete. »Sie müssen mir verzeihen, ich habe Ihr Büro besucht, und der Herr dort sagte mir, ich solle an der Pier warten, wo die Walla Wallas anlegen, Sie würden von hier aus zu Ihrem Domizil fahren ...«

Ich unterbrach sie: »Ich bin aufgehalten worden. Geht es Ihnen gut?«

»Leidlich.«

»Werden Sie verfolgt?« Das verneinte sie.

Ich riet ihr: »Lassen Sie sich an der Fischbude ein paar Fritten geben, und warten Sie, ich bin schon unterwegs!«

Sie saß auf einem Hocker, den ihr der Macher der Fischbude hingestellt hatte, weil sie offensichtlich etwas schwach auf den Beinen war. Der Kopf trug noch einen leichten Verband, die linke Seite des Oberkörpers war unter dem locker fallenden Sommerkleid straff verbunden. Auf dem Schoß balancierte sie einen Teller mit Bratfisch und Fritten.

Ich gab ihr eine von den Papierservietten, die auf der Theke des Fischbraters lagen, damit sie ihre Finger säubern konnte. Dabei beobachtete ich, daß sie auch ihre linke Hand bereits wieder einigermaßen bewegen konnte.

Nachdem ich sie begrüßt und wir die üblichen Höflichkeitsformeln losgeworden waren, wurde ich unsicher. Überall konnte sich einer der Observierer jenes Tuan Subutu herumtreiben, es konnte sehr leicht zu einem weiteren Überfall kommen. Ich riet ihr, die wenig befriedigende Mahlzeit zu beenden und zunächst mit mir auf meine Wohndschunke zu fahren, wo wir sicher wären.

Die Frau lächelte mich umwerfend an. Und dann meinte sie: »Dschunke ist mir zu unbequem. Danke. Ich habe eine bessere Idee. Sie kommen mit mir.«

Sie sah mich wartend an. Was mir die sofortige Zustimmung erschwerte, war der Nebel in meinem Kopf, der sich noch immer nicht ganz zu den irischen Whiskybrauereien zurück verflüchtigt hatte. Nicht, daß ich Zickzack gelaufen wäre – aber ein bißchen schwer tat ich mich doch noch, obwohl ich etwas mehr Alkohol vertrage als die meisten anderen Chinesen, und obwohl das feiner Alkohol gewesen war, den man mir da eingetrichtert hatte, um mich zusätzlich zu dem Hieb aufs Haupt auszuschalten.

»Wohin?«

»Lassen Sie sich überraschen«, sagte sie nicht ohne Kokette-rie.

Ich nickte gottergeben. Möglicherweise war Pipi schon auf der Dschunke und lag dort im Liegestuhl, wie eine Passagierin auf dem Sonnendeck eines Luxusdampfers, bloß unbekleidet, wie das ihre anfechtbare Gewohnheit war. Wenn ich da mit einer Dame vom Format der Mrs. Porteiras ankam, würde eine ernsthafte Unterhaltung ohnehin nicht gut möglich sein.

Mrs. Porteiras hob leicht die rechte Hand. Daraufhin schoß von irgendwoher einer dieser gediegenen alten Chryslers heran, nahezu lautlos, hielt an und seine Tür öffnete sich, spuckte zwei junge Männer aus, die nur ein Banause als »Kerle« hätte bezeichnen können: Weiße Zweireiher, dunkle Hemden, bunte Schlipse,

Lackschuhe – eine etwas geckenhafte Aufmachung, die täuschen sollte, denn sie waren knallharte Typen, und – was man seltener hat – welche mit Grips, wie ich bald begriff. Ich grinste sie zunächst freundlich an, selbst noch als sie mich nach einer Waffe abtasteten und prompt den Chiefs Special von Bobby fanden.

Ich sagte so freundlich wie möglich zu Mrs. Porteiras: »Sie können mich samt Revolver haben, oder Sie lassen es bleiben.«

Auf einen Wink steckte der eine mir den Chiefs Special wieder in den Hosenbund und murmelte etwas, das eine Entschuldigung sein sollte, nur war es in einer Sprache gesagt, die ich nicht verstand. Obwohl – ich erkannte sie, es war Indonesisch. Da wurde mir klar, daß Mrs. Porteiras kaum noch in Gefahr war, sie hatte ihre eigenen Bewacher herbeigerufen.

Als wir bereits längere Zeit in Richtung Norden gefahren waren, bestätigte sie mir das: »Es handelt sich um zwei Angestellte von mir. Ich habe sie zu meinem Schutz herfliegen lassen.«

Und dann, als wir die Mittagskanone bereits hinter uns hatten und ins Gelände des Royal Hongkong Yacht Clubs rollten, teilte sie mir mit: »Außerdem habe ich die Hilfe eines hiesigen Geschäftsfreundes in Anspruch genommen. Er hat mir vor allem eine sichere Unterkunft zur Verfügung gestellt.«

Sie hatte die Wahrheit gesagt. Jeder, der auch nur eine flüchtige Ahnung von Hongkongs Geldadel hatte, wußte, daß die ›Samloon‹ Tung Da-hsien gehörte, dem Besitzer jener Apothekenkette, für die ich jüngst gearbeitet hatte. Eine hochseetüchtige Motoryacht, in Honolulu gebaut, weiß angepinselt, schnittig, elegant – wenn das kein sicherer Aufenthalt war als das Hospital, würde ich Gärtner werden! Der Name des bezaubernden Fahrzeugs war dem Familiensiegel der Tungs entlehnt, das drei Drachen zeigte.

»Bitte«, forderte mich Mrs. Porteiras auf, als wir am Steg angekommen waren. Die beiden Edelgorillas warfen prüfende Blicke in die Umgebung. Doch dieser Teil des Yacht Clubs war so exklusiv, daß jeder sofort unangenehm aufgefallen wäre, der nicht den zuverlässigen Eindruck erweckte, drei bis vier Millionen im Kästchen zu haben. Killer und verwandte Typen haben das meist nicht. Deshalb hatte es mein Observer Lung Tso auch nicht geschafft, mir bis hierher zu folgen. Entweder stand er noch in Aberdeen herum, oder er war am Eingang des Yacht Clubs gescheitert.

»Ist der alte Herr auch auf dem Dampfer?« erkundigte ich mich, als wir die Reling aus blankgeputztem Messing hinter uns hatten Mrs. Porteiras sah mich verblüfft an.

»Sie kennen den Eigentümer dieses Bootes?«

Herzige Frau, die so was als Boot bezeichnete. Ich zog es vor, nicht zu antworten. Mochte sie von den hellseherischen Eigenschaften Hongkonger Detektive halten was sie wollte. Sie sagte, ohne auf ihre Frage zurückzukommen: »Wir sind allein. Nur meine Beschützer sind da. Und etwas Personal.«

Das »Boot« hatte einen Salon, in dem man die Bewohner eines Hochhauses hätte unterbringen können. Elegant möbliert, so gar nicht im traditionell chinesischen Stil, in dem Old Tung Da-hsien zu Hause lebte. Aber – hier pflegte er wohl mit Gästen die Freuden der Zeit zu genießen, und Old Tungs Freunde waren nicht nur Chinesen mit Traditionsgefühl, da gab es eine beträchtliche Anzahl von Gweilos, wie er sie sicher nur in ihrer Abwesenheit nannte, fremde, ungeschliffene Barbaren aus westlichen Ländern. Und die fühlten sich eben eher in Ledersesseln wohl als auf harten chinesischen Stühlen, Tradition oder nicht!

Der Whisky, den ein Steward in weißer Jacke anbot, war zum Glück kein Bushmills, also nahm ich erst einmal einen Schluck, dann machte ich etwas Konversation, die sich um die Verletzungen von Mrs. Porteiras drehte, und schließlich kam ich zur Sache: »Ich habe gern klare Verhältnisse«, machte ich ihr begreiflich, »weil es gelegentlich um das Leben geht. Deshalb hätte ich gern gewußt, was hier eigentlich gespielt wird. Von Ihnen, von Tuan Subutu, und von den Leuten, die er in die Landschaft schickt, um jemanden zu killen. Können Sie mich aufklären?«

Sie trank sparsam, aber sie schien Alkohol nicht gerade zu verabscheuen. Und sie kam ebenfalls ohne Umschweife zur Sache, ganz wie das bei den Fremden üblich ist, auch bei denen, die sich schon lange in unseren Breiten aufhalten.

»Würden Sie für mich arbeiten?« Die Frage kam überraschend. Ich überlegte, daß ich eigentlich genau das schon seit einiger Zeit tat, warum sollten wir es nicht offiziell abmachen. Deshalb zögerte ich nicht lange. Tim Tsen, der Leichenfotografierer in Mong Kok, hatte mir zwar den Tip gegeben, daß da etwas roch, aber er hatte mir nicht einmal versprochen, die Spesen zu übernehmen. Warum sollte er auch? Genau genommen war ihm nur etwas aufgefallen, von dem er annahm, es würde mich interessieren. Den Rest der Rechnung hatte ich ganz von selbst verursacht. Ich zierte mich nicht. In Anbetracht der Summe, die ich auf den verschiedenen Konten der Lady Porteiras vermutete, machte ich sie aufmerksam: »Ich stehe Ihnen für genau eintausend Hongkong-Dollars plus

Spesen pro Tag zur Verfügung, Mrs. Porteiras. Aber erst, wenn ich gehört habe, worum es überhaupt geht.«

Der gesalzene Preis, den ich nur bei Ausländern erhob, schien sie nicht zu beeindrucken. Sie nickte zustimmend. Dann lehnte sie sich in ihren Ledersessel zurück, schlug die gar nicht so uninteressanten Beine übereinander und setzte mich ins Bild.

»Timor, wie Sie wissen, der Osten der Insel, wo ich herkomme, war portugiesisch. Er wurde durch eine Militäraktion Djakartas zu Indonesien geschlagen, und das blieb nicht ohne Widerspruch. Portugal protestierte nicht. Es konnte die Kolonie gern entbehren, war froh, sie los zu sein. Aber die Leute im Ostteil der Insel wollten eine Art Autonomie haben, es gab nur wenige von Djakarta profitierende Nutznießer, die sich da hinter das Schlagwort vom Ende des Kolonialismus stellten, in Wirklichkeit den Anschluß an ihr Patronatsland meinten, das ihnen Pöstchen und Gewinn versprach. Es kam zu Demonstrationen, die wurden zusammengeschossen, daraufhin schossen die Demonstranten zurück, gründeten sogenannte Befreiungskomitees, und seitdem haben wir etwas in Ost-Timor, das die Djakartaer Militärs eine aufsässige Bande von Diversanten nennen, die Politiker eine unbedeutende Minderheit, und das Ausland Unruhestifter. Die Minderheit selbst sagt, sie ist der größte Teil der Bevölkerung, und sie wollte zwar von Portugal befreit sein, aber nicht von den Djakartaern eingemeindet. Auf der Basis dieser nicht sehr überschaubaren Verhältnisse bildete sich das heraus, mit dem wir es zu tun haben ...«

»Sind Sie selbst immer noch Portugiesin?«

»Ich bin es noch. Europäer werden in Ost-Timor nicht direkt verfolgt. Man tastet auch ihren Besitz nicht an. Bei den Eingeborenen verhält sich das anders. Es gibt Zwangsarbeit, es gibt Isolierungslager, Leute verschwinden, Massaker ereignen sich – deshalb zählen die Einwohner von Ost-Timor heute zu den verfolgten Minderheiten.«

»Daher Ihre Bekanntschaft mit Mister Liu Tse-mo?«

»Mister Singgi hatte mit ihm Verbindung, ich nicht.«

»Wer ist Mister Singgi?«

»Der Tote in der Leichenhalle in Mong Kok. Ich half ihm, außer Landes zu kommen, mit meinem Flugzeug.«

»Sie fliegen selbst?«

»Eine Piper Malibu.«

»Und Sie nahmen nicht nur Mister Singgi mit, sondern auch noch etwas, hinter dem die Behörden aus Djakarta jetzt her sind?«

Sie sagte schroff: »Es sind keine Behörden. Es sind Leute, die mit der Ausbeutung des ehemaligen Ost-Timor zu tun haben. Und sie haben es nicht gern, wenn man ihre Schandtaten dokumentiert und ins Ausland bringt. Mister Singgi war einer meiner Angestellten. Er betätigte sich als Filmamateur. Seine Filme waren an Bord, als wir flogen. Sie dokumentieren die Zerschlagung von Demonstrationen, die Tötung von Menschen, das Abbrennen aufsässiger Dörfer durch das Militär. Die übrige Welt, die so sehr mit sich selbst beschäftigt ist, sollte davon erfahren. Wenigstens das, wenn sie schon nicht helfen kann ...«

Das Rätsel löste sich auf, die Geschichte nahm endgültig Konturen an. Verständlich, daß dieser Mata-Mata, wie der wohlklingendere Ausdruck für Schnüffler lautete, auf die Filme aus dem Gepäck des Toten scharf war.

Irgendwo auf der Yacht spielte ein Radio, das auf die Inseln im Süden eingestellt war, vermutlich von den Burschen, die Mrs. Porteiras schützten, *Vanua Levu.* Ich lauschte der einschmeichelnden Melodie, und es hatte den Anschein, als sei auch Mrs. Porteiras mit ihren Gedanken eher im fernen Pazifik als bei unserem Gespräch.

Bis ich sie dann fragte: »Wer wußte von Ihrem Flug?«

»Außer mir und Singgi niemand.«

Natürlich würde ihr Hauspersonal davon gewußt haben, aber es konnte auch anders zusammenhängen, daß die Jäger bereits in Hongkong gewartet hatten, als die kleine Maschine hier aufsetzte.

»Zwischenlandungen?«

»In Sandakan, und in Manila. Tanken.«

Da hatte es entweder in Sabah oder auf den Philippinen einen Informanten gegeben, der Djakarta über diese Maschine aus Ost-Timor ins Bild setzte. Die Dienste hatten überall ihre bezahlten Augen. In Hongkong angekommen, mußte Mister Singgi noch Zeit gehabt haben, zuerst das Filmmaterial an einen sicheren Ort zu bringen und sich dann mit dem Mann von der Vereinigung zum Schutz verfolgter Minderheiten zu verständigen. Mrs. Porteiras bestätigte das: »Es handelt sich um belichtetes Negativmaterial. Singgi arbeitete noch auf Zelluloid. Er schaffte es sofort in die Kopieranstalt von Kodak, und am Abend wollte er sich mit mir treffen. Ich hatte im *King's* sogar ein Zimmer für ihn reservieren lassen. Am nächsten Morgen, als er noch immer nicht da war, rief ich Mister Liu Tse-mo an, und danach wandte ich mich an die Polizei. Die wies mich auf einen unbekannten Toten in diesem Leichenschauhaus hin ...«

Den Rest kannte ich. Tuan Subutu mußte instinktiv zugeschlagen haben und erst danach die Überlegung angestellt, daß es um die Filme ging, nicht um den Mann. Da war es schon zu spät. Vielleicht hatte es auch ein Mißverständnis gegeben, zwischen Subutu und seinen Killern. Sie verfuhren möglicherweise in der falschen Reihenfolge. Und dann erst konzentrierten sie ihre Suche auf Mrs. Porteiras. Schließlich auf mich, weil ich mit ihr Verbindung aufnahm. Liu Tse-mo war das Opfer der Fehlspekulation, nach der er bereits das Material hatte.

»Können Sie mir erzählen, was den Kerl, der Goldfischer heißt, bewog, im *Queen Elizabeth* den Überfall auf Sie zu versuchen?« fragte ich. Sie vermutete Ratlosigkeit der Leute, die auf der Jagd nach den Filmen waren.

»Sie wissen nicht, wo man das Filmmaterial noch suchen könnte, nachdem Singgi tot ist. Mein Flugzeug haben sie bestimmt schon durchsucht, mein Hotelzimmer sowieso. Ich halte es auch für ein Zeichen dieser Ratlosigkeit, daß sie versuchten, Ihr Auto, während Sie es einen Augenblick unbewacht ließen, in die Luft zu sprengen ...«

Es war ihr neu, als ich ihr mitteilte, dieser Anschlag mit Semtex sei genau vor dem Büro eines Herrn passiert, der zur Familie des Tai Pans gehörte, auf dessen Yacht wir gegenwärtig saßen.

»Die Leute beobachteten mich«, sprach ich meine Vermutung aus. »Sie vermuteten wohl, daß ich das, was sie suchten, von Eugene Hsu übergeben bekam und in meinen Wagen brachte. Mit Hsu selbst wollten sie sich nicht anlegen, der hat genug gefährliche Leute zur Verfügung, die ihnen selbst in Djakarta noch Feuer unter den Hintern machen können. Da entschieden sie sich für die Vernichtung durch Sprengstoff. Erfuhren, daß die Sache fehlging und ich selbst das Material nicht hatte, obwohl ich es ihnen sogar über eine Zeitung suggeriert hatte. Deshalb suchten sie bei Liu Tsemo. Als ich dazukam, schläferten sie mich ein, weil sie ohnehin wußten, daß ich selbst noch auf der Suche war. Und weil ich einen guten Täter abgab. Aber – verehrte Mrs. Porteiras, wo eigentlich könnten diese Filme nun sein?«

Sie hatte aufmerksam zugehört, jetzt schwieg sie, sah mich mit einem Blick an, der mich überzeugte, daß sie die Wahrheit sagte.

»Ich weiß es nicht.«

»Sie müssen doch wenigstens eine Vermutung haben!«

Zaghaft gestand sie mir: »Ich ... hatte insgeheim gehofft, Sie wüßten das!«

Das verschlug mir vorerst den Atem. Ich nahm einen Schluck von dem inzwischen sehr kühlen und vom getauten Eis verwässerten Whisky, was mich trotzdem wieder einmal unangenehm an Tuan Subutus angeblichen Bushmills erinnerte, dann überlegte ich in Ruhe.

Sie hatte die Legende von Louis-Mountbatten Fung in der Zeitung gelesen und ernstgenommen, klar, bloß daß das eben eine Legende gewesen war.

Es fiel mir einigermaßen schwer, ihr die Illusion zu nehmen, ich wisse mehr über das begehrte Material, aber schließlich glaubte sie mir doch, jedenfalls sagte sie das, und wir beratschlagten beide, was zu tun sei.

»Sie könnten die ganze Sache vergessen und nach Timor zurückfliegen«, schlug ich vor.

»Nicht nach dem Tode Singgis.« Es klang starrsinnig, paßte so gar nicht zu dieser sonst umgänglichen Frau. Und sie fügte noch hinzu: »Man hätte auch mich beinahe umgebracht. Danach ist alles anders, Mister Lim Tok. Wollen Sie mir weiter helfen?«

Wie sie sich meine Hilfe vorstellte, wußte sie selbst noch nicht genau. Aber sie hatte meine fünfstellige Honorarforderung akzeptiert. Bezahlung und dazu noch Hilfe von ihren Beschützern – selbst ein Detektiv, der kurz hintereinander ein paar lohnende Fälle gelöst hat, ist gegen Verlockungen solcher Art mindestens ebenso empfänglich wie ein Politiker gegen einen Scheck der Bank of China.

Ich kam nach einiger Zeit auf die Idee, Bobby Hsiang anzurufen. Schließlich hatte die Polizei zwei Morde und einen versuchten Mord auf dem Hals, also konnte man Aktion erwarten.

Mein alter Freund Bobby riet mir, meine Magnum abzuholen, sie sei überprüft, ich selbst außer Verdacht.

»Hat der Goldfischer schon gesungen?«

Bobby ließ sich Zeit, ehe er mürrisch antwortete: »Dünnes Stimmchen. Ist in der Kneipe eines gewissen Nguyen Ho Dung von einem anderen angeworben worden, für schnelle Münze. Wir haben ihm das Foto des Mannes am Lampenpfosten in Kowloon gezeigt, er sagt, der war da auch manchmal. Im *Jade Garden* haben wir einen halbvollen Kasten Semtex und zwei Pistolen gefunden. Hat er von einem Mann bekommen, an dessen Gesicht er sich nicht erinnert ...«

Zwei Pistolen, das bedeutete nach Hongkonger Regeln eine Haftstrafe.

»Er kennt den Indonesier nicht?«

»Sagt, er hat mit einem Mann verhandelt, der Englisch sprach. Gibt zu, daß die Bezahlung hoch war, was auf Arbeit für einen Ausländer hindeutet. Aber ob der Mann einen Schnurrbart hatte oder nicht, darauf hat er nicht geachtet. Sagt er.«

»Heute. Vielleicht singt er morgen.«

»Wo bist du?« wollte Bobby wissen.

Ich sagte es ihm, obwohl Mrs. Porteiras mich dabei mißbilligend ansah. Bobby schwieg eine Weile. Wenn die Frau aus Timor mit dem Clanchef Hung Da-hsien verbandelt war, dann bedeutete das, die Triade 314 würde sich mit ihren Gegenspielern beschäftigen, sobald sie es wünschte. Das aber konnte nach allem, was man aus der Vergangenheit kannte, einen mittleren Bandenkrieg auslösen, denn es gab natürlich auch andere Triaden, die mit ihren Landsleuten in Indonesien paktierten.

»Einer von den Leuten, die der Indonesier in dieser Vietnamesenkneipe rekrutiert hat, muß den Kerl am Lampenpfosten in Kowloon getötet haben«, sagte Bobby. »Vermutlich, damit er nichts aussagen kann. Wir müssen damit rechnen, daß der Goldfischer auch in Gefahr ist.«

»Obwohl er bei euch einsitzt!«

Er lachte. »Weißt du, wie viele Gefangene im letzten Jahr umgebracht wurden auf Weisung von draußen?«

Ich wollte die Zahl nicht hören. Natürlich, wenn Tuan Subutu es wollte, würde er einen Mann finden, der den Goldfischer auslöschte, Gefängnis oder nicht. Aber da gab es ja noch den Kerl, den ich mit Hilfe des kleinen Lum in Aberdeen lahmgelegt hatte. Lung Tso hatte er gesagt, hieß er. Und er hatte Tuan Subutu gesehen. Konnte ihn notfalls identifizieren. Ich hatte ihn gezielt laufen lassen. Mochte er sich zunächst sicher fühlen. Irgendwann traf ich wieder einmal auf ihn, denn Subutu würde ihn weiter auf meine Fährte setzen, ohne zu ahnen, daß ich ihn kannte. Doch zunächst nahm ich mir vor, einen Blick in diese ominöse Vietnamesenkneipe zu werfen und zu sehen, was da zu machen war.

»Mrs. Porteiras«, wandte ich mich an die Dame des Dampfers, »mir fällt da eine Möglichkeit ein, die uns vielleicht weiterbringt. Werden Sie hierbleiben?«

»Ich bin hier sicher.«

Das war sie. Ich trank den Rest Wasser mit Whiskygeschmack aus und machte mich auf den Weg, nachdem ich das Angebot akzeptiert hatte, daß mich einer der Leibwächter, namens Amin, mit dem eleganten Auto kutschieren und zugleich für meinen Schutz sorgen würde.

Der Bursche war anstellig, das fand ich heraus, als wir uns während der Fahrt unterhielten. Und er war auf seine Chefin so eingeschworen, daß er jeden Mann verehrte, der sich für sie einsetzte. Wir fuhren bis in die Nähe des Sportforums an der Gloucester Road. Von hier waren es nur noch ein paar hundert Meter bis zur Tonnochy Road. Und zu Fuß fiel man hier nicht auf, es sei denn, man war ein Tourist in kurzen Hosen und die Taschendiebe visierten einen wegen der Geldtasche.

Amin sprach Englisch, und meist fielen ihm die richtigen Vokabeln ein. Wir heckten eine gemeinsame Vorgehensweise aus. Aus der Fahrertür winkte er mir nach, als ich mich zuerst auf den Weg machte. Hinter diesem freundlich grinsenden indonesischen Gesicht verbarg sich ein Mann, der ganz schnell und auf unerwartete Weise zur Sache kam, abgesehen davon, daß er für einen Leibwächter ungewöhnlich intelligent zu sein schien. Nun ja, die Plantagenbesitzer in portugiesisch Timor hatten sich bestimmt nicht die dümmsten Helfer ausgesucht.

Die Kneipe des Vietnamesen hieß *Honkytonk* und sah auch so aus. Für die Laternenmachergasse war sie immerhin noch ein achtbares Etablissement, denn die Handwerker logierten hier meist in den althergebrachten ebenerdigen, aus einem einzigen Raum bestehenden »Einfahrten«, die nachts mit Rolläden gesichert wurden. Bei einem Wetter, wie es jetzt im Hochsommer herrschte, schlief hier jeder, der sich einen Hitzschlag ersparen wollte, auf einer hölzernen Liege vor seinem Laden. Manchmal auch auf einer Lage alter Kartons.

Noch war nicht Abend, aber es gab in dem Gewimmel von alten Leuten, die hier wohnten, Kindern, Müttern mit Säuglingen auf dem Rücken, Lastenrikschas und Dreirädern mit stinkender Auspuffahne, die Materialien wie Papier und Leim anlieferten, auch Fisch für einen oder zwei Läden, Räucherenten und steinharte Würste, jene für die Leute in unseren abseits der Touristenpfade gelegenen Gegenden so typische Ruhe inmitten chaotischen Durcheinanders. Selbst wenn nebenan einer gerade starb, schlief man ungestört weiter, es sei denn, Hilfe konnte ihn tatsächlich noch retten, dann nämlich half man ihm, denn das gehörte sich. Sonst respektierte man sein Dahinscheiden eben und machte sich erst nach Ablauf seiner Daseinsfrist zur Trauer bereit.

Nguyen Ho Dung war noch nicht vom Hinscheiden bedroht, er war in einem Alter, das viele Leute als das beste bezeichneten. Und er war größer, als ich Vietnamesen in Erinnerung hatte. Einen breiten Brustkorb hatte er und mächtige Muskeln, der Kopf erinnerte an eine Granate, und die Hände an Riesenfarne. Ein Mann, mit dem man sich lieber nicht auf Tätlichkeiten einließ. Jedenfalls die richtige Figur für einen Kneiper in der Laternenmachergasse. Auf seinem rechten Oberarm, gewissermaßen als äußere Zierde seiner imponierenden Muskeln, saß eine große Tätowierung: Weltkugel, Anker und Adler, und darüber das *Semper Fidelis.* United States Marine Corps.

»Bier?« erkundigte er sich, als ich an die Theke trat, wo er wie ein einsamer Fels stand, denn der Laden war um diese Zeit leer.

»Coors?« fragte ich. Er nickte grinsend. Während er sich nach der Flasche bückte, begann ich so vor mich hin zu zitieren: »From the Halls of Montezuma

To the shores of Tripoli;

We fight our countries battles

In the air, on land, and sea ...«

Weiter ließ er mich zum Glück nicht kommen, denn ab da waren meine Kenntnisse nicht ganz lückenlos, vor allem bekam ich *right, freedom* und *honor* fast nie in die richtige Reihenfolge. Und ich konnte ja schlecht meine Mutter konsultieren, die jede Zeile im Schlaf aufsagen könnte, gewissermaßen als lyrisches Vermächtnis an meinen Vater für ewig bewahrt. Der Vietnamese kam hinter der Theke hoch und wollte wissen: »Gedient?«

»Nicht bei den Marines«, antwortete ich. »Mein Vater war dabei, in der Luft ...«

Er stellte sich vor, was überflüssig war, nur daß er es nicht ahnte, und er hielt mir die Hand über den Tresen zur Begrüßung hin. Ließ das Bier aus der Flasche ins Glas laufen und teilte mir dabei freudestrahlend mit: »Auch ich habe nicht direkt bei den Marines gedient. Aber ich war bei ihnen angestellt. In Danang. Offizierskantine. Die letzte gute Bar zwischen Saigon und Tokio!«

»Ah!« machte ich anerkennend. »Und jetzt haben Sie sozusagen ein Spezialitätenrestaurant hier?«

Das Bierglas war voll, er schob es mir hin.

»Einige Spezialitäten führen wir. Aber nur wenige. Möchten Sie gern ein Saigoner Röllchen probieren? Das Öl siedet noch, ich brauche nur eins einzulegen.«

Vermutlich siedete das Öl schon seit vierzehn Tagen, und ich entschied mich, den Genuß aufzuschieben. Zumal gerade Amin, wie verabredet, das Lokal betrat. Wir beide waren immer noch die einzigen Gäste. Amin knallte sich ein paar Hocker weiter vor den Tresen und verlangte ungefragt: »Bier!«

Der Vietnamese streifte ihn mit einem nicht sehr freundlichen Blick und griff nach einem Glas. Amin hatte so deutlich mit Akzent gesprochen, daß Nguyen Ho Dung ihn für einen Indonesier halten würde, zumal das hochgradig schon an seiner äußeren Erscheinung zu erkennen war – auch er trug einen dieser feinen Strichschnurrbärte, wie sie der Präsidentensohn Tommy in Mode gebracht haben soll, seitdem er sich auf der ihm gehörenden Autorennbahn in Java öfters in seinem Lamborghini fotografieren ließ.

Ich nippte an meinem Coors. Ohne mich auch nur mit einem Blick zu streifen, erkundigte sich Amin barsch bei dem Kneiper: »Chef heute schon dagewesen?«

Die Antwort blieb zunächst aus, aber nicht lange, denn als Nguyen Ho Dung das Bier vor Amin hinstellte, langte der kurzerhand über den Tresen, griff sich des Vietnamesen Haarschopf und knallte dessen Gesicht auf die Theke. Muskeln und Oberweite Nguyen Ho Dungs schienen nicht das zu halten, was sie versprachen, denn er konnte sich nicht befreien. Amin hielt ihn mit der Nase auf der Platte fest und sagte drohend leise: »Ich habe dich was gefragt!«

Erst als er den Vietnamesen losließ, antwortete der wütend: »Ich schneide dir die Ohren ab, Klugscheißer!«

Er betastete seine Nase, die beim Aufprall auf die Theke gelitten hatte. Amin spielte seine Rolle hervorragend. Der Mann wäre eine echte Bereicherung der Hongkonger Szene gewesen. Aber vermutlich verdiente er in Timor ebenso gut. Als der Kneipier unter den Tresen griff, dorthin, wo man in Hongkong wegen des Schußwaffenverbots den Baseballschläger liegen hat, kam Amin ihm zuvor. Er machte aus dem Stand einen Satz über die Theke hinweg, landete hinter dem Vietnamesen und hieb ihn mit der geballten Faust einmal auf die Schädeldecke.

Zuerst polterte der Baseballschläger zu Boden, dann sank der Vietnamese benommen in sich zusammen, hielt sich gerade noch am Rand der Theke fest. Amin beförderte den Schläger mit einem Fußtritt weit weg, den Vietnamesen, der sich ein wenig vom Schock erholte, und der gerade die rechte Faust ballte, knallte er mit dem Brustkorb gegen die Kante des Schanktisches, daß ich gewiß war, mindestens drei Rippen wären dabei angeknackst.

Für Schmerzäußerungen ließ Amin dem Überraschten nun ebensowenig Zeit wie zur Gegenwehr. Er schob ihm das Telefon hin und fauchte: »Anrufen, los. Tuan Subutu. Habe gehört, er kann Leute mit Mumm brauchen, nachdem ein Herr namens Goldfischer in der Büchse sitzt und zwei andere kalt sind ...«

Ich tat, als gäbe es außer meinem Bier nur noch die eigenen Fingernägel, die ich so aufmerksam betrachtete, daß ich für nichts sonst Augen hatte, ganz wie ich es mit Amin verabredet hatte. Er war ein cleverer Junge, überraschte mich dadurch, daß er viele Rollen im Repertoire zu haben schien.

Jetzt ermunterte er den Vietnamesen beinahe freundlich: »Los, wähl schon, ich habe nicht den ganzen Tag. Kriegst nachher einen Dollar Schmerzensgeld. Aber nur, wenn du nicht wieder den Helden spielt!«

Der Vietnamese begann zu wählen. Nach einer Weile versuchte er, sich aus seiner leicht zusammengekrümmten Haltung aufzurichten, während er leicht näselnd ins Telefon sagte: »Mister, hier ist ein Mann, der ...«

»Gib her!« Amin nahm ihm den Hörer ab, und dann begann er, ohne auf Einwände zu reagieren, seinem Gesprächspartner genau das zu erzählen, was wir vorher besprochen hatten: Er sei inhaftiert gewesen, wegen eines geringfügigen Problems in einer Spielhalle. In der Haftzelle habe er einen Hiesigen kennengelernt, der sich Goldfischer nannte und der ihm geraten habe, sich wegen eines lohnenden Auftrages eventuell an ihn zu wenden, er würde nach einigen Ausfällen sicher einen anstelligen Ersatzmann brauchen ...

Nur, daß er es ihm in der indonesischen Sprache erzählte und sich selbst so unverwechselbar als Indonesier vorstellte, daß kein Zweifel bleiben konnte, woher er kam. Das machte er mit einem Gesicht, das so harmlos war, daß nicht einmal Nguyen Ho Dung Verdacht geschöpft hätte, vorausgesetzt, er hätte überhaupt Indonesisch verstanden. Für ihn war dieser Besucher einfach ein gefährlich reizbarer Rüpel, und ansonsten hatte er mit seiner lädierten Nase zu tun. Amin legte den Hörer auf. Offenbar hatte der Trick geklappt, denn er tat genau das, was wir vereinbart hatten, er sah mich drohend an und befahl: »Trink aus und verpiß dich!«

Ich leerte mein Glas und warf einen Geldschein auf die Theke. Amin fauchte den Vietnamesen an: »Bring ihn raus. Bleib an der Tür. Keiner kommt rein, bis ich mit dem Chef gesprochen habe!«

Draußen ging ich zu Mrs. Porteiras' Auto zurück und setzte mich auf den Beifahrersitz, behielt das Stück Laternenmachergasse im Auge. Ich hatte immerhin eine halbe Stunde zu warten und rauchte dabei, bis dann plötzlich eine teure Limousine erschien, mit getönten Scheiben. Sie hielt genau vor der Kneipe. Tuan Subutu war selbst gefahren, er stieg an der rechten Seite aus, warf einen mißtrauischen Blick in die Runde, und dann wurde er von Nguyen Ho Dung durch die Tür gewinkt. Ein feiner Herr in weißem Tropenanzug, der federnd die paar Schritte zurücklegte. Imposant sind Gauner meist, aber nur die größeren.

Ich wechselte auf den Fahrersitz, fuhr ein Stück weiter und wendete, damit ich in der Richtung stand, aus der Subutu gekommen war. Eine weitere halbe Stunde später verließ er die Kneipe, blickte wieder um sich, stieg in seine Limousine und tat mir den Gefallen, zu wenden und in die Richtung zu fahren, in der ich stand.

Es ging um den Wanchai-Sportplatz herum auf die Gloucester Road hinaus, und hier am Victoria Park vorbei in Richtung Happy Valley. Die Gegend wurde zusehens grüner, je weiter südlich von Wanchai wir uns befanden. Bald war das Gelände der Pferderennbahn zu sehen. Happy Valley hat, mit Shatin verglichen, wo sich die andere Rennbahn befindet, die schöneren Anlagen. Von Oktober bis Mai, wenn dann die Hitze zu stark wird, kann der betuchte Bürger hier mindestens zweimal die Woche Geld verlieren oder gewinnen.

Glauben Sie bitte nicht, daß nur die reicheren Mitglieder des Jockey Clubs sich hier einfinden, nein, auch der sprichwörtliche kleine Mann darf mitwetten. Um geringere Beträge, versteht sich. Aber der Tribünenplatz kostet ihn bloß zehn Dollar, während der Herr in Nadelstreifen schon anstandshalber einen Clubsitz für die vierfache Summe erstehen muß, um nicht in den Verdacht der Verarmung zu geraten.

In der letzten Zeit, da so ziemlich jedes freie Stückchen Land in der Kolonie mit gewinnträchtigen Wohnblocks bepflastert wird, hatten in der Nähe des A-Ma-Hügels mit seinem Tempel, in Richtung Aberdeen-Tunnel, eine Reihe von Außenseitern in der Baubranche großzügige Villen gebaut, sie mit schon länger gezogenen Bäumen umpflanzt und so ein Reservat für Leute geschaffen, denen es ganz recht ist, daß ein etwas besonderer Wohngeschmack auch etwas mehr kostet.

Tuan Subutu, das fand ich auf diese Weise heraus, logierte also nicht in der Vertretung seines Landes, sondern in einem weißen Mini-Palast mit Swimmingpool und Tennisplatz. Ein bißchen zu großspurig für einen Mann, der eigentlich nur zur Erledigung einer befristeten Aufgabe in der Kolonie weilt.

Es ist immer gut, in den Dienststellen der Administration ein paar gute Freunde zu haben. Das traf nicht nur auf Tuan Subutu zu, dem das ein angenehmes Domizil eingebracht hatte, sondern auch auf mich, denn ich tippte, während ich in Sichtweite von Tuan Subutus Haus parkte, die Nummer des Einwohneramtes in mein Telefon und bekam auch nach kurzer Zeit genau den Beamten an den Draht, von dem ich wußte, er würde mir ohne lästige Fragen Auskunft geben. »Wirf deinen Computer an«, ermunterte ich ihn, brannte mir eine neue Zigarette an und machte mich auf eine lange Wartezeit gefaßt. Aber er meldete sich bereits nach Sekunden wieder: »Achtung, fremdländisches Eigentum! Laß die Finger davon. Gehört dem Konsul eines befreundeten Landes, als Gästequartier benutzt, gelegentlich, in der angenehmeren Jahreszeit auch für Gartenparties mit Eintauchen in das Schwimmbad ...«

Ich hatte genug gehört. Solche Quartiere besaß jedes Konsulat, große Firmen besaßen sie, auch Leute wie Tung Da-hsien, der hatte sich allerdings in Shatin angesiedelt. Vollklimatisierte Inseln im Betonmeer der Kolonie. Ruhepunkte und Mikrozentren der Geselligkeit. Sehr vorsichtig, daß Tuan Subutu sich bei seiner wenig astreinen Mission abseits der offiziellen Büros im Embassy Court hielt. Ein Mann der Praxis.

Ich besah mir die Villa etwas genauer von außen, allerdings so, daß niemand auf mich aufmerksam werden konnte. Sie schien im Erdgeschoß große Räume zu haben, in der oberen Etage Apartments mit Bädern. Vollklimatisiert, mit dem zentralen Ansaugkasten für Frischluft, die gekühlt ins Haus geleitet wurde.

Nachdenklich begab ich mich wieder zu meinem Auto. Dies war eine nicht so leicht einzunehmende Burg. Kaum fuhr ich an, da wimmerte mein Telefon wieder.

Amin wollte wissen, ob alles geklappt hätte. Der Partner, auf den Verlaß war, wie ich immer mehr begriff. Er war bereits wieder auf der Yacht bei Mrs. Porteiras, und er versicherte mir lachend, ihm sei keiner gefolgt, er habe ein Taxi benutzt, dessen Fahrer vermutlich am Rande eines Amoklaufes stand.

Als ich ihm berichtete, alles habe geklappt, deutete er an, auch er habe mit dem fremden Herrn zu einer Vereinbarung kommen können. Ich witterte die Möglichkeit, doch bald zu einem Ergebnis zu gelangen. Aber noch war es wohl nicht so weit.

Dieser Tuan Subutu war im Besitz des verdammten Diplomatenpasses, und außerdem fehlte immer noch jede Spur von dem Objekt, um das es überhaupt ging, dem Behälter mit den Filmen, die der nun so tote Schützling der Mrs. Porteiras in Ost-Timor aufgenommen hatte. Bevor wir da nicht fündig geworden waren, blieb die Hauptsache – jedenfalls für Mrs. Porteiras unerledigt.

Ich machte mich auf den Weg zum Yachthafen an der Causeway Bay, und hier traf ich einen vergnügten Amin, der mir gleich wieder Whisky mit Eis anbot, was Mrs. Porteiras zu meinem Leidwesen noch unterstützte.

Ich nippte nur daran. Amin war es, wie er schilderte, gelungen, das Vertrauen Subutus soweit zu erringen, daß dieser ihm versprach, er werde sehen, ob es etwas für ihn zu tun gäbe. Wie es schien, konnte er einen neuen Mann dringend gebrauchen, nachdem er bereits zwei verloren hatte. Ob er aber Amin noch trauen würde, nachdem er sich über ihn erkundigt hatte? Als erfahrener Mata-Mata würde er das mit Sicherheit tun. Ich hoffte, Amin hatte eine gußeiserne Legende vorbereitet, er stand einem Profi gegenüber, der vermutlich jeden Trick im Buch kannte.

Verblüfft sah ich auf Amins Handteller, als er ihn mir unter die Nase hielt. Da lag ein flacher Schlüssel, der täuschend jenem ähnelte, den ich zu Anfang der Geschichte dem Kerl abgenommen hatte, der mir den eigenen Revolver ins Genick hielt. Damals hatte ich in dem dazugehörenden Fach in der Poststelle Lai Chi Kok Road die Adresse Liu Tse-mos mit dem Haken dahinter gefunden.

»Er paßt für ein Gepäckfach im *Grand Hyatt*«, vermeldete er, »alle zwei Tage soll ich dort nachgucken, ob was für mich abgelegt ist.«

Die Methode hatte Tuan Subutu also nicht geändert, nur das Schließfach hatte er gewechselt. Ich kannte das *Grand Hyatt.* Es lag an der Hafenseite von Wanchai, in dem Kloß, der sich Kongreßzentrum nannte, und von dem manche Einheimische sagten, lediglich der Dachgarten sei am Abend einen Besuch wert.

»Übermorgen werde ich das Fach öffnen«, sagte Amin, »und dann wird sich herausstellen, ob der feine Herr aus Djakarta anbeißt oder nicht.«

Er wird vorher ganz genau deine Biografie durchleuchten, dachte ich, er wird seine Leute in Djakarta haben, und die werden vielleicht herausfinden, bei wem du engagiert bist. Aber als ich meine Bedenken laut werden ließ, winkte Amin selbstsicher ab: »Er wird genau das finden, was er finden soll, Mister Lim Tok.

So schlau wie unsere Mata-Matas sind wir schon lange. Übrigens steht vor dem Eingang zum Yachthafen ein Auto mit einem Mann, der exakt so aussieht, als säße er auf Observierung. Kann das uns gelten?«

»Mir«, antwortete ich. Lung Tso hatte Posten bezogen.

»Fotografiert er?« Ich fragte das, weil Subutu immerhin Amin erkennen könnte, wenn er ein Bild gezeigt bekam. Aber Amin hatte keinen Fotoapparat gesehen.

Ich hatte das Bedürfnis, erst einmal auszuschlafen, und zwar auf meiner Dschunke. Aber ich fürchtete, ich würde kaum in den Schlaf kommen – das war immer so, wenn ich während eines Falles, an dem ich arbeitete, nach dem entscheidenden Haken suchte, den die Sache hatte, und der mich der Lösung näherbringen konnte.

Bei Morden sagt nicht selten der Tote selbst mehr aus als der Tatort und die möglichen Motive. Der Tote. Herr Singgi, der in Mong Kok im Schauhaus lag. Ich rief den Kameraschwenker Tim Tsen an, dem ich es verdankte, daß ich in diese Geschichte überhaupt hineingeraten war. Ob der tote Indonesier noch da sei.

»Natürlich ist er da. Die Polizei hatte ihn schon mal freigegeben, aber jetzt haben sie ihre Meinung geändert, und wir bekamen den Auftrag, zu warten.«

»Ich kann ihn ohne Formalitäten sehen?«

»Noch einmal?« wunderte sich Tim Tsen. »Hat der Film nicht gereicht?«

»Ich komme«, kündigte ich mich an und klappte das Funktelefon zusammen.

Amin brachte mich zuerst nach Aberdeen, wo ich nach dem Rechten sah, dann kletterte ich in meinen Toyota und schüttelte zuerst mit dem Einbahnstraßentrick Lung Tso ab, der wahrlich ein schlechter Griff Subutus war, denn von Verfolgung per Auto hatte er keine Ahnung. Dann stürzte ich mich in Hongkongs Verkehrsgewühl. Irgend etwas fehlte, um die Sache endgültig in den Griff zu bekommen. Es war nicht allein das Filmmaterial – ich hatte etwas übersehen. Die Ereignisse waren zu schnell aufeinander gefolgt, hatten mich abgelenkt. Zurück an den Ort, an dem es begann, das war mein Rezept, um hinter Lücken zu kommen.

Im Tunnel war ein Anhänger mit Gemüse umgekippt. Als ich mich endlich an Kohlrüben, Zwiebeln, Lauch, Bambussprossen und Pilzen vorbeigeschlängelt hatte, rief Bobby Hsiang an.

Der Goldfischer war bereit, den Mann zu identifizieren, wenn man ihm ein Foto vorhielte und wenn man ihm zusagte, daß niemand ihn öffentlich als Zeugen benennen würde.

»Sag es ihm zu«, riet ich Bobby sofort, obwohl ich wußte, er durfte das nicht. Selbst der Staatsanwalt war dazu nicht so ohne weiteres berechtigt. Aber ich brachte Bobby bei: »Ich habe da vielleicht eine Idee, wie wir den Schnurrbärtigen in seiner weißen Villa aufs Kreuz legen können, trotz Diplomatenpaß und all dem Rest. Gib mir noch ein oder zwei Tage!«

Ich hatte keinesfalls eine perfekte Idee, aber ich spürte, daß ich der Sache näherkam, und einen Zeugen wie Goldfischer durften wir nicht ungenutzt lassen.

Also rangelte ich mich weiter über Kowloons Straßen bis hinauf nach Mong Kok, und als ich endlich an der Leichenhalle anlangte, lief da gerade eine offizielle Identifizierung mit Beamten und einem Rudel Rechtsanwälten, so daß ich förmlich gezwungen wurde, mich auszuruhen. Es tat mir gut nach der Hektik der letzten Tage.

Timmy Tsen empfing mich mit säuerlichem Gesicht. Ich spürte, daß es Ärger gegeben hatte, an dem er keine Schuld trug. Timmy liebte es nicht, wenn ihm unsorgfältiger Umgang mit Leichen unterschoben wurde.

»Man behandelt sie wie die eigenen Kinder«, schimpfte er, »und dann kommen ein paar solche Affen in Zweireihern und maulen darüber, daß man den Toten nicht noch italienische Designerschuhe anzieht! Was kann ich für Sie tun, Mister Lim Tok?«

»Mir den Indonesier noch einmal zeigen. In natura.«

Er war sofort dazu bereit. Ich folgte ihm in seinen Arbeitsraum, in dem von Papierhemden bis Kunstblumen alles kunterbunt durcheinanderlag. Das einzige, was einigermaßen in Ordnung und aufgeräumt schien, war die Kameraanlage, die vermittels einer Steuerung an der Zimmerwand betätigt wurde.

Während er sich etwas notierte, das vermutlich mit dem vorhergehenden Ärger zu tun hatte, eröffnete ich Tim Tsen: »Übrigens heißt der unbekannte Tote Singgi und stammt aus Ost-Timor.«

»Ist das wahr?«

»Es ist wahr. Und Ost-Timor liegt da unten, kurz vor Australien.«

»Ich weiß, wo das liegt. Bin nicht blöd.«

Er griff sich einen dieser Anhänger aus Karton, mit dem Bändchen dran, das um den großen Zeh der Leiche zu knoten war, und schrieb den Namen darauf. Ohne zu fragen, woher ich ihn wußte, ging er vor mir her in das kühle Gewölbe mit den Frostfächern, zog eines davon heraus, und da lag er nun vor mir, der tote Mann von dem Filmstreifen, der uns nicht mehr sagen konnte, wo er das versteckt hatte, weswegen er sterben mußte.

Ich trat näher heran und suchte nach Zeichen, die mir Aufschluß geben könnten – es gab sie nicht. Wahrscheinlich war es doch keine so gute Idee von mir gewesen, ihn zu besichtigen. Tim Tsen zog das Decktuch ab, und ich sah den Einschuß in der Brust, auch die lange, bis zum Schambein laufende Narbe der Sektion, die mit ein paar groben Stichen zugenäht war.

»Hat er andere Wunden? Am Rücken? Sonst was?«

Tim Tsen schüttelte den Kopf. »Nichts. Nicht mal einen Fingernagelkratzer. Junge, gesunde Haut. Nichts am Kopf beschädigt, nichts gebrochen, alles ohne Besonderheiten. Ich habe den Obduktionsbericht gesehen. Nur der Schuß ...«

»Man sieht keine Schmauchspuren«, bemerkte ich. »Der Mörder hat ihn demnach aus einiger Entfernung erschossen. Oder ist er gewaschen worden?«

Tim Tsen zog die Brauen hoch. »Kein Schmauch gewesen, die Kugel wurde nicht gefunden. Austritt im Rücken. Soll ich ihn umdrehen?«

Ich konnte das gerade noch verhindern. Es würde mich nicht klüger machen. So murmelte ich mehr zu mir als zu Tim Tsen: »Wird Hemd oder Jacke angehabt haben, wenn es Schmauch gegeben hat, haftet er da dran ...«

Aber da schüttelte der Kameraschwenker energisch den Kopf und erklärte: »Blut war auf der Jacke. Auf dem Hemd auch. Sonst nichts. Wenn Sie mich fragen, es war kein aufgesetzter Schuß, wie wir ihn manchmal haben ...«

»Sie haben die Kleidung gesehen?«

Sein Blick war vorwurfsvoll: »Ich habe sie in den Karton gepackt. Gut, daß Sie mich erinnern, ich kann gleich noch den Namen draufschreiben ...«

Er drehte den bereits an der Zehe befestigten Anhänger um und las: »Singgi. Was diese Südländer für einfache Namen haben!«

Er hatte überhaupt nichts dagegen, daß ich mir die paar Habseligkeiten des Toten ansah. Jeans und ein verschwitztes helles Hemd, mit dem umbluteten Einschuß. Dazu eine Jeansjacke, auch mit Loch vorn und Loch hinten, und mit Blut. Ein Paar Sandalen.

»Er war Raucher«, bemerkte Tim Tsen, klaubte eine angebrochene Packung *Kretek* aus einer Plastiktüte, dazu ein billiges Wegwerffeuerzeug, etwas Kleingeld, ein Federmesser und ein entwertetes Busticket.

»Kein Ausweis. Ach, einen Ohrring trug er, rechts.« Er zauberte ihn auch noch aus der Tüte hervor. Billig. Konnte von einem Trödler stammen. Uninteressant. Was mich allein interessierte, war das Busticket. Tim Tsen gab es mir, ohne zu zögern. Für ihn schien es wertlos. Und er sagte, als ich ihn fragte, ob ich es mitnehmen dürfe: »Machen Sie damit was Sie wollen. Die Polizei hat es nicht mal umgedreht.«

Ich drehte es um. Da stand, mit Kugelschreiber hingekritzelt »Muljaneh, 12«.

Als erstes besuchte ich das Busdepot. Ich hatte Glück, das Ticket war, wie mir ein höflicher junger Mann sagte, in Kowloon gelöst worden und für Kowloon gültig. Weil das Papier schon etwas zerknittert und der Entwertungsdruck nicht sehr deutlich zu sehen war, nahm der junge Mann eine starke Lupe zu Hilfe. Nachdem er noch eine Weile in Fahrplänen geblättert hatte, klärte er mich auf: »Das Ticket wurde am Bus Terminal an den Ferry Piers gekauft und in einem Bus entwertet, der nordwärts fuhr, auf Sham Shui Po zu. Es ist ein Doppelticket. Bei der Rückfahrt wurde es in Tai Kok Tsui entwertet. Demnach könnte man vermuten, daß der Benutzer vom Bus Terminal entweder bis Tai Kok Tsui fuhr oder sogar bis Sham Shui Po. Hilft Ihnen das?«

Natürlich half es mir, erst einmal zu wissen, welche Route Singgi gefahren war. Aber ich erkundigte mich, weil ich den Verdacht hatte, die Fahrt habe etwas mit dem Filmmaterial zu tun gehabt, ob es in dieser Gegend eine Kopieranstalt von einer der größeren Filmfirmen gäbe.

Der junge Mann sperrte sich nicht, hatte offenbar Zeit. Zuvorkommend griff er nach einem Branchenverzeichnis und suchte, bis er mit dem Zeigefinger auf einer Zeile entlangfuhr und mir schmunzelnd mitteilte: »Nun, Sir, die Shaw Brothers werden dort nicht gerade ihre Kung-Fu-Opern entwickeln lassen, aber – es gibt sie. Kodak. Wong Chuk Street. In Sham Shui Po. Entwickeln von Filmen, Schneiden, Anfertigung von Titeln, Umkopieren auf elektronische Träger ...«

Ich hatte exakt getroffen: Das war meine Adresse! Der junge Mann freute sich, daß er mir hatte helfen können, und er drückte mir aufgekratzt gleich noch einen Prospekt über die Buslinien der Kolonie in die Hand, empfahl mir eine Rundfahrt im Doppelstockbus mit Aussichtsplattform und machte mich auf die billigen Sammeltickets aufmerksam – er war nicht einmal verstimmt, als ich den Kauf aufschob.

Ich vermutete, daß Singgi von Victoria aus mit der Fähre bis zum Ferry Pier an der Jordan Road gefahren und von dort, wo das Bus Terminal lag, mit einem dieser rollenden Kisten bis hinauf in die Gegend um die Wang Chuk Street gefahren war, um für die Entwicklung der Filme zu sorgen. Nächste Station mußte für mich deshalb die Kodak-Filiale sein.

Ich fand sie leicht, denn es handelte sich um einen größeren Gebäudekomplex, der von außen wie jeder beliebige Backsteinbau aussah, innen aber modern und sogar elegant eingerichtet war, jedenfalls war es die Eingangshalle, in der einige Leute in bequemen Sesseln warteten, andere mit Angestellten verhandelten, die alle die gleichen gelben Arbeitsmäntel trugen, manche sogar weiße Zwirnhandschuhe dazu, wie sie in Hongkong sonst wohl nur noch von Selbstdarstellern in der Taxifahrerzunft benutzt werden.

Die Dame, an die ich mich wandte, war nicht mehr jung, trug eine Nickelbrille, was ihr ein geradezu würdiges Aussehen verlieh, und entpuppte sich trotzdem als recht zugänglich, als ich ihr mein Problem vortrug und ihr die Rückseite des Bustickets zeigte.

Sie warf einen Blick darauf und klärte mich auf: »Das habe ich geschrieben, Sir. Für den Kunden, als Erinnerungshilfe. Sein Material wird von Frau Muljaneh bearbeitet, und er kann ab 12 Uhr am nächsten Tag Auskunft über die Beschaffenheit erhalten, kann weitere Anweisungen vereinbaren, etwa den Schnitt unter seiner Aufsicht, die Komplettierung mit Titeln, Zwischentiteln und was es da so gibt ...«

Bevor sie mir die ganze Liste herunterbeten konnte, paßte ich eine Sekunde ab, in der sie Atem holte und warf die Frage dazwischen: »Hat Herr Singgi schon verfügt?«

Sie zog eine dicke Kladde zu Rate, fand nichts, rief dann jemanden an, vermutlich jene Frau Muljaneh, und erfuhr, daß Herr Singgi nichts vereinbart hatte. Man warte immer noch darauf, daß er sich überhaupt melde.

War ich am Ziel? Vorsichtig erkundigte ich mich, ob die Auskunft der Dame bedeutete, das Material sei noch im Haus. »Es liegt bei Frau Muljaneh.«

»Und es ist o.k.?«

Zuerst verstand sie nicht, was ich meinte, aber dann rief sie Frau Muljaneh nochmals an und bekam gesagt, das Material sei in Ord nung, technisch einwandfrei und zur weiteren Bearbeitung entweder im Hause oder beim Kunden selbst bereit. Ich atmete einmal tief durch, bevor ich der bebrillten Dame meine Lizenz zeigte und sie aufklärte, was geschehen war. Sie erwies sich als verständnisvoll und erfaßte, worum es ging, als ich sie bat, auf keinen Fall jemand anderem Auskunft zu geben.

»Auch nicht der Polizei?«

Ich mahnte sie zur Vorsicht: »Heutzutage kann sich jeder eine Polizeimarke prägen lassen. Kinder spielen schon damit herum. Warten Sie, bis ich selbst mit einem Polizisten komme, oder bis ich einen schicke. In dieser Geschichte sind Würmer!«

Das belustigte sie, aber sie sagte mir zu, daß sie die Sache bis zu meinem nächsten Besuch zunächst vergessen würde. Es sei denn, Mister Singgi käme persönlich.

Vorsichtshalber gab ich ihr die Nummer meines Funktelefons. Über Mister Singgis Schicksal klärte ich sie nicht auf, das hatte Zeit.

Und dann, als ich aus dem Backsteingebäude heraus war, und eine einsame Blumenverkäuferin unter einem Schattendach aus Schilfmatten stehen sah, entschloß ich mich zu einer Geste, über die meine Freundin Pipi wohl unwillig die Stirn gerunzelt hätte – ich kaufte einen Orchideenzweig, ließ ihn in einen Zelluloidkasten verpacken, mit einer Schleife in der roten Farbe der Freude und der Kaiser versehen, und flitzte zurück in das Gebäude, wo die freundliche Dame völlig überwältigt sogar ihre Brille abnahm, als ich ihr das Geschenk in die Hand drückte. Zum Danken ließ ich ihr keine Zeit: Gentlemen entschwinden, bevor ihnen Dank ausgesprochen werden kann, zumal von einer Dame – und ich bestehe darauf – vielleicht im Gegensatz zu der Meinung, die Sie sich über mich gebildet haben –, ein Gentleman zu sein!

Erst als ich in meinem Auto saß und mich südwärts quälte, erinnerte ich mich daran, daß ich nicht gefragt hatte, ob man mir die Filme überhaupt ausliefern würde, wenn ich erklärte, warum Mister Singgi persönlich nicht mehr erscheinen konnte. Aber das war jetzt zweitrangig.

Zuerst rief ich Bobby Hsiang an und informierte ihn über meine Entdeckung. Er hörte sich das alles an und grunzte etwas, das man zur Not für ein Wort der Anerkennung halten konnte. Er war nicht besonders guter Laune, das konnte ich am Tonfall hören, in dem er mir vorschlug, gelegentlich bei ihm vorbeizukommen und meinen Revolver zu holen. Daß ich den von ihm geliehenen mitbringen sollte, sagte er nicht, weil er klug genug war, die Dienstaufsicht einzukalkulieren, die sich gelegentlich als dritter Hörer in die Amtsleitung quetschte.

Mir schien, er habe noch etwas anderes auf dem Herzen, deshalb bot ich ihm an, in Benitos Pizzeria in Victoria einen gemeinsamen Imbiß einzunehmen.

Das war nichts Ungewöhnliches, dort, in dem nischenreichen Bau des Italieners, trafen sich nicht nur Polizeibeamte mit Polizeibeamten zum Mittagessen, sie verabredeten sich auch schon mal mit Informanten oder Leuten, mit denen sie ein privates Wort zu reden hatten. Man saß angenehm in so einer Nische. Der Italiener hatte sein Lokal so eingerichtet, daß Chinesen sich wohlfühlen konnten, und Chinesen, die so dicht beieinander zu leben gewohnt sind, lieben es, sich für ein gutes Essen etwa durch eine Faltwand vom Lärm des übrigen Restaurants abzuschirmen. Diese Gewohnheit hatte im Verlaufe von Jahrhunderten dazu geführt, daß sich solche Faltwände zu wahren Kunstwerken der Schnitzerei oder Malerei entwickelten, und die für Touristen aus Europa oder Amerika sogar im Miniaturformat angefertigten Exemplare waren einer der bestgefragten Handelsartikel. Es gab da echte Raritäten, die aus geschnitztem Elfenbein bestanden, das sich bei näherer Untersuchung allerdings meist als Kamelknochen entpuppte, oder welche aus duftendem Sandelholz – Hongkong ist eine Stadt der Überraschungen und des wachen Geschäftssinns.

Hier, bei Benito, saß man ungestört und konnte sich unterhalten, ohne daß jemand in der Lage war, das Gesprochene zu überhören – vielleicht war das der Grund dafür, daß Polizisten hier verkehrten ...

Bobby Hsiang legte mir eine Papiertüte mit meiner Magnum hin und einen Quittungsschein, den ich unterschrieb. Dann steckte ich seine Chiefs Special in die Tüte, und wir waren wieder quitt.

»Du bewegst dich auf gefährlichen Terrain«, begann mein alter Freund düster, während er die Speisekarte nach Neuheiten überflog.

Benito bot uns, als er in der Nische erschien, klein, dick, mit geöltem Haar und bunter Schürze, Scampi vom Grill an, auf die wir uns schnell einigten, weil ein Tip von Benito stets ehrlich war. So wurden wir ihn los, nachdem er sich eingehend nach unserem Befinden erkundigt und wir uns einen Teil seiner Familiengeschichte angehört hatten. Zum Dank für unsere Geduld, die gar nicht einmal übermäßig strapaziert worden war, ließ er uns vor einer spindeldürren Kellnerin zwei Gläser Rosé auf Kosten des Hauses bringen.

»Was meinst du, worauf ich mich sonst bewege, wenn nicht auf gefährlichem Terrain?« provozierte ich Bobby, und gleichzeitig hob ich das Glas mit dem Rosé und prostete ihm zu.

Er ließ sich Zeit. Trank, brannte sich dann eine von seinen schwarzen Stinkern an, blies den Qualm zur Decke, wo ein Gecko klebte, der mir leidtat, und schließlich sagte er: »Herr Subutu genießt Immunität, obwohl sein Paß von der Sorte ist, wie ihn Geheimdienste stets in der Schublade liegen haben, damit ihre Leute von der Polizei unbehindert arbeiten können. Egal, er kann über seine Vertretung sogar erreichen, daß unsere Behörden dich zurückpfeifen. Oder mich.«

Ich kannte Bobby nicht als ängstlichen Menschen, deshalb lachte ich ihn jetzt aus: »Und du glaubst tatsächlich, ich würde daraufhin Schüttelfrost kriegen?«

»Er kann dir offiziell das Genick brechen lassen, bevor du zum Schütteln kommst.«

»Dann sollte ich ihm das seine vorher brechen. Warum hat dieser Goldfischer so große Angst vor ihm? Er ist unabhängig und hat das kriminelle Format, sich zu behaupten, was kann der Grund sein, daß er Subutu nicht als Auftraggeber identifizieren will und damit seine eigene Haut retten?«

»Angst.«

»Aber der Kerl ist sogar mit Semtex so gut wie perfekt, er sollte wissen, daß wir ihn, wenn wir wollen, hier an die Kette legen können, ohne daß Subutu die Chance kriegt, ihm zu helfen!«

Bobby wiegte den Kopf. »Das weiß er. Aber er ist eingeschüchtert. Denk an die beiden Leichen.«

Ich gab vor, mich zu erinnern: »Ach, ich vergaß, dir zu stecken, daß der tote Indonesier in der Leichenhalle in Mong Kok Singgi heißt. Arbeitete auf einer Plantage in Ost-Timor.«

Er verzog leicht die Mundwinkel. »Mehr weißt du natürlich nicht, oder? Erzähl mir was über diese Filme. Wie hängt das zusammen?«

Ich setzte ihn ins Bild. Wenn er die Zusammenhänge kannte, würde mir das nicht schaden. Es würde mir vielleicht sogar helfen, wenn er mit von der Partie war. Und die Interessen meiner Klientin waren dadurch nicht gefährdet. Als ich am Ende der Geschichte war, erkundigte er sich zweifelnd: »Du willst mir sagen, diese Filme sind sicher?«

Er hatte recht mit seinem Zweifel. Wie lange würde es dauern, bis Subutu dahinter kam, daß Singgi das Material zu Kodak gebracht hatte und nicht mehr abholen konnte? »Sicher ist übertrieben«, gab ich deshalb zu. »Ich weiß jedenfalls, wo sie sind.«

Die Scampi kamen. Sie strömten einen verführerischen Duft aus, und wir sahen schweigend und schnuppernd zu, wie die dürre Kellnerin das Gefäß auf die Wärmeplatte stellte, die Soßen und die Beilagen arrangierte und uns dann mit einem Knicks guten Appetit wünschte.

Ich konnte mir eine Bemerkung über ihre Unterernährtheit nicht verkneifen, und Bobby, durch die leckere Mahlzeit in Stimmung gebracht, brummte etwas von modischer Linie, von der Leute nichts verstehen, die auf Dschunken leben. Dann, nach dem ersten knisternden Biß in eine der gebräunten Köstlichkeiten, fiel mir keine Gehässigkeit ein, mit der ich hätte antworten können, also aß ich schweigend. Und Bobby schlug mir vor: »Wir werden das Zeug sicherstellen, klar?«

»Ihr?«

»Wir, ja. Bevor es geklaut wird. Obwohl uns die Filme des Herrn Singgi ziemlich egal sind. Vielleicht können wir, wenn es sich durchspricht, Herrn Subutu zu einer Dummheit verführen ...«

Darüber hatte ich meine eigene Meinung, aber die sagte ich ihm erst nach etwa einem halben Dutzend der geradezu riesigen Scampis: »Was hältst du davon, wenn wir ihm eine Falle stellen?«

»Wir?« Voller Mund und gerunzelte Stirn. Ich korrigierte mich: »Na gut, ich. Aber ich habe eine Idee dazu. Für die brauchen wir den bei euch einsitzenden Goldfischer. Wenn das klappt, was ich vollführen will, haben wir beide unsere Fische im Netz. Ich schließe meinen Auftrag ab, und ihr kriegt den Hintermann für die Morde. Was du sprechen, großes Polizeimann?«

Er bleckte die Zähne, sein Mund war gerade mal relativ leer. Geruhsam trank er einen Schluck Rosé. Dann pickte er sich mit der Gabel, diesem scheußlich kulturlosen Instrument aus den Ländern der fremden Barbaren, die nächste Krabbe von der Servierschale. Er äußerte sich nicht, aber mir war klar, daß jeder Hongkonger Polizist alles dafür tun würde, um einen ausländischen Geheimdienstmann so schnell wie möglich loszuwerden, weil diese Kerle fast immer Unheil anrichten, und weil man sie danach nur selten noch greifen konnte.

Daß ich Lung Tso, den von Subutu auf mich angesetzten Beobachter, in mehrfacher Hinsicht unterschätzt hatte, wurde mir klar, als ich mit Bobby aus der Pizzeria trat und das Auto sah. Es stand am Straßenrand, und Lung Tso winkte mir aus dem heruntergekurbelten Fenster zu.

»Mister Lim Tok, bitte, ich muß weiter hinter Ihnen herfahren. Aber – ich will keinen Streit mit Ihnen. Deshalb ... also, der Mann ... mein Auftraggeber ... er ist unterwegs in die Wong Chuk Street, oben in Sham Shui Po. Ich sage es Ihnen besser ...«

Ich hatte das Gefühl, jemand drehte mir die Luft ab, und das lag nicht an den Scampi, mit denen ich vollgestopft war. Bobby, der mitgehört hatte, fragte: »Ist das die Kodak-Filiale, von der du gesprochen hast?«

An meiner Stelle sagte Lung Tso: »Kodak, ja.«

Ich merkte, wie Bobby in meine Jackentasche faßte und mein Funktelefon herauszog. Er tippte eine Nummer und verlangte: »Den Chef, schnell!«

Nach ein paar Sekunden pustete er in die Sprechmuschel: »Hsienyi, nimm dir ein Dutzend Leute und sichere in der Kodak-Filiale in der Wong Chuk Street ein Arbeitsgebiet ab, in dem eine Frau ...« Er drehte sich zu mir um: »Name!«

»Muljaneh«, antwortete ich geistesgegenwärtig.

»Eine Frau Muljaneh entwickelt dort Filme. Niemand rein, nichts raus, bis ich da bin! Ende!«

Zu mir sagte er: »Wir nehmen deinen Wagen. Bis ich einen hier habe, vergeht zuviel Zeit. Los!«

Ich flitzte zu meinem Toyota und bekam gerade noch mit, wie Bobby Lung Tso mahnte: »Morgen vormittag, Hauptquartier, Department Schwerverbrechen – Sie werden keine Schwierigkeiten haben.«

Ich gab mir Mühe, möglichst wenige Verkehrsvorschriften zu übertreten, als wir durch den Tunnel nordwärts rasten. Mit Wauwau und Blinklicht hätten wir vielleicht eine oder zwei Minuten herausgeschunden, so kamen wir aber immerhin zusammen mit den Leuten an, die Bobby in Kowloon mobilisiert hatte.

Lung Tso hatte es gut gemeint, aber Tuan Subutu war schneller gewesen. Die Brillendame wurde soeben vom Unfalldoktor mit einem Kopfverband versehen. Sie war bei Bewußtsein, und vermutlich war sie der einzige Mensch in der Empfangshalle, der überhaupt ahnte, worum es gegangen war. Als ihr der Doktor eine Injektion geben wollte, tippte ich ihm auf die Hand und bat: »Eine Sekunde bitte, vor dem Einschlafen!«

Er knurrte, er würde mir die Nadel in den Hintern jagen, wenn ich nicht sofort verschwände. Aber Bobby beruhigte ihn. Und die Empfangsdame setzte mich stotternd ins Bild, während sie unentwegt bemüht war, ihren Blick auf mich zu richten, was ihr einfach nicht gelingen wollte, denn ihre Augäpfel folgten den Befehlen des Hirns nicht mehr, weil sie einen Meteor auf den Kopf gekriegt hatte.

»War es der mit dem südlichen Schnurrbart?«

Sie versuchte, zu nicken, wobei ihre Augen rollten, als wolle sie ungezogene Kinder erschrecken. Schließlich benutzte sie den Mund, der noch in Ordnung war.

»Mich ... geschlagen ... Mußte sagen ... Frau Muljaneh ...«

Ich beruhigte sie. Tuan Subutu war schlauer gewesen, als ich vermutet hatte. Der Hinweis, daß ich die Kodak-Filiale besuchte, von Lung Tso gegeben, der mich observierte, hatte ihm genügt. Das war das Ergebnis, wenn man seine Gegenspieler unterschätzt.

Der Doktor drängte mich beiseite: »Behindern Sie meine Arbeit nicht weiter!«

Er stieß der Dame die Nadel nun endgültig in den Arm und versicherte ihr: »Sie werden etwas schlafen. Wenn Sie aufwachen, werden Sie noch liegen müssen, aber es wird keinen solchen Lümmel geben, wie den da, der sie bedrängt.«

Frau Muljaneh, die wir im dritten Stockwerk, inmitten eines chaotischen Durcheinanders von Filmbüchsen, aufgerollten Filmbändern und durcheinander geworfenem Werkzeug ausfindig machten, lehnte an einem Schneidetisch. Sie erinnerte mich an eine Schauspielerin aus New Delhis King Size Zelluloid-Opern, die sehr bekannt war, und die man wegen ihrer durchaus im Lande geschätzten Körperfülle liebevoll ›das Fleisch Indiens‹ nannte. Auch Frau Muljaneh war füllig, trug einen Sari aus Brokat und eine Menge Schmuck auf ihrer braunen Haut. Nur daß man nicht mehr erkennen konnte, ob ihr Gesicht auch dem der Filmschauspielerin geähnelt hatte, weil es nicht mehr da war. Tuan Subutu hatte diesmal nicht auf das Herz gezielt, aber Frau Muljaneh war auch an dem Kopfschuß sofort gestorben. Der Beamte, der bei ihr Wache schob, informierte Bobby: »Täter entwendete nach Aussage der Empfangsdame Filmrollen. Vermutlich wollte die Inderin ihn daran hindern, und er schoß. Bei der Flucht schlug er dann unten noch die Empfangsdame nieder, weil die sich ihm in den Weg stellte.«

Bobby nahm das mit amtlicher Gelassenheit zur Kenntnis. Aber er war wütender als man es ihm ansah. Er grollte: »Das wird der letzte Mord sein!« Dann nahm er mich beim Arm, und wir zogen ab.

In der Halle wimmelte es von Polizisten, die alles Mögliche untersuchten und jeden erreichbaren Mitarbeiter befragten. Bobby begrüßte seinen Kowlooner Kollegen, der die Untersuchung führte, versprach, ihn zu informieren, sobald es Erkenntnisse gab, und schmiß sich neben mir in den Toyota. Bevor wir abfuhren, erkundigte er sich nach dem Quartier der Portugiesin, das ich ausfindig gemacht hatte. Aber mir war etwas Besseres eingefallen, und ich kriegte ihn herum, bis zum Abend stillzuhalten und so zu tun, als wäre der Mann, der in der Kodak-Filiale gewütet hatte, völlig unbekannt, ebenso wie das Motiv für den Überfall.

Ich mußte ihm allerdings erklären, was ich auf meine private Kappe jetzt unternehmen wollte, bevor er einwilligte. Nachdem er alles gehört hatte, sagte er mir zu, zwei Polizeigasmasken im Restaurant meiner Mutter in Wanchai zu hinterlegen.

In Victoria sahen wir einen Polizeiwagen am Straßenrand stehen, in den stieg er um, und ich machte mich auf den Weg nach Sheung Wan, in die Cat Street, eine der am ehesten noch an China erinnernden Gegenden der Kolonie, wo man vom Räucherstäbchen bis zur Rolex-Uhr so ziemlich alles kaufen konnte, was in Hongkong hergestellt oder gestohlen worden war.

Zwischen den Händlern hatten begabte Handwerker ihre winzigen Werkstätten, und unter denen gab es von den Göttern begnadete Fälscher.

Bian Hui war einer davon. Er blickte auf, als ich eintrat. Sein rechtes Auge war mit einer dieser Klemmlupen bedeckt. Er hatte gerade an einem Elfenbeinstempel herumgeschnitzt. Mit viel Geschick brachte er es fertig, durch Veränderung einzelner Striche im Schriftzeichen den Stempel eines armen Mannes in den eines steinreichen Bankers zu verwandeln, was sich unter Umständen auf dem Konto des Betroffenen bemerkbar machen konnte, denn immer noch waren die roten Namensstempel unter Traditionsbewußten ebenso gültig wie eine zierliche Unterschrift – ja gerade sie verhießen Solidität. Das konnte man, so man wollte, mit Kredit übersetzen.

»Geht die Welt unter?« begrüßte er mich fröhlich, nahm die Lupe vom Auge, legte das Schnitzmesser weg und rief nach Tee, worauf jemand in einem Nebenraum zu rumoren begann. Porzellan klirrte, Schritte schlurften über Fliesen. »Wieso soll die Welt untergehen?«

Ich wußte, was sich gehört, wenn man einen alten Freund besucht

– über viele Dinge geruhsam reden, bevor man zur eigentlichen Sache kommt, das ist schließlich die Tradition, in der auch ich aufgewachsen war. »Weil ein so vergessener Vogel wieder einmal ein bekanntes Nest findet! Mutter gesund?«

Ich verriet ihm, sie sei frisch wie vor der Hochzeit, und ich erzählte ihm alles mögliche, bis eine vermuffelte alte Frau aus dem Nebenraum grünen Tee brachte und dann auf einen Wink von ihm zur Gasse hinaus verschwand.

Erst als wir mehrmals von dem Tee geschlürft hatten, wobei ich konstatierte, Bian Hui müsse zu Wohlstand gekommen sein, weil er Lung Ching trank, blickte er mich über den Rand der Tasse fragend an und wollte wissen: »Was bringt dich zu mir, Junge? Geschäfte?«

Ich erklärte ihm ohne Umschweife, ich bräuchte einen indonesischen Normalpaß, gültig, in Kai Tak bei der Einreise abgestempelt, vor etwa zwei Wochen.

Er streckte die Hand aus. Wollte das Foto. Ich mußte ihm erklären, daß die Geschichte etwas komplizierter war, als er annahm. Aber Bian Hui ließ sich durch Schwierigkeiten nicht daran hindern, seinem Beruf Ehre zu machen. Der Mensch, der Unmögliches von ihm verlangte, mußte wohl erst noch geboren werden.

»Gut, mein Junge«, sagte er, als er alles gehört hatte, was mit meinem Anliegen zusammenhing. »Ich mache den Paß fertig, bis auf das Foto und die Angaben zur Person. Du holst mich mit einem Auto ab, so daß ich eine Stunde für die Arbeit Zeit habe, und ich fülle das Ding an Ort und Stelle aus, klicke das Foto ein, und du bringst mich wieder hierher. Nimm einen von diesen geschlossenen Lieferwagen, die eignen sich für so was. Einverstanden?«

»Wieviel?«

Er nannte einen vergleichsweise bescheidenen Preis, und als er mein Gesicht sah, lachte er: »Wie könnte ich dir die Haut vom Leibe ziehen, Junge!«

»Ich hole dich nicht selbst«, machte ich ihn aufmerksam, »ich schicke dir einen jungen Mann von hoher Verläßlichkeit, in einem Lieferwagen.«

Es war ihm recht. Wir leerten die Teetassen. Alte Freunde, die ein Geschäft besiegelt haben. Bevor ich ging, bezahlte ich. Auf Bian Hui konnte man sich verlassen. Warum ich mit ihm befreundet war? Mit einem Fälscher? Immer, wenn ich wissen wollte, wer einen bestimmten Gegenstand oder ein Dokument gefälscht hatte, brauchte ich nur zu Bien Hui zu gehen, er irrte sich nie!

Draußen rief ich den Bewährungshelfer Wu in meinem Büro an. Er glaubte zwar, die inneren Werte wären unter allen Menschen gleich verteilt, aber abgesehen von dieser kindlichen Annahme, die ihm in seiner frühen Jugend einer eingeredet hatte, war er ein zuverlässiger Mensch, der mir gern half, wenn es nötig wurde. Und das beruhte zwischen uns auf Gegenseitigkeit. Einen geschlossenen Lieferwagen, in dem Bian Hui ungestört arbeiten konnte, würde er leicht besorgen können, und er würde auch genau zur angegebenen Zeit mit Bian Hui in Happy Valley sein, zwischen dem A-Ma-Hügel und dem Aberdeen-Tunnel. Übrigens würde er den Lieferwagen des schwimmenden Restaurants *Tschufu* benutzen, ein hellgrau gespritztes Fahrzeug mit dem Namen des Restaurants auf der Breitseite. Der Chef sei mit einem Koch sehr zufrieden, den er ihm aus dem Kreise seiner auf Bewährung lebenden Klienten unlängst vermittelt habe, und erst kürzlich ...

Ich sagte ihm die Uhrzeit und tippte auf den gelben Knopf. In der Cat Street war ich noch nicht ganz fertig. Jetzt erst kam eine Besorgung an die Reihe, die, wie ich glaubte, etwas schwieriger sein würde.

Die Bude lag an der Ecke zur Lok Ku Road. Hier hauste der Feuerwerker Chen Jian, ein junger Mann, den ich einmal, als ich noch Polizist war, davor bewahrt hatte, von einer Bande Straßenschläger wegen einer Kleinigkeit zum Krüppel gedroschen zu werden.

Er hatte eine Werkstatt für kleine Feuerwerkskörper, wie sie bei den Festen zum Anheizen der allgemeinen Stimmung benutzt werden und zum Vertreiben der unguten Geister, wie die Überlieferung es behauptet. Chen Jian war im Geschäft mit den Filmleuten, er produzierte für sie Kracher und Flammeneffekte, wußte einen Schauspieler so in Brand zu stecken, daß der Mann nicht mal eine Blase davon zurückbehielt. Auf weiße Blusen weiblicher Stars konnte er hervorragend echte Kugeleinschläge zaubern, und er hatte eine Menge anderer Tricks auf Lager. Es gab ein paar Leute, die behaupteten, er sei ein Bruder oder Halbbruder von Jacky Chan, dem unbestrittenen Superhelden der wildesten Kung-Fu-Filme, einem Millionär, der Autos sammelte und Frauen mied. Nicht, weil er etwa keine mochte, nein, seine verrückten weiblichen Fans würden Trauerkleidung anlegen, wenn durchsickerte, er habe sich eine Dame ins Haus geholt. Daß Chen Jian etwas mit ihm zu tun habe, war ein Gerücht, aber Chen Jian dementierte es nicht, er profitierte davon.

Als ich auf ein hohles Pfeifen aufmerksam wurde, war ich schon ganz nahe seiner Unterkunft. In den ebenerdigen Arbeitsraum tretend, der einer Garage glich, sah ich, daß das Pfeifen von einer langsam abbrennenden Pulverfüllung in einer tönernen Röhre erzeugt wurde.

»Die himmlische Flöte des Affenkönigs«, erläuterte der etwas langhaarige Chen Jian, während er mir die Hand schüttelte. »Für die Jungs von der neuen Filmallianz. Was treibt dich in meine räudige Gegend, Bruder?«

Wir kannten uns noch von Polizeitagen her. Chen Jian hatte damals als Sprengstoffexperte gelegentlich auch für uns gearbeitet. Jetzt jobbte er schon viele Jahre nur noch privat und auf eigene Rechnung. Bei ihm brauchte ich mich nicht mit den landesüblichen Floskeln aufzuhalten. Ich nahm einen Zug aus der Cola-Büchse, die er mir hinhielt, und dann schilderte ich ihm, weshalb ich kam.

Chen Jian war ein sportlicher Muskelmanntyp mit einem Kopf, den sich junge Mädchen gemalt über die Matte hätten hängen können – nur war er leider vom anderen Ufer, und Mädchen behandelte er immer so papageienfreundlich, daß sie meist nach zehn Minuten schon begriffen, auf welcher Seite er den Degen trug.

Nach einer Weile stoppte er mit einer Handbewegung meine Erklärungen und stellte fest: »Wenn ich dich recht verstehe, brauchst du eine Substanz, mit der du einen Erwachsenen für eine Stunde zum Schlafen bringen kannst, ist das richtig?«

»Zum Flennen und Kotzen möglichst auch«, vervollständigte ich meinen Wunschkatalog. »Es muß jedem, der den Dampf abkriegt, speiübel werden, er darf nicht mehr scharf sehen, muß sich fühlen wie eine Kannibale nach dem Genuß von Heroin, und vor allem darf die Substanz durch Filter einer Klimaanlage nicht in der Wirkung beeinträchtigt werden. Ein Gas eben. Aber eine gewöhnliche Polizeigasmaske muß dagegen schützen ...«

Er lachte. Chen Jian war ein cleverer Bursche. Er durchschaute meine Absicht schneller als ich angenommen hatte. »Also willst du über die Klimaanlage die Bewohner eines mit Juwelen vollgestopften Palastes lahmlegen und dann das Etablissement ausrauben, wobei dich eine XM-Maske schützen soll. Bist du unter die Einsteiger gegangen?«

Ich machte ihm klar, daß ich darauf verzichten würde, ihm in Einzelheiten auseinanderzusetzen, unter welche Gilde ich geraten war. Allerdings gab ich zu: »O.K. Ich will irgendwo rein. Und ich will möglichst nicht gezwungen sein, mein Schießeisen zu benutzen.«

»Wie rücksichtsvoll du bist!« flötete er, sich selbst karikierend. Aber er verstand mein Anliegen ohne weitere Erläuterung. Wir kannten uns lange genug, so daß er auch nach dem Ziel der Aktion keine weiteren Fragen mehr stellte. Wir einigten uns noch darauf, daß er mir etwas zusammenmixen würde, das keine bleibenden Schäden hinterließ und das absolut geruchsfrei war. Er meinte, davon gäbe es eine dreistellige Zahl zur Auswahl, er würde schon das richtige greifen. Ich sollte inzwischen einen Spaziergang machen und dabei ein paar Hundertdollarscheine von der Straße aufsammeln.

Ich suchte mir eine Teestube, in der ich meine Beine für eine Stunde langmachen konnte. Trank billigen Grünen, rauchte, telefonierte mit Amin und erfuhr, daß er noch keine Nachricht von Subutu habe, überhaupt mache es den Eindruck, der würde sich wohl schwerlich melden. Ob er doch Verdacht geschöpft und vorsichtig geworden war? Weil es inzwischen schon diese kleinen Geräte gab, mit deren Hilfe man den Verkehr per Funktelefon ebenso abhören konnte wie Polizeifunk und Taxigeschnatter, verzichtete ich auf nähere Erklärungen, schärfte ihm lediglich ein, er solle sich gegen Abend bereithalten, es würde eine vergnügte Nacht werden.

Er ließ mich wissen, sein Herz schlage jetzt schon vor Freude schneller. Zuletzt klingelte ich Bobby Hsiang aus seinem von den Göttern gespendeten Büroschlaf zu mordloser Zeit, und bestellte ihn am späten Abend nach Happy Valley. Er murrte zwar, aber er verlangte von mir nicht, daß ich nähere Erklärungen abgab. Er hatte auch seine Abhörerfahrungen.

»Wieder eine freudlose Nacht«, bemerkte er nur. Und dann ging ich zu Chen Jian zurück und besah mir den handlichen Blechkanister mit dem breiten Austrittsventil, ließ mir die Bedienung erklären und beglich als Gentleman meine Rechnung in bar. Notierte mir nur die Summe für die Spesenabrechnung, die ich bei Mrs. Porteiras vorzulegen gedachte.

Als ich mit dem Kanister bei meinem Toyota ankam, den ich in einiger Entfernung abgestellt hatte, winkte mir aus einem anderen Fahrzeug Lung Tso, mein von Subutu gecharterter Schatten. Er stieg nicht aus, wollte wohl jederzeit bereit sein, wegzuflitzen. Ich beruhigte ihn zunächst, und er gestand mir ein, daß er mächtig Angst habe. Subutu würde ihn, nach allem, was man von diesem Herrn ohne Skrupel wußte, beim geringsten Verdacht auf Verrat kurzerhand umlegen lassen. Oder selbst umlegen. Das tat er sogar bei Leuten, von denen er Verdacht lediglich befürchtete, noch bevor er sich die Mühe machte, Untersuchungen anzustellen. Ich wollte von Lung Tso erfahren, wie er dahinter gekommen war, daß Subutu nach Sham Shui Po, zur Kodak-Filiale fuhr. Lung Tso war von ihm aufgefordert worden, zur Sicherheit vor dem Gebäude zu parken und ihn vor einer eventuellen Verfolgung dadurch abzuschirmen, daß er im entscheidenden Augenblick mit seinem Fahrzeug die Straße blockierte. Es war nicht nötig gewesen.

»Alles ging so schnell«, erzählte Lung Tso. »Nach zehn Minuten war er wieder auf der Straße, warf ein Paket in seinen Wagen und fuhr ab. Erst viel später erschienen ein paar ängstliche Leute im Eingang, und bis die Polizei anrückte, das dauerte unendlich. Ich habe mich dann unauffällig davongemacht ...«

Diesen Lung Tso mußte ich mir merken. Ihn aus der noch laufenden Sache herauszuhalten, würde bedeuten, daß ich ihn gelegentlich um einen Dienst bitten konnte. Kein Ganove vergißt ein nicht sehendes Auge, das ihm Unannehmlichkeiten erspart hat. Und – Lung Tso war ein kleines Licht, niemand würde geschädigt sein, wenn man ihn diesmal laufenließ. In dem Sumpf, der Hongkongs Unterwelt war, machte es nichts aus, wenn mancher Ast, an dem man sich festhalten konnte, unangenehm roch ...

Ich riet ihm, zu verschwinden, unterzutauchen, bis der fremde Herr mit dem Strichschnurrbart erledigt war. Helfen konnte er uns sowieso nicht mehr dabei. So sah ich ihn abfahren, glücklich, daß ich in seinem Falle die Polizei aus dem Spiel ließ. Vielleicht war es ganz gut, die letzten paar Stunden bis zum Angriff auf Tuan Subutus Unterschlupf noch zu verschlafen, sagte ich mir. Ich konnte jetzt nicht nach Aberdeen fahren, auf meine Dschunke, schließlich waren da noch die Gasmasken zu holen, die Bobby Hsiang mir in Wanchai hinterlegt hatte. Bis Wanchai, wo meine Mutter das *Hibiskus* betrieb, in der Fenwick Street, war es nur ein Katzensprung. Das Restaurant war um diese Zeit noch nicht überfüllt, nur eine Busladung deutscher Touristen saß da an einer Tafel, wie wir sie manchmal aus den einzelnen Tischen für Europäer zusammenstellen mußten, und schaukelte mit den Oberkörpern rhytmisch hin und her, während so ziemlich alle aus Leibeskräften das taten, was man in Europa Singen nennt. Gegessen hatten sie wohl schon, denn es standen Biergläser auf der Tafel.

Nun, als Chinese in Hongkong, noch dazu als Sohn einer Wirtin, hatte ich schon die verschiedensten fremdländischen Sitten in mich aufgenommen – die Deutschen überraschten mich mit ihrem Hin- und Herschaukeln und dem lauten Gesang nicht mehr. Es hatte ihnen in der Stadt und im *Hibiskus* sichtlich gefallen, das Essen war nach ihrem Geschmack europäisiert gewesen, also waren sie auf ihre Weise fröhlich – oder muß ein Mensch in einem anderen Land stets mürrisch sein? Stocksteif?

»He, alter Junge!« sagte ich im Vorbeigehen zu Yen, dem Thekenmann. »Meine Mutter oben?«

Er grinste. »Nicht zu Hause, bis zum Abend. Ist bei der Mission ... Aber da ist ein Päckchen für Sie abgegeben worden, junger Herr«.

Es waren die Polizeigasmasken, die Bobby Hsiang mir besorgt hatte.

»So, so, in der Mission«, sagte ich, während ich das Päckchen entgegennahm. In dieser Mission trafen sich die älteren Damen des Viertels zuweilen am Nachmittag und berieten, wie man kranken Kindern helfen könnte, faulen Kindern Schriftzeichen beibringen oder diebischen Kindern deren Unart abgewöhnen.

»Bis jetzt hat es nicht geholfen, deswegen geht sie wohl immer wieder hin.

Der Thekenchef fragte: »Was?« Aber ich winkte nur ab. »War nichts Besonderes, Yen. Ich lege mich eine Stunde aufs Ohr.«

»Der Schlüssel ...«, wollte er mir helfen, aber ich wußte sehr gut, wo der lag, wenn meine Mutter auswärts war. Ich stieg die Treppe aufwärts, während die Deutschen an der Tafel ein sehr langsames, sentimentales, daher nicht so störendes Lied anstimmten.

Oben streckte ich mich in dem Zimmer, in dem ich meine Kindheit verbracht hatte, und das meine Mutter immer noch für meine Besuche freihält, auf einer Art Kang aus und war trotz der Lieder im Schankraum und der tausend summenden, pfeifenden, klappernden Geräusche, die durch die Balkontür hereindrangen, bald eingeschlafen.

Auch als ich aufwachte und mich treppab begab, war das *Hibiskus* immer noch ohne seine Wirtin: Die Damen der Mission hatten vermutlich mit mehr problematischen Kindern zu tun, als ich angenommen hatte.

Also ließ ich mir von Yen eine Schale Suppe geben, aß ein paar Stücke Krupuk dazu, die auf der Theke in einem Korb angeboten wurden, und dann machte ich mich auf den Weg. Als ich mir aus dem Regal eine angebrochene Flasche Mao Tai mitnahm, schüttelte der Thekenchef nur mißbilligend den Kopf und wies auf eine Flasche Cognac mit dem Konterfei Napoleons. Aber mir war der Mao Tai für das, was ich damit vorhatte, lieber.

Happy Valley war zwar nicht gerade das, was man eine verkehrsberuhigte Zone nennen konnte, aber am späten Abend war es hier stets stiller als etwa in Victoria oder auf den Touristenrummelplätzen von Kowloon. Ich ließ mir Zeit, meinen Toyota so abzustellen, daß er vor Dieben sicher war, nämlich auf dem sehr gut bewachten Parkplatz des Rennclubs, dann machte ich mich zu der Stelle auf, wo Bewährungshelfer Wu jetzt eigentlich schon warten mußte, in einem Lieferwagen, in dem Bian Hui unbeobachtet und ungestört arbeiten konnte.

Tatsächlich parkte etwas abseits der Shan Kwong Road, in einer ruhigen Seitenstraße, in der die Grundstücke weit auseinander lagen, der Lieferwagen des Restaurants *Tschufu.* Gute alte Bekannte, vom Direktor bis zum Küchenjungen, bei denen wir schon so manches opulente Mahl genossen hatten, zum Frühlingsfest, bei Geburtstagen, am liebsten aber zum mittelherbstlichen Mondfest, wenn die runde Schönheit des fernen Gestirns am vollkommensten war und das Restaurantsschiff die traditionellen Mondkuchen im Lichterglanz von unzähligen bunten Laternen servierte.

Auf mein Klopfen wurde mir die Ladetür aufgeschoben, und drinnen fand ich Wu und Bian Hui bei einer Kanne Tee, die Bian Hui, wie er mir sogleich eröffnete, in einer selbstkonstruierten Warmhaltetasche mitgebracht hatte. Was er sonst noch zu seinem Handwerk brauchte, hatte er bereits auf einem kleinen Klapptisch ausgebreitet. Da blinkten Pinzetten, Scheren und Skalpelle, Klebstoff war da, Tinte, Stempelfarbe – alles, was auch nur im schwierigsten Falle gebraucht werden würde.

»Du schuldest mir danach einen Abend«, machte mich Bian Hui aufmerksam. Und Bewährungshelfer Wu deutete mit seinem dürren Zeigefinger mißtrauisch auf den Klapptisch: »Ich hoffe, Mister Lim Tok, ich werde hier nicht Zeuge einer ungesetzlichen Handlung ...«

Sein Zeigefinger tippte auf den bereits fertigen indonesischen Reisepaß. Ich blätterte ihn auf. Name und persönliche Daten waren noch einzutragen, der Visumstempel – ebenfalls noch ohne Namen und Datum – machte einen absolut echten Eindruck.

»Keine Angst«, beruhigte ich Wu. »Wir machen hier etwas, das uns in den Rang von ehrenhaften Helfern unterdrückter Minderheiten erhebt.«

Bian Hui wandte sich grinsend ab. Ich sah auf die Uhr. Eine Stunde würden wir noch warten müssen. Dann begann der Einstieg.

Wenn Tuan Subutu wider Erwarten nicht in seinem Quartier sein sollte, würden wir ihn bei seiner Heimkehr in Empfang nehmen.

Aber diese Sorge nahm mir Amin, als er sich über mein Funktelefon meldete. Immer noch kein Auftrag von Tuan Subutu. Wie sich die Lage entwickelt hatte, würde wohl kaum noch einer kommen. Und wir waren inzwischen dabei, Tuan Subutu so auszuschalten, daß er für geraume Zeit überhaupt nirgendwo mehr Aufträge erteilen konnte. Ich bestellte Amin in die Nähe von Subutus Villa und schärfte ihm ein, er solle unbedingt auf mich warten, nichts unternehmen, was immer auch geschah. Wo ich warten würde und wo auch Bobby Hsiang zu uns stoßen würde, verabredeten wir.

»Sie könnten einen Posten im Generalstab bekleiden«, lobte mich der Indonesier. Ich hätte ihn gern gefragt, in welchem.

Wir warteten bis Mitternacht. Wu war nervös wie ein junges Mädchen vor der Heirat. Bian Hui döste vor sich hin, und wenn er zuweilen aus seinem Halbschlaf auffuhr, brummte er verdrießlich: »Das wird immer teurer ...«

Bobby Hsiang hatte ein paar Straßen von Subutus Villa entfernt einen geschlossenen Polizeiwagen geparkt, in dem für alle Fälle zwei Polizisten warteten. Er wollte von all meinen Vorbereitungen nichts wissen. Als Beamter hätte er eigentlich überhaupt nicht auf diese Art arbeiten dürfen. Aber Bobby war ein kühler Rechner, er wußte sehr genau, daß ein Mata-Mata, der auf die Art Subutus vorging, nicht anders anzugehen war als mit ein paar wenig feinen Tricks. »Macht nur«, beauftragte er mich und Amin, »sobald es eine Schießerei gibt, sind wir sowieso ganz schnell da.«

Ich hatte außer einer Umhängetasche, in der sich der Gasbehälter und die beiden Masken befanden, zwar meine Magnum dabei, auch unter Amins Jackett sah ich eine Ausbuchtung, aber daß wir Waffen wirklich benutzen müßten, wollte ich gerade verhindern, es war der Kern meines Planes.

Ich weiß nicht, wie es Ihnen geht – wenn man einem Gegner mit dem Kopf beikommen kann, erspart man sich eventuell ein paar Löcher in der eigenen Haut. Weil ich das glaube, bin ich zwar ein einigermaßen guter Schütze geworden, bei der Polizei schon, aber zu schießen pflege ich so selten wie möglich. Die Magnum war eine hervorragende Konstruktion, nur – Tote stimmen mich verärgert, und außerdem benutze ich lieber meine Gehirnwindungen.

Das weiße Haus zwischen den gepflegten Bäumen, von denen einige in den Kronen zu Kugeln geschnitten waren, lag still da, als ich mit Amin unmittelbar vor dem eisernen Zaun kauerte. Hunde gab es nicht, das hatte Amin schnell herausgefunden, indem er den fleischigen Mittelteil eines unterwegs gekauften Hamburgers hinüberwarf. Ich hatte meine Bedenken, ob es sich bei dem Ding tatsächlich um Fleisch handelte, aber schließlich würden gute, freilaufende Wachhunde auch auf einen anderen Gegenstand reagieren, den Fremde in ihr Revier warfen.

Das Gartentor ließ sich mit einer Telefonkarte öffnen, die Amin bei sich trug. Es gab wenig Licht, der Mond bestand aus einer hauchdünnen Sichel, und die versteckte sich noch dazu hinter geballten Wolken, die träge dahinsegelten und nächtlichen Regen ankündigten.

Auch die Fenster waren allesamt finster. Nachdem wir eine Weile auf Reaktionen gelauert hatten, die unser Eindringen in den Garten hervorrufen könnte, schlichen wir auf das Haus zu. Es war still, bis auf Nachtvögel, die in den Bäumen saßen und leise im Schlaf gluckstes. Das Zikadenkonzert war um diese Zeit schon ziemlich dünn. Und der etwas fernab verlaufende Straßenverkehr, den es in der Kolonie rund um die Uhr gab, drang nur als vages Rauschen, Hupen und Klirren bis hierher.

Ich dirigierte Amin bis zu dem zentralen Ansaugkasten für die häusliche Klimaanlage, den ich bereits bei meiner ersten Beobachtung entdeckt hatte. Sie war in Betrieb. Als ich von einem Strauch ein Blatt zupfte und an den mit feinem Deckgitter versehenen Kasten hielt, wurde es angesaugt und blieb auf dem Drahtsieb hängen.

Amin verzog anerkennend das Gesicht. Hier, unmittelbar an der Hauswand, kam mir die Stille in dem Gebäude gespenstisch vor. Tuan Subutu war kein Mann der abendlichen Gesellschaften, ich hielt ihn für einen Befehlsempfänger, der bei seinen Aktionen gewohnt ist, auf niemanden Rücksicht nehmen zu müssen. Ein einsamer Diener einer Regierung, die es verhindern wollte, daß unbequeme Wahrheiten über ihr Vorgehen in einem »heimgeholten« Landstrich öffentlich wurden. Mich interessierten die politischen Hintergründe nicht, die sich da versteckten, für mich war es ein Auftrag, den Mrs. Porteiras bezahlte. Und – wer, noch dazu in einem fremden Land, Leute erschießen läßt, wer einem ehrsamen Hongkonger Privatermittler Hartes auf den Schädel haut, um ihn dann als »betrunkenen Killer« am Tatort eines Mordes zurückzulassen, der bekam von mir gleiche Münze zurück, Diplomat oder nicht.

»Ab jetzt sind wir außerhalb aller Gesetze ...«, flüsterte ich Amin zu. Der schien gar nicht an dieser Warnung interessiert, er musterte den Gascontainer, den ich in der Hand hielt. Und ich verlor jetzt auch keine Zeit mehr. Setzte die fächerförmig gespreizte Austrittsdüse an das Drahtgitter und drehte kurzerhand das Ventil auf. Außer einem leisen Zischen war nichts zu hören. Ein unheimliches Geräusch, das nach und nach etwas leiser wurde.

Chen Jian hatte mir gesagt, ich sollte das genau zwanzig Minuten so halten, wenn Wind aufkäme, zehn Minuten länger. Also blickte ich auf die Uhr, und dann dachte ich an meine Freundin Pipi, die jetzt hinter dem Rezeptionstisch im *Excelsior* vielleicht gerade einem reichen Amerikaner seinen Zimmerschlüssel übergab. An Pipi zu denken, half mir immer über langweilige Phasen in meiner Arbeit hinweg.

»Eintausendzweihundert!« flüsterte Amin mir ins Ohr. Er hatte mitgezählt. Ich wollte eine Bemerkung über die Rechenkünste indonesischer Bodyguards machen, aber ich vergaß es. Amin könnte beleidigt sein, und ich konnte keinen Helfer brauchen, der den beleidigten Lord spielte. Also ließ ich noch ein paar zusätzliche Minuten verstreichen, und dann stellte ich das Ventil an Chen Jians Kanister ab. Ich nahm ihn mit und stellte ihn an der Haustür ab. Die zwei Gasmasken nahm ich aus meiner Umhängetasche. Amin setzte gerade zum Sprung an. Wollte die Tür mit einem dieser Karate-Fußtritte eindreschen. Ich konnte ihn in letzter Sekunde noch zurückhalten. Wir legten die Masken an. Ich zog mein Universalinstrument zum Öffnen verschlossener Türen aus der Tasche, das selbst bei komplizierten Sicherheitsschlössern nie versagte. Es war von einem der talentiertesten Bastler der Kolonie für mich exklusiv gefertigt worden, und es gab davon nur dieses eine Exemplar. Ich führte es ein, ein kurzer Druck, und der Schnapper glitt zurück. Das Gästehaus der Vertretung war weder speziell gesichert, noch gab es Wachtposten davor – in Hongkong konnte man sich sicher fühlen, selbst wenn man nach außen hin nur den Anschein erweckte, man bewache sein Anwesen sorgsam.

Vor uns lag ein großzügig ausgestatteter Salon. Bevor wir ihn betraten, kontrollierte ich, ob Amin beim Aufsetzen seiner Maske keinen Fehler gemacht hatte. Dann bedeutete ich ihm, an der Tür stehenzubleiben, und ich selbst schlich durch den Salon auf die erste Tür zu, die ich sah.

Eine Küche, einen Abstellraum für Geschirr, ein Duschbad und einen begehbaren Kleiderschrank durchsuchte ich ohne Ergebnis, dann öffnete ich die nur angelehnte Tür einer Toilette, und hier lagen zwei Gestalten dicht nebeneinander in einer Pfütze Erbrochenem. Sie hatten wohl versucht, der für sie unerklärlichen Gefahr zu entkommen, aber sie hatten es nicht geschafft. Bodyguards. Ich faßte einem nach dem anderen an die Halsschlagader – der Puls war da. Aber ihre Augen waren geschlossen wie in einem seligen Schlaf. Chen Jian hatte mit seiner Mischung erstklassige Arbeit geleistet.

Mit dem Erwachen der beiden, die Indonesier waren, wie man ihnen ansehen konnte, war vor ein bis zwei Stunden nicht zu rechnen. Vorsichtshalber nahm ich ihnen ihre Pistolen ab und versenkte sie in eine überdimensionale Blumenvase, in der sie sie wohl nicht gleich suchen würden.

Dann stieg ich die aus dem Salon führende Treppe aufwärts, kam an wertvollen Porzellantöpfen, Götterstatuen, alten Rollbildern und unzähligen Grünpflanzen vorbei, die einen weiten Gesellschaftsraum im Oberstock zierten. Dabei hoffte ich nur, Subutu wäre nicht einer jener Praktiker, die in ihrem Zimmer die Klimaanlage abschalten und lieber leicht schwitzend bei Außenluft schlafen, die durch das geöffnete Fenster hereinwehte. Aber wir hatten kein geöffnetes Fenster entdecken können, also war ich immerhin zuversichtlich.

Schließlich war ich in einem Gang, der zu mehreren geschlossenen Türen führte. Das Gas war durch die in der Sommertemperatur offenbar mit voller Leistung arbeitende Klimaanlage in alle Zimmer verteilt worden, also durfte ich eigentlich auf nichts treffen, was mich unangenehm überraschte.

Die erste Tür war verschlossen. Als ich sie mit meinem Instrument öffnete, sah ich ein leeres Gastzimmer vor mir. Doch schon die nächste Tür war offen. Hier schlief ein indonesisches Dienstmädchen, sie war wohl aus dem Schlaf aufgeschreckt, als das Gas sie erwischte, und hatte noch ein paar Schritte gemacht, es aber nur bis zum nächsten Sessel geschafft, in dem sie jetzt ausgestreckt lag. Auf der Lehne thronte ihr weißes Häubchen. Die Schürze hatte sie auf den Boden gezerrt.

Tuan Subutu hatte vielleicht zu Hause eine privilegierte Stellung, weil er dem Geheimdienst angehörte, er besaß einen Diplomatenpaß, der ihn auf Reisen vor unangenehmen Fragen schützte – seine körperliche Kondition allerdings hatte dem Gasgemisch Chen Jians ebensowenig widerstehen können wie die der anderen Hausbewohner: Er lag, mit einem rohseidenen Schlafanzug bekleidet, vor seinem Bett. Der Schlafanzug war nicht nur arg zerknüllt, wie das bei diesem Material üblich ist, sondern auch beschmutzt. Das Abendessen war dem Herrn hochgekommen. Zum Glück befand sich nebenan eine Dusche. Ich rief Amin. Zusammen zerrten wir den Mata-Mata unter den Strahl und wuschen ihn sauber. Dann trockneten wir ihn einigermaßen ab und zogen ihm seine Unterwäsche und den hellen Anzug an, beides fand sich unweit des Bettes. Amin lachte vor sich hin, während wir ihn aufrichteten, ihm Socken und Schuhe anpaßten, und dann kramte Amin noch eine Weile in Schubfächern und Schränken herum, bevor er das entdeckte, weswegen dieser Mann in die Kolonie gekommen war. In einem stabilen Pilotenkoffer fanden sich sechs Rollen Film, in flache Blechschachteln verpackt. Hunderte von Metern. Ich spulte von einer ein Stück des Zelluloidbandes ab, und auf den ersten Blick erkannte ich, daß es belichtetes Material war. Palmen zeichneten sich da ab, im Vordergrund Leute – das war es wohl, was der tote Mann von Mong Kok aufgenommen hatte, zum Ärger der sogenannten Heimführer Ost-Timors.

»Nimm das und zisch ab zu Mrs. Porteiras!« beauftragte ich Amin. »Niemand erfährt davon, du selbst existierst überhaupt nicht. Ich melde mich auf der Yacht. Klar?«

Die Zustimmung klang dumpf unter der Maske. Er packte den Pilotenkoffer. Dann warf er noch einen letzten Blick auf Subutu und fragte: »Was machst du mit dem?«

»Zerbrich dir nicht meinen Kopf«, tröstete ich ihn, »mit dem werde ich schon fertig!«

Als er weg war, wählte ich Bobby Hsiangs Nummer. Er hockte bereits ungeduldig in seinem Bereitschaftswagen unweit der Villa. Zehn Minuten später war er mit zwei zivil gekleideten Helfern da. Alle trugen wir Masken. Aber es gab nicht mehr viel, worüber wir uns zu verständigen hatten. Den Diplomatenpaß aus dem Jackett Subutus nahm ich an mich. Mit Hilfe Bobby Hsiangs flößten wir dem schlappen Indonesier noch eine gehörige Portion Mao Tai ein, diesem urchinesischen Schnaps, der nicht nur über sechzig Prozent Alkohol enthält, sondern auch noch erbärmlich stinkt. Den

Rest aus der Flasche kippten wir Subutu auf die Kleidung und ins Haar. Sein Schnurrbart machte nach dieser Prozedur nicht gerade den elegantesten Eindruck.

»Wir verschwinden«, teilte mir Bobby mit. Er war sichtlich froh wegzukommen, denn das, was hier lief, konnte, wenn es schiefging, sehr leicht Anlaß zu seiner Entlassung sein. Schloß er allerdings den Fall so ab, wie wir es uns ausgerechnet hatten, dann war diese Gefahr nicht mehr da.

»Verschwinde«, willigte ich ein. Hier war nicht mehr viel zu tun. Den Rest würden wir im ›Tschufu‹-Lieferwagen erledigen. Die beiden Helfer Bobbys schleppten den schlappen Körper Subutus in den Wagen der Polizei, nachdem ich ihm schnell noch die Pindad, die geladen und gesichert auf einer Konsole neben seiner Schlafstelle lag, in die Rocktasche praktiziert hatte. Ich blickte dem davonfahrenden Wagen nach, bis er in die Hauptstraße einbog, dann vergewisserte ich mich auf einem letzten Rundgang, daß sowohl die beiden Bodyguards wie auch das Dienstmädchen am Leben waren, worauf ich mich aus dem Haus schlich, die Tür ordentlich mit meinem Spezialwerkzeug abschloß, ebenso das Eingangstor, und dann schlug ich den Weg zu Bian Hui ein, der im ›Tschufu‹-Wagen inzwischen eine Runde geschlafen hatte, wenn auch unbequem.

Ich legte ihm den Diplomatenpaß auf den Klapptisch, während er sich die Augen wischte und seine Lupe hervorholte. »Das Foto macht keine Probleme«, stellte er fest.

Er löste es mit Hilfe einiger Instrumente, die ich noch nie gesehen hatte, aus seiner Befestigung, und ein paar Minuten später zierte es bereits den Normalpaß, den er vorbereitet hatte, und mit dessen Hilfe wir Tuan Subutu zum Touristen machen würden, der sich gegen die Gesetze der Kolonie vergangen hatte. Keine Immunität würde ihn mehr schützen.

Mit einer besonderen Feder und mit Tinte, die er mitgebracht hatte, trug Bian Hui die Angaben zur Person in den Normalpaß ein. Am Schluß legte er das ganze Kunstwerk für eine Weile unter eine violett strahlende Lampe, besah es mehrmals, bis er damit zufrieden war und drückte es mir in die Hand. Auf einen kleinen Zettel schrieb er eine Zahl und steckte ihn mir zu. Es war die Summe, die ich ihm für seine Arbeit schuldete. Wir vereinbarten, daß ich in einigen Tagen bei ihm erscheinen und das Geld in kleinen Scheinen mitbringen würde.

Eine Stunde später war ich, nachdem Wu Bian Hui nach Hause gefahren hatte, im Hauptquartier der Polizei, bei Bobby Hsiang, und übergab ihm den Paß. Er blätterte ihn durch und quetschte an seiner unvermeidlichen *Bastos* vorbei das Kompliment: »Der Mann versteht seinen Job!«

»Ist Subutu schon wach?«

»Arzt sagt, vor morgen früh ist nichts. Er liegt in der Ausnüchterungszelle. Kamera drin. Kann nichts mehr passieren. Ich werde ihn morgen um neun Uhr vernehmen. Sei rechtzeitig da ...«

Ich muß Ihnen vermutlich nicht näher erläutern, weshalb ich die paar verbleibenden Stunden äußerst unruhig verbrachte. An Schlaf war nicht zu denken. Ich haute mich in Aberdeen in unserem Gemeinschaftsbüro, das Wu sauber aufgeräumt hatte, auf ein Sofa, doch sobald die Sonne voll über den Horizont war, hielt es mich nicht länger in der Horizontale.

Auf der Yacht sah ich mir in einem abgedunkelten Raum mit Mrs. Porteiras zusammen einiges aus den Filmrollen an. Sie hatte einen Projektor beschaffen lassen, und Amin bediente ihn.

Es war schlimm, was da auf der kleinen, transportablen Leinwand geschah. Landschaften mit brennenden Dörfern wechselten ab mit demonstrierenden Eingeborenen, prügelnde Soldaten mit weinenden Frauen, die tote Kinder im Schoß hielten. Es gab Bilder von Leichen, und es gab welche von Offizieren, die Befehle erteilten, auch eine Felswand, vor der aufgereiht ein Dutzend Männer stand, die erschossen wurden. Verwesende Körper, an denen Hunde nagten, oder ein Raubvogel, der am Schädel eines Toten pickte – diese grausige Realität war es gewesen, die Herr Singgi in mühsamer und gefährlicher Arbeit auf seinem Film festgehalten hatte, um sie in eine Welt zu bringen, in der entweder Ähnliches geschah, oder die Leute sich beim Anblick solcher Bilder gelangweilt abwenden und weiter in den Katalogen der Ferienorte auf Bali blättern würden.

»Nicht alle«, widersprach Mrs. Porteiras meiner pessimistischen Voraussage. Das Licht ging an, und wir waren alle reichlich geschockt von dem, was wir gesehen hatten. »Sie haben eine hohe Meinung von den Leuten in den wohlhabenden Ländern«, bewunderte ich Mrs. Porteiras. Sie antwortete mir: »Der Gerechte darf keine Ruhe geben, wenn er des Unrechts ansichtig wird.« Dabei lächelte sie. Und fügte dann hinzu: »Das hat ein sehr alter chinesischer Philosoph der Menschheit geraten, lange bevor es uns gab. Ich werde dafür sorgen, daß dieses Material nicht verschwiegen wird.«

Eine ungebärdige Frau. Unbequem. Sie sah nicht so aus, als würde sie sich in das, was andere unvermeidlich nannten, so einfach fügen.

Das Ende unserer Zusammenarbeit war gekommen. Sie übergab mir einen Scheck, der viel höher ausfiel, als ich es erwartet hatte. Bian Hui konnte ich reichlich bezahlen. Wir nahmen an Deck Abschied, und sie winkte mir noch, als ich am Pier in meinen Toyota stieg. Eine nicht sehr große Frau in dem Alter, in dem die äußere Schönheit an Bedeutung verliert, wenn sie durch ein Herz ersetzt wird, wie Mrs. Porteiras es hatte.

Bobby Hsiang hatte, wie ich sogleich merkte, als ich ins Hauptquartier kam, eine perfekte Show vorbereitet. Er saß in seinem Büro, ihm gegenüber der Goldfischer, der die Augen aufriß, als Bobby ihm den von Bian Hui hergestellten normalen Paß Subutus zeigte und dazu anmerkte: »Er kann gegen Ihre Aussage gar nichts machen. Er ist Bürger eines fremden Landes, und er hat mehrere Leute zu Verbrechen im Sinne unserer Gesetze angestiftet, darunter auch Sie. Dafür wird er von uns vor Gericht gestellt. Keine diplomatische Immunität schützt ihn mehr. Sie brauchen ihn nur zu identifizieren und auszusagen, man wird das im Zusammenhang mit Ihrem eigenen Anteil an der Sache berücksichtigen. Wenn ich recht informiert bin, haben Sie persönlich niemand getötet, oder?«

Er schüttelte den Kopf. Schielte zu mir hin, und ich bemerkte prompt: »Wenn Sie aussagen, vergesse ich die Anzeige wegen des Sprengstoffs!«

Ein Polizist führte Nguyen Ho Dung herein. Der sonst recht selbstsichere Kneipenwirt war ziemlich still, als Bobby ihm vorhielt, er sei als Mittelsmann zwischen einem ausländischen Verbrecher und der einheimischen Unterwelt zu betrachten. Seine Nase war noch durch ein Pflaster verdeckt. Ich machte ihn aufmerksam: »Im übrigen könnte es sein, daß der Herr, dem Sie Ihre lädierte Nase verdanken, sich wieder bei Ihnen einfindet. Er hat gesagt, Ihr Gesicht gefällt ihm gar nicht ...«

Bobby donnerte mich an: »Sie schweigen gefälligst, Mister, Sie sind hier Zeuge und haben nur zu reden, wenn Sie gefragt werden!«

Eine herzerwärmende Show. Ich beeilte mich: »Natürlich, Sir, Euer Ehren, natürlich!«

Wir spielten das Spiel so gekonnt, daß Nguyen Ho Dung sich bereiterklärte, alles einzugestehen, was Bobby verlangte. Er wollte nur wissen: »Werde ich ausgewiesen?«

Das verneinte Bobby. Er deutete eine Geldstrafe an, obwohl ich sicher war, es würde zu gar keiner Anklage gegen diesen kleinen vietnamesischen Gauner kommen. Auch für einen Polizisten wie Bobby waren Leute mit Schulden bei ihm wertvoller als welche, bei denen er hatte pfänden lassen ... Ich mußte draußen bleiben, als Bobby sich den Indonesier im Vernehmungsraum vornahm. Diesen Raum nannten wir stets den »Spiegelsaal«, weil es darin einen von der Rückseite her durchsichtigen Spiegel gab, durch den man beobachten konnte. Also setzte ich mich vor die Glasscheibe und sah von außen zu. Was gesprochen wurde, bekam ich über einen Lautsprecher mit.

»Mister Subutu, eine Streife hat Sie in der vergangenen Nacht im hilflosen Zustand in Happy Valley aufgelesen ...«

Subutu, in seinem zerknitterten Tropenanzug noch recht forsch wirkend, fuhr ihn an: »Hören Sie, ich bin Diplomat, ich sage nichts, bevor nicht jemand von meiner Vertretung anwesend ist!«

Bobby tat verblüfft, obwohl er das erwartet hatte. Er schlug die Akte auf, die vor ihm lag, und zeigte Subutu den ganz normalen indonesischen Paß. Der Effekt war umwerfend. Subutu sprang auf und blickte in das Dokument, das Bobby bereitwillig aufblätterte. Als er es in die Akte zurückschob, setzte sich Subutu ernüchtert wieder auf seinen Stuhl. Sein Gesicht sagte alles: Er hatte begriffen, daß er verloren hatte

»Verzeihen Sie, Mister, Sie müssen sich da irren«, sagte Bobby betont höflich. »Wir haben selbstverständlich Ihren Paß bereits Ihrem Konsulat vorgelegt. Aber wir können uns in Ihrer Gegenwart noch einmal vergewissern ...« Er wählte die Nummer des Konsulats und fragte, ob dort ein Diplomat namens Elis Subutu bekannt sei, die Hongkonger Polizei habe einen Mann dieses Namens wegen verschiedener Verfehlungen zu vernehmen, er besitze einen normalen Reisepaß, behaupte aber, Diplomat zu sein. Die Antwort, die Bobby Subutu mithören ließ, war, nein, einen Diplomaten dieses Namens kenne man in der Vertretung nicht.

Ob man trotzdem auf die Anwesenheit eines Vertreters bei der Vernehmung bestehe?

Daran sei man nicht interessiert.

Das ungeschriebene Gesetz der Geheimdienste hatte Tuan Subutu eingeholt: Wenn etwas schiefgeht, weiß niemand von irgendwas. Bobby legte den Hörer auf. Subutus Blick war auf den lange nicht gewischten Fußboden gerichtet.

»Aber Mister Elis Subutu aus Djakarta sind Sie doch? Oder liegt eine Verwechslung vor?« fragte Bobby. Der Angesprochene knurrte ein Ja.

»Dann muß ich Ihnen vorhalten, daß Sie unbefugt im Besitz einer Schußwaffe waren.« Er zog die Pindad aus der Schublade und legte sie neben die Akte. Subutu sagte nichts.

»Weiterhin muß ich Sie damit vertraut machen, daß unsere Ballistiker nach Untersuchung Ihrer Waffe festgestellt haben, daß damit ein Mann namens Singgi erschossen wurde, der in der Ferry Street lag, sowie ein anderer Mann, der an einen Laternenmast in der Yee Street, unweit des Hotels *King's* festgemacht war. Haben Sie dazu Ausführungen zu machen?«

Er platzte förmlich vor Höflichkeit, und ich amüsierte mich. Subutu schüttelte nur stumm den Kopf. Er hoffte, man würde ihn so bald wie möglich auf diplomatischem Wege austauschen, vermutete ich. Nur daß die Engländer bei Kapitalverbrechen nicht so leicht zum Austauschen neigen. »Ich halte fest, Mister Subutu«, sagte Bobby, »daß der Zeuge Goldfischer aussagt, er sei von Ihnen für einen Sprengstoffanschlag angemietet und ausgestattet worden ...«

»Der Mann lügt!«

Bobby betätigte ungerührt einen Klingelknopf. Ein Polizist schob den Goldfischer ins Zimmer. Bobby fragte ihn: »Ist dieser Herr die Person, in deren Auftrag Sie ein Auto in der Nähe des Ocean Terminals mit Semtex präparierten, das Sie von ihm bekamen. Ist er ferner die Person, in deren Auftrag Sie später ins *Queen Elizabeth Hospital* eindrangen, um das Leben einer Patientin zu gefährden?«

Der Goldfischer wollte so schnell wie möglich wieder aus dem Zimmer heraus. Er deutete aufgeregt mit dem Zeigefinger auf Subutu »Das ... ist der Mann! Ich erkenne ihn wieder!«

»Danke«, sagte Bobby lakonisch und ließ den Goldfischer wieder abführen. Er blätterte in der Akte. Als er den Kopf hob, sagte er: »Eine weitere Gegenüberstellung, Mister Subutu. Mit einem Mann, der aussagt, in seinem Etablissement hätten Absprachen zwischen Ihnen und bekannten Vertretern der Hongkonger Unterwelt stattgefunden. Er selbst sei daran beteiligt gewesen ...«

Er drückte wieder den Klingelknopf. Nguyen Ho Dung erschien, von einem Polizisten geschoben, im Zimmer.

»Ist das der fragliche Mann?« erkundigte sich Bobby. Der Vietnamese nickte: »Ja, Sir, das ist er.«

Auch er wurde herausgeführt. Bobby wandte sich an Subutu:

»Selbstverständlich wird das alles noch protokolliert werden. Wir fahren fort. Kennen Sie in der Harcourt Road eine Vereinigung zum Schutz verfolgter Minderheiten?«

»Nie gehört!« Es kam leise, nicht sehr sicher.

Bobby ließ mich in das Vernehmungszimmer holen. Als Subutu mich sah, hatte es den Anschein, er werde jeden Augenblick aufspringen und mir an die Kehle gehen. Bobby sagte im Tonfall eines christlichen Priesters, der eine Ehe segnet: »Mister Lim Tok, Sie haben ausgesagt, Sie hätten, als Sie in die Geschäftsräume der Vereinigung zum Schutz verfolgter Minderheiten kamen, einen Toten gesehen, und Sie selbst wären von jemandem mit einer Schußwaffe bedroht und später bewußtlos geschlagen worden, ist da dieser Herr anwesend gewesen?«

Ich hatte nicht mehr viel zu tun, ich grinste Tuan Subutu an, der die Zähne fletschte wie ein Pavian, und sagte fröhlich: »Sehr richtig, Sir, das war dieser Herr, der hinter mir stand, plötzlich. Und – was ich als besonders heimtückisch empfand – er flößte mir, bevor er mich auf den Kopf schlug, noch ein Getränk ein, das ich aus tiefer Gläubigkeit heraus gar nicht trinken darf! Er zwang mich dazu. Ich betrachte das, abgesehen von dem Schlag auf den Kopf, als einen ernsten Verstoß gegen die Würde des Menschen, die mir als britischem Untertan garantiert ist ...«

»Gut, gut«, Bobby mußte sich ein Grinsen verkneifen. Er winkte mich hinaus. Als ich wieder vor der Zauberscheibe ankam, sprach mein alter Freund gerade tröstliche Worte zu Tuan Subutu: »Sie können natürlich mit der traditionellen Fairneß der Gerichte Ihrer Majestät rechnen, Mister Subutu. Was ich Ihnen noch sagen muß – zu einem späteren Zeitpunkt, wenn eine bestimmte Zeugin aus der Kodak-Filiale in der Wong Chuk Street in Sham Shui Po wieder vernehmungsfähig ist, werden Sie noch ihr gegenübergestellt werden. Sie soll darüber aussagen, ob Sie es waren, der in diese Filiale eindrang, gewaltsam, im Zusammenhang mit dem Mord an einer indischen Mitarbeiterin namens Muljaneh. Wenn das alles erledigt ist, werden wir, obwohl ich das bedaure, Anklage erheben müssen ...«

Als ich zu meinem abgestellten Toyota kam, etwas müde zwar, aber mit dem Gefühl in mir, das sich nach einem Erfolgserlebnis immer einstellt, nämlich daß es nichts gibt, was nicht zu schaffen wäre, stand da ein junger Bursche in einer hellgrauen Pagenuniform, seine Mütze, die er verlegen in der Hand drehte, trug in Goldstickerei den Namen des Hotels *Excelsior*.

Ich ahnte nichts Gutes. Der Page sah mir mit besorgter Miene entgegen.

»Es ist ...«, begann er zu murmeln, als ich vor ihm stand. Brach ab, guckte verlegen zur Seite, und erst, als ich ihn ermunterte, setzte er fort: »Wegen Ihrer Abwesenheit, Sir. Miß Pipi trug mir auf, Ihnen auszurichten, sie habe jetzt ... mehrere Nächte allein auf Ihrer Dschunke zugebracht. Und ... verzeihen Sie bitte, Sir ... sie erwartet Sie gottverdammt heute abend zum letzten Mal dort. Geduscht und frischrasiert sollen Sie sein. Es ist ... die letzte Chance. Sagt Miß Pipi. Und, Sir, sie hat noch gesagt, Sie sollen sich eine gute Ausrede für all die Nächte einfallen lassen, die sie ohne Sie ...«

Ich verfuhr nicht nach der alten Sitte chinesischer Kaiser, die den Überbringer einer schlechten Nachricht köpfen ließen. Ich gab dem Jungen einen Fünfzig-Dollar-Schein, was bei mir ein Ausdruck äußerster Freude ist. Er hielt ihn wiederholt gegen die Sonne, bevor er ihn endlich einsteckte. Er verschwand, bevor ich ihm noch überschwenglicher danken konnte.

Dabei hatte er mich in große Verlegenheit gebracht, denn wie ich Pipi kannte, würde sie mir Arbeit als Ausrede nicht so einfach abnehmen.

Doch dann kam mir, als ich schon auf Aberdeen zurollte, die rettende Idee. Ich tippte Bobby Hsiangs Nummer in das Funktelefon. Er war wieder in seinem Büro. Die Vernehmung war beendet, der Indonesier schmorte in der U-Zelle. »Kommst du abends auf meine Dschunke und rettest mich vor Pipis Zorn?«

Er sagte zu, nachdem ich ihm aufgezählt hatte, was da noch alles im Kühlschrank lag. Allerdings hatte er eine Bedingung: »Ich will von dir ganz privat wissen, weshalb dieser angebliche Diplomat die Toten hinterlassen hat. Den Grund. Erinnerst du dich? Du hast mir das bisher verschwiegen!«

»Und wenn ich mit Rücksicht auf meine Klienten ...«

»Du kannst dich weigern. Für den Fall wird deine Freundin auch die nächste Nacht wieder allein verbringen. Weil ich dich dann hier brummen lassen werde, bis ich den Rest weiß. Überleg's dir!«

Und ich hatte immer geglaubt, ich wüßte schon, wie das wäre, wenn jemand sich zwischen Pflicht und Liebe zu entscheiden hat. Zwischen Loyalität gegenüber seinen Klienten und Erpressung durch einen Polizisten, der sich noch dazu Freund nennt ...

ISBN 3-360-01270-4

Rosa-Luxemburg-Str. 39, 10178 Berlin
Umschlagentwurf: ansichtssache – Büro für Gestaltung
Druck und Bindung: Salzland Druck, Staßfurt

Die Bücher des Verlags Das Neue Berlin
erscheinen in der Eulenspiegel Verlagsgruppe.

www.das-neue-berlin.de